本书由陕西理工大学"中国语言文学省级优势学科""中国古代文学科技创新团队"建设项目经费资助出版

Shijing

Ernan

Yanjiu

《诗经》

"二南"研究

刘昌安 著

中国社会科学出版社

图书在版编目（CIP）数据

《诗经》"二南"研究 / 刘昌安著. —北京：中国社会科学出版社，2018.7
ISBN 978 - 7 - 5203 - 2576 - 9

Ⅰ. ①诗…　Ⅱ. ①刘…　Ⅲ. ①《诗经》—诗歌研究　Ⅳ. ①I207.222

中国版本图书馆 CIP 数据核字（2018）第 108974 号

出 版 人　赵剑英
责任编辑　周晓慧
责任校对　无　介
责任印制　戴　宽

出　　　版　中国社会科学出版社
社　　　址　北京鼓楼西大街甲 158 号
邮　　　编　100720
网　　　址　http://www.csspw.cn
发 行 部　010 - 84083685
门 市 部　010 - 84029450
经　　　销　新华书店及其他书店

印　　　刷　北京明恒达印务有限公司
装　　　订　廊坊市广阳区广增装订厂
版　　　次　2018 年 7 月第 1 版
印　　　次　2018 年 7 月第 1 次印刷

开　　　本　710×1000　1/16
印　　　张　27.5
插　　　页　2
字　　　数　385 千字
定　　　价　118.00 元

目　　录

绪　　论

　　《诗经》是中国第一部古代诗歌总集，共收入自西周初年至春秋中叶500多年的诗歌305首；包括风、雅、颂三个部分，其中风分十五"国风"，有诗160首；雅分"大雅""小雅"，有诗105首；颂分"周颂""鲁颂""商颂"，有诗40首。这部诗歌总集是中华民族的文化元典，是中国古代优秀文化的代表。自《诗经》产生以来，对它的研究从未间断，长盛不衰，至今已成为一门显学，专门之学——"《诗经》学"，与"易学""红学""佛学"等并列。

　　在古代文献四部中，经部列有"诗类"，收录研究《诗经》的著作，可谓洋洋大观。《四库全书总目》著录《诗经》著作62部；续修《四库全书》著录《诗经》著作106部。台湾蒋秋华、王清信纂辑的《清代诗经著述现存版本目录初稿》收录清人《诗经》研究专著527种。① 牟玉亭编撰的《中国历代诗经著述存佚书目》收录历代《诗经》著作1647种，现存824种。② 河北师范大学图书馆的寇淑慧女士编有《二十世纪诗经研究文献目录》③ 一书，收录1900—2000年关于《诗经》研究之专著与论文5729条。夏传才、董治安主编的《诗经要籍提要》④ 一书，收录历代《诗经》研究著作500多部，并对著录之书撰写了提要。据不完全统计，两千

---

① 吴宏一：《清代诗话知见录》，中研院中国文哲研究所，2002年，第716页。
② 夏传才：《诗经学大辞典》，河北教育出版社2014年版，第1453页。
③ 寇淑慧：《二十世纪诗经研究文献目录》，学苑出版社2001年版。
④ 夏传才、董治安：《诗经要籍提要》，学苑出版社2003年版。

多年来研究《诗经》的著作不下千余种，这还不包括中国港台地区及国外的《诗经》学著作。研究的领域不断扩展，从《诗经》学的基本问题到《诗经》的文学艺术审美，再到《诗经》的文化研究，涉猎的内容越来越多。而把《诗经》与地域文化相结合，进行深入研究，是学术视野和学术方法的开拓和创新，它既深化了《诗经》的文学内涵，又能够在地域文化的视域下，分析其新的文化价值，在文学研究与地域文化研究中具有重要的意义。

过去学者认为，黄河中下游地区是中华民族古文明的摇篮，而《诗经》则代表了这个地区的古代文化。然而，随着文学、文化研究的多元发展，各领域研究的不断深入，再加之考古资料的不断增多，越来越多的地下文明展现在人们的面前，学者们已经开始修正过去那种不完整的结论，并认为分布于中华大地上的古代文明摇篮不仅仅是黄河中下游地区，而有着众多的文明发祥地。正因为如此，研究者在前人研究的基础上，对《诗经》的价值有了更新的认识，也就是说，《诗经》不仅代表了黄河中下游地区的古代文化，而且保存了其他古代文明发祥地的珍贵文字记录。

汉水是中国古代江淮河汉四大河流之一，汉水全长1500多公里，流域面积17万多平方公里，流经地域覆盖陕、甘、川、豫、鄂5省79个县市。丹江口以上为上游，丹江口至钟祥为中游，钟祥以下为下游。汉水流域作为一个地理区域空间，蕴藏着厚重的历史文化，具有特殊的经济地位。该区域是中华文明的重要源头和发祥地之一，坐落在汉水上游的汉中、安康、十堰等重要城市，历史悠久，文化底蕴深厚。在汉水的上游、中游、下游地区，历年来的考古发现，分布着从旧石器时代、新石器时代，到商代、周代、战国、秦汉乃至以后各代的大量文化遗址和遗存，还有商周时期许多古方国的遗存。对于这个地区古代历史文化的研究，前人已取得了相当多的成果，但主要是对战国以后历史的研究，因为战国以后的历史，有比较多的文献记载，可与考古发现相结合进行研究。然而人们也看到，关于这个地区商周时代的历史文化状况，研究还是远远不够的。这一方面固然是由于考古发现的一度缺乏，另一方面也是由于对已有的宝贵历史文献认识和利用的不足。对于《诗经》这样一部本来保存了有关江汉流域历史文化的史诗文献，自然应该在研究江汉流域的历史时予以高度重视。如果只认为它代表的是黄河中下游地区的古代文化，那么自然在研究江汉流域的历史时，就会被忽视和冷落。

在《诗经》中有很多描写该流域的诗篇，《大雅·旱麓》篇所写的汉山，《沔水》篇所写的丙穴嘉鱼等都在今天的汉中境内。《周南》中的《汉广》篇，描写了一位汉水女神的形象，这是中国文学中第一个关于河流的女神形象。对汉水边的这位"游女"，人们不仅仅把她看作一个具体的女子，而且在后世的学者看来，她就是一位女神，是给汉水人民带来庇护和福祉的神女，并赋予她很多的美丽传说。魏晋时期，以汉水女神为题材的作品很多，尤其是曹植《洛神赋》中"从南湘之二妃，携汉滨之游女"，是以汉水女神为比拟对象的。此后，许多文学家、诗人都有咏叹汉水女神的作品。从《诗经·大东》篇所言的"维天有汉，监亦有光。跂彼织女，终日七襄"中可知，"汉""织女"都与汉水上游有着密切的关系。《诗经》时代不仅把汉水比作了天上的银河，而且织女的形象也以神奇的形式出现，成为后世牛郎织女神话传说的雏形。《正月》《十月之交》《瞻卬》等篇所写的周幽王时的褒姒，就是汉中古褒国的美女，留下了"烽火戏诸侯""千金一笑"的历史典故，虽然后人用"女人祸水"论来看待她，但褒姒的历史地位及价值，还有待进一步探讨。在汉水中上游交汇地区的十堰市房县，产生了中国第一个大诗人，周宣王的辅臣、西周太师尹吉甫。据现代学者们考证，《诗经》的产地就在房县，尹吉甫还被称为"中华诗祖"。而房县还在搜集整理许多被认为是《诗经》的佚歌，这些佚歌还在该地传唱着。

《诗经》中《周南》和《召南》（以下简称"二南"）由于在其中所处的独特地位，对其的研究受到近代以来学人的关注。"五四"新文化运动时期，学者们对传统的经典进行了反思，出现了以顾颉刚为代表的疑古思潮，《诗经》也是重点之一。顾颉刚、郑振铎等人对《国风》"二南"的研究还原了诗歌的文学特性，对后来的《诗经》研究影响甚大。之后，闻一多、于省吾、朱东润、陆侃如、郭沫若等对"二南"的研究，又有新的突破。闻一多《诗经的性欲观》《匡斋尺牍》等对诗义的阐发和文化人类学的方法，对研究者有许多启迪。于省吾《泽螺居诗经新证》运用古文字研究成果与地下考古资料对"二南"许多作品进行考证，言之有据，令人信服。朱东润大胆质疑，提出国风非出自民间的观点，后人多有从者。陆侃如、冯沅君在《中国诗史》中对"二南"独立性问题的研究，引发了后来研究者的不断探讨。郭沫若在《中国古代社会研究》等论著中采用以《诗》证史的方法，用《诗经》中的材料说明当时的社会生活情况，来建构其关于中国古代社会性质的学说，对许多篇章进行了新的解释和意译。但在后来一个时期里，由于受到"左倾"思想的影响，用庸俗社会学的方法对《诗经》及"二南"的研究，使《诗经》研究的质量下滑，走入了低谷。在改革开放的新时期里，《诗经》研究出现了新气象、新面貌、新方法，学者们的认识也出现了视角多元化、新颖化的特点，出现了一批重要的研究成果。

从文化人类学的角度研究《诗经》"二南"，如赵沛霖《兴的源起——历史积淀与诗歌艺术》从兴的起源与原始宗教的关系及其对诗歌艺术发展的影响角度，探究诗的兴象内涵，为探求诗义提供了线索。叶舒宪的《诗经的文化阐释》从大量语源学资料出发，通过对《诗经》与原始文化关系的深入考辨，提出了许多新颖、独到的见解。王政《〈诗经〉文化人类学》继承了闻一多的研究方法，通过大量的民族学、民俗学、神话学、语言学、考古学、植物学、医学及历史史料与人类学的资料，从文化人类学视角，试图破解《诗经》的诸多问题，给人以耳目一新的感觉。

有学者从语言学、训诂学角度研究《诗经》。王力的《诗经韵读》在系统详尽地分析《诗经》押韵规则的同时，对其中各篇章词句标注了具体韵部，是其音韵学研究的重要范例。夏传才《诗经语言艺术》《诗经语言艺术新编》、向熹《诗经语文论集》是比较全面、系统研究《诗经》语言以及有关问题的专著，除考察《诗经》文字、词汇、句式、语法之外，还广泛涉及音韵、章法和修辞等。郭晋稀《诗经蠡测》以声韵、训诂、史实并重的方法，对《诗经》中的重点、难点或疑而未决处进行考证与诠释。

有学者从民俗学角度研究《诗经》。周蒙《诗经民俗文化论》从不同侧面就《诗经》所遗存的民俗文化现象和有关疑难问题展开论证，部分章节还揭示了民俗的宗教文化根源。王巍《诗经民俗文化阐释》展示了《诗经》所反映的丰富多彩的民俗风情，再现了《诗经》民俗文化内涵及当时人们的审美取向。吴晓峰《〈诗经〉"二南"礼俗研究》对《诗经》"二南"所载礼俗进行了深入发掘，充分反映出周代社会生活中礼与俗相互结合的性质。

从考古发现角度，通过考古研究成果，人们对于《诗经》时代的历史和社会性质，诸如当时的政治经济状况、生产力和生产方式、社会结构、阶级矛盾状况以及有关重大历史事件的认识，有了长足的进步。更重要的是，通过考古学研究成果直接解决《诗经》本身的有关问题，如具体解决作品的文本、时代、题旨、诗义以及有关的名物、训话、典章、制度等问题。其中有些问题本来就存在着激烈的争议，而考古发现提供的铁的证据能够有力地"证是"或"证非"，从而促使问题得到解决，推动《诗经》研究的发展。安徽阜阳汉简、敦煌经卷写本对《诗经》文本异文的辨识、传播系统的考察等都有重要的作用。湖北郭店楚简、上海博物馆竹简中孔子对《诗经》的评论，与《论语》都有很大的不同，对《诗经》及"二南"研究具有重要意义。相关的文献资料与研究著作，还有胡平生、韩自强《阜阳汉简诗经研究》，伏俊琏《敦煌〈诗经〉残卷及其文献价值》（载《敦煌文学文献丛稿》），荆门市博物馆编《郭店楚墓竹简》，马承源主编《上海博物馆藏战国楚竹书》（一），朱渊清、廖名春《上博馆藏战国楚竹书研究》《上博馆藏战国楚竹书研究续编》，黄怀信《战国楚竹书诗论解义》，萧兵《孔子诗论的文化推绎》，刘信芳《孔子诗论述学》，陈桐生《孔子诗论研究》，刘冬颖《出土文献与先秦儒家〈诗〉学研究》，曹建国《楚简与先秦〈诗〉学研究》，于茀《金石简帛诗经研究》等。总而言之，正是考古发现的新材料，使我们认识到《诗经》特别是其中的《国风》文本演变的内在规律，以及流传状况，后人对诗义、诗旨的解读评论等，为完整全面地理解《诗经》提供了坚实的基础。

除了这些研究角度，还有如心理学、植物学等领域，其研究成果也很丰富。针对《国风》"二南"的研究，笔者通过中国知网、万方数据库、读秀学术搜索、百链图书馆等检索出关于《诗经》"二南"的期刊论文有40多篇，主要是对"二南"的地域、时代、诗旨、周代礼俗、婚恋诗、艺术手法等的研究。

在《诗经》"二南"研究中，与其产生地域，尤其是与汉水流域相联系是一个重要方面。这方面的论文有刘昌安《"麟"之别证——兼谈"二南"诗的地域》①，梁中效《〈诗经〉与汉水流域文化》②，朱全国《浅议〈诗经〉与汉水的关系》③，桂珍明、刘勇《从〈诗经〉看先秦时期汉水流域文化特征》④，邓亢、武凌芸《论汉水流域民歌与〈诗经〉的文化传承关系》⑤，桂珍明、杨名、张丽娜《从〈诗经〉"二南"看汉水上游与秦楚、巴蜀文化的关系》⑥，赵阳《〈诗经〉与汉水文明关系浅谈》⑦等。此外，还有一些文章在探讨"二南"与楚文化和巴文化、"二南"与楚风、"二南"与楚歌的关系时，涉及汉水流域，如蔡靖泉《〈诗经〉"二南"中的楚歌》⑧，欧雪松《〈诗经·国风〉中为何没有"楚风"》⑨，龙文玲《论〈诗经〉"二南"与楚歌》⑩，周秋良《〈诗经〉中〈周

---

① 《唐都学刊》2004年第1期。
② 《湖北大学学报》（哲学社会科学版）2006年第6期。
③ 《理论月刊》2010年第4期。
④ 《剑南文学》2012年第12期。
⑤ 《沈阳农业大学学报》（社会科学版）2013年第3期。
⑥ 《鄂州大学学报》2014年第6期。
⑦ 《北方文学》2016年第5期。
⑧ 《上海大学学报》（社会科学版）1994年第3期。
⑨ 《文史杂志》1997年第5期。
⑩ 《广西师范大学学报》（哲学社会科学版）1999年第4期。

南〉〈召南〉的地域性特征》①，唐世贵《从〈诗经〉"周南"、"召南"看楚风与巴蜀文化之关系》②，张强《〈诗〉"二南"考论》③，郑志强、周颖《〈周南〉〈召南〉之"南"正义——兼论二〈南〉与"楚风"的关系》④，王剑锋《〈国风〉与"楚风"和楚文化关系综论》⑤，王泽强《〈诗经〉中楚国歌谣缺失的原因》⑥，雷莎《〈诗经〉中"二南"即楚风论辩》⑦，刘娟《〈诗〉二南再考论》⑧，陈国志《〈诗经·二南〉中的巴地民歌文化考论》⑨，何易展《〈诗经〉"二南"与巴楚文学传统》⑩ 等，这些文章在辨析"二南"与巴楚文化和楚风的关系中，提出了一些新的看法，给人以启发，值得重视。

　　除了上述的专著与期刊文章论及"二南"及汉水流域文化外，还有一些硕博论文也把"二南"作为研究对象，取得了丰硕的成果。李勇五《〈诗经〉"周南""召南"名义、地域及时代考》⑪ 分三个部分对"二南"的名义、地域、时代这三个问题进行讨论。第一部分是对"二南"名义研究的考察，分析了从战国到近现代阐释"二南"名义的八种学说和这些学说的演变、传承。第二部分对"二南"地域研究的考察，提出历史上有重要影响的四个主要学说，并对这四个学说进行了分析、辨正。第三部分是对"二南"时代研究的考察，提供了关于产生年代的四种主要学说，并对它们进行了解释和分析。论文资料丰富，论证有力，显示了较好的学术功力以及对这一问题的认识，但在对"二南"地域问题的评判上还有

---

①　《衡阳师范学院学报》（社会科学版）2000 年第 1 期。

②　《攀枝花学院学报》2003 年第 6 期。

③　《社会科学战线》2004 年第 2 期。

④　《中州学刊》2004 年第 6 期。

⑤　《湖南省社会主义学院学报》2007 年第 3 期。

⑥　《文学遗产》2007 年第 4 期。

⑦　《理论月刊》2010 年第 4 期。

⑧　《中国文化研究》2013 年秋之卷。

⑨　《四川戏剧》2015 年第 12 期。

⑩　《重庆师范大学学报》2016 年第 6 期。

⑪　山西大学 2004 年硕士学位论文。

待深入。吴晓峰《〈诗经〉"二南"篇所载礼俗研究》① 研究了"二南"中的礼俗问题，认为"二南"所载各种民俗内容集中体现了礼乐文化的精神内涵，是西周礼乐精神的代表和反映。该文的研究使我们充分认识了周代社会有关生产生活的情况，揭示出中国奴隶制发展时期的民俗文化特征。该文尽管不是对"二南"地域问题的探讨，但其第一章还是集中探讨了"二南"释义及地域问题。该文细致梳理了前人对"二南"地域的不同解说，坚持传统的周公召公"分陕而治"的观点，肯定了今人金景芳的论述，并对金景芳的观点进行了一定的补充，持论平稳，分析也见功力。张春珍《二南诗论》② 主要探讨了"二南"的命名、创作时间及地位和特点。在分析"二南"的命名问题时，分别解释了"周""召"和"南"的名义，对"周"和"召"的名义总结出两种说法，对"南"的命名概括了五种说法，并对这些说法进行深入考察分析。该文基本上是对传统观点的继承，认同"二南"作为地域的合理性，并对"南国说"进行了深入的辨析，认为"二南"作品是汉水流域和长江中上游地区的作品。该文注意吸纳了历代的观点和现当代学人的研究成果，引证的资料丰富，论证充分，持论也较公允。郑丽娟《〈诗经〉"二南"与周代礼乐文化》③ 是把《诗经》"二南"放在周代礼乐文化的背景下进行的综合研究，在论及"二南"的地域问题时，该文认为，周南、召南的得名与地域有着密切的关系，周南即成周以南，依孔颖达《正义》所言"召是周内之别名"，召南应是成周以南即周人观念中"南国"的一部分，故把周南和召南结合在一起进行研究更为恰当。这种看法也是对传统观点的继承与完善，有一定的参考价值。李昌礼《〈诗经·二南〉研究》④ 有一个专章论证"二南"的地域及文化特征。该文在"二南"地域考辨的基础上，对"二南"诗歌的源流、"二南"的地域文化特征以及

---

① 吉林大学 2005 年博士学位论文。
② 山东大学 2006 年硕士学位论文。
③ 河南大学 2007 年硕士学位论文。
④ 贵州大学 2008 年硕士学位论文。

"二南"与中原文化之间的关系作了探讨。其结论是："二南"地域本属江汉流域，其文化主要源于江汉流域的荆楚文化和巴蜀文化，在中原文化与南方文化长期交融的过程中，"二南"渗入一些北方文化的因子，但它的文化血液仍有着南方文化的基因，表现出强烈的南方地域文化特征。该文的观点虽然没有新的突破，但对各种观点的辨析，仍然具有较强的学术价值。辛娜娜《〈诗经·二南〉研究》[1] 在对"二南"地域进行论证时，从西周初年的诸监制度与分封制度及"二南"诗篇的内证方面论述"二南"是江汉流域姬、姜姓诸侯国的诗。虽然"江汉流域说"不是新的观点，但在论证过程中，结合史料的外证与作品的内证，论析精当，扩展了视野，使此论点更加充实可信。戚小漫《〈诗经·二南〉婚恋诗研究》[2] 集中探讨了"二南"中涉及婚恋内容的 18 首诗，认为"二南"作品是长江、汉水、汝水流域的诗歌，也就是今天的陕西南部，从地理环境方面作了一定的探索，有很重要的学术意义。刘茜茜《〈诗经〉"二南"若干问题研究》[3] 用较多的篇幅论述了"二南"名义、地域，并选取重要的诗篇进行了个案分析，认为"二南"是周、召二公据流行于江汉流域以楚国为中心的南方音乐而改制的乐调，"二南"诗的产地为今陕西境内、河南境内、江汉流域。此观点也是借鉴前人的说法，并没有新的突破。其他还有六七篇硕士学位论文也论及"二南"，限于讨论的重点所在，就不一一介绍了。

　　总之，从"二南"的文本出发，结合历史地理与地方史志，对其做系统、细致的研究还远远不够。笔者以为，《诗经》作为高等院校文科各有关专业的重要教材之一，不仅要在课堂上让学生领悟这部典籍高超的艺术魅力和深厚的文化内涵，而且地处汉水流域的陕西理工大学，更应该在人文社会科学研究中重视这部文化经典，承担起高校文化传承的历史责任。我们深刻地认识到，《诗经》这

---

①　沈阳师范大学 2011 年硕士学位论文。
②　湖北大学 2011 年硕士学位论文。
③　辽宁师范大学 2015 年硕士学位论文。

部文化典籍中的"二南"及其他篇章，与包括汉中在内的汉水流域的商周时代有密切的关系，认真探讨"二南"及其他《诗经》作品，对汉水流域的历史文化有重要的学术价值。更进一步讲，对于今天的物质文明建设和精神文明建设，也具有借鉴和启发的意义。

正因为如此，笔者在历年的教学科研中，对《诗经》中"周南""召南"和"雅""颂"的有关篇章进行了不懈的研讨，并结合我们居住在汉水流域，熟悉这里的风物这一有利条件，把它们同《诗经》中的这部分进行对照与综合性研究。早在20世纪80年代，笔者就参与了关于《诗经》与汉水文化研究的《诗踪别证》一书的撰写，该书为1985年内部刊印本，作为本校古代文学课程教学参考书，并收入《高等学校交流讲义目录》①，被列为高校古籍整理十年成果。在此后的教学科研中，笔者也发表了十余篇有关《诗经》的学术文章，申报了陕西省哲学社会科学基金项目"《诗经》的兴象分类及文化解读"和"《诗经》及相关诗歌与汉水流域文化研究"，对《诗经》及"二南"与汉水流域文化进行了较为深入的研究。特别是在研究生培养和指导的过程中，笔者也有意识地引导他们结合地域文化对《诗经》进行有针对性的研究。近几年来，笔者指导硕士研究生毕业论文，有五届学生撰写了与《诗经》相关的学位论文共计八篇，涉及《诗经》研究的诸多方面。而且，在本科教学中，笔者也注意重点讲析"二南"作品，渗透《诗经》"二南"文化的丰富内涵，引导学生关注经典，提升学生热爱和研究汉水流域的历史文化。

本书是对《诗经》"二南"与汉水流域关系的系统研究。第一章是对《诗经》"二南"的总论，主要探讨"二南"的地域问题，从古代文献中梳理历代学者对"二南"的观点，分析"二南"与包括汉中在内的汉水流域的内在联系，揭示《诗经》"二南"所具有的地域文化特征。本章通过对汉水流域商周时期众多古方国的探踪，周代"微"史方国在汉水中上游汉中之地的史迹探寻，力图考

---

① 高等教育出版社1988年版。

证"微"史家族的相关历史，结合大量文献和考古、考察材料加以辨析。结合《诗经》"周南"《汉广》篇，探讨汉水女神的产生与演变，也对大禹的传说等予以论述，分析其"二南"与汉水流域历史文化的渊源。

第二章是对"二南"研究史的研究，时限为先秦至近现代。"二南"研究史大致可以分为四个阶段：第一阶段是先秦至唐代，为"二南"研究的肇始期。第二阶段是宋元时期，为"二南"研究的发展期。第三阶段是明清时期，为"二南"研究的鼎盛期。第四阶段是近现代，为"二南"研究的深化期。这四个阶段都有各自的特点，出现了"汉儒""宋儒""清儒"在不同历史时期对《诗经》的认识，主要体现在研究的观念以及研究的方法上，也留下了许多经典的著作。在近现代，由于受西方理论的影响和考古新材料的发现，《诗经》研究有了更广阔的视野，也使《诗经》"二南"研究更加深入。

第三章是从文化的角度探讨"二南"诗歌的文化源流。汉水流域是楚文化及巴蜀文化、中原的周文化及秦文化交汇影响的区域，从历史文化的视野了解汉水流域特征，揭示其文化背景，就能更好地理解"二南"作品的内涵，认识"二南"作品的文化价值。

第四章探讨"二南"与汉水中上游的文化关系。主要从婚恋文化、祭祀文化、动植物文化三个方面，结合文本的描写与史料的记载，作深入的论述。在"二南"25篇作品中，涉及婚恋的有18篇之多，且与水有密切的关系，这与汉水流域独特的地理环境有着密切的关系，个别篇中也体现了周代礼俗的文化因素，需要重视。"二南"中的祭祀文化也表现得十分突出，与汉水流域的关系十分密切。在《诗经》中，不仅有反映女子出嫁前进行祭祀活动的，如《召南·采蘩》《召南·采蘋》，也有关于在汉水边旱山（即汉山）进行祭祀活动的，如《大雅·旱麓》。这表明人类对山川的依赖和畏惧，产生了对山川的崇拜现象。动植物文化是古代研究《诗经》名物的重要内容，在"二南"中，动植物有30多种，呈现出汉水流域良好的生态环境和自然风貌，表现了周人的自然观与生活状态。

第五章探讨"二南"与汉水流域诗歌的关系。"二南"诗的音乐之美和诗中表现的人伦和谐关系，使"二南"诗具有丰富深厚的人伦之基与中和之美。"二南"诗清丽婉转，缤纷多彩，有灵动之美，体现了汉水流域美好的山水景色。"二南"诗中有丰富的人物形象，君子、官吏、猎人、少女、思妇等，反映了汉水流域各阶层人们的生活状况。"二南"诗有高超的语言艺术，叠字重章的运用，和谐优美的韵律节奏以及丰富的词汇，展示了汉水流域人们的生活情趣和审美特色，是《诗经》文学艺术的重要组成部分。

第六章重点研究汉水上游的历史文化名城汉中与"二南"的关系。从上古文明的起源，悠久的历史文化，探寻汉中与《诗经》"二南"的踪迹，并对《诗经》与地域文化研究的意义、方法等问题作了深入的讨论，试图为《诗经》研究开阔新视野。

第七章是"二南"余韵。从"二南"的研究延展到《诗经》的其他部分，主要选取了在汉水流域产生重要影响的几个历史人物褒姒、尹吉甫、仲山甫、召公虎等进行个案研究，探寻褒姒故里及其历史演绎，尹吉甫与《诗经》的关系及《诗经》民歌的传承，评述仲山甫的业绩，论析了《召南·甘棠》中召伯虎的身份及南征的历史意义，通过对汉水中上游房县、紫阳、镇巴三个县的民歌进行考察，探讨《诗经》的民歌因素对汉水流域民歌的影响。

最后是一个附录，主要辑录各个时期有代表性的"二南"研究资料，以诗篇为单位编排。这几部分既各自独立，又相互联系，构成一个有机体。

本书既有宏观的整体审视，又有微观的篇章分析；既有纵向（时间）的阐述和评论，又有横向的对比和参照。笔者希望这种多角度、全方位，宏观与微观相结合，纵向与横向交叉研究"二南"的方法，能拓展《诗经》研究的新领域。

本书研究继承了传统学人研究历史文化的基本方法——王国维所倡导的"二重证据法"，即文献资料（"纸上材料"）与考古材料（"地下材料"）相结合，注重研读《诗经》及相关诗歌的文本材料，检索现存的历史文献典籍，如《史记》《汉书》《水经注》《读史方舆纪要》等相关资料对汉水流域历史文化的记载，并结合汉水流域的地方文史和考古资料，参照贤哲的学术著作，进行综合研究。同时从文化人类学的视角，通过文本的内证、考古材料的外证和历史地理等方面的旁证材料相互比勘，获得《诗经》"二南"与汉水流域文化关系的认识，能否达到预期的愿望，有待学者们的批评指正。

第一章 《诗经》"二南"总论

　　《诗经》是我国古代第一部诗歌总集，汇集了西周初期到春秋中叶约 500 年间的优秀诗歌，反映了当时社会历史许多方面的现实，不仅是我国诗歌宝库中具有高度艺术水平的作品，而且是研究先秦历史的史料渊薮。从文学的角度看，《诗经》是中国文学之源，朱东润先生曾说："吾国文学导源于《诗》三百篇，不知《诗》三百五篇者，不足与言吾国文学之流变。"① 从史学的角度看，梁启超先生在《要籍解题及其读法》之"读诗法之三"中说："现存先秦古籍，真赝杂糅，几于无一书无问题。其精金美玉字字可信可宝者，《诗经》其首也。故其书于文学价值外尚有一重要价值焉，曰可以为古代史料或史料之尺度。"②

　　但是，作为一部经典，由于产生的时代久远，在流传的过程中出现许多问题，今天的人在阅读这部典籍时，会遇到非常多的困难，文字的、语言的、意象的、民俗的等。关于这些阅读障碍，清代学者皮锡瑞总结为"诗经八难"。他在《经学通论》一书中论《诗经》时，有"论《诗》比他经尤难明，其难明者有八"一条作了论述，兹引如下：

　　　　《诗》为人人童而习之之经，而《诗》比他经尤难明。其所以难明者，《诗》本讽谕，非同质言，前人既不质言，后人

---

① 朱东润：《诗三百篇探故》"绪言"，上海古籍出版社 1981 年版，第 1 页。
② 梁启超：《读书指南》，中华书局 2010 年版，第 127 页。

何从推测。就《诗》而论，有作诗之意，有赋诗之意。郑君云，赋者或造篇，或述古。故诗有正义，有旁义，有断章取义。以旁义为正义则误，以断章取义本义尤误，是其义虽并出于古，亦宜审择，难尽遵从，此《诗》之难明者一也。

汉初传经，皆止一家，《易》出田何，《书》出伏生，惟《诗》在汉初，已不名一家。申公、辕固生、韩婴，《鲁》《齐》《韩》诗，并号初祖。故汉十四博士，其先止分五经，《书》惟欧阳，《礼》后《易》杨，《春秋》公羊，其制最善，后又分出家数。《易》有施孟梁邱京氏，《书》有欧阳大小夏侯，《礼》大小戴，《春秋》严颜，其实皆不必分，惟《诗》三家同为今文，所出各异。当时必应分立，后人不可并为一谈，而专家久亡，大义茫昧，此《诗》之难明者二也。

三家亡而《毛传》孤行，义亦简略。犹申公传《诗》，疑者则阙弗传，未尝字字解释。后儒作疏，必欲求详，毛所不言，多以意测。或毛义与三家不异，而强执以为异。轨途既别，沟合无由，此《诗》之难明者三也。

郑君作《笺》，以《毛》为主。若有不同，便下己意。郑改经字，多因《鲁》《韩》，所谓下己意者，或本三家，或创新解。郑学杂糅今古，难尽剖析源流，此《诗》之难明者四也。

他经之疏，专主一家，惟《诗》毛郑并行，南北同尚。唐作《正义》，兼主《传笺》。《毛》无明文，而《孔疏》云，《毛》以为者，大率本于王肃，名为申毛，实则申王。王好与郑立异，或毛意与郑不异，又强执以为异，即分门户未易折衷，此《诗》之难明者五也。

欧阳修《诗本义》，始不专主毛郑。宋人竞立新说，至朱子集其成。元明一概尊崇，近人一概抹杀。案朱子《集传》，间本三家，实亦有胜于毛郑者，而汉宋强争，今古莫辨，此《诗》之难明者六也。

宋人疑经，至王柏而猖狂已极，妄删《国风》，进退孔子。

国初崇尚古学，陈启源等仍主《毛诗》，后有戴震、段玉裁、胡承珙、马瑞辰诸人，陈奂《毛氏传疏》尤备。然《毛》所不言者，仍不能不补以笺疏，或且强《韩》同《毛》。乾嘉崇尚今文，《齐诗》久亡，孤学复振。采辑三家诗者甚夥，陈乔枞鲁齐韩诗《遗说考》尤备。然止能搜求断简，未能解释全经。《毛》既简略不详，三家尤丛残难拾。故于毛郑通其故训，于三家莫证其微言，此《诗》之难明者七也。

三家序亡，独存《毛序》，然序亦不尽出毛公。沈重云，案郑《诗谱》意，《大序》是子夏作，《小序》是子夏毛公合作。郑于《丝衣》又云，高之子言非毛公，后人著之。后汉《儒林传》卫宏作《毛诗序》。后人遂谓序首句毛公作，以下卫宏续作，或止用首句而弃其馀，或并首句不用。宋王质、郑樵、朱子，皆不信《毛序》。近人申毛者以序传为一人所作，然序实有不可尽信者，与马郑古文书序同。究竟源自西河，抑或出于东海，此《诗》之难明者八也。①

他的这段话，集中代表了后人对《诗经》阅读困难的认识。在皮锡瑞之后，当代台湾学者季旭升在《诗经古义新证》一书里，在皮氏的基础上又增加了"四难"："一是古学难明""一是文字难明""一是文学技巧难明""一是兴义难明"②。

除了皮氏、季氏的观点之外，《诗经》里还有许多问题难以分明，几成公案，如孔子是否编订《诗经》（即"删诗说"），《国风》是否为民歌，《商颂》之作年等，历朝历代，众说纷纭。汉儒、宋儒、清儒论《诗》，有继承，但分歧也多，加之后世文人，比附发挥，伪说甚多，纠纷益滋而原意益晦，研究它们，甚至比研究《诗经》305 篇本身还要困难。

《诗经》作为儒学的"圣经"，文学的"圣典"，其价值和地位

---

① （清）皮锡瑞：《经学通论》，中华书局 1954 年版，第 105 页。
② 季旭升：《诗经古义新证》"自序"，学苑出版社 2001 年版，第 14—17 页。

是公认的,应该从何处着手研究,值得注意。笔者以为,弄清楚它的产生时代和地域性问题是解决其他问题的前提,是我们探讨和正确认识《诗经》思想内容确切含义的基础。

关于《诗经》各部分的产生,前人已有很多论述,既有不少的真知灼见,也存在一些偏颇迂曲之说。关于《国风》中《周南》《召南》(以下简称"二南")的时代性和地域性,就是争议分歧较大的问题。在此,我们拟从先秦史料、历代著述及古典文物等多方面,结合"二南"的具体内容进行文学、历史及地理诸方面的考订和分析,由"二南"产生的源流及地域性来探讨《诗经》与汉中及汉水流域的关系,从而使我们对《诗经》广泛的地域性有一些新的认识,对先秦汉中及汉水流域的历史研究亦是一个补充或者参考。

第一节 "二南"地域考辨

《诗经》中的"二南"包括《周南》11 篇,《召南》14 篇。《周南》《召南》因其没有像《国风》中其他篇章一样被命名为"某风",而是称为"南",而显出其不同,其编次又居《诗经》之首,这就造成了"二南"地域的模糊性。针对"二南"的这种特殊性,历史上有很多学者做过探讨,但至今没有作出令人信服的解释。刘毓庆说:"从《诗经》结集的那个时代起,人们就开始了对它的研究。经汉历宋,迄降于今,尽管每个时代所关注的问题不尽相同,文化思潮也在变化,而对于《诗经》的研究,丝毫没有减弱。在历史的峡谷中,'《诗经》学'与其他学术的发展一样,逐时而变迁。每个时代的主流文化精神与主流意识形态,皆在阐释'经典'中获得体现。"[①] 时代理念的差异,历史文化思潮的影响,以及研究者学养的高低有别,自然造就了"二南"研究角度的多样化,如经学的研究、文学的研究、理学的研究。有的研究者甚至认

---

① 刘毓庆:《从经学到文学——明代诗经学研究》,商务印书馆 2003 年版,第 24 页。

为，一部繁复的《诗经》学术发展史，往往肇始于对"二南"的解读与研究。

"二南"的含义及地域问题，从汉代以来，各种说法纷纭，至今没有一个一致的意见，这又是研究"二南"无法绕开的问题。为方便后面的论证，我们按时代的先后将各种观点述论如下。

一 古代文献中的"二南"视阈

古代学者对"二南"的认识，可以从两个方面来看：一是把"二南"作为一个地域范畴，认为"二南"与其他 13 个国风一样，是 13 个地域的诗歌，因此，提出了"周原说"（"岐山说"）、"周召分陕说""江汉流域说""南国说"（"小国说"）、"洛阳说"（"洛邑说"）等。二是把"二南"作为一个音乐范畴，提出了"南风说""南音说"（"乐器说"）、"诗体说"（"独立说"）等。这些说法在很大程度上是由研究者的立场、视角所决定的，有拘泥于历史环境的，有困惑于文献资料的，有受限于时代影响的，虽然每种观点都有一定的道理，但还是不够全面客观，尤其是在结合文本上还需要作进一步的深入分析。为了更好地厘清在"二南"研究上的误区，我们将古代学者对"二南"的解说作一梳理。

（一）"周原说"（"岐山说"）

此说认为，周、召之地位于雍州岐山之阳，是周公旦和召公奭的采地。此说最早由郑玄提出，《诗谱·周南·召南谱》曰：

> 周、召者，禹贡雍州岐山之阳地名。今属右扶风美阳县，地形险阻，而原田肥美。周之先公曰大王者，避狄难，自幽始迁焉，而修德建王业。商王帝乙之初，命其子王季为西伯。至封，又命文王典治南国江、汉、汝旁之诸侯。于时三分天下有其二，以服事殷，故雍、梁、荆、豫、徐、扬之人咸被其德而从之。文王受命，作邑于丰，乃分岐邦。周、召之地，为周公旦、召公奭之采地，施先公之教于己所职之国。武王伐纣，定天下，巡守述职，陈诵诸国之诗，以观民俗。六州者得二公之

德教犹纯，故独录之，属之大师，分而国之。其得圣人之化者谓之《周南》，得贤人之化者谓之《召南》，言二公之德教自岐而行于南国也。①

郑玄认为，周、召之地是周之先祖的发祥地，至文王时为周公旦、召公奭的采地，"二南"诸诗皆采自此地。这种说法影响甚广。关于周、岐之说，《岐山县志》曾有记载：

> 岐山自古公亶父去邠梁率西水浒居于其下，即今之箭括山，俗呼为箭括岭，其山两岐因名岐山。岐山之阳有深沟，沟之南平原四周，故称周原，太王邑此因国号为周，岐周之名由此遂显……分岐周故地为周召采邑。②

又《扶风县志》记载：

> 汉之扶风为官治长安夕阳街，当今长安县地……岐山实绵亘凤、岐、扶之县之北境……县西北曰怡原，古周原也……自岐山县之青化镇入县界，北尽岐山之箭括岭，南抵津水，西至岐山之麻叶沟，东抵畴沟河，方可四十五里，所谓"中水乡成周聚其地"，县东北曰周原……东即武功之西，谓西原即古周原，则此原亦周原矣。③

按《岐山县志》和《扶风县志》的记载，历史上确实有个周原，而且"周原"曾是周召二公的采地，即二南之地。周原所涉的

---

① （汉）毛亨、（汉）郑玄、（唐）孔颖达：《毛诗正义》，李学勤：《十三经注疏》（标点本），北京大学出版社1999年版，第10—12页。
② （清）胡升猷、张殿元修纂：《光绪岐山县志》卷1，《中国地方志集成》（陕西），凤凰出版社2011年版，第14页。
③ （清）宋世荦、吴鹏翱、王树棠纂：《嘉庆扶风县志》卷3，《中国地方志集成》（陕西），凤凰出版社2011年版，第16页。

扶风、美阳、岐山皆在今陕西境内。唐代的孔颖达极力推崇郑玄的说法，进一步肯定了"二南"就是采自周、召两地的诗。他在《毛诗正义》中疏《诗谱·周南·召南谱》曰：

> 丰在岐山东南三百馀里，文王既迁于丰，而岐邦地空，故分赐二公以为采邑也。言分采地，当是中半，不知孰为东西。或以为东谓之周，西谓之召，事无所出，未可明也。知在居丰之后赐二公地者，以《泰誓》之篇，伐纣时事，已言周公曰。《乐记》说《大武》之乐，象伐纣之事云"五成而分陕，周公左而召公右"，明知周、召二公并在文王时已受采矣。文王若未居丰，则峡邦自为都邑，不得分以赐人，明知分赐二公在作丰之后。且二南，文王之诗，而分系二公，若文王不赐采邑，不使行化，安得以诗系之？故知此时赐之采邑也。既以此诗系二公，明感二公之化，故知使"施先公之教于己所职之国"也。……此独言"施先公之教"，明化己之可知，以《召南》有先公之教，故特言之耳。文王使二公施化早矣，非受采之后。于此言之者，明诗系二公之意也。①

孔颖达极力维护郑玄的说法，在疏解《诗谱》时举出许多旁证来维护郑氏的权威，同时又增添了新的内容，即融合了"周召二公分陕"之说。"周召二公分陕"之说并不是孔颖达的首创，而是出自《公羊传·隐公五年》。后面还将专门论述，此不赘述。

《左传·隐公六年》杜注："周采邑，扶风雍县东北有周城。"②《史记·鲁世家》正义引《括地志》："周公城在岐州岐山县北九里。"也就是说，周公封邑在今岐山北，在太王建都周邑之西。朱右曾《诗地理证》云："周公周城在太王所居周城之西。"《左传·

---

① （汉）郑玄：《诗谱·周南·召南谱》，孔颖达疏，《毛诗正义·目录》，李学勤：《十三经注疏》（标点本），北京大学出版社1999年版，第11页。
② 杨伯峻：《春秋左传注》，中华书局2009年版，第51页。

僖公二十四年》杜注："召，采地，扶风雍县东南有召亭。"①《诗地理证》引《括地志》云："邵亭故城在岐州岐山县西南十里。"召公封邑在今岐山西南。

姚际恒《诗经通论》云："《周南》、《召南》，周家王业所本。……南者，雍岐之南，即周召地也。"②日本青木正儿《中国文学概说》云："周南、召南当陕西中部地方，是与周室缘分最深之处。起初周之祖先居于北方戎狄之地，到了公刘，率部落南下而移于豳。……到公刘十世孙太王，又南下而移于岐山之南。及其孙文王，复移于丰，于是把他的儿子旦及奭分封于岐，为周公、召公。《周南》《召南》即是其地之民谣。"③

（二）"周召分陕说"

最早提出这种说法的是《公羊传·隐公五年》，其文曰：

> 天子三公称公，王者之后称公，其余大国称诸侯，小国称伯、子、男。天子三公何？天子之相也。天子之相，则何以三？自陕而东者，周公主之；自陕而西者，召公主之；一相处乎内。④

汉代何休《春秋公羊解诂》曰："陕者，盖今弘农陕县是也"，何休认为，周、召分"陕"的"陕"在河南陕县一带，而不是郑玄所说的"岐山之阳"，这样"二南"的地域由陕西南移到河南。

司马迁《史记·燕召公世家》直引《公羊传》其文："其在成王时，召公为三公：自陕以西，召公主之；自陕以东，周公主之。"⑤于是，今文派将"周召分陕"的"陕"解为陕县，把"周

---

① 杨伯峻：《春秋左传注》，中华书局 2009 年版，第 423 页。

② （清）姚际恒：《诗经通论》，中华书局 1958 年版，第 12—13 页。

③ ［日］青木正儿：《中国文学概说》，重庆出版社 1982 年版，第 53 页。

④ （汉）何休注：《春秋公羊传注疏》卷 3，十三经注疏本，上海古籍出版社 1990 年版，第 34 页。

⑤ （汉）司马迁：《史记》，中华书局 1959 年版，第 1549 页。

南""召南"当作中原地区之说便应运而生。后来，为《史记》作索引的司马贞就曾发现了此说与原来盛行已久的"周原说"的相左之处，他把与《史记》相反的说法搬出来为它索引，可见其用意在于指陈二者的不同。他说：

> 召者畿内采地，奭始食于召，故曰召公。或说者以为文王受命，取岐州故墟周、召地分爵二公，故诗有周召二南，言皆在岐山之阳，故言南也。①

唐代的孔颖达在注《诗谱》时征引《孔丛》"诸侯为伯，犹周、召分陕"语，② 由此看来，孔颖达亦认可二公分陕说，支持《公羊传》一派对"陕"的理解，不过，这与其宣扬"周原说"又形成了极大的矛盾，也就是从这时起"分陕说"与"周原说"开始渐渐相融，后人既承认"周原说"又认可"周召二公分陕而治"便滥觞于此。关于"二南"的整体地域，一开始说诗者多主"岐周周原说"，正是到孔颖达才二说兼从，此后就你中有我、我中有你了。而这恰恰就是"周原说"和"分陕说"合流的表现。

后来，清代的陈奂在《诗毛氏传疏》中对《周南》地域渊源的阐述，更使"周原说"和"分陕说"趋于融合。陈氏曰：

> 南，南国也，在江汉之域；周，雍州地名，在岐山之阳。谯周司马贞说，本大王所居，扶风雍东北，故周城是也。周公食采于周，故曰周公。当武王成王之世，周公在王朝为陕东之伯，率东方诸侯摄政。……文王受命以后，与己陕内所采之诗编诸乐章，属歌于大师，名之曰"周南"。
>
> 召公居王朝为西伯，自陕以西主之。周公定乐，遂以分陕

---

① （汉）司马迁：《史记》，中华书局 1959 年版，第 1549 页。
② （汉）毛亨、（汉）郑玄、（唐）孔颖达：《毛诗正义》，李学勤：《十三经注疏》（标点本），北京大学出版社 1999 年版，第 10 页。

所典治之国，名之曰"召南"焉。①

这里，"周原说"和"分陕说"已经合流为一，周召既以"周原"为采，而且又主"陕东""陕西"，因此《诗》周南召南的地域就变做包括"岐山之阳"的"陕内"之地加"陕东""陕西"之地。

但在宋代，"分陕说"不断遭到质疑，如王质《诗总闻》说："分陕，世为司马氏之创说，而不知其来已久，不问他见独以书礼推之，君奭召公为保，周公为师，相成王为左右，犹曰未明可也。"② 王质认为，周、召是作为官职而不是地域分的。

清代以王夫之为首的一类学者继续肯定"二公分陕"说，王夫之是这样说的：

> 盖周公、召公分陕而治，各以其治登其国风。则周南者，周公所治之南国；召南者，召公所治之南国也。北界河洛，南逾楚塞，以陕州为中线，而两分之。
>
> 陕东所统之南国为"周南"，则今南阳、襄、邓、承天、德安、光黄、汝、颍是已，陕西所统之南国为"召南"，则今汉中、商洛、兴安、夔、顺庆、保宁是已。③

然后，便将"二南"诸诗的地域一一定位。究其实，王夫之是在否定传统的"圣贤之化"说，因为"圣贤之化"是以周召"二公分治"为基础的，在这个问题上否定它就意味着否定毛诗传统，从而打开研究诗学的新途径。后马瑞辰《毛诗传笺通释》云："周

---

① （清）陈奂：《诗毛氏传疏》卷1（第1册），万有文库"国学基本丛书"本，商务印书馆1930年版，第1页。

② （宋）王质：《诗总闻》，文渊阁《四库全书》第72册，上海古籍出版社2012年版，第437页。

③ （清）王夫之：《诗经稗疏》卷1，文渊阁《四库全书》第84册，上海古籍出版社2012年版，第771页。

召分陕以今陕州之陕原为断（《括地志》：'陕原在陕州陕县西南二十五里'），周公主陕东、召公主陕西，而各系以南者，盖商世诸侯之国名。"① 作为清代有巨大影响的学者，马瑞辰的支持亦使此说地位更加巩固，从反面反映出"周原说"的式微。

（三）"洛阳说"

《鲁诗》曰："古之周南，即今之洛阳。"又曰："洛阳而谓之周南者，自陕以东，皆周南之地。"认为周南召南是一块确定的区域。② 其根据是《史记·太史公自序》所载："天子始建汉家之封，而太史公留滞周南。"《史记·集解》引张宴说："古之周南，今之洛阳。"③ 以周南代洛阳。《韩诗》又认为，"二南""其地在南郡、南阳之间"④。因《韩诗》的亡佚，我们很难得到韩诗关于这一观点的详细申说，只能从其他典籍中得其大略。扬雄《方言》有"众信曰谅，周南召南之语也""陈楚周南曰宛"之语，知其也是以周南、召南为地名的。这可能都采用了《韩诗》一派的观点，这些说法与毛诗也不相同。对"洛阳说"与"河洛说"在清代也有学者进行了分析。朱右曾在《诗地理征》中解释《汉广》诗时指出：

> 案：《正义》曰《书》"西伯戡黎"注云："文王为雍州之伯，南兼梁、荆。"此诗言汉又言江，则作诗者应在江汉合流之处。《序》先言文王之道被于南国，次言美化行乎江汉之域，则南国乃《汉广》言之。下篇《汝坟》不更言南国，可知统于此也。⑤

---

① （清）马瑞辰：《毛诗传笺通释》，中华书局1989年版，第11页。
② （清）王先谦：《诗三家义集疏》，中华书局1987年版，第1页。
③ （汉）司马迁：《史记》，中华书局1959年版，第3295页。
④ （北魏）郦道元撰，陈桥驿点校：《水经注》卷34，上海古籍出版社1990年版，第653页。
⑤ （清）朱右曾：《诗地理征》卷1"周南""南国"条，《皇清经解续编》本，卷1029。

指出《汉广》"作诗者应在江汉合流之处",而此处就是"河洛说"所指地域的最南端,又解释说《汝坟》道及的汝水在"豫州之南",可见,他所认可的地域就是"河洛至江汉"一块。然而他还是倾向于用"南国"来概括这一地区。

说诗者中有相当的人认为"二南"的"南"当取义"南国",然而"南国"在西周历史上是一个动态的概念。《诗谱》曰"文王命治南国,江、汉、汝旁之诸侯",这个"南国"因是江、汉、汝三水并举,可推知位于江汉流域以北的河洛地区,正是这样,"南国"远离西周的政治文化中心,因而才有了"被文王之化""典治南国"的史实。文王时期略处边地的"南国",武王、成王、康王时就发生了南移,《史记》记载:牧野之战后武王"营周居于洛邑而后纵马于华山之阳……偃干戈,振兵释旅:示天下不复用也"。此时周的势力范围到达伊洛一带。而到了成王,便命召公营洛邑并下令"周公为师、召公为保,伐淮夷、残奄"。《史记·周本记》正义引《括地志》曰:"古徐国,即淮夷也",即今天的山东曲阜境内和安徽境内。[①] 可见那时的"南国"移到了江淮流域。因此以"南国"释诗,还是不清楚的。

清人陈乔枞在解释《水经注》引《韩诗》所云"二南在南阳、南郡之间"利用"二南"诗篇作为内证时对这个地方也作了"精确"的定位:

> 楚地记汉江之北为南阳,汉江之南为南郡。胡徵士度曰:案汉南郡,今湖北荆州府,荆门州,及襄阳、施南、宜昌三府之境。南阳今河南南阳府汝州之境。周南之诗说汝者,其东北境至汝也。曰汉广江永者,其西至汉,南至江也。召南之诗曰江沱者,其西北至蜀,东南至南郡也。大约周南有南郡之东,而东至南阳。召南有南郡之西,而西至巴蜀也。[②]

---

① （汉）司马迁:《史记》,中华书局 1959 年版,第 133 页。
② （清）陈乔枞:《三家诗遗说考》卷1,载《皇清经解续编》卷 1118。

陈氏之言已经是纯粹的"河洛至江汉"地了,"河洛说"就是在这样的历史条件下形成而影响渐大的。在地位上,随着《毛诗》《郑笺》权威形象的动摇,原来的"周原说"式微,人们对《毛诗》以周礼解经行径的不满影响了对"周原说"合理的笃信,于是"河洛江汉说"填补了这个空缺,成为阐释"二南"地域问题的重要一说。

(四)"南国说"

郦道元《水经注》卷34云:"《周书》曰:南,国名也。南氏有二臣,力均势敌,竞进争权,君弗能制,南氏用分为二南国也。"① 郦道元引《周书》说,不见于经传,故后人多不从,如胡承珙《毛诗后笺》、黄式三《儆居经说》、陈立《句溪杂著》等都曾批驳该说之谬。南氏之国大约指斟灌、斟寻等国,立国在上古之世,到商周之际,其国是否存在未可知。所以很难说其与"二南"诗有关联。与此说相关联的还有"南国兼南化说",此说主要是汉末郑玄提出的。郑玄是研习三家诗说的,后来改从《毛诗》,并为《毛诗》作笺,觉毛意未当者,则以三家说补苴之。其在《诗谱》中曰:"周召者,《禹贡》雍州岐山之阳地名。"但随后又曰:"得圣人之化者谓之周南,得贤人之化者谓之召南,言二公之德教自岐而行于南国也。"一方面承认"二南"为地名,另一方面又同意《毛序》的"南化"说,这显然是在调停今古文两家之说而折其中。但这一观点随着三家诗的消亡与《毛诗传笺》的传播,影响很大。孔颖达作《毛诗正义》,即遵循疏不破注的原则,为郑氏开脱说:"既分二公以优劣为次,先圣后贤,故先周后召也。不直称周召而连言南者,欲见行化之地。"② 这里主张"南"是"行化之地";在《关雎序》"正义"中又说《周南》《召南》"不直为周召

---

① (北魏)郦道元注,(民国)杨守敬等疏:《水经注疏》,段熙仲点校,陈桥驿复校,江苏古籍出版社1989年版,第2862页。

② (唐)孔颖达:《毛诗正义》,李学勤:《十三经注疏》,北京大学出版社1999年版,第12页。

而连言南，言此文王之化，自北土而行于南方故也"①。"南"究竟是"向南行化"还是"行化之地"呢？孔颖达为此也陷入了两难之地。

清代学者多持此说，如马瑞辰《毛诗传笺通释》云：

> 周、召二公分陕，盖分理古二南国之地，故周、召各系以南。窃疑《乐记》："四成而南国是疆，五成而分陕，周公左，召公右。"文正相连。所谓南国当即二南之国，谓疆理南国，使二公分治之，其属周公者为周南，属召公者为召南，故下即继以左周右召。周、召皆为采邑，不得名为《国风》，故编《诗》必系以南国之旧名也。②

顾炎武《日知录》："二南之诗，不尽得于境内，兼得之于南国。周召之名不足以尽之，故言南，南指其地。"③

（五）"江汉流域说"

"江汉流域说"不知产生何时，由何人提出，但此说后起，与"楚风说"并行，是被人主张"南"为"楚风"的直接原因。这一说大概在宋代已具雏形。南宋朱熹在《诗集传》中解释《周南》曰：

> 周，国名。南，南方诸侯之国也。……周公为政于国中，而召公宣布于诸侯。于是德化大成于内，而南方诸侯之国，江沱汝汉之间，莫不从化。……武王崩，子成王诵立。周公相之，制作礼乐，乃采文王之世风化所及民俗之诗，被之管弦，

---

① （唐）孔颖达：《毛诗正义》，李学勤：《十三经注疏》，北京大学出版社1999年版，第20页。

② （清）马瑞辰：《毛诗传笺通释》，中华书局1989年版，第11页。

③ （清）顾炎武著，（清）黄汝成集释：《日知录集释》，上海古籍出版社1990年版，第50页。

以为房中之乐。……南方之国，即今兴元府京西湖北等路诸州。①

朱熹把"南"解释为"南方诸侯之国"，在江沱汝汉之间。朱熹虽仍旧秉承二南为文王之化的说教，但是在二南地域问题上摆脱了前人诸说，提出著名的"南国说"。之后明代周洪谟《辨疑录》进一步阐明了江沱汝汉的具体位置："臣尝过岐周而并涉江、沱、汝、汉之水。自岐周而望江、沱、汝、汉，则见其西南极雍、梁之境，东南至荆、豫之境，信乎其化之所被者广矣。"② 说明他已经怀疑"二南"是江汉流域诗了，时"江、沱"南极梁、荆等，梁、荆在三代之时当指江汉流域，《孔疏》曾曰："江汉之域即梁、荆二州，故《尚书》注云：'南兼梁、荆'。"

汉水源出陕西省西南部宁强县嶓冢山，东流到勉县东和褒河汇合后称汉江，东南流经陕西省南部、湖北省西北部和中部，在武汉和长江交汇。所谓"江汉流域"指今长江、汉水一带，即古荆楚、雍、梁南部地区。

力主"南"为"楚风"的一些学者自然在"二南"起源地上趋向于认可"江汉流域说"，如魏源等。魏源《诗古微》云：

鲁韩诗以《芣苢》为宋人女蔡人妻作，文王即位，谋于蔡原，蔡宋皆东南之国，是豫徐二州之风，在陕以东，其采入《周南》宜矣。又以《行露》为申人女许嫁于丰而作，申在南阳宛县，而丰既文王伐崇作丰之地，则豫、雍二州之风，在陕以西，其采入《召南》宜也。又以《汝坟》为周南大夫妻作，盖《汝坟》在颍，此陕以东诗，其入《周南》宜矣。《尔雅》决复入为池，小洲曰渚，又曰江为沱，《禹贡》岷山道江东别为沱，《地理志》谓在蜀郡郫县，此梁州之风，其采入《召

---

① （宋）朱熹：《诗集传》，上海古籍出版社1982年版，第1页。
② （明）周洪谟：《辨疑录》，转引自刘毓庆等《诗经百家别解考》（国风），山西古籍出版社2002年版，第15页。

南》宜也。汉广与江永并言，明在江汉合流之处，则采于荆。要之，六州之风略具。①

清代方玉润《诗经原始》亦云：

> 窃谓"南"者，周以南之地也。大略所采诗皆周南诗多，故命之曰《周南》。何以知其然耶？周之西为犬戎，北为幽，东则列国，惟南最广，而及乎江汉之间。其地又多文明象，且亲被文王风化，故其为诗也，融浑含蓄，多中正和平之音，不独与他国异，即古幽朴茂淳质之风，亦不能与之并赓而迭和。又况幽与各国，各成风气，各存音节，尤不可以相混。此周以南之诗独为正风也。②

（六）"南音说"（"乐器说"）

张西堂在《诗经六论》中将涉及南音的古代资料作了罗列，此征引如下：

> 《诗·小雅·鼓钟》"以雅以南，以籥不僭。"《毛传》："南夷之乐曰南。"
> 又，《左传·成公九年》："晋侯观于军府，见钟仪，问之：'南冠而执者谁也？'对曰'郑人所献楚囚也。……'使与之琴，操南音。范文子曰'乐操土风，不忘旧也。'"
> 又，《左传·襄公十八年》："师旷曰：'不害，吾骤歌北风，又歌南风。南风不竞，多死声，楚必无功'。"
> 又，《左传·襄公二十九年》："季札观乐，有舞象箾南籥者。"杜注："南，籥文王之乐。"
> 又，《吕氏春秋·音初篇》："禹行功，巡省南土，见涂山

---

① （清）魏源：《诗古微》卷3，载《皇清经解续编》卷1292。
② （清）方玉润：《诗经原始》，中华书局1986年版，第70页。

之女，禹未之遇而巡省南土。涂山之女乃令其妾候禹于涂山之阳，女乃作歌，歌曰'候人兮猗'，实始作南音。周公召公取风焉，以为《周南》、《召南》。"

又，《礼记·文王世子》："胥鼓南。"郑注："南，南夷之乐也。"

又，《礼记·乐记》："昔舜作五弦之琴以歌南风。"

又，《白虎通·音乐篇》："南夷之乐曰南。"

又，《韩诗》薛君《章句》："南夷之乐曰南。"

又，王质《诗总闻》："南，乐歌名也。见《诗》'以雅以南'。见《礼》'胥鼓南'。郑氏以为'西南夷之乐'，又以为'南夷之乐'。见《春秋传》'舞象箾、南籥'，杜氏以为'文王之乐'，其说不伦。大要乐歌名也。"①

从这些文献记载中可以看出，过去多以为南是乐调之名，或以为是南音南风，而这些关于"南为南音南乐"的记载，在宋代质疑"汉学"风气之下，成为宋代学者解释"二南"之"南"名义的重要依据。

王质在《诗总闻》中说："南，乐歌名也。见《诗》'以雅以南'。见《礼》'胥鼓南'。郑氏以为'西南夷之乐'，又以为'南夷之乐'。见《春秋传》'舞象箾、南籥'，杜氏以为'文王之乐'，其说不伦。大要乐歌名也。"此说一出，影响很大，响应者甚多。

程大昌在《考古编·诗论一》中指出："盖《南》、《雅》、《颂》，乐名也，若今乐曲之在某宫者也。《南》有'周'、'召'，《颂》有'周'、'鲁'、'商'，本其所从得而还以系其国土也。"他又在《诗论二》中说："其在当时亲见古乐者，凡举《雅》、《颂》，率参以《南》。其后《文王世子》又有所谓'胥鼓南'者，

---

① 张西堂：《诗经六论》，商务印书馆1957年版，第101—102页。

则《南》之为乐古矣。"①

沈括《梦溪笔谈》卷 3 "辩证一"曰:"'人而不为《周南》《召南》,其犹正墙面而立也。'《周南》、《召南》,乐名也。'胥鼓南';'以雅以南'是也。《关雎》、《鹊巢》,二《南》之诗,而已有乐有舞焉。学者之事,其始也学《周南》《召南》,未至于《大夏》《大武》。所谓'为《周南》、《召南》'者,不独诵其诗而已。"②

黄震《黄氏日抄》曰"二南":"《南》、《雅》,乐名。先王之乐,以中声为节。温和而明达,故名《南》。《诗》云:'以雅以南'。"③

郑樵《六经奥论·二南辨》曰:"周世未有乐名,南者,维《鼓钟》之诗曰'以雅以南(陆希声、刘炫释《鼓钟》亦知"雅"之南为《二南》,微出己意曰:"南如《周南》之南"。),以籥不僭'。《左氏》载季札观乐,见舞'《象箾》、《南籥》'者(杜预释《左氏》亦知《南籥》为文王之乐,不敢正指为'南、箾'者),详而考之。《南籥》,《二南》之籥也,雅也。《象舞》,《颂》之《维清》也。《箾之舞》,象、籥之奏'南'。其在当时,见古乐如此,而《文王世子》又有所谓'胥鼓南'(郑注谓:'南夷之乐',岂有教世子而用夷之乐?),则'南'之为乐古矣!"④

关于"二南"之"南"是否为南音南乐,仅从以上诸家的依据而言,似乎还不足以成为定论。唐孔颖达疏《左传》中"象箾、南籥"时,就"南"这一概念是以"未闻"释之的。可见,唐代对"象箾、南籥"之"南"的概念已不是很清晰了,而到了宋代却又重新提出见解,应是受当时"疑经"风气的影响而任意发挥

① (宋)程大昌:《考古编·续考古编》,中华书局 2008 年版,第 12 页。
② 胡道静:《胡道静文集·新校正梦溪笔谈·梦溪笔谈补证稿》,上海人民出版社 2011 年版,第 32 页。
③ (宋)黄震:《黄氏日抄》,文渊阁《四库全书》第 707 册,上海古籍出版社 2012 年版,第 28 页。
④ (宋)郑樵:《六经奥论》,文渊阁《四库全书》第 184 册,上海古籍出版社 2012 年版,第 59 页。

的。同样在宋代，像欧阳修这样的大家，虽开宋"疑经"之先风，但在解释《诗》"以雅以南"之"南"时却是非常慎重的。他在《诗本义》中论《鼓钟》诗曰："其卒章云'以雅以南，以籥不僭'。其辞甚美，又疑非刺也。毛谓'南'为'南夷之乐'者，非也。昔季札听鲁乐，见舞南籥者曰：'美哉！犹有憾'，盖以为文王之乐也。诗人以文王之诗为《周南》、《召南》，然则此所谓'以雅以南'者，不知'南'为何乐也。皆当阙其所未详。"① 欧阳修之所以如此慎重，是因为这个问题本身无法证实，因而他以"不知'南'为何乐"说之。

当然，说到南音南乐，有必要对与之相联系的"乐器说"加以分析。姚莹《识小录》卷2曰："向见一说，谓雅、南皆乐器名，并考其形制。说经人好立新说如此。"② 可见，此说究竟出自何人似无从考察，但很有创见。张西堂在《诗经六论》中直接说道："本来《小雅·鼓钟》篇的'以雅以南，以籥不僭'和《礼记·文王世子》的'胥鼓南'很明显的指乐器而言。但是年久失传，后人不知真义，只能说为南方之乐。"③ 而"南"究竟是不是一种乐器，应从"南"的文字本身考察。

（七）"诗体说"（"独立说"）

"诗体说"是对"南音乐说"的进一步引申。《诗经》按音乐分为"风""雅""颂"三类，自汉至唐无异说，到了宋代，在宋人对"汉学"质疑风气的影响下，疑端渐起，新说风行。以苏辙、王质、程大昌为代表的宋代学者，把《周南》《召南》的"南"解释为"乐歌名"，进而主张"南"为《诗》之一体，与"风""雅""颂"并列。此说一经提出，赞同者甚多，尤其清代和近现代的一些学者颇为赞同，都把"南"看作独立的体裁，以为可与风、雅、颂并列。

---

① （宋）欧阳修：《诗本义》，文渊阁《四库全书》第70册，上海古籍出版社2012年版，第242页。

② 刘毓庆等：《〈诗经〉百家别解考》，山西古籍出版社2000年版，第17页。

③ 张西堂：《诗经六论》，商务印书馆1957年版，第105页。

苏辙在《诗集传》中解释《小雅·鼓钟》"以雅以南，以籥不僭"二句，以二《雅》释"雅"，以二《南》释"南"，使"雅""南"并立，大有主张南诗独立成为一体的倾向。其影响所及，则是使南宋初的两位学者王质和程大昌正式提出"南"为《诗》之一体。①

王质《诗总闻》云："南，乐歌名也。……《礼》：'舜作五弦之琴，以歌《南风》，夔始制乐以赏诸侯。'南，即《诗》之'南'也，风，即《诗》之'风'也。"② 在宋代，王质是弃《序》言《诗》的代表人物之一。他摒弃《小序》的"二南"诗说，肯定"南"是乐歌之名，在取证的基础上导出"南，即《诗》之'南'"的结论。

程大昌则直接将"南""雅""颂"相提并论，把"南"诗看作《诗》之一体，并进而提出"南、雅、颂"为乐诗，诸国之诗即《十三国风》为"徒诗"说。其《考古编·诗论一》曰："盖《南》、《雅》、《颂》，乐名也，若今乐曲之在某宫者也。《南》有'周'、'召'，《颂》有'周'、'鲁'、'商'。本其所从得，而还以系其国土也。"他又在《诗论二》中说道："春秋战国以来，诸侯、大夫、士赋诗道志者，凡《诗》杂取无择。至考其入乐，则自《邶》至《豳》，无一诗在数也。享之用《鹿鸣》，乡饮酒之笙《由庚》、《鹊巢》，射之奏《驺虞》、《采蘋》，诸如此类，未有出《南》、《雅》之外者。然后知《南》、《雅》、《颂》之为乐诗，而诸国之为徒诗也。《鼓钟》之诗曰：'以雅以南，以籥不僭。'季札观乐，有舞'象箾'、'南籥'者，详而推之，《南籥》，《二南》之籥也，《箾》，《雅》也；《象舞》，《颂》之《维清》也。其在当时亲见古乐者，凡举《雅》、《颂》率参以《南》。其后《文王世

---

① （宋）苏辙：《诗集传》，文渊阁《四库全书》第 70 册，上海古籍出版社 2012 年版，第 445 页。

② （宋）王质：《诗总闻》，文渊阁《四库全书》第 76 册，上海古籍出版社 2012 年版，第 436 页。

子》又有所谓'胥鼓南'者，则《南》为乐古矣。"①

清代顾炎武又提出了"四诗说"："周南、召南，南也，非风也。幽谓之幽诗，亦谓之雅，亦谓之颂，而非风也。南、幽、雅、颂为四诗，而列国风附焉——此诗之本序也。"②顾氏之说实际上就是对宋人"二南独立论"的进一步确认，文献依据是"以雅以南"，是在同意"南"是"乐调"基础上的发挥，但没有明确说明南是诗体。崔述则在《读风偶识》中明确提出：

> 且南者乃诗之一体，《序》以为"化自北而南"亦非是。江沱、汝汉皆在岐周之东，当云自西而东，岂得云自北而南乎？盖其体本起于南方，北人效之，故名以南。……自武王之世下逮东周，其诗而雅也则列之于雅，风也则列之于风，南也则列之于南，如是而已，不以天子诸侯分也。③

崔氏之论有三点值得注意，第一，认定"南"与南方有关，是在南方兴起的一种诗体；第二，认为南诗并不一定产生在南方，是北方人效法南方诗体而为之的；第三，诗不是以天子、诸侯划分的，而是以地域划分的。这一观点实际上是受《吕氏春秋》影响而产生的。因为《吕览》即有"周公及召公取风焉"之语，所谓"取风"即有取其乐调而为新辞之意在内，这与"北人效之"乃属同一含义。其后梁启超在《要籍解题及读法》中，就"南为诗体"之说又进一步作了说明：《诗·鼓钟》"以雅以南"，雅既为诗之一体，则"南"必为诗体。刘宝楠《愈愚录》卷2《周南召南》曰："南者，诗体之名，犹言《风》、《雅》、《颂》也。"④

---

① （宋）程大昌：《考古编·续考古编》，中华书局2008年版，第12页。
② （清）顾炎武著，（清）黄汝成集释：《日知录集释》，上海古籍出版社2006年版，第321页。
③ （清）崔述撰，顾颉刚编订：《崔东壁遗书》，上海古籍出版社2013年版，第530页。
④ 刘毓庆等：《〈诗经〉百家别解考》，山西古籍出版社2002年版，第19页。

　　从上面的论述中不难发现，"诗体说"的立论前提是南为"南音南乐说"，但论据显然不足。因此，质疑与反对者也不少，如清代陈启源在《毛诗稽古编》中反驳苏辙道："宋苏姓氏复自立说，谓'雅'是'二雅'，'南'是'二南'，舛谬尤甚。《大雅》、《小雅》，诗之六义之一也，非乐名也，则风、雅、颂皆得奏之，不仅'二雅'矣，至'二南'之南，犹十五国风之国也，目其地而言也。当时所采诗，或得于南国，周召不足以尽之，故不言国而言南耳。尚不得与雅并列于六义，况乐名乎？"①另魏源在《诗古微》中也说："《周礼》太师教国子以六诗，有风、雅、颂而无南。《左传》'《风》有《采蘩》、《采蘋》'，其诗实在《召南》，则'二南'同为《国风》，明矣。"②此外，胡承珙、方玉润等也有同样的观点。总之，由于南为"诗体说"是对南为"南音南乐说"的引申，既然《周南》《召南》之"南"不指南音或南乐，那么南为"诗体说"也就不能成立。

　　以上重点梳理了古代学者在文献中对"二南"的认识，许多名家精论未得述及，分类倘或不甚严密，只是一个线索而已。需要说明的是，这里所列的各种说法之间不是彼此分割、决然对立的关系，既有矛盾分歧，也有内在联系。比如"申、邓、蔡、隋、庸"等小诸侯国皆在南方江汉流域，以后被楚吞并，即《左传襄公二十八年》记："汉姬小国，楚实尽之。"但主张"南方说"的并不一定同意"小国说"，因此区分为二说，对几种说法的辩证关系朱东润先生有一段精妙的论述："斯则《周南》之地当在汉水、汝水以及岷江上游，去河水不远……《召南》之地当在终南之南，与岷江上游之附近，此则周、召二地之大略也。周公之地曰周，召公之地曰召，以其皆在京周之南，故周则曰周南，召则曰召南。二地有诗，又因地而名之，周南之诗即曰《周南》，《召南》之诗则曰《召南》。二地有乐，亦因其地而名之。《鼓钟》之诗曰：'以雅以南，以籥不僭。'

---

　　① （清）陈启源：《毛诗稽古编》，文渊阁《四库全书》第85册，上海古籍出版社2012年版，第336页。

　　② （清）魏源：《诗古微》卷3，载《皇清经解续编》卷1292。

所谓南者,二南之乐,非《郑笺》所指南夷之乐也。……《二南》本为地名,《二南》之乐则又以地名而名之也。"①

这种观点源于宋人王质与程大昌,今人周满江、刘继尧等亦仿效之,其根据大概是《诗经》时代诗、乐、舞三位一体之故。

除此几种比较典型的观点以外,还有南化说、楚风说等,对于这些传统说法,我们认为不能完全舍弃,也不能盲从。传统观念中有陈腐迂曲之说,应该以历史唯物主义的科学态度和方法,批判地分析,通过研究、考证,得出比较符合事实的结论。

现当代学者由于所处的历史时代,新兴的学科和研究法不断出现,《诗经》研究开始出现了全新的气象,新观念、新方法、新材料、新视角,决定了学术上推陈出新的必然。一方面更加主观地追求见解独立新异,另一方面更加客观地接受出土材料的证实,文字训诂、历史考据、考古学、民俗学、文化学、地理学等手段的综合使用,使"二南"研究出现了突破性进展。此时有相当多的学者在旧说的基础上进行新的发挥,如章太炎先生说:"《礼乐志》曰房中祠乐,高祖唐山夫人所作也。周有《房中乐》,至秦名曰《寿人》。凡乐,乐其所自生,礼不忘本,高祖乐楚声,故《房中乐》楚地声。明'二南'为荆、楚风乐,周、秦、汉相传,皆知其本。"② 这实际上还是肯定南为南方之乐的。刘师培也说,"二南"之诗,风格"感物兴怀,引辞表旨,譬物连类……与二雅迥殊",是南方地区所特有的风尚情俗,也是屈宋作品的起源。③ 刘节一方面认为"南"为乐器言之成理,另一方面怀疑南国是"南"的产地。④ 陆侃如、冯沅君在《中国诗史·二南》中说:"周召二地不

① 朱东润:《诗三百篇探故》,上海古籍出版社1981年版,第7—8页。
② 章太炎:《〈诗〉终始论》,载《章太炎全集·检论》,上海人民出版社1984年版,第397页。
③ 刘师培:《南北文学不同论》,载《刘申叔遗书》,江苏古籍出版社1997年版,第560页。
④ 刘节:《周南召南考》,载林庆彰《诗经研究论集》,台湾学生书局1983年版,第47—48页。

指陕西而指江汉流域"。① 此皆遵旧说而发挥者。在现当代的研究者之中，有两个新的说法值得加以介绍：一是金景芳先生提出的"职位说"（南"任"说）。金氏认为"南"同"任"，"周南之国""召南之国"犹言"周公所任之国""召公所任之国"，南在这里是动词，不是方位词。《周语》言："郑伯，南也。"根据这个"南"字的含义，可以正确地了解"二南"的"南"，南在这里是卿士的另一种称谓。《三国志·陈思王植传》："三监之辅，臣自当之；二南之辅，求不必远。""南""监"并列，作为王朝一种最尊崇的职位，实符古义。② 但这种观点并没有得到学界的认同。另一是李文初提出的"舞蹈说"。《小雅·鼓钟》云："以雅以南，以籥不僭。"郑玄笺："雅，万舞也。万也，南也。籥也，三舞不僭，言进退之旅也。"云《孔疏》"以上下类之，则知南亦舞也"。李氏据此认为"南"是舞蹈，而且进一步指出："'乐'的概念可以包含音乐、诗、舞蹈三者的结合。"③ 这种观点包含对"二南"音乐说的进一步发展，但立论及论证都不够充分，也没有在学界获得赞同。总之，试图采用新视角解释"二南"的"职位说"和"舞蹈说"，也没有引发进一步的探讨，但却能将人们的视线带到民俗、文化的广阔天地里，而探讨此问题的意义也就得到了升华。对于现当代学者的这些观点，我们将在第二章"二南"研究史中作进一步探讨。

二 "二南"的地域所指

综观历代关于"二南"的讨论，一方面，无论是从地域的角度还是从音乐的角度，都有其一定的合理性；另一方面，从《诗经》的编排体例与"二南"诗的内容来看，"二南"还是更多地带有地域性的特点，因此，从地域的角度理解"二南"，可能更符合诗歌的实际情况。而且，从今天大多数学者的观点来看，也

① 陆侃如、冯沅君：《中国诗史·二南》，人民文学出版社1956年版，第83页。

② 金景芳：《释"二南"、"初吉"、"三浍"、"麟止"——读书札记》，《文史》第3辑，中华书局1963年版，第250—251页。

③ 李文初：《说"南"》，载《古典文学论丛》，齐鲁书社1980年版，第8页。

是认为"二南"具有地域的特点，具体在江汉流域。周满江说："周南》、《召南》：这是两个地域的名称……其地主要在江汉流域。"① 张良皋认为，《诗经》十五风的编次是按照作品产生源流的先后顺序和流传路线而确定的，他在《巴史别观》中说："十五国风首为《周南》，次为《召南》，地名出于周初制定'分陕而治'的政局。周公治陕西，召公治陕东。周南地区在汉中盆地西部，召南在汉中盆地东部和南阳盆地。'二南'地区是周的基本地盘，泛称'南国'。"② 对此，潘世东在《汉水文化论纲》中进一步阐发了张良皋的观点，并补充了相关的证据材料。③ 夏传才在《诗经研究史概要》"关于《诗经》研究的基本问题"中说："对于二南的解释，旧说虽然分歧，当代却已经取得了基本一致的正确论证。五四以后至当代的学术界，在清代学者研究的基础上进一步研究，认为周南、召南原是地域名称，由古南国而得名，周南在今陕县以南汝、汉、长江一带，湖北、河南之间，召南在周南之西，包括陕西南部和湖北一部分。"④ 刘昌安在《"麟"之别证——兼谈"二南"诗的地域》中认为，"二南"诗大部分是描写汉水流域的。周秋良在《〈诗经〉》中〈周南〉、〈召南〉的地域性特征》一文中认为，在"二南"中屡次提到长江、汉水、汝水，可以证明"二南"是长江、汉水、汝水流域的诗歌。但江汉流域未免有些过于宽泛，如果缩小其地域，我们认为"二南"诗与汉水中上游地域有密切的关系。

根据史籍的记载和考古资料的发现，"二南"与汉水流域有着密切的关系。从"二南"的内容和性质上看，把《周南》《召南》解释为汉水流域产生的诗歌似乎更为合理，理由如下：

第一，从十五国风的编排和命名来看，除了《周南》和《召南》外，其他十三国风的命名都与具体的地名相关，"二南"既然

---

① 周满江：《诗经》，上海古籍出版社1980年版，第24页。
② 张良皋：《巴史别观》，中国建筑工业出版社2006年版，第13页。
③ 潘世东：《汉水文化论纲》，湖北人民出版社2009年版，第83页。
④ 夏传才：《诗经研究史概要》，清华大学出版社2007年版，第12—13页。

属于《国风》，那么为了保持体例上的一致，"二南"的命名也应该与地名有关。

第二，从地域性特征来看，假设《周南》和《召南》不与地域相关，"南"不指长江与汉水流域，而指一种"南乐"或"诗体"，那么"二南"完全应从国风中分离出来，与"风""雅""颂"并列。但考其史籍，没有资料显示"二南"是独立的，反而有资料显示，"二南"属于《国风》。如《左传·襄公二十九年》载"季札观乐"，分明把《周南》《召南》与其他诸国风诗并列。郑玄《诗谱序》也直接说道："风有《周南》、《召南》，雅有《鹿鸣》、《文王》之属。"① 显然未把"二南"划为《国风》之外。《吕氏春秋·音初》篇所谓"周公及召公取风焉，以为《周南》、《召南》"，② 是着眼于产生过程，指明"二南"实即周、召两公所采之"风诗"，此与《左传》、郑玄所论相一致。

第三，从"二南"产生背景看，"二南"属于江汉流域有其一定的合理性。《周南·汉广序》云："文王之道被于南国，美化行乎江汉之域。"③ 明代周洪谟以其亲身经历在《疑辨录》中说道："臣尝过岐周而并涉江、沱、汝、汉之水。自岐周而望江、沱、汝、汉，则见其西南极雍、梁之境，东南至荆、豫之境，信乎其化之所被者广矣。"④ 可见，他认为"二南"产生于南国一带是有可能的。根据史籍的记载及考古的发现，周朝的势力和影响在西周时已经到达长江下游和江南地区，那么"二南"产生于江汉流域也是有可能的，因为只有周朝的统治势力到达南方，那里产生的诗歌才有可能流传到中原，只有广泛流传才有可能被收录到《诗经》中去。

第四，从周文化的发展影响来看，《周南》和《召南》的命名与南方的长江汉水流域相连，还体现了周代崇尚南向发展的文化意

---

① 冯浩菲：《郑氏诗谱订考》，上海古籍出版社 2008 年版，第 12 页。
② 许维遹：《吕氏春秋集释》，中华书局 2009 年版，第 140 页。
③ （汉）毛亨、（汉）郑玄、（唐）孔颖达：《毛诗正义》，李学勤：《十三经注疏》，北京大学出版社 1999 年版，第 52 页。
④ 刘毓庆等：《诗经百家别解考》，山西古籍出版社 2002 年版，第 14 页。

识。从西周的历史看,在周初武王成王时,周人经营的方向是东方及北方,而在中期,西周经营的方向是南方。因而说周民族的发展路径是对北方采取守势,《小雅》的《采薇》《出车》和《六月》,都是西周以攻为守而征伐北方猃狁的诗;对南方则采取攻势,积极开拓经营,不遗余力。从史籍记载看,从成康南征到昭王南征,周朝的势力已达到汉淮之间的地区,再到宣王中兴时,周室对南方的开拓已是"式辟四方""至于南海"。周王朝之所以采取这样的发展路径,是由它的经济发展决定的。从最初的周部族(神农后稷)开始,周代就是以发展农业而不断壮大的民族。当中原的农业发展到了相当的程度,又加以人口不断繁殖,周室不得不向外发展以扩展周朝的势力。从地理上看,周室以北的北方苦寒,不适于农业的发展,而南方则南土膏沃,特别便于农业的发展,因此,周王朝会对山清水秀的南国一带充满向往,从而形成一种南向发展的文化意识。周朝的这种南向发展的文化意识,使"二南"的命名与江汉流域一带相连,也成为一种可能。

第五,从"二南"作品的文本来看,"二南"诗歌所记载的地域、动植物、民风民俗和经济形态,都带有明显的南方文化色彩,当是产生于南方汉水流域的诗歌。关于此,我们在后面的章节中还有深入的论述。

第二节 "二南"与汉水流域之关系

汉水发源于今陕西省汉中市西南部宁强县境内,称玉带河,向东流入汉中市勉县与褒河汇合后称"汉江",流经陕西南部、湖北西北部和中部,在武汉与长江交汇。汉江干流全长1577公里,流域面积17.43万平方公里。汉水流域地处我国南北自然地理过渡带,北部有巍峨的秦岭,南部是苍翠的大巴山,气候温暖湿润,土壤肥沃,物产丰饶。西周时,汉水流域分布着巴、蜀、庸、濮、楚等一些国家,其中巴国为周王朝敕予姬姓的封国,其他几国在殷商灭亡后臣服于周。楚在汉水下游到长江中游,巴、蜀、庸、濮在汉水流域的上游和中游，后来在东西周更迭之际，濮逐渐衰落，楚国壮大。① 据《史记》记载，庸、蜀、濮都曾参与武王伐纣的战争："嗟！我有国冢君，司徒、司马、司空、亚旅、师氏、千夫长、百夫长、及庸、蜀、羌、髳、微、纑、彭、濮人，称尔戈，比尔干，立尔矛、予其誓。"②"庸的中心在今湖北竹山，主要范围包括汉以来的'上庸'地区。"③"上庸"即湖北竹山县西南。巴、蜀在庸国以西的方向。周匡王二年（前611年），庸国被楚庄王所灭，楚王遂成就霸业。

由此可见，"二南"诞生的江汉流域，除楚国境内的长江流域外，还有广阔的汉江流域上游及中游的部分地区是在庸、巴、蜀等国范围内的。唐得阳在《中国文化的源流》中说："到春秋时期，全国至少有岐周、齐鲁、秦陇、函燕、三晋、巴蜀、吴越、荆楚八个区域文化圈。"④ 张正明在《楚文化史》中说："从楚文化形成之初起，中华文化就分成了北南两支，北支为中原文化，雄浑如触砥柱而下的黄河；南支即楚文化，清奇如穿三峡而出的长江。"⑤ 作为长期在汉水流域生息繁衍的这些族群，他们的家园地处中国南北的过渡地带，具有地理位置上的特殊性，这种地理上的特殊性影响到社会生活的方方面面，使得这片地区成为文化上的过渡地带，表现出文化上的特殊性。一方面，他们因地处"南国"而长久积淀了南方特有的生活方式和思维习惯；另一方面，他们不可避免地受到来自中原的周文化的影响，南方文化自身的包容性使得他们不断接纳和吸收周文化中有益的那一部分力量。因此，诞生于广阔江汉流域的"二南"诗歌，除了表现出较为明显的"楚风"格调外，在融合周代的礼乐文化后，形成了不同文化汇集交融的独特文化。

---

① 唐世贵：《从诗经·周南·召南看楚风与巴蜀文化之关系》，《攀枝花学院学报》2003年第6期。

② （汉）司马迁：《史记》，中华书局1982年版，第122页。

③ 张良皋：《巴史别观》，中国建筑工业出版社2006年版，第9页。

④ 唐得阳：《中国文化的源流》，山东人民出版社1993年版，第31页。

⑤ 张正明：《楚文化史》，上海人民出版社1987年版，第1页。

一 汉水流域文化的多元特质

汉水流域地处以巴蜀、荆楚为主要范围的南方之地，从"二南"诗歌诞生的那一天起，这些诗篇里流淌的就是南方文化的血液。巴蜀文化和荆楚文化同是在三苗文化的基础上发展积淀而成的，因此在文化根源上具有同源性和一定程度上的相似性，而且，在楚国不断壮大、迁徙、扩张的过程中，巴蜀的一些地方也逐渐成为楚的领地。《淮南子·兵略训》对此有记载："昔者楚人地，南卷沅、湘，北绕颍、泗，西包巴、蜀，东裹郯、邳，颍、汝以为洫，江汉以为池，垣之以邓林，绵之以方城，山高寻云，溪肆无景。"① 楚国强大的政治和军事实力在楚文化对南方其他文化的融合过程中确实起到了巨大的作用，楚文化以其特有的润物无声的方式逐渐渗透进其他南方土著文化中，并在不断接纳、吸收、改造中完成了这种融合，最终形成了以楚文化为代表，兼容巴蜀文化的南方文化。

楚族在迁往郢都前原本生活在丹阳。丹阳地处丹江流域，而丹江是汉水最大的支流。可见楚族的发源地即在汉水流域，楚文化与汉水流域文化之间本来就有着一种你中有我、我中有你、相互交融、共同成长的密切关系。程千帆在《先唐文学源流论略（之一）》中说："盖二南者，南国之诗。南国乃一区域之名，先为周人开辟，后则为楚所并。当时北方文化高于南方，故三百先出，楚词后兴。二南之诗，则诗骚之骑驿，亦楚词之先驱也。"② 程千帆先生明确指出了"二南"实际上是"楚词之先驱"，一方面确定了"二南"实为"南国之诗"；另一方面，我们也可以从这种论述中看到二南诗歌对楚地文学的启蒙，以及楚文化对二南诗歌的孕育之功，这二者看似矛盾，仔细思考后便会发现，只有这种似乎矛盾的表述，才能准确地表达楚文化与二南诗歌这种相互的作用力和细致入微的联系。

---

① 何宁：《淮南子集释》，中华书局1998年版，第1060页。
② 程千帆：《先唐文学源流论略（之一）》，《湖北大学学报》1981年第1期。

《汉书·地理志》云："凡民函五常之性，而其刚柔缓急，音声不同，系水土之风气。"① 楚人在山清水秀的江汉流域长期生活繁衍，南方的花木山河赋予楚人的是不同于北方的文化特质，楚文化区别于其他文化的最重要的特质就是富于想象的浪漫思维。这表现在文学上，则是成就了洋溢着浪漫爱情气息的"二南"诗歌以及率性任情、迷离恍惚、激昂恣肆的楚辞。这一切艺术之美的结晶，都来源于楚人浪漫的思维方式，它们虽然产生于不同的领域，在精神上所反映出的本质却是一致的，都来源于对生命和宇宙的深刻而真诚的认识，是楚人在追求自由、尊重人和宇宙的自然本质过程中的产物。而与荆楚之地相反，中原先民不但缺乏对这种浪漫飘逸思维的集体认同，而且从制度上反对一切形式的标新立异、张扬个性的行为，《礼记·王制》规定："作淫声、异服、奇技、奇器以疑众，杀。"② 相比之下可以见出，浪漫奇谲的思维方式是荆楚先民独有的，他们习惯于用这样的思维去认识宇宙，表达自我，与北方中原文化对礼的严格遵从有着本质上的区别。

一方面，汉水流域文化的基调就是这种追求浪漫和自由的楚文化伴随着一代代在南国之地成长起来的南国之人，沉淀在他们民族的血液中，融化在一首首古老的诗歌里。

另一方面，汉水流域又深受中原周文化的熏染。周文化集中体现为西周初年由周公为代表的统治者建立和完善的礼乐文化，周公制礼作乐有古籍记载，《礼记·明堂位》云："武王崩，成王幼弱，周公践天子之位，以治天下。六年，朝诸侯于明堂，制礼作乐，颁度量，而天下大服。"③ 周代的礼乐文化是周的统治者在吸取殷商灭亡的经验下，为巩固周朝统治而建立的一套完整的礼仪制度，涉及政治、经济、军事、文化、宗教等各个社会领域，包括了祭祀、田猎、宴饮、婚嫁、丧葬等方方面面的内容。《论语·为政》云：

---

① （汉）班固：《汉书》，中华书局 1962 年版，第 1640 页。
② 王文锦：《礼记译解》，中华书局 2001 年版，第 183 页。
③ 同上书，第 437 页。

"殷因于夏礼，所损益，可知也。周因于殷礼，所损益，可知也。"① 周代礼乐文化是对夏、商文明的集中继承和深入完善，对我国传统文化的保留和传承起到了重要的作用。

周公制礼作乐是在西周建国初期，周王朝以其强大的政治影响力和军事上的威慑力，使周代礼乐文化也随着周朝的强大国力而变成了名副其实的强势文化，向周边的国家不断传播和渗透。陈朝云在《商周中原文化对长江流域古代社会文明化进程的影响》中谈道："周代的青铜礼器在更广阔的地区内传播的历史事实，比如在长江下游的江南地区、中游的两湖地区、上游的四川地区都比较普遍地出现了西周的青铜礼器，并逐渐形成了独具特征的吴越青铜文化、楚系青铜文化和巴蜀青铜文化等体系。尽管这些地方文化体系的器物形态各具地方特征，但其所包含的政治内涵、思想内涵、等级观念及等级制度，却与中原商周时期的礼制文化完全一致。"② 大量考古成果已经向我们雄辩地证明，周代的礼乐文化传播的范围已经到达汉水流域和长江流域。

礼乐文化是周人理性精神的集中体现，与在江汉流域川泽丛林中成长起来的，充满了洒脱浪漫的想象力和恣意纵情的浪漫情绪的楚人不同，周人将理性精神渗透到集体的思维中，以制度的方式规定了人们在日常的生活行为中应该遵守的准则。在这一系列礼仪制度的要求和规约下，周人形成了系统的行为规范和道德标准，符合这些标准的人受到整个社会的尊敬，他们被称为"君子"。孔子在《论语·雍也》中对君子做过最简洁有力的概括："质胜文则野，文胜质则史。文质彬彬，然后君子。"简言之，就是德仪兼备。在周礼的约束下，德和仪都有其内在的诸多要求，君子应该以礼仪制度来约束自己的行为举止，规范自己的仪容服饰。对"仪"的规范主要是为了使君子举止端庄高雅，使人"望而畏之""威而不猛"。如果不注重威仪行止，就会受到像《小

---

① 程树德：《论语集释》，中华书局1990年版，第165页。
② 陈朝云：《商周中原文化对长江流域古代社会文明化进程的影响》，《学术月刊》2006年第7期。

雅·宾之初筵》中那样的强烈讽刺。对"德"的重视则要求君子处理好各种社会关系，让自己渐臻中和谦让、温柔敦厚的理想境界。君子人格不仅是周礼乐文化的集中体现，而且自周公制礼作乐至今已有两千多年，君子人格作为中国儒家传统文化的重要组成部分，一直是衡量个人素质的最高标准。从"二南"诗中，我们也随处可以发现对这种君子人格的赞赏和追求。风诗之始《周南·关雎》的男主人公就是一位深受周代礼乐文化影响的君子。男子思慕淑女，爱而不得，"寤寐求之""辗转反侧"，程度之深令人动容。但男子却有"发乎情，止乎礼"的克制，他要"琴瑟友之""钟鼓乐之"，在礼乐文化的规范下以高雅的音乐来取悦淑女，确实让我们看到了这位君子在追求爱情时仍然保有的君子风度和对"礼"的遵从。

礼乐文化对汉水流域的影响应当是多层面的。"二南"中大量的婚姻爱情诗反映了当时汉水流域的男女在婚恋行为中对礼仪的自觉遵从和对君子人格的追求向往。"二南"中还有一些祭祀诗，这些祭祀诗是对周代礼乐文化中祭祀礼仪的集中体现，表现出浓厚的"礼"的意味。"二南"中诸诗既体现了周文化，也反映了南方特有的风土人情。例如"二南"诗中多次提到"公侯""公""君子""宗室"等反映西周宗法制度的词汇。清代学者顾栋高说："三代之宗法，源于封建。盖先王建树屏藩，其嫡长嗣世为君；支庶则推恩列为大夫，掌国事，食采邑，称公子某。公子之子称公孙，公孙之子以王父字为氏，世世不觉决。"① "二南"诗中还有"钟鼓""琴瑟""金罍""王姬之车"等描写贵族使用的器物的词汇。《郑笺》曰："琴瑟在堂，钟鼓在庭。"扬之水《诗经名物新证》："琴瑟之音细润，可与歌声协比，故设在堂上。……钟鼓，大乐也，又称'王者之乐'，其声高扬，故设在堂下。"② 这些词语都显示出周文化的特点。

---

① （清）顾栋高：《春秋大事表》上卷12，中华书局1993年版。
② 扬之水：《诗经名物新证》，北京古籍出版社2000年版，第335—336页。

但是，特殊的地理区位使汉水流域文化具有了自身的特征。汉水流域地处中国自然地理南北过渡带，北面有强势的中原文化，南面是独具魅力的荆楚文化。"地理环境是人类从事社会生产须臾不可脱离的空间和物质—能量前提，是物质资料生产过程中不可或缺的、经常的必要条件……普列汉诺夫说：'不同类型社会的主要特征是受地理环境的影响后形成的。'"①汉水流域位处两种文化圈之间，既受到自北向南的王化泽被，又必然携带着天生的荆楚文化的基因。这就使得汉水流域文化区别于与它临近的其他文化，表现出看似矛盾实则和谐兼容的双重文化特性。

刘清河在《陕南民情风俗概观》一文中谈陕南文化时说，陕南文化的一大特点就是"南北荟萃，东西交融"②，笔者认为，这既是陕南文化的，推而广之，也适用于整个汉水流域。梁中效在《汉水文化的特色及影响》一文中将汉水流域文化的特点归纳得全面而且精准，在他看来，汉水流域最鲜明的特色就在于"北方与南方文化兼备"，这一特色决定了汉水流域文化的"雄山与秀水文化共存""阴柔与阳刚文化杂陈""开放与封闭文化交替""单一与多样文化并生"这些特点。③潘世东在《论汉水文化的特征》一文中说："作为一种独具特质的地域文化和一种重要的文化资源，汉水文化是沉积与辐射的统一、厚重与灵动的统一、兼容性与独创性的统一、醇厚中和与阳刚峻拔的统一，具有开放性和广适性、持久性和变化性、丰富性和生长性、过渡性与和谐性等特征，与中华民族文化乃至所有人类文化一样，对人类社会的发展起着方向性、支撑力、凝聚力、推动力的作用。"④

汉水流域的文化确实是这样的，融合荟萃了巴蜀文化、荆楚文

---

① 冯天瑜、何晓明、周积明：《中华文化史》（上编），上海人民出版社1990年版，第29页。

② 刘清河：《陕南民情风俗概观》，《汉中师范学院学报》1995年第1期。

③ 梁中效：《汉水文化的特色及影响》，载冯天瑜主编《汉水文化研究》，中国国际广播音像出版社2006年版，第3—8页。

④ 潘世东、饶咬成、聂在垠主编：《汉水文化研究论文集》，上海世界图书出版公司2012年版，第44页。

化、三秦文化、中原文化等众多文化，并在此基础上不断继承和发展，最终形成了与众不同、魅力独特的汉水流域文化。这种文化的特殊性在"二南"中得到了比较清晰的体现，在汉水流域人民的现代生活中更是得到了完整的传承。

汉水流域的文学作品是社会生活的反映，尤其是《诗经》这样的现实主义作品，更是研究先秦周人生活现实的珍贵材料。从"二南"中，我们可以看到当时汉水流域先民们的生活状况，主要可以看到他们在面对恋爱、婚姻时的态度和观念，他们在祭祀时的礼仪和心理，还有整个"二南"诗歌艺术风格所包含的民歌之美，从而了解他们生活缩影背后那些深层次的思想内涵，寻找到汉水流域文化包容、汇聚南北文化的特点。

汉水流域既有南方文化的浪漫飘逸，也有北方文化的刚劲务实；既有以孝文化厚重积淀而著称的孝文化，也有崇神尚仙的武当道教文化。汉水流域巫风盛行，民间有很多关于鬼神的迷信和禁忌，既保留着"跳端公"的巫教歌舞，也保留着从周礼的教化中代代相传的婚丧礼俗。汉水流域孕育和培养了具有开拓精神和冒险勇气的伟大外交家张骞，也诞生了宋玉这样文笔细腻工致的文学家、米芾这样千古留名的书法家。汉水流域的民歌曲调杂糅了川腔的清脆婉转和秦音的浑厚高亢，就连日常的交际语言也是多地方言词汇杂糅汇集，腔调则是南北结合的平和悠婉。

综上，汉水文化是一种多元的文化，它融合了南北文化的特点，投射在"二南"诗歌中，就是将楚人对自由精神的追求和周人对礼乐文化的恪守合而为一，使"二南"在《诗经》这部现实主义的文学经典中，表现出浪漫与现实交融合一的特色。

二 "二南"诗的地域特色

"二南"诗还反映了汉水流域的风物。首先诗中多次提及汉水、汝水和长江。如《汉广》篇提到汉水"汉之广矣，不可泳思。江之永矣，不可方思。"《诗集传》云："汉水出兴元府嶓冢山，至汉阳经大别山入江。"① 即汉水出于今陕西省西南宁强县，至湖北省武汉入长江。《汝坟》中提到的汝水"遵彼汝坟，伐其条枚，未见君子，惄如调饥。"《诗集传》云："汝水出汝州天息山，径蔡颍州入淮。"② 方玉润《诗经原始》引《皇舆表》说："宋汝州，今河南汝州，宋蔡州，今河南汝宁府。宋颍州，今江南凤阳府颍州。"③

在"二南"诗中，有一些标识性的诗句，表明了诗歌产生的地域性特点。如《樛木》有"南有樛木"，《汉广》有"南有乔木"等诗句，显示出它的方位在南方。诗中的"樛木""乔木"是生长在南国的，南是相对北方而言。古人泛指长江流域为南，《周南·汉广序》曰："文王之道，被于南国，美化行乎江汉之域。"可以看出，古人眼中的南国就是"江汉之域。""二南"中还有关于"江"和"汉广"的内容，表明它是汉水以南和长江中上游的作品。《汉广》所咏即是汉水，诗中之"汉有游女""汉之广矣"等以汉水比拟爱情的诗句，说明它是产生于汉水流域的情歌。

《江有汜》中提到的长江"江有汜，之子归，不我以。不我以，其后也悔。江有渚，之子归，不我与。不我与，其后也处。江有沱，之子归，不我过。不我过，其啸也歌"显示了江汉流域的地域特征。方玉润《诗经原始》云："汜江决复入为汜。……沱，江之别者。"④ 程俊英在《诗经译注》中认为"汜""沱"都为长江的支流。⑤

沱，毛传云："沱，江之别者。"《书·禹贡·荆州》有"江汉朝宗于海，九江孔殷，沱潜既道"，孔颖达疏引郑玄注曰："今南郡枝江县有沱江，其尾入江耳，首不于江出也。华容有夏水，首出江，尾入沔，盖此所谓沱也。"则在今湖北省枝江市百里洲北今长江正流一段至江陵县东流，经监利县、沔阳县入汉之古夏水亦为

---

① （宋）朱熹：《诗集传》，上海古籍出版社1980年版，第6页。

② 同上书，第6页。

③ （清）方玉润：《诗经原始》，中华书局1986年版，第89页。

④ 同上书，第113页。

⑤ 程俊英：《诗经译注》，上海古籍出版社1985年版，第36页。

沱，《水经注·江水二》云："江水又东径上明城北……其地夷敞，北据大江。江沱枝分，东入大江。县治洲上，故以枝江称。《地理志》（南郡）曰：'江沱出西，东入江。'是也。"但也有据《禹贡》"岷山导江，东别为沱"，将其理解为长江上游的沱江，所以有"二南"产地西至蜀之说。"江"在古代是长江的专用名词，古人常将"江汉"连称，乃是泛指南方楚地。汜，毛传云："决复入为汜。"《说文·水部》云："汜，水别复入水也。"郭璞注："水出去复还。"则"汜"是指水由主流分岔流出后又流回主流的水。从这些记载中可知，沱、汜均为长江的支流，其地在汉水以南今湖北西北地区和陕西南部地区。《尔雅·释水》（《毛传》）曰："决复入为汜"，《疏》曰："凡水之决复还本水者。""渚"为水中之小洲。《战国策·燕策》载："汉中之甲，乘舟出于巴，乘夏水而下，四日而至五渚。"[1] 可见长江中游以渚为名之多。

《草虫》有"陟彼南山"，《殷其雷》有"南山之阳"。毛传云《草虫》中的"南山"："周南山也。"清人王夫之《诗经稗疏·周南》认为，此"南山"即为终南山，顾祖禹在《读史方舆纪要·陕西一》中亦说终南山又称南山，古名太一山、地肺山、中南山。《小雅》中也多次出现，如《南山有台》《斯干》《信南山》《节南山》《蓼莪》等诗中都提到"南山"，可见这是周境内很重要的山。毛传云《秦风·终南》中的"终南，周之名山中南也。"孔颖达疏曰："《地理志》称'扶风武功县东有大壹山，古文以为终南'。其山高大，是为周地之名山也。昭四年《左传》曰：'荆山、中南，九州之险。'是此一名中南也。"[2] 扶风武功县即今陕西省凤翔县等地，属古周原之地。证明毛传所谓周之南山，即指终南山。终南山属秦岭山脉，在今陕西省西安市南，《汉书·东方朔传》亦云："夫南山，天下之阻也。南有江、淮，北有河、渭，其地从汧陇以

---

① （汉）刘向集录：《战国策》，上海古籍出版社1985年版，第1078页。

② （汉）毛亨、（汉）郑玄、（唐）孔颖达：《毛诗正义》，李学勤：《十三经注疏》，北京大学出版社1999年版，第425—426页。

东，商洛以西，厥壤肥饶。"①

在"二南"作品中，还有许多带有江汉流域特点的动植物，这与创作诗歌的自然环境是分不开的，相对于萧条的北方而言，只有丰饶的南方土地才有可能提供有着如此众多动植物的自然环境。《周南·关雎》有"参差荇菜，左右采之"，《葛覃》有"葛之覃兮""是刈是濩"，《卷耳》有"采采卷耳，不盈顷筐"，《桃夭》有"桃之夭夭，灼灼其华"，《芣苢》有"采采芣苢，薄言采之"，《汉广》有"翘翘错薪，言刈其蒌"；《召南·采蘩》有"于以采蘩，于沼于沚"，《草虫》有"陟彼南山，言采其薇"，《采蘋》有"于以采蘋，南涧之滨"，《甘棠》有"蔽芾甘棠，勿翦勿伐"，《摽有梅》有"摽有梅，顷筐塈之"，《何彼襛矣》有"何彼襛矣，唐棣之华"。从上所引的诗句看，采的野菜有荇、蘋、蕨、薇、蒌、蘩、藻、卷耳等，采集的野果有桃、李、梅、唐棣以及甘棠等，反映渔猎的诗虽只有《兔罝》《驺虞》两首，但涉及的野生动物有麇、鹿、虎、马、羊、犬以及鱼类。周代是以发展农业为主的，但"二南"中未见记载农耕的诗篇，记载较多的是反映采集和狩猎生活的，而江汉之域被认为是南蛮之地，开发较中原地区为晚，农耕生产相对落后，这也说明"二南"不可能是北方的诗歌，而应是南方的诗歌。诗中的"荇菜""卷耳""葛覃""芣苢"等都是南方常见的野菜、野草、野藤等野生植物。还有"关雎"在汉水流域，人们俗称鱼鹰，是捕鱼的水鸟。

除了地域特征之外，"二南"诗中的诗句，也表现出一些江汉流域的方言特点。闻一多在《诗经通义》中考察了《周南·兔罝》和《召南·驺虞》两诗，指出此"兔罝"与"驺虞"两词皆出于楚方言"菟"字。以"肃肃兔罝"一句为例，闻一多曰："《释文》本作菟，云'又作兔'。案古本《毛诗》疑当作菟。菟即於菟，谓虎也。《左传·宣公四年》曰'楚人谓乳谷，谓虎於菟。'《释文》菟音徒。《方言》曰'虎……江淮南楚之间……或谓之於䖘。'《广

---

① （汉）班固：《汉书》，中华书局 1962 年版，第 2849 页。

雅·释兽》曰於'虝,虎也。'《汉书·叙传上》曰'楚人……谓虎於檡。'注'檡字或作菟,并音涂。'於菟或省称菟。《方言》郭注曰'今江南山夷呼虎为虝。虝即菟字。'……楚人呼虎为菟者,此语音之混同,非名物之借用。"[①] "兔"即是"於菟",是楚方言中对虎的称谓。

此外《召南》中的《采蘩》《采蘋》篇有:"于以采蘩,于沼于沚。""于以采蘩,于涧之中。""于以采蘋,南涧之滨。""于以采藻,于彼行潦。"这些反映出的自然环境与生活习性正是长江、汉水沿岸的水乡景象,也与江汉流域一带的地理环境相合。

因此,"召南"之地应以终南山为中心,南及汉水、长江流域,为今陕西与湖北部分地区,是原岐周故地丰、镐一带及其以南的部分地区。

很显然,从"二南"诗所表现的动植物来看,"召南"在陕之西,"周南"在陕之东,仅指西周王畿所在地,包括了武王灭商前就已经拥有的大片土地与成周一带地区。由此证明,如王夫之《诗经稗疏》所谓"二陕分治之地,别为二南",实际上只是以东、西二都为中心的西周王畿之地而已。

对于王畿之地的规制及其作用,《国语·周语上》有这样的记载:"夫先王之制:邦内甸服,邦外侯服。侯、卫宾服,蛮、夷要服,戎、狄荒服。甸服者祭,侯服者祀,宾服者享,要服者贡,荒服者王。日祭、月祀、时享、岁贡、终王,先王之训也。有不祭则修意,有不祀则修言,有不享则修文,有不贡则修名,有不王则修德,序成而有不至则修刑。于是乎有刑不祭,伐不祀,征不享,让不贡,告不王。于是乎有刑罚之辟,有攻伐之兵,有征讨之备,有威让之令,有文告之辞。布令陈辞而又不至,则增修于德,而无勤民于远,是以近无不听,远无不服。"韦昭注曰:"邦内,谓天子畿内千里之地。《商颂》曰:'邦畿千里,维民所止。'《王制》曰:'千里之内曰甸。'京邑在其中央,故《夏书》曰'五百里甸服',

---

① 闻一多:《古典新义》,北京古籍出版社1956年版,第116—119页。

则古今同矣。甸，王田也。服，服其职业也。自商以前，并畿内为五服。武王克殷，周公致太平，因禹所弼除畿内，更制天下为九服。千里之内谓之王畿，王畿之外曰侯服，侯服之外曰甸服。今谋父谏穆王，称先王之制犹以王畿为甸服者，甸，古名，世俗所习也。故周襄王谓晋文公曰'昔我先王之有天下也，规方千里，以为甸服'，是也。《周礼》亦以蛮服为要服，足以相况也。邦外，邦畿之外也。"①《汉书·地理志》曰："初雒邑与宗周通封畿，东西长而南北短，短长相覆为千里。"② 故邦内甸服，指邦畿之内国君直接统治地区，即王畿；邦外侯服，邦畿以外分封诸侯地区；侯卫宾服，前代王族后裔遗存的小国之君，以客礼相待地区；蛮夷要服，服我并加以约束的四边蛮夷地区；戎狄荒服，蛮夷中不服我的，是着重的惩罚对象。在西周初年，周天子曾经任命周公、召公以陕为界，分别统领东西二区，也就直接管辖东西二都所在的王畿之地，而来自于这两个地区的诗歌也因此得以称《周南》《召南》。

"二南"诗中还有反映江汉流域民情民俗的诗，如《桃夭》：

> 桃之夭夭，灼灼其华，之子于归，宜其室家。
> 桃之夭夭，有蕡其实，之子于归，宜其家室。
> 桃之夭夭，其叶蓁蓁，之子于归，宜其家人。

这首诗一般被认为是描写婚姻情景、祝贺女子出嫁的诗。也有的学者认为是江汉之地先民咏桃之作和祭桃之歌。先秦时期，桃是汉水流域茂盛生长最常见的植物，与此地先民的生活十分密切。此地先民出于对桃的依赖，自然就歌咏桃、礼赞桃以表达对桃的感激、热爱和崇拜的心情。《桃夭》每章的前两句，既是对桃的热烈礼赞，又是祝愿桃能茂盛生长。后两句则原为赞美桃被人们取用之后可以福泽其族人。《桃夭》形式整齐，音韵和美，语言生动而准

---

① 徐元诰：《国语集解》，中华书局 2002 年版，第 6—8 页。
② （汉）班固：《汉书》，中华书局 1962 年版，第 1650 页。

确。尤其是每章前两句对桃的形态和桃花、桃实、桃叶的描写，状物细致，赋形鲜明，生动地渲染出桃树那繁荣茂盛、生机蓬勃和花艳实硕的景象。这样词采绚丽、气韵天成的诗歌，在原始社会的图腾时代当然不可能产生，明显具有周代诗歌的特点，而且在周代已演变为用于祝贺女子出嫁、歌颂新娘可以使小家庭幸福美满的仪式歌，它演变的原因当是历史的发展和社会的进步，它演变的基础依然是汉水流域人们对桃的热爱，其演变的方式大概既有个别语词的更改，也有语言形式的修饰和诗章的调整增益。周代以来，它便成了民间流行的婚礼仪式歌。直到 20 世纪 40 年代在湖南、湖北的一些乡村，人们举行婚礼时，仍"要歌《桃夭》三章"。

三 从产生时代探讨"二南"的地域性

"二南"的含义和产生时代及地域，的确是一个分歧较大的问题。郭沫若曾说："《诗》三百篇的时代性尤其混沌，诗之汇集成书，当在春秋末年或战国初年，而各篇时代性除极小部分能确定外，差不多都是渺茫的。"[①]《诗经》主要是周代的诗，周的正史典籍早佚，除了后代的史书及其杂记外，商周时代的历史真迹只能从陶器、甲骨、钟鼎和封泥等器物上看到一些，但其内容又多为祭祀占卜记事，有关《诗》方面的很少。先秦古籍遭秦火后毁之大半，《诗经》因汉儒口诵师传，才比较完整地流传下来，所以班固说："遭秦而全者，以其讽诵，不独在竹帛故也。"[②]汉代又有齐人辕固传《齐诗》，鲁人申培传《鲁诗》；燕人韩婴传《韩诗》，鲁人毛亨传《毛诗》。自东汉郑玄为毛诗作《笺》后，毛诗遂胜，其他三家逐渐衰废而亡佚，今之《诗经》即为毛亨及其弟子毛苌所传的《毛诗》。它原本是真实可信的，内容材料如梁启超言："现存先秦古籍，真赝杂糅，几乎无一书无问题，其精金美玉，字字可信可宝

---

① 郭沫若：《十批判书·古代研究的自我批判》，科学出版社 1965 年版，第 2 页。
② （汉）班固：《汉书·艺文志》，中华书局 1962 年版，第 1708 页。

者，《诗经》其首也。"① 但是，经汉董仲舒"罢黜百家，独尊儒术"以后，《诗》被奉为垂教千古的"经典"，历代统治者从其阶级立场出发，用合乎他们阶级利益的道德标准，曲解这三百篇诗的精神，在经师们凿空推索和迂曲传注之下，产生自民间的诗歌被蒙上了厚厚的瓦砾灰尘，"所论往往为圣哲之遗训，儒先之陈言，又称述旧籍，皆以《诗经》为名"②。在春秋战国时，列国使节在外交宴会上的"赋诗陈志"，以及孟子所称的"知人论世""以意逆志"，就已显露出这种附会的端倪了，原来纯净的诗歌遂变得叫人迷惑费解。我们要了解和研究这些古代诗歌的真正含义，应当以科学的态度，实事求是的精神，探索《诗经》产生的渊源及其他方面。

从产生的时代来看，《诗经》主要是周代的诗，但最早产生当在周前。明胡应麟《诗薮》曰："中古之文，始开于夏，至商积久而盛微，至于周而极其盛。"又说："予窃谓后世之文，鼻祖于夏，而诗胎孕于商也。"③ 但《国风》的具体年代很难确定，风是民间歌谣，十五国风就是 15 个国家和地方的民歌，而民歌流传时间往往很长，难以说清始于何时，所以胡应麟又认为："周之《国风》、汉之《乐府》，皆天地元声，运数适逢，假人以泄之。体制既备，百世之下，莫能违也。"④ 以至"二南"则众说纷纭，茫然莫测了。《毛诗》说它是文王时代的诗，郑笺亦同，也有人根据《汝坟》《甘棠》《野有死麕》等诗考证为东迁以后的诗，如崔述在《读风偶识》中认为《汝坟》"此东迁后诗"。⑤ 现代许多人认为"二南"是东周时代的作品，这样说来，"二南"究竟产生于何时何地呢？

从《诗经》产生的原因来看，《国语·周语》载，西周时代有

---

① 梁启超：《要籍解题及其读法》，载梁启超《国学要籍研读法四种》，吉林出版集团股份有限公司 2017 年版，第 244 页。
② 朱东润：《诗三百篇探故》，上海古籍出版社 1980 年版，第 1 页。
③ （明）胡应麟：《诗薮》，上海古籍出版社 1979 年版，第 125 页。
④ 同上书，第 127 页。
⑤ （清）崔述：《崔东壁遗书》，上海古籍出版社 2013 年版，第 536 页。

这样一套制度："天子听政，使公卿至于列士献诗，瞽献曲，史献书，师箴，瞍赋，蒙诵，百工谏，庶人传语，近臣尽规，亲戚补察，瞽史教诲，耆艾修之，而后王斟酌焉。是以事行而不悖。"① 统治阶级经常举行会盟、庆功宴，以及祭天时、感农事、祭鬼神等活动。由于需要而产生了大量的庙堂之乐，颂就是当时的一种伴奏歌乐。但《诗经》中大部分篇章还是来自于民间。朱熹即认为："凡诗之所谓'风'者，多出于里巷歌谣之作，所谓男女相兴歌咏，各言其情者也。"② 宋郑樵《六经奥论》也说："风土之音曰风，朝廷之音曰雅，宗庙之音曰颂。"③ 风者，土调也，是劳动人民中无名诗人的创作，"村野妄人"之吟，是人们在日常生活中发自内心之感情的流露。《礼记·乐记》说："凡音之起，由人心生也。人心之动，物使之然也。感于物而动，故形于声。声相应，故生变，变成方，谓之音。比音而乐之，及干（盾）戚（斧）羽旄（牛尾），谓之乐。"④ 古人所谓"乐"都是指乐舞而言的。诗就是在乐舞中诞生的。《诗大序》云："言之不足，故嗟叹之，嗟叹之不足，故咏歌之，咏歌之不足，不知手之舞之，足之蹈之也。"⑤ 诗、乐、舞三者是表达人思想情感的共同的有机体，是有节奏的，经过提炼加工以表达生活的一种艺术。

统治阶级为了解人民对政治的反映，以便加强自己的统治，设置了采诗官吏——"行人"将各地民谣民歌采集起来，献给太师（管音乐的），配好乐谱，再演奏给天子听。各地诗歌就这样被集中到中央，这就是"采风"。采集来的诗，经过删定，修改，不断积累起来，到孔子以前便有了和今之《诗经》大体相同的一部诗集，但这只是很少的一部分，鲁迅先生在《门外文谈》中所讲的，

---

① 徐元诰：《国语集解》，中华书局 2002 年版，第 11—12 页。

② （宋）朱熹：《诗集传序》，上海古籍出版社 1980 年版，第 2 页。

③ （宋）郑樵：《六经奥论》，文渊阁《四库全书》第 184 册，上海古籍出版社 2003 年版，第 63 页。

④ 王文锦：《礼记译解》，中华书局 2001 年版，第 525 页。

⑤ （汉）毛亨、（汉）郑玄、（唐）孔颖达：《毛诗正义》，李学勤：《十三经注疏》，北京大学出版社 1999 年版，第 6 页。

就是如《诗经·国风》里的东西，许多也是不识字的无名氏的作品。因为比较优秀，大家口口相传，由王官们检出可做行政上参考的便记录下来。此外消失的真不知有多少。希腊人荷马——我们姑且当作有这样一个人，他的两大史诗集原也是出自口吟，现存的是别人的记录。

因此，何年何月何人于何地采集制作的"二南"就很难确定了，只能根据诗的内容和古人较为可信的记载来探讨。古代很多学者主张"二南"是周公、召公时代的诗，这个观点占绝大多数。《吕氏春秋·音初篇》即云："周公、召公取风焉，以为周南召南。"① 但周召二公历经文王、武王、成王等时代，参与王政，东征西伐，多次受封，既有"二公分陕"之说，又有"周公封鲁、召公封燕"之说，何处而有"二南"呢？《史记·周本纪》载："武王即位，太公望为师，周公旦为辅，召公、毕公之徒左右王，师修文王绪业。"② 绪何业呢？《诗集传》曰："周国本在禹贡雍州境内，岐山之阳，后稷十三世孙古公亶父甫始居其地，传子王季历至孙文王昌，辟国寝广，于是徙都于丰，而分岐周故地以为周公旦、召公奭之采邑。"③《吕氏春秋·古乐篇》曰："周文王处岐，诸侯去殷王三淫而翼武王。散宜生曰：'殷可伐也。'文王弗许。周公旦乃作诗曰：'文王在上，于昭于天，周虽旧邦，其命维新。'以绳（誉也）文王之德。"④ 其诗虽不可全信，但足以说明，西周初年周公旦确实有过献诗活动。《周礼·春官·大司乐》记载，相传周初，在周公旦的主持下，集中、整理、增删了前代各民族具有代表性的乐舞，用于祭祀天地祖先、朝贺等大典。当然，制定礼乐制度的实际目的，是加强等级观念，巩固统治。

召公与乐联系更为紧密，其名奭大约就是与舞有关系。《说文》

① 许维遹：《吕氏春秋集释》，中华书局2009年版，第140页。
② （汉）司马迁：《史记》，中华书局1959年版，第120页。
③ （宋）朱熹：《诗集传》上海古籍出版社1980年版，第1页。
④ 许维遹：《吕氏春秋集释》，中华书局2009年版，第127页。

云："舞，乐也。用足相背，从舛舞声。"① 在甲骨文中古舞字就是表示人的一种欢愉之态，而奭字在古文中也表示人消散愤怒的神态。《庄子·秋水》有"无南无北，奭然四解"，成玄英疏作"四方八极，奭然无碍"②。消散貌已是引申之意。《说文》释"奭，盛也。从大从皕，亦声。此燕召公名。"③ 显然，两字是有相通之处的。召公也确曾在岐邑采集过诗，郑樵的《通志略·氏族略第三》说："召氏，或作邵，姬姓，召公食邑也。"杜预云："扶风雍县东南有召亭。雍今凤翔天兴，此旧地也。"④ 姚际恒亦说"周、召皆雍州岐山下地名，武王得天下以后，封旦与奭为采邑，故谓之周公召公。"并引孔氏之言曰："文王既迁于丰，而岐邦地空，故分赐二公以为采邑"。⑤ 应该说，"二南"诗有些是西周初期周公旦与召公奭时候的。

从"二南"诗的具体内容上看，显而易见其思想内容、语言技巧及艺术形式是《国风》中比较完美、精妙的，考测当时的社会历史背景，会发现"二南"很难说是周后期作品。东周时代社会动荡不宁，阶级矛盾日益尖锐，愁苦骚动的生活，离合悲欢的社会现象，随时随地触目惊心。客观现实愈趋繁复，人们的认识也就随之深化。"二南"的思想情调并没有反映出这种现实，其内容是和平环境下的产物，过去所谓"二南""颂美政""后妃之德"等称誉，当然是不足取的，但说明了"二南"的产生应该是在奴隶社会上升时期。我们知道，是社会的物质生活条件、社会的存在决定着人们的社会理想、理论、政治观点，正如马克思所说："不是人们的意识决定人们的存在，相反，是人们的存在决定人们的意识。"⑥ 因

---

① （汉）许慎：《说文解字》，中华书局1963年版，第113页。

② （清）郭庆藩：《庄子集释》，中华书局2012年版，第600—601页。

③ （汉）许慎：《说文解字》，中华书局1963年版，第74页。

④ （宋）郑樵：《通志略》，万有文库"国学基本丛书"本，第二册，商务印书馆1933年版，第70页。

⑤ （清）姚际恒：《诗经通论》，中华书局1958年版，第12—13页。

⑥ ［德］马克思：《〈政治经济学批判〉序言》，《马克思恩格斯选集》第2卷，人民出版社1972年版，第82页。

此，我们认为，"二南"诗有相当部分产生于周初之说，是较为可信的，而且它们萌生孕育的时间一定更早，被使用时间更长，流传影响更广，其内容、形式、语言发展日趋成熟而完美，所以在春秋时期汇集编订《诗经》时居于首端。① 不过编入《诗经》之时，周后期的一些歌颂周公、召公后代的诗篇也被归入《二南》之中，所以有《甘棠》《汝坟》等，这与《二南》诗有相当部分产生于周初并不矛盾。

四 汉水流域方国考略

对"二南"诗所产生的时代我们作了扼要的分析，但对其来源、作者却尚未明确。在这里，我们有必要从历史背景、社会现状特别是历史地理情况及其地域所在进行考证。

汉水流域是一个相对独立的地理单元。北以秦岭与黄河分水，东北以伏牛山、桐柏山与淮河分水；西南以大巴山、荆山与嘉陵江、沮漳河分水，其东南则进入江汉平原，南以东荆河右堤与新滩口至谌家矶之长江左堤为界，东以澴水与滠水之分水岭为界。其地貌特征是三面高，中部低，南部面向洞庭湖。具体而言，东南部为幕阜山和九宫山山脉，东北部为大别山低山丘陵地带，西北部由大巴山山脉的东段、秦岭山脉的东延部分、荆山山脉、武当山山脉等组成，西南部为高山山原地带，中部为江汉平原。

流域内水系发达，主要支流有汉水上游的褒河、湑水河，汉水中游的丹水、唐河、白河、堵河以及汉水下游的漳沮水、王家河、东荆河、涢水、澴水和滠水等。

在现行政区划上，汉水流域包括陕、豫、鄂三省 11 个地市 68 个县（市）和神农架林区，即陕西省的汉中市、安康市、商洛市及其所属 27 个县、市，河南省南阳市及所属 13 个县、市，湖北省的襄樊市（今襄阳市）、十堰市、荆门市、荆州市、孝感市、神农架

---

① 顾颉刚《论诗经经历及老子与道家书》曰："当时的周诗有四种：一是典礼，二是讽刺，三是赋诗，四是言语。"《古史辨》（一），上海古籍出版社 1982 年版，第 53 页。

林区及其所属 28 个县、市。此外，还包括湖北省天门市、随州市以及武汉市西部。① 研究者认为："这一地区自古就是人类文明的发祥地之一，早在 100 万年以前就有人类活动，商周至春秋战国时期，这里方国林立，是周代封国最为集中的地区。在春秋早期，沿汉水及其支流，大大小小共分布着约 18 个方国，汉水中上游的巴、庸、麇、绞、郡、谷、邓、卢、鄢、罗、吕、申 12 个方国，汉水下游支流涢水流域分布的唐、厉、曾（随）、贰、郧、轸 6 个方国。"② 在这些众多的方国中，有以庸、巴为代表的原生部落方国；以唐、曾、郧、轸为代表的周代姬姓封国；以麇、罗为代表的楚系芈姓封国。以汉水为界，汉水以北是"汉阳诸姬"及众多中原方国的地盘，汉水以南为南方原生部落和楚国所占据。这种地理格局最终为楚国的自由发展构成了有利条件，汉水成为其天然屏障，楚国利用这一屏障，创造了独立发展的机会，最终由不过百里的小邦，发展成为方圆五千里的大国。

　　对于存在于汉水流域商周时期的方国，周人曾经在这里进行了许多开发经营。周灭商以前，在这个所谓南国地域之内，居住着许多部族并建立了许多国家，对这些部族和国家在武王以前和周族的关系，由于文献材料不足而不敢妄做论断。但在武王之世和周发生来往，并建立了军事联盟关系的，却是有史实依据的。武王伐纣所率领的西戎八国中，就有在湖北和陕西交界的南国境域之内的庸、蜀、卢、彭、濮五国，这是《尚书·牧誓》明文记载的。盖周族势力的发展，自太王迁岐开始，"后稷之孙，实维太王，居岐之阳，实始翦商"（《诗经·鲁颂·閟宫》）。至季历时，伐灭邻近戎族，"奄有四方"（《诗经·大雅·皇矣》），把国都向东南迁到毕程（今咸阳北原上）。到文王时，北伐密须（甘肃灵台县），南伐崇，把国都南迁到渭水南岸的丰，《诗经·大雅》所谓："文王受命，有此武功。既伐于崇，作邑于丰"（《诗经·大雅·文王有声》），

---

① 胡刚：《汉水流域夏商时期考古学文化研究》，西北大学 2013 年博士学位论文。
② 蓝哲、龚玉华：《汉水流域古方国的类型及其构成》，《郧阳师范高等专科学校学报》2005 年第 5 期。

周族势力逐步向东南扩展。然终文王之世，史书不言周人势力越出岐丰之地而远达秦岭以南的江汉流域。且当时周人之大敌是东方的商朝，而其主攻面不是南方的小国。庸、蜀、彭、濮和周发生军事联盟关系，盖出于武王灭商的需要，对南方邻邦采取联合团结的政策，而江汉地区所谓南国并未纳入周人政治势力之直辖范围。

周人是在武王灭商，周朝建立以后，逐步从事对南国经营的。《左传·昭公九年》载詹桓伯语曰："及武王克商……巴、濮、楚、邓，吾南土也。"① 巴在今湖北汉水东岸②；邓，在今河南邓州；楚、濮在湖北汉水西岸。又《左传·昭二十六年》载："昔武王克殷，成王靖四方，康王息民，并建母弟，以蕃屏周。"③ 从武王克殷到康王息民的 40 年间，周人倾全力从事对东方灭殷后的巩固工作，故无力无暇对南国江汉进行经营。《礼记·乐记》说："夫乐者，象成者也。……且夫《武》，始而北出，再成而灭商，三成而南，四成而南国是疆，五成而分周公左，召公右。"④ 大《武》乐，是舞蹈表演的乐歌。"象成"，是象征武王所成的功。"再成""三成""四成""五成"，是乐舞的表演遍数。一遍叫一成，也叫"终"。"始而北出"，即一成而北出，象征武王开始会诸侯于孟津，准备伐殷纣王。殷纣王国都在朝歌，其地理位置在周之东北，所以谓之"北出"。"再成而灭商"，是说第二遍乐舞表示武王在牧野打败纣王的军队，灭掉商朝。"三成而南"，是说第三遍乐舞表示武王灭商后班师南返，回到周地。"四成而南国是疆"，是说第四遍乐舞表示武王对殷朝都城以南诸侯国家的征服和分封，如封姜尚于吕（南阳），封周公于鲁（鲁山），封召公于郾（郾城）等。由此可知，周人经营江汉，治理南国，是在武王灭商以后，不可能在灭商之前文王之政教就化行乎南国地区的。

---

① 杨伯峻：《春秋左传注》，中华书局 1990 年版，第 1308 页。
② 顾颉刚：《史林杂识初编·牧誓八国》，中华书局 1963 年版，第 26 页；童书业：《中国古代地理考证论文集·古巴国辨》，中华书局 1962 年版，第 121 页。
③ 杨伯峻：《春秋左传注》，中华书局 1990 年版，第 1475 页。
④ 王文锦：《礼记译解》，中华书局 2001 年版，第 554—555 页。

周人经营江汉，治理南国，从周昭王开始。新出土的《史墙盘》铭文，在叙述周初文、武、成、康、昭、穆诸王的重要功绩时，把昭王伐楚，作为西周初年的重大事件，说明昭王以前周人未尝从事于南国的经营，而周人经营南国江汉地区，正是从周昭王南征荆楚开始的。据《竹书纪年》，周昭王曾两次南征江汉。第一次是"周昭王十六年，伐楚荆，涉汉，遇大兕"①。出师之前，曾命中"先省南国"准备行宫。《中鼎》《中觯》记载了南征军队所经过的地方有方（河南方城）、邓（河南邓州）、鄂师、汉中洲等地，涉过汉水而南，直接挞伐楚国。《中觯》记其"振旅"班师，胜利而归。第二次南征在"周昭王十九年，丧六师于汉"②。从昭王时的铜器铭文来看，昭王两次南伐荆楚，经营江汉都是胜利的。《宗周钟》载：

> 王肇遹相文武勤，疆土南域，服子敢陷虐我土，王敦伐其
> 至，撲（朴）伐厥都，服子乃遣间逆昭王，南夷东夷具见，廿
> 又六邦。③

在南征中，声威所到，能够使南夷东夷的君主 26 人来朝见，胜利的形势已可想见。但在回师的途中，涉汉水，桥梁坏，昭王及蔡公拡（陨）于汉中，六师皆丧，"昭王南征不复"，到春秋齐桓公伐楚时，还在质问这件事情。

昭王两次南征，皆以荆楚为主要对象。据《史记·楚世家》载，楚虽是周的封国，但始终与周为敌。当时楚境距周较近，征服了楚国，则可向汉南次第发展，江汉地区就可以逐步收入周的版图。但由于昭王之死，六师之丧，受了挫折，西周王朝也就暂时停止了对南国的经营，所以昭王南征不返，也就成为西周历史由盛而衰的转折点。过了五世，到周宣王时，西周王朝又大力从事对江汉

---

① （唐）徐坚：《初学记》卷 7《汉水》条下引《竹书纪年》，中华书局 2004 年版，第 143 页。

② 同上书，第 144 页。

③ 黄公渚：《周秦金石文选评注》，商务印书馆 1935 年版，第 10 页。

地区的经营。从《诗经·大雅·崧高》《常武》《江汉》等篇的记载中可见，周宣王是派召虎来主持这件事的。"江汉之浒，王命召虎，式辟四方，彻我疆土……于疆于理，至于南海""截彼淮浦""徐方来庭"。除了征服南国把疆土扩展到南海（云梦地区）而外，还把南国之东的淮夷、徐戎也征服了。《诗经·小雅·召旻》篇说："昔先王受命，有如召公，日辟国百里"，指的就是经营江汉这件事。周宣王派召伯虎经营江汉地区的结果，一是分封申国在今河南南阳，"彻其土田""土疆""迁其私人"，储聚了粮饷，建立起师旅，把申伯培植为"南国是式"的诸侯，把申国武装为"南土是保"的军事重镇；二是在汉北汉东又重新封殖了一些所谓"汉阳诸姬"（《左传·僖公二十八年》晋臣"栾贞子（栾枝）曰：'汉阳诸姬'，楚实尽之"。《左传·定公四年》云："周之子孙在汉川者，楚实尽之。"）隋、唐、息等，和以前分封的巴、应、蔡、蒋等连在一起，使汉北、淮西地区正式成为周朝统治范围。

申是南国的主体，召伯虎封殖申国的方式，是周人武装殖民的基本方式，是周初殖民分封方式的继续。申国被培植起来之后，就成为周朝维护"汉阳诸姬"的后盾，"南国之师"成为周宣王四出征伐的主要武装，而申国在宣、幽之世也就成为"四国于藩"的大国。到了春秋时，申被楚文王灭掉之后，所谓"汉阳诸姬"也就陆续被楚吞吃了。入春秋之后，所谓南国，在《左传》《国语》诸书中已经不能具体找出它的疆域踪迹，就把申和楚作为南国的代号了。

当然，也有的研究者认为，在汉水流域众多的方国中，尤以中上游地区的庸国时代较早、区域较大、国势较强，是该地区方国的代表。关于庸国的起源，史料记载并不多，只有《尚书·牧誓》篇提到随周武王灭商，学界关于庸国的起源说有多种流派，但主要有"容成说""祝融说""巴氏说"和"庸氏说"。庸国历史悠久，国势强大，在楚庄王时与麇、百濮部落联合反楚，前611年被楚所灭。[①] 对古庸国在汉水上游的地理位置和疆域，学界也有不同的看

---

① 李玉洁：《楚史稿》，河南大学出版社1988年版，第24、102页。

法，主要有"容城说""庸国说""竹山说""十七县说"和"三省一市七十一县区说"，而以湖北竹山县为庸国说影响最大。以上诸说各有千秋，只不过囿于文献记载与考古实物匮乏的局限，还有待于进一步考证。

但梳理诸多文献和最近几年的考古发现，我们有必要对"二南"产生地域的古方国作重点探索。

周召之地为周公旦召公奭之采地，前已列述很多。这只是说明产生时间，而诗之来源并非在岐邑，因为"二南"的内容基本上是南国之象，语言、风情是南方的格调，这是显而易见的。如《关雎》《汉广》等大部分都是写南方某处人们的生活和思想。《周南》《召南》的"南"应该是指邑周召之地的南面——今陕西南部一带，广及江汉流域。所以朱熹说："盖其得之国中者，杂以南国之诗，而谓之言自天子之国而被于诸侯，不但国中而已也。其得之南国者，则直谓之《召南》。言自方伯之国被于南方，而又敢以系于天子也。岐周，在今凤翔府岐山县。……南方之国，即今兴元府，京西湖北等路诸州。"① 宋之兴元府者，即今之陕南汉中也。

汉中，原名南郑，其得名，仅据《水经注》说："南郑之号，始于郑桓公（前806—前771年），桓公死于犬戎，其民南奔，故以南郑为称。"② 其地处汉水上中游，秦巴之间，是一个得天独厚、物产丰饶的军事要地。前312年设置汉中郡。《汉中府志》载："汉中郡本附庸国属，周赧王二年，秦惠王置郡，因水名也。"其范围比今之汉中地区的版图要大得多，最初属夏禹贡梁州之域，③后划属雍州，以后又发生了许多变故，到唐德宗兴元元年（784年）改名为"兴元府"。

---

① （宋）朱熹：《诗集传》，上海古籍出版社1980年版，第1页。
② （北魏）郦道元注，（民国）杨守敬等疏：《水经注疏》，段熙仲点校，陈桥驿复校，江苏古籍出版社1989年版，第2311页。
③ 关于梁州之域分歧较大。《中国地名大辞典》载：梁州，古九州之一。《书·禹贡》云："华阳、黑水惟梁州。"《华阳国志·序》云："禹贡梁州之域，为今四川省及云南并陕西汉中迤南之境。"《巴郡》云："武王克商，并徐合青，青梁合雍……迄于汉高祖借之成业，乃改雍曰凉，革梁曰益，古巴、汉、康、蜀，属益州。"

汉中襟山带河，地域辽阔，且形势险固，自古就是兵家必争之地，其历史是古老、悠久的。近几十年间，在这里发掘了许多古迹文物，如1980年6月西安矿业学院地质系和1983年四川大学历史系考古专业实习生配合陕西省社会科学院考古研究所汉水考古队在汉中地区南郑县境内梁山东部的龙岗丘陵地带发现了大量的旧、新石器（采集石制器约436件）。在调查报告中谈到梁山石器的打制与器型，都具有旧石器时代早中期的特征，并且与我国已报导的旧石器遗存有明显的差异，说明汉中在南北方人类文化的继承及自然地理上有着明显的独特风格。

1984年4月中旬，笔者曾在老师的带领下，与几位同学一起到梁山龙岗进行田野考察。在考古队的帮助下了解了部分发掘情况，于断层一侧看到数千年以前这里的人类遗迹，看到一些陶器残片、石制器、骨器等，不仅有龙岗文化遗存器物，仰韶文化半坡类型遗存的代表性器物，也有相当于七千年前老官台文化李家村类型遗存器物，是一处包含着多种文化因素的新石器遗址。当然，关于汉中梁山龙岗文化还有待于进一步发掘和进行考古与历史研究，但目前已发掘的情况，足可以证明汉中历史之古老，文明之悠久。笔者就在断层下发现一小石器，据说是古人用木片渗沙子慢慢将圆石锯为两半制成的斧子，斧刃痕迹犹在，其精细可见，从后来发表的挖掘报告可知，大概类似半坡型砾石砍砸器，展现了早期龙岗人的生产生活状况。①

当人类历史由原始社会进入奴隶社会时期，在汉中一带居住的有羌、氏等族，宋罗泌《路史·国名记·炎帝后羌姓国》载："玄氐乞姓，羌也……今兴（兴元府）、武（武都）、成、阶四州地，盖岐、陇而南，汉川以西皆氐云。"② 可知上古时代岐山、陇山以南，汉川以西广大地方的氐族中有乞姓的羌族（古代氐族和羌族时

---

① 陕西省考古研究所：《龙岗寺——新石器时代遗址发掘报告》，文物出版社1990年版，第16页。

② （宋）罗泌：《路史》，文渊阁《四库全书》第383册，上海古籍出版社2012年版，第260页。

常杂处），这一点无论从文献资料还是地下考古都得以证实。

1955 年以来，在城固县苏村遗址、武郎遗址以及莲花公社等处出土的殷商铜器（约 486 件）为研究殷商疆域及陕南殷商时代的文化提供了重要线索。[①] 卜辞称：殷之东有夷，南有荆楚，北有土方……西有羌。《括地志》载："陇右岷、洮、业等州以西，羌也。"[②] 即在陕西、甘肃之间，汉中的略阳、宁强（羌）一带。按县志载：略阳在春秋乃为"氐、羌所居"，今汉中宁强（羌）县就是因此而得名的。据此，殷商之际汉中似属羌。故《诗·商颂·殷武》云："自彼氐、羌，莫敢不来享！莫敢不来王！"这说明当时羌人被殷人征服，臣服于殷。甚至殷王有权命令羌人开垦土地，这在殷墟卜辞中都有记载，此不赘述。

从城固出土铜器与殷墟器物基本相同这一点上推断，汉中地域文化与殷文化关系较为密切。有研究者认为："殷人的疆域已达陕南地区，当时汉中应属羌地，是羌方的一个部落，是殷代异族方国之一。"[③] 但是，历代史书中似乎没有见封地在汉中地域的记录，这该如何解释呢？汉中上古时代究竟是不是方国？如是，其社会结构、政治、经济又是怎样的？国名是否就叫羌国呢？在夏、商、周近千年以至更早的漫长历史长河中，汉中到底是怎样的社会状况？这些都有待于进一步研究。下面仅以自己的管窥蠡测谈一点初步研究认识。

列宁曾说："马克思辩证法要求对每个特殊的历史情况进行具体的分析。"[④] 我们认为《诗经》与汉中确有密切的关系，决不是从主观出发、以凭空的想象或抽象的概念，来代替具体的客观事实。靠古书的只言片语作出简单的结论是不科学的。任何时代的文

---

① 唐金裕、王寿芝、郭长江：《陕西城固县殷商铜器整理简报》，《考古》1980 年第 3 期。

② （唐）李泰等著，贺次君辑校：《括地志辑校》，中华书局 1980 年版，第 223 页。

③ 唐金裕、王寿芝、郭长江：《陕西城固县殷商铜器整理简报》，《考古》1980 年第 3 期。

④ 《列宁选集》第 2 卷，人民出版社 1972 年版，第 251 页。

学都是一定历史条件下阶级斗争、生产斗争的产物。我们在本书前文所综引的关于《诗经》"二南"研究的各种观点，有些不免有主观臆断之嫌。在这里，要论证"二南"产生的地域性问题，有必要对上古时代汉中乃至江汉流域的历史作进一步详细的考证。

1976年，陕西周原考古队在扶风县庄白大队凤雏村、召陈村等处发掘了两处周宫室建筑基址，四处西周青铜器窖藏以及制骨作坊、平民居住遗址和几百座西周墓葬，出土了大批珍贵文物。其中出土的微伯家族的青铜器种类很多，有盘、壶、爵、鬲、钟等100余件，其中，有铭文者70余件，尤以史墙盘、微伯壶最具史料价值。

微伯即微伯瘨，也称微瘨。"十三年瘨壶"青铜器是西周中期的器物，[①] 记载的是微伯瘨曾在外出田猎时，两次受到周王的重赏，一次在郑（"郑"训重，初文为"奠"，"奠"古或读"尊"），一次在句陵，微伯瘨是周王重臣，曾为郑地之王。郑地，按陈金方同志考证似在南郑，据《山海经》卷4郭璞注郑地云："今京兆郑县也"。《纪年》载："穆王元年，筑祇宫于南郑。"在先秦三郑［南郑、友（郑桓公）郑（陕西华县）、新郑］之中，南郑历史可能最早，因为新郑得名是在平王东迁之后。史载，周宣王二十二年（前806年）封其弟友于郑地（今华县）。当犬戎攻破西周王朝时，郑桓公与周幽王同时被杀，桓公之子郑武公与平王东迁，并吞了桧国等，仍沿袭旧号（为继桓公王业），命名新都为新郑。因此，周夷、厉时的郑（即瘨壶铭文之"奠"），可能就是指南郑——汉中。其地曾是微伯瘨史的属地，与周王朝联系甚密，而周王对微伯瘨也颇钦佩和重用，并多次嘉奖。

还有像"十三年瘨壶"铭文中，也反映出微伯瘨与周交往的一些情况，以及与周王的君臣关系。那么微伯瘨的历史是怎样的呢？这个问题研究清楚了，对了解南郑商周历史是极其重要的。

---

① 周原考古队：《陕西扶风庄白一号西周青铜器窖藏发掘简报》，《文物》1978年第3期。

关于此，"史墙盘"铭文①有很好的说明。史墙盘是西周微国的器物，有铭文凡 284 字，历述西周初穆王以前微史家族的历史。内容可分上、下两部分，前段颂扬文王至穆王的功德，与史书记载相合。铭文下段，记史墙的高祖为微国君主，世处微地，是以周为核心的盟国成员之一，系武王成王时人，武王克商后入周求见，武王命周公给其土地，始受周封，受有在周的官舍和土地，墙的乙祖辅佐成王、康王，受到周王重用（作册）。墙的祖父、亚祖父辛约当康、昭之世，亦在周廷任职，参与周王室政务活动，封作册折，开始使用"癍（样册）"氏族称号（以官为氏）。墙父考乙公（癍组铜器里谓父祖乙公）——丰，是昭王、穆王时人，善法孝友，承继其祖先的事业。墙本人从穆王的后期起，在周廷任史职，所以又叫史墙。癍就是墙的儿子，为微伯癍，约当懿、孝之世（前 10 世纪）。继承祖业为史，但回到微国统治过一段时间。多次受王赏赐，从上述微国关系看，微既保留了方国地位，又在周朝世袭任职。②至此，微史家族的历史有了一个较为明确的线索，但微国的地域在何处呢？

微国的记载最早见于《尚书》，仅有"庸、蜀、羌、髳、微、卢、彭、濮人"和"夷微卢烝"几句，说明不了什么，清曾李淇《竹书纪年义证》卷 16 因《春秋·庄公二十八年》"筑郿"，《公羊传》和《穀梁传》本均作微，而疑在今四川眉山市。新版《辞海》解作"商周时西南夷之国，曾和周武王会师伐纣，地约在今四川巴县"。眉山、巴县都在蜀中，与周室相隔较远，能与周王朝关系如此密切吗？且蜀道当时是否通行尚成问题，据蜀人扬雄《蜀王本记》所言，古时秦蜀之道非常难行，秦王乃造一石牛，藏金于股，赠与蜀王，于是蜀国乃开辟通秦道路，秦王随此路乃发兵袭击灭了

---

① 李仲操：《史墙盘铭文试释》，《文物》1978 年第 3 期；裘锡圭：《史墙盘铭文解释》，《文物》1978 年第 3 期；李学勤：《论史墙盘及其意义》，《文物》1978 年第 2 期。

② 李仲操：《史墙盘铭文试释》，《文物》1978 年第 3 期；唐兰：《略论西周微史家族窖藏铜器群的重要意义》，《文物》1978 年第 3 期；李学勤：《西周中期青铜器的重要标尺——庄白、强家两处青铜器窖藏的综合研究》，《中国历史博物馆馆刊》1979 年第 6 期。

蜀国,[①] 此说不十分可靠,可见蜀道自古就难行。至唐仍是"难于上青天",因此我们认为仅以"郿"字通"微",而疑微国即在郿山县是不符实情的。

又王国维《散氏盘考释》推测为汉右扶风郿县西南,由渭南跨踞南山。试想在国王畿内与王室如此相近之地何以能独立而成为方国?唐兰先生驳曰:"汉郿县在陕西郿县东北,当在岐国境内。决与微国无至,就是渭水南山也不可能是微国,"认为"庸、蜀、羌、髳和卢、彭、濮七国约在今四川与湖北境内"[②],而微"不可考"。

实际上,符合历史背景、地理条件的汉中倒与微方国地域有关系。汉中与关中仅隔秦岭,既可保留方国之地位,又可与周联系密切。周初,以岐而之丰、镐为中心,西面有陇、西秦,东有陈、桧等,东北有唐、魏(后属晋)等,唯独南面无载。陕南偏隅一方,富饶而险固,可是先秦典籍几乎没有记载商周时这里的情况,是否因为微君未被封爵故而不见经传呢?《史记·周本纪》记载武王伐纣至于牧野誓曰:"嗟我有国家君,司徒、司马、司空、亚旅、师氏、千夫长、百夫长,及庸、蜀、羌、髳、微、卢、彭、濮人"。《集解》孔安国曰:"八国皆蛮夷戎狄。羌在西。蜀、叟、髳、微在巴蜀",所云巴蜀就包括川北、陕南交界的汉中地域,包括今安康、镇巴等处。《尚书·伪孔传》同语。

由此看来,微伯癙之在南郑和微所在汉中是相符合的,微伯癙是微国之王,南郑就是汉中。但微国并不等于就是汉中,微国仅仅是商周附属的一个部落形式的小方国,而汉中的地域是较为广阔的,一定还包含其他一些部落方国,如羌、氏等,但羌国与氏国、羌国与微国、氏国与微国的关系是什么状况还有待于进一步研究。

五 微史考与"二南"之关系

微史家族的探求对于我们了解商周时代微国的关系、微国的历

---

① 张震泽:《扬雄集校注》,上海古籍出版社 1993 年版,第 249—250 页。

② 唐兰:《略论西周微史家族窖藏铜器群的重要意义》,《文物》1978 年第 3 期。

史特别是与汉中可能存在的所属关系有很大帮助。但仅从这一点来分析微国的社会状况则是十分不够的。我们一面强调要以马克思主义的历史唯物主义的世界观为指导，"这种历史观就在于：从直接生活的物质生产出发来考察现实生活的生产过程，并把与该生产方式相联系的，它所产生的交往形式，即各个不同阶段上的市民社会，理解为整个历史的基础；然后必须在国家生活的范围内描述市民社会的活动，同时从市民社会出发来阐明各种不同的理论产物和意识形式，如宗教、哲学道德等等，并在这个基础上追溯它的产生的过程"。① 要研究一个民族的发展过程，研究一个历史状态，必须通过研究一个社会的具体而丰富的生产斗争和阶级斗争，才能科学地得到阐明。没有对人类的历史和自然界进行广泛探求，没有考古的发掘和活化石的存在，达尔文的进化论是产生不了的。

同样，对于汉中历史的考查及其与周王朝存在的某些关系的探索，局限于哪一点都不足以论证《诗经》与汉中的必然联系。应该说微之于周，之于《国风》"二南"不是截然异旨、渺不相济的，而是有着十分密切的内在联系。

首先，这种联系是政治经济上不平等的部落联盟的结合。西周汉中地域上的微、羌虽是较为独立的方国，但实质上都是周的附庸，而周本也是商的附庸国。周武王所以能率领"庸、蜀、羌、髳、微、卢、彭、濮"诸国去灭商，是因为周对这些方国是有一定的控制力的。这种形式在古代民族的历史上是常见的，其道理在于部落制度本身还分为高级和低级的民族——这种差别又由于胜利者与被征服部落混合等而更加发展。比如罗马人在征服意大利的过程中，"特别是在拉丁族居住的地区，就常常是在征服之后结成不同形式的不平等的部落联盟"②。微、羌与周的联盟就是从前代所承继下来的部落联盟形式。微伯癀的列祖在周廷称臣，一方面可能是

---

① ［德］马克思：《德意志意识形态》，《马克思恩格斯全集》第 3 卷，人民出版社1972 年版，第 43 页。

② ［德］马克思：《资本主义生产以前各形态》，《马克思恩格斯全集》第 3 卷，人民出版社 1972 年版，第 8 页。

微人感到有联合周的必要，但另一方面也应是形势所迫，不得已而为之，所以一旦周灭商建国，势力扩大以后，就不得不世代屈任周王朝的史官了。政治上被周人所牢牢控制了。"十三年癙壶"铭文所云："癙拜稽首对扬王休"正是有力的说明，与此相对，周人的地位则是极为显赫的。仲长统《昌言·损益篇》载：其时"豪人货殖，馆舍布于州郡，田亩连于方国。身无半通青纶之命，而窃三辰龙章之服；不为编户一伍之长，而有千室名邑之役。"① 但对于劳动人民来说，微家族史也是统治阶级中的一员，而且是周王朝里很富有的奴隶主，微史家族拥有大量的青铜器就反映了他们富裕的程度，在《诗经·周颂》描写西周中期新兴奴隶主经营农业的《载芟》《良耜》两首诗中，微氏家族就是那奢侈奴隶主之一。

其次，从经济上看，微国的富饶对于周王朝有着重要的意义，周之古公亶父迁于岐山原是被迫避狄的，三代励精图治后征服整个商土，所需物质是十分庞大的，这样才有必要联七国去灭商。微国当是其掠夺财富的源地之一。汉水上中游不仅是鱼米之乡，而且有着丰盛的矿物资源，其中金的储量是周岐邑的东、西、北三面所远远不及的，《大系考释》即云："古者南方多产金锡"，同时还有较多的铜。周人征伐南方的一个极其重要的目的就是"俾贯通口，征緐汤口，取厥吉金，用作宝尊彝"，贯通从南方掠夺金属的道路，是为了掠夺南方的铜。②

微氏家族几代在周王朝担任掌仪作册的史官，地位并不那么显赫，但却铸造了大量贵重的铜器。他们的地位和其财产是不大相称的，墙癙如此富有的原因何在呢？这一点唐兰先生解释为："千方百计地谋求扩大耕地面积。"裘锡圭先生也说："这跟微史家族在农业上剥削奴隶特别有办法"是有关系的，但从根本上讲还不仅仅是这些，他们占有的除了表现为商品和奴隶的财富以外，除了货币财富以外，还表现为地产的丰富。恩格斯在谈到古代土地所有权变

---

① 孙启治：《政论校注·昌言校注》，中华书局 2012 年版，第 279 页。
② 唐兰：《略论西周微史家族窖藏铜器群的重要意义》，《文物》1978 年第 3 期。

化时说："各个人对于原由氏族或部落给予他们的小块土地的占有权，现在变得如此牢固，以致这块土地作为世袭财产而属于他们了。"[①] 微国富饶的土地山川是微史家族的本土，是他们取之不尽的资源宝库。微比周本土具有较多的矿物资源，而且当时又有了一定的开发和冶炼的水平。《管子·地数篇》云："上有丹沙者，下有黄金。上有慈石者，下有铜金。上有陵石者，下有铅锡赤铜。上有赫者，下有铁。此山之见荣者也。苟山之见其荣者，君谨封而祭之，距封十里而为一坛。是则使乘者下行，行者趋。若犯令者，罪死不赦。然则与折取之远矣。"[②] 春秋时期人们对矿产有如此这般丰富的知识，无疑是建立在前代基础上的。从矿苗的发现就能知道下面有什么矿藏，因而封起来不让群众自由采掘，微史家族就是凭着他们手中的特权，从微地剥削资源的。因世代在周参政，家业自然也在周地（武王克殷后，于岐邑给予微史官舍和土地），所以剥削（也可能是亲自指挥开采，周时铜矿法律极严，十里以内封锁，百姓擅自采者当死罪）来的这些财产也就随之到周原去了。

再次，微国、羌国及当时汉中地域上还可能存在其他方国的大片土地，又是周奴隶主贵族田猎的场所以及征伐的交通要道，因而康王曾在此建康宫，昭王十六年（约前 10 世纪）第一次伐楚经过时又建行宫，其目的都是掠夺。《诗·大雅·崧高》曰："王命申伯，式是南邦，因是谢人，以作尔庸。"从中就可看出西周是把臣服的地方人民作为佣仆与农业奴隶的。《鲁颂·闵宫》所曰"锡之山川，土田附庸"中的附庸即指附庸于土地的佣仆——农业奴隶，所以微史就将周"广批荆楚，唯狩而行"（史墙盘铭文）作为历史记载下来。

政治上的压迫、经济上的掠夺和军事侵略等暴行，必然会引起人民的反抗，周昭王二次南征，不仅"丧六师于汉"，自己也沉入江底葬身鱼腹了，《史记·周本纪》载："昭王南巡不返"。郑樵

[①] ［德］恩格斯：《家庭、私有制和国家的起源》，《马克思恩格斯全集》第 21 卷，人民出版社 1972 年版，第 190 页。

[②] 黎翔凤：《管子校注》，中华书局 2004 年版，第 1355 页。

《通志略》亦云"昭王之时，王纲不振，乃南巡猎，卒于江上"。

最后，由此反映在"二南"诗中的思想内容呈现出较复杂的情况，有必要进一步认识。"二南"中的诗篇当产生于西周岐邑的南方，广及汉水流域，其地与周在政治经济等方面的联系，前面亦作了一些必要的考证、简略的分析。由以上可见，西周时期汉中与周王朝有着直接而密切的联系。《诗经》中有一部分诗篇就产生在距周较近的羌、微等国，而古羌、微当属于今汉中地域之内。《国风》"二南"是比较典型的代表，有关诗篇的具体内容我们在下面的章节里还要作论述。至于"二南"是如何被采集，献于周室，经整理配乐而编入《诗经》的具体细节现在已无法考证清楚，我们只能从其各方面的联系来推测一些较为接近史实的情况以作分析。微史与周公旦、召公奭有许多交往，在癫壶铭文中，奠之先公乙公郑与旦、奭二公有着相当密切的交情，史学界对之亦有所论及（微史显然乃周公所封），但还需进一步探讨。微伯癫与周王室的"交情"，平心的《"保卣铭"新释》已有详细考证。[1]

可以说"二南"诗有一部分就是微国的地方民谣，表达了当地劳动人民真实的思想感情，在一定程度上反映了西周时代这里人民的生活和劳作情况。当然，在思想性上不可能仅仅局限于此，诗中必有一些统治阶级的意识。《诗经》不但充满了与今语不同的古辞成语，而且在很多地方交织着隐言与雅言，暗写与明写。若不理解这些错综微妙的描写方法，单凭一般的训诂和考证，是不可能深透地揭示这部书的意蕴的。例如，有人认为"二南"的作者多为妇女，反映她们的劳动、恋爱归家、思夫等生活与思想感情，这种认识就不尽切合实际。只从诗表面字句上分析，就难以确切地理解诗意，探索其本质，必须从其时代背景，产生的客观环境、原因等方面去认识。考据并不是我们的目的，但它是我们研究《诗经》必要的途径和手段。再例如，有人将《诗经》中恋爱诗歌的产生认为是

---

① 平心：《"保卣铭"新释》，《中华文史论丛》第5辑，中华书局1964年版。

"性的引诱"①，恐怕实在是失之片面。

因此，要说"二南"以爱情诗为核心，这个核心的实质是什么？仅仅是要宣泄性欲才来吟花弄月的吗？都是普通百姓所作吗？回答不是肯定的。在奴隶制社会里，一般劳动者字尚且不识，岂能写出如此精妙的诗来？更何况妇女根本没有什么地位，而诗当时又是极高雅的东西，作者怎会多为妇女呢？但"二南"又确确实实反映了劳动人民，尤其是妇女的思想感情，这又该作如何解释呢？朱东润先生《〈国风〉出于民间质疑》一文对此谈得很详细："二南"是产生在劳动人民生活中的，而且出自于上层阶级之手，因此，在思想性上多少带着一些奴隶主贵族阶级的烙印。②

"二南"有源于微国之诗，微君又在周廷任史官，是否也包含一些微君的思想呢？《采蘩》云："被之僮僮，夙夜在公。被之祁祁，薄言还归。"《行露》云："谁谓女无家，何以速我狱。"《小星》云："嘒彼小星，三五在东。肃肃宵征，夙夜在公。寔命不同。"这些诗有可能是微君（微人在周作册的为微史，在微地统治的为微君，微君对于周人则为微伯，如微伯瘿就是周人之呼微人）或微史借男女恋爱之情托己怀乡之意，透露出微史对自己国家（聚族而居的部落方国，即国家组织的雏形）壮美的山川江河以及土地人民的向往和思念。《汉广》云："汉之广矣，不可泳思。江之永矣，不可方思。"这是极为真挚的感情，但是对于周统治者来说，微伯、微史同样也是被统治者，过的也是寄人篱下的生活，因而诗中包含着微国人民对被迫世代效命的本国君王的怀念与希冀。《卷耳》云："嗟我怀人，置彼周行。"《桃夭》云："桃之夭夭，灼灼其华。之子于归，宜其室家。"《鹊巢》云："之子于归，百两御之。"《殷其雷》："殷其雷，在南山之阳，何斯违斯，莫敢或遑？振振君子，归哉归哉。"还有他们的痛苦与悲愤。例如，《卷耳》云："我姑酌彼金罍，维以不永怀。……我姑酌彼兕觥，维以不永

---

① 徐调孚：《中国文学名著讲话》，中华书局1981年版，第10页。
② 朱东润：《诗三百篇探故》，上海古籍出版社1981年版，第1—46页。

伤。"《麟之趾》云:"麟之趾,振振公子,于嗟麟兮! 麟之定,振振公姓,于嗟麟兮! 麟之角,振振公族,于嗟麟兮!"正如高亨所言:"慨叹不幸的麒麟,意在以贵族打死麒麟比喻统治者迫害贤人"。① 一个"归"字在"二南"中重复了 15 次,几乎篇篇言归,就是要表达微史的思乡之情,而不是什么"召南之大夫出而行役,其妻所咏"之论调。② 这样论诗,是否断章取义,站到奴隶主阶级的立场上了呢? 我们决没有这样片面的理解,我们反对那种主观臆断、牵强附会的作风,而赞同钱玄同先生的一个观点:"研究《诗经》只应该从文章上去体会出某诗是讲的什么,至于那些什么'刺某王','美某公','后妃之德','文王之化'等等话头,即使让一百人说作诗者确有此等言外之意,但作者既未曾明明白白地告诉咱们,咱们也只好闭而不讲;——况且这些言外之意和艺术的本身无关,尽可不去理会它。"③ 我们的目的也就是要扬弃封建文人的一些不正确的观点,还诗之真容,而这并不是简简单单不去理睬"刺某王""后妃之德"就能做到的,必须全面深入进行研究,才能切近诗意。

同时,我们也知道古典诗歌中确实有言在此而意在彼的,屈原"以求女喻通贤君"的表现手法,《离骚》中一些曲折隐晦的写法,就是交织在现实的叙述中而暗示其用意之所在,这和屈原丰富的生活经历、曲折的斗争实践是紧密相连的,《国风》之"二南"同当时社会生产斗争、阶级斗争密切相关,我们有必要探索清楚。

综上所述,我们认为《诗经》中"二南"产生于西周早期岐邑之南江汉流域的大片地域,包括微国(及羌等),是有史有物可证的。所谓《周南》《召南》也就是当时流传在那里,其中包括汉中及汉水流域一带的地方歌谣,被作为献诗或采诗而奉上于周,在周召二公及微史的主持下经整理配乐及后人加工润色形成的。"二

---

① 高亨:《诗经今注》,上海古籍出版社 1980 年版,第 14 页。
② (清)姚际恒《诗经通论》引欧阳氏之语,中华书局 1958 年版,第 35 页。
③ 钱玄同:《论诗经真相书》,《古史辨》第 1 册,上海古籍出版社 1982 年版,第 46—47 页。

南"抒发了劳动人民对美好生活的向往和追求，对乡土对亲人的眷恋怀思，以及对黑暗现实的义愤不满，反映了西周人民的社会生活，可以看出古代劳动人民在文学艺术上的集体智慧。它产生演化的痕迹，有助于我们辨明《国风》的源流。从"二南"的出现可看出先秦诗歌的辉煌成果。同时，我们在本章中还引述了有关的考古发现及其青铜器铭文，从这些青铜器铭文中可以看出西周时期的一些历史真实情况，与一些传闻异辞或向壁虚构大有区别，它们对研究周代社会以及周与比邻之邦的关系极有帮助，并且从这里也可看出，在三千年以前，我国南方这些地域就和中原地区一样，有了相当发达的青铜文化和诗歌成就，不同地区紧密联系，相互融合，形成了祖国灿烂的古代文明。

恩格斯说："要获得理解人类历史发展过程的钥匙，不应当到被黑格尔描绘成'大厦之顶'的国家中去寻找，而应当到黑格尔那样蔑视的'市民社会'中去找"。① 西周是城市兴起孕育初期，城市又是以土地财产和农民为基础的，是政治、经济的中心，通过考古，研究汉中及汉水流域当时的历史，对于理解认识《诗经》的社会思想内容及正确分析其艺术特色有帮助。反之，由"二南"又可了解当时汉中及汉水流域的社会生活、风土民情等。这些都是十分重要的，研究历史不能只拘泥于政治、经济、思想的"三大块"格式，要重视从整体上研究整个社会生活方式的演变及其他。马克思、恩格斯就是"最先找出不仅要分析社会生活的经济方面，而且必须分析社会生活的各个方面这一问题"的。研究中国历史，不仅要对汉族朝代的兴衰、社会的变迁作出总结，对其他存在于中国版图之上的历史上的一切民族、部落、方国都应予以相当的重视。

第三节　汉水流域的神话传说

我国上古时代流传着许多神奇而优美的历史传说和民间神话。

---

① ［德］恩格斯：《卡尔·马克思》，《马克思恩格斯全集》第 16 卷，人民出版社 1972 年版，第 409 页。

上古时代的神话，如"精卫填海""夸父逐日"等，几乎是妇孺皆知的。尧舜禹的历史传说亦为人们所谙熟。而《山海经》《淮南子》更是保存历史传说与神话的宝库，至今被人们所推崇，这些神话与历史传说仍然反映在民间诗歌中，《诗经》里自然不可避免地留下了关于这些神话和历史传说的记载，而关于汉水女神和大禹治水的神话传说在整个《诗经》中就占有突出的地位。

一 汉水女神

在中国古代神话里，关于女神的传说是很多的。最早的大概要推女娲氏，以后的帝舜之二妃，死后为湘水女神，是较为有影响的。稍后在春秋战国时期，巫山女神的神话广为流传，亦影响了后代许多文人，到汉代魏晋的洛水女神，亦代表了把神话与现实的政治斗争结合起来的范例；再以降就是六朝志怪小说、唐传奇及后来野史笔记中记载的女神故事。细究起来，这些都是源于先秦的神话，只是敷开了去而已。巫山女神之后的女神，比较起《诗经》中《周南·汉广》中的汉水女神，其时代的先后和影响及其所表现的思想内容，都逊色不少。仅从《文选》里许多诗赋对汉女的歌咏即可见一斑。《诗经·周南·汉广》中记载的女神，是一个在汉水流域广为流传的女神，受到人们极端的敬仰。在古代，几乎每一条河水，每一座山脉，都有一个保护神。如果没有这个神灵，人们认为那里就会出现灾难。明清小说《西游记》中记载的各山各地的保护神与《封神演义》中记载的戎马疆场的各种神，都是人们对"神"的崇拜没有完全消去的历史烙印。而《诗经》的作者以民间对汉水女神的爱慕和敬仰，写出了一个美妙动人的女性形象："汉有游女，不可泳思"，真切而动人。

汉代刘向《列仙传》记载的"江妃二女"与郑交甫的故事，似乎讲述的是一个人神相恋的故事，且在"三家诗"中作了征引，用作解诗，可见时代之久远，留下了"交甫解佩"的美丽故事，意味深长。前秦王嘉《拾遗记》中有一段关于周昭王南征与侍女延娟、延娱殒命汉水，以及楚人祭祀周王与二女的民俗风情记载，透视了周王室与"汉阳诸姬"微妙的政治关系。从汉代到明清时期，稗官野史、文人诗赋对汉水女神有大量的记载和歌咏，在与同仁合著的《汉水上游神话传说》一书的第二章第一节里，笔者对此有详细的引证与分析。通过分析汉水女神的文化现象，我们可以得到如下的认识：

首先，汉水女神的传说之所以能够在一个漫长的历史中，在一个辽阔的地域里，滋润、影响着文人的创作，使得中国文学艺术终于形成了在屈、宋作品中所体现出来的"美人之喻"特色，则是因为它丰富的文化意蕴。传说总是讲述着现实中发生的神奇故事，而神奇的事物往往有其神话的渊源，故神话与传说常常难以分清。相比之下，汉水女神的形象不仅与具体历史人物相联系，而且保持了其原始性，具有更广泛的意义，因而也就显得更加神秘，更加令人向往。先秦时期，楚地的汉水、长江流域开发较晚，楚族的文明进程也较中原华夏族要慢，因而楚文化保留了较多的原始风貌。女神的传说可以说是汉水流域文化之原始一面的表现。汉上游女的传说可以视作楚地广泛流传的女神传说的代表，从民间文学与文人文学联系的一般规律看，屈、宋作品中的求女受到了汉上游女这一类楚地民间神女传说的影响。

其次，《诗经》文本对"游女"的"不可求思"，已经有对女神的追慕崇敬之意，在对这类女神的敬仰中，不仅有着人们对美好、对理想的向往，更有着向生命的本原寻求支持与力量的心理驱动。加之早期人们对汉水的崇拜与祭祀，由此产生了汉水女神，演变为郑交甫遇"游女"的美丽动人的故事，得到了诗人的接受与喜爱。汉唐诗人从不同方面描写珠佩与女神的丰富内涵，则代表着人们悲哀生不逢时和在时空中失落与茫然之感。女神带走了人们寄寓在回忆中的希望，留下的只是人对那已逝去的美好的无可奈何的遥望。所以，人们也往往用遗佩、弄珠来概括这故事的全部含义。

最后，由于汉水女神的渊源出自儒家经典，一般读书人都非常熟知，也清楚所赋予其的丰富内涵。人与神女、得佩而又失佩、希望与失望、可望而不可即，勾画出一幅美妙的人神交往的图画。作为诗人笔下的文学形象，汉水女神形象已让我们在艺术化的过程中，感知了神话与诗性的意味。她似神非神、似人非人。她有神的轻灵、飘忽和善变的能力，又有人的善良、真诚和热烈的情怀。还有人间少女的坚贞、多情和敏感的性格。这种特征既使汉水女神有着超然的神性，又有着浓烈的世俗情怀。这一形象特质必然导致这一形象的悲剧结局。在"神道"与"人道"相背离的情景下，任何人神相恋注定是以悲剧而告终的。汉水女神的形象在汉唐诗人笔下，表达赠答、离愁、思念、哀愁、寂寞、孤独之情，而悲剧又唤起了无数人的审美情怀。因此，汉水女神故事的神奇性，使得历代诗人不断探寻和不断演绎，并凝练了"汉皋解佩"（"交甫解佩"）、"神女弄珠"（"游女弄珠"）等典故，体现了丰富的文学和文化价值。但也应该注意到，从《诗经·汉广》开始，汉水女神的文学形象，已经展示了世界上最美好的情爱不能遂心所愿的忧伤，中国文学中企慕追寻的相思情感和欲望，必定受到理性和道德的制约，这是留给我们的深层思考。①

汉代儒生们在注《诗经》时陷于拘泥与附会。《毛诗》认为，"汉女"是"汉上游女""三家诗"中《韩诗》所引的关于郑交甫的故事，虽然有"人神相恋"的意味，但还是偏离了原诗的基本思想内容。诗中的汉水女神本是很崇高和贞洁的，是汉水流域人们顶礼膜拜不可侵犯的偶像，而封建社会的"神"权思想也深深地影响和制约着人们的伦理观念，因而才有"不可求思"的感叹，表达了男主人公追求女主人公不得的惋惜。因而，从神的角度亦可理解为代表着诗的作者及民间崇神者对汉水女神的崇敬。这样的描写在作为封建统治阶级所独尊的儒家经书《诗经》里是不能出现的。这一是因为违背了《诗经》的大旨，二是因为与人们崇拜女神的思想观念不和。作为民间传说得以流传，但与《诗经》里记载的汉水女神可能是两回事。诚然，汉水源远流长，关于汉水定然有很多的神

---

① 张沁文、刘昌安、吴金涛：《汉水上游神话传说研究》，世界图书出版西安有限公司 2014 年版，第 42—43 页。

话。可是，真正能反映历史本来面貌和汉水流域人们思想情致的，只能是最早的汉水女神了吧！

二 大禹的传说

在汉水流域，还流传着关于大禹的神话传说。大禹的传说在古典文献里有很多记载，《山海经》《世本》《竹书纪年》《郭店楚简》《上博简》等则进一步为大禹建立起资料更为翔实的"家谱"。《禹贡》则将西周、春秋以来大禹治水、规划九州、任土作贡、建立五服制等"事迹"进行了系统的整理，大禹的事迹在百家争鸣的学术背景下经过学者们的充分改造，呈现出丰富多彩、栩栩如生的人文面貌。

大禹的丰功伟绩主要体现在治水上。根据传说和文献记载，大禹时期，我国确实发生了较长时期的洪水灾害，前文引证的史料就已经说明，这些洪水使先民的生产和家园遭到了很大破坏，所谓"五谷不登，禽兽逼人，兽蹄鸟迹之道交于中国""民无所定，下者为巢，上者为营窟"。大禹为拯救人民，接受重托，治理洪水，造福人民。在中国第一部诗歌总集里，也有对大禹功绩的记载。《诗经·大雅·文王有声》说"丰水东注，维禹之绩"；《诗经·商颂·殷武》亦言"天命多辟，设都于禹之绩"，等等，都表明了大禹治水的功绩是天下闻名的。

值得一提的是，最近发现并公之于世的西周中期铜器"遂公盨"关于大禹治水事迹的记述在内容乃至用语上均与传世的《尚书》等文献惊人的一致，被认为是大禹治水的证据。[①] 所以，大禹治水的神话故事是可信的，至少反映出4000多年前，我们先民在应对洪涝灾害中表现出了敢于同自然灾害做斗争的大无畏精神。

从文献史料里可知，大禹对汉水有过治理。今天宁强县烈金坝嶓冢山脉的汉王山是汉水之源。山腰白崖湾岩洞旁的摩崖石字，被人们称为禹王碑，就是传说中大禹治水的遗迹。唐代诗人胡曾在

---

① 李学勤：《论遂公盨及其重要意义》，《中国历史文物》2002 年第 6 期。

《嶓冢》一诗中写道："夏禹崩来一万秋，水从嶓冢至今流。"宋代诗人陆游也赋诗曰："嶓冢之高高插天，汉水滔滔日东去。"不仅有岩洞遗迹碑文，在烈金坝尚有禹王宫，建于唐大历年间，明嘉靖年间进行过大规模的维修和扩建，在清朝时为汉源书院。20世纪70年代修建阳安铁路时，禹王宫殿被毁，碑碣石被砸，古树木被伐，仅存一株千年唐桂，根深叶茂，巨枝七出，形若碧绿的华盖，每逢金秋花发，十里飘香。禹宫的桂树现在成为人们缅怀先贤功绩，寄托崇敬之情的所在；桂树也被视为一方祥瑞之树，悉心保护。民间还流传着一则神话，说禹宫古桂的七条苗壮的枝桠是天上七仙女的化身，于是桂树又被蒙上一层神奇的色彩，男女老少更加保之爱之，使它长盛不衰。

《汉中府志》（嘉庆）卷14"祀典"记载了汉中府建有"禹王庙"及祭祀的相关情况："禹王庙·府治西南隅。按：禹之功德，地平天成，万世永赖，凡有血气者，莫不尊亲，非楚人所得私也。然在川陕中，楚人作会馆者，莫不专祠祀禹者，而以三闾、濂溪配，大约估客舟师祈水神之阿护，而以禹为水神矣。相沿日久，祀典能捍大灾，能御大患则祀之，则楚人之专祀禹也可。"① 在今天汉中市汉台区天汉大道原汉中卫校附属医院的东侧，有一条小街道，名为"禹王宫巷"，不知是否如府志中所言的"府治西南隅"——禹王庙的旧址？

《汉中府志》还在宁羌州（即今天宁强县。——笔者注）条下记载了"禹王庙"，并注释说："州北八十里嶓冢山下，明嘉靖十六年，知州王儒建。二十四年，知州萧遇祥重修。嶓冢为汉江发源，禹实经焉，庙历年已久，碑湮堂芜，难申献享，尚待兴葺之者。"② 《汉中府志》卷26"艺文中"还载有一篇明人舒鹏翼所写的《禹王庙记》，兹录如下：

---

① 严如熤主修，郭鹏校勘：《（嘉庆）汉中府志校勘》，陕西出版集团、三秦出版社2012年版，第481页。

② 同上书，第501页。

嶓冢山禹王庙成，汉中府倅张侯良知、宁羌州守萧君遇祥书来，请予记。予惟古圣贤之在当时，有大功德于民者，皆得立庙祀之。朝廷履道建中，尽伦定制，毁淫翼正，靡神不宗。夏后氏绍尧舜精一之传，开子孙帝王继缵之统。五帝让功，三王推德，可千万世祀之。乃于大历服（【御极】——校勘者校注）之九年，诏有司立庙京师，奠玉劙牛，遣官摄祭，载登法典，与祚相称。

若兹庙也，予过屡次。南去州百里许，东去府二百里许，鸟迹兽蹄，通于官道。岁时伏腊，畴荐蘋繁，虽不建可也？张侯书云："禹都安邑，安邑有庙；崩于会稽，会稽有庙；惟是嶓冢，汉江发源，禹实经焉，庙何可废？"萧守书云："鳖灵治蜀水，蜀人祀之；西门豹治邺，邺人祀之。惟是嶓冢，故祠遗址，禹实妥焉，祀恶得乏乎？"予怃然喟曰："昔眉山苏轼撰《韩昌黎庙碑》，谓'公之神，如水之在地中，凿井得泉，岂专在是？'则夫睹河兴思，探穴增感，所从来远矣。肆今之葺而庙，庙而祀也，允宜尔哉！顾小子堕落，岁深荒述，日久大惧，不能侈一辞以发圣之蕴，然愿窃附姓名于石，以垂无疆。"

谨稽首顿首，再拜而记。其略曰：当尧之时，洪水滔天，民遭陷溺，茹毛饮血，厥食惟艰，尧有忧焉。举禹治之，俾绳鲧业。禹自冀州、梁、岐、太原、岳阳、覃怀，至于衡漳；又自积石、龙门、壶口、雷首、底柱、析城，至于王屋；又自嶓冢、荆山、内方、大别、衡山、敷浅、云梦，至于彭蠡，盖不敢堙塞汩乱，以取震怒。故浩浩荡荡，东注江海，禹可谓智矣。禹伤先人父鲧以功不成，乃手足胼胝，居外十三年，过门不敢入。生启，不得子，恶衣菲食，陆行乘车，水行乘船，泥行乘橇，山行乘辇，惟日孳孳排决浚瀹，弗遑宁处，禹可谓孝矣。方其随山刊木，鬼神龙蛇，护惜巢穴，作为妖怪；风沙昼暝，迷失道路。禹乃仰望咨嗟，俄见上帝授以《太上先天呼召万灵之书》，且令其臣狂章、虞余、黄魔、太医、庚辰、童律为之助。由是能呼吸风雷，役使神物，得竟开凿之志，禹可谓神矣。四隩既宅，九牧攸同，稷得以播百谷，契得以敷五教，垂得以司百工，皋陶得以明五刑，伯彝得以典三礼，后夔得以正五音，龙得以主宾。任土作贡，劳而不伐，禹可谓功矣。是故天锡洪范，舜禅帝位，致彝伦之攸叙，会诸侯于涂山，而下民底定，万世永赖。孔子曰："禹尽力乎沟洫，吾无间然矣。"刘定公曰："洪水横流，微禹，吾其鱼乎？"呜呼！禹之功，史虽载之，而不知其由于孝；禹之智，人能言之，而不知其由于神。合智与神谓之圣，合功与孝谓之德，德且圣，庶几其记禹哉！复作《九歌》，俾土人诵之。以侑飨祀。

歌曰："浲水傲尧兮，泛滥国中；四岳荐禹兮，俾为司空。禹治水兮，注之东方；拯横流兮，为民粒食。言乘四载兮，劳身焦思；克尽前衍兮，万世之利。声为律兮，身为度；其言可信兮，其仁可附；庶土交正兮，底慎财赋。不自满假兮，拜昌言；声教讫兮，奠黎元；水土平兮，生齿繁。洛出书兮，锡九畴；通九道兮，开九州；矗矗穆穆兮，六府孔修。娶涂山兮，辛壬；启呱呱兮，何心？荒度土功兮，五服弼成；应历数兮，帝命赫；泣罪人兮，痛自责；舞干羽兮，有苗格；辑五瑞兮，建皇极；朝玉帛兮，会万国。戮防风兮，明黜陟；宅百揆兮，股肱良；敷文命兮，庶事慷；于尧舜兮，大耿光。"[①]

这篇记文总结了大禹的智、孝、神、功，表达了对大禹的崇敬之情，并作歌以颂。文中所记史实，也能与文献相印证。

在光绪十四年所修的《宁羌州志》卷1"山川"中，也对"嶓冢山"做了介绍：

（宁羌）州北九十里，在烈金坝西十里。山势尊严，峰峦

---

① 严如熤主修，郭鹏校勘：《（嘉庆）汉中府志校勘》，陕西出版集团、三秦出版社2012年版，第172页。

回合，蔚然深秀；其相连者，为汉王山。《禹贡》"导嶓冢至于荆山"；《孔传》"嶓冢之山，汉水出焉"；《山海经》"嶓冢今在武都氐道县南"；郭璞注："嶓冢有二，一在天水，一在宁羌；嶓冢以东，水皆东流；嶓冢以西，水皆西流，故俗以嶓冢为分水岭。"山内有洞，宽数丈，深里许，为汉水发源之处。水从下涌出，有声砰砰然，天将雨，则声愈大。洞外有石砌台数丈，为往时祭汉王行礼之所。①

在同书卷二"祠祀"里，对"禹王庙"也有记载："禹王庙，州北八十里，嶓冢山下。明嘉靖十六年知州王儒建，二十四年知州萧遇祥重修，有舒鹏翼碑记"。② 在同书卷五"艺文"中，也收载有明人舒鹏翼的《禹王庙记》。③

在汉水上游的安康市旬阳县，也有大禹治水的遗迹。汉水的北岸，有一洞穴，上面有摩崖石刻，上刻"禹穴"二字。《兴安府志·古迹志》载："禹穴岩洞一丈许，纵横皆一丈有余，相传禹治水至此，上刻禹穴二字。"④ 紧靠"禹穴"二字，还有唐代开元十七年（729）黄土县（今旬阳县旧名）摩崖石刻，其字径约三厘米，现能辨认出者，只有 350 个字，书法"新鲜秀和，呼吸清淑，摆脱尘凡，飘飘乎有仙气"。虽然文字多有漫漶，断文极多，很难成读，但其文意表明：这里在唐代时，就常有官吏及文人学士集会，乘兴吟诗，歌颂大禹的功绩。此处的"禹穴"二字，现虽不能断定为大禹所亲书，但其遗迹久远，早在唐代，就认定此穴就是大禹的憩息之所了。

除了在史志文献里记载了大禹与汉水的关系外，汉水上游的民

---

① （清）马毓华修，（清）郑书香等纂：《宁羌州志》，（光绪十四年刊本），台北成文出版社有限公司 1969 年影印本，第 72 页。
② 同上书，第 122 页。
③ 同上书，第 338—344 页。
④ （清）李国麒纂修：《乾隆兴安府志》，《中国地方志集成》（陕西），凤凰出版社 2007 年版，第 254 页。

间还流传着"大禹王治水"的生动传说：

　　舜时候，天下洪水泛滥，冲毁庄稼，淹没人畜，百姓叫苦连天，汉中到处也洪水滔滔，舜帝爷派了大禹来治理天下的洪水。

　　这年，大禹带了两位助手来到汉中，一位是伯益，一位是应龙，三人乘着木船沿汉江进入汉中，只见汉水滔滔，波浪滚滚，只有湖中小岛上有四盏红灯亮着。大禹高兴地说："有火就有人，我们上岛去吧！"

　　伯益一看，大惊说："那红灯亮光哪是什么渔家之火？分明是两条蛟龙的眼睛，一条大的一条小的，在那里呼风唤雨，兴风作浪哩！"

　　大禹王听了，十分生气，表示非斩杀这两条孽龙不可。可风浪太大，木船很小，无法下手，只好上岸商量。

　　伯益献计说："这南山岭上有很多大竹子，可以砍来造大船，再征两千名猎人和勇士，分两路去进攻孽龙。应龙力大战大龙，我力小战小龙，必然成功。"

　　大禹接受了伯益的建议，命人在南山砍竹子，造了两百条大船，征了两千名勇士，出征这天，大禹指挥两支船队向小岛杀去。

　　应龙带了一百条船，一千名勇士，装着强弓硬弩，硫黄火硝，从南面进，应龙拿着一丈长的大弓，站在船头。那大孽龙中了应龙一箭，受了伤，带箭沿汉江往上游逃跑，应龙带领勇士紧追不放。追呀，追呀，追到宁强烈金坝嶓冢山，到了汉水源头水断陆绝无法逃了。大孽龙见嶓冢山上有个十丈高、十丈宽、十丈深的大岩洞，洞里在淌水，它急了，一头扎进石岩洞里。不料扎在一头犀牛身上，犀牛打了个转身，将孽龙的尾巴压住了，孽龙再也跑不动了，就被应龙捉住了。

　　大孽龙作恶多端，老百姓非常痛恨它，都要求斩了它。大禹王念它是条修了九百年的大蛇精，就没有斩它，命锯了它的角，剥了它的甲，用铁锁锁起来，镇在大巴山下，从此汉江河的大水就退下来了。老百姓非常高兴，从四面八方牵来肥猪，拿来美酒，向大禹祝贺，并盖起了禹庙来纪念他的功劳。大禹也非常高兴，就在烈金坝汉源山的卧牛石上，用蝌蚪神文，镌刻了"斩蛟治洪，永世太平"八个大字。这碑文至今还在山头上，老百姓都叫它《禹王碑》。那用铁锁锁大孽龙的地方，成了现在的"铁锁关"，那条大孽龙，被锁在巴山下，天长日久，成了现在的"玉带河"了。

回头再说伯益吧，他带领一百条大船和一千名勇士，从北边向小岛攻去，箭如飞蝗地射向小孽龙，这小孽龙个头虽小，神通却广大，它的鳞甲硬如钢铁，它能呼风唤雨，推波助浪，狂怒时，能将海浪涌起三丈高，好在伯益的船是大竹做的，不怕风雨大浪。小孽龙见伯益箭法高强，只得一步步向南山退去。

伯益见小孽龙要跑，指挥勇士穷追不放，追到南山下一条河边，只觉得河水冷如冰，只好带着勇士退了出来。这时，却见大禹和应龙领着得胜的船队回来了。大禹问伯益为什么退兵？伯益报告大禹，说是小孽龙退入这冷河中了。

大禹要大家不要怕冷，跟他去捉小孽龙。伯益劝大禹退兵，大禹心想：大丈夫只有向前，哪有后退之理。就鼓起勇气，继续追赶。追了三十多里，追到小南海，见冷水是从一个小洞里流出来的，小孽龙从洞里跑了。

大禹想：小孽龙一定从冷水洞上了山涧，就带着勇士追到回军坝，又追到天池梁，梁顶有口清泉水，泉边有石案石椅石桌石凳。大禹王见小孽龙潜入天池内，命应龙下池去捉这小孽龙，小孽龙无处可逃，被应龙捉了上来。大禹王命召集百姓斩了这条小孽龙。

斩小孽龙这天，天气阴沉沉，四方的百姓都到天池梁来看斩蛟龙，只见应龙高举大斧，一斧将龙头斩了下来，这龙头骨碌碌滚到南边十里山下，还瞪着两眼泪汪汪地看着应龙，应龙说："早知有今日，何必当初？"

小孽龙无话可说，收了眼泪，将龙角变成大树，将龙须变成茅草，将泪水化作白云，所以直到今天，这"龙首山"虽然四季常青，但总是雾气腾腾，不让人看见它的狰狞面目。

大禹王斩了蛟龙，洪水就退了，汉中就变成了鱼米之乡。①

这些美丽的传说反映了汉水流域人们对大禹的景仰和爱戴，也使这位上古神话历史人物具有了鲜明的时代和地域特征。

---

① 周竞主编：《汉中民间故事集成》，第15—18页。《中国民间故事集成》（陕西卷），陕西省内部图书准印证，（陕批）字04941，1990年内部刊印。

第二章 "二南"研究史略

　　对《诗经》的流传和研究可以上溯至春秋时代,《左传》《国语》《战国策》《吕氏春秋》等先秦史料典籍中均有关于《诗经》的记载,其他先秦诸子的著作中也都有关于《诗经》的内容。而成书于东周时期的《周礼》《仪礼》等书也提到了《诗经》。至如司马迁在《史记·孔子世家》中所说"古者诗三千馀篇,及至孔子,去其重,取可施于礼义,上采契后稷,中述殷周之盛,至幽厉之缺,始于衽席,故曰'《关雎》之乱以为《风》始,《鹿鸣》为《小雅》始,《文王》为《大雅》始,《清庙》为《颂》始',三百五篇孔子皆弦歌之,以求合《韶》《武》《雅》《颂》之音。礼乐自此可得而述,以备王道,成六艺",① 则可视为孔子对先秦史料所记述西周以礼乐用《诗经》实践的继承和发扬,是对《诗经》研究的最初形态。自孔子以后历代研究者绵绵不绝,在孔子所开创的《诗经》学道路上不断探索,均取得了丰硕的成果。这其中也包括对"二南"的研究。

　　孔子曾教育儿子说:"女为《周南》、《召南》矣乎?人而不为《周南》、《召南》,其犹正墙面而立也与!"② 显然,孔子对"二南"评价甚高,认为不学"二南"就等于面壁而立,茫然无知。这涉及对"二南"与人的文化修养形成关系的看法。孔子又曰:"《关雎》乐而不淫,哀而不伤。"③ 这是对"二南"中具体篇章的

---

① (汉)司马迁:《史记》,中华书局1959年版,第1936—1937页。
② 《论语·阳货》。
③ 《论语·八佾》。

评价，体现了孔子的审美取向，强调了对诗歌中正和谐之美的肯定与欣赏，从中也可看出孔子对"二南"的重视。

近年来出现的战国楚国简牍中亦有孔子论《诗经》"二南"之作。如上海博物馆藏战国楚竹书中有《孔子诗论》，尽管内容较少，但仍反映了孔子对"二南"的重视。如汉匡衡云："孔子论《诗》，以《关雎》为始。"① 亦找到明证。《诗论》所涉及"二南"的部分有以下内容：

> 《关雎》之改，《樛木》之时，《汉广》之智，《鹊巢》之归，《甘棠》之保，《绿衣》之思，《燕燕》之情，曷？曰：童[诵]而皆贤于其初者也。《关雎》以色喻于礼……两矣，其四章则喻矣。

> 以琴瑟之悦拟好色之愿，以钟鼓之乐□□□[之]好，反内于礼，不亦能改乎？《樛木》福斯在君子，不……可得，不攻不可能，不亦知恒乎？《鹊巢》出以百两，不亦离乎？《甘[棠]》□□□及其人，敬爱其树，其保厚矣。甘棠之爱，以召公……情，爱也。《关雎》之改，则其民益矣。《樛木》之时，则以其禄。《汉广》之智，则知不可得也。《鹊巢》之归，则离者……[召]公也。《绿衣》之忧，思古人也。《燕燕》之情，以其独也。②

这段话是对《关雎》等七篇诗歌的评论。

李学勤先生认为，从"《关雎》之改"，到"《燕燕》之情"七句，是《诗论》作者引用前人的话，并且很可能就是孔子的话，即孔子对《关雎》等七篇诗歌的评论。论述部分分两层：第一层分述《关雎》《樛木》《鹊巢》《甘棠》四篇，第二层对七篇诗歌逐

---

① （汉）班固：《汉书》，中华书局1962年版，第3342页。
② 李学勤：《〈诗论〉说〈关雎〉等七篇释义》，《齐鲁学刊》2002年第2期。

一进行论述。① 孔子所论七篇诗歌，其中五篇是"二南"中的作品，从中可见孔子对"二南"思想意义与教化功能的重视，这是对"二南"所载之礼俗的肯定与赞赏。除此之外，孔子对《诗经》还做过整体评价，这也包括"二南"在内，从中亦可见孔子强调学"二南"之重要性所在。

《论语·子路》篇载，子曰："诵《诗》三百，授之以政，不达；使于四方，不能专对；虽多，亦奚以为？"

《论语·阳货》篇载，子曰："小子何莫学夫诗？诗，可以兴，可以观，可以群，可以怨。迩之事父，远之事君。多识于鸟兽草木之名。"

《论语·泰伯》篇载，子曰："兴于诗，立于礼，成于乐。"包咸注道："兴，起也。言修身当先学《诗》。"刑昺疏："此章记人立身成德之法。"

《论语·述而》篇载，子所雅言？《诗》《书》、执礼，皆雅言也。

《论语·为政》篇载，子曰："《诗》三百，一言以蔽之，曰：'思无邪。'"

《论语·季氏》篇载，"不学诗，无以言。"

《礼记·经解》篇载，子曰："入其国，其教可知也。其为人也，温柔敦厚，《诗》教也。……故《诗》之失愚……温柔敦厚而不愚，则深于《诗》者也。"孔颖达疏云："观民风俗，则知其教。……'温柔敦厚，《诗》教也'者，温谓颜色温润；柔谓情性和柔。《诗》依违讽谏，不指切事情，故云。"②

可以看出，孔子不仅把《诗经》教当作一般的文化教育，而且是当作伦理道德教育、美育以及博物学的教育来看待的。认为学《诗经》不但能提高人的文化水平，使人增长见识，提高观察认识

---

① 李学勤：《〈诗论〉的体裁和作者》，载朱渊清、廖名春主编《上博馆藏战国楚竹书研究》，上海书店出版社 2002 年版，第 57 页。

② （唐）孔颖达：《礼记正义》，李学勤：《十三经注疏》，北京大学出版社 1999 年版，第 1368 页。

世界的能力，还可以培养出良好的品德，近则侍奉父母，远则服侍君王。入仕以后，不论"授之以政"或"使于四方"，皆能在治理国家的政治、外交中发挥作用。应该说，孔子用"思无邪"三字来评价《诗经》305篇的性质，是把《诗经》中所反映的内容均看作典雅无邪的，如果与《诗经》时代相联系来理解，也就是说，孔子认为《诗》305篇之内容是符合周礼要求的，所以才能用以教育后代，① 成为思想文化教育的工具，这与说《关雎》"好色而不淫"在精神上是一致的。

上述资料表明，孔子对"二南"礼俗的研究，不是对其中所载的各种礼俗现象进行考察、辨析，而是重在探索、认识其间蕴涵的思想、文化价值，并以之作为传播教化、移风易俗的材料。这也许是由于孔子与《诗经》之时代相去未远，对于这些礼俗本身十分熟悉，故无须讨论。

《诗经》自孔子对其作出评价以后，遂成为儒家教材与经典，后儒在解经途中对其进行了不断的探索，从而在中国学术史上形成了"诗学"这一重要门类。

《毛诗序》《毛传》《郑笺》等解《诗经》之作反映了汉代人对"二南"的研究成果。《毛诗序》出于阐发经意的目的，全面阐述了作者论《诗经》的主张，从而提出"二南"是"王者之风""诸侯之风"，是"正始之道，王化之基"，提出《诗》有《风》《雅》正变之说，甚至把"二南"25篇诗歌中所反映的内容，均与后妃、卿大夫夫人联系在一起，揭示出对"二南"的重视，反映了把"二南"作为正风的含义。在继承孔子诗学的基础上，把对"二南"思想教育意义的认识提到理论的高度进行阐述，体现了诗学的新发展。特别是把《诗经》看作贵族阶级对上位者的美、刺之作，体现了汉人的诗学特色。《毛传》《郑笺》等《诗经》研究著作，采用了许多汉代文字学、史学等方面的优秀成果，在对"二

---

① 袁宝泉　陈智贤：《〈诗经〉民歌说考辨》，《诗经探微》，广州花城出版社1987年版，第302页。

南"诗义、字句做训诂、考据、注疏工作的同时，对其中的历史、文化内容均有涉猎，并进一步在阐发《毛诗序》的思想上作出了突出贡献，显示了汉代对《诗经》研究和注释的较高水平。直至今日，《毛传》《郑笺》中有关"二南"的研究内容，仍是我们研究"二南"所载礼俗的重要参考。

唐孔颖达《毛诗正义》在对《毛诗序》《毛传》《郑笺》等前人研究进行认真梳理的基础上，又吸收了魏晋六朝以来关于《诗经》学的许多研究成果，体现了高度的文字音义训诂水平。因此，这部书的成就和影响亦极为深远，几乎成为唐以后治《诗经》者必备之书。其中关于"二南"部分，亦是我们诸多问题研究的重要借鉴。

宋以朱熹为代表，对《毛诗序》的许多说法持怀疑态度，提出《国风》是"里巷歌谣之作"，是"民俗歌谣之诗"，对"二南"的研究亦有独到建树。他的《诗集传》反映出他对"民俗歌谣"的理解与我们今天所说的民歌概念有很大区别。从他所说《关雎》等诗是文王"宫中之人"或后妃之作来看，他所说的"民俗歌谣"应该是指诗的内容反映了社会的风俗习惯，不应是从作者的身份来确定的。这对我们很有启发，有助于我们从民俗与礼仪两方面认识"二南"。《诗集传·序》云："《周南》、《召南》亲被文王之化以成德，而人皆有以得其性情之正，故其发于言者，乐而不过于淫，哀而不及于伤，是以二篇独为风诗之正经，自邶而下，则其国之治乱不同，人之贤否亦异，其所感而发者，有邪正是非之不齐，而所谓先王之风者于此焉变矣。"继《毛诗序》之后，进一步明确提出"二南"是正风的观点，还主张学《诗经》要"本之'二南'以求其端，参之列国以尽其变，正之于《雅》以大其规，和之于《颂》以要其止"，这就把"二南"研究提到非常重要的地位上来。与汉代人专注于美刺说诗相比，朱熹对"二南"的研究，在阐发义理的同时能较多注意从诗歌本身入手，以探究诗之本义，并能突破经学局限，照顾到诗的文学性，因而建树颇多。所以他的《诗集传》是一部十分重要的参考书。

元、明二代，学者在前人的学术道路上继续研究，虽也表现出一定的时代风格，但很少有超出前人之处，对"二南"的研究也缺少一定的特色。

清代经学昌明，诗学成果极为丰富。在经历了两汉今古文之争、汉宋之争以后，清代诗学又呈现出一种新的发展趋势，以乾嘉考据学派为代表，反对尚义理、轻考据的宋学，标榜汉学，体现为由重《郑笺》《毛传》，进而重今文三家诗学，走上了一条诗学复古之路。这其中也有能够在吸收前人成果基础上，走自己独特的诗学之路的学者，如姚际恒《诗经通论》、方玉润《诗经原始》、陈奂《诗毛氏传疏》、马瑞辰《毛诗传笺通释》、胡承珙《毛诗后笺》、魏源《诗古微》、崔述《读风偶识》等众多研究著作，于"二南"之研究均有较多创获。

综观先秦至清代的"二南"研究，经过千百年的发展历程，开发出包括文字训诂、天文地理、辞章义理、礼乐传统、礼仪风俗等多种研究课题，并取得了丰硕的研究成果。关于文化传统、礼仪、习俗等各方面内容的研究成果都是十分宝贵的财富，为我们对《诗经》作进一步研究，积累了丰富的资料。但是，专就"二南"所载的礼俗研究来说，则不尽如人意。因为不仅真正对《诗经》"二南"篇所载礼俗作系统研究的著作不多，而且在研究方法上也往往存在着很大的局限，一般来说，多数著作是出于读经的目的，皆重对《诗经》字、词、句、章的考据，而忽视对其礼俗内容作整体性的把握，故缺乏深入的探讨，不能形成系统。

尽管如此，前人的成果还是为我们作进一步的研究奠定了基础，解决了必要的资料与提供了一定的先决条件。夏传才先生称汉代的《毛传》《郑笺》，唐代孔颖达的《毛诗正义》（《孔疏》）和宋代朱熹的《诗集传》为《诗经》研究史上的"三个里程碑"，① 在我们今天的研究中，这三个里程碑的作用也是不容忽视的。

从以上简约梳理中可以看到，"二南"研究史，可以分为四个

---

① 夏传才：《诗经研究史概要·序》，清华大学出版社 2007 年版，第 11—12 页。

阶段：第一阶段是先秦至唐代，为"二南"研究的肇始期。孔子对"二南"的赞誉，《左传》等书对"二南"的引用，汉儒对"二南"的解说，《毛诗》与"三家诗"的异同，王、郑之争下的"二南"，孔颖达在《毛诗正义》里对"二南"的认定等，揭示了"二南"性质类别的复杂性。第二阶段是宋元时期，为"二南"研究的发展期。这一时期，由于疑古思潮的兴起，一批学人对前代关于《诗经》的观点提出了许多质疑，欧阳修《诗本义》、王质《诗总闻》、程大昌《考古编》等对"二南"解读的新见，朱熹《诗集传》对"二南"地域提出的观点，郑樵《通志略》提出的看法，王应麟《诗地理考》揭示的新视角，展示了宋代"二南"研究的多元性和新发展。元代刘瑾《诗传通释》、朱公迁《诗经疏义会通》、刘玉汝《诗缵绪》等对朱子观点的补充与发挥。第三阶段是明清时期，为"二南"研究的鼎盛期。明代前期以梁寅《诗演义》、胡广《诗经大全》、朱善《诗解颐》等为代表，主要是对朱熹《诗集传》的尊崇，创新不多。明中后期以季本《诗说解颐》、何楷《诗经世本新义》、郝敬《毛诗原解》、戴君恩《读风臆评》、万时华《诗经偶笺》等为代表，有的分析多有新意，有的对朱熹的观点进行批驳，展示了《诗经》研究的一些新气象。清代的《诗经》"二南"研究，从学术源流上看，大致可以分为两派。一是考据学派，以陈启源《毛诗稽古编》、钱澄之《田间诗学》、惠栋《毛诗古义》、马瑞辰《毛诗传笺通释》、胡承珙《毛诗后笺》、陈奂《诗毛氏传疏》、焦循《毛诗补疏》等为代表，在名物训诂上下足了功夫，在观点上也多尊崇毛诗，注重传统。一是思辨学派，以姚际恒《诗经通论》、崔述《读风偶识》、方玉润《诗经原始》等为代表，他们多疑古人注疏，试图从诗歌本身出发，挖掘诗歌的意义，有独立思考的精神。这两种不同的思维方式，对《诗经》"二南"进行的有益探索，都取得了丰硕的成果。第四阶段是近现代，为"二南"研究的深化期。主要体现为研究的观念有了更新，研究的方法更加多样化，研究的领域更加广泛。代表人物有胡朴安、傅斯年、闻一多、张西堂、郭沫若、陆侃如、于省吾、朱东润、陈子展、孙作云、余冠英、高亨、程俊英、夏传才、刘毓庆等。尤其是安徽阜阳汉简、上博战国竹简等考古资料的出现，为"二南"研究提供了更广阔的视野，使《诗经》"二南"的研究更加深入。

第一节　先秦至唐代的"二南"研究

从先秦时期的文化思潮来看，人们对《诗》《书》、礼、乐颇为重视。在《诗》《书》、礼、乐之中，《诗经》又是人们学习的重点。春秋晋国赵衰说："臣亟闻其言矣，说礼、乐而敦《诗》、《书》。《诗》、《书》，义之府。礼、乐，德之则也。德、义，利之本。"① 在重视礼义道德的先秦时代，《诗经》不仅被用于各种礼仪场合，同时还被赋予了作为诸侯外交工具的特殊历史使命，学《诗经》用《诗经》成了入仕从政的重要途径。孔子曾经有许多论《诗经》的观点，我们在前面已经做了引述，此不赘述。《左传》引《诗经》用《诗》250多次，其中"二南"诗篇被引用13次，用作"赋诗言志"，歌颂人物，评论史实等。如《左传·成公十二年》，郤至到楚国聘问，楚人无礼，子反誓死力争，引用《周南·兔罝》反驳楚人的无礼：

> 若让之以一矢，祸之大者，其何福之为？世之治也，诸侯间天子之事，则相朝也，于是乎有享、宴之礼。相以训共俭，宴以示慈惠。共俭以行礼，而慈惠以布政。政以成礼，民是以息。百官承事，朝而不夕，此公侯之所以扞城其民也。故《诗》曰："赳赳武夫，公侯干城。"及其乱也，诸侯贪冒，侵欲不忌，争寻常以尽其民，略其武夫，以为己腹心、股肱、爪牙。故《诗》曰："赳赳武夫，公侯腹心。"天下有道，则公侯能为民干城，而制其腹心。乱则反之。今吾子之言，乱之道

———————

① 《左传·僖公二十七年》，见杨伯峻《春秋左传注》，中华书局1981年版，第445页。

也，不可以为法。然吾子，主也，至敢不从？①

有时为了对社会中发生的事表达看法，也常引《诗经》作一评价。如《左传·隐公三年》所载，郑庄公做了周平王的执政官，周平王对郑庄公不信任，暗中又将朝政分托给虢公。庄公责怨平王，虽然周朝与郑国交换人质，但平王死后，周人却把朝政交给了虢公。于是周朝与郑国结下了怨仇，时人引《召南》的《采蘩》《采蘋》以昭彰忠心：

> 信不由中，质无益也。明恕而行，要之以礼，虽无有质，谁能间之？苟有明信，涧溪沼沚之毛，蘋蘩蕴藻之菜，筐筥锜釜之器，潢汗行潦之水，可荐于鬼神，可羞于王公，而况君子结二国之信，行之以礼，又焉用质？《风》有《采蘩》、《采蘋》，《雅》有《行苇》、《泂酌》，昭忠信也。②

史籍中这种实践性的《诗经》运用，表明了《诗经》用途的多样性。除了史书记载《诗经》"二南"被广泛引用，在先秦儒家的言论中，对《诗经》包括"二南"也有许多重要的论述。

一 孔子对"二南"的重视

在先秦诸子中，孔子对"二南"更是情有独钟。他曾对伯鱼说："人而不为《周南》、《召南》，其犹正墙而立也。"③ 孔子为什么这么推崇"二南"呢？这不但与"二南"诗歌本身的内容有关，而且与"二南"在当时的社会地位及社会影响有关。早在鲁襄公二十九年，吴公子季札应聘到鲁国，公事之余请观周乐，当乐工为之歌《周南》《召南》时，他对此赞赏不已："美哉！始基之乐矣。

---

① 《左传·成公十二年》，见杨伯峻《春秋左传注》，中华书局1981年版，第857—858页。

② 《左传·隐公三年》，见杨伯峻《春秋左传注》，中华书局1981年版，第27—28页。

③ 程树德：《论语集释》，中华书局2014年版，第1562页。

犹未也，然勤而不怨矣。"①"勤而不怨""始基之乐"的"二南"，其社会地位和社会影响可见一斑。

从诗歌内容上看，"二南"多为婚恋诗，主要反映男女夫妇关系。而且这种婚恋关系自古就是社会关系中最基本、最重要的社会关系之一。汉代司马迁对此曾有精辟的论述：

> 夏之兴也以涂山，而桀之放也以末喜。殷之兴也以有娀，纣之杀也嬖妲己，周之兴也以姜原及大任，而幽王之禽也淫于褒姒。故《易》基乾坤，《诗》始关雎，《书》美厘降，《春秋》讥不亲迎。夫妇之际，人道之大伦也。礼之用，唯婚姻为兢兢。夫乐调而四时和，阴阳之变，万物之统也。可不慎与？人能弘道，无如命何。②

可见，作为社会生活之基本的婚姻关系，直接影响着国家的稳定与集团的兴盛。先秦时期，诗乐合一是"二南"诗歌的音乐特性，孔子对此也早有论及。孔子执着地赞美"二南"，其原因是什么呢？

首先，孔子赞美"二南"，是因为"二南"体现了家庭和谐、万物之基。男女是天地的起源，夫妇是人伦的基础，家庭的意义在原始先民那里至关重要。《诗经》首篇《关雎》就讲婚姻大义，③也具有同样的内涵。儒教宗法血缘社会强调一种身份认同，个人的价值必须依托于家庭和国家。"二南"中的大量诗歌涉及家庭夫妇关系，这不是一个偶然现象。《周南·关雎》开篇就言"关关雎鸠，在河之洲。窈窕淑女，君子好逑"。"窈窕淑女"不仅是对女子外形的赞美，更是对女子道德和品性的肯定。这样一个贤良淑德的女子才是君子喜欢的配偶。"好逑"昭示着作为家庭和谐之基的男女德性的重要性。家庭的夫妇、父子关系推及开来，就是君臣关

---

① 杨伯峻：《春秋左传注》，中华书局 2009 年版，第 1161 页。

② （汉）司马迁：《史记》，中华书局 1959 年版，第 1967 页。

③ ［美］郝大维、安乐哲：《孔子哲学思微》，江苏人民出版社 1996 年版，第 135 页。

系，这种关系反过来成就和影响着家庭的和谐内涵。儒教一开始就关注个人的自我教化，尤其是对君臣的教化，要求统治者以模范道德感召天下。这一点在《诗经》"二南"中得到了充分体现。

孔子一生追求的是"仁"和"礼"，而辅佐周王的周公和召公强调了贵族的个人品德修养，维护了"亲亲尊尊"的伦常关系，这正是孔子心目中的理想。《诗经》"二南"中的那些夫妇应该具有的德行和家庭之和，不仅体现了周公和召公精神，实际上是孔子理想的折射。

其次，孔子称赞"二南"，体现了"二南"所具有的国家稳定之本。西周都城丰镐，为夏故城，周人往往自称夏人，因此周人的诗歌称为"雅诗"。"二南"产生于王权中心，具有"雅乐"的性质。早在礼典实行以前，"乐"就以艺术的形态进入了政治和宗教领域。西周初年，周公三年东征，平定内乱，抵御猃狁入侵，维护"华夏"一统的局面，形成了"普天之下，莫非王土；率土之滨，莫非王臣"的格局，是深受孔子肯定的。《论语·宪问》曰："管仲相桓公，霸诸侯，一匡天下，民到于今受其赐。微管仲，吾其被发左衽矣。"① 在孔子看来，管仲拯救了整个华夏世界。《左传》记载了一段管仲对齐桓公的说辞，"戎狄豺狼，不可厌也；诸夏亲昵，不可弃也。宴安鸩毒，不可怀也。诗云：'岂不怀归？畏此简书。'简书，同恶相恤之谓也。请救邢以从简书。"② 管仲认为华夏诸国之间是兄弟关系，认为齐国有责任救援邢国。孔子之所以对管仲评价极高，是因为在他心中"华夏"的内涵高于一切。

《诗经》的"二南"是周公和召公统辖的国家政权中心，具有安抚四方，稳定国家的重要意义。周公和召公通力合作，保持和谐稳定，就意味着国家的稳定与祥和，同时也为其他"诸夏"地区的姬姓和非姬姓国人树立典范，彰显国威，意义可谓重大。

最后，孔子钟爱"二南"，是把"二南"看成了礼仪教化之

---

① 程树德：《论语集释》，中华书局 2014 年版，第 1276 页。
② 杨伯峻：《春秋左传注》，中华书局 2009 年版，第 256 页。

源。礼乐文化是周代文化的重要组成部分，是周代社会制度和精神文化的最重要体现。孔子对"周礼"推崇备至，《论语》一书中多次记载了孔子对"周礼"的赞美。例如，"周监于二代，郁郁乎文哉！吾从周。"（《论语·八佾》）"礼之用，和为贵。"（《论语·学而》）"为国以礼。"（《论语·先进》）"不学礼，无以立。"（《论语·季氏》）此外，在《礼记·中庸》中说："吾学周礼，今用之。吾从周。"《孝经·广要道》也说："安上治民，莫善于礼。"从这些言论中，不难看出孔子对"礼"的崇敬。

我们知道，礼对人是有要求的，其核心就是诚。唯有正心诚意，才能达到礼的效果。而这种诚体现为一种严格的程序和恭敬的态度。在大型的典礼仪式中，"礼"的内涵体现得更为深刻。典礼要求人们庄重、谨严、守序。周代的礼乐制度是在周公"制礼作乐"基础上发展而来的，它将"神道"转为"人道"，使得礼乐精神更具有人文化的气息，这种"人道"在很大程度上体现为一种"德性"，尤其是贵族的精神德行。《诗经》中大量出现的所谓"君子"，就具备一种贵族精神。先秦贵族的文化人格与其说建立在一个理想的环境里，毋宁说建立在理想的追求中。在孔子看来，《诗经》"二南"传达了一种温柔敦厚、和平中正的礼乐精神内涵。

先秦儒家对《诗经》引用评价除孔子外，孟子、荀子也有较多的论述。孟子提出"以意逆志"与"知人论世"的读诗方法，影响深远。但孟子对"二南"似乎没有留下任何评论。荀子是先秦引诗最多的儒家学者，据统计，《论语》记孔子言论涉及《诗经》的有20处，《孟子》记孟轲涉及《诗经》的有49处，而《荀子》一书涉及引《诗》、评《诗》的有90多次。① 荀子赞赏"《国风》好色、《小雅》疾今"。他在《大略》中说："《国风》之好色也。《传》曰：'盈其欲而不衍其止，其诚可比于金石，其声可内于宗庙。'"② 荀子用文学的眼光评价了《国风》中的爱情诗以及"二

---

① 袁长江：《先秦两汉诗经研究论稿》，学苑出版社 1999 年版，第 123 页。
② （清）王先谦：《荀子集解》，中华书局 2013 年版，第 603 页。

南"诗歌多用于燕享祭祀的事实。

在先秦的用诗中涉及"二南"具体篇目的有不少，但从《诗经》学理论上对"二南"论述的并不多，除了孔子和吴国的季札以外，对"二南"作过重要论述的就是《吕氏春秋》。其中《音初篇》云：

> 禹行功，见涂山之女，禹未之遇而巡省南土。涂山氏之女乃令其妾，候于涂山之阳，女乃作歌，歌曰："候人兮猗"，实始作"南音"。周公及召公取风焉，以为《周南》、《召南》。①

《吕氏春秋》不是一本研究《诗经》的专著，但其中的《音初篇》在讨论四方风土之音"东音""南音""西音""北音"的最初发生情况时，从音乐发生论与传播视角，说明"二南"诗歌的渊源、采入北方的时间、收集整理者以及命名情况，从而揭示出"二南"与周王朝的密切关系。它成了"二南"研究不可忽视的最重要文献资料，对以后历代"二南"研究产生了深远的影响。② 以后，关于"二南"命名的"南化说""南音说""南国说""南土说"无不是从此演绎出来的。尤其是汉代毛苌《毛传》、郑玄《诗谱》、唐代孔颖达的《正义》，他们在"二南"问题上所做出的经学附会与历史推演，并把《周南》《召南》与周公、召公联系起来，这恐怕都是《吕氏春秋》直接影响的结果。

二 汉代"四家诗"对"二南"的解说

《诗经》研究进入汉代，形成了一个繁荣的景象。《诗经》研究分多家，主要学派有齐、鲁、韩、毛四家。《毛诗》后起，主要流传于民间。直到东汉郑玄为《毛诗》作笺，使得《毛诗》取得《诗经》学中的优势地位。《毛诗》与三家诗之间的斗争，对郑玄

---

① 许维遹：《吕氏春秋集释》，中华书局 2009 年版，第 139—140 页。
② 谭德兴：《论先秦时期的"南音"北传》，《贵州大学学报》2004 年第 3 期。

《毛诗郑笺》的态度，构成了汉代《诗经》学的主要内容。

《毛诗》与三家诗，作为不同的《诗经》学体系，在"二南"问题上所存在的分歧有三个方面：

首先是"二南"的地域位置。关于"二南"的地域，鲁诗学派认为，《周南》《召南》在今河南洛阳、颍州一带，即"古之周南即今之洛阳"。又曰："洛阳而谓周南者，自陕以东，皆周南之地也。"① 韩诗认为："其地在南郡、南阳之间。"毛诗学派的郑玄认为周南、召南在岐山之阳（即今陕西西安西北），是周、召二公分陕而治各自的采地。孔颖达在郑玄的基础上肯定了周、召采地的位置，并指出文王将岐邦空地，分赐为周公、召公采邑，"二南"诗篇就产生在这里。② 关于"二南"的地域，毛诗与鲁、韩说法各异。汉代的何休在《春秋公羊解诂》中虽然主张周公、召公分陕而治，并以"陕"为界，但他认为"自陕而东者，周公主之；自陕而西者，召公主之"这个"陕"并不是郑玄所谓的"岐山之阳地名"，而是指河南境内陕县一带。这样就将"二南"诗的发源地移到了以"陕县"为中分的中原一带。这一说法事实上得到了司马迁的支持。今文学派的鲁、韩、齐诗后学者在坚持周召分陕而治的基础上，把"二南"的地域定位于河南一带。孔颖达的《毛诗正义》认可了周、召二公分陕而治之说，支持公羊派对"陕"的理解，形成"周原说"与"分陕说"的融合，成为《毛诗》学派关于"二南"地域最为权威的理论。宋代疑古思潮对汉唐以来的《毛诗》旧说产生了极大冲击，特别对《毛诗》旧说有关"二南"的诸多问题提出质疑。"二南"地域自然也成为当时疑古的重点对象。朱熹释《周南》之"南"，将"南"视为"南方诸侯之国""二南"之诗是周、召二公所采的"南国之诗"。③ 随着疑古学派在斗争中

---

① （清）王先谦：《诗三家义集疏》，中华书局1987年版，第1页。

② （汉）郑玄、（唐）孔颖达《毛诗正义·目录》疏："文王受命，作邑于丰，乃分岐邦。周、召之地，为周公旦、召公奭之采地，施先公之教于己所职之国。"李学勤：《十三经注疏》，北京大学出版社1999年版，第11页。

③ （宋）朱熹：《诗集传》诗卷第一，上海古籍出版社1980年版，第1页。

的胜利,朱熹的解释逐渐成为宋学的权威。在《诗经》地理上颇有建树的清代《诗经》学者朱佑曾发挥了《韩诗》之说,认为"二南"诗歌多作于河洛至江汉之间。① 之后,三家诗学派的陈乔枞利用"二南"诗篇内证对"二南"地域作了"精确"定位,认为"二南"的地域主要是在江汉流域。② 此说得到了魏源等人的支持和拥护。当今学者陆侃如、杨伯峻等对此说保持高度关注与重视。纵观《诗经》学上关于"二南"的地域争论,《毛诗》学派与三家诗是在汲取对方合理的因素中相互为用的。

其次是"二南"的诗旨。班固《汉书·艺文志》说:"汉兴,鲁申公为《诗》训诂,而齐辕固、燕韩生皆为之传。或取《春秋》,采杂说,咸非本义。"③ 取《春秋》,采杂说,"咸非本义"充分说明不同诗学派别的差异与分歧。在"二南"诗义上,《毛诗》比三家诗走得更远。《毛诗》解读"二南"之诗处处不离"后妃之德、文王之化",并把它提到"正始之道,王化之基"的高度,几乎全用政治道德的观点来解诗。三家诗认为,"二南"诗篇并不是文王时作品,许多是康王时诗,甚至一些诗篇是东迁以后的作品。他们在解读"二南"作品时更有文学特色和文学意味,有时还涉及民俗学的观点。如《韩诗》论《汉广》:说人也;论《茉苢》:伤夫有恶疾。可见,三家诗的这些解读已经远远超越了《毛诗》释《汉广》《茉苢》的那种刻板与凝重,给人以清新之感。

最后是"二南"诗篇的作者、编排次序。"二南"诗篇的作者问题,是《毛诗》与三家诗之间争论的重要方面。如《韩诗》认为,《茉苢》为蔡人妻作;《汝坟》为周南大夫妻作;《行露》为召南申女作;《关雎》为毕公作(注:韩、鲁同)。在诗篇的编排上,齐诗,先《采蘋》而后《草虫》,这与《毛诗》编排的次序是存在分歧的。此外,在"二南"诗篇文、训诂上,《毛诗》与三家诗同样存在差异和分歧。《毛诗》与三家诗在"二南"体系上的差异构

---

① (清)朱佑曾:《诗地理征》卷1"周南"条。
② (清)陈乔枞:《三家诗遗说考》卷1。
③ (汉)班固:《汉书》,中华书局1962年版,第1708页。

成汉代诗学的重要内容。①

三 唐代孔颖达"二南"研究的特点

在汉唐时代，郑玄、孔颖达的"二南"研究，也有重要的意义。郑玄在《诗经》学上最主要的贡献就是注释《毛诗》，撰写了《毛诗郑笺》，开创了《毛诗》的辉煌。魏晋《诗经》学者对《毛诗郑笺》的拥护与否定，毛、郑谁是《诗经》学的正宗，其实质只是《毛诗》内部之间的分歧。孔颖达在"疏不破注"的诗学原则上疏解《毛诗郑笺》，在思想上使《诗学》"论归一定"。② 因此，在"二南"的研究上，孔颖达比郑玄又更进了一步，主要表现在三个方面：

一是解释更为明确，资料更为翔实。郑氏、孔氏都以宗毛为主，在《诗经》学上同属于汉学体系，他们的思想内核和价值取向具有诸多的共性，都致力于维护《毛诗》关于"二南"的权威性。郑玄在笺"二南"时往往能在《毛传》的隐言之处有所发挥，而孔氏却用大量的文献资料作为旁证，使得解释更为明确，疏证更为翔实。如对郑玄《诗普序》"文、武之德，光熙前绪，以集大命于厥身，遂为天下父母，使民有政有居。其时《诗》，风有《周南》、《召南》，雅有《鹿鸣》、《文王》之属。及成王，周公致大平，制礼作乐，而有颂声兴焉，盛之至也。本之由此风、雅而来，故皆录之，谓之《诗》之正经"的疏证就花了大量的笔墨，并引用了《尚书·泰誓》《春官·乐师职》《仪礼·乡饮酒》《燕礼》《仪礼》《左传》《国语》《论语》中的文献材料来说明《毛诗》的真实性。

二是孔颖达更注意到"二南"诗篇的文学性。事实上，经学与文学之间就是不可截然分开的实体。在经学昌明的汉代，文学在经学内部孕育发展，无论是《毛传》还是《郑笺》，在对"二南"解说时应具有文学因子的存在。魏晋经学的主流文化地位的动摇，玄

---

① 李昌礼：《诗经二南研究》，贵州大学 2008 年硕士学位论文。
② （清）纪昀等撰：《钦定四库全书总目》（整理本），李学勤主审，中华书局1997 年版，第 188 页。

学兴盛使《诗经》学的非经学研究得以发展。孔颖达虽是"因《郑笺》作《正义》"来复兴汉学的。但此时，文学因素对孔氏疏《笺》的影响是比较明显的。疏解"二南"的旁证材料就已经很有文学意义了。

三是孔颖达在"二南"的疏解中更具有包容性。由于郑玄身处乱世，他治《诗经》在于维护时代文化；孔颖达际遇治世，疏《郑笺》目的在于构建时代文化。两人虽然同为经学家，在宣扬政治教化时，郑氏解说"二南"具有排他性，而孔氏则表现为"融贯群言"的包容性。总而言之，孔氏《毛诗正义》的诗学体系主要是对《毛诗》的继承，对郑玄《郑笺》诗学的补充与发挥。郑氏、孔氏"二南"研究那股温情脉脉的"教化"意味，也印记着浓郁的时代特色，具有丰富的时代内涵。

《诗经》学发展自汉至唐的几百年里，历经一个分合的过程。然而《诗经》之所以为诗，是因为《诗经》本身所具有的文学特征。尽管经学文学化与文学经学化在汉代就有了互动，但文学化《诗经》学研究在魏晋南北朝儒学式微的影响下才有新的突破，经学化的《诗经》学研究仍然是《诗经》学研究的主流。因此，汉代出现的《毛诗》与三家诗在"二南"上的分歧，魏晋南北朝的郑、王之争，以至郑玄、孔颖达在周、召"二南"研究上的呼应，基本上反映了汉魏到唐代的"二南"经学性研究状况，代表了汉唐"二南"研究的最高水平。

第二节　宋元时期的"二南"研究

宋代是一个"疑古惑经"的变革时期。经典重注是在汉唐《诗经》学的基础上开辟有宋以后的《诗经》学新风。皮锡瑞《经学历史》说：

> 自汉以后，说《诗》皆宗毛、郑。宋欧阳修《本义》始辨毛、郑之失，而断以己意。苏辙《诗传》始以《毛序》不

可信，止存其首句，而删去其余。南宋郑樵《诗传妄辨》始专攻毛、郑，而极诋《小序》。……朱子早年说《诗》，亦主毛、郑；吕祖谦《读诗记》引朱氏曰，即朱子早年之说也。后见郑樵之书，乃将《大小序》别为一编而辨之，名《诗序辨说》。其《集传》亦不主毛郑。①

一 理学思想下的"二南"研究

宋学是不同于汉唐《诗经》学的又一体系，宋代的《诗经》学对《诗经》的研究却影响至今。当代的学者们认为，《诗经》在宋学理论观照下，"二南"研究总体上可分为理学化研究和文学化研究两个方面。宋代诗学的理学化研究主要体现在北宋的二程、张载以及欧阳修等人的《诗经》学著述中，而南宋的朱熹、吕东莱以及杨简等又将宋代《诗经》学理学化发展推向高潮。《诗经》学的理学化标志着《诗经》学发展方向的深刻转变。特别是"二南"的理学性解读更能揭示出《诗经》学理学化的目的与内涵。从二程到朱熹，从陆九渊到杨简，他们无不将"二南"纳入了理学领域之中，在构建理学化《诗经》学方面具有重要意义。二程说："二南"之诗，"盖圣人取之以为天下国家之法，使邦家乡人皆得歌咏之也。有天下国家者，未有不自齐家始。"②

朱熹《诗集传序》说：

> 本之二《南》以求其端，参之列国以尽其变，正之于雅以大其规，和之于颂以要其止，此学《诗》之大旨也。于是乎章句以纲之，训诂以纪之，讽咏以昌之，涵濡以体之，察之情性隐微之间，审之言行枢机之始，则修身及家，平均天下之道，其亦不待他求而得之于此矣。③

---

① （清）皮锡瑞：《经学历史·经学变古时代》，中华书局1981年版，第244页。
② （宋）程颢、程颐：《二程集》，中华书局1981年版，第72页。
③ （宋）朱熹：《诗集传·序》，上海古籍出版社1980年版，第2页。

二程与朱熹虽然在解诗中存在差异，但他们的《诗经》学共同旨归是一致的，都具有强烈的理学化思想。在解读"二南"时，在继承汉唐重"政治教化"的同时，更是有意识地将诗义伦理化和道德化。在朱熹看来，研究《诗经》的最终目的在于"修身及家，平均天下之道"，"二南"又是寻求其"道"开始的门径。这其实是二程《诗经》学对"二南"的进一步发挥。《二程集》云：

> 天下之治，正家为先。天下之家正，则天下治矣。《二南》，正家之道也，陈后妃、夫人、大夫妻之德，推之士庶人之家，一也。故使邦国至于乡党皆用之；自朝廷至于委巷，莫不讴吟讽诵，所以风化天下。……为此诗者，其周公乎！古之人由是道者，文王也，故以当时之诗系其后。其化之之成，至于《麟趾》、《驺虞》，乃其应也。天下之治，由兹而始；天下之俗，由此而成，风之正也。①

由此可见，研究"二南"诗歌，达意于"修身治家"，强调人的涵养功夫和思想的诚正专注，持久守一的道德追求，这正是程、朱"格物致知、正心诚意、修身、齐家、治国平天下"理学思想支配下的产物，同时也是宋儒学《诗经》、研《诗经》的共同理想和最高境界。然而，在理学的框架下，"二南"又有了"明心"的作用。杨简肯定了陆九渊"心即理"的理学命题，在《诗经》研究中提倡"发明本心"，强调"心性存养"，力图使道德伦理成为人的自觉追求，使道德的先验性与人心的本能相互沟通。他的《慈湖诗传》就是利用《诗经》来阐发其心学思想的代表著作。其中杨氏对"二南"的论述就最能反映《诗经》学的理学化转机。杨简曾说："诵咏《二南》之诗，自然道心兴起，不知手之舞之，足之蹈之。"②他在《慈湖诗传·自序》中写道："变化云为，兴观群

---

① （宋）程颢、程颐：《二程集》，中华书局1981年版，第1046页。
② （宋）杨简：《慈湖诗传》卷1，文渊阁《四库全书》第73册，上海古籍出版社2012年版，第6页。

怨，孰非是心，孰非是正。人心本正，起而为意而后昏。不起不昏，直而达之，则《关雎》求淑女以事君子，本心也；《鹊巢》婚礼天地之大义，本心也。"① 他在"二南"具体篇目上，如论《关雎》、论《兔罝》、论《汉广》、论《采蘩》、论《殷其雷》等，更是反复提到"正心""道心"。这不仅充分体现出杨简对"二南"理学化的接受，同时也构成他《慈湖诗传》论诗的核心。在宋代《诗经》学发展中，无论是朱熹针对"二南"提出"淫诗"说、王柏针对"二南"做出"删诗"之举，都是在《诗经》学理学化过程中，宋儒通过《诗经》来提升道德，扩充人格力量，实现人道德完美与精神超越的具体表现。

二 文学研究在"二南"中的体现

尽管宋学的理学化表现强烈，但不可否认，宋代学者对《诗经》文学性的认识依然是其主流。谭德兴在《宋代诗经学研究》中说：

> 虽然《诗》曾长期被奉为神圣的经典，经学《诗》学观也一直占据主导地位，但这些始终不能抑制《诗》学内部文学思想的产生。在历代《诗》学领域里，经学与文学的两条发展线索始终并行前进。至宋代，随文学观的发展演变，《诗》学文学化倾向又呈现出越来越强烈之趋势。②

宋代文人以诗看《诗经》的现象相当普遍，以说教为主的"二南"在宋代诗歌作品中也屡见不鲜。如王令《广陵集》卷1《杂诗》云："《关雎》后之淑，《棫朴》君之明。《兔罝》尚好德，况乃公与卿。所以彼行苇，敦然遂其生。谁能弦此歌？为我发古

① （宋）杨简：《慈湖诗传·自序》，文渊阁《四库全书》第73册，上海古籍出版社2012年版，第5页。
② 谭德兴：《宋代诗经学研究·绪言》，贵州人民出版社2005年版，第8页。

声。"① 黄庭坚在《次韵答王眘中》中云："我搴二《南》秀，一
见孔马群。"《有怀半山老人再次韵二首》："短世风惊雨过，成功
梦迷酒醋。草元不妨准易，论诗终近《周南》。"② 在宋人的《诗
经》学著作中，文学成分比例也相当大，《四库全书总目·毛诗本
义》云："盖文士之说《诗》，多求其意，讲学者之说《诗》，则务
绳以理，互相掊击，其势则然，然不尽为定论也。"③ 因此，宋代
欧阳修《诗本义》、郑樵《诗辨妄》、王安石《诗经新义》、朱熹
《诗集传》、王质《诗总闻》、严粲《诗缉》在论《诗经》时都已
注意到"二南"的文学特点。朱熹不仅从文学观点论述《诗经》
的性质，还主张用文学方法读《诗经》。他在《朱子语类》卷 80
中谈到"二南"时说："《二南》亦自采民言而被乐章尔。程先生
必要说是周公作以教人，不知是如何？ 某不敢从。"④ 尽管朱熹在
《诗集传》中解释"二南"的诗旨，往往不脱《诗序》藩篱，宣扬
诗教，历来为读者所诟病。然而他能断定"二南"中的诗篇采自民
歌，然后被之乐章，这已经从《诗经》的性质上肯定了"二南"
的文学性了。因此他反对空洞说教，主张"以诗解诗"吟咏性情，
构建《诗经》的文学地位。朱熹文学《诗经》学观的构建与他作
为文学家兼理学家的双重身份是分不开的。即使陆九渊、王阳明在
"二南"研究上提倡"发明本心"、强调"心性存养"，其性质上属
于理学的范畴，但在内容上已经带有浓郁的文学色彩。

再如郑樵在论"二南"《关雎》篇时说：

> "关关雎鸠，在河之洲"。每思淑女之时，或兴见关雎在河
> 之洲，或兴感雎鸠在河之洲。雎在河中洲上不可得也，以喻淑

① （宋）王令：《王令集》，沈文倬校点，上海古籍出版社 1980 年版，第 120 页。
② （宋）黄庭坚著，（宋）任渊、史容、史季温注：《黄庭坚诗集注》，刘尚荣校
点，中华书局 2003 年版，第 256、147 页。
③ （清）纪昀等：《四库全书总目》（整理本），李学勤主审，中华书局 1997 年版，
第 190 页。
④ （宋）黎靖德：《朱子语类》卷 80，中华书局 1986 年版，第 2067 页。

女不可致之义。何必以雎鸠而说淑女也！毛谓以喻后妃悦乐，君子之德无不和谐，何理？

论《芣苢》云：

《芣苢》之作，兴采之也，如后人之采菱则为采菱之诗，采藕则为采藕之诗，以述一时所采之兴尔，何它义哉！①

郑樵的论述明显是从文学的视野来看待《诗经》"二南"的，对后世有很大影响。清人方玉润《诗经原始》在论"二南"《芣苢》篇时，"近人争相征引，以为从文学角度说《诗》之范例，今观郑樵所论，先河后海，岂非源有自乎！"②

宋代《诗经》学理学化与《诗经》学的文学化不仅构成了"诗经宋学"的主要内容，同时也为《诗经》学的发展注入新鲜的血液。

第三节　明清时期的"二南"研究

在传统的《诗经》研究里，学者们总是认为汉唐的经学、宋元的义理、清代的考据是重点领域，成就较大，而由于受顾炎武、顾颉刚等人的影响，对明代的《诗经》研究则评价不高，重视不够，似乎只看到《子贡诗传》《申培诗说》这样的伪书，③忽视了明代《诗经》研究的学术价值。刘毓庆《从经学到文学——明代〈诗经〉学史论》一书，是当代学人对明代《诗经》学研究的重要成果，正如褚斌杰先生在该书序言中所说："在充分掌握资料的基础上，用现代文艺理论的观点和方法，对有明一代的《诗经》著作作了全面考察，并分时期，分学派，对现存的几十部明代《诗经》学

---

① 转引自洪湛侯《诗经学史》，中华书局2002年版，第397页。
② 同上。
③ 洪湛侯：《诗经学史》，中华书局2002年版，第421页。

代表作,作了细致、公允的评论,认为明代《诗经》学不仅在训诂、释义等方面曾作出特殊贡献,而且从明代中后期起,《诗经》研究开始由经学向文学转变,开创了《诗经》学发展的新方向。"①刘毓庆在该书的"自序"中总结明代的《诗经》学研究,从纵向上将其分为经学的研究和文学的研究,经学的研究主要是在考据训诂和诗旨的探讨上,而文学的研究则抓住了《诗经》研究的灵魂,列举戴君恩的《读风臆评》、孙月峰的《批评诗经》、徐光启的《诗经六帖》、沈守正的《诗经说通》、万时华的《诗经偶笺》等著作进行了分析,概述了明代文学研究的五大流派,并在最后作了如下的评判:

> 明代"诗经学"是《诗经》研究史上一个重要的阶段,而且是自汉迄清的两千多年间,唯一恢复《诗经》本貌,对其进行文学研究的时代。清代汉学之盛,承自于明,考据之风承自于明,即使被顾颉刚特别抬举的姚际恒以史读《诗》之法,仍然是承自于明的。没有明代的开启之功,就没有清代的辉煌。②

我们不去评论刘毓庆的这个结论是否恰当,只要看一下该书的附录"明代《诗经》著述考目"所列的几百部明人的《诗经》著作,就能感受到明代的《诗经》研究是不容忽视的,对清代的影响可想而知。

一 明代"二南"研究的多元化

明代学者对"二南"的研究,主要表现在对宋代朱传的诠释上,有尊崇的,有修正的,也有批判的,呈现出多元化的态势。如明前期朱善《诗解颐》就发挥朱子之说,在《周南·汉广》篇中

---

① 刘毓庆:《从经学到文学——明代〈诗经〉学史论》,商务印书馆2001年版,第6页。

② 同上书,第19页。

说："汉之广者不可泳，江之永者不可方，以比女德之端庄静一者不可求也。言今日之不可求，则知前日之可求矣。前日之可求，衰世之俗也；今日之不可求，圣人之化也。夫观圣人之化不于其他而必江汉之游女，何也？曰：天下之治，正家为先，录一《汉广》，以见天下之家正也。天下之家正，而天下治矣，非圣人之化而能若是哉？"① 一篇有关恋爱的诗，在朱善的眼中，成了"正家""治天下"的圣人之理想，是对汉儒《诗经》解说与朱子理学的进一步推演。当然，也有对朱子之说进行否定的，郝敬在《毛诗原解》中，批评朱熹把《国风》中的许多情诗认为是"淫诗"："朱元晦于《国风》诸篇，语稍涉情致，即改为淫奔，遂使圣人经世之典，杂以谐谑。初学血气未定，披卷生邪思，环席听讲，则掩口而笑，至使蒙师辍讲，父兄不以授其子弟，甚违圣人雅言之意，其关系岂浅浅哉！"② 认为朱子解诗有违圣人之意，对蒙学教育造成不良后果。具体到"二南"的篇章上，郝敬也是极力批评朱子的解诗，如《野有死麇》篇说：

> 是诗朱子考为女子自守，不为强暴所污。诗人因所见以美之近似。而古《序》必曰："恶无礼"，何也？盖纣时淫昏成俗，而羞恶之心人所自有。文王化行，皆知无礼之可恶。故诗不贵其贞洁，而贵其知耻。知耻自不屑不洁，此导民之本，格心之化也。《序》言及此，非经圣裁未易苟作。麇、鹿，比奔也；死麇，死鹿如恶，恶臭丑衹之辞也。末章述女子羞恶之情，言尨吠则狗龁恶之矣。如朱说因所见，是必诗人真适野，见死麇死鹿，士以茅包苴遗女。女骂于室，犬吠于门，因赋此诗，则何以异于说梦。凡朱子言诗类此。

---

① （明）朱善：《诗解颐》，文渊阁《四库全书》第 78 册，上海古籍出版社 2012 年版，第 194 页。

② （明）郝敬：《毛诗原解》，《四库全书存目丛书》经部 62，齐鲁书社 1997 年版，第 145 页。

郝敬认为，《野有死麕》是写情爱的诗，他说："女子仲春，缅怀嘉礼；男子良士，以礼征聘可也，何乃无礼而诱之乎？"并引《周礼·春官·媒氏》仲春"大会男女"以证之。①

除了郝敬外，李先芳在《读诗私记》中，也对朱子《国风》中的"淫诗说"提出批评："《摽有梅》见二南之地有远近，故化有深浅。《桃夭》必待水泮，此则'迨其谓之'。其意殆谓急成妇道以相其夫与？或曰女妇以渐，不宜求昏如此急也。人情血气既壮，难尽自检；情窦既开，奚顾礼义？故男女及时，所以全节，行于未破之日耳。向非文王之化，亦不知虑及此也。若依注（按：指朱注）恐强暴之辱，岂文王之化能及妇女不及男子乎？不必依。"②可以看出明人对宋代朱子《诗经》研究的态度。

由于朱子《诗集传》的影响巨大，明代对此关注较多。但明人对汉代的《毛诗序》也多有评论，有不少值得重视的意见。明中后期的朱睦㮮著《五经稽疑》，其中《毛诗稽疑》就对《毛诗序》将"二南"中《兔罝》与后妃联系起来，进行了辩证。关于《周南·兔罝》说道："《序》曰：后妃之化也。夫兔罝乃田间野夫所为，皆贱者之事也。即他日为公侯干城腹心，亦非后妃德之所致。此当云：文王之化行，则无不好德，贤人众多也。大抵'二南'之诗，多归之后妃，此序之失也。"③朱氏从诗的内容出发，指出《毛诗序》的失实，对理解"二南"其他诗篇也有启迪作用。

明人的"二南"研究，不仅有对汉学"经学"、宋学"义理"的研究，如对《毛诗序》《诗集传》等的评价，在训诂考证上也有较大的成就，如杨慎的《升庵经说》关于《诗经》的考证研究，陈耀文《诗稽疑》，陈子龙《诗问略》等，而且还有被后人诟病的

---

① （明）郝敬：《毛诗原解》，《四库全书存目丛书》经部62，齐鲁书社1997年版，第176页。

② （明）李先芳：《读诗私记》卷2，文渊阁《四库全书》第79册，上海古籍出版社2012年版，第515页。

③ （明）朱睦㮮：《五经稽疑》，文渊阁《四库全书》第184册，上海古籍出版社2012年版，第712页。

标新研究，如季本的《诗说解颐》、丰坊的《子贡诗传》《申培诗说》《鲁诗正说》等，在诗篇的主旨探讨、解读诗义方面尚有出新的言论。如《鲁诗正说》认为，《周南·芣苢》是"儿童斗草嬉戏歌谣之词"，这一见解非常新颖。在其与《申培诗说》相表里的《子贡诗传》中说："文王之时，万民和乐，儿童歌谣赋《芣苢》。"在《诗传正说》中云："芣苢，车前子，儿童采之，即今斗草之戏也。"这实际上表示他是受到明代儿童游戏的启示而得出的结论。在《鲁诗世学·芣苢》篇首章的《考补》中，他这样评论《芣苢》诗：

> 按：毛氏云：芣苢，车前，宜怀妊。考《本草》则曰："车前子味甘，寒，无毒，主气癃止痛，利水道小便，除湿痹。久服轻身耐老。"乃神农本经之语，初无怀妊之说。至《唐本草馀》等，始云"强阴益精，令人有子"，盖因毛说而附会之也。滑伯仁："车前性寒，利水，男子多服，则精寒而易痿；妇人多服，则破血而堕胎。岂宜子乎？"毛苌陋儒，必欲以"二南"为妇人之诗，故妄为凿说如此。且强阴益精，宕子所欲，而妇人采之，则淫妇耳，岂文王之世所宜有哉！①

可以看到，丰坊能彻底抛弃旧说，对汉代以来《芣苢》诗的"宜子"之说，进行了有力的批判。后何楷《诗经世本古义》袭用此说。丰坊在《芣苢》篇之后的《鲁诗正说》中进一步阐发了他的"儿童斗草嬉戏歌谣之词"说：

> 林希逸曰："《芣苢》一诗，形容胸中之乐，并一乐字亦不说，此诗法之妙。"盖当时稚童歌谣如传记所载《康衢》之谣，《击壤》之歌，皆自乐其乐，而莫知其乐之所自，所谓王

---

① 转引自刘毓庆《从经学到文学——明代"诗经"学史论》，商务印书馆 2001 年版，第 199—200 页。

者之民皞皞如也。至是无一物不得其所矣。太和会合，虽无知之斗草之戏，偶然之谣词，而皆出于中声。是以太史肄之于乐，夫子录于经。①

前引《考补》所论，是其否定旧说的依据，而此《鲁诗正说》则是其新说确立的依据，表示他是在与上古歌谣相互比照中得出的结论。刘毓庆先生指出："尽管丰坊拿不出直接的证据，但他的这一观点还是很有意义的。"②当然，这些反传统的《诗经》研究虽然也受到后世的批评，但他们在明代《诗经》研究史上也有积极的作用，需要注意。

二　清代学者"二南"研究的守正与出新

清代的《诗经》学研究与汉学、宋学有很大的不同，他们一方面坚守汉学的治学传统，一方面又有所突破，形成了新的《诗经》学特色，夏传才先生称之为"新汉学"，把清代看成是"新汉学时期"。他在《诗经研究史概要》中说：

清人提倡复兴汉学，是以复古为解放，要求脱离宋明理学的桎梏。清初疏释《诗经》的著作宋学汉学通学，经过斗争，汉学压倒宋学。乾嘉时期的政治高压，产生了以古文经学为本的考据学，对《诗经》的文字、音韵、训诂、名物进行了浩繁的考证。道咸以后的社会危机，又产生了今文学派，他们搜辑研究三家诗遗说，通过发挥微言大义，来宣扬社会改良主义。新汉学内部又展开今文学与古文学的斗争。超出宋学、汉学以及清今文、清古文各派斗争之外的，还有姚际恒、崔述、方玉润的独立思考派。③

---

① 转引自刘毓庆《从经学到文学——明代"诗经"学史论》，商务印书馆2001年版，第200页。

② 同上。

③ 夏传才：《诗经研究史概要·序》，清华大学出版社2007年版，第12页。

夏先生对清代《诗经》学研究概述基本上合乎清代《诗经》学发展状况。洪湛侯《诗经学史》中，将清代的《诗经》研究划分为前期、中期、后期三个阶段，又用"诗经清学"的概念对不同的流派进行分析和介绍，他说：

> "诗经清学"与清代初期专讲推求义理的"诗经宋学"和清代后期信守"三家"遗说的"诗经今文学"都不同。"诗经清学"这个概念又不同于"清代诗经学"，因为它并不包括整个清代《诗经》研究的各个派别。"诗经清学"的产生，是顾炎武提倡考据，研讨"诗本音"为发轫之始，以乾嘉学者为中心，从而形成的一个诗学学术流派。它的主要特点是：经义说解，遵从古文经说；治学方法，注重文字、音韵、训诂和名物、制度、考证，并且非常重视辨伪和辑佚。在治学范围、研究手段、学术成果方面，较之汉代的"诗经古文学"已有重大发展。"诗经清学"中，重训诂的考据学派是主流，反传统的思辨学派是它的骈支。①

洪湛侯的这个评判，基本上概括了清代《诗经》研究的主要方面，并划分了不同流派的时间节点和流派的特点，对于认识清代的《诗经》研究有很好的启示意义。

清儒《诗经》学研究，是在继承汉学、宋学的基础上有所创新、有所发展。清儒的《诗经》学研究不论是继承还是创新，其思维必然遵循前代的《诗经》学规范：一是经学的；二是理学的；三是文学的。《诗经》学经学性的研究仍沿袭汉唐，或将《诗经》与历史结合，或尊《毛诗》或尊三家诗；《诗经》学的理学性研究恪守宋代理学的路子，高谈"义理心性"；《诗经》学的文学性研究主要通过《诗经》的文本来发掘其中的文学特质。即使超越了门户偏见，能自由研究，大胆怀疑的《诗经》学独立派，也无法逃脱这

---

① 洪湛侯：《诗经学史》，中华书局 2002 年版，第 493 页。

三种《诗经》学范式。

在清代，不论是古文《诗经》学派的陈启源、戴震、段玉裁、陈奂，还是今文《诗经》学派的范家相、陈乔枞、王先谦，他们在"二南"诗篇的文字校勘、篇章的厘定、文句的辑佚整理等方面都取得了丰硕的成果。由于他们在研究方法上以考据为主，常常遭到一些人的批评。例如李灏在《诗说话参》中说："论及周召二南，仍主文王后妃之说，如释《卷耳》为文王拘幽之日，后妃惊念而作，皆袭前人绪论。"① 在清代的《诗经》学发展中，古文《诗经》学与今文《诗经》学，汉学派与宋学派之间在争论中往往又相互渗透，最终形成了以训诂为重的"考据学派"和以阐明大义为主的"思辨学派"。"考据学派"对"二南"的文字、音韵、训诂、名物能够用类比法做出详细的考证，但显然十分繁琐，往往抹杀了"二南"的文学意义；"思辨学派"继承宋学的传统，能够独立思考，摒弃门户之见，兼采汉宋，迥然异趣，但他们的研究成果长期以来没能受到重视。当代学者洪湛侯说："思辨学派作家作品不多而能量极大，他们的著作大都能够独立思考。明是非，驳正旧解，自出新意，能使人一新耳目。王夫子《诗绎》、姚际恒《诗经通论》、崔述《读风偶识》、方玉润《诗经原始》可以归并为这一类。"② 思辨学派认为《诗经》中曲解最多的是"二南"，他们在"二南"研究上都做出了很多有价值的研究。其中崔述的《读风偶识》对"二南"的研究成就最大。他指出："《周南》、《召南》二十五篇，自郑、孔以来说《诗》者皆以为在文王之世，朱子《集传》因之……余反复熟玩之，殊不其然。"③ 崔述通过对古籍进行考察，否定了"文王之化"衍生出来的各种界说，企图从根本上推翻《诗序》对"二南"的附会。为此，崔氏多从"二南"诗篇的内容

---

① （清）李灏：《诗说话参》，《续四库全书提要·经部·诗类》，商务印书馆1972年版，第342页。

② 洪湛侯：《诗经学史》，中华书局2004年版，第495页。

③ （清）崔述：《崔东壁遗书·读风偶识》卷1，上海古籍出版社2013年版，第528页。

方面作出分析，如指出《兔罝》"乃由盛而之衰之诗"；《汉广》"乃周衰时作"；《汝坟》"乃东迁后诗"；《甘棠》"作于康、昭之际"；《殷其雷》"距成康之世犹甚远"；《摽有梅》《野有死麕》二篇"不作文王之世"；《何彼襛矣》"明言'平王之孙'，其为东迁后诗无疑"。这对"二南""后妃之德，文王之化"的演绎是一次"釜底抽薪"。除此之外，牟庭《诗切》对"二南"诗旨的论述，郑晓如《毛诗集解训蒙》对"二南"诗编次的论述，魏源《诗古微》对"二南"诗篇数以及"二南"诗歌性质的论述都具有很高的价值。但由于受他们生活的时代所限，没能受到更多人的重视，直到近代，人们才发现他们论述的价值。

"二南"文学性研究在清代有了进一步的发展。《诗经》的文学研究从汉代以来就已出现，在经学纷争的过程中，对《诗经》具有"吟咏性情"价值的认可，已具有文艺本质特征，对诗歌源起等问题的探讨也常出现在汉儒的论述中。在后来宋学的理学化解《诗经》里，欧阳修、王安石、郑樵、朱熹等在《诗经》著作中也都注意了《诗经》的文学特点。刘毓庆认为早在明代，一些学者已经开创《诗经》的纯文学研究。如晚明出现的"讲意派《诗经》研究""评点派《诗经》研究""评析派《诗经》研究""诗话派《诗经》研究"等。清初统治者思想控制的加强，《诗经》学研究出现了经学化的回归，认为明人文学思维的《诗经》研究"荒陋不足取"，其学术价值一度被否定。但《诗经》的经学研究最终掩饰不了文学的光芒。在一些有文学眼光的《诗经》学家的努力下，蒙在"二南"之上的经学面纱逐渐被掀开。

清代陶正靖说："谓《关雎》二南固正风，然以为民俗之歌谣，则义无不可通者，必归于后妃，定为宫人所作，后妃所作，则修稿而不可通者多也。"① 清初王夫之的《诗绎》对"二南"的文学艺术形式有过精辟的见解。他分析《周南·芣苢》说："采采芣

---

① （清）陶正靖：《说诗》，《续四库全书提要·经部·诗类》，商务印书馆 1972 年版，第 335 页。

莒，意在言先，亦在言后，从容涵泳，自然生其气象。"① 分析
《周南·葛覃》说："薄污我私，薄浣我衣，害浣害否？归宁父母。
意相承而韵移也。尽古今作者，未有不率繇乎此，不然气绝神散，
如断蛇剖瓜矣。"② 清初，《诗经》的这种文学性研究虽然不能成为
《诗经》学研究的主流，但王氏的研究直接启迪了姚际恒、方玉润
等学者对《诗经》文学的研究。姚际恒在《诗经通论》"自序"
中说：

> 惟是涵泳篇章，寻绎文义，辨别前说，以从其是而黜其
> 非，庶使诗意不致大歧，埋没于若固、若妄、若凿之中；其不
> 可详者，宁为未定之辞，务守阙疑之训，俾原诗之真面目悉
> 存，犹愈于漫加粉蠹，贻误后世而已。③

从这里可以看到姚氏治诗的态度和观点，既有摆脱宋人的门户
之见，追求诗之真意，又有谨慎客观、实事求是的方法，在清代经
学浓厚的氛围中，开启了《诗经》研究的新风气。他对《诗经》
研究中的汉、宋学派也有评价："予谓解《诗》，汉人失之固，宋
人失之妄，明人失之凿。"④ 方玉润认为，汉儒和宋儒对《二南》
的解说"皆有难通"。为此，他论《关雎》、论《鹊巢》、论《摽有
梅》等俱从诗歌文本出发，抛开了"后妃之德、文王之化"的历
史钩沉，具有明显的以文说诗的味道。如论《关雎》："《关雎》咏
淑女、君子相配合之原旨竟不知何在矣！此诗只是当时诗人美世子
娶妃初昏之作，以见佳偶之合初非偶然，为周家发祥之兆，自此可
以正邦国，风天下，不必实指出太姒、文王。"方玉润对《诗经》
的研究很有造诣，他的《诗经原始》虽然受到姚际恒的影响，但
"惟其是者从而非者正"，并不完全拘泥于姚氏，解说"二南"时

---

① （清）王夫之：《船山全书·诗绎》，岳麓书社1996年版，第21页。
② 同上书，第9页。
③ （清）姚际恒：《诗经通论》，中华书局1958年版，第9页。
④ （清）姚际恒：《诗经通论·诗经论旨》，中华书局1958年版，第7页。

很重视阐发诗篇的文学意义，文字叙述，辞采斐然。我们从他对《芣苢》一诗的解读中就能体会到他敏锐的文学卓见：

> 殊知此诗之妙，正在其无所指实而愈佳也。夫佳诗不必尽皆征实，自鸣天籁，一片好音，尤足令人低回无限。若实而按之，兴会索然矣。读者试平心静气，涵泳此诗，恍听田家妇女，三三五五，于平原绣野、风和日丽中群歌互答，余音袅袅，若远若近，忽断忽续，不知其情之何以移而神之何以旷。则此诗可不必细绎而自得其妙焉。①

这完全是诗情画意的采摘图，闻一多先生在《匡斋尺牍》中论《芣苢》诗时，就深受方氏的影响。可见，清代"二南"的文学性研究，应是"诗经清学"中很有价值的一个部分，对后世的《诗经》文学研究影响十分深远。

第四节　近现代的"二南"研究

现近代的研究者面对《诗经》"二南"的各种解说，也进行了一定的分析与辩证，在一些专著和论文中，都能看到研究者的立场与视角，也能注意到他们的取舍。对传统的旧说有继承，有发展，显示了研究的多元性。从 20 世纪二三十年代开始，以顾颉刚为首的古史思辨派学者开展了"诗经大讨论"，他们根据《诗经》的内容，对它重新做出了定性，肯定了它的文学地位。从此，《诗经》研究摆脱了经学的困扰，实现了从经学到文学的重大转变。

一　近代学者的"二南"研究

鲁迅在《且介亭杂文二集·从帮忙到扯淡》中说："《诗经》是后来的一部经，但春秋时代，其中的有几篇就用之于惰酒……然

---

① （清）方玉润：《诗经原始》，中华书局 1986 年版，第 85 页。

而《诗经》是经，也是伟大的文学作品……就因为他究竟有文采。"① 把《诗经》称为"伟大的文学作品"，是非常有见地的评价，在没有否定《诗经》作为经的性质下，指出其文学的价值，有重要的意义。在近代疑古思潮的影响下，《诗经》的研究也出现了新的态势。他们不仅反对《诗经》的经学化倾向，而且提倡《诗经》是俗文学（白话文学）的开端，如郑振铎先生《中国俗文学史》就认为《诗经》有许多俗文学的内容。胡适先生在《白话文学史》最早的提纲里，就把《国风》列入其中，尽管书成后没有涉及《诗经》，他解释说刚从国外回来，手头没有资料，而书是从汉代开始的，但他在思想上还是认为《诗经·国风》是中国白话文学的开始。在具体论述"二南"作品时，钱玄同、顾颉刚等人有许多的讨论文章，大多收集在顾颉刚所编的《古史辨》几册书中。陈槃《周召二南与文王之化》一文着重论述了"二南"的来源和性质。他认为"二南"是东迁后的诗，除《关雎》《汝坟》两篇是河南北部的诗歌，《何彼襛矣》为东都近畿作品外，其余都为江汉流域的文学。采诗的周公、召公非西周时的周公、召公，而是春秋时的周公、召公。陈氏的论述旨在说明"二南"与文王之化的关系是汉人造出来的，进而从时代上彻底否认了"二南"与文王的关系。② 顾颉刚对"二南"的研究也值得重视。他的《毛诗序之背景与旨趣》《从诗经中整理出歌谣的意见》《起兴》等都涉及"二南"的一些基本问题，提出了很有价值的论断。③ 刘节《周南召南考》通过文献史料、金文材料及《诗经》诗篇，认为"'二南'地域，就诗观察之，北底河，南至江，奄有陕南、豫西、川东、鄂北四省之境……（秦岭）其阳即汉水流域，当今汉中之地，与南阳、南郡毗邻"，明确了"二南"的地望。④ 陆侃如《二南研究》对"二

① 鲁迅：《鲁迅全集》卷6，人民文学出版社1982年版，第334页。
② 陈槃：《周召二南与文王之化》，《古史辨》第3册，上海古籍出版社1981年版，第424页。
③ 顾颉刚：《古史辨》第3册，上海古籍出版社1982年版，第402、589、672页。
④ 林庆彰：《诗经研究论集》，台湾学生书局1983年版，第47—48页。

南"的时代、"二南"的地点、"二南"的内容做了粗略的研究，他认为，"二南"是东迁后的南方文学，是《楚辞》的先导，具有南方语言音节系统，内容上能够反映南方人生活的各个方面。① 除此之外，闻一多《诗经新义》从民俗角度对"二南"作了研究；李文派《二南之修辞》主要从语言学方面对"二南"作出研究；胡适《周南新解》、张寿林《周南新探》、许笃仁《周南补话》、鲁肃《诗国风"周南""召南"考》等，试图对"二南"的基本问题作出新的阐释，有些甚至出现了新的附会。与"二南"相关的许多问题并没有得到实质性的解决，但是这些单篇论文的研究成果对于全面研究"二南"具有一定的参考价值。

二 现代学者的"二南"研究

在新的历史条件下，"二南"的文学特性重新得到了人们的肯定。"二南"的研究出现了新的思路和方向：一是从文本上对"二南"诗篇重新进行纯文学的解读，并对"二南"进行今注、今译、鉴赏等，确立了"二南"的文学意义和文学价值。二是对前人的研究成果进行总结，厘清笼罩在"二南"上的迷雾，清扫覆盖在"二南"上层积的瓦砾。三是利用古代文献对"二南"的时代、地域、名义进行重新考证。四是结合出土文献和地方史志，对"二南"进行综合性的研究，尤其是与地方文化相联系，试图取得新的突破。

对于"周原说"及"周召分陕说"，现代学者孙作云坚持"分陕说"，他所持的理由是：一是当时的政治形势需要分区治理；二是《乐记》有"五成而分，周公左、召公右"以描述周代开国的情景。② 这两点是很含糊的，与结论没有直接的联系，周初进行了分封，并不能说明周公、召公被"分陕"而封，周公、召公有左右

---

① 陆侃如：《二南研究》，见《陆侃如古典文学论文集》，上海古籍出版社 1987 年版，第 126 页。
② 孙作云：《从读史方面谈谈"诗经"的时代和地域性》，《历史教学》1957 年第 5 期。

之别就一定是分封地上的东西之别吗。刘节先生似乎也支持"分陕说"，他说："宗周的发祥地是当今西安关中道境内，其国邑不大""以才乐书之文解之，分陕亦当在周召共和之后"。他错在把这里的"陕"理解成今陕西之地，于是推出当时的周王仅据有此地时，便将它毫无保留地分封给周公召公，那么"分陕"当在周召共和后等。

李勇五在《〈诗经〉"周南""召南"名义、地域及时代考》一文中对此作了论证：

> 古史记载，武王平定天下以后对周公、毕公、召公这样的大功臣进行了分量很重的分封，其中周公分在了鲁国，召公封有燕国。但是周召二臣并未亲赴就职而是派自己的后代代为治理已是不争的事实。那么周公、召公留职京畿，在京周围或在不甚遥远的西周发家之地拥有采邑是很有可能的。然而采邑与封国实属重复奖赏，因此采邑的面积应当不大，太大了而且又位于京外围是不符合国家安全考虑的。"周召分陕而治"说的"陕"指河南陕县周围，距离西周的王城宗周有四五百里之遥，其一，不适合任职于王城的周公召公直接治理，也不适合此二臣居家于此；其二，单论"陕东"、"陕西"之地，地域辽阔，况是京畿外围，将这样的地方完全交给臣子而非亲族治理，恐周天子难能将自己的安危置之度外，从道理上不易讲通。①

也有学者认为，西周初年实施了一种管理天下的制度，就是诸监制度与分封制度。为了监视地方诸侯而设立诸监制度。《礼记·王制》云："天子命其大夫为三监，监方伯之国。"②《周礼·太宰》

---

① 李勇五：《〈诗经〉"周南""召南"名义、地域及时代考》，山西大学硕士学位论文，2004 年。
② 王文锦：《礼记译解》，中华书局 2001 年版，第 163 页。

云："施典于邦国而建其牧，立其监。"① 秦坚、张勇《诗经二南探微》说：

> "二南"并不是周召二公的封邑，而是周召二公以周天子名义监治这一地区的各诸侯。周是由氏族部落演变为统治天下的大国。建国肇始，缺乏足够和完善的机构、经验来统治殷人和殷商属国。为稳定局势，周采取两项措施：一是"封邦建国"以屏卫天，管束原来的异己势力。《左传·僖公四年》管仲对楚国使者讲过一番话，"昔召康公命我先君大公曰：'五侯九伯，女实征之，以夹辅周室。'赐我先君履，东至于海，西至于河，南至于穆陵，北至于无棣。"即召康公代表周室将这一地区的大小诸侯的监治权授与了齐国。……二是设立"诸监"。"诸监"多为王室重臣，亲自率军驻扎在原殷商属国。……《史记·周本纪》正义引《帝王世纪》："自殷都为卫，管叔监之。殷都以西为郁，蔡叔监之。殷都以北为邶，霍叔监之。是为三监。"殷民的治理权仍归商封之子禄父。三监也各有自己封地，驻扎在邶、郁、卫只是为了行使监督权。"二南"也应与此相似。②

所以"二南"地区实际上为周、召二公统治下的南方诸侯国，李修松《先秦史探研》指出："周代实行世卿世禄制度，职官世袭，故采邑亦世袭。如周公的一支封于鲁，其长子归国就封为侯，而周公则留在王室为卿，辅助成王，以周为采邑。周公姬旦之次子及后代世袭王室卿位和采邑，也称周公。召公及其后代也是这样。"③ 根据以上论述我们可以推断周、召二公的后代对"二南"地区仍有治理权。

---

① （汉）郑玄、（唐）贾公彦：《周礼注疏》，李学勤：《十三经注疏》，北京大学出版社 1999 年版，第 43 页。
② 秦坚、张勇：《诗经二南探微》，《新疆教育学院学报》1982 年第 2 期，第 42 页。
③ 李修松：《先秦史探研》，安徽大学出版社 2006 年版，68 页。

除此之外，周代实施的功臣分封制，也使"二南"与周、召二公有密切的关系。武王克商之后对有功之臣进行了封赏，《史记·周本纪》记载：

> 武王追思先圣王，乃褒封神农之后于焦，黄帝之后于祝，帝尧之后于蓟，帝舜之后于陈，大禹之后于杞。于是封功臣谋士，而师尚父为首封。封尚父于营丘，曰齐。封弟周公旦于曲阜，曰鲁。封召公奭于燕。封弟叔鲜于管，弟叔度于蔡。①

但是周王朝大规模地分封诸侯国是在周公东征之后，"三监"和东方诸侯国之乱使统治者意识到要想使政权得到稳固必须采取新的统治方式，即以成周为中心四面八方分封同姓和异姓贵族，通过诸侯国统治天下。《左传·僖公二十四年》："昔周公吊二叔之不咸，故封建亲戚以藩屏周。"②《左传·定公四年》载卫国太子祝子鱼语："昔武王克商，成王定之，选建明德，以藩屏周。"③ 晁福林在《先秦社会形态研究》中说："'选建明德'，大概有两层意思。一是选拔姬姓王室弟子中的'明德'之人将其分封为诸侯……二是指对异姓诸侯国的分封。"④

对于"二南"地域是否也存在分封，傅斯年在《诗经讲义稿》中分析说："在周朝最盛的时代开辟了一片新疆土，成了殖民行军的重地，又接近成周，自然可以发达文化。这一片地有直属于王室者，有分封诸侯者，直属于王室者曰周南，分封诸侯统于召伯者曰召南。"⑤ 说明了王畿之地与王化之地都在分封的范围里。

关于周代分封诸侯国的数目，《荀子·儒效》谓："周公……

---

① （汉）司马迁：《史记·周本纪》，中华书局1955年版，第127页。
② 杨伯峻：《春秋左传注》，中华书局2009年版，第420页。
③ 同上书，第1536页。
④ 晁福林：《先秦社会形态研究》，北京师范大学出版社2003年版，第404页。
⑤ 傅斯年：《诗经讲义稿》，中国人民大学出版社2004年版，第29页。

兼制天下，立七十一国，姬姓独居五十三人。"①《国语·郑语》记载周幽王末年司徒郑桓公请问史伯，史伯分析当时的"国际"形势曰："当成周者，南有荆蛮、申、吕、应、邓、陈、蔡、随、唐；北有卫、燕、狄、鲜虞、潞、洛、泉、徐蒲；西有虞、虢、晋、隗、霍、杨、魏、芮；东有齐、鲁、曹、宋、滕、薛、邹、莒。"②

可见，周王朝在成周附近星罗棋布地分封了很多国家，这些诸侯国与周王朝的政权息息相关，并且和周王朝是主从关系。从史伯的分析中我们可以看出，当时在成周之南有荆蛮、申、吕、应、邓、陈、蔡、随、唐等国。"荆蛮"即楚国，申、吕是姜姓，陈是妫姓，邓是曼姓，应、蔡、随、唐是姬姓。《左传·僖公二十八年》《左传·定公四年》所讲的"汉阳诸姬"是周王朝陆续在汉水以东以北和江、淮间分封的姬姓诸侯国，其时该地属周人的统治区域，其间分布的主流文化是周文化。"汉阳诸姬"主要有申（今河南南阳市东北）、吕（南阳宛县）、曾（河南南阳）、随（湖北随州）、唐（湖北枣阳东南）、厉（湖北随州厉山店一带）、贰（湖北应城市境）、轸（湖北应城市西）、郧（湖北沔阳县）、应（河南宝丰县境）、息（河南息县西部偏南）、道（河南确山县北）等国。直到春秋中后期，楚陆续灭掉"汉阳诸姬"之后，这一区域才成为楚地。

所以，周、召二公治理的南方诸侯国包括申、吕、应、随、唐等国家。因这些国家位于南方，又系周公和召公治理因而命之于《周南》《召南》。不过，这里的周公和召公并非单指周初的周公旦和召公奭而是包括他们的后代。如《召南·甘棠》中有"召伯所茇""召伯所憩""召伯所说"之语，据郭晋稀先生《诗经蠡测·二南臆测》考证，此处"召伯"为召穆公虎，即召公奭的后代。③

王晖先生在讨论"二南"地望时指出，"周南"在岐周关中之地以南的南方一带，亦今秦岭之南的汉水、汝水流域；"召南"则

---

① （清）王先谦：《荀子集解》，中华书局2013年版，第135—136页。
② 徐元诰：《国语集解》，中华书局2002年版，第461—462页。
③ 郭晋稀：《诗经蠡测》，巴蜀书社2006年版，第14页。

在汉江之南、江水之北及淮水江水之间的地区，并结合"二南"作品内容和青铜彝器铭文进行了论证，具有较强的说服力。①

对于"南音说"，梁启超在《要籍解题及其读法·释四诗名义》中说："《礼记·文王世子》'胥鼓南'，《左传》说'象箫南籥'，都是一种音乐的名。都是指这一种诗歌。"② 可见，他也是主张以南为音乐之名的。

当代学者徐公持先生也主张"二南"为音乐说。他指出："《二南》是一种贵族音乐，它的音乐的社会本质与《雅》、《颂》相接近，而与《风》距离很远。"③

翟相君《二南系东周王室诗》一文，认为"二南"诗是东周王室的乐歌。④

马银琴在《两周诗史》"绪论"中认为"二南"："本是周初周、召二公岐山南采地的乡乐，周公制作礼作乐时取之以为王室房中之乐、燕居之乐，被称为'阴声'，具有'杂声合乐'的特点，与雅颂仪式之乐不同。东周以后，'二南'地位上升，成为王室正乐的组成部分，被用于正式的仪式场合，配乐之歌就是现存的'二南'诸诗；随着这种转变的发生，'二南'之乐的产地亦由岐南移到了东周畿内。'二南'本为产生于南方而盛行于东都洛邑的音乐。"⑤

刘生良在《〈诗经〉中的周代陕西诗歌考论》中说："'周南'就是周公统治的陕东地区及其南方一些小国采用南音曲调的乐歌，'召南'就是召公统治的陕西地区及其南方一些小国采用南音曲调的乐歌。从'二南'本身的内证看，这样解释也甚为合理。《周南》所载地名，如江汉、汝坟，即在陕以东而南；《召南》所载地

---

① 王晖：《古文字与商周史新证》，中华书局 2003 年版，第 65—68 页。
② 梁启超：《要籍解题及其读法·释四诗名义》，中华书局 2012 年版。
③ 徐公持：《论〈二南〉》，《哈尔滨师范学院学报》1963 年第 4 期。
④ 翟相君：《诗经新解》，中州古籍出版社 1993 年版，第 104 页。
⑤ 马银琴：《两周诗史》，社会科学文献出版社 2006 年版，第 25 页。

名，如南山、江氾、江沱，皆在陕以西而南。"①

对于"乐器说"，郭沫若在《甲骨文字研究·释南》一文中说："南，由字之象形而言，余以为殆钟之类的乐器。"南字在甲骨文、金文、小篆中均作桶形，上有悬纽，故郭沫若先生谓之象钟形之青铜乐器是有一定道理的。于是郭氏进一步指出："……知此，可知卜辞之'八南九南'或'一羊一南'，实即八铃九铃。《小雅》之'以雅以南'，《文王世子》之'胥鼓南'事实即'以雅以铃'，'胥鼓铃'也。……《诗》之《周南》《召南》，大小雅，揆其初当亦以乐器之名，孳乳为曲调之名，犹今人言大鼓、花鼓、鱼琴、简板、梆子、滩簧之类耳。《诗序》谓南言化自北而南，乃望文生义之臆说。"②

唐兰《殷墟文字记》也说："余以为南本即壶，壶者，瓦制之器，乐器也。"③

陈致提出"南"为竹木器的说法。④

田倩君在《中国文字丛释》中说："余赞同唐氏说南为瓦制乐器。其实，恐非专为作乐器而造，余以为开始为容器，后发现其音然，始作为乐器。"⑤

唐氏和田氏虽没说出"南"为乐器的证据，但从"南"字字形演变的考察上看，"南"在古代指一种乐器是极有可能的。但即使证明了"南"在古代是指一种乐器，也不能说《周南》《召南》之"南"就是指乐器。这与"南为南乐（音）"不能成立的道理相同，所以郭沫若所说的《周南》《召南》之"南"指一种乐器也是不能成立的。

夏传才先生调和"南国说"与"南乐说"为一体，认为："周

① 刘生良：《〈诗经〉中的周代陕西诗歌考论》，《陕西师范大学学报》2012 年第 6 期。
② 郭沫若：《甲骨文字研究》，1931 年 5 月大东书局印本。
③ 唐兰：《殷墟文字记》，中华书局 1981 年版，第 86—95 页。
④ 陈致：《从礼仪化到世俗化：〈诗经〉的形成》，上海古籍出版社 2009 年版，第 207—216 页。
⑤ 翟茂林：《说南》，《人文杂志》1992 年第 2 期，第 122 页。

南、召南原是地域名称，由古南国而得名，周南在今陕县以南汝、汉、长江一带，湖北、河南之间，召南在周南之西，包括陕西南部和湖北一部分。……《周南》、《召南》就是南国地区的民歌，配合南国乐器所奏出的乐调。"①

　　另外，金景芳在《释"二南"、"初吉"、"三浍"、"麟止"——读书杞记》一文中对"二南"之"南"是否为南音南乐分析得也很清楚。他在文中指出，诸家据《诗·小雅·鼓钟》的"以雅以南"，《礼记·文王世子》的"胥鼓南"，《左传·襄公二十九年》的"见舞象箾南籥者"和《诗·鼓钟》毛传的"南夷之乐曰南"来证明"南"是乐名，为"南夷之乐"，不见得是错误。但因此进一步把"南夷之乐曰南"的"南"与《周南》《召南》的"南"混为一谈，就有问题了。因为，即就所引《左传·襄公二十九年》吴公子季札观周乐这份资料而言，上文已说"使工为之歌《周南》、《召南》"，下文又说"见舞象箾南籥者"，则《周南》《召南》的"南"与"南籥"的"南"并非一物，已断然可知。又，《周南》《召南》在习惯上可简称为"二南"或直称为"南"，但是单称"南"的"南夷之乐"则绝对不能称为《周南》或《召南》。也就是说，即使证明了"南"是"南夷之乐"，还不能说"二南"的"南"就是"南夷之乐"，彼此之间并没有直接的联系。②

　　再有，周延良在《诗经学案与儒家伦理思想研究》一书中，通过大量文献对《诗》"以雅以南"、《礼》"胥鼓南"和《左传》"象箾南籥"进行考察之后认为，"南"在上古时期确实涵盖着早期华夏人类乐舞文化某种类型的始源和嬗变，但与《诗经·二南》诗是什么关系，从所涉猎的文献中还很难作出肯定的结论，即还不能导出"南"就是"二南"诗的同义文化。因而可以说，仅据《诗经》"以雅以南"、《礼记》"胥鼓南"和《左传》的"见舞象

---

　　① 夏传才：《诗经研究史概要》，清华大学出版社2007年版，第12—13页。
　　② 金景芳：《释"二南"、"初吉"、"三浍"、"麟止"——读书札记》，《文史》第3辑，中华书局1963年版，第250—251页。

箫南籥者"中的"南"来解释《周南》《召南》之"南",未免有断章取义之嫌。①

对于"河洛说"（洛邑说、分陕说），当代学者王国维、孙作云、蒋立甫、李嘉言等亦持此说。王国维说见《周大武斥章考》，载于《观堂集林》卷二；孙作云、李嘉言见《诗经研究论文集》；蒋立甫语见《诗经选注》。

对于"南方小国说"，蒋立甫《诗经选注》云："二南绝大部分诗是来自江、汉间的一些小国……大致说来包括今河南、洛阳、南阳和湖北的郧阳、襄阳等地区。"②周满江《诗经》云："西周时期在江、汉流域有许多小诸侯国，如申、邓、蔡、隋、庸等（后被楚兼并），当时称这些'小国'为'南国'，它们的地方乐歌称'南音'，或简称'南'。"③高亨《诗经今注》曰："《周南》诗十一篇，《召南》诗十四篇，都是南方的作品。"④

还需要提及的是，对"二南"的研究，当代的一些研究者试图有新的突破，但研究的思路与方法值得反思。如有研究者提出"二南"是周公、召公后裔南迁的地域，其25篇作品有"移民史诗"的性质。该研究者认为，"周南"是周公的本支之族在周幽王时受到排挤，南逃到淮水之滨，同另一个周公之族的后裔蒋国会合之地，其地在今河南固始县境内。周南既是地名、国名，它的君主在重新回归东周之前，可以暂称为"周南公"。"周南"11篇讲述他们在南迁之后生活的诗。⑤"召南"是召公之族在幽王时南迁之地的诗，具体地望在今湖北武汉周围地区。"召南"14篇讲的就是召公之族南迁的生活和史事。⑥而对"二南"具体作品的解读，也都用周公、召公之族南逃之事比附，如《周南》第一篇《关雎》，

① 周延良：《诗经学案与儒家伦理思想研究》，学苑出版社2005年版，第398页。
② 蒋立甫：《诗经选注》，北京出版社1981年版，第34页。
③ 周满江：《诗经》，上海古籍出版社1980年版，第25页。
④ 高亨：《诗经今注》，上海古籍出版社1980年版，第6页。
⑤ 蘭丁：《诗心雕龙——十五国风论笺》，人民出版社2011年版，第17—19页。
⑥ 同上书，第32页。

"这篇诗讲南迁之后第一代周南公在当地物色一位合意的配偶的艰难曲折过程"。① 如《召南》第一篇《鹊巢》，"说的是随着褒姒归周"。② 这样的解释，牵强附会，于诗无证，于史无征，较多的是臆断。本欲立新，但"守正"才能出新，如果对前人的研究弃之不顾，得出的结论难令人信服。

---

① 蘭丁：《诗心雕龙——十五国风论笺》，人民出版社 2011 年版，第 20 页。
② 同上书，第 35 页。

第三章　文化视野下的"二南"

　　一部作品的出现，一定会带有一个地域的文化特色，但也会受到其他地域文化的影响，并会在作品中体现出来。任何国家与民族的文学，甚至任何作家与作品，都存在一个地理基础与空间前提的问题，因为任何作家与作品都不可能在真空中产生出来，任何文学类型也不可能在真空中发展起来，任何作家与作品及其文学类型绝对不可能离开特定的时间与空间而存在。

　　文学的背后是文化，任何国家的文学都有自己的文化传统，任何作家都有自己的文化传统，任何文学作品也都有其文化背景，因此，任何文学作品都有其产生的特定的文化基因，但是，决定文化基因的不是文化本身，而是特定的自然地理环境与人文地理环境。自然地理并不存在基因的问题，只有文化与文学才存在基因的问题，因为在任何时代任何国度，海还是同样的海，山还是同样的山。对文学产生作用，有时往往是一种更加直接的影响。

　　文学的地域性与特定的自然环境存在着密切的关系，从而让某种文学的确具有一定的地域特征，并且由此带来特有的文化意义与艺术价值。由于各自的地理环境以及在此基础上形成的文化传统的不同，不同的地域自然会产生不同的文学，其实也就是我们平时所说的"一方水土养一方人""一个地方有一个地方的文学"。从历史上来看，任何一个自然条件比较封闭与文化传统比较保守的特定区域，都容易形成特色非常鲜明的文学。《诗经》"二南"的产生地域是在汉水流域，其作品也有汉水文化的诸多特色，但汉水流域受到楚文化、巴蜀文化、周文化等不同文化的深刻影响，形成了多元文化共生的景象。为了更准确地理解《诗经》"二南"的作品，有必要对"二南"所处的文化背景与文化渊源作一探讨。

第一节　楚文化对"二南"的影响

《诗经》"二南"所产生的汉水流域，从地域上讲，横跨中亚热带和北亚热带，这使汉水流域物产丰富并具有特色，是稀世珍宝即被誉为"东方宝石"的朱鹮和金丝猴、大熊猫、白猴、羚牛的产地。从地理上讲，汉水上、中、下游两岸孕育了汉中盆地、沿江谷地和江汉平原的一部分，同时还有秦岭、大巴山、神农架、伏牛山等著名山系涵养水源，间接地维护着八百里秦川的关中平原、天府之国的四川盆地和全国重要的粮棉油基地江汉平原的水土保持等。汉水流域是秦、楚、蜀三个历史区域的结合部。汉水流域历史悠久，从旧石器时期、新石器时期到夏商周三代乃至秦汉以来各代，都有丰富的地下文物出土和文献史籍记载，是中华民族文明史的重要组成部分。汉水流域特殊的地理位置、自然环境和历史文明，积淀、养育和形成了既有自身的特点，又具有交汇交融色彩的文化与艺术。

《诗经》之"二南"所处长江、汉水流域，其文化形态不仅有周文化的根基，同时也与江汉流域的楚文化有密切的关系。杨洪林、张翎研究认为，楚文化深植于汉水流域文化的沃土之中，汉水文化以其独具的特质孕育、催生、滋润了楚文化，以其神秘性、自由性、开放性、创造性、兼容性、批判超越性浪漫主义文化精神给予楚文化以决定性的影响，形成了文化发生学、文化史上汉水文化→楚文化→汉代文化→中华文化之间点、线、面的逻辑关系，使中华文化中本然地存在着一种"楚风汉韵"的文化特质。[①] 杨洪林、张翎两人的论述，史料充实，逻辑严谨，论证清楚，有较强的说服

---

① 杨洪林、张翎：《论楚风汉韵——汉水文化与楚汉文化之关系》，《湖北广播电视大学学报》2004 年第 2 期。

力，对认识楚文化与"二南"诗之关系有重要的参考价值。

一　楚文化的起源与特点

根据张正明《楚文化史》之考察，自西周早期至两周之交，为楚文化的滥觞期；自熊通继位至吴师入郢，为楚文化的茁壮期。这两者之间有很长一段时间的过渡期，楚文化在这一段时期里更多地接受了周文化的影响。从出土文物看，"春秋早期的楚式鼎，仅见于赵家湖的楚墓，其折沿附耳的特征与中原西周末东周初的同类鼎相近，严格说来，是稍有点楚化的周式鼎。"[①] 可见，此时楚文化尚无突出特点。

楚文化是一种地域性文化。就广义而言，它是南楚文化形态，起源于荆山，即今湖北西部的武当山东南、汉水西岸一带，后随楚国疆域的不断开拓，其覆盖区域扩展至长江中下游及以南地区，东北端达山东南部，西南端达到现在的广西西北部。

楚国早在商代就开始在汉水流域活动。早期在汉水以北，丹水之阳。据《史记》等史料及出土铭文记载，西周之初，周楚关系密切。周昭王时期，周楚交恶，楚人被迫退向汉水流域，至周夷王时，楚人占领江汉间，开始了江汉地区的大发展。春秋之初，楚文王迁都于郢，楚人从此主要在汉水以南活动。楚国在汉水南岸的发展是先向北、后向东扩张的，它先控制了汉水上游的原生部落方国，东渡汉水，开始了对"汉阳诸姬"的争夺。在对北方中原方国的不断兼并过程中，楚既把楚文化带到了这一地区，也从这一地区取得了中原文化的先进经验，并且把它们融入自身的文化体系当中。随着楚人的东进，楚文化从汉水传播到淮水，从长江中游传播到长江下游。也就是说，楚文化既包括中原文化的成分，也包含了南方原生部落的文化成分。

我们知道，考古学上的早期楚文化是指与典型楚文化有直接渊源关系的一组陶器遗存，最早出现于夏商时期的盘龙城遗址，西周

---

① 张正明：《楚文化史》，上海人民出版社 1987 年版，第 85 页。

时期遍及江汉。夏商时期的早期楚文化是古三苗的后裔在改宗中原文化后所创造出来的，西周时期的早期楚文化则是由周代的南土诸侯和楚蛮等江汉土著蛮族共同创造的，楚国仅是其中很小的一支。在西周时期，汉水流域的江汉地区分布着众多的小国和部族，有被史籍称为"汉阳诸姬"的与周王室有亲戚关系的同姓诸侯，有和周异性的诸侯，还有在西周前就在汉水流域的诸多小国，更有江汉地区的土著民族，其地域范围极其复杂，而楚文化的代表楚国，则源自祝融八姓，是华夏古族。早期的楚文化是由包括楚国在内的周代南土诸侯和江汉间的小国及楚蛮、濮等江汉土著蛮族共同创造的，其中既有与周室关系最为紧密的姬姓诸侯和周之姻亲诸侯，亦有与周室关系稍远一些的邓、鄀、楚等异姓诸侯，西周时期早期楚文化的主体当是江汉间诸小国和楚蛮、濮等江汉土著蛮族，而楚国仅是早期楚文化中很小的一支。但春秋早期以后，随着楚国的迅速强大，楚国成了这一支考古学文化的继承者，主导了这一支考古学文化的发展，将早期楚文化发展成了东周时期的典型楚文化。楚文化形成以后，一直对中原文化有一定的影响，丰富了中原文化的内容。汉朝统一天下以后，采取熔北南文化于一炉而治之的文化政策，以楚文化为表率的南方文化，终于同北方中原文化融合，成为水平比它们更高、范围比它们更广的汉文化了。

楚文化在形成之后，有着自身鲜明的时代和地域特色。首先是原始宗教的神巫性。楚人生活在南方，由于经济的发展滞后于北方，其风俗、习惯、意识仍摆脱不掉崇尚鬼神的原始宗教气息。《吕氏春秋·孟冬纪·异宝》曰："荆人畏鬼而越人信禨"，[1] 这正是南方早期文化的特征。《左传·昭公十二年》中楚令尹子革对楚灵王说："昔我先王熊绎，辟在荆山，筚路蓝缕，以处草莽；跋涉山林，以事天子。"[2] 这种艰苦的环境，使楚人更多地保留了对鬼神的敬畏，保持着自己的文化传统，在宗教、民俗、艺术等方面有

---

① 许维遹：《吕氏春秋集释》，中华书局 2009 年版，第 230 页。
② 杨伯峻：《春秋左传注》，中华书局 2009 年版，第 1339 页。

许多巫文化的特点。史籍中有很多楚文化的记载，《汉书·地理志》云："楚人信巫鬼，重淫祀。"① 《太平御览》卷135引桓谭《新论》曰："昔楚灵王矫逸轻下，信巫祝之道，躬舞坛前。吴人来攻，其国人告急，而灵王鼓舞自若。"楚怀王也是一样，《汉书·郊祀志下》载："楚怀王隆祭祀，事鬼神，欲以获福助，却秦师。"② 把破秦的希望寄托在鬼神身上，最终为秦所败。王逸《楚辞章句·九歌序》也说："昔楚国南郢之邑，沅、湘之间，其俗信鬼而好祠，其祠，必作歌乐鼓舞以乐诸神。"③ 楚国特殊的地位、历史和地理条件等，造成了楚国从宫廷到民间，鬼神之道倡炽，巫觋之风盛行。这些从当代出土的材料中也能得到证明。④ 其次是瑰丽奇谲的浪漫性。与中原的文学文化相比较，南方楚地的文学文化表现为一种对虚幻的理想和超现实精神境界的追求，《庄子》的散文，屈原的《离骚》等，具有神话式的幻想、大胆的夸张、离奇的情节、神妙的人物、夸张的语言等浪漫主义风格特点。究其原因，还是与包括自然性和社会性在内的楚文化的地域性相关联的。司马迁在《史记·货殖列传》中说："楚越之地，地广人稀，饭稻羹鱼，或火耕而水耨，果隋嬴蛤，不待贾而足，地埶饶食，无饥馑之患。"⑤ 这种较为容易的生活环境相对于北方那凿地穿冰的艰辛来说，更容易产生浪漫主义的生活情趣。从社会性因素看，南方既是山川相缪之区，又是夷夏交接之域，在楚国强盛起来以后，从典章制度到风土人情，无不参差斑驳。蒙昧与文明，自由与专制，乃至神与人，都奇妙地组合在一起，社会色彩比北方丰富，生活节奏比北方欢快，思想作风比北方开放，加上天造地设的山川逶迤之态和风物灵秀之气，就形成了活泼奔放以至怪诞奇谲的浪漫主义风格。

---

① （汉）班固：《汉书》，中华书局1962年版，第1666页。
② 同上书，第1260页。
③ （宋）洪兴祖：《楚辞补注》，中华书局1983年版，第55页。
④ 参见《望山一号墓的年代与墓主》，载《中国考古学会第一次年会论文集》，文物出版社1980年版。《江陵天星观一号楚墓》，载《考古学报》1982年第2期。《战国楚竹简概述》，载《中山大学学报》1978年第4期。
⑤ （汉）司马迁：《史记》，中华书局1959年版，第3270页。

最后是不拘礼法、卓然不屈的文化精神。楚文化的先祖们，创业艰辛，"筚路蓝缕，以启山林"，又长期遭受中原诸夏的歧视和侵伐，甚至到了战国时代，孟子还称其为"南蛮鴃舌之人"，把它划在中原文化之外。这种特殊的地理位置、历史地位，就导致了楚民族文化心理上的定向趋势：一是"僻陋在夷"的屈辱感；二是别于中原诸夏的独立感。前者激发了楚民族奋发图强的民族精神，后者促使其坚守自己的文化传统，走自己的路，从不把自己与中原诸夏混同起来。以上两点形成了楚文化不拘礼法、卓然不屈的文化精神。这种文化精神在屈原和庄子的作品中表现得最为鲜明和突出。在屈原作品中所表现出的深厚的宗国感情，对理想与美政的深情呼唤和九死不悔的韧性追求，以及他那峻洁纯美、砥砺不懈、傲岸不屈的人格，正是楚文化这一精神的完美写照和突出显现。正是有着这样鲜明的文化特色，楚文化在长江、汉水流域有着广泛的影响，在与中原文化的交流融汇中，有了汉文化的共性。

二　楚文化在"二南"中的体现

刘师培在《南北文学不同论》中说："故二《南》之诗感物兴怀，引辞表旨，譬物连类，比兴二体，厥制益繁，构造虚词，不标实迹，与二《雅》迥殊。至于哀窈窕而思贤才，咏汉广而思游女，屈宋之作于此起源。"① 明确指出了屈原、宋玉等楚辞作家深受汉水流域"二南"诗的影响，辨析了两者的源流关系。刘师培在比较屈子之文和老庄之文时，还说："荆楚之地，僻处南方，故老子之书，其说杳冥而深远。及庄、列之徒承之，其旨远，其义隐，其为文也，纵而后反，寓实于虚，肆以荒唐谲怪之词，渊乎其有思，茫乎其不可测矣。屈平之文，音涉哀思，矢耿介，慕灵修，芳草美人，托词喻物，志洁行芳，符于二《南》之比兴，而叙事记游，遗尘超物，荒唐谲怪，复与庄、列相同。"② 刘师培先生在比较的过

---

① 劳舒编，雪克校：《刘师培学术论著》，浙江人民出版社1998年版，第162页。
② 同上书，第163页。

程中，还特意提到了《诗经》之"二南"，认为屈子之文符合"二南"的比兴之法。这个观点至少包含着两个方面的意义：一方面，可以看到屈原的"芳草美人"意象，不仅继承了《诗经》的意象和比兴手法，而且在诗歌创作上有了更大的发展；另一方面，屈原及其"楚辞"作品，根源于长江、汉水流域，虽然呈现出楚文化特色，但于《诗经》也有某种内在的联系。换言之，《诗经》"二南"的许多诗篇也产生在汉水流域，在商周时期与早期的楚文化有密切的关联，"二南"的诗篇也有楚文化的因素，这应该是无法否认的事实。试举一例说明，"二南"中有《召南·野有死麕》篇，现代研究者大多认为是一篇写青年男女恋爱的诗。初读诗文，似乎也十分认同这种定论，但如果仔细品读其中的诗句，似乎感到还没有完全理解诗义。究其原因，是对诗中字词的训释，以及结合"二南"地域民俗传统等，还存在着不足，因而理解就有所偏差。

《诗经》是北方中原文学的代表，其中《周南》和《召南》，好用比兴，多缀虚词。春秋时期，楚国蚕食"二南"之地之后，受"二南"之诗的影响日益加深。"二南"诗对楚辞作家和历代作家产生了深远的影响，成为后世作家的艺术典范。"二南"诗的浪漫主义风格、浓郁的情感、清新的画面等艺术特色，为楚辞作家所继承和发展。

从体裁上看，《九章》中以四字句为主的《橘颂》就近乎"二南"之诗。程千帆先生认为："二南之诗，则《诗》、《骚》之骑驿，亦楚辞之先驱也。"[①] 蔡靖泉先生进一步指出：楚辞无疑最具有鲜明的南方文学特色，可是有些楚辞作品仍然是采用比较整齐的四言句式写成的，如《橘颂》《天问》《招魂》和《大招》，这表明它们并没有完全排斥中原文学形式，而是在借鉴中原文学形式的基础上有所变化和发展。楚文学还继承和发展了中原文学真实地反映社会生活的创作精神，创造性地借鉴其赋、比、兴的表现手法。[②]

---

① 程千帆：《先唐文学源流论略》，《武汉师范学院学报》1981 年第 1 期。
② 蔡靖泉：《楚文学史》，湖北教育出版社 1995 年版，第 87—88 页。

　　从内容上看,"二南"是汉水流域先秦诗歌的代表作,25篇作品中有近半数与爱情生活有关。有描写青年男女爱情的《关雎》,有歌颂男女追求美好爱情的《汉广》,有反映思妇怀念远行丈夫的《卷耳》,有反映伤春待嫁女子的《摽有梅》,有祝贺新婚的《桃夭》,有祝愿人们多子多孙的《螽斯》,有反映家庭矛盾斗争的《行露》等。这些诗作从不同侧面反映了汉水流域上古人民丰富的情感世界。《汉广》所塑造的来去无踪、若隐若现的美女形象,有着浓郁的浪漫主义色彩,直接影响了屈原等楚地诗人的文学创作。屈原的《湘君》《湘夫人》《大司命》《少司命》《山鬼》等作品,对爱情的描写缠绵缱绻、凄婉动人,而又真诚执着、坚定忠贞,就是山鬼形象在诗人屈原的笔下也丰神秀韵、绰约多姿。但由于自由美满的爱情、婚姻受到多种束缚和压抑,诗歌在讴歌爱情时无不充斥着可求而不可得的幽怨、伤怀的情调。这种情感的溯源不正是《诗经》中《周南·汉广》意境的再现吗?

　　综上,"二南"诗所产生的汉水流域,处于中国的中部腹地,自古以来就是南北文化交融的重要地区。黄河文明、长江文明相互汇合,形成了汉水文化自身的特色,在中国文化史上有着十分重要的价值。汉水文化既包括楚文化,也包括与楚相关的其他地域文化。尤其是在楚文化形成的早期,这种多元文化互融的状态更是非常明显。不可否认,汉水为楚文化的孕育提供了不竭的源泉。

第二节　周文化的南化与融合

　　在泾渭流域兴起的周人,是一个不太强大的部族,他们出了后稷这个先祖,才发生了巨大的变化。在此之前,他们还处于母系氏族社会,从后稷开始进入了父系氏族的社会。《诗经·大雅·生民》篇生动地记叙了后稷的神异诞生和率领周人进行农业生产并取得丰收的盛况。据《史记·周本纪》载,先周世系为:后稷—不窋—鞠—公刘—庆节—皇仆—差弗—毁隃—公非—高圉—亚圉—公叔祖类—古公亶父—季历—文王。从后稷到不窋,周人经历了尧、舜、禹到夏桀时代，是周人创业的重要历史时期。《诗经·大雅·公刘》叙述了公刘带领周人从邰（今陕西武功）到豳（今陕西彬县、长武、旬邑一带），兴业建功，营造居室，使周民族从一个流动的部族发展到一个稳定的部族。从庆节到公叔祖类，周民族发展农业、注意商业经济，修建都邑，开发疆土，成为渭北高原的一个诸侯国。《史记·周本纪》说：

> 公叔祖类卒，子古公亶父立，古公亶父复修后稷、公刘之业，积德行义，国人皆戴之。薰育戎狄攻之，欲得财物，予之。已复攻，欲得地与民。民皆怒，欲战。古公曰："有民立君，将以利之，今戎狄所为攻战，以吾地与民，民之在我，与其在彼，何异？民欲以我故战，杀人父子而君之，予不忍为。"乃与私属遂去豳，度漆、沮，逾梁山，止于岐下。豳人举国扶老携弱，尽复归古公于岐下，及他旁国闻古公仁，亦多归之。于是古公乃贬戎狄之俗，而营筑城郭室屋，而邑别居之。①

从司马迁的记载来看，在古公亶父时代，周民族为避戎狄，率众南迁，渡漆水、沮水，越梁山（今乾县、永寿一带），定居在岐山之南、渭河以北的周原地区。《诗经·大雅·绵》集中记载了古公亶父的事迹。一方面，周人为了躲避戎狄的侵扰，另一方面，周原土地肥美，地势优越，既可发展农业，又可抵御戎狄入侵，是周人明智的选择。周人在这里经过王季历的努力，到文王的灭崇，成为西周王朝的开始。《诗经·大雅·皇矣》云："天立厥配，受命既固。""度其鲜原，居岐之阳，在渭之将。万邦之方，下民之王。"是上帝给了周人以立国的机遇与条件，《诗经·大雅·大明》篇，更是歌颂了文王、武王灭商的丰功伟绩。

---

① （汉）司马迁：《史记》，中华书局1959年版，第113—114页。

一　周代礼乐文化对汉水流域的影响

西周建国以后，周公制礼作乐，将"礼"作为人们遵循的秩序、维护统治的工具。当时虽然没有成形的"礼书"，但周礼已大致完备，并颁行天下，正如钱穆先生所言："礼的重要，并不在其文字记载，而在其实际践行。"① 西周时期，由于周王朝统治者的有意推广，以礼为核心的周文化在诸侯国得以较好的传播、实行。礼作为周王朝占统治地位的思想，不仅对周人有精神、思想的制约，而且试图取代传统文化，以统一天下人的思想，周人通过分散在各诸侯国的贵族，将这一思想带向四方。周人礼乐文明的扩张，并非一帆风顺，各诸侯国的地域不同，部族的构成不同，其原有的文化传统也不同。虽然周代礼的思想借助于政权的力量得以推广，但是，其与各地原有文化的冲突仍是不可避免的。《国语·郑语》载史伯为桓公分析天下形势，列举了成周以外各诸侯国、各部族的情况，指出："是非王之支子、母弟、甥舅也，则皆蛮、荆、戎、狄之人也。"并且说，这些诸侯国"非亲则顽"。② 这还是从各地同周天子、同桓公的政治关系而言的。如果从文化发展的角度看，那些被称为"蛮、荆、戎、狄"的部族之所以被斥为"顽"，就在于他们不是华族，在于他们有自己的不同于周人的文化传统。即使所说的"支子、母弟、甥舅"之国，情况也不一样。这些地域的上层贵族都是周王室的同宗，或亲戚，而各邦国的人民，各地的旧贵族，以及那里的文化结构，都呈现出不同的形态。

西周初年，迫于周人内部自身矛盾的升级与四夷的进犯，周王采取"封建亲戚，以藩屏周"的方式分封诸侯，以扩展势力，抵抗四夷，巩固政权。《左传·昭公二十八年》记载："武王克商，光有天下，其兄弟之国者十有五人，姬姓之国者四十人，皆举亲也。"③ 对姬姓诸侯的分封，主要可以分为东、北、南三个方向，

---

① 钱穆：《中国文化史导论》，商务印书馆1994年版，第73页。
② 徐元诰：《国语集解》，中华书局2002年版，第462页。
③ 杨伯峻：《春秋左传注》，中华书局2009年版，第1494—1495页。

其中南线即汉阳诸姬，有息、应、蒋、道、蓼、唐、顿、蔡、随等，这些诸侯国一方面牵制着楚人势力，成为周王朝南方的屏障，另一方面又占据了江汉地区主要的农业区。它们在与楚国不断地交流与纷争的过程中，既受到来自南方文化的冲击，又无形地推行了周人政策，传播了周室文化。尤其在西周末年王室东迁、礼崩乐坏之时，这些姬姓小国又担负了保留和延续周文化之任。"二南"诗即反映了周人重农德、重婚礼的传统观念，《诗序》称《周南》《召南》乃"正始之道，王化之基"，是有一定道理的。

中原的周文化对江汉流域的影响可以从江汉流域出土的大量商周青铜器得以证明。[①] 汉水流域上游的城固、洋县出土的大量青铜器，据学者考证，与中原文化有密切的关系，虽然青铜器是以商代为多，是接受商文化的结果，但也与先周文化有一定的联系。器物中的短胡—穿戈、铜簋、陶鬲等都具有先周文化的特征，说明周文化的影响已经到达秦岭以南地区。[②] 陈朝云指出："周代的青铜礼器在更广阔的地区内传播的历史事实，比如在长江下游的江南地区、中游的两湖地区、上游的四川地区都比较普遍地出现了西周的青铜礼器，并逐渐形成了独具特征的吴越青铜文化、楚系青铜文化和巴蜀青铜文化等体系。尽管这些地方文化体系的器物形态各具地方特征，但其所包含的政治内涵、思想内涵、等级观念及等级制度，却与中原商周时期的礼制文化完全一致。"[③] 周王朝的建立使中原地区成为政治文化的中心，周文化作为强势文化向周围各区域部族传播，并融合各区域文化，进一步形成了高度统一的华夏文化，为西周时期政权的统一奠定了基础。

周文化由关中地区向南方传播，其中有一条是由关中越秦岭，

---

① 陈朝云：《夏商周中原文明对淮河流域古代社会文明化进程的影响》，《文史哲》2005 年第 6 期。

② 赵丛苍：《城洋青铜器》，科学出版社 2006 年版，第 245 页。

③ 陈朝云：《商周中原文化对长江流域古代社会文明化进程的影响》，《学术月刊》2006 年第 7 期。

经褒谷，至南郑，然后沿汉水谷地东行，出汉中，达冥阨之塞。①
影响所及，不仅是汉水流域，而且西至巴蜀，东及河南南部区域。
"二南"作为王畿之地最近的区域，加之已有的原先周姬姓方国的
后裔传统，在接受周文化的礼乐思想上，就较其他地区容易。"二
南"作为周代礼乐文化的经典，不但对后世有垂范作用，在当时就
有强烈的文化辐射作用。从现存《诗经》的诗篇中，也可见它们对
"二南"周边地域的影响。"汉阳诸姬"在春秋以前属周王朝的统
治地区，"二南"中的诗篇多出于春秋以前，其时当地的主流文化
是周文化。

傅斯年先生曾经论述南国文化说：

> 南国者，自河而南，至于江汉之域，在西周下一半文化非
> 常的高，周室在那里建设了好多国。在周邦之内曰周南，在周
> 畿外之诸侯统于方伯者曰召南。南国称召，以召伯虎之故。召
> 伯虎是厉王时方伯，共和行政时大臣，庇护宣王而立之人，曾
> 有一番轰轰烈烈的功业，"日辟国百里"。这一带地方虽是周室
> 殖民地，但以地方富庶之故，又当西周声教最盛之时，竟成了
> 文化中心点，宗周的诸侯每在南国受封邑。其地的人文优美，
> 直到后来为荆蛮残灭之后，还保存些有学有文的风气。②

二 "二南"与周文化的观念意识

"二南"诗中所表现的内容，与西周时期实施的各项制度，诸
如分封制、宗法制、嫡长子继承制以及婚姻观念等，都有密切的
关系。

周的先辈是以农业而自立的民族，周人所尊奉的先祖后稷就被
尊为农神。在周人追述先祖的《大雅·生民》诗中，后稷被描述成
一位天赋异禀的农耕奇才，在刚会爬行时就可以自己寻找食物，长

---

① 王健：《西周政治地理结构研究》，中州古籍出版社 2004 年版，第 350 页。
② 傅斯年：《诗经讲义稿》，中国人民大学出版社 2004 年版，第 58 页。

大后又发明了一套颇具成效的种植之道，经他播种的各种庄稼都会获得丰收，所谓"蓺之荏菽，荏菽旆旆，禾役穟穟，麻麦幪幪，瓜瓞唪唪"。《鲁颂·閟宫》也追述了后稷的丰功伟绩，歌颂了他播种百谷的功劳："黍稷重穋，稙稚菽麦。奄有下国，俾民稼穑。有稷有稷，有稻有秬。"《閟宫》所歌颂的，后稷的贡献已不仅仅局限于教民稼穑，而俨然成为"奄有下国"的一方首领。其后，后稷子孙公刘、古公亶父等人多次带领族人迁居，寻找更适宜农业生产的宜居之地，开拓荒原，发展农耕，在经过公刘迁豳、古公亶父迁于周原的大规模发展之后，周也逐渐壮大，已粗具了"实始剪商"的实力。而在周代殷的过程中，周人所领略的不仅是殷人发达的文化、先进的农耕技术，更看到了因农事的发达、衣食的丰饶而给殷人带来的生活的腐化和精神的沉沦。① 这引起了周人的高度戒心，并警醒着周人不要重蹈殷人的覆辙。《尚书·无逸》篇记载了周公对殷后王与周先王对农耕稼穑的不同态度的评论。周公认为，殷人的衰败在于他的立王"不知稼穑之艰难"，不与小民同乐；而周人的兴盛则因周先公先王知稼穑之艰难、知小民之依、卑服田功、怀保小民。对待农耕稼穑态度的不同成为导致王朝兴衰的重要因素。因此，在周王朝建立后，周王都非常重视农业的发展，天子诸侯每年都要参加籍田礼进行象征性的亲耕劳作，这已不仅仅是一种仪式的存在，更被赋予了象征着政治德行的精神含义。当有人想要逾越这种风俗仪式时，就会被视为政治德行的衰败。《国语·周语上》记载，周宣王即位时，要废止籍礼，"不籍千亩"，虢文公以"民之大事在农"为由劝谏曰："今天子欲修先王之绪，而弃其大功，匮神之祀而困民之财，将何以求福于民？"② 宣王不听，最终败于姜戎。《国语》编纂者就认为宣王废止籍礼是周王朝走向衰亡的原因之一。

西周时期，周统治者非常重视血缘宗族制度。这种由原始的

---

① 李山：《诗经的文化精神》，东方出版社1997年版，第37页。
② 徐元诰：《国语集解》，中华书局2002年版，第21页。

父系家长制扩大而来的宗法制度不仅是贵族宗族内部的组织制度，而且与政权机构密切结合。因此宗族的最高领袖往往也就是政权的掌握者。按照宗法制度，周王是天下大宗，是同姓贵族中的最高族长，也是天下政权的共主，掌有统治天下的权力；天子的众子被分封为诸侯，对天子是小宗，对本国的贵族是大宗，是本国政治上的共主，掌有统治封国的权力；诸侯的众子被分封为卿大夫，对诸侯是小宗，对本家则是大宗，世袭官职，享有统治封邑的权力。这犹如金字塔一般的分封，等级森严，无论哪一宗哪一层级，大宗的嗣位都须由嫡长子继承。不同于殷人兄终弟及的继承方式，周人是严格遵循着嫡长子继承制的。根据《公羊传·隐公元年》的记载："立嫡以长，不以贤，立子以贵，不以长。"① 可见，"贵"是周贵族选取继承人的主要标准。为了防止没有嫡长子而引发内乱，他们还制定出了一套补充办法，《左传·昭公二十六年》载：

> 昔先王之命曰："王后无嫡，则择立长；年钧以德，德钧以卜。"王不立爱，公卿无私，古之制也。②

在《左传·襄公三十一年》中也有类似的记载："太子死，有母弟，则立之；无，则立长。年钧择贤，义钧则卜，古之道也。"③伴随着周人的宗法制度所产生的还有姓氏制度。姓是出生于同一远祖的血缘集团的名称，氏则是姓的分支，是西周、春秋时贵族所特有的，代表着宗族，能够"保姓受氏"，世代相承不断，就能保住宗庙而世不绝祀。如果宗族灭亡，"氏"也就跟着灭绝。《左传·襄公二十四年》："若夫保姓受氏，以守宗祊，世不绝祀，无国无

---

① （清）阮元校刻：《十三经注疏·春秋公羊传注疏》卷1，中华书局1980年版，第2197页。
② 杨伯峻：《春秋左传注》，中华书局2009年版，第1478—1479页。
③ 同上书，第1185页。

之。禄之大者，不可谓不朽。"①

"同姓不婚"的婚制也是伴随着血缘宗族制度而产生的。《礼记·大传》曰："系之以姓而弗别，缀之以食而弗殊，虽百世而昏姻不通者，周道然也。"② 周人一直严格地奉行着同姓不婚的族外婚制，同时也为保持贵族等级地位，实行贵族的等级内婚制。诸侯、卿大夫要在相同的等级之内，迎娶异姓之女。这种同姓不婚的制度，只要不同姓，世代层可以被忽视，因此在媵妾制度中，我们可以看到姐妹姑侄同嫁一夫的例子。③

在宗法制度支配下，宗子和大宗有保护帮助宗族成员和小宗的责任，宗族成员和小宗有支持和听命于宗子和大宗的义务。因此，西周、春秋之间的贵族，很注重同宗、同姓、同族之间的关系。周初在分封诸侯时，最先考虑的就是与周同姓的姬姓国家。而分封的异姓诸侯国，也由于同姓不婚的原因，都成了姬姓贵族的姻亲。周天子与诸侯卿大夫之间关联的纽带，就不只是政治上的联结，也是宗法、婚姻上的来往。血缘宗法制就变成了维护政治安定和等级制度的工具。以血缘宗法制为基础结成的婚姻家庭成为周人维护自身利益最基础的单位，"二南"地区多姬姓小国，在诗中也表现了周人强烈的家庭观念。

第三节　多元文化交汇的汉水文化

前面在论述"二南"与汉水流域文化的关系时，曾分析了汉水流域文化的基本特征和汉水流域古方国的状况，由于论题所限，没有展开讨论，只是作了一个初略的梳理。在这里，我们从文化的视野，看汉水文化的发展演变历程。

---

① 杨伯峻：《春秋左传注》，中华书局2009年版，第1088页。
② 王文锦：《礼记译解》，中华书局2001年版，第482页。
③ 杨宽：《西周史》，上海人民出版社2003年版，第436—440页。

一 汉水流域文化的特征

汉水流域文化研究，在史前考古、农业水利、经济开发、人口演变、历史地理、环境变迁等方面有较多的成果，但对汉水文化的本体研究，成果较少。身处汉水上游的陕西理工大学，有陕西（高校）哲学社会科学重点研究基地"汉水文化研究中心"和陕西省重点学科"汉水文化"研究机构，在多年的研究中，已经连续结集出版了六集《汉水文化研究集刊》，收文 200 余篇，推动了汉水文化的研究向纵深发展。沿汉水流域的其他高校，如安康学院、商洛学院、郧阳师范专科学校、湖北文理学院、湖北汽车工业学院、南阳师院、湖北大学、华中师范大学、武汉大学等，都有汉水文化的研究成果与相关机构，出版了多部会议论文集，涉及了汉水文化的基本内涵、历史源流、重要特色等诸多问题。另外，有《流动的文明》①《汉水》②《汉水文化探源》③ 等通俗性、文学性的知识读物，对于汉水流域的历史风貌、人文景观作了简约的描述。虽然上述研究成果较为丰富，但缺乏全面深入的挖掘，理论性、系统性不够。潘世东先生的《汉水文化论纲》④，刘清河先生主编的《汉水文化史》⑤ 著作的出版，全方位、多向度、系统性地对汉水文化进行了深入研究，是汉水文化研究的新突破，对我们重新认识和理解汉水文化有许多的启示。

据潘世东先生的研究，汉水文化是特异型的流域文化。汉水流域在历史上基本形成了整体性的文化体系和文化结构，构成了相对独立的文化区；汉水流域的历史发展和文化变迁是中华文明历史演变的一个缩影。汉水流域以两大平原（江汉平原和伊洛平原）和三大盆地（汉中盆地、南阳盆地和襄阳盆地）为地理环境条件，以四

① 李绍六：《流动的文明》，人民文学出版社 1998 年版。
② 左鹏：《汉水》，江苏教育出版社 2006 年版。
③ 王雄：《汉水文化探源》，中国青年出版社 2007 年版。
④ 湖北人民出版社 2008 年版。
⑤ 陕西人民出版社 2013 年版。

大流域文化（秦陇文化、巴蜀文化、荆楚文化和中原文化）为人文语境条件，形成上游、中游、下游三个区系，它是甘、陕、鄂、豫、川、渝交界地区，是承东启西、连接南北的枢纽地带，形成了内陆性的文化走廊和黄金文化带。作为特异型的流域文化，汉水文化在自身的历史进程中处于南北文化激荡交锋中，融合黄河文化和长江文化的优长，具有兼容会通的特色，独树一帜，别具一格，是得天独厚、不可替代的流域文化范型。①

汉水流域地处中国自然地理南北过渡带，北面有强势的中原文化，南面是独具魅力的荆楚文化。"地理环境是人类从事社会生产须臾不可脱离的空间和物质—能量前提，是物质资料生产过程中不可或缺的、经常的必要条件……普列汉诺夫说：'不同类型社会的主要特征是受地理环境的影响后形成的。'"② 汉水流域处于两个文化圈之间，既要受到自北向南的王化泽被，又必然携带着天生的荆楚文化的基因。这就使得汉水流域文化区别于跟它临近的其他文化，表现出看似矛盾实则和谐兼容的双重文化特性。

刘清河在《陕南民情风俗概观》一文中谈陕南文化时说到，陕南文化的一大特点就是"南北荟萃，东西交融"，③ 笔者认为这既是陕南文化的，推而广之，也适用于整个汉水流域。梁中效在《汉水文化的特色及影响》一文中将汉水流域文化的特点归纳得全面而且精准，在他看来，汉水流域最显明的特色就在于"北方与南方文化兼备"，这个核心特点决定了汉水流域文化的"雄山与秀水文化共存""阴柔与阳刚文化杂陈""开放与封闭文化交替""单一与多样文化并生"这些特点。④ 潘世东在《论汉水文化的特征》一文中说："作为一种独具特质的地域文化和一种重要的文化资源，汉水

---

① 潘世东：《汉水文化论纲》，湖北人民出版社2008年版，第5页。

② 冯天瑜、何晓明、周积明：《中华文化史》（上编），上海人民出版社1990年版，第29页。

③ 刘清河：《陕南民情风俗概观》，载《汉中师范学院学报》1995年第1期。

④ 梁中效：《汉水文化的特色及影响》，载冯天瑜主编《汉水文化研究》，中国国际广播音像出版社2006年版，第3—8页。

文化是沉积与辐射的统一、厚重与灵动的统一、兼容性与独创性的统一、醇厚中和与阳刚峻拔，具有开放性与广适性、持久性与变化性、丰富性与生长性、过渡性与和谐性等特征，与中华民族文化乃至所有人类文化一样，对人类社会的发展起着方向性、支撑力、凝聚力、推动力的作用。"①

汉水流域的文化确实是这样，融合荟萃了巴蜀文化、荆楚文化、三秦文化、中原文化等众多文化，并在此基础上不断继承和发展，最终形成了与众不同、魅力独特的汉水流域文化。这种文化的特殊性在"二南"中得到了比较清晰的体现，在汉水流域人民的现代生活中也得到了更为完整的传承。

汉水流域的文学作品是社会生活的反映，尤其是《诗经》这样的现实主义作品，更是研究先秦周人生活现实的珍贵材料。从"二南"中，我们可以看到当时汉水流域先民们的生活状况，主要是他们在面对恋爱、婚姻时的态度和观念，他们在祭祀时的礼仪和心理，还有整个"二南"诗歌艺术风格所包含的民歌之美，从而了解他们生活缩影背后那些深层次的思想内涵，寻找汉水流域文化包容、汇聚南北文化的特点。

二 汉水流域文化的历史演变

从历时性的角度看，汉水流域文化源远流长，历史悠久，很早就有古人类活动的遗迹，是中华文明的发祥地之一。20世纪70年代在汉水上游郧县发现的距今约80万年至90万年的猿人化石，被考古学称为"郧阳人"。在汉水上游汉中南郑龙岗寺发掘的旧石器古人类遗址，距今也有100万年以上。汉水流域新石器文化遗存也非常丰富，序列完整。有距今7000年左右的在汉水上游汉中—安康盆地与丹江上游地区发育成长的老官台文化李家岭类型；有距今6500年左右的在江汉平原北部低丘岗地区发育的边畈文化和在此

---

① 潘世东、饶咬成、聂在垠主编：《汉水文化研究论文集》，上海世界图书出版公司2012年版，第44页。

基础上发育而成的大溪文化油子岭类型；有距今 6000—5800 年的江汉湖区的大溪文化关庙山类型和在汉水上中游南阳盆地广泛传播的仰韶文化；有距今 5500—4600 年的大溪文化和仰韶文化相互影响的基础上产生的屈家岭文化；有距今 4700—4200 年的在汉水中游地区占主导地位的中原龙山文化以及原本发育于这一流域的石家河文化。据刘清河《汉水文化史》的统计，汉水流域旧石器遗址（地点）有 109 处，新石器时代文化遗址有 122 处。① 除了这些文化遗址遗存外，女娲神话流传于汉水流域的陕西平利、湖北竹山等地，也留有"女娲山""皇娲山""皇娲庙""补天石"等遗迹。传说中的炎帝神农氏是农业和医药的发明者，出生和活动在汉水流域的中上游地区，中心区域学者们以为是湖北随州的厉山一带。传说中的尧舜禹与汉水流域也有密切的关系，尧封其子于丹水，舜耕于厉山，大禹治汉水，都留下了很多的遗迹。夏商周时期，汉水流域与整个中华文化的发展同步。据史载，在夏代，汉水上游即有与夏室同姓的褒人所建的褒国。在商代，而今流传下来的青铜器铭文，记载了汉水流域与商王朝的关系，汉水上游陕西城固出土的青铜器，与商文化有一定的关系，表明汉水流域是商王朝的势力范围。汉水下游的盘龙城，据考证是商王朝的遗址，留有残存的城垣、宫殿基址和铸造遗址。商王武丁的南征，还有一位夫人被称为"妇好"的，能带兵打仗，也随同武丁南征。周代的商遗民有深深的印记，他们作诗记事，歌颂商王朝的强大。《商颂·殷武》曰："挞彼殷武，奋伐荆楚。深入其阻，裒荆之旅。"赞扬了商王的威武勇敢，打败了荆楚的军队，深入汉水流域的腹地。学者们根据考古的发现，商朝对南方的控制，不是传说，而是确有其事的。西周时，汉水流域周南、召南之地，大约在前 977 年，周昭王率军伐楚，溺死汉水，周幽王三年（前 779 年），幽王伐褒，褒国献美女褒姒求和。秦厉共公二十六年（前 451 年），秦"左庶长城南郑"，为南郑建城之始。前 206 年，刘邦被封汉王，王巴、蜀、汉中，都

---

① 刘清河：《汉水文化史》，陕西人民出版社 2013 年版，第 30、51—56、72—78 页。

南郑,后出兵散关,平定三秦,建立大汉王朝,几千年的汉水文化绵延赓续,建树颇丰,在中国的历史进程中具有举足轻重的地位,是中华文化的重要组成部分。

三 汉水流域文化的丰富内涵

从共时性的角度看,汉水文化内容丰富,类型多样。汉水流域的文化融通,在语言文化、民间文化、民俗文化、宗教文化、移民文化、科技文化、学术文化等方面,也都具有丰富多样的文化内涵。

在语言文化方面,有楚音、川声、秦腔、豫调,还有苗语、羌语等。因汉水流域在地域上是我国北方的南方,南方的北方,处于自然环境与人文地理南北与东西差异的过渡带,使汉水文化具有南北过渡、东西兼容的丰富性和多样性。历史上每当北方地区发生战乱和饥荒,中原人士常到汉水流域避难,而南方的文人、商贾僧侣及一般民众等,也经过汉水流域到中原去游学、应试、经商,促进了南北与东西文化在汉水流域的交汇融合。特别是明清时期,大量外地移民进入秦巴山区,形成了五方杂处、色彩斑斓的区域风俗民情画卷,受到巴蜀文化、秦陇文化和中原文化、荆楚文化的交叉辐射,甚至江南移民和云贵移民的迁入,更加丰富了汉水文化的多样化色彩。例如,在汉水上游汉中地区,"风俗兼南北,语言杂秦蜀""其声音,山南近蜀则如蜀,山北近秦则如秦"。[①] 大部分地方话接近成都等处的四川话,属于西南方言的范围,而洋县、城固两县话,却是四川话与关中话的变种,西乡、勉县、略阳三县话,保留关中话的特点少,向四川方言靠拢的程度较高。陕西安康和湖北郧阳地区,"其人半楚,风俗略与荆州、沔中(郡)同"[②]。楚方言在此占绝对优势,但秦、蜀等方言的影响也很大。在安康紫阳县汉

---

① (清)严如熤主修,郭鹏校勘:《嘉庆汉中府志校勘》,三秦出版社 2012 年版,第 737、733 页。

② (晋)常璩著,任乃强校注:《华阳国志校补图注》卷 2《汉中志》,上海古籍出版社 1987 年版,第 83 页。

城区安家河有一个"方言岛","岛"内人全部都说"江南话"。在安康的柞水和汉中的镇巴两县，分别有几百人以上的壮族、苗族聚居点，素有壮乡、苗乡之称。汉水中上游楚音、川语、秦腔并存，江南话、苗语、壮语犹在，与关中、中原方言内部大体统一形成了明显的对照，彰显了汉水流域文化的多样性特色。

在民间文化上，汉水流域有女娲神话、炎帝神话、大禹神话，还出现了汉族创世神话史诗《黑暗传》，受到学人们的关注。潘世东先生在《汉水文化论纲》一书中，高度评价了《黑暗传》的历史认识价值、社会伦理价值、艺术审美价值和哲学视野下的终极价值，认为是汉民族史诗。《诗经》以来的民间诗歌表现了汉水流域人们的劳动生活和爱情生活，还有大量的历史歌谣、月令歌谣、儿童歌谣、仪式歌等，是汉水文化民间生活的真实写照，从汉水上游的镇巴民歌、紫阳民歌，到中下游的房陵吕家河民歌、荆州民歌，无不证明汉水文化的丰富多彩。

在民俗民风上，汉水流域有祝融掌岁时农时的传说，湖北随州出土的战国曾侯乙墓漆棺上的二十八宿图，表明了汉水流域的人民以此观测天象的历史。而中国较早记载地域性岁时习俗的专著是《荆楚岁时记》。汉水流域的春节、元宵节、中秋节等全民共有的节日风俗，也与其他地域不同，特别是农历五月初五的端午节，有龙舟竞渡的重要活动，汉水上游的安康和中下游襄樊的龙舟竞渡，在组织安排、内容表现、竞赛方式和文化内涵方面都有不同，展示了汉水文化中民俗文化的不同特点。在婚姻民俗上，汉水流域的婚姻文化，既有传统的"六礼"规制，也有民间的乡风乡俗，如订婚、认亲、报期、完婚的程序，同时，还有古老的特殊婚俗，如童养媳、娃娃亲、纳妾、冥婚、换婚、叔嫂婚（转房婚）、招赘等，这些有着封建迷信的落后意识和旧传统所带来的畸形婚俗，因在不同的地区而有不同的表现。

在宗教文化方面，汉水流域也有丰富的神灵崇拜和祖先崇拜，从汉水女神到女娲神话，从汉水上游羌文化背景下的傩戏文化到中下游楚文化背景下的巫鬼信仰，从汉水上游张陵的五斗米道，到汉水中下游的武当山道教圣地,不仅本土的道教有长足的发展,而汉水流域的儒和佛也都有融合发展的脉络线索,还有对古代圣贤的崇拜,如诸葛亮、关公崇拜等,但占主导地位和产生重要影响的还是道教文化。先秦时期道家学派的著名学者如鹖子、长卢子、老莱子、环渊等也都是楚人。在汉水的上游,汉末三国时期,汉中的张鲁政权实行"五斗米教",著《老子想尔注》,其道教王国"雄踞巴汉垂三十年",使汉中成为一方乐土。在汉水的中下游,史籍和方志记载了许多著名的道士,如泠寿光、葛洪、谢允、李和、刘虬、邓郁、陆法和等,其道教活动影响深远。从唐宋到元明,道教文化在汉水流域极为昌盛,在清代有所衰落,道教思想内涵与汉水流域的地方神祇和宗教信仰融为一体,也与汉水流域的民间文化艺术紧密联系,对汉水文化产生了深远的影响。

汉水流域是一个移民文化区域,以汉水中上游为例,史料表明,在远古的石器时代,就有先民的生活遗迹,以陕西南郑的龙岗寺和西乡李家村最为著名,创造了辉煌的古代文化。进入青铜文明的商周社会,汉水中上游有很多的民族和小方国,大致有褒国、丙国、西国、骆国、赤国、巴国、蜀国、庸国、濮国等,进一步开发了汉水中上游的经济,形成了丰富的、既与南北文化有联系而又独具特色的地方文化。西周末年,犬戎入侵关中,部分郑国之民南逃至汉水中上游的汉中盆地。春秋战国时期,秦、楚交兵,汉水中上游融入了荆楚文化、氐羌文化和秦陇文化,特别是秦灭蜀后,移关中之民万家入蜀地及汉水上游,大大增加了秦文化对汉水中上游地区的影响。直至明清时期,汉水中上游都是全国重要的人口迁入区。明代从洪武大移民到正统年间明政府对汉水中上游实行的安置流民的"禁山"政策,再到成化年间的"弛禁"与安抚政策,这120年的移民活动,学者们称其为"荆襄流民运动"。而清代从乾隆初年至道光初年近90年的"西南移民潮"以湖广和四川的移民为主迁入汉水中上游,人数多达百万之众,被看成是"湖广填四川"的延续。大量的移民活动不仅增加了汉水中上游的人口数量,也导致以汉族为主结构的变化，特别是历史上的少数民族匈奴、鲜卑、氐、羌、羯等的不断涌入，民族融合更加频繁，各民族的文化交融更加突出，使汉水文化呈现出多样性、丰富性和包容性的态势。

汉水流域既在科技文化上，也在科学史上占有一席之地。张衡、张仲景、蔡伦、马均等都是杰出的代表人物。在汉水流域的洋县，至今还有蔡伦之墓。蔡伦在总结前人造纸的基础上，发明创造了"蔡侯纸"，对人类文明发展起到了重要的推动作用。汉水流域也成为推广造纸术的地域之一，现今在汉水流域的民间还流传着蔡侯造纸的传说、有关造纸的壁画，民间仍以造纸作为传统行业。

汉水流域在上古时期虽然没有形成系统的学术思想，但在较早的文献典籍中已有端倪。例如《诗·小雅·大东》有"维天有汉，监亦有光"，《诗·小雅·四月》有"滔滔江汉，南国之纪"，《诗·小雅·沔水》有"沔彼流水，朝宗于海"。这些诗句表明了汉水流域的先民对于人间与宇宙自然关系的看法。他们认为，天上的银河与地上的汉水是遥遥相应的，认为汉水是中国大地上的纲纪之水，是大动脉。他们已认识到汉水是汇入大海之中的。这表明当时的人们崇尚自然、回归自然的意识。《尚书·禹贡》云，汉水上游的梁州以"西方金刚，其气强梁"而名，既表明了对地域与宇宙关系的看法，也可以说概括了这个地域当时的文化。而《楚辞》中的诗句——"帝高阳之苗裔兮""望嶓冢之西极"等，则表现了南国以屈原为代表的诗人在写汉水时追溯先祖的寻根意识，也是汉水流域学术文化思想的早期表现。战国秦汉时期，汉水流域在楚、蜀、秦的争夺中，学术文化也在不断地发生变化，楚文化重巫风，巴蜀文化重鬼神，秦文化重法制、重人事，行法家霸道之术，极大地影响着汉水流域古老的、崇尚自然的淳朴色彩。汉兴以来，一度倡导"黄老之学"，到武帝时，"罢黜百家，独尊儒术"，实则是儒家杂糅道家之术、法家刑名之学。武帝时凿空西域的张骞，正统的耿直派领袖李固，东汉时不应大将军王凤之聘的名士郑子真，公车三征不应的名士卫衡，求裸葬以复本真的杨王孙，还有"行止进退"安贫乐道的"商山四皓"等，都是汉水流域多元文化思想的代表。汉中著名学者祝龟，撰写了《汉中耆旧传》，对西晋陈寿撰《三国志》及常璩撰《华阳国志》有很大的影响，北魏郦道元《水经注》也引用《汉中耆旧传》的资料。东汉后期，襄阳著名学者王逸的《楚辞章句》，是最早的楚辞完整注本，对后世《楚辞》的传疏影响很大。历史学者习凿齿所著的《汉晋春秋》《襄阳耆旧记》的影响深远。在刘表主政的荆州，形成了以宋衷、司马徽等著名古文经学家为代表、以研究经学为要务、以偏重《易经》为特色的荆州学派，在东汉经学史上具有重要的意义。在汉水上游的褒斜道上，出现了《石门颂》《郙君碑》《杨淮表记》等摩崖石刻，不仅有重要的交通史意义，更有书法史、学术史的价值。南阳的画像石，深受楚文化的熏陶，有楚文化奇幻、浪漫、雄丽的艺术精神；画像砖则更多的是汉代社会生活的写照，显得古朴纯真。西晋汉中太守李密著《陈情表》抒发了忠孝不能两全的苦衷，体现了一个文人士大夫兼济天下与独善其身的矛盾心理，与前代诸葛亮的《出师表》相比是一个发人深思的转折。唐代著名诗人孟浩然和皮日休，被誉为襄阳的"鹿门双隐士，皮孟两诗翁"，孟浩然的山水诗，皮日休的散文辞赋在唐代文学史上占有重要的地位。宋代米芾的书法艺术，陆游在汉中抗金前线所作的爱国诗篇，清代王士禛的《蜀道驿程记》及其描写汉水流域的诗篇，在汉水流域的学术文化史上留下了光辉的一页，为中华文化的发展繁荣作出了应有的贡献。英国著名的科学史家李约瑟博士曾说："汉水上游是古代圣地，因为汉水发源于秦岭南麓，从这里有道路通往渭河流域、北面的关中地区和西南面的四川地区。因此，在中国的整个历史上，汉水流域是长江流域和几个地区之间的著名通道，同时也是古老华夏文明的源头地。"① 这一描述很符合汉水流域的实际情况，也说明了汉水流域的地域文化意义。

---

① ［英］李约瑟：《中国科学技术史》，科学技术出版社 2003 年版，第 10 页。

第四章 "二南"与汉水流域的
文化习俗

关于《诗经》的时代性和地域性，特别是"二南"的时代性和地域性，我们已经作了考辨，并初步指出了与汉水流域的关系。在此，我们就诗305篇的有关具体内容作翔实的分析，来追溯和探寻《诗经》与历史上的汉水流域所存在的关系。

人所共知，《诗经》是一部文学作品，而且是我国最早的一部文学作品，但不仅于此，还应该说，它是一部极有价值的上古史料。我们暂不说清代学者的疑古之风对先秦典籍的怀疑，如崔述的《考信录》，但崔述对《诗经》305篇的怀疑却甚少，近代、现代学者，如王国维、梁启超、顾颉刚、郭沫若、陈子展、朱东润等，都对《诗经》的史料价值给予了充分的肯定和估价。梁启超就说过，先秦典籍，唯有《诗经》最为可信。这个看法并不言过其实。我们看，《诗经》记载了古代人民的生活经验，表达了古代人民的思想感情，是古代社会生活的真实反映。具体而言，朝廷政事、宗庙祭祀、军事活动、经济制度、农业生产、男女爱情、音乐歌舞、风土习俗，凡此等等都涉及了社会生活的各个方面，同文史哲经各个学科都有关系，甚至可以说，《诗经》所描写的内容，足以编辑一部"上古百科全书"。这样博大而精深的内容，这样丰富而生动的历史画卷，作为《诗经》的重要组成部分如"二南"中的诗篇，不应该有它的价值吗？而"二南"的疆域正是包括汉中在内的南国江汉地带。"二南"既然具有价值，那么现在对它的研究也就是有意义的了。

《诗经》中的"二南"有诗 25 篇,大部分是关于江汉流域一带的诗,《诗经》中的"二雅"及"颂"诗,大部分是关于京畿之地的诗,对以上这些诗的地域性,前面我们已经作了考辨。古汉中既在"二南"的范围,又是周朝的甸服之地,因此,这些诗中所表现的内容有着鲜明的地域特征,成为我们研究汉水上游上古历史不可多得的材料。同时,我们不能不注意到,历代学者在研究"二南""二雅"诗时,虽有许多先创之功,但附会穿凿、不尽诗意者,亦不乏其人。在历史地理、名物考证方面清代学者成就最大,但谬误亦不少。陈启源《毛诗稽古编》、陈奂《诗毛氏传疏》、马瑞辰《毛诗传笺通释》,博引旁征,材料丰富,考证辨误,裨益匪浅。崔述《读风偶识》、姚际恒《诗经通论》、方玉润《诗经原始》,敢于冲破旧说,创立新意,提出了许多较科学的观点,对我们深有启迪。可是在一些具体问题上,上述研究都存在着不足,就是研究《诗经》的思想方法论问题,不可能超越他们的时代,具备辩证唯物论历史唯物论,因而有些问题的偏差就无以为怪了。

我们基于这种思想认识,针对《诗经》研究中所存在的问题,试图对《诗经》305 篇做初步的探索。详读诗 305 篇,仔细分析原诗的内容,并参阅各家注释,对《诗经》305 篇中关于汉水流域的描写加以探析。需要说明的是,因为"二南"中的诗篇与汉水流域关系最为密切,我们着重分析"二南"中的诗篇,但同时涉及"二雅""颂"诗中关于汉水流域的描述。

第一节 婚恋文化

《诗经》的时代从西周初年至春秋中叶,跨越 500 多年的历史时期,这是由父权制完全确立但又残留着母系社会遗风的一个历史过渡时期。《诗经》中有大量关于婚姻恋爱的诗篇。这些诗篇所反映的内容极为丰富,涉及男女婚恋生活的方方面面,"其中有反映青年男女执着相恋相慕、相思相爱的;有反映女子出嫁,男子'亲迎'的热闹场面的;有反映夫妻温情缱绻的幸福生活的;也有反映不幸婚姻给女子带来痛苦的。"① 可以说,《诗经》中所保存的这些婚恋诗,为我们展示了《诗经》时代广袤地域上丰富多彩的婚恋习俗内容。而《诗经》"二南"地属"周南""召南",时代又在西周,所以它所记载的婚姻内容就反映了西周时代的婚姻礼俗。

因此,《诗经》中的婚姻礼俗丰富多样,既有远古时代的遗风流韵,也有周代礼乐文化特色;既有父母之命、媒妁之言的婚嫁,也有自主择偶的自由;既有繁琐的上层婚礼程序,也有简便的民间嫁娶方式;既有贵族社会的排场与奢华,也有社会下层的勤俭与酸楚,呈现出多姿多彩的形态。李山在《诗经的文化精神》中,认为《诗经》的婚恋诗篇有两种不同文化意义上的婚恋现象:一种是与周礼相关的,另一种是与古老的民间习俗相关的。与周礼相关的,表现为婚姻典礼上的祝祷、妇德的礼赞以及贵族家庭矛盾的冲突等,这些诗篇主要集中在《周南》《召南》《邶风》《鄘风》《卫风》等"国风"之中。与古老的民间习俗相关,表现出强烈的野性色彩,率性而泼辣,这些诗篇主要集中在《郑风》《卫风》《陈风》之中。李山的分析注意到了两种文化冲突的地域性特点,而且还罗列了具体的篇目,指出在"二南"的25篇诗歌中,有16篇与周礼相关,《周南》有《关雎》《葛覃》《卷耳》《樛木》《螽斯》《桃夭》《芣苢》《汉广》八篇;《召南》有《鹊巢》《采蘩》《草虫》《采蘋》《行露》《殷其雷》《江有汜》《何彼襛矣》八篇,并从周代礼乐制度下"燕礼"中的"乡乐"出发,认为《周南》《召南》中的婚恋诗篇是一种在周礼规约下的正统社会生活。②

李山的论证是有根据的,给人以很多的启示,对我们研究"二南"诗的婚姻文化有重要的价值。但是,如果结合"二南"诗篇所产生的地域性来考察,"二南"中的婚恋诗篇,有一些突破周礼的制约,反倒具有汉水流域文化的特色,反映出野性婚恋的习俗。关于此,我们将在下面予以详论。

---

① 王巍:《诗经民俗文化阐释》,商务印书馆2004年版,第183页。
② 李山:《诗经的文化精神》,东方出版社1997年版,第122—123页。

一 婚恋诗的自然环境

人类的早期文化多依河流而起。人类历史的发展演变表明,每个民族的繁衍,都是河流滋养哺育的结果,同时河流也是孕育生发文明的摇篮。巴比伦文明是两河流域(幼发拉底河和底格里斯河)的产物,印度河、恒河流域创造了古印度文明,尼罗河创造了辉煌的埃及文明。同样,中国的黄河、长江等大江大河也被视为中华民族的发祥源头,尤其是黄河,更被炎黄子孙推崇为母亲河和中华文明的摇篮。可见,河流对一个民族的文明进化有着不可替代的巨大作用。

在水与人类休戚相关的历史进程中,人类早期的神话在表现各民族与水的关系及意识时,产生了以洪水为背景的"洪水神话"。无论是文献的载记,还是人们的口耳相传,洪水是人类早期无法抵御的灾难之一,因此,在人类的心灵中留下了不可磨灭的印记,成为一种集体表象,代代相传。在世界古代洪水神话中,大多表现天帝对人类堕落的失望,洪水便是对人类的惩罚,而洪水之后人类的再造,反映了对人性的反省和批判。而保留在中国汉民族古代文献中的洪水神话,则主要把洪水看成是一种自然灾害,所揭示的是与洪水的抗争、拯救生民的积极意义,看重人的智慧及斗争精神,于是就出现了《山海经·北山经》里的"精卫填海"、《国语·周语下》《竹书纪年》中的"共工治河"、《淮南子·本经训》《孟子·滕文公上》中的"鲧禹治水"等感人的故事。① 在人们口耳相传的民间神话里,有流传于淮南一带汉族的"女娲补天治水"神话故事,有流传于广西一带的毛南族"盘古的传说",有流传于江西一带汉族的"伏羲女娲洪水的传说",还有在汉族广为流传的"鲧王治水""王鲧和防风""禹王锁蛟""河伯授图"等神话故事,② 这些文献记载或口耳相传的神话故事,集中体现了一个主题,就是洪水给人们带来的灾害和部族首领带领人们战胜洪水,取得胜利的信心与决心。

---

① 刘城淮:《中国上古神话》,上海文艺出版社 1988 年版,第 348—361 页。

② 陶阳、钟秀编:《中国神话》,上海文艺出版社 1990 年版,第 28、171、181、526、532、538、540 页。

在先秦时代，中国早期的思想家、哲学家老子、孔子对水都有过赞美。老子说："上善若水，水善利物而不争，处众人之所恶，故几于道。"① 孔子说："知者乐水，仁者乐山。知者动，仁者静。知者乐，仁者寿。"②《庄子》《墨子》《韩非子》《管子》《淮南子》《韩诗外传》《春秋繁露》等先秦两汉的典籍也论述过水与人生的关联意义，成为中国早期哲学思想的根基。美国著名汉学家艾兰在《水之道与德之端——中国早期哲学思想的本喻》一书的中文版序言中说："由于中国早期哲人认定自然界与人类社会有着共同的原则，所以，中国早期哲学思想中最有意义的概念都源于自然界的本喻（root metaphor）模型。因此，'道'这个概念尽管抽象，但它也是以水的隐喻为原型的。"③ 水本来是普通人们生活的基本物质条件，但在哲人们的眼中，水与大自然、人生、哲学等都有密切的关系。从审美对象来看，自然的水常以流水意象呈现在哲学家、文学家的世界中。流水意象不仅蕴含着古人的情感世界，还具有丰富的哲学美学蕴涵，而且，流水意象还反映并强化了华夏民族柔韧、沉稳的文化精神，昭示着宇宙自然运行的不停顿性，契合了传统文人的道德修养与功业追求并重的积习，成为一种文学母题。④

但我们也需要注意，人类对河流的依赖和畏惧，又产生了对河川的崇拜现象。对水的崇拜是原始自然宗教的重要组成部分。上古先民之所以会对河流等水源地进行祭祀，主要出于对水的生存依赖意识。从新石器时代起，原始先民从山区迁移到平原，在水土肥美的地方开始农业定居生活之时，水和阳光、土地一样，成了人类生存最重要和最强大的需要。在古人的眼里，水是生命力的化身，是上天作为生活资源供养人类的。因此，先民们自然会对水充满无限的敬畏和崇拜之情。而在诸种水源的崇拜中，河川之所以独享崇高

---

① 朱谦之：《老子校释》，中华书局1984年版，第31页。

② 程树德：《论语集释》，中华书局2014年版，第526页。

③ ［美］艾兰：《水之道与德之端——中国早期哲学思想的本喻》，张海晏译，商务印书馆2010年版，第4页。

④ 王立：《中国古典文学中的流水意象》，《中国社会科学》1994年第4期。

的地位，缘于人类的繁衍生息主要依赖于河流的哺育。到了商周时期，先民们已将对河水的自然崇拜转化为对人格化的河神的崇拜（这种把自然中不可证知的神转化为人化的自然神的现实，是人类历史进步的反映）。产生这种对河神崇拜祭祀的原因，从根本上说还是社会生产力低下。在人类对河水变化无常的原因尚不能认识，更不能抵御河水泛滥所造成的自然灾害的情况下，便想象出有一位神操纵着河水。为了避免河水的侵袭，并祈望得到其更多的恩惠，人们便从趋利避害的生存需要出发，向河神进行贡献祭祀。到了周代，还出现了对河川之神的官方祭祀。《礼记·王制篇》说："天子祭天下名山大川，五岳视三公，四渎视诸侯，诸侯祭其疆内名山大川。"① 司马迁《史记·封禅书》也说："天子祭天下名山大川，五岳视三公，四渎视诸侯，诸侯祭其疆内名山大川。四渎者，江、河、淮、济也。"②

我们在阅读《诗经》的过程中，发现记述古代先民在江河边繁衍生息、劳动生活的诗，就有六七十首之多，涉及的河流有20多条，除了大家熟知的黄河、长江、淮水、汉水、济水、渭水、泾水之外，还有淇水、汝水、溱水、洧水、汶水、汾水、漆水、沮水、滤水、洽水、杜水、丰水、泮水等河流（古代除了黄河称"河"，长江称"江"以外，其余河流均称"水"）。但《诗经》对水的描写，没有哲人们的哲理思考，几乎也看不见关于水给人们带来的灾难。只有《大雅·十月之交》写到了周幽王二年（前780年）发生了一次大地震。诗中描写道："烨烨震电，不宁不令。百川沸腾，山冢崒崩。高岸为谷，深谷为陵。"由地震引发的洪水灾害，想必给周代社会带来了巨大的破坏，也加速了西周王朝的灭亡。在《诗经》时代，由于中原一带气候温和，加之当时江河堤防已有一定的规模，百川变得较为温顺，暴发大的洪涝灾害的时候不多。这一时期并不是没有发生水灾，而是人们把对洪水的斗争事迹都已通过大禹治水的传说表

---

① 王文锦：《礼记译解》，中华书局2001年版，第173页。

② （汉）司马迁：《史记》，中华书局1959年版，第1357页。

达出来。在《诗经》中，有几篇缅怀大禹治水业绩的诗，如《小雅·信南山》："信彼南山，维禹甸之。"《大雅·文王有声》："丰水东注，维禹之绩。"《大雅·韩奕》："奕奕梁山，维禹甸之。"《鲁颂·閟宫》："奄有下土，缵禹之绪。"《商颂·长发》："洪水茫茫，禹敷下土方。"《商颂·殷武》："天命多辟，设都于禹之绩。"上述诗句高度赞扬了大禹治水、造福人民的丰功伟绩，也反映出大禹治水的传说源远流长，其事迹和精神在周代已产生了深刻的影响。

文学作品的产生与一定的地理环境有不可分割的关系，是为世界文化学者所认同的。《诗经》"二南"产生于汉水流域，也表现了与汉水流域的密切关系。文化地理学、文化人类学以及文学地理学的研究，都证实人与地具有不可分割而且相互依赖的关系。18世纪，法国哲学家爱尔维修在《论人》中提出了"人是环境的产物"的观点，以反对法国腐朽的社会现实。19世纪，法国的艺术史家丹纳在《艺术哲学》中，强调地理因素对文学的作用，认为时代和地域风俗构成了所谓的"精神的气候"，直接孕育了特定的文艺内容与形式。近代德国地理学家拉采尔在《人类地理学》中认为，环境对人类有极大的制约作用。当代美国的人类学家本尼迪克特在《文化模式》中，认为生活环境与一种文化的形成有密切的关系。近年来，文学地理学的研究视野，把文学产生发展的时间（历史）维度转向了空间（地理）维度。曾大兴先生这样认为："文学同其他事物一样，虽说都是在一定的时空条件下发生的，但是时代的变化往往既频繁又剧烈，而地域的变化相对来讲则要迟缓一些，温和一些。地域环境具有相对的稳定性，它对文学的影响也不是那么敏捷。如果说，时代条件对文学的影响是立竿见影的，那么地域环境对文学的影响则是潜移默化的。"① 这是很有见地的。无论个人或社会的，生理的或精神的，社会的静态或动态，都不能逃脱环境的制约。当然，重视环境的作用，并不等于肯定环境可以决定一切，像时间的因素、人类的意志、人的创造力等，都是决定人类命运的力量。但对于生

---

① 曾大兴：《文学地理学研究》，商务印书馆2012年版，第43页。

产力不发达的原始人群来说，自然环境对他们的制约作用几乎是带有决定性的，环境不仅制约着他们的生产方式，而且影响着他们的社会组织、婚姻形态、家庭结构以及人际关系的形成等。因此对文化生态环境的考察、研究，是把握一个民族群体行为、文化现象（自然包括诗歌艺术特点）、性格特征形成的一条有力途径。

由于"二南"诗产生在汉水流域，其诗篇直接或间接地与水产生着联系，"关关雎鸠，在河之洲""参差荇菜，左右流之""汉之广矣，不可泳思。江之永矣，不可方思""遵彼汝坟，伐其条枚""于以采蘩，于沼于沚""于以采蘋，南涧之滨""江有汜""江有渚""江有沱"等。这些描写，多与汉水流域青年男女的婚恋相联系，或表达男子对所爱恋的女子的深情思慕，如《周南·关雎》；或表达对自己情人的召唤和期待，如《周南·汝坟》；或是痴情女子临水对丈夫的怀念，如《召南·江有汜》；或因汉水之阻恋人不能相见而望水浩叹、长歌徘徊，如《周南·汉广》。这些在水边的恋爱，是水成为恋爱的场所、爱情的阻隔、涉水的对象、婚姻的隐喻，究其原因是远古水生殖崇拜的遗存，也是社会风俗的积淀，还有周代学宫制度"性隔离"的"礼"制影响。因此，诗人笔下的水与哲人眼中的水，是存在着极大差异的，尽管有自然环境的背景，但表现的形态是大不相同的。当代著名的《诗经》学研究专家刘毓庆先生从中国古代文学发展历程，结合《诗经》文本，从文化层面考察了《诗经》水意象的种种表现，借用文化人类学中"上古性隔离"理论，提出了《诗经》中的水意象，反映了上古女性水隔离的习俗，使水滨泽畔成为上古男女相思、相恋、相怨之地。[1]刘氏之文视野开阔，立意深远，方法精当，资料翔实，论证有力，对《诗经》研究有极大的启发意义。

二 婚恋诗的类型与内容

发生在水边的婚恋诗，有其深刻的历史背景和社会因素，也反

---

[1] 刘毓庆：《〈诗经〉之水与中国文学中水意象的历史考察》，载陈致主编《跨学科视野下的诗经研究》，上海古籍出版社 2010 年版，第 60—173 页。

映了水与爱情千丝万缕的联系。在《诗经》婚恋诗研究中,将春天水边集会与祭祀高禖和临水祓禊的上巳节联系在一起的是孙作云先生。孙作云先生在《诗经恋歌发微》一文中,通过对《郑风·溱洧》《郑风·褰裳》《郑风·狡童》《郑风·山有扶苏》《鄘风·桑中》《卫风·淇奥》《卫风·有狐》《卫风·竹竿》《卫风·氓》《邶风·谷风》《邶风·匏有苦叶》《卫风·芄兰》《周南·汝坟》《周南·汉广》的分析研究,最后总结说:

> 我们从以上十四首恋歌中,可以归纳出以下的情形,即它们同言恋爱、同言春天、同言水边。
>
> 恋爱 + 春天 + 水边
>
> 这就表示:它们是在同一背景下作成的,或反映着同一风俗。这风俗就是在春天聚会、在聚会时祭祀高禖(=后来的娘娘庙)和祓禊于水滨以求子。①

孙作云先生的这一发现,对理解《诗经》恋爱诗有极大的启示意义,特别是总结的"恋爱 + 春天 + 水边"的模式,在分析"二南"恋爱诗时也有借鉴的作用。

《诗经》中水边的恋歌以及与水边婚恋有关的诗歌在"二南"中占有很大的比例。许多诗歌的发生都与汉水有密切的关系。人们比喻感情时,常常用柔情似水作喻,说明了水的绵长和委婉,而现实中的水边泽畔则是孕育生发爱情的美好场所。清澈的河湖,碧水荡漾,岸边杨柳依依,垂映着粼粼清波,如诗如画的意境,更容易让那些青春奔放、热情洋溢的年轻男女撩拨起怀春的情愫,在这美妙的氛围中暗送秋波,情投意合,上演了一幕幕爱情的故事。除此之外,还需要注意的是,在《诗经》时代,去古未远,人们还有较深的生殖崇拜观念,这些观念在《诗经》中也有所反映。近代以来

---

① 孙作云:《诗经恋歌发微》,载《诗经与周代社会研究》,中华书局1966年版,第314—315页。

的学者们认为，我国古来就有男女在水边交际择偶的习俗，这种习俗融婚恋与乞子于一体。男女选择水边来交往恋爱，借水来发展爱情，是他们祈求婚姻美满和繁衍子嗣的曲折表达。

《诗经》"二南"所涉及的恋爱婚姻以及与恋爱婚姻相关的诗篇多达18首，具体是《周南》11篇中，有《关雎》《葛覃》《卷耳》《螽斯》《桃夭》《汉广》《芣苢》《汝坟》8首；《召南》14篇中，有《鹊巢》《采蘩》《草虫》《采蘋》《行露》《殷其雷》《摽有梅》《江有汜》《野有死麕》《何彼襛矣》10首，不涉及争议较大的《小星》等篇。根据这些诗的内容，大致可以分为三类，第一类是有关恋爱相思的诗；第二类是婚姻嫁娶的诗；第三类是祭祀与求子方面的诗。

（一）恋爱相思

《周南·关雎》是《诗经》的第一篇，也是《国风》和《周南》的第一篇。《诗经》中《风》《小雅》《大雅》和《颂》的为首之作，古时称之为"四始"，编次时有特定的含义。《史记·孔子世家》说："《关雎》之乱以为《风》始，《鹿鸣》为《小雅》始，《文王》为《大雅》始，《清庙》为《颂》始。"[1] 作为开篇之作，古今中外的学者对其本义有不同的理解，张启成在《〈关雎〉本义述评》一文中，列举了六种说法：一是美后妃之德和乐得淑女以配君子说；二是刺康王晏起说；三是贵族嫁女婚歌说；四是求贤说；五是贵族祝婚歌说；六是恋诗说。"恋诗说在目前是最流行的说法，不仅大陆学者，而且香港、台湾学者多从此说。"[2] 从这里可以看到《关雎》一诗的分歧与争议。然就诗文本所体现的内容来看，认为是描写男女情爱似乎更符合诗的本义。

《周南·关雎》的一开头，便给人们绘出了一幅淑女河上采荇图：开阔的河面，碧水悠悠，芳草萋萋，河中洲上，双双对对的雎鸠在那里嬉戏，关关和鸣；美丽贞娴的姑娘，在这充满生气、和乐

---

[1] （汉）司马迁：《史记》，中华书局1959年版，第1936页。
[2] 张启成：《诗经风雅颂研究论稿》，学苑出版社2003年版，第27—31页。

的气氛中，用灵巧的双手轻快地采摘着水中的荇菜。这幅水美、人美、景色美的图画，还构成了人与大自然相契合的意境，令人心驰神往，遐想无限。"关关雎鸠，在河之洲。窈窕淑女，君子好逑"，由雎鸠鸟的鸣叫所引发的男主人公的求偶之心，想到那美丽的女子，自然地表露出自己想向她求偶的心情。然后就是因为喜欢，而"寤寐思服"，以至于"辗转反侧"，到最后经过彻夜的冥思苦想之后，这位男子终于找到了接近淑女的办法，并且最终获得了成功。"琴瑟友之"，是通过弹奏琴瑟来引起女子的注意和好感，进而得到接近的机会。"钟鼓乐之"，则是敲钟、击鼓把自己心仪的女子迎娶过来。"琴瑟友之"，是营造轻松愉快的氛围，在娱乐中拉近与对方的距离。"钟鼓乐之"，是举行隆重的婚礼，令女子无比高兴，这正反映了周代礼乐文明的特色。《周南·关雎》开启了我国爱情诗的源头。这首诗歌因其深沉、隽永、含蓄、内敛，一直被视为千古言情的典范之作。诗中也有一咏三叹，也有辗转反侧，但因为其很好地把握了"发乎情，止乎礼义"的儒家思想，所以一直受到各个阶层的尊崇。孔子盛赞《关雎》"乐而不淫，哀而不伤"。上博楚简《孔子诗论》（简称《诗论》）也有对《关雎》的评论，我们摘引李学勤先生对《关雎》的考释：

> 《关雎》之改……
> 《关雎》以色喻于礼……两矣，其四章则喻矣。以琴瑟之悦拟好色之愿，以钟鼓之乐□□□（之）好，反内于礼，不亦能改乎？
> 《关雎》之改，则其思益矣。

李学勤先生解读说：

> "改"训为更易。作者以为《关雎》之诗由字面看系描写男女爱情，即"色"，而实际要体现的是"礼"，故云"以色喻于礼"。

简文与郑玄《笺》同，分《关雎》为五章，"其四章则喻矣"兼四、五章。第四章"窈窕淑女，琴瑟友之"，第五章"窈窕淑女，钟鼓乐之"，即作者所言之"喻"。"琴瑟"、"钟鼓"都属于礼。把"好色之愿"、"某某之好"变为琴瑟、钟鼓的配合和谐，"反内（入、纳）于礼"，是重要的更改，所以作者说"其思益矣"。"益"意为大，见《战国策·中山策》注。①

并认为《诗论》作者可能是子夏，② 而"《关雎》之改"应是子夏引述孔子的话，下面的几句是子夏的论述。子夏是孔子认为可以和他言诗且对自己有所启发的人（《论语·八佾》篇：子曰："起予者商也，始可与言《诗》已矣。"）所以，如果李学勤先生的上述推测成立的话，那么《诗论》的观点也可以说实际上就是子夏在阐述他老师孔子的观点。

黄怀信先生也认为：

> 《诗论》作者认为《关雎》的主题是"以色喻礼"，其特点是"能改"。……是《诗论》作者的《诗》学义理。③

从学者们对上博《诗论》的释读可以看出，孔子论诗，重在透过表面现象看到更深层的含义，就《关雎》而言，这深层的含义就是"改"，也就是子夏的所谓"以色喻于礼"和"反内于礼"。正因为这个"反内于礼"的"改"，所以它才能达到"乐而不淫，哀而不伤"的审美效果。由此可见，一首抒发真挚爱情的诗篇在孔子

---

① 李学勤：《〈诗论〉说〈关雎〉等七篇释义》，《齐鲁学刊》2002 年第 2 期。

② 李学勤：《〈诗论〉的体裁和作者》，载朱渊清、廖名春主编《上博馆藏战国楚竹书研究》，上海书店出版社 2002 年版，第 57 页。

③ 黄怀信：《诗本义与〈诗论〉、〈诗序〉——以〈关雎〉篇为例看〈诗论〉、〈诗序〉的作者》，载黄怀信《上海博物馆藏战国楚竹书〈诗论〉解义》，社会科学文献出版社 2004 年版，第 318 页。

的心目中所能表达的意义是多么深刻，从这个意义上讲，确实可谓"其思益矣"。

《周南·卷耳》所表现的则是丈夫服役在外而妻子对丈夫的强烈思念之情，是一首怀人诗。全诗四章，第一章是以思念征夫的女子口吻写的："采采卷耳，不盈顷筐。嗟我怀人，置彼周行。"为什么"不盈顷筐"呢？是由于思念丈夫而无心采菜，即一心二用。所以，她后来干脆就不再采了，把筐放到大路上。这时她就不再是一心二用，而是专心思念丈夫了。后三章则是以思家念归、备受旅途辛劳的男子的口吻来写的，让男女主人公"思怀"的内心感受交融合一。

此诗之妙，是从对方着笔，本要写自己思念丈夫，却想象对方如何思念自己，想象中的感情越丰富，就越见感情之真切，想象对方越细致，其情感也越细腻。刘勰在《文心雕龙·神思》中说："文之思也，其神远矣。故寂然凝虑，思接千载；悄然动容，视通万里。"① 这正是想象在诗歌中的妙用。钱锺书在《管锥编》中认为，这首诗的意境与李白《春思》"当君怀归日，是妾断肠时"是相同的。② 因而，一个思征人而神魂恍惚的思妇形象，一个登高望乡以酒消愁的征夫形象就跃然纸上。

《周南·汉广》这首民间情歌，描写了一个男子爱慕女子所表达的痴情以及苦闷的心情。宽阔的汉水，有美丽的少女尽情畅游于一带碧波之上。乔木下边，一个痴情少年在凝神观望。虽然内心无比爱恋这位女子，但是却难以如愿，也找不到追求的办法。就好像面对既广又深的汉水一样，怎么也渡不过河去。但诗人的一往情深却难以动摇。诗歌采用排比句，竭力突出求女之"不可"，尤其是每章的后四句，反复叠咏尤为妙绝，它将汉上"游女"迷离恍惚的形象、江上浩渺的景色以及男主人公心中痴迷的思慕都融于长歌浩叹之中。清人钱澄之在《田间诗学》中说："夫见游女而欲求之，

---

① 周振甫：《文心雕龙今译》，中华书局 1986 年版，第 248 页。
② 钱锺书：《管锥编》，生活·读书·新知三联书店 2007 年版，第 119 页。

此发乎情也；知其不可求而反于礼，此止乎礼义也。王者不能强人使无情，而使其发而能止，则教化之入人者深也。"① 钱氏用"情"与"礼"的关系来解读《汉广》诗旨，是有一定道理的。虽然钱氏有以古之礼制释诗的特点，以礼约束"情"，但他还是承认人之"情"的意义，是对汉儒的超越，也是对朱子解说的进一步阐发。

　　然而，我们从主人公的忧伤中看到的不是绝望和怨恨，而是充满着期待与向往："翘翘错薪，言刈其楚。之子于归，言秣其马。""翘翘错薪，言刈其蒌。之子于归，言秣其驹。"真情无悔，希望有一天她会被自己感动，而同意嫁给他，那时他就要准备好一切迎亲的礼物，前去迎娶她。如此的真情，应该说已经超越了时空的界限，会引起世世代代渴望真挚爱情的人们的强烈共鸣。这是一幅别具地方风情的民俗画卷，没有即景生情的想入非非，只有可望而不可即的踌躇、绝望、凄凉与忧伤。汉水浩渺迷茫的水色，男子无限缠绵的情丝，有机地融为一体，使这首诗有一种难以言说的风韵。

　　值得注意的是，《汉广》一诗中的"游女"，汉代鲁、齐、韩三家解诗，认为是汉水之神。清人王先谦引证大量史料予以申说。② 汉代刘向《列仙传》引"江妃二女"的故事，谓郑交甫遇汉水神女之事，闻一多说："郑交甫故事，未审起于何时代，然足证汉上旧有此神女传说。"③ 据钱穆先生的考证，"楚辞"中所言的"沧浪""湘流""江潭""其实所指皆一水，即汉水也"。湘水即汉水，"屈原居汉北，所祭湘君既为汉水之神女"④。钱氏之论，不无启发。正因为如此，我们有理由相信，《汉广》一诗所歌咏的男女情爱，应是有久远的历史传说为依据的，是汉水流域民俗生活的生动体现。

　　《周南·汝坟》是妻子怀念丈夫的诗。对于丈夫在外远役的妻

---

① （清）钱澄之：《田间诗学》，朱一清校点，黄山书社 2005 年版，第 24 页。

② （清）王先谦：《诗三家义集疏》，中华书局 1987 年版，第 51—54 页。

③ 闻一多：《诗经通义》，见李定凯编校《闻一多学术文钞·诗经研究》，巴蜀书社 2002 年版，第 163 页。

④ 钱穆：《古史地理论丛》，生活·读书·新知三联书店 2005 年版，第 200—202 页。

子来说，精神上最强大的支柱，莫过于盼望丈夫早日平安归来。"未见君子，惄如调饥"。如煎如熬，如饥似渴，如在深渊。"既见君子，不我遐弃"。希望如星火闪现，如镜中影像，想拼命抓住，绝不放手。由于久盼不归，她甚至担心，怕丈夫忘记了自己，抛弃了自己，从此不再回来了。所以，丈夫的归来令她欣喜若狂，喜的是丈夫并没有忘记自己。可是，高兴的同时她又开始担心了，担心丈夫刚刚回来，不会很快又要走吧？她是多么希望丈夫这次回来就不要再走呀！希望丈夫不要再与自己分离了。女主人公以"鲂鱼赪尾"来喻丈夫勤劳王室而劳苦颜色改变，所以她很委婉地劝阻丈夫："王室如燬，父母孔迩。"事君固然重要，但是事父也同样重要。毕竟父母就在身边，他们也需要你在家尽孝。这首诗最大的特点就是选取了最有代表性的生动场景，丰富深化了诗的内容。而女主人公的情感变化和心理描写，也委婉细腻。后世的评论家也都注意到这些特色，如姚际恒《诗经通论》、吴闿生《诗义会通》等都有精彩的评价。

《召南·草虫》这首诗歌从诗本身的内容上看，是女子思念丈夫的诗作。首章以鸣叫的草虫求偶起兴，比兴男女相求；二三两章是赋的手法，写出了深郁的思恋之情。通过三个不同的层次递进，写出了这位情意绵绵的女主人公见到丈夫前的忧心忡忡，见到丈夫后的喜悦开怀，用对比的手法来展现思妇的情怀。而《毛诗序》的"大夫妻能以礼自防"最为曲解。朱熹《诗集传》解为："南国被文王之化，诸侯大夫行役在外，其妻独居，感时物之变，而思其君子如此，亦若《周南》之《卷耳》也。"① 虽说有"文王之化"之嫌，但其"思君子"之意影响最大，从之者很多。当代学者陈子展、高亨等阐发此说。女子思念的必然是丈夫，丈夫挂念的必然是妻子，这种解释符合几千年来中国传统文化的婚姻观和爱情观。但现在也有研究者认为，这首诗是未婚青年男女相互思恋的诗。以诗义理解，当她的情人没有到来的时候，她的内心处于"忧心忡忡"

---

① （宋）朱熹：《诗集传》，上海古籍出版社1980年版，第9页。

"忧心惙惙""我心伤悲"这样一种状态。但是，当她的情人到来的时候，她的心中又是"我心则降""我心则说""我心则夷"。由担心而为放心，由悲伤而为喜悦，通过女主人公这种情绪的变化，突出表现了她对爱情的忠贞与执着。当然，这样的理解也未尝不可，只是更现代罢了。

《召南·殷其雷》是一首女子盼望丈夫早归的诗歌，全诗三章，每章的开头均以雷声起兴。"在南山之阳""在南山之侧""在南山之下"，这隆隆的雷声不绝于耳，忽儿在山的南坡，忽儿在山的旁边，忽儿又到了山的脚下。这雷声勾起了她对出门在外的亲人的忧念：在这恶劣的天气里，他却要在外奔波跋涉，怎不叫人牵肠挂肚，因而诗在起兴之后发出了"何斯违斯"的感叹。此诗以重章复沓的形式唱出了妻子对丈夫的思念之情，在反复咏唱中加深了情感的表达。每章均以雷起兴，随着雷声的变异与演进，既象征着君子的不遑宁居，也象征着女主人公心情的惴惴不安、惶惑不定，其惆怅，其迫切，皆令人思之无限。

《召南·摽有梅》是反映周代风俗的诗，它描写的是男女之情，古今大多数学者对此并无异议。但因为对"摽"字的理解不同，导致了对此诗的理解有很多的差异。《毛诗序》及《毛传》《郑笺》《孔疏》等都将"摽"字解为落，所以诗中的"其实七兮""其实三兮""顷筐塈之"，就表示树上的梅子越落越少，以此起兴，暗喻女子青春如同这树上的梅子一样很容易消逝。因此这种递进式的手法就把这个女子急切地盼望意中人快快前来求婚的那种既矜持又着急的心情活灵活现地表现出来。这种解释虽然符合诗中的意蕴，但似乎不符合当时的风俗。

《周礼·春官·媒氏》说："仲春之月，令会男女。于是时也，奔者不禁。若无故而不用令者，罚之。司男女之无夫家者而会之。"①《召南·摽有梅》云："求我庶士，迨其谓之。"《毛传》

---

① （汉）郑玄、（唐）贾公彦：《周礼注疏》，李学勤：《十三经注疏》，北京大学出版社1999年版，第362—364页。

说："三十之男，二十之女，礼未备则不待礼会而行之者，所有蕃育民人也。"《郑笺》云："不待礼会而行之者，谓明年仲春，不待以礼会之也。时礼虽不备，相奔不禁。"① 春天，特别是农历的三月，是古人男女相会恋爱的美好季节，浸以成俗，汉代以后的长时期内，三月上巳日还是我国古代先民最重要的节日。《诗经》中有许多反映这种风俗的诗，特别是《郑风》和《邶风》《鄘风》《卫风》中的诗如《桑中》《木瓜》《褰裳》《出其东门》《溱洧》等。

闻一多说："在某种节令的聚会里，女子用新熟的果子，掷向她所属意的男子，对方如同意，并在一定期间里送上礼物来，二人便可结为夫妇。这里正是一首掷果时女子唱的歌。"又说："《摽有梅》亦女求士之诗，而摽与投字既同谊，梅与木瓜、木桃、木李又皆果属，则摽梅亦女以摽男，而以梅相摽，亦正所以求之之法耳。意者，古俗于夏季果熟之时，会人于林中，士女分曹而聚，女各以果实投其所悦之士，中焉者或以玉佩相报，即相约为夫妇焉。"② 法国学者葛兰言认为《诗经》中的许多情歌与中国上古时期的仪式集会有关，男女两性在春季的特定时间里，在一个特定的场景中举行集会，这种场景一般是山麓、河边等。他们分成两队，相互唱和，"爱情"就是从中产生的，然后他们就缔结了"婚约"，而婚礼则在秋季举行。葛兰言在分析了《摽有梅》后，总结说："有时，我们看到，田野间动物呼朋唤友，并聚集在一起，或者，鸟儿比翼双飞或成群翱翔，共同鸣叫或交相应答，聚集在密林深处，或栖息于河心小岛。因此，动物之爱似乎是与人类之爱相对应的。雷、雪、风、露、雨和虹等天候，或者收获，果实和草药的采集都为情感的表露提供了一个框架和契机。"③ 从上引学者的解释中可以知道，

---

① （汉）毛亨、（汉）郑玄、（唐）孔颖达：《毛诗正义》，李学勤：《十三经注疏》，北京大学出版社1999年版，第93页。

② 闻一多：《诗经新义》，见李定凯编校《闻一多学术文钞·诗经研究》，巴蜀书社2002年版，第120页。

③ ［法］葛兰言：《古代中国的节庆与歌谣》，赵丙祥、张宏明译，赵丙祥校，广西师范大学出版社2005年版，第37—38页。

青年男女按照古俗相约聚会,以投掷梅子的方式选择情人,而且有一定的仪式。诗中的女子要充分利用抛掷果子的"契机"来赢得心上之人。然而,女子的梅子都快扔完了,甚至就要连筐子都扔出去了,却仍没有抛掷到自己喜欢的如意郎君,心里开始焦躁和紧张了。而诗歌本身,通过梅子的愈渐稀少,对这种情绪进行了递进式的渲染,使我们伴随着一幅梅子渐落图的欣赏,领略了少女怀春的由微澜而高潮的心理变化过程。读之如闻其声,如见其人,风俗人情,了然可见。

《召南·野有死麕》这首诗写男女相悦定情之事,当代学者认为这是一首青年男女的幽会诗。陈子展《诗经直解》说:"《野有死麕》,无疑为男女恋爱之诗,其词若出女歌手。其男为吉士,为猎者,盖属于当时社会上所谓士之一阶层。"[1] 程俊英《诗经注析》也说:"这是描写一对青年男女恋爱的诗。男的是一位猎人,他在郊外丛林里遇见了一位温柔如玉的少女,就把猎来的小鹿、砍来的木柴用洁白的茅草捆起来作为礼物。终于获得了爱情。"[2] 诗中写出了两个人物的形象:勇猛强壮的"吉士";"有女如玉"的"怀春"少女。"吉士"猎到了麕和鹿,他用"白茅包之",送给了心爱的姑娘,并"诱之",最终获得了爱情。"怀春"的少女美貌纯洁,面对突如其来的爱情,既羞怯又矜持,她说的那些话更增添了她的娇媚,惊喜之态跃然纸上。

但对此诗却多有曲解,《毛诗序》认为,此诗"恶无礼",郑玄认为,无礼的原因是没有媒人和雁币,"却胁以成昏",欧阳修以为诗刺"淫奔",朱熹以为赞美贞女:"南国被文王之化,女子有贞洁自守、不为强暴所污者,故诗人因所见以兴其事而美之。"[3] 王柏则斥为"淫诗",方玉润以为是"高人逸士"寄托怀抱,"托言以谢当世求贤之士"。这些说法都与本诗所写的内容相去甚远,不足为凭。

---

① 陈子展:《诗经直解》,复旦大学出版社1983年版,第64页。
② 程俊英、蒋见元:《诗经注析》,中华书局1991年版,第53页。
③ (宋)朱熹:《诗集传》,上海古籍出版社1980年版,第13页。

需要补充说明的倒是，这首诗在 20 世纪 30 年代的学术界曾进行热烈的讨论，参加讨论的都是一些著名学者，有顾颉刚、胡适、俞平伯、钱玄同等，他们主要讨论的是对这首诗最后三句"舒而脱脱兮，无感我帨兮，无使尨也吠"的理解。他们讨论的信函，最早收入顾颉刚编辑的《古史辨》第三集中，后来收入上海文艺出版社出版的"民俗随笔丛书"之一种——《史迹俗辨》① 一书中，可以参考。

（二）婚姻嫁娶

《周南·葛覃》是写出嫁女子准备回家探望父母的诗。从诗中所写"师氏"来看，描写对象应是一个有身份地位的贵族女子。古代学者如郑玄、孔颖达、朱熹等都明确指出了这一点。

"归宁"是"二南"中记载婚姻关系的一项重要内容，反映出中国自古就有出嫁女子可以回娘家探亲的礼俗。这就是一首反映周代"归宁"习俗遗风的诗。《毛诗序》云："《葛覃》，后妃之本也。后妃在父母家，则志在于女功之事，躬俭节用，服浣濯之衣，尊敬师傅，则可以归安父母，化天下以妇道也。"把诗中女子的身份局限于后妃，恐不确，应是所有贵族女子。《毛诗序》说此为后妃"在父母家"之事，也不确。《毛传》云："宁，安也。父母在，则有时归宁耳。"这是对的。

周代贵族家庭在孩子出生以后，不论男女都要给他们安排师、慈、保三母，负责对孩子的养育教导。《毛传》云："师，女师。古者女师教以妇德、妇言、妇容、妇功。"② 《礼记·内则》云："必求其宽裕慈惠，温良恭敬，慎而寡言者，使为子师，其次为慈母，其次为保母，皆居子室，他人无事不往。"又云："女子十年不出，姆教婉娩听从，执麻枲，治丝茧，织纴组紃，学女事以共衣服，观于祭祀，纳酒浆笾豆菹醢，礼相助奠。十有五年而笄，二十

---

① 顾颉刚著，钱小柏编，上海文艺出版社 1997 年版。

② （汉）毛亨、（汉）郑玄、（唐）孔颖达：《毛诗正义》，李学勤：《十三经注疏》，北京大学出版社 1999 年版，第 33 页。

而嫁,有故,二十三年而嫁。聘则为妻,奔则为妾。凡女拜,尚右手。"① 从此诗看,妇女到夫家亦有师氏负责教导。故妇女归宁先告师氏,然后才"薄污我私""薄浣我衣"准备探望父母。

但也有人认为女主人公为未嫁女子。这首诗描写了从收割葛麻到织成布料,到做成衣服的全过程。其间,自然不乏劳动的乐趣和亲近大自然的愉悦。也有人将主人公理解为一个身份卑微的女奴,说是这位能干的女仆在完成了一个季节的劳作之后,终于鼓起勇气向主人请假,准备回家看望爹娘。这些看法似乎都不能紧扣诗的内容与关键的字词来解释本诗,而有从今人角度推测古代的倾向,不能认同。

另外,有的学者结合上博竹简的《孔子诗论》,因有"吾以《葛覃》得氏初之诗"一句,并释其意为"我认为《葛覃》是刚刚接受师氏教育不久的青年女子所作的诗",故得出结论说:"这首诗描写了一位在外学习女工的年轻女子由于成天忙碌,非常想念家中的父母,因而向管教她的师氏告假,准备回家省亲的情景。"② 这种观点,可备一说。

《周南·桃夭》是一首恭贺女子出嫁的赞美诗,用于婚礼仪式上吟唱,内容是祝颂女子出嫁将会给夫家带来吉祥。在婚礼上,新娘是最重要的角色。诗人由春天娇嫩的桃枝和盛开的桃花而联想到新娘的年轻貌美,诗中用桃的果实肥大、树叶茂盛比喻给家族带来的人丁兴旺、家业隆盛。整首诗正因为有了桃的花盛、实多、叶绿的意象描写,才给人以丰富的艺术联想,意味着新嫁娘就像那颗美丽、丰产的桃树,给夫家带来欢乐,带来多子多孙的祝福。直至今天,一些地区的婚礼上仍在吟诵、唱和《桃夭》,作为对婚姻的美好祝福。此诗除了采用一咏三叹的方式不断将情绪推向高潮外,诗尤以状物见长,如"夭夭"写桃树少盛的姿态,"灼灼"状桃花之鲜艳明亮,诗人体物之工,古今称颂。刘勰在《文心雕龙·物色》

① 王文锦:《礼记译解》,中华书局2001年版,第392、399页。
② 吕文郁:《读〈战国楚竹书·诗论〉札记(之二)》,《吉林师范大学学报》2004年第5期。

中说："诗人感物，联类不穷；流连万象之际，沉吟视听之区。写气图貌，既随物以宛转；属采附声，亦与心而徘徊。故'灼灼'状桃花之鲜，'依依'尽杨柳之貌……"[①] 对《桃夭》之状物作了极好的说明。后代的诗人受此影响，常在诗文中用桃花状少女之色。唐代诗人崔护有一首广为流传的《题都城南庄》诗："去年今日此门中，人面桃花相映红。人面不知何处去，桃花依旧笑春风。"诗中以人面桃花相互辉映，激发人们的想象，使人得到新鲜生动的美感享受。

《召南·鹊巢》是一首赞美新婚女子出嫁的诗歌。《鹊巢》在《召南》中的位置，相当于《关雎》在《周南》中的位置，它是用来定基调的，主旨在于赞美，而不在于讽喻。《鹊巢》是《召南》的第一篇，诗歌前半句反复咏叹"维鸠有巢"，鸠则"居之""方之""盈之"。诗人看见鸠居鹊巢，联想到女子出嫁住进男家就用来起兴。喜鹊筑好巢，鸤鸠住了进去，这是二鸟的天性。姑娘出嫁，住进夫家，这种男娶女嫁在当时被认为是人的天性，如鸠居鹊巢一般。一章"百两御之"，是写成婚过程的第一环，新郎来迎亲。迎亲车辆之多，说明了新郎的富有，也衬托出新娘的高贵。二、三章继续写成婚过程，"百两将之"是写男方接亲在返回路上，"百两成之"是指迎回家成婚了。"御""将""成"三字就概述了成婚的整个过程。"子之于归"，点明其女子出嫁的主题。因此，诗的三章选取了三个典型的场面加以概括，真实地传达出新婚喜庆的热闹。仅使用车辆之多就可以渲染出婚事的隆重，从诗中描写的送迎场面之盛可以知道，应为贵族的婚礼，而不是一般民间的婚礼。

有人认为《鹊巢》是写齐王嫁女的婚礼，有人认为是国君之婚礼，也有人认为是贵族之婚礼，都是基于诗所描写的场面之宏大，有铺张奢侈之嫌。这种认识似乎与该诗的立意不太一致。这首诗确实是写婚姻礼仪的盛大场面，但它是从赞美的角度而不是从讽喻的

---

① 周振甫：《文心雕龙今译》，中华书局 1986 年版，第 415 页。

角度来写的。婚礼是人生大礼，隆重也是理所应当的。《召南》和《周南》一样，都属于《诗经》里的主流声音，是为统治阶层歌功颂德的。《毛诗序》说："《鹊巢》，夫人之德也。国君积行累功以致爵位，夫人起家而居有之，德如鸤鸠乃可以配焉。"以此诗歌颂夫人"德如鸤鸠"，似有不通。

《召南·何彼襛矣》是歌颂贵族女子出嫁的诗。《毛诗序》以为美王姬下嫁于诸侯，《毛传》以为所嫁之女为文王之孙、武王之女而嫁于齐侯之子者。齐、鲁、韩三家《诗》则以为诗中的女子为齐侯所嫁之女，周平王的外孙女。平王之女王姬先嫁于齐，留车反马。而其所生之女又嫁于王畿内诸侯之国，因以其出身为荣，所以以其母亲始嫁之车而送之。三家《诗》的推测，后世也多有从之。在近代，有学者认为这首诗是讥刺王姬出嫁车服奢侈的。我们知道，"二南"作为《国风》中的开篇之作，内容多是积极向上，用来教化天下的，不应该是用来讽喻的。

仔细研究此诗，不难看出，诗的内容似乎与周王室和诸侯国的婚姻有关。诗中对车辆的华丽奢华，新娘的美丽动人的描述，展现了周王室的女子出嫁时宏大而壮观的场面。全诗三章，每章四句，极力铺写王姬出嫁时车服的豪华奢侈和结婚场面的气派、排场。首章以唐棣花起兴，铺陈出嫁车辆的骄奢，"曷不肃雝"二句俨然是路人旁观、交相赞叹称美的生动写照。次章以桃李为比，点出新郎、新娘，刻画他们的光彩照人。"平王之孙，齐侯之子"二句虽然所指难以确定，但无非渲染两位新人身份的高贵。末章以钓具为兴，表现男女双方门当户对、婚姻美满。

也有研究者认为，《鹊巢》和《何彼襛矣》两首诗是反映周代婚礼"六礼"中的最后一礼——"亲迎"。其中突出反映了行亲迎礼时嫁女之车制。周代贵族嫁女有迎、送双方各自出车的礼制，而嫁女所乘为自家所供之车。有关嫁女之车制，亦见于礼书的记载。《仪礼·士昏礼》记述迎亲之礼云："主人爵弁，纁裳，缁袘。从者毕玄端。乘墨车，从车二乘，执烛前马。妇车亦如之，有裧。"郑玄注曰："墨车，漆车。……士妻之车，夫家共之。大夫以上嫁

175

女则自以车送之。祎，车裳帏。"①

贵族男子亲迎，要自乘墨车，并有两个副车跟随。而女方家中也要提供新娘所乘之车，其制与新郎相同，所谓"妇车亦如之"，区别只是妇车有祎，即有帏裳。史料表明，周代士以上贵族嫁女乘自家所供"有祎"之车，三月庙见之后则留车反马，以示婚礼完成，这应是当时贵族阶层婚礼之通制。②

（三）其他与恋爱婚姻相关的祭祀与求子诗

除了恋爱与婚姻的诗篇外，在"二南"里还有与此相关的诗篇，如婚前的祭祀，祈求多子多福等，都需要加以关注。

《召南·采蘩》是描写贵族妇女从事祭祀之诗。因为在春秋时期，祭祀和战争是国家最重要的事情。诗中对"采蘩"的地点、使用的工具、采摘的过程及祭祀的地点等的详尽交代和描写，显示了祭祀的谨慎和庄重。从诗歌本身来看，这首诗既是写劳动的，也是写自然的，但更重要的是描写祭祀的全过程，体现了女主人公的品貌端庄，落落大方，正好以此教化天下。

《召南·采蘋》是一首反映女子出嫁前祭祀祖先的诗。从诗中所描述的事物以及主人公的动作"奠之""尸之"都明确地说明这是一首关于祭祀的诗歌。《毛传》云："古之将嫁女者，必先礼之于宗室，牲用鱼，笔之以蘋、藻。"《礼记·昏义》云："古者妇人先嫁三月，祖庙未毁，教于公宫；祖庙既毁，教于宗室。教以妇德、妇言、妇容、妇功。教成，祭之，牲用鱼，笔之以蘋、藻，所以成妇顺也。"③ 可与此诗相印证。妇德，讲贞顺；妇言，讲辞令；妇容，讲婉娩；妇功，讲丝麻。祖庙，指高祖庙。"祖庙未毁"即为同高祖之族人，其女要"教于公宫"；"祖庙既毁"，指亲属关系已超过五代，则其女要"教于宗室"，即教于所从大宗之室。此说古代贵族女子根据公室、宗室身份的差别在出嫁前三个月要在公宫

① （汉）郑玄、（唐）贾公彦：《仪礼注疏》，李学勤：《十三经注疏》，北京大学出版社1999年版，第72—73页。

② 吴晓峰：《诗经"二南"篇所载礼俗研究》，吉林大学博士学位论文，2005年。

③ 王文锦：《礼记译解》，中华书局2001年版，第917页。

或宗室接受有关妇德、妇言、妇容、妇功四教，受教结束后，要行教成之祭，以表明这个女子已经完成了婚前教育，具备出嫁的资格了。"妇顺者，顺于舅姑，和于室人，而后当于夫，以成丝麻布帛之事，以审守委积盖藏。是故妇顺备而后内和理，内和理而后家可长久也。"① 可见古人所谓的妇顺，就是要女子在出嫁之后能够成为听命于公婆，维护家庭和睦，服从丈夫，承担家庭劳作的主妇。所谓四教，就是教妇女成为妇顺的条件，对受教女子而言，就是在言行举止方面应遵守严格的规定。《礼记》成书于汉代，但其中所载史实多为先秦旧制，是比较可信的先秦史料。② 这反映了周代有女子婚前就尊者之宫受教与行教成之祭的礼俗。

但对诗中谁人祭祀，所祭是谁，一直有不同的看法。关于祭祀者的身份，《毛诗序》过于简要，只言"大夫妻"，而《郑笺》曰："此言能循法度者，今既嫁为大夫妻，能循其为女之时所学所观之事以为法度。"也就是说，此处描写的是少女未嫁在母家时所学之事。毛、郑有相抵牾之处。《孔疏》调和曰："此谓已嫁为大夫妻，能循其为女时事也。经所陈在父母之家作教成之祭，经、序转互相明也。"③ 以上皆认为祭祀者是大夫妻。诗中明确说明祭祀者乃"季女"，《诗经》中提到"季女"的地方还有两处：其一为《曹风·候人》："荟兮蔚兮，南山朝隮。婉兮娈兮，季女斯饥。"其二是《小雅·车辖》："间关车之辖兮，思娈季女逝兮。"这两处使用的"季女"都是指未嫁少女的意思。因此，我们认为祭祀的主人公是一位未嫁的少女。关于所祭是谁，古之学者多认为是宗室祖先，而今之学者有的认为是祭高禖者。对"宗室祖先说"前人多有论证，此不赘述，说祭高禖，据闻一多先生考证，我国古代有祭高禖之礼，其祭之人为先妣，是女性。闻一多先生的论证集中在《风诗类钞》《古典新义》之中，值得重视。

① 王文锦：《礼记译解》，中华书局 2001 年版，第 916 页。
② 詹子庆：《〈礼记〉的史学价值》，《光明日报》2001 年 4 月 10 日。
③ （汉）毛亨、（汉）郑玄、（唐）孔颖达：《毛诗正义》，李学勤：《十三经注疏》，北京大学出版社 1999 年版，第 71—72 页。

关于《周南·螽斯》，大多数人认为这是一首求子诗。螽斯本是一种昆虫，生殖力强，繁殖快，后人多采用"祝福多子多孙"的说法。《毛诗》说："后妃子孙众多也，言若螽斯子孙不嫉妒，则子孙众多也。"其他类似说法则有按照古人的理解，认为这首诗歌是称颂别人子孙众多而且颇有贤德的。或曰歌颂后妃宜子宜孙，或曰歌颂贵族枝叶繁茂。古人用"螽斯衍庆"来祝福别人子孙连绵，香火永盛。但也有注者从阶级分析的角度提出，这首诗用螽斯——也就是蝗虫来比喻子孙，实际上是对庞大的不劳而获阶层的讽刺。这同样应该是一种见仁见智的解读方式。不过，就《诗经》选编的动机而言，它是用以维护社会稳定的，里边有赞扬、有讽喻，是可以理解的。而且，作为《诗经》首卷的《周南》更应该是代表周代的礼乐文化和正统的思想，因此将此诗看作期望求子多福较为合理。

关于《周南·芣苢》，多数人认为这是一首求子诗。《毛传》解释为"和平，则乐有子也"。"乐有子"的解释应该是正确的。朱熹在《诗集传》中也说："家室和平，妇人无事，相与采此芣苢，而赋其事以相乐也。"① 作为一种药用植物，芣苢，《毛传》曰"宜怀妊"。此诗从表层上看，是对采摘芣苢的实际铺叙，但其所深含的象征意味却是为了祈求多子。我们在"有之""掇之""袺之""襭之"几个动作中，尤其是从"袺之""襭之"两个动作中，不难看出所隐含的求子愿望。《毛传》曰："袺，执衽也；报衽曰襭。"妇人将芣苢的籽粒采置怀衽，将其固持珍视，当是以巫术意识特有的方式表达对坐胎的祈祷。闻一多在《诗经通义》中说："'芣苢'之音近'胚胎'，古人根据类似律（声音类近）之魔术观念，以为食芣苢即能受胎而生子。"（按：苢同苢）② 在《匡斋尺牍》中，闻一多又对此进行了申论，以证明《芣苢》诗是祈子求福诗。袁宝全、陈智贤在《〈芣苢〉与子嗣——兼论〈诗经〉中的

---

① （宋）朱熹：《诗集传》，上海古籍出版社1980年版，第6页。
② 闻一多：《诗经研究》，巴蜀书社2002年版，第161页。

祈子诗》一文中说："根据我们的理解，《芣苢》是奴隶主贵族妇女祈子求福之歌。"① 周代婚制"七出"之一就有"无子"一条，而贵族女子只有生育子女，才可以获得尊崇的社会地位，婚姻才可以起到长久的"厚别附远"的作用。瞿同祖说："无子显然与婚姻最主要的神圣的目的相背。无以下继后世，上事宗庙，不孝有三，无后为大，此种无果的婚姻必须解除。凡是以嗣续为重的社会，皆以此为离婚的条件，固不仅中国如此。"② 他还在本段文字后注释说："例如在古希腊社会中，无子亦为离婚条件之一。"自有婚姻以来，生育就是社会对男女关系的一项重要期待，直到今天也是如此，而在周礼的时代，这期待显得更为重要。

从诗的欣赏角度，方玉润《诗经原始》对《芣苢》诗意境的理解尤为学人所称道："殊知此诗之妙正在其无所实指而愈佳也。夫佳诗不必尽皆实指，自鸣天籁，一片好音，尤是令人低回无限，若其实指，兴味索然。读者试平心静气，涵泳此诗，恍听田家妇女，三三五五，于平原绣野、风和日丽中，群歌互答，余音袅袅，若远若近，忽断忽续，不知其情之何以移，而神之何以旷，则此诗可不必细绎而自得其妙焉。"③ 但是，有学者并不认同方玉润、闻一多等人对《芣苢》诗所想象的漫山遍野妇女采摘芣苢的景象，进而认定该诗是一群劳动妇女采集芣苢所唱的歌，这种意见也需注意。

三　婚恋所体现的汉水流域风情

《诗经》中的大部分诗篇，历来被认为是民间的集体创作，基本素材来自民间，这个看法是较为符合历史事实的。也正因为如此，《诗经》中所写的有些人物和历史传说，几乎是无从可考了，有的即便是能考证一点线索，也因为史料的不足而难下断语。但是，从另一个方面来看，《诗经》中有一部分是文人写作的，而

---

① 袁宝全、陈智贤：《诗经探微》，花城出版社 1987 年版，第 170 页。
② 瞿同祖：《中国法律与中国社会》，中华书局 1981 年版，第 125 页。
③ （清）方玉润：《诗经原始》，中华书局 1986 年版，第 85 页。

且，流传下来的《诗经》在采编的时候是经过王室整理编删的。到了战国时代至汉代以降，因秦火战乱，《诗经》由四家而只幸存《毛诗》了。流传的变异和字句的歧义在所难免。这样，关于《诗经》中记载的人物，能与历史典籍相印证就十分珍贵了。至于历史传说神话故事，即使不作为正史，仅作为民间口头流传的文字记载，同样也是值得重视的。将《诗经》与历史相联系的对比研究，前人已作出了显著成绩，在这里，我们尝试将《诗经》与地方文史掌故相结合，与实地考察相结合，来研究商周春秋时代汉水流域的文明史。

在《周南·汉广》中，有"汉有游女，不可求思"之句，记载着与汉水有关的神话传说。这首诗写一个男子追求一个女子而不得，因此作歌自叹。诗的内容就围绕这个中心，反复咏叹，在比喻和暗示中，展现了这个男子的内心世界。整首诗含而不露，韵味无穷。在这里，且不分析评价这首诗的思想内容，我们仅就诗中写到的汉女对后代的重要影响，作一些初步的探析。

汉水是长江的第一大支流，古代则与江、淮、河并称为中国四大河流。在她所哺育的人民中，流传着关于她许多优美而生动的神话和历史传说。《诗经·汉广》篇所记载的这个汉水"神女"，就是一个典型的例证。虽则《汉广》篇是文学作品，用的是比喻手法，但透过文学作品中的语言文字是不难看出汉水流域人民对汉水的歌颂和依恋的。清人陈奂在《诗毛氏传疏》中对汉水神女的来源作了探索。他搜寻许多野史资料，作为对汉水神女的溯源：

《初学记·地部下》"韩诗"云：郑交甫过汉皋，遇二女，妖服佩两珠，交甫与之言曰："愿请子之佩"。二女解佩，与交甫而怀之，去十步探之则亡矣，迥顾二女亦不见。《说文·鬼部》引《韩诗传》，妖服，作魃部，奇寄切。《御览·地步》二十七与《初学记》同，又《珍宝部》一，《韩诗内传》云，汉女所弄珠，如鸡卵。《文选》《江赋》《南都赋》注所引，详略虽异，要皆出内传文也。又《文选》《七启》注，《韩诗》

序,汉广,悦人也。《琴赋》注,薛君《章句》,游女,汉神也,言汉神时见,不可得而求之。《七启》及《齐敬皇后哀策事》注,皆引章句,游女为女神。《楚辞》王逸《九思》:周徘徊兮汉渚,求女神兮灵女。此用韩诗义也。然则韩诗以游女兴之子矣。《列女传·辨通篇》,孔子南游,遇阿谷处子,孔子曰:斯妇人,达于人情而知礼。《诗》云,南有乔木,不可休息;汉有游女,不可求思。此之谓也。《鲁诗》游女即之子与《毛诗》合。然《韩诗外传》载,阿谷处子事,亦引此诗,或韩乃断章取义也。①

陈奂引用了大量的史料来说明汉水女神的情况,可谓详备。其中许多史料带有神话色彩,可以从这些民间的传说中看到当时汉女的影响。但有的材料所说,如孔子遇汉女"达人情而知礼",则歪曲了具有民间色彩的传说。在后代的诗文中,由于韩诗的影响,写出了许多关于歌咏汉女的诗篇。魏陈思王曹植《洛神赋》曰"从南湘之二妃,携汉滨之游女"②,就极力把洛水女神同汉水女神相提并论,歌咏寄怀。除此之外,如张衡的《南都赋》、陈琳的《神女赋》、郭璞的《江赋》,莫不如是。由此可见,汉水女神在民间及文人士大夫之中的巨大影响。

在中国民间传说和许多历史神话中,在文人诗文的著述里,关于女神,大概以汉水女神最为古老,最具有影响力。这不仅是因为汉水的历史悠久,也是因为《诗经》的古老,试想还有哪一位女神比她更早呢?人所共知的上古的女娲氏,补天造人,功高业显,但比较详细记载的典籍是《山海经》《淮南子》等书。《山海经》《淮南子》都是在战国至秦汉时代所产生的书,与《诗经》记载相比,时代晚了。人们也熟悉舜的二妃娥皇、女英,在帝南巡而亡时,二妃亦随葬九嶷山,成为湘水女神。屈原《九歌》中的"湘君""湘

---

① (清)陈奂:《诗毛氏传疏》第1册,万有文库"国学基本丛书"本,商务印书馆1930年版,第20—21页。

② 赵幼文:《曹植集校注》,中华书局2016年版,第421页。

夫人"是描写他（她）们的传说的，可《九歌》的创作时代，以及在上古典籍中所记载的娥皇、女英之事，都是晚于《诗经》的。我们再看看长江三峡中的"巫山神女"，据说楚怀王、襄王游云梦，梦巫山神女，销魂落魄，缠绵悱恻，宋玉为此写了《高唐赋》《神女赋》，极意抒写这种柔情蜜意。但宋玉是战国时代的人，他写的巫山神女，时间远不及汉水女神。至于曹植所写的洛水女神，与汉水女神相比，就更晚了。

关于汉女出游的地方，郦道元《水经注》记云：

> 又东过襄阳县北，沔水又东经万山北，山上有《邹恢碑》，鲁宗之所立也。山下潭中有《杜元凯碑》，元凯好尚后名，作两碑，并述己功，一碑沈之岘山水中，一碑下之于此潭，曰百年之后，何知不深谷为陵也？山下水曲之隈，云汉女昔游处也。故张衡《南都赋》曰：游女弃珠于汉皋之曲。汉皋即万山之异名。[①]

孙作云先生曾言：汉水二女故事盛传于汉北襄阳一带，因此《汉广》的地望，也必在襄阳一带。[②] 郦道元和孙作云皆以为汉女出于襄阳，将汉水游女昔游处仅限于襄阳万山一带，这未免过于拘泥。神出鬼没的汉水女神，最早见载于《诗经》中，《汉广》是《周南》之诗，仅此就足以说明《汉广》中所记载的汉女出自于《周南》地域，或者说汉女经常于《周南》域内的汉水中往来神游，使得当地人们记录下了她的情影佳话，抑或来无踪去无影的汉水女神，会神游于襄阳一带，并留下了美好的传说故事，却也未必就永居于此。所以我们不能断言《汉广》的地望在襄阳一带。根据现代学者们的研究，汉水女神在汉水流域的上游汉中、中游襄阳、

---

① （北魏）郦道元注，（民国）杨守敬等疏：《水经注疏》，段熙仲点校，陈桥驿复校，江苏古籍出版社 1989 年版，第 2368—2369 页。
② 孙作云：《论〈诗经〉的时代和地域性》，载《孙作云文集》第 2 卷《〈诗经〉研究》，河南大学出版社 2003 年版，第 83 页。

下游荆门都有遗迹，才使古老的汉水流域增添光彩，使浩瀚的汉水遐迩闻名。

《召南·采蘋》云："于以奠之，宗室牖下。谁其尸之，有齐季女。"大多数学者认为实有其人，亦有少数人认为"季"是"伯、仲、叔、季"之末称，故："季女"为"少女"系泛指。据《左传·襄公二十八年》载，"季女"是郑伯女，名季兰。陈奂、翁方钢附之。明何楷认为，"季女"是齐太公女，后妻武王，名邑姜（又名季兰）。王先谦等附之。另外还有几家说，难以一一叙列。因此关于"季女"争议颇大。我们认为，《采蘋》是南国之诗，即今汉中汉水流域的诗，所写季女，若以《左传》穆叔之语，即郑女，用古义证诗义，其地域相悖，非确。若以武王妻邑姜，是属齐地，孤说，至难信矣。姚际恒批驳何楷，正中要害，尤可参考。观本诗所言具体内容，有"南涧之滨""锜""釜""奠""宗室""尸之""齐"等语，以此来看，是有关祭祀的诗，"齐"借作"斋"，是也，非齐地之齐。古代风俗礼仪，女子出嫁要祭祀她家的宗庙，因此，需要置办菜蔬素的祭品。诗作正是如此。因为诗产于南国，反映的这些活动也正是这样，故为汉水流域的一个女子，名季女或季兰，今不可确考。至于说是贵族的女儿出嫁，让女奴采置祭品，亦可，但需进一步考证。认为是郑地、齐地之女，无稽可考，难断信矣。

第二节 祭祀文化

人类早期文化的萌芽都是从原始崇拜开始的。从各国各地对于人类文化童年阶段的研究成果可以发现，任何一个民族的文化最开始都存在着对世界的无知蒙昧。原始人类生产力十分低下，他们认识世界、了解大自然的能力极低，对于相当多的自然现象都无法给予科学的解释。在对自己身处的环境极为不了解的时候，人们对自然界的恐惧成为必然。远古先民对于自然界的事物不甚了解，对环境的一切变化，他们只能保持慎惧的心态，进而产生崇拜、祈求自然的行为。吾敬东在《中国社会的宗教传统》中认为，动物崇拜与灵物崇拜是涵盖于图腾崇拜之下的，并且"原有的图腾崇拜在最繁荣的母系氏族社会时期，实际分化为两种信仰形式——祖先崇拜与自然崇拜。"① 可以说，原始的祖先崇拜和自然崇拜根植于人类诞生的早期社会。

在中国文明的发展过程中，宗教的祭祀活动有着悠久的历史。早在传说中的黄帝时代，人们已经具有较为发达的灵魂和鬼神观念，并且产生了大规模的祭祀活动。祭祀就是通过固定的仪式向神灵致以敬意，并且用丰厚的祭品供奉它，请求神灵帮助人们实现靠人力难以达成的愿望。祭祀的产生与人类早期对自然界感到神秘、恐惧有关。在中国古代有关祭祀的最早记载，见于殷商时期的甲骨文。远古先民对于自然界的事物不甚了解，对自身存在的困惑不解，对自然变迁的无知无奈，使他们只能抱持慎惧的心态，进而产生崇拜、祈求自然的行为。从本质上说，祭祀是对神灵的讨好与收买，是把人与人之间的求索酬报关系，推广到人与神之间而产生的活动。这种意识是原始社会"万物有灵"观念的反映，表达了古代先民们对神灵的敬畏。

最初的祭祀活动比较简单，也比较野蛮。祭祀对象包括所有的神灵：天地祖宗、社稷山川之神、前哲令德之人、天之三辰、地之五行。祭品多用食物，包括猪、牛、羊、鸡等。毛色纯一的牲畜称牺，体全为牲，牛、羊、猪合称三牲，是最隆重的祭品。还有以玉帛、人、血等作为祭品的。祭祀场所主要有平地、坑、坟墓、宫庙、坛等。祭祀方法多有燔烧、灌注、瘗埋、沉没、悬投等。民间祭祀仪式繁多，祭品五花八门。主祭者一般为巫师、祭司、家族长等。祭祀对象多为自然神、图腾物、祖先及鬼魂等。除部分带有迷信色彩外，祭祀已成为人们寄托感情的方式或民族习惯。

众多的祭祀诗文及相关记载也形成了独特的祭祀文化。祭祀文化的兴起有其独特的历史背景与文化内涵。《左传》中有"国之大

---

① 吾敬东：《中国社会的宗教传统》，上海三联书店 2009 年版，第 56 页。

事,在祀与戎"。"祀,国之大事也。"祀即是祭祀的意思。祭祀和征战反映了两个现实层面的问题:直接的交战,决定国家存亡;间接的祭祷,透露出希冀生活安定的愿望。《战国策》中云"祭祀必祝之"。《管子·轻重己》云:"以春日至始,数九十二日,谓之夏至,而麦熟。天子祀于太宗,其盛以麦。……天子祀于太祖,其盛以黍。"① 详细记载了祭祀的礼节、祭品及服饰。《礼记·祭法》云:"夫圣王之制祭祀也,法施于民则祀之,以死勤事则祀之,以劳定国则祀之,能御大菑则祀之,能捍大患则祀之。"② 记载了古代制定祭礼的原则。在《祭统》篇里又强调了祭礼的重要性:"凡治人之道,莫急于礼;礼有五经,莫重于祭。"又说:"祭者,所以追养继孝也"。③

古人祭祀根据"用"的实际目的的不同,祭祀的对象也各不相同,有祭祖、祭社,还有众多山神水神。周代以宗法制为政治统治和礼乐文化的基础,因此祖先崇拜成为宗法系统的一个重要思想支撑,祭祖礼仪成为礼乐文化的重要组成部分。对族人进行祖先崇拜的教育,更是巩固周王朝统治的重要手段。《公羊传·文公二年》云"无祖则无天也";《礼记·丧服小记》云"尊祖故敬宗,敬宗所以尊祖祢也"④,都说明了出于祖先崇拜的祭祀与宗法制度的重要关系。西周时期,祭祀是国家的一项重大政务活动,主持祭祀活动是国王行使权力的一个突出象征。而祭祀的对象"类于上帝,禋于六宗。望于山川,遍于鬼神"(《尚书·舜典》)。即在祭祀的神灵中,除了皇天上帝、列祖列宗外,山川百神也是重要的享祀者。在《诗经》中,也有关于对河神进行祭祀的记载,如"怀柔百神,及河乔岳"(《周颂·时迈》),"堕山乔岳,允犹翕河"(《周颂·般》),反映的都是周武王巡狩祭祀河岳之神的情况。《诗经》中更有诸多的祭祀诗文,彰显出独特的文化内涵。

---

① 黎翔凤:《管子校注》,中华书局 2004 年版,第 1535—1536 页。
② 王文锦:《礼记译解》,中华书局 2001 年版,第 675 页。
③ 同上书,第 705—706 页。
④ 同上书,第 453 页。

　　李泽厚认为，原始巫术发展到一定阶段，受到文化的作用后便可成为"礼乐相和"的文明状态。"礼"就是以血缘关系为依托，建立在原始宗族观念基础上的等级制度，外化为系统的礼仪制度和道德规范。"乐"是从原始巫术的乐舞中发展变化出来的，带有审美气质的综合艺术。① 所以，礼乐文化也是从原始巫术中发展变化而来的，其源头还是原始巫术和自然崇拜。《汉书·地理志下》说楚人"信巫鬼，重淫祀"，当中原地区的先民们受到理性精神的召唤而渐渐从原始的鬼神崇拜中苏醒，逐渐将原始的图腾崇拜以礼的形式规定为具有政治意义的祭祀活动，并将其纳入礼乐文化的系统中时，楚地仍然长时间地沉浸在自然崇拜之中，在岁月的推移下将其发展成为整个楚族的精神依托，表现出浓厚的原始宗教的神秘色彩。就《诗经》的创作与影响来看，与"礼"的关系非常密切。"无论从作品的创作、结集的目的，还是传承、使用的方式而言，《诗经》都与后世的文人诗歌有本质的差别：它不仅仅是作为诗歌而存在，更是诗（歌辞）、乐、舞与礼结合的产物，其中承载着整个周代的礼乐文明。"② "二南"中的祭祀诗反映了汉水流域祭祀活动在礼乐文化的影响下，发展为一种不完全等同于南方楚族神巫文化而部分带有周朝礼乐文化特质的祭祀礼仪。

一　圣洁的汉水

　　《诗经》中描写汉水的诗篇很多。比如《小雅·四月》云："滔滔江汉，南国之纪。""南国，南方之国。"朱熹曰："即今兴元府京西湖北等路诸州。"③ 又如："沔彼流水，其流汤汤""沔彼流水，朝宗于海"，均见于《小雅·沔水》。《周南·汉广》中还有"汉之广矣，不可泳思；汉之永矣，不可方思"之句。从《诗经》

---

　　① 李泽厚：《孔子再评价》，载《中国古代思想史论》，人民出版社1985年版，第8—33页。
　　② 马银琴：《礼乐互动中的〈诗〉》，《光明日报》2017年10月9日第13版"文学遗产"专栏。
　　③ （宋）朱熹：《诗集传》，上海古籍出版社1980年版，第1页。

中对汉水的记载来看，当时的汉水，水势汹涌，流域面积较今为大，是汉水流域人们生活必不可少的源泉，是人们赖以生存的母亲河。因此，诗篇歌颂她，赞扬她，对她有着深深的敬畏。"二南"诗篇中就有体现汉水流域祭祀文化的痕迹。

《召南·采蘋》就是一首反映女子嫁前祭祖的诗歌：

> 于以采蘋，南涧之滨。于以采藻，于彼行潦。
> 于以盛之，维筐及筥。于以湘之，维锜及釜。
> 于以奠之，宗室牖下，谁其尸之，有齐季女。

《毛传》云："古之将嫁女者，必先礼之于宗室，牲用鱼，芼之以蘋藻。"① 毛传所述与诗的内容基本吻合，可知这是女子出嫁前到宗室所行的祭祖仪式。女子先于水滨采蘋，再到行潦采藻，将采回的蘋和藻装进筐和筥中，用锜、釜装着它们煮熟，把煮熟的蘋和藻拿到祖庙的窗户下，开始祭祀。

其中，蘋、藻是美味的菜。关于蘋，《吕氏春秋》云："菜之美者，昆仑之蘋"。关于藻，《陆疏》说："米面糁蒸为茹嘉美。"《毛传》云："蘋之言宾也""藻之言澡也，妇人之行尚柔顺自洁清，故取名以为戒。"② 以蘋、藻作为女子嫁前祭祖的祭品，含有女子嫁入夫家后能够守贞洁，顺夫家，与其夫相敬如宾的祈愿。有学者认为，用蘋、藻作为嫁前祭祖之祭品，是因为蘋、藻生殖能力旺盛。③笔者认为，此说有一定道理，但理由不甚充分。《国语·楚语下》通过鲁国大夫穆叔的对答载录了祭祀时不同阶层的人应该遵循的相应祭祀礼仪和应该挑选的祭品种类："天子举以大牢，祀以会；诸侯举以特牛，祀以太牢；卿举以少牢，祀以特牛；大夫举以特牲，

---

① （汉）毛亨、（汉）郑玄、（唐）孔颖达：《毛诗正义》，李学勤：《十三经注疏》，北京大学出版社1999年版，第73页。

② 同上。

③ 朱立新：《诗经植物意象》，见胡经之《论艺术创造》，中国社会科学出版社2001年版，第180页。

祀以少牢；士食鱼炙，祀以特牲；庶人食菜，祀以鱼。"① 由此可见，《采蘋》中女主人公的身份应是庶人，庶人祭祀的礼仪是大众的祭礼，更加集中体现了流传在广大先民之中普遍的祭祀心理，但没有记载蘋、藻是庶人专门用于未婚女性在婚前祭祖的。因此，对诗中蘋、藻含义的认识，还应该回到先民最原始的祭祀心理上。《左传·隐公三年》引用这首诗并加以评论："蘋、蘩、蕰藻之菜，筐、筥、锜、釜之器，潢、污、行潦之水，可荐于鬼神。"② 该评论已经注意到了诗中所列祭祀用品有着内在的联系及内涵。事实上也确实如此，之所以祭祖用到这些物品，是因为它们都被认为是纯洁的象征，在祭祀中能够表达对祖先及神的敬意和虔诚。

古人将蘋、藻作为祭品，主要源于对水及水生植物的崇拜。人们的思维作为上层建筑是直接源于原始社会现实的，是那个时期人同大自然关系的反映。在原始社会，生产力水平很不发达，人们在对自然进行认识和掌握时，常常从自己的直观感受出发。以水为例，最常见的自然是河中的水，古人站在河边，凝神观察，发现水永远会从高处向低处奔流不息，进而联系到人类自身的生命过程，顿生宇宙浩瀚而人类渺小之感，觉悟出人生命的短暂，时光流逝的迅速和一去不复返，因而才会有"逝者如斯夫，不舍昼夜"的感慨。这就是先民们物我一体化思维方式的最典型表现。当然，这样的思维方式不单使先民们将物的特性投射于人类自身之上，也将人的某些情感体验投射于物之上，如《召南·摽有梅》首章写道："摽有梅，其实七兮。求我庶士，迨其吉兮。"梅子成熟坠落本是自然之景，但这里却被用来起兴女子盼嫁之情，这是因为"梅"与"媒"谐音，女子心中向往婚姻，在看到与"媒"音同的梅子之后，自然而然地将心中之情投射于眼前之景。法国社会学家列维·布留尔将这种物我一体化思维所形成的人与物之间的关系称为"互渗"，"人和物之间的互渗"③ 实际上可以看作比兴艺术的思维基础。

---

① 徐元诰：《国语集解》，中华书局2002年版，第516页。
② 杨伯峻：《春秋左传注》，中华书局2009年版，第27—28页。
③ ［法］列维·布留尔：《原始思维》，丁由译，商务印书馆2009年版，第78页。

水经过这种物我一体化思维的加工，在文学作品中早已不单是原来物质意义上的水，而是浸透了人的各种主观感觉，成为一种意象。具体来说，水作为文学意象的内涵就非常的丰富。

首先，水的清澈明净、晶莹美丽直观地给人以美好、纯净等诸多感觉。正因为如此，水经常作为甜蜜爱情的背景和象征，用以抒发欢乐愉悦之情。如《周南·关雎》中，表现男子对女子的思慕，就是以水汽弥漫的河边为抒情背景的。再如《鄘风·桑中》描写男子回忆与其心上人的约会场景，亦是在水光潋滟的淇水河畔。

其次，水是农耕文化得以发展的必要条件，人们对水有着崇高的敬意和渴望。在中华民族成长繁衍的这片土地上，有广袤而肥沃的土地和纵横交错的河流，这为我们的先民创造出光辉灿烂的农耕文明提供了有利条件。据考证，华夏先民在六七千年前的彩陶文化时期，就已经进入了以种植业为基本生产方式的农耕时代，并开始了定居的生活。农耕经济对气候、土地和水源等条件提出了较高的要求，而黄河、长江流域广大地区的自然环境则完全符合先民发展农耕文明的基本条件，除了天上的太阳和地上的土壤外，水就成了人类生存与发展最重要的因素和最强大的自然力，生活在大河两岸的先民依赖着这些河流，享受着水给予人类的各种恩惠。因此，很容易对水顶礼膜拜，以至于认为水是至洁之物，可以涤除不祥，驱邪免灾，救治疾病。农历三月三，古称上巳节，其长久传承的中心活动就是临河被禊，也就是在水边洗浴。《周礼·春官·女巫》说："女巫掌岁时被除、衅浴。"[1] 郑注："岁时被除，如今三月上巳如水上之类。衅浴，谓以香熏草药沐浴。"《后汉书·礼仪志》："是月上巳，官民皆絜于东流水上，曰洗濯被除去宿垢痰为大絜。"[2] "被"从示字部，表示其与祭祀关系密切。这些古文献中所记载的上巳节临河被禊在《郑风·溱洧》中得到了印证和表现。从这里我们可以看到在原始先民的宗教祭祀中水确实是至纯至洁之

---

① （汉）郑玄、（唐）贾公彦：《周礼注疏》，李学勤：《十三经注疏》，北京大学出版社1999年版，第691页。

② （南朝宋）范晔：《后汉书》，中华书局1965年版，第3110页。

物，也可以穿越几千年的历史长河，感受到那一份对水的崇敬之情。

最后，水的宽广幽深和难以逾越给人以距离感，水灾给人以恐惧感。其一，水的直观形态本身就给人以阻隔感，如《秦风·蒹葭》和《周南·汉广》都是以水作为阻隔有情人、使爱情不能圆满的象征。《山海经·海外西经》记载："女子国在巫咸北，两女子居，水周之。"① "水周之"就明确地说明了水的阻隔作用。除了河流的宽广难渡给人带来的距离感之外，也因为古人潜意识里对水存在着畏惧。水在给人类带来生命的喜悦和希望的同时，也带来了无穷无尽的灾难，如江河决堤，洪水泛滥，良田被淹没，家园被冲毁。面对水的肆虐，认识自然和征服自然能力有限的先民们更多地表现出无奈和恐惧。先民们将水给人的敬畏感与这种阻隔感相结合，投射到社会交往的"礼"中去，这时的水就不仅仅是一种空间的阻隔，更演变为一种约束男女交往的道德力量。傅道彬在《中国生殖崇拜文化论》中说："首先，水限制了异性间的随意接触，在这一点上它服从于礼仪的需要和目的，于是它获得了与礼仪相同的象征和意味。"② 从这个意义上讲，水就是礼的象征。

正是先民们对水的这种又敬又怕的复杂感情，使他们将水奉为至洁之物。《采蘋》中女子祭祀用的蘋和藻都是生长于水中的植物，正是先民们将对水的崇敬延伸到对于水生植物的崇拜的最有力的证明，表现出汉水流域先民们的水崇拜观念和对于祭祀中物品纯洁性的重视。

先民的水生植物崇拜来源于原始的水崇拜，因此蘋、藻等水生植物得以成为纯洁的象征而进入祭祀的礼仪中。然而，祭祀是原始先民对自然界和人伦关系的观念体现，其中还包含着其他的内涵。这些内涵在《召南·采蘩》中也有所体现。关于此诗的主要内容究

---

① 袁珂：《山海经校注》，上海古籍出版社1980年版，第220页。
② 傅道彬：《中国生殖崇拜文化论》，湖北人民出版社1990年版，第59页。

竟是写祭祀还是蚕事,学界一直争论不休,关键集中在对"蘩"的解释上。《毛传》解曰:"公侯夫人执蘩菜以助祭神。"按此说,这首诗是祭祀诗,蘩是一种蔬菜。但据《尔雅》"蘩之丑,秋为蒿",朱熹认为"蘩所以生蚕",马瑞辰反驳说"或以采蘩为亲蚕诗者,误也"。方玉润《诗经原始》云:"曰'事'者,蚕事也。曰'宫'者,蚕室也。……此蚕事始终景象。"① 程俊英也从此说,认为"这是一首描写蚕妇为公侯养蚕的诗"。② 笔者认为,这确实是一首祭祀诗,所不同的是,蘩不仅是一种菜,也是一种用于祭祀的植物,具有与祭礼相对应的精神内涵。

《说文》云:"蘩,白蒿也。"③ 程俊英、蒋见元《诗经注析》中解蘩:"蘩,白蒿,用来制养蚕的工具'箔'。"并引《毛传》语"蘩,白蒿也,所以生蚕"。蘩"所以生蚕"的用途主要有两种说法:一说认为蘩可以帮助蚕卵孵化。但是,只要查阅一下养蚕技术便可知,没有哪种养蚕技术说到白蒿这种植物对蚕卵的孵化有帮助。一说如前文所述,程俊英认为,白蒿是制作养蚕的工具"箔"。养蚕的箔亦称"蚕帘",是用竹、苇编成的筛,用来放置蚕和桑叶,是养蚕的必备工具,唐代王建《簇蚕辞》云:"蚕欲老,箔头作茧丝皓皓。"然而白蒿是一种菊科植物,周时先民多以幼嫩的白蒿为野菜,《唐本草》《本草图经》《本草纲目》记载,这是一味清热凉血的中药,新鲜时或晒干后用以煎服。白蒿幼时茎叶柔嫩,晒干后脆弱易碎,没有如同竹、苇一般的坚韧纤维,不可能用于编制蚕帘。因此,上述两种说法都不足取。蘩即为白蒿,就不可能"所以生蚕"。那么,本诗中女子采蘩就不为蚕事,实际上如《毛传》所言,采蘩实为"以助祭神",也就是用于祭祀。

蘩之所以用于祭祀,一是因为蘩的颜色符合汉水流域先民的祭祀心理。蘩因其"白于众蒿"(《唐本草》),又名白蒿。据我国现

---

① (清)方玉润:《诗经原始》,中华书局1986年版,第97页。
② 程俊英、蒋见元:《诗经注析》,中华书局1991年版,第31页。
③ (汉)许慎:《说文解字》,中华书局1963年版,第26页。

已出土的墓葬来看，甘肃永靖秦魏家齐家文化遗址墓地、四川茂汶别立、勒石石棺墓葬的考古中均发现有白石陪葬，这些白石分别放置于死者头前、头侧和身下，"并且今日包括川西北、滇西北在内的许多地区都仍然流行'白石崇拜'"。从《礼记·明堂位》的记载中也可以看出殷人尚白，是他们崇拜太阳的表现，说明原始社会我国广泛存在着崇尚白色的风俗。蘩正因为"白于众蒿"，所以很好地契合了先民们对白色的崇尚，满足了祭祀礼仪中对崇高、纯净的联想。二是因为蘩的气味符合汉水流域先民的祭祀心理。蘩是菊科植物，与常见的菊科植物如艾蒿、雏菊、金盏花等一样，有着独特的馨香气味。《本草纲目》说白蒿"处处有之，有水陆二种""二种形状相似，但陆生辛熏，不及水生者香美尔"，并且认为《诗·召南·采蘩》之"蘩"指水生白蒿，意即此种白蒿更为馨香。《小雅·楚茨》云："苾芬孝祀，神嗜饮食，卜尔百福。"《小雅·信南山》云："是烝是享，苾苾芬芬，祀事孔明。"两者都说明周时先民们在祭祀时非常讲究祭品释放的气味。在《大雅·生民》中，祭祀礼仪有"取萧祭脂"。萧，陆疏云："萧荻，今人所谓荻蒿者是也，或云牛尾蒿……可作烛，有香气，故祭祀以脂爇之为香。""取萧祭脂"就是将动物的油脂涂抹在本身就带有香气的艾叶上面，然后将其点燃，通过香气的弥漫飞升象征与神灵或祖先的沟通。蘩馨香的气味符合周人祭祀礼仪对气味的要求，因此才能被用作祭祀。

由前所述，可知《召南·采蘩》是一首祭祀诗，反映了周时汉水流域的先民们在祭祀前准备祭品的过程。"公侯之事"是指祭祀，"公侯之宫"指宗庙；"被之僮僮，夙夜在公"是说祭前准备工作十分繁忙；"被之祁祁"，是说头发很多，可以想象是女子忙累一天后发髻松散的样子；"薄言还归"呼应首章以"于以采蘩，于沼于沚"开始的采摘片段，是说采摘活动结束，才可以回家。并且诗中反复出现的"于沼于沚""于涧之中"也并非仅为交代采摘地点，而是在叙述采摘地点以引出采摘活动的同时，点明于水边获得的祭品之纯净，实为祭祀之用，是汉水流域先民们水崇拜观念的表现。

二 神圣的旱山

除了"二南"中有些诗篇体现了汉水流域的祭祀文化外，在《诗经》"二雅"和"三颂"中，也有诗篇体现了汉水流域周代社会的祭祀文化，其中最著名的就是《大雅·旱麓》。《旱麓》在"大雅"中位列第五，与上一首《棫朴》，下一首《思齐》一样都是赞颂文王的乐歌。《旱麓》诗曰：

瞻彼旱麓，榛楛济济。岂弟君子，干禄岂弟。
瑟彼玉瓒，黄流在中。岂弟君子，福禄攸降。
鸢飞戾天，鱼跃于渊。岂弟君子，遐不作人！
清酒既载，骍牡既备。以享以祀，以介景福。
瑟彼柞棫，民所燎矣。岂弟君子，神所劳矣。
莫莫葛藟，施于条枚。岂弟君子，求福不回。

关于这首诗的主旨，《毛诗序》曰："《旱麓》，受祖也。周之先祖，世修后稷、公刘之业。大王、王季，申以百福干禄焉。"唐代孔颖达疏曰："言文王受其祖之功业。"[1] 宋代朱熹《诗集传》以为此诗内容是"咏歌文王之德"。[2] 这首诗是《诗经》中产生年代较早的一首诗。孔颖达《毛诗正义》说在一组赞美周文王的诗中"唯《旱麓》不言谥，又不言王，或未称王之前作也"。清人姚际恒《诗经通论》认为，此篇"大抵咏其祭祀而获福，因祭祀及其助祭者以见其作人之盛，则谓文王为近也"[3]。程俊英、蒋见元在《诗经注析》中又说："这是歌颂周文王祭祀祖先而得福的诗。"[4] 黄松毅也认为："《旱麓》诗即便颂美的是文王，却是以时人赞美

① （汉）毛亨、（汉）郑玄、（唐）孔颖达：《毛诗正义》，李学勤：《十三经注疏》，北京大学出版社1999年版，第1002页。
② （宋）朱熹：《诗集传》，上海古籍出版社1980年版，第183页。
③ （清）姚际恒：《诗经通论》，中华书局1958年版，第269页。
④ 程俊英、蒋见元：《诗经注析》，中华书局1991年版，第769页。

在世的文王的口吻来写的。"① 许多研究者认为，这首诗叙写君子
祭神求福得福，并赞美君子有德，用现代术语来说，即培养人才。
如程俊英《诗经译注》说这是一首"歌颂周文王祭祖得福、知道
培养人才的诗"。②

但我们要特别注意诗中出现的山名"旱"，历代的注《诗经》
者，几乎无异议，认为诗中所描写的"旱山"，就是今天汉水上游
汉中南郑的汉山。朱熹《诗集传》，王应麟《诗地理考》，王夫之
《诗经稗疏》等都有肯定的意见。清代马瑞辰在考证《诗经·大
雅·旱麓》的渊源过程中，根据文献材料确认了对旱山（今汉山）
所处地理空间位置的认定，他还引述《明一统志》的相关材料，明
确提出"是旱为山名之证"的学术观点。③

今人雒三桂、李山《诗经新注》认为："此诗从用词及风格
看，当与《棫朴》为同一时期作品，写的是穆王旱山祭天祈福的
事。旱山据《汉书·地理志》在汉中，《古本竹书纪年》谓穆王
'筑祇宫于南郑'，其地理正符。另外，旱山处汉水上游，西周王
朝东征淮夷、荆楚，多从汉水出师，或许这正是周穆王筑宫南
郑、祈福旱山的现实原因。"④ 他们充分肯定了旱山祭祀祈福的属
地及内涵，但认为是周穆王时的事，还需要进一步的研究。《诗
经学大辞典》说："据《汉书·地理志》、郦道元《水经注》，旱
山在汉中府南郑县六十五里，为沱水、沔水的发源地。……以旱
麓起兴，象喻文王时物产富庶，民心和乐，同时也反映文王时代
版图扩大，从太王奠基的周原向外发展，在南部已达到汉中地
区。沱、沔二水注入汉水，汉中地区属江汉流域，在文王时被称
为'南国'。"⑤

---

① 黄松毅：《仪式与歌诗：〈诗经·大雅〉研究》，中国传媒大学出版社 2010 年版，
第 48 页。
② 程俊英：《诗经译注》，上海古籍出版社 1985 年版，第 505 页。
③ （清）马瑞辰：《毛诗传笺通释》，中华书局 1989 年版，第 829 页。
④ 雒三桂、李山：《诗经新注》，齐鲁书社 2009 年版，第 460 页。
⑤ 夏传才：《诗经学大辞典》，河北教育出版社 2014 年版，第 150—151 页。

孔颖达《毛诗正义》云:"旱,山也。麓,山足也。济济,众多也。"郑笺云:"旱山之足,林木茂盛者,得山云雨之润泽也。喻周邦之民独丰乐者被其君德教。"这里肯定了"旱"为山,并说明此山因云雨之泽而茂盛,分析确实。清代学者陈奂《诗毛氏传疏》曰:"麓,《国语》作'鹿'。《释文》本亦作'鹿',是也。旱,山名。鹿,山足。旱鹿,旱山之足也。《汉书·地理志》:'汉中郡南郑旱山,池水所出,东北入汉。'刘昭《郡国志》注,引《华阳国志》。郦道元'沔水'注:'并谓池水出旱山。'又《水经》'沔水'及'浕水'篇云:'浕水出旱山。'按此二水,皆出旱山也。今陕西汉中府附郭南郑县,在古《禹贡》梁州之城,殷周并梁入雍,则旱山在江汉域内。诗以旱山发咏,是在文王为西伯时矣。"[1]陈奂在这里说得很清楚,援引的资料亦丰富,特别是正史里记载的关于旱山的情况,在这里大致都作了交代,唯此诗写于何时,还值得商榷。

关于旱山,《汉中府志》亦有同样的记载,称作汉山:

> 汉山,一名旱山。《一统志》:"在县西南"。《诗·大雅》:"瞻彼旱麓",《毛传》:"旱,山名。"《汉书·地理志》:"南郑县有旱山,池水所出。"《周地图记》:"山上有云即雨。"《舆地纪胜》:"在县西南二十里,四峰八面。南接巴山,上有池水,一名天池山。"《寰宇记》:"山上有池,方二十里。"旧《志》:"山嵌崟齐伟,春夏积雪,其右为鸠谷,迤东数里,有茅沟山"。[2]

因为涉及了池水,我们看《(嘉庆)汉书府志校勘》对池水的记载和对诸说的辩证:

---

① (清)陈奂:《诗毛氏传疏》第5册,万有文库"国学基本丛书",商务印书馆1930年版,第97页。

② (清)严如熤主修,郭鹏校勘:《(嘉庆)汉书府志校勘》卷4《山川上》,三秦出版社2012年版,第118页。

池水，《地理志》：南郑县旱山，池水所出，东北入汉。后魏《郡国志》（引者注：此处误。是指《后汉书·郡国志》）、《水经注》："汉水右合山水，水出旱山，山下有祠。"《寰宇记》："旱山下有石池，即池水之源。"按旧《志》云："池水即《禹贡》之沱水。"郑康成《尚书》注："汉水有沱水，潜水。"沱池字同，即此。考郑《注》梁州沱、潜，俱云二水，亦谓自江汉出者，并未确指汉中。[①]

为什么《诗经》中称"旱山"而不称"汉山"呢？其原因有二：一是古代字多通假。"旱""汉"互通。"汉"又以汉水得名，故汉山即汉江边的山，古人以此为名者，甚多。二是"旱"亦有干旱荒芜之意。而汉水南边的一个山上没有水，也没有草木，是为"旱山"。这样说是否绝对？我们认为可以找出例证。《山海经·西山经》有一段记载，颇值重视："上申之山，上无草木，而多硌石，下多榛楛，兽多白鹿。其鸟多当扈，其状如雉，以其髯飞，食之不眴目。"[②]《旱麓》篇中所写的"榛楛"，据记载此山上生长得最多，郭璞也引此诗，这是第一点。篇名"麓"，《国语·周语》引诗作"鹿"。陆明德《释文》作"鹿"。与《山海经》所记"兽多白鹿"之鹿相吻合，疑"旱麓"是为汉山上多鹿而用名，这是第二点。此山上，多石头，没有草木，可谓荒芜，与诗用"旱"又相同，这是第三点。据上认为，旱山为汉水之南汉山，及《山海经》上所说"上申之山"，均在今汉中南郑县境内。

然而，怎样解释《汉中府志》引其他地理说，汉山上有池，方二十里云云。实际上应该是这样的：在西周时代，汉中多河流，多沼泽地，而汉山上亦有水源，山下也生长着草木，但相对其他山上

---

① （清）严如煜主修，郭鹏校勘：《（嘉庆）汉书府志校勘》卷4《山川上》，三秦出版社2012年版，第121页。

② 袁珂：《山海经校注》，上海古籍出版社1980年版，第59页。

的草木丛生，泉水淙淙，它反而是硌硌磊磊，草木荒芜，故民间采集者称"旱"，即今天所说的旱山。以后，随着物候的变化，《诗经》时代的许多沼泽湖泊变成了平地，有些河水也干枯了。相反，汉山上出现了像池水那样的泉，即天池。至少可以推断，在明清之际（即《汉中府志》记载的年代），汉山上还很湿润。所谓天池、据今旱山上的建设者们说，在 1970 年尚存，但现已被填平，山上水流似小溪，真正又像《诗经》时代的旱山了。

关于中国古代典籍中的"旱山"地处汉中南郑，这一学术观点在当代也被普遍认可，如段木干主编的《中外地名大辞典》，对"旱山"的词条释义为"在陕西省南郑县西南。《诗大雅》'瞻彼旱麓，榛楛济济'谓此。"① 复旦大学历史地理研究所编辑的《中国历史地名辞典》对"旱山"的词条释义为："在今陕西南郑县南，《诗经·大雅·旱麓》：'瞻彼旱麓'即此。"② 这在历代本地方志编撰实践中也进一步得以确认："乾隆年间，南郑县令工行检在《南郑县志》序中写道：南郑，古褒国地。周初，被文王德化。《旱麓》之篇发咏《大雅》，由来尚矣。"③ 故《诗经·大雅·旱麓》中的"旱"即指旱山，今名为汉山，位于汉中市汉江南岸的南郑县。

作为祭祀文化的经典篇章，《旱麓》一诗表现了汉水流域怎样的祭祀场景呢？

《旱麓》一诗共六章，每章四句，以"岂弟君子"一句作为贯穿全篇的气脉。首章前两句以"瞻彼旱麓，榛楛济济"起兴，写诗人遥望的旱山山麓，看到茂盛繁密的榛树与楛树，这与下文的君子祈神求福在思想义理上有无关联呢？对此，吴闿生《诗义会通》引用了《国语·周语》中单穆公的话："旱麓之榛楛殖，故君子得以

① 段木干：《中外地名大辞典》，台北人文出版社有限公司 1981 年版，第 1482 页。
② 复旦大学历史地理研究所编：《中国历史地名辞典》，江西教育出版社 1986 年版，第 411 页。
③ 《南郑县志》编纂委员会：《南郑县志》，中国人民公安大学出版社 1990 年版，第 730 页。

易乐干禄。若夫山林匮竭，榛蘲散亡，薮泽肆既，民力凋尽，田畴荒芜，资用乏匮，君子将险哀之不暇，而何易乐之有？"他认为这段解说"发明义蕴，甚为切尽"①。也就是说，这二句起兴与君子的和乐得福，是有着内在的因果关联和象征作用的。它说明，只有政治清明、生产发展、财用丰足，君子才能快乐平易求福得福。其实，《毛诗序》和《郑笺》也都涉及了这个问题。后两句"岂弟君子，干禄岂弟"，如《郑笺》所说，意为君主"以有乐易之德施于民，故其求禄亦得乐易"，也就是说，因和乐平易而得福，得福而更和乐平易。王夫之《诗广传》在评《旱麓》篇时说："以廉临禄易，以慈临禄难。廉者，与禄相为对治者也。以道干禄，介其廉而止闲焉，而勿使驰也。夫既闲焉，则可使不驰矣。虽然，君子以为斛水沃焰之术、未可游于天下而安其土，于是而知岂弟之德为至善也。"② 也把君子之德与和乐平易得福联系起来，强调了为德以廉的观念。

诗第二章开始触及"祭祖受福"的主题。"瑟彼玉瓒，黄流在中"，"黄流"，黄，一般解释为用黄金制作的酒勺；流，用黑黍和郁金香草酿制的酒，用于祭祀。《毛传》《郑笺》《孔疏》《释文》等对此都有详细的解释。瑞典汉学家高本汉综合诸说，认为："《孔疏》和《释文》以为'黄'是指加香气于酒所用是植物。那种东西在《周礼》里面叫'郁'，郑众注以为就是'郁金'，根也可以染黄颜色。《释文》说，把这种植物取出汁来，煮过再加到酒里。如此，这句诗是：'黄根和的酒在里面'。"③ 高本汉的解读可备一说。诗句写出了玉之白与酒之黄，互相映衬，色彩鲜明，给人以极佳的视觉效果。"岂弟君子，福禄攸降"，意谓和乐平易好个君子，天降福禄令人欢喜，使诗的主旨得以体现。

第三章从祭祀现场宕出一笔，忽然写出了飞鸢和跃鱼，不仅

① 吴闿生：《诗义会通》，中西书局2012年版，第229页。
② （清）王夫之：《诗广传》，中华书局1964年版，第117页。
③ ［瑞典］高本汉：《高本汉诗经注释》，董同龢译，中西书局2012年版，第781—782页。

章法灵活，而且在祭祀的主旨上隐藏深意。对"鸢飞戾天，鱼跃于渊"两句，古今有不同的解读。清人王先谦在《诗三家义集疏》中，对汉代郑玄的解释给予批评，引证了代表《鲁诗》说的汉王符《潜夫论·德化》篇所作的解释："君子修其乐易之德，上及飞鸟，下及渊鱼，罔不欢忻悦豫，又况士庶而不仁者乎！"① 林义光《诗经通解》认为："此诗言君子作人，上者亦至，下者亦至。上者，豪杰也；下者，凡民也。《孟子》曰，待文王而后兴者，凡民也。若夫豪杰之士，虽无文王犹兴。兴字与《诗》'作人'同义。豪杰虽不待文王而兴，然文王之兴人必无独兴凡民而舍豪杰之理。故上者使之戾天，下者使之跃渊。"② 两人都是把这两句和君子修德相联系，只有修德才能使上者与下者和乐平易。而现代的学者结合"遐不作人"一句，认为"鸢飞戾天，鱼跃于渊"是表达"海阔凭鱼跃，天高任鸟飞"之意，象征优秀的人才能够充分发挥他们的才智。

第四章在第三章宕出一笔后收回，继续写祭祀的现场，"清酒既载"与第二章"黄流在中"断而复接，决不是寻常闲笔。这里所写的是祭祀时的"缩酒"仪式，即斟酒于圭瓒，铺白茅于神位前，浇酒于茅上，酒浸于茅中，如神饮之。接下去的"骍牡既备"一句，写祭祀时宰杀作牺牲的牡牛献飨神灵。有牛的祭祀称"太牢"，只有猪、羊的祭祀称"少牢"，以太牢作祭，规格很高，礼仪很隆重。第五章接着写燔柴祭天之礼，人们将柞树棫树枝条砍下堆在祭台上做柴火，将玉帛、牺牲放在柴堆上焚烧，缕缕烟气升腾天空，象征着与天上神灵的沟通，将世人对神灵虔诚的崇敬之意、祈求之愿上达。对于这样的君民，昊天上帝与祖宗先王的在天之灵自然会有"所劳矣"，自然会赐以"景福"。

于是最后一章，在第一章、第三章之后三用比兴，以生长茂密的葛藤在树枝树干上蔓延不绝比喻上天将永久赐福给周邦之君民。葛藟

---

① （清）王先谦：《诗三家义集疏》，中华书局1987年版，第847页。
② 林义光：《诗经通解》，中西书局2012年版，第314页。

之"莫莫"与榛楛之"济济",一尾一首两用叠字,也有呼应之妙。

从诗中对旱山的描写和盛大的祭祀活动中可知,在周文王时期,旱山是一座神圣之山,是周人祭祀祖先神灵的一座神山。汉水流域的人们也深切体验了祭祀文化对他们的感染,虽然有秦岭之隔,但周王室和汉水流域还有着密切的联系,周代文化对汉水流域具有很大的影响力。

《旱麓》被认为是旱山祭奠的诗,是周天子会见南国诸侯,与褒国国君一起祭奠旱山时所演奏乐歌的歌词。旱山祭奠与南郑的地名有关。任乃强先生在《华阳国志校补图注》中指出:南郑这个名称很古老,在《秦本纪》中就多次出现,周时就已有这个称谓了。"郑"意思是"奠邑",即"祭奠的地方";周王畿有一个"郑"在华阴,是祭华山的地方。又有"西郑",乃祭岐山之处,后来这两处都发展成了城镇。南郑当时在褒国境内,褒国染周俗最早,有一祭奠旱山之处,周人称其为"南郑"。褒国,夏王朝同姓之方国。禹的祖族源于岷山,在向北迁徙中,少数人留居汉水上游的褒水流域;在禹治水时,族人随行,又有部分留居,逐渐形成部族。夏时已为族国褒氏国。殷灭夏,褒氏国归属商,成为方国,至周代,更名为褒国,隶属周。任乃强先生指出,褒国为南国的领袖,实主旱山之祭。褒国故址在今汉中市北张寨乡骆驼坪。《礼记·王制》称:"天子祭天下名山大川……诸侯祭名山大川之在其地者。"如此看来,周天子与褒国国君一起祭奠旱山是合乎情理的,与《旱麓》的内容亦十分吻合。①

旱山的神圣,不仅体现在上古时期的祭祀文化之中,之后的演变,与民俗文化、历史传说等都联系在一起。北宋《太平寰宇记》卷133所记载的预示晴雨的古谚和旱山石牛与金牛道的传说,南宋《舆地纪胜》卷183所记载的旱山神奇故事,都给旱山赋予了神灵的力量。明清以来,文人雅士也多有对旱山(汉山)的歌咏之诗,表达了文人们对旱山(汉山)的景仰。

---

① 刘清河:《汉水文化史》,陕西人民出版社2013年版,第171—172页。

三 "南"与"南山"蠡测

我们已就《诗经》中对汉水的描写作了初步的分析。在谈到水的同时,自然涉及了汉水流域的许多山川湖泽,因时代的久远和古今物候的不同,许多支流干枯,河流改道,湖泊消失,山陵风化,但也应该指出,大的山脉基本上保持了原有的风貌,因而使我们能够从不同角度探索《诗经》中的若干篇章,和它们反映的当时汉中山川地域的大概状况。下面我们仅就出现的关于山势地域的名称予以讨论,主要是"南"与"南山"。

(一)关于"南"

我们先说一下《诗经》中的"南"字。根据《诗经大辞典》的统计,"南"在《诗经》里出现了 45 次,其义项有 9 种,有的表示方位,有的指终南山,有的是使动用法,表示向南,有是音乐名,有的是乐舞名,有的是诗体名,有的是乐器名,有的指《周南》《召南》,有的是通假字,指郊外等,[①] 基本上把"南"字所涉及的内容都包括了。虽然有如此众多的含义,究竟有哪些篇章与"二南"的地域相关联呢?

我们通过对《诗经》的检索,着重对"二南"的分析研究,也涉及《诗经》里其他的诗篇,如《樛木》《汉广》《草虫》《殷其雷》《南有嘉鱼》《南山有台》《斯干》《节南山》《十月之交》《蓼莪》《四月》《信南山》《常武》等,与"二南"的地域、山川、人物、事件有一定的关联,有的诗作虽然没有出现"南"字,但实际内容是与"二南"相联系的,如《旱麓》《十月之交》等。

在历代的《诗经》注疏中,对"南"的解释,一说是南山,二说是南方,三说是南国,四说是南土。仔细琢磨,再参照诗的内容,以"南山"之说为确。因为根据我们前面对"二南"地望的略考,在汉水流域,诗篇中所出现的有"涧""滨",明显的是指水域,否则不能圆通。山水相连,有水则有山。特别是《南有嘉

---

① 夏传才:《诗经大辞典》,河北教育出版社 2014 年版,第 886 页。

鱼》中的"嘉鱼"就在汉中的勉县、略阳、城固等地存在，文献资料也多有记载，我们在后面将专门讨论。

（二）关于"南山"

《诗经》中写到"南山"的诗很多，如"国风"中《召南·草虫》《召南·殷其雷》《齐风·南山》《曹风·侯人》，"小雅"《天保》《南山有台》《斯干》《节南山》《蓼莪》《信南山》等。《诗经大辞典》认为"南山"，一是指终南山，二是指《齐风·南山》里的齐南山，三是指《曹风·侯人》里的曹南山，四是泛指南面之山。① 似乎与汉水流域没有多大的关系。还有的研究者从文学意象出发，认为《诗经》中的"南山"，具有多重的蕴含：一是与男女爱情相关，如《召南·草虫》《召南·殷其雷》等；二是与长寿多福有关，如《小雅·天保》《小雅·南山有台》等。此外，还有其他的文化内涵。② 诚然，对《诗经》中多次出现的"南山"，需要挖掘其内涵，但我们也要对"南山"的地理位置进行考辨，才能更好地理解诗意。

上面说过，诗中言南者，实指南山，但南山在今天难以指出准确的地名，只能说是指汉水南岸的某山或某几座山，这是应该肯定的。可是，《诗经》又多次提到"南山"，这能否说是实指呢？回答应该是否定的。请看诸篇之言：

> 陟彼南山。（《草虫》）
>
> 殷其雷，在南山之阳。（《殷其雷》）
>
> 如南山之寿。（《天保》）
>
> 南山有台，北山有莱。（《南山有台》）
>
> 幽幽南山。（《斯干》）
>
> 节彼南山。（《节南山》）

---

① 夏传才：《诗经大辞典》，河北教育出版社2014年版，第887页。

② 段学俭：《〈诗经〉中"南山"意象的文化意蕴》，《辽宁师范大学学报》（社会科学版）1999年第3期。胡明霞：《浅析〈诗经〉中的"南山"意象》，《青年作家》2011年第1期。

南山烈烈。(《蓼莪》)

信彼南山。(《信南山》)

这里需要辨明一个问题,即注疏家们所说的"南山"是不是"终南山"或"周南山"。根据诗篇所写的内容和诗产生的地域,这些诗中多次提到的南山,似乎是一个地方,但这一个地方是什么山,无法明确。"周南山"在周原,今岐山县东,"终南山"在镐京之南,今长安以南。有的学者认为二山为一,即太一山(太乙山),说者谬也。虽终南山为周之南方,但不是"二南"之地,故不能言"终南山"为"南山"。至于说"周南山"是相对于周朝王室而言南,其说就更无依据了。如果从大的方位上说还觉得道理不充分,那么我们就来分析一首具体的诗,看"南山"该作何解释。

《南山有台》云:

南山有台,北山有莱。……

南山有桑,北山有杨。……

南山有杞,北山有李。……

南山有栲,北山有杻。……

南山有枸,北山有楰。……

这一连五章开头两句句式是一样的,只是所写的内容不同。按一般传统的《诗经》说者的看法,这里的"南山"是指周南山或终南山,那么"北山"又该作何解释呢?也许有人会说,民歌的表现形式是为了对仗工整,前言"南山",后言"北山"实指一山,这种观点是站不住脚的。古代对一座山,按习惯,山的南面称阳,山的北面称阴。由前引数首诗中与"南"相关的"滨""涧""鱼"等可见,既然写的是江岸人民的生活,亦只能根据所处水边的位置来称谓山,汉水南岸的山脉称作"南山",汉水北岸的山脉称为"北山",这样才是符合实际的。因此本诗篇所言的南山,很有可能是今南郑县境内的"中梁山",或者"汉山(旱山)"。而"北山"

203

则有可能指的是秦岭山脉之山，如终南山等。

我们以上探讨了"旱山""南"及"南山"，可以看出它们在西周时期在汉中历史地理上的位置，以及《诗经》与汉中及汉水流域不可分割的关系。

第三节　动植物文化

孔子教导他的学生说："小子何莫学夫诗？诗，可以兴，可以观，可以群，可以怨。迩之事父，远之事君：多识于鸟兽草木之名。"又告诫他的儿子伯鱼说："女为周南、召南矣乎？人而不为周南、召南，其犹正墙面而立也与！"（《论语·阳货》）可以想见，在春秋时代，人们对《诗经》的重视已非同一般了。以"诗"教，除了"事君""事父"而外，对认识"鸟兽草木"，亦是至关重要的。这里暂不说孔子教育思想中有客观唯物主义的成分，只从另一方面也可以说明《诗经》本身在草木虫鱼鸟兽方面记载的重大价值。

纵观《诗经》305 篇，除个别诗篇（主要在《雅》《颂》中）没有写到草木虫鱼鸟兽外，大部分诗篇都写到了。其中有的在今天还存在，有的已经绝迹了，这就犹如达尔文所说"物竞天择，适者生存"。自然界的发展正是如此。我们所讨论的"二南"诗篇中关于草木虫鱼鸟兽的记载尤为丰富，这是与《诗经》时代的汉中及汉水流域山川地形的优越和物产的丰富分不开的。我们知道，汉水流域的中上游地区地处秦岭的南麓，而"秦岭是我国具有全球意义的陆地生物多样性保护关键地区，生物多样性十分丰富。由于地处北亚热带向暖温带、东部湿润平原向青藏高原的过渡地带，这里植被垂直带谱明显，动植物成分具有明显的过渡性，素有'生物基因库''天然博物馆'之称，已探明的有 3436 种种子植物、722 种动物、440 种苔藓和 425 种地衣"①。尤其值得注意的是，秦岭有 40

---

① 张哲浩、唐芊尔：《走进秦岭国家植物园，探寻绿色中国之根》，《光明日报》2017 年 11 月 11 日第 8 版"光明视野"专栏。

多种国家珍稀保护动物，如熊猫、朱鹮、金丝猴、羚羊等，这四种珍稀国宝都在汉中，是汉中这座历史文化名城耀眼的名片。关于秦岭的植物资源，中国科学院植物研究所、中国科学院西北植物研究所以及高校的植物学研究者，从 20 世纪 70 年代至今，进行了大量的研究，并作了实地考察调研。据笔者所见和不完全统计，编辑出版的《秦岭植物志》共三卷，第一卷共五册，第二卷二册，《秦岭植物志增补》一卷，记录了秦岭的植物种类近 4000 种，对植物的形态、产地、分布、生长环境及用途作了比较详细的介绍，保存了秦岭植物的宝贵资料。[①] 前人在研究《诗经》时，对草木虫鱼专门分开来论述，有的直接从植物学、动物学角度作深入的探讨，获得了很多的成果。最早对《诗经》中草木虫鱼进行系统研究的，要算三国时期吴国的陆玑。他作的《毛诗草木鸟兽虫鱼疏》，是第一本专门解释《诗经》中所涉及的动植物的书，记载了动植物的名称、外形、生态和使用价值，比《尔雅》要详细。《毛诗草木鸟兽虫鱼疏》共 142 条，卷上有 85 条，是关于草木名物的训诂；卷下有 57 条，是关于鸟兽鱼虫的训诂，末附四家诗源流考辨。全书记载草本植物 56 种，木本植物 38 种，鸟类 24 种，鱼类 11 种，虫类 21 种。对于《毛诗草木鸟兽虫鱼疏》的名物研究，《四库全书总目提要》

---

① 中国科学院西北植物研究所编：《秦岭植物志》第 1 卷《种子植物》第 1 册（科学出版社 1976 年版），包含"苏铁科至兰科"，共 33 科，种属细目未统计；《秦岭植物志》第 1 卷《种子植物》第 2 册（科学出版社 1974 年版），包含"双叶子植物三白草科至蔷薇科"，共 42 科，243 属，813 种，2 亚种，150 变种，14 变形；《秦岭植物志》第 1 卷《种子植物》第 3 册（科学出版社 1981 年版），包含"豆科至山茱萸科"，共 47 科，222 属，608 种，2 亚种，109 变种，6 变形；《秦岭植物志》第 1 卷《种子植物》第 4 册（科学出版社 1983 年版），包含"双叶子植物合瓣花亚纲鹿蹄草科至车前科"，共 28 种，171 属，454 种，11 亚种，65 变种，2 变形；《秦岭植物志》第 1 卷《种子植物》第 5 册（科学出版社 1985 年版），包含双子叶植物茜草科至菊科，共 8 科，141 属，477 种，5 亚种，68 变种，10 变形。中国科学院植物研究所、中国科学院西北植物研究所编：《秦岭植物志》第 2 卷《蕨类植物门》（科学出版社 1974 年版），包含"蕨类植物"共 29 科，72 属，270 种，11 变种。郭晓思、徐养鹏：《秦岭植物志》第 2 卷《石松类和蕨类植物》（科学出版社 2013 年版），共 27 科，75 属，319 种。中国科学院西北植物研究所编：《秦岭植物志》第 3 卷《苔藓植物门》第 1 册（科学出版社 1978 年版），包含"苔藓类植物"共 44 科，136 属，311 种，14 变种，1 变形。李思峰、黎斌：《秦岭植物志增补·种子植物》（科学出版社 2013 年版），共 90 科，153 属，413 种。

给予很高的评价:"虫鱼草木,今昔异名,年代迢远,传疑弥甚。
玑去古未远,所言犹不甚失真。《诗》正义全用其说。陈启源作
《毛诗稽古编》其驳正诸家,亦多以玑说为据。讲多识之学者,固
当以此为最古焉。"①"《毛诗草木鸟兽虫鱼疏》专门解释《诗经》
名物,对《诗经》意义不予涉及,这是该书的重要特征,也是
《诗经》研究方向的重要转折,开拓了《诗经》文献的研究视野,
开创了《诗经》学名物派的先河。"②

　　自此以后,《诗经》名物的研究在各个历史时期都有重要的著
作。宋元时,有宋代蔡卞《毛诗名物解》、王应麟《诗草木鸟兽鱼
虫广疏》,元代徐谦《诗集传名物钞》等著作。在明代,博物学研
究有了进一步的拓展,以冯复京《六家诗名物疏》、毛晋《毛诗陆
疏广要》、林兆珂《毛诗多识编》、吴雨《毛诗鸟兽草木考》为代
表。清代考据学盛行,对《诗经》草木虫鱼的研究蔚为大观,著述
颇丰。有王夫之《诗经稗疏》、陈大章《诗经名物集览》、顾栋高
《毛诗类释》、姚炳《诗识名解》、赵执信《毛诗名物疏钞》、牛应
震《毛诗名物考》、多隆阿《毛诗多识》、毛奇龄《续诗传鸟名》、
徐士俊《三百篇鸟兽草木记》、俞樾《诗名物证古》、王仁俊《毛
诗草木今释》等。上述著作主要是围绕《毛诗》和《陆疏》进行
的,在传统的学问里,属于博物学研究的范围。当然,还有一种研
究的方式,就是图说《诗经》。针对《诗经》的名物图解,有南北
朝时梁代《毛诗图》、唐代《毛诗草木虫鱼图》、宋代马和之《毛
诗图》,但都已失传。③ 现存的是清代徐鼎的《毛诗名物图考》,有
图有说、辨象知物,惜略有残缺;日本学者冈元凤《毛诗品物图
说》,专意借图以考,在中国流传甚广。④ 还有日本学者渊在宽

---

　　① (清)纪昀等:《四库全书总目提要》第 4 册,万有文库"国学基本丛书"本,
商务印书馆 1930 年版,第 5 页。

　　② 郝桂敏:《陆玑〈毛诗草木鸟兽虫鱼疏〉有关问题研究》,《盐城师范学院学报》
2011 年第 2 期。

　　③ 夏传才、董治安:《诗经要籍提要》,学苑出版社 2003 年版,第 328 页。

　　④ [日] 冈元凤:《毛诗品物图考》,王承略点校,山东画报出版社 2002 年版。

《古绘诗经名物》①；日本学者细井徇撰绘的《诗经名物图》②；日本画家橘国雄为林赶秋《诗经里的那些动物》③ 所作的插画，这种研究传统在当代也有很好的传承。台湾学者潘富俊《诗经植物图鉴》，胡淼《〈诗经〉的科学解读》以图文并茂的形式，加强了读者的直观感受，在《诗经》研究史上是有意义的尝试。

在众多著述中，以陈奂的《诗毛氏传疏·毛诗传义类》对草木鸟兽虫鱼等的研究比较完备，计有各种草类104种，木类71种，虫类33种，鱼类15种，鸟类35种，兽类26种，马类38种，牛类6种，羊类7种，狗类4种，豕（猪）类3种，鸡类2种，六畜类7种。④ 我们只是就"二南"里的草木鸟兽虫鱼与汉中关系作探讨，因此无法全面展开。《诗经》中载录且尚存的某些植物，不仅汉中有，其他地区亦有存在。在此，我们要重点研究的是，在《诗经》及其他典籍里有所记载而今绝迹或者变异的某些动植物，并与汉中及汉水流域有关的，作为有待商榷的问题提出来，以便作进一步研究讨论。

上古时期的汉中，气候较现在温暖、湿润，⑤ 多水流、湖泊，地理条件和自然条件都比较优越，自然资源十分丰富。因而这里出产的许多动植物，就出现在《诗经》中反映汉水流域的历史和人民生活的"二南"等诗篇中。在这里，我们把这些动、植物按照类属，并将《诗经》中的记载与其他文献相比照来进行论述。

第一类是果类。中国有悠久的历史，物产丰富历来为世界所公认，其中果类就十分繁多。在商周时代，劳动人民已经认识了大量的自然界果实，把它们用于生活和生产，而且在文学作品中也得到了广泛的反映。

---

① ［日］渊在宽绘图，萧旅编著：《古绘诗经名物》，武汉大学出版社2011年版。
② ［日］细井徇：《诗经名物图》，浙江人民美术出版社2015年版。
③ 林赶秋：《诗经里的那些动物》，［日］橘国雄插画，重庆大学出版社2010年版。
④ （清）陈奂：《诗毛氏传疏》第8册，万有文库"国学基本丛书"本，商务印书馆1930年版，第118—123页。
⑤ 竺可桢：《中国近五千年来气候变迁的初步研究》，见《竺可桢文集》，科学出版社1979年版，第476页。

果品是人类初期生存的主要食物。在古代人们的生产和生活中占有重要的地位，同时也是反映那个时代发展的重要标志。由于商周时代汉中及汉水流域的人们生活和生产的发展，大量关于这个地域出产的果类出现于《诗经》有关的诗篇中，现在我们撷取以下几首：《摽有梅》《桃夭》《何彼襛矣》《南山有台》《甘棠》等。《召南·摽有梅》："摽有梅，其实七兮！摽有梅，其实三兮！摽有梅，顷筐塈兮！"《周南·桃夭》："桃之夭夭，灼灼其华。桃之夭夭，有蕡其实。桃之夭夭，有叶蓁蓁。"《召南·何彼襛矣》："何彼襛矣？华如桃李。"《小雅·南山有台》："南山有杞，北山有李。"《召南·甘棠》："蔽芾甘棠，勿翦勿伐，召伯所茇。蔽芾甘棠，勿翦勿败，召伯所憩。蔽芾甘棠，勿翦勿拜，召伯所说。"

《汉中府志》引《名别录》载："梅，实生长在汉中山谷"，梅有"朱砂梅、钱梅、照水梅、玉碟梅、星梅"之分，现汉中俗名为梅子，喜生长在山区地带，其色泽鲜嫩，美味可口，成为此地人民喜吃的水果之一。《汉中府志》载："古时的桃有杨桃、碧桃、绛桃、核桃数种。"其中杨桃即今猕猴桃的俗名。《海录》云："洋州云亭山上生猕猴桃，甚酸、食之御渴。"洋州即现在的洋县，事实上不只洋州产杨桃，现属汉中的宁羌、镇巴、佛坪等皆有之。此地还盛产由猕猴桃酿成的酒，成为汉中著名的特产。甘棠即棠梨树，其状如棠黄华赤，实其味似李，无核。

第二类是药类。在大自然的植物世界里，有一些具有特殊功用的草木被古代人在劳动中所认识所发现，其功用价值是能医治疾病，解除疫症。这些药物历代被人所重视。孙思邈的《千金方》、李时珍的《本草纲目》都是荟萃之著。而早在商周时代，人们对药物已有所认识，《诗经》中就有明显反映，比如下面这首诗就是一个例证。《周南·芣苢》云："采采芣苢，薄言采之。采采芣苢，薄言有之。采采芣苢，薄言掇之。采采芣苢，薄言捋之。"

这是一首劳动妇女在采车前草的劳动中唱和的短歌。它是《周南》中的一首，它与汉中有很密切的关系。芣苢，一名当道，喜生牛迹中，故曰车前当道也。《汉中府志》云："此生长在道路旁边、水旁，味甘性冷，止痛明目。"姚际恒在《诗经通论》中曰："按车前，通利之药；谓治难产或有之，非能宜子也。"① 今此地车前草仍很多，路旁、水边俯拾即是。

第三类是木类。《诗经》中描写与汉中有关的木类的诗篇，现引以下几首：

《召南·何彼襛矣》："何彼襛矣？唐棣之华。"《小雅·常棣》："常棣之华，鄂不韡韡。"《周南·汉广》："翘翘错薪，言刈其楚。"《召南·野有死麕》："林有樸樕，野有死麕。"《尔雅》云："棠棣即常梨（棣）。"《通志略》载："郁李曰爵李，曰车下李，曰棣。"《汉中府志》曰："棠棣又名扶移。"又"今白移也"，形似白杨，现仍可考。"言刈其楚"中的"楚"，指的是一种丛木，又名荆，今叫荆条，即杜荆。它的细枝嫩叶可以喂马。《召南·野有死麕》中的"林有樸樕"之句，樸樕，即"槲樕"的别名。据《汉中府志》引《本草纲目》曰："槲二种，丛生，小者名枹，高者名大叶栎树，三、四月开花，亦如栗，八、九月实，如橡子而稍短小带亦有汁。"今亦可考。

第四类是草类。《诗经》"二南"中，关于草类的描写较多，主要有以下几首：《关雎》《汉广》《采蘋》《采蘩》《野有死麕》《驺虞》等。《周南·关雎》："参差荇菜，左右流之。"《周南·汉广》："翘翘错薪，言刈其蒌。"《召南·采蘩》："于以采蘩！于沼于沚。""于以采蘩！于涧之中。"《召南·野有死麕》："野有死麕，白茅包之。""白茅纯束，有女如玉。"《召南·驺虞》："彼茁者葭，一发五豝，于嗟乎驺虞。"

以上诗中所提到的茅、蘋、藻、葭、荇、蘩等古植物，今犹存。蒌，马注云："蒌，蒿也，"郭注云："似艾。"现汉中皆习称为水蒿。此植物叶长数寸，白色，生长泽中，正月根芽生，旁茎正白，生食之，香而脆美，其叶又可蒸为茹。荇，《毛传》："荇，接余也"，陆疏：白茎，叶紫赤色，正圆，径寸余，浮在水上，根在

---

① （清）姚际恒：《诗经通论》，中华书局1958年版，第26页。

水底与水浅深等，大如钗股，上青下白。今汉中普称为水芹菜。据《汉中府志》云："蘋，大（萍）也，叶浮在水面，根连水底，茎细，叶大如指头，面青皆紫，有细纹，四叶合成折十字形，合如田字，夏秋开小白花，故称为白蘋。"藻，水草也。诗曰："于采于藻"：此物生长在水底，有两种：其一，状如鸡苏，茎大如箸，长四、五尺；其二，茎大如钗股，叶如蓬蒿，谓之聚藻。"彼茁者葭""于以采蘩"，诗中的"葭"，即现在的芦苇，"蘩"即现在的白蒿。

第五类是鳞类。《诗经》中关于此类的描写，与汉水有关的主要有《周南·汝坟》《小雅·南有嘉鱼》两篇。《周南·汝坟》："鲂鱼赪尾，王室如毁。"《小雅·南有嘉鱼》："南有嘉鱼，烝然罩罩。……南有嘉鱼，烝然汕汕。"

据《汉中府志》载："鲂，一名鳊。"《耆旧传》云："汉中鲂鱼甚美，禁人捕，以槎断水，因谓之槎，头缩项鳞。"我们由此可知，在古代，汉中的鲂鱼即以其鲜美贵重，而在禁捕之列，或以此之故，鲂鱼犹存。

"南有嘉鱼"，嘉鱼，即鱼味甚美。朱熹《诗集传》："南谓之江汉之间，嘉鱼出于沔南之丙穴。"在西晋太康年间，文学家左思所著的《蜀都赋》中即有这样的名句："嘉鱼出于丙穴，良木攒于襃谷。"[1] 李善注《文选》曰："丙穴在汉中沔阳县北，有鱼穴二所，常以三月取之。丙，地名也。"又任豫《益州记》曰："嘉鱼，鳞似鳟鱼。"[2] 今考之实地，均在今勉县城南漾水流域，另有一穴是黄风洞，在城南35公里（小地名叫化崖）处。此二穴广而不能容人，深不可测，常有涓涓细流，十步之外即漾水。现在由于道路阻隔，穴口坎坍塌，虽暮春三月雷雨之后，亦不见嘉鱼踪影。

第六类是介类。《周南·螽斯》："螽斯羽诜诜兮。宜尔子孙振振兮。螽斯羽薨薨兮。宜尔子孙绳绳兮。螽斯羽揖揖兮。宜尔子孙

---

① （梁）萧统：《文选》卷4，中华书局1977年版，第76页。
② 同上。

蛰蛰兮。"《召南·草虫》:"喓喓草虫,趯趯阜螽。"螽,《毛传》曰:"螽斯,蚣蝑也。"陆疏:"螽长而青,长角、长股、青色、黑斑、其股似玳瑁之,五月中以两股相搓作声,闻数十步。"今汉中称之为阜螽,即贞蟊。陆疏认为,阜螽一名蚱蜢,在草上曰草虫,在土中曰土虫,似草虫而大者曰螽斯,似螽斯而细长者曰蟿虫,数种皆类蝗,而大小不一。

第七类是禽类。我们知道,汉中是一个气候温暖湿润的地方,北有秦岭,南有巴山,汉水横贯其中。因而飞禽走兽极多。《诗经》第一篇《周南·关雎》:"关关雎鸠,在河之洲。窈窕淑女,君子好逑。"就有关于雎鸠鸟的记载。雎鸠鸟生活在汉水之滨,与汉水流域的人民有着不解之缘。我们在后面还要详加讨论,在此不赘。还有《召南·鹊巢》:"维鹊有巢,维鸠居之。"所写的喜鹊、鸤鸠(俗称八哥)在汉水流域也是常见的,其习性为人们所熟知。有必要再说明,汉中属温带和亚热带的交汇处,有河流湖泊,山川地域的险要,飞禽走兽鱼鳞是非常多的,对这些有关学者在先秦自然科学中已作了考察研究,在《山海经》等古代文献典籍中,我们亦可略见一斑。而同时我们更可以说,《诗经》中有关动植物的记载,则更是丰富的宝库,是启发我们研究包括汉水流域在内的古代社会生活和生产发展的宝贵材料。

以上就《诗经》中所描写的草、木、虫、鱼、鸟、兽与汉中有关联的按其所属,作了简要的引论,我们在这里提出,在所列类属中的动、植物,可能在其他地区亦犹存在,我们在论证中只是具体论述它们与汉水流域的关系。前面我们根据清人陈奂的统计,作了说明,数量十分可观。这里我们可根据日本学者儿岛献吉郎的统计,列出数目,供大家参考:草本植物 100 种,木本植物 54 种,鸟类 38 种,兽类 27 种,昆虫及鱼类 41 种。① 这无疑充分说明,《诗经》时代在祖国大地上的动、植物是异常丰富的。随着科学技术的发展,对于《诗经》中出现的这些动植物,有待于生物界的同

① 袁梅:《诗经译注》"引言",齐鲁书社 1985 年版,第 48 页。

志们来研究，来开发，为我们伟大的祖国丰富的动、植物苑林更增添悠久而灿烂的光彩。

为了更好地理解汉水流域丰富的动植物文化，下面选择了几种与此相关联的鸟兽作重点探讨，以明晰《诗经》与汉水流域文化的关系。

一 "雎鸠"鸟的辨析与解读

前面已就《关雎》篇产生的地域作了大致分析，从"雎鸠"生活的水域是在汉水流域一带，证明汉中与《诗经》的关系。在这里，有必要对"雎鸠"鸟从文献上进行一番考察。

雎鸠，《毛传》云："王雎也，鸟挚而有别。"这并未指出雎鸠具体是什么，只是指出了一名"王雎"。孔颖达《毛诗正义》曰："雎鸠，王雎也。《释鸟》文，郭璞曰：'雕类也。今江东呼之为鹗，好在江边沚中，亦食鱼。'陆玑《疏》云：'雎鸠，大小如鸱，深目，目上骨露，幽州人谓之鹫，而扬雄许慎皆曰白鹭，似鹰，尾上白。'"[1]《毛诗正义》的解释，提供了雎鸠的线索。朱熹《诗集传》认为："水鸟，一名王雎，状类凫鹭，今江淮间有之。"[2] 朱子不仅在解说上与《毛传》相似，而且释《关雎》在义理上亦因循了《毛传》的观点。他认为"雎鸠"宋时只在江淮间，未必真确。宋以后直至清代的说《诗经》者，都未摆脱《毛诗正义》与《诗集传》的训释。今之《诗经》注释家，对旧说有一些驳斥，提出了关于"雎鸠"鸟的看法，并从生物学的角度作了进一步考察。陈子展先生引邵晋涵《尔雅正义》认为"雎鸠"是："王雎，金口鹗也。今鹗鸟能翱翔水上，捕鱼而食，后世谓之鱼鹰。"并引郭嵩焘《湘阴县图志》谓即鱼鹎。[3]

袁梅认为："雎鸠，水鸟名，即鱼鹰。牟应震云：雕首凫颈，

---

① （汉）毛亨、（汉）郑玄、（唐）孔颖达：《毛诗正义》，李学勤：《十三经注疏》，北京大学出版社1999年版，第23～24页。

② （宋）朱熹：《诗集传》，上海古籍出版社1980年版，第1页。

③ 陈子展：《国风选译》，上海古籍出版社1983年版，第4页。

鹭尾鸭掌，钩喙深目，色黑如乌。"①

蓝菊荪亦这样认为："雎鸠，水鸟名，又名王雎。长江、黄河一带都有，江东人称为鹗，幽州人呼为鹫。形似野鸭，嘴短，趾有连膜，后趾前能后回转，经常栖息于江边水渚中，捕虫为食。"②

蒋立甫认为："雎鸠，一名鹗，似鹰而土黄色，深目，其尾上白者，称白鹭，喜欢在江河的堤岸或沙洲上捕食鱼类。也有人认为就是鱼鹰。"③

以上诸家虽对"雎鸠"有不同认识，不同分析，但有一点是可以肯定的，认为雎鸠就是在水边捕食鱼类的鸟。

但在鸟类里，杜鹃鸟的叫声有一些与雎鸠鸟相似，喜欢追逐相嬉，古人也有把雎鸠和杜鹃混同的。当代学者何新认为："雎鸠，即雎鸠，《方言》之鸥鸠。'东齐海岱之间谓之戴南……或谓之戴胜。'亦即杜鹃。"④与事实有很大的差距，很难使学人们认同。对此胡淼在《〈诗经〉的科学解读》中，从生物学家的视角，进行了辨析：

> 自古就有人认为雎鸠或王雎就是杜鹃。笔者觉得此说有合理成分，但：第一，杜鹃是林中的攀禽，只有很短的时间在苇荡附近上空漫游，一产完卵，就隐入森林之中；第二，它们的叫声也不像大苇莺与"关关"或"关关雎鸠"那么贴切；第三，杜鹃总是二雌一雄或二雄一雌互相追逐，而大苇莺的鸣唱是隐蔽的，雄鸟鸣唱时虽站在苇枝的高处，仍隐蔽在苇塘之中。性羞怯，人接近，即潜匿不出。以致薛君《韩诗章句》有"言雎鸠以声求和，必于河洲隐蔽无人之处"的说法。而杜鹃则漫天浪荡，恣意追逐，边追边唱，十分粗俗。这与本诗温文尔雅，倡导爱情专一的主旨是相违背的。⑤

---

① 袁梅：《诗经译注》，齐鲁书社1985年版，第77页。
② 蓝菊荪：《诗经国风今译》，四川人民出版社1982年版，第448页。
③ 蒋立甫：《诗经选注》，北京出版社1981年版，第37页。
④ 何新：《风：华夏上古情歌》，时事出版社2004年版，第10页。
⑤ 胡淼：《〈诗经〉的科学解读》，上海人民出版社2007年版，第3页。

这个论析是很有道理的。对于有人认为只有在长江、黄河、淮河有此类鸟，这又是片面的。在前面我们已多次论述过，汉水在上古时代是一个较大的水系，许多小河都归于汉水，即在今天，汉水仍是长江第一大支流，其水洲中仍有这类鸟。如前所述，"二南"《关雎》篇产生的地理环境，是在汉水流域。我们在第一章第二节、第三章第三节中提到的考古新发现，即汉中南郑县濒临汉水的龙岗，发现了新石器时期人类遗址。但同时又发掘出一汉墓，墓主乃一汉儒官吏，陪葬品颇丰，其中有一玉砾水鸟，作浮于水面状，形极似《毛传》《孔疏》《陆疏》等《诗经》学者注《关雎》时所描述的"雎鸠"。这一形似"雎鸠"的玉砾之鸟，侍奉陪读《诗经》等儒家经典的汉儒官吏，葬于汉水之滨，龙岗之洲，确乎耐人寻味。关于它，相当于现在的什么鸟及其具体生活习性，考古工作者及生物学家们还没有作出回应。我们将在本书的后面章节作进一步的论述。

二 "麟"的解说与新证

《周南·麟之趾》：

> 麟之趾，振振公子，于嗟麟兮。
> 麟之定，振振公姓，于嗟麟兮。
> 麟之角，振振公族，于嗟麟兮。

对于这里出现的"麟"，历来学者注释不一，各执己见，没有最后考证出统一的结论。但有一点为大家所公认，即"麟"是一种"仁兽"。

朱熹《诗集传》释：

> 麟，麕身，牛尾，马蹄，毛虫之长也。趾，足也。麟之足不践生草，不履生虫。定，额也，麟之额未闻。或曰，有额而

不能抵也。麟一角，角端有肉。①

陈奂的观点与朱熹基本一致：

> ……麟依《说文》做麐。《尔雅》：麐，麕身牛尾一角。郭注云，角头有肉。《公羊传》曰，有麕而角。②

蓝菊荪将"麟"释为"麒麟"，并且罗列了各家观点，说明"麟"为"仁兽"，最后得出结论说：古时确有所谓"麕身，牛尾，马蹄，肉角"的"麟"，并且称其为"仁兽"，其实麟为鹿类，或许就是现在非洲出产的长颈鹿，属反刍偶蹄类，体长一丈六七尺，形似鹿而颈特长，头顶至趾，高丈有八尺，头小，有短角一对，外被皮肤，颈上有鬣斑，胸部小，四肢细长，尾端有丛毛，全体毛色黄赤，有圆黑斑，性谨顺，食草木嫩芽，步行速于骏马，日人称为麒麟，以其原名与麒麟字音相近。这长颈鹿也许就是古时的麒麟，在亚洲也曾发现化石，以其性柔弱，故称为"仁兽"③。

袁梅亦认为"麟"就是长颈鹿。④

《通志·昆虫草木略·兽类》：麐大鹿，牛尾一角，麐音炮，即獐也。汉武帝效雍得一角兽，若麐然，谓之麒，即此也。⑤

闻一多先生认为："麟、獐、麐、麕为一物四名。"⑥

陈子展引证史料说明，《礼记·礼运篇》："麟、凤、龟、龙谓之四灵。"麟为上古神话动物之一。龟为习见被甲爬虫，且说其他

---

① （宋）朱熹：《诗集传》，上海古籍出版社1980年版，第7页。
② （清）陈奂：《诗毛氏传疏》第1册，万有文库"国学基本丛书"本，商务印书馆1930年版，第24页。
③ 蓝菊荪：《诗经国风今译》，四川人民出版社1982年版，第494—495页。
④ 袁梅：《诗经译注》，齐鲁书社1985年版，第97页。
⑤ （宋）郑樵：《通志略》第24册，万有文库"国学基本丛书"本，商务印书馆1933年版，第145页。
⑥ 闻一多：《诗经通义》，李定凯编校：《闻一多学术文钞·诗经研究》，巴蜀书社2002年版，第170页。

三灵。杨锺健在《演化的实证与过程》一书中说:"麒麟是代表种属鉴定不确的几种哺乳动物,鹿和犀牛最为近似。"据《明史·外国传》,永乐十三年(1415),马林迪国(今肯尼亚)使者来献麒麟,实为非洲之长颈鹿。长颈鹿温驯,与《陆疏》说麟合仁怀义者有合。近代日本动物学者或译长颈鹿为麒麟。据之,非洲索马里语,呼长颈鹿为"Geri",与麒麟音近。①

在我国古代典籍中,亦有关于"麟"的记载,除前引《通志》外,在《春秋》中有"哀公十有四年春,西狩获麟"的记载。《左传》记载:"西狩于大野,叔孙氏之车子鉏商获麟,以为不祥,以赐虞人。仲尼观之曰'麟也'。然后取之。"

可以考见,诸家解说不同之处,就是名称与实物的不统一。也许根据现代生物学家的考证,就类似非洲的长颈鹿,但它不能同非洲的长颈鹿等同。因为非洲的土地上生长的长颈鹿,毕竟是非洲的长颈鹿,而中国的"麒麟"是生长在中国大地上的鹿类,尽管在中古时代有非洲人进献长颈鹿,但同上古时代的鹿类相比,相差是大的。我们再回过头来看一看,前人的注疏虽然博引旁征,考辨细致,但都是从一个文献出发,再到另一个文献资料作为归宿,真正见其实物者,近乎无。这正说明这种动物的稀罕,可以说近于绝迹的地步,无怪乎在中国古代称之为"灵兽",说明它的不可获得的神秘性,人们崇拜它,并奉之为神灵。但从它本鹿属这一类来看,它又有兽类的温顺柔驯的特点,以致使先儒们附会为"王者至仁则出"(《毛传》语),称其为"仁兽",把民间用麒麟象征吉祥仁厚的自然感情也拉入了说《诗经》的范围之内。既然在中国传说中影响极大,先儒们又颇费心机地进行考证,成效是显著的。但诸家们注疏不尽一致,甚至把同属类的不同兽类混为一谈。那么,"麟"到底是一种什么样的动物呢?在先秦的典籍里,几乎找不出那些注诗家和训诂书上所说的模样,也就不能给予合理的解释,这就使之成为研究中的一个障碍。

---

① 陈子展:《诗经直解》,复旦大学出版社 1983 年版,第 26—27 页。

其实，问题也并非高深莫测，只要我们认真寻查，是能从一些被遗忘、被人误解而不能显示史料价值的典籍记载中追寻出蛛丝马迹来的。如《山海经》就是这样。在明清人的著作中，如胡应麟的《四部正讹》、姚际恒的《古今伪书考》中，对《山海经》有过怀疑，指出一些似乎属于荒诞不经的怪异东西，特别是指出了作者非禹、伯益，而为秦汉人所作，记先代之事尤胜，成书于秦汉时代。关于《山海经》总的情况及其史料价值，当今学者袁珂先生的《山海经校注》《神话论文集》等著作多有论述可参，在此我们不复赘述。

《山海经·西山经》有这样一段记载：

> 西南三百八十里，曰皋涂之山，蔷水出焉，西流注于诸资之水；涂水出焉，南流注于集获之水。其阳多丹粟，其阴多银、黄金，其上多桂木。有白石焉，其石曰礜，可以毒鼠。有草焉，其状如槁茇，其叶如葵而赤背，名曰无条，可以毒鼠。有兽焉，其状如鹿而白尾，马脚人手，而四角，名曰玃如。有鸟焉，其状如鸱而人足，名曰数斯，食之已瘿。①

这段记载有其重要的史料价值：

第一，这里的怪兽"玃如"就是《诗经》里面的"麟"。其证如下：

其一，观其图"似鹿"，可视为鹿属；麟据现代动物学家考证，亦是鹿属。

其二，基本外观一致：《山海经》记载同古代文献及注疏家的解释可以相同。鹿身，牛尾（或马尾），马蹄（《山海经》文作手形），一对短角（《山海经》文作"四角"者，包括两只耳朵），高丈有八尺，头小，颈上有短鬣，胸部小，四肢细长，尾端有丛毛，全体毛色黄赤，有圆黑斑，性温顺，行如骏马。

---

① 袁珂：《山海经校注》，上海古籍出版社1982年版，第30页。

其三，《山海经》记载这种怪异的东西，除了本书在记载上自有怪异之处外，还与人们所崇拜的"麟"这种"灵兽""仁兽"相吻合。因怪而灵，灵则生神，神而只敬，敬而不可得。

第二，这里记载的"𤟤如"与汉中有密切的关系。试论如下：

《山海经》中的"西山经"，是以陕西省的华山为开始的。《山海经》中有明显的记载，无须考证。在整个"西山经"中，有大大小小 78 座山，有的今已没有此名，可能是因为山太小，并入大山之称中了。有的现在还存在，名称并未发生变异。纵观"西山经"中的"西山经"（即西次一经）"西次二经""西次三经""西次四经"，这里面的山，大多数在今陕西境内，这是毋庸置疑的，此其一。

陕西地境宽阔，"𤟤如"是否在汉中地域里呢？仔细分析"西山经"（西次一经）的 20 座山，从第 14 座山"大时山"至第 20 座山"𱍊山"为止，都是在陕西境内。因"大时山"是"涔水出焉，此流注于渭；清水出焉，南流注入汉水"。可以为证，其实"涔""清"二水在凤州一带，在西周时属雍州，其南在今汉中境内。接"大时山"之下，就是"嶓冢山""汉水出焉，而东流注于沔"。"嶓冢山"在宁羌州，今宁强境内，汉水就发源于此。再隔一个"天帝山"，就是我们所引的"皋涂山"了。且在此经文之首有"西南"二字，更能确认这个山在汉中境内，疑在今南郑县内。因本"西山经"以"华山"起首，如言"西南"方位正是汉中，此其二。

前已引述，根据近代生物学的鉴定，麒麟属不确定的几种哺乳动物，鹿犀牛就近似，而在《山海经》记载中，除涂山有"𤟤如"这种鹿属动物外，嶓冢山上兽亦"多犀兕熊罴"，这是更明显的旁证了，这两座山均在汉中境内，可以说明它与汉中的密切关系，此其三。

我们从两个方面的分析，似乎可以提出这样一个看法：《诗经》中所言的"麟"，就是一种珍贵的灵兽"麒麟"，类似国外长颈鹿。在中国古代名字亦叫"𤟤如"。在陕西秦巴林中有分布，其中还有犀牛、兕、熊罴等,但今天已经绝迹。而它为什么叫"麒麟"或"骃如"呢,已不可考,大概与远古的图腾崇拜或神话传说有关。这里提出这个看法,只是一个初步的探索,有待考古学家、古动物学家和文献资料专家作进一步分析研究,我们只是起到抛砖引玉之用。

三 "驺虞"的争议与探源

《召南·驺虞》:

> 彼茁者葭,壹发五豝,于嗟乎驺虞!
> 彼茁者蓬,壹发五豵,于嗟乎驺虞!

《毛传》云:"驺虞,义兽也。白虎黑文,不食生物,有应信之德则应之。"后来主《毛传》说者,都认为是"义兽",如《朱传》等,也把"驺虞"看作"兽"。但《鲁诗》《韩诗》是这样说的:"驺虞,天子掌鸟兽官。"(《周礼·钟师疏》引《韩说》;许慎《五经异义》引《韩诗》;《鲁诗》同)《齐诗》云:"《驺虞》、乐官备也。""乐得贤者众多。"主三家诗者,都认为"驺虞"是官名,如《文选》,刘逵《魏都赋》,李善注《东都赋》等。今天的学者如高亨、袁梅都持这种观点,皆认为"驺虞"是天子苑囿中管鸟兽的官,今人陈子展在总结前人的争议时说:

> 三家(指《鲁》《齐》《韩》。——引者注)说《驺虞》,大同小异,但皆与《毛传》大异。此今古文两派之说,至于清儒,乃有强烈之争议。祖毛氏驺虞义兽一说者:陆奎勋谓有明宣德四年(1422年)三滁州获二驺虞兽(白虎)献之朝。今观夏原吉《驺虞》、《赋序》——与《毛传》合(《陆堂诗学》)。胡承珙盛赞毛公之博物,毛说之精切,而微应之理实有不可证。马瑞辰指出古书言驺虞,在毛《诗》未出之前,成为《毛诗》所本者,凡四证。祖三家驺虞官名一说者:俞正燮指

219

摘《毛诗》义有未安；举出大证（《癸己类稿·诗驺虞义》）。皮锡瑞指摘《毛传》晚出；此《毛传》一大瑕，而欲绝祖毛者之口实，以扶三家之义（《五经·诗经通论》）。皮氏戊戌维新派，康梁之友人。粗有新知，语近朴素之唯物论者。两派阵容，旗鼓相当。今也无暇弹论，而益以批判。①

这里陈先生也并未批驳哪一家之观点，但是，最后还是倾三家说观点，认为是官名。"在当时实有现实而较积极之意义。"我们认为，两派的争议都言之有理，持之有据，但各据一端，不免难窥全豹。因为"驺虞"就是虎属的怪兽动物，在神话中是瑞兽的虎。但亦有记载视此为凶兽的。不管怎样，它虽是一种实际存在过的动物，而今天已是不能看见的珍兽了。为此我们考察典籍，在《山海经·海内北经》中发现了有关记载："林氏国有珍兽，大若虎，五彩毕见，尾长如身，名曰驺吾，乘之日行千里。"晋人郭璞注之："《六韬》云'纣囚文王，闳夭之徒诣林氏国求得此兽献之，纣大悦，乃释之'。《周书》曰：'夹林酋耳，酋耳若虎，属参于身，食虎豹'。《大传》谓之侄兽。吾宣作虞也。"袁珂先生认为，驺吾（虞）神话，亦文王脱羑里神话之一细节也。②

《尚书大传》云："散宜生之于陵氏取怪兽，大不辟虎狼间，尾倍其身，吾名曰虞。"是此驺虞也。《淮南子·道应篇》云："散宜生乃以千金求天下之珍怪，得驺虞、鸡斯之乘、玄玉百工、大贝百朋、玄豹黄罴、青犴白虎、文虎千合，以献于纣。"首列驺虞，其贵可知矣。

依据上面的材料，我们再观清人吴任臣《山海经广注》图所绘制的"驺虞"，就是说明这种动物的珍贵的。而且我们还认为，这就是《诗·驺虞》中"驺虞"的原形。从神话的传说到典籍的记载，有着很大的差别，特别是出现在《山海经》这种典籍里的草木

---

① 陈子展：《诗经直解》，复旦大学出版社1983年版，第70页。
② 袁珂：《山海经校注》，上海古籍出版社1982年版，第315—316页。

虫鱼鸟兽,我们要拨开蒙在这上面神秘怪诞的帷纱,透过其怪异的表象,看其所反映的事物的本质。只有这样,我们才能对具体事物有正确的认识。《山海经》记载的这个"驺虞",我们通过直观的图像来看它的珍奇与怪异,不难想象古时人们对此物的珍重。《山海经广注》图中的驺虞,比较能真实地反映这个动物的具体特征。因为据许多学者研究考证,《山海经》中的一部分动物是先有图后有文的,特别是近年来我国从地下挖掘出的古墓古建筑,都有完整的图画,足以证明这种图的真实性。屈原在庙祠中看见山川地域神灵怪异,有感而作《天问》,流传百世,亦是不可多得的佐证。晋人陶渊明有诗云"泛览周王传,流观山海图",则又可说明《山海经》图的重要性和真实性。

前已说过,"驺虞"是一种动物,就是《山海经》中所记载的"驺虞",但为什么三家诗说者要认为是天子苑囿中管鸟兽的官职呢?理解这个问题也不难。周天子经常田猎,有时为了除害灭凶兽,有时为了玩赏,就是要活捉许多生兽豢养起来。王室有专门的苑囿,里面有花草树木,鸟虫兽畜,这样规模庞大的苑囿,是需要专门人员来管理的。根据三家诗说者的解释,专管鸟兽两类属的人叫驺虞,这是因为这种专职官吏时间长了,人们将他所管理的禽兽当作他的名字,或者完全按这种兽的名称来设置官职。为什么没有用其他名称呢?根据我们前面所引的材料来看,驺虞是一种珍贵的兽,是列国贡品的上乘。况且以此代称人名或设置官吏也可显示出其在同类管理苑囿中的地位。所以说,诸家的争议,说穿了,只要搞清楚"驺虞"这种珍兽的价值及其缘由,互相吸收其合理见解,"驺虞"是可以得到较切实的解释的。

以上,我们只是就《诗经》有关汉中的草木虫鱼鸟兽,有选择地列出几种作为问题提出来分析讨论,而"二南"中还有许多草木虫鱼鸟兽与汉中及汉水流域有关系,如"荇""莱""葛覃""黄鸟""卷耳""樛木""螽斯""荼苢""葭""蓬""薇""蕨""梅""甘棠""麕""鹿""熊""罴""螟蛉",等等。其中,有的直接是汉中山中的特产,出现在两千多年前的诗篇里,是值得我们研究的。本章所讨论的几个问题，虽然从《诗经》本身的有关记载，对《诗经》与汉中及汉水流域的关系进行了讨论，即所谓"内证"。但是这仍不够，还有些方面，比如关于《诗经》中出现的古代农作法、畜牧业状况和商品交换的情况，以及王室巡猎与征战的情况，日食、地震等情况，我们在此就不再一一论析了。但作为问题，还是有待于进一步深入研究的。总之，《诗经》"二南"及其他一些诗篇与汉中及汉水流域的密切关系，从我们所进行的各方面考证分析中得到了论证，这是毋庸置疑的。

第五章 "二南"与汉水流域诗歌的艺术价值

　　"二南"作为诞生于汉水流域的诗歌，饱含着汉水流域先民们的情感积淀和文化内涵，从这个角度讲，"二南"诗歌是一面镜子，照出了那个时代汉水流域的婚俗文化、祭祀文化和动植物文化，以及更深层次的精神文化。但是"二南"本身是诗歌，是文学作品，它有其自身作为文学作品所蕴含的艺术形式，也创造出了独特的艺术成就。因此，我们在看到"二南"诗所反映的各种文化后，还是要回到诗歌本身来找寻"二南"诗的民歌特色，以及这些特色所世代累积而形成的独特的民歌文化。陈致认为："《周南》及《召南》诗提供了一部关于周代前半期流行于江汉地区的诗歌选集。这些诗歌虽然没有留下早期的抄本或音乐旋律能令它们得以被之管弦，重新歌唱，但从汉代学者对方言的研究成果可知这些诗歌仍然保存了地方特色。"①

第一节 音乐之美与人伦和谐

　　历代研究《诗经》的学者都认为"二南"是以汉水流域为轴心的南国诗歌。"二南"诗歌所表现的音乐之美与人伦和谐，具有精湛的艺术价值和深厚的文化内涵。

---

　　① 陈致：《从礼仪化到世俗化：〈诗经〉的形成》，上海古籍出版社 2009 年版，第199 页。

一 韶乐之遗韵

从音乐的和美与历史渊源来看，"二南"深受周代礼乐文化的熏染，是从上古流传的韶乐。《吕氏春秋·音初》云："禹行功，见涂山之女，禹未之遇而巡省南土。涂山氏之女乃令其妾候禹于涂山之阳，女乃作歌，歌曰：'候人兮猗'，实始作南音。周公及召公取风焉，以为《周南》、《召南》。"① 现代学者刘师培在《南北文学不同论》中指出："则南声之始，起于淮汉之间；北声之始，起于河渭之间。"② 由此看来，"二南"确实是地域特色浓郁的南国诗歌，与以黄河流域为主的北国诗歌有明显的差异，"二南"重点收录了秦岭以南以汉水流域为轴心的南国诗歌。从西汉开始，学者们从"正风"与"变风"的关系入手，阐明"二南"在《诗经》中的特殊性。汉代《毛诗》解释"二南"说："《关雎》、《麟趾》之化，王者之风，故系之周公。南，言化自北而南也。《鹊巢》、《驺虞》之德，诸侯之风也，先王之所以教，故系之召公。《周南》、《召南》，正始之道，王化之基。"《郑笺》注曰："自，从也，从北而南，谓其化从岐周被江汉之域也。"③

钱穆先生认为"二南"诗"大抵皆合乐之诗"。④ 孔子也喜欢韶乐，尤其喜欢合于韶乐的"二南"诗篇。"其曰：'师挚之始，《关雎》之乱，洋洋乎盈耳哉！'此言其声之盛也。又曰'《关雎》乐而不淫，哀而不伤。'此言其声之和也。人之情闻歌则感，乐者闻歌则感而为淫，哀者闻歌则感而为伤，惟《关雎》之声和而平，乐者闻之而乐其乐不至于淫，哀者闻之而哀其哀不至于伤，此《关雎》所以为美也。"⑤ 由此看来，孔子推崇"二南"，

① 许维遹：《吕氏春秋集释》，中华书局2009年版，第139—140页。
② 劳舒编，雪克校：《刘师培学术论著》，浙江人民出版社1998年版，第161页。
③ （汉）毛亨、（汉）郑玄、（唐）孔颖达：《毛诗正义》，李学勤：《十三经注疏》，北京大学出版社1999年版，第19—20页。
④ 钱穆：《古史地理论丛》，生活·读书·新知三联书店2004年版，第52页。
⑤ （宋）郑樵：《通志·二十略》，中华书局1995年版，第1979—1980页。

其中的奥秘就是"二南"中以《关雎》为代表的诗歌,不仅得"中和之美""仁者平淡",而且其音声也祥和动听,妙不可言。"二南"之所以有如此大的魅力,关键是得到了汉水流域独特的南国文化的滋润。

汉水流域及其相邻地区是虞舜韶乐的主要传播之地。《汉书·礼乐志》云:"尧作《大章》,舜作《招》,禹作《夏》。"颜师古注;"招读曰韶。下皆类此。"① 舜的韶乐主要是吸收了南方音乐的养料,如《史记·乐书》所云:"昔舜作五弦之琴,以歌南风。"② 而舜在汉水流域的活动遗迹甚多。《水经注·沔水》云:"汉水又东径妫虚滩,《世本》曰:舜居妫汭,在汉中西城县。"西城县旧城,"城内有舜祠、汉高庙,置民九户,岁时奉祠焉"。"汉水又东历姚方,盖舜后枝居是处,故地留姚称也。"③ 由郦道元的这些记载可以看出,直到魏晋南北朝时期,汉水上游还有舜的遗迹和对舜崇拜的印迹。宋人罗泌的《路史》曰:"舜子商均,本曰义均,见于《山海经》,以其封商而谓商均。商正今之商州。按《帝王世纪》云:虞帝三妃,娥皇无子,女英生商均,今女英冢在商,则特舜崩之后,随其子均徙于封所,故其卒葬焉。"④ 汉水上游不仅是舜生活过的地方,而且舜的妃子女英及其子商均也居住在这里。因此,舜乐"箫韶"在汉水流域得以传播和继承就成为历史的必然。从后世大量的文献资料记载来看,以韶乐为代表的南国之音温润中和、悦耳动听,不像"大武乐"那样"发扬蹈厉",有杀伐之气。《尚书·益稷》云:"箫韶九成,凤凰来仪。"呈现出天地生民和谐的景象,正如《太平御览》卷81引《乐动声仪》所云:"箫韶者,舜之遗音也;温润以和,似南风之至。""温润以和"不但是南国

---

① (汉)班固:《汉书》,中华书局1962年版,第1038页。

② (汉)司马迁:《史记》,中华书局1959年版,第1197页。

③ (北魏)郦道元注,(民国)杨守敬等疏:《水经注疏》,段熙仲点校,陈桥驿复校,江苏古籍出版社1989年版,第2325、2334、2341页。

④ (宋)罗泌:《路史》,文渊阁《四库全书》第383册,上海古籍出版社2012年版,第186页。

之音的最大特点，而且是音乐的最高境界。《礼记·乐记》云："乐者，天地之和也。礼者，天地之序也。和，故百物皆化；序，故群物皆别。"① 故"子谓《韶》，尽美矣，又尽善矣；谓《武》，尽美矣，未尽善也！"② 这样，以汉水流域为轴心的南国之地，不仅得到古老华夏族文化的浸润，而且继承保存了萧韶古乐，形成了与"雅""颂"媲美的"南乐""南诗"，此种纯正而又颇具南国风情的华夏文化，自然对孔子产生了无比强烈的吸引力。南国美妙的韶乐由"楚夏之交"的陈（河南淮阳）传到齐（山东临淄）之后，才影响到孔子。《汉书·礼乐志》云："至春秋时，陈公子完奔齐。陈，舜之后，《招乐》存焉。故孔子适齐闻《招》，三月不知肉味，曰'不图为乐之至于斯！'美之甚也。"③

梁中效先生认为，孔子之所以钟爱《诗经》"二南"，其主要因素是"二南"将诗、礼、乐结合在一起，不仅给人以知识，启迪心智，而且可陶冶情操，成就事业。正如孔子所云："兴于诗，立于礼，成于乐。"也就是对一个人来说，诗歌可以振奋精神，礼节可以坚定情操，音乐可以促进事业成功，达到天地人和谐的最高境界。这正是孔子喜欢汉水流域"二南"诗歌的奥秘之所在。④ 这确实是"二南"独具的魅力。

据《仪礼·燕礼》载："工歌《鹿鸣》《四牡》《皇皇者华》……奏《南陔》《白华》《华黍》……乃间歌《鱼丽》，笙《由庚》，歌《南有嘉鱼》，笙《南山有台》，笙《由仪》。遂歌乡乐，《周南》：《关雎》《葛覃》《卷耳》；《召南》：《鹊巢》《采蘩》《采蘋》。"⑤ 李山认为，将周、召"二南"所属的诗篇称为"乡乐"，"乡"实周人之乡，即王朝直辖的"千里之畿"地区，这也

① 王文锦：《礼记译解》，中华书局 2001 年版，第 533 页。
② 程树德：《论语集解》，中华书局 2014 年版，第 287 页。
③ （汉）班固：《汉书》，中华书局 1962 年版，第 1039 页。
④ 梁中效：《诗经与汉水流域文化》，《湖北大学学报》2006 年第 6 期。
⑤ （汉）郑玄、（唐）贾公彦：《仪礼注疏》，李学勤：《十三经注疏》，北京大学出版社 1999 年版，第 272—275 页。

可以从"燕礼"的属性中推论而出。王朝的燕礼是接待异国客人的，而在《乡饮酒礼》中，虽然也同样演奏"二南"之诗，但因为与会者为周同乡之人，所以只称"合乐"，不说"歌乡乐"。由此可知，"乡乐"即周乡之乐，而"周乡"即周南、召南之地。周、召之地有关婚恋生活的诗篇多是对礼法的歌唱和表现则是必然的。周人重视血缘宗亲，婚姻关系是宗法制的重要组成部分。作为周朝"乡乐"诗篇，歌唱"妇德"，歌唱婚姻家庭关系的缔结，是十分自然的。由此可以说，《周南》《召南》中的婚姻诗篇，代表的是一种在周礼规约下的正统社会生活。古人总是将《关雎》一类诗说成是"后妃之德"，是"文王之化"的精神结果，在客观上却道出了周礼在其王畿千里之地深入生活的历史事实。①

二 人伦之和谐

我们从"二南"的具体诗篇里，感受到体现人伦和谐的文化内涵。在前面第四章第一节中，我们已经对"二南"所涉及的婚恋诗篇作了分析，《周南》前几篇的内容，都与婚姻恋爱有关系。第一篇《关雎》，讲的是一个青年男子爱上了一个美丽的姑娘，他日夜思慕，渴望与她结为夫妻。第二篇《葛覃》，写女子归宁，回娘家探亲前的心情。第三篇《卷耳》，写丈夫远役，妻子思念。第五篇《螽斯》，祝贺人多生子女。第六篇《桃夭》，贺人新婚，希望新娘"宜其家室"。以上是《诗经》的头几篇（除掉第四篇），它们写了恋爱、结婚、夫妻离别的思念、渴望多子、回娘家探亲等，可以说写了婚姻生活的最重要内容。

张启成在《论〈周南〉和〈召南〉》一文中说："'二南'的诗歌具有两个显著的特点：一、多婚礼之歌。……二、'二南'的诗歌体现了文王、周公、召公所谓圣贤的德化，体现了周初盛世的风貌，因而被誉为'正风'，而列为国风之始。"② 这确实道出了

---

① 李山：《诗经的文化精神》，东方出版社 1997 年版，第 123 页。
② 张启成：《诗经风雅颂研究论稿》，学苑出版社 2003 年版，第 8 页。

"二南"诗的一些特色。

　　作为《诗经》整部书的第一部分，作为《国风》的头几篇，这样大量地写了婚姻问题，是令人深思的。

　　我们知道，中国古代社会是自给自足的小农经济，家庭是社会最基本、最重要的组成形式。家庭的巩固与否与社会的稳定与否，关系十分密切。周代社会在血缘宗法和礼制下，对婚姻是非常重视的，在伦理意义上强调夫妻恩情是周代婚姻的重要内容。在"二南"诗中，《关雎》之所以被列为《诗经》305篇诗之首，实际上只是由于夫妻人伦是周人的首重之情。《草虫》虽然是一首思妇诗，但也表现了对夫妻恩情的正视。《殷其雷》中男子在外服役，闺中妇人刻骨铭心的思念之情，体现的正是社会对夫妻人伦的重视。重婚姻缔结的典礼也是周代婚姻的突出表现，《关雎》中的鼓乐齐鸣既已表现出婚礼的隆重，而《鹊巢》篇中"之子于归，百两御之""将之""成之"，又是何其铺张。婚姻的要义是合"二姓之好"，由此可以看到仪礼形式在缔结两姓关系中的作用。重视生育也是周代婚姻的重要观念，《周南》中《螽斯》《桃夭》及《芣苢》就突出展示了这方面的内容。《螽斯》祝愿子孙繁多，用语显豁易见。《桃夭》以桃花灼灼赞美婚嫁得时、新娘之美，其意更是以此预祝新妇像桃花必然带来果实那样，枝叶成荫、子孙满堂。对《芣苢》一诗，传统的《毛传》解释为"和平，则乐有子也"，揭示了其诗的深刻内涵。现代研究者也认为是祈子诗，表达了生育观念在周代礼制下的重要意义。

　　到了汉代，出现了"三纲"（君为臣纲、父为子纲、夫为妻纲）"五常"（君臣、父子、夫妇、兄弟、朋友）之说。不论"三纲"，还是"五常"，它们都以夫妇为根本，认为夫妇关系是人伦之始，其他四种关系都是由此而派生出来的。汉代人注经论诗，也都强调夫妻人伦关系这一根基。司马迁说："故《易》基乾坤，《诗》始关雎，《书》美厘降，《春秋》讥不亲迎。夫妇之际，人道之大伦也。礼之用，唯婚姻为兢兢。夫乐调而四时和，阴阳之变，万物之统也。可不慎与?"① 匡衡说:"室家之道修,则天下之理得,故《诗》始《国风》,《礼》本《冠婚》。始乎《国风》,原性情而明人伦也;本乎《冠婚》,正基兆而防未然也。……《传》曰:'正家而天下定矣'。"② 北魏颜之推在《颜氏家训》"兄弟"篇中说:"夫有人民而后有夫妇,有夫妇而后有父子,有父子而后有兄弟:一家之亲,此三而已矣。自兹以往,至于九族,皆本于三亲焉,故于人伦为重者也,不可不笃。"③ 宋代朱熹援引吕祖谦的话,说得更加明确,他说:"有天地然后有万物,有万物然后有男女,有男女然后有夫妇,有夫妇然后有父子,有父子然后有君臣,有君臣然后有上下,有上下然后礼仪有所错。男女者,三纲之本,万事之先也。"④ 从这段论述里,我们也可以看出婚姻、家庭在当时社会中是何等重大的事。婚姻家庭的人伦关系,反映的不仅是周代社会的伦理文化,而且是中国传统文化所强调的重要内容。中国传统文化中强调的人伦之情、家国和美,在"二南"作品里得以形象化地体现出来。

第二节 色彩艳丽与灵动之美

"二南"诗歌之声,清丽婉转,"二南"诗歌之色,缤纷多彩,"二南"诗歌之态,灵动生机。与黄河流域不同,汉水流域和长江流域山清水秀,植物种类丰富,先民们目之所及都是一派好风景。"二南"诗为我们勾勒出这样一个汉水流域:它有绵延生长的葛藤,有鲜嫩翠绿的苯苢,有灼灼盛开的桃花,有硕果金黄的梅,有喈喈鸣叫的黄鸟,有成双成对的雎鸠,还有水波荡漾的汉江、长江。这些南国之物就像南国之人的浪漫个性一样,有着绚丽夺目的颜色和光彩,它们出现在"二南"的诗章中,使"二南"诗歌的

---

① (汉)司马迁:《史记》,中华书局 1959 年版,第 1967 页。
② (汉)班固:《汉书》,中华书局 1962 年版,第 3340 页。
③ 王利器:《颜氏家训集解》,上海古籍出版社 1980 年版,第 37 页。
④ (宋)朱熹:《诗集传》,上海古籍出版社 1980 年版,第 85 页。

诗意更加盎然，这些缤纷绚丽的色彩增添了二南诗歌的画面美。"二南"中所描绘的草木鸟兽等自然名物的动作、声响、色彩等，构成了一幅充满生命力的动态画面，并且这种动态画面烘托出汉水流域人们的生命情感，使"二南"诗洋溢着一种富有生机的灵动之美。

一 苤苢之翠绿，江汉之银白

"二南"诗歌的画面美是以绿作为底色的。试看《周南·苤苢》，在这首劳作诗中，妇女们一边采摘着翠绿的苤苢，一边唱着歌。方玉润《诗经原始》云："读者试平心静气，涵泳此诗，恍听田家妇女，三三五五，于平原绣野、风和日丽中，群歌互答，余音袅袅，若远若近，忽断忽续，不知其情之何以移，而神之何以旷，而此诗不必细绎而自得其妙焉。"① 这段解释十分贴切地描述出每一位读过此诗的人脑海中浮现的画面。那翠绿欲滴的苤苢和唱着歌的妇女所组成的采摘画面，勾勒出人类早期由简单的采集生产所创造的幸福生活，充满了纯正质朴的生活气息，于我们今天物质文明高于精神文明所产生的心灵富足感的缺失，是一种多么生动的回归自然的遐想和憧憬！

若将"二南"诗看成一幅画，水色银光的汉水和长江就是这幅画闪耀的花边。试看《周南·汉广》，我们都知道这是一首男子爱慕女子而不得的哀叹之音。每当男子的爱情在想象中获得圆满时，就出现了对江、汉广阔的感叹。可以想见当时的汉水和长江定是江面宽广，千里银波，给人以烟波浩渺、辽阔苍茫的感觉。

最能体现"二南"清新质朴文艺气息的，还属《关雎》。这首诗在《诗经》编订之时被作为诗之始，可能是因为其合乎周礼对音乐及歌词"乐而不淫，哀而不伤"的要求，但将其放到现代，以客观的文艺的眼光去看待的话，《关雎》所表现出的艺术魅力，仍然不失其为"诗之始"的称号。从审美的角度来看，《关雎》才是我

---

① （清）方玉润：《诗经原始》，中华书局1986年版，第85页。

国最早能够被称为"诗中有画,画中有诗"的作品。它为我们描绘了一个关于爱情萌生的最初场景:在银光粼粼的水边,雎鸠鸟相和而鸣,有一位姑娘正采摘着绿绿的荇菜,远处有个喜欢她的小伙子正深情地凝望着这位姑娘,她就是他梦里见到的人!后世的人们被这样纯净美好的爱情所打动,都会记住这首诗所描绘的画面,因为它所描绘的景和所传达的情谊是非常贴切吻合的,只有绿色的荇菜和银白的江面所搭配出的清新自然,才能更好地烘托出君子对淑女纯洁的感情。

二 桃花之红艳,梅子之金黄

"二南"诗歌缤纷多彩的画面上不但有青白相间的清新淡雅,更有红艳艳、金灿灿的明媚动人。《桃夭》将我们带进一个春光灿烂、桃花盛开的美丽情境里。诗以"桃之夭夭"写桃树少盛之状貌,以"灼灼其华"写桃花绽放鲜艳的样子,以"有蕡其实"写桃子红白颜色斑驳相间,以"其叶蓁蓁"写桃树长大后枝叶繁茂的样子。姚际恒说:"桃花色最艳,故以取喻女子,开千古辞赋咏美人之祖。"[1] 诗中写桃,除了之前提到的桃易繁殖的特点外,应该是有以桃之亮丽喻女子容貌的。另外,每一章都着意以桃花、桃实、桃叶的繁盛起兴,一方面是祝福新娘婚姻幸福,婚后多子,另一方面也是对整个祝贺气氛的烘托,用光鲜明艳的桃为诗歌的情境做华丽的装饰。

"二南"诗歌的色彩美还有象征收获的金黄。《摽有梅》中的女主人公盼嫁的心声就是在这样一个梅子黄熟的时节下催发的。梅为江淮流域常见的落叶乔木,果实在未成熟的时候是青色的,成熟时变成黄色,熟透后呈金黄色。诗中的女子看到梅子"其实七兮",大概梅子还是刚刚长成可以食用的青色,因此她希望小伙子能够趁着吉日来求婚。待到"其实三兮",梅子应该已经成熟、变黄,开始掉落,所以女子思嫁的心情显示出急迫,盼着小伙子就在当天来提亲。梅子可以"顷筐塈之"的时候,已经变成黄灿灿的金

---

[1] (清)姚际恒:《诗经通论》,中华书局1958年版,第25页。

色,熟透了的梅子大量掉落在地,使女子盼望出嫁的心情更为焦急,急切地请求"吉士",只要他说出来就好。在整个诗的吟唱中,有一个随着时间推移而变化的颜色,即梅之青—黄—金,颜色由浅变深,由素变艳,暗合了女子日益浓烈的盼嫁之情,也凸显出南国女子绚烂奔放的生命之美。金色的不仅有梅之颜色,而且还有水中的"荇菜"。《关雎》篇里所展现的荇菜,又称"金莲儿",花开时水面金黄色一片,特别是在阳光映衬下,色如金光,十分惹人喜爱,除了食用,它还成为人们崇拜的植物。

三　荇菜之飘浮,雎鸟之鸣唱

"二南"呈现给我们的是一个多彩的南国,是一个充满了诗的灵气和生命活力的世界。《关雎》中女子采荇菜于水滨,男子爱而悦之。飘动的荇菜,女子"左右采之""左右流之""左右芼之",就像一支优美的舞蹈,灵动之中透视着生命的激情。男子对淑女的追求,亦好似采荇菜一样,预示着对高洁的追求。荇菜,是水环境的标识物,是一种比较喜欢干净的植物,似乎不愿同流合污,过于污浊的水体里荇菜是难于生长的,所以荇菜常被作为纯洁的象征。北魏颜之推《颜氏家训·书证》说:"今(荇菜)是水悉有之,黄花似莼(莼),江南俗亦呼为猪莼,或呼为荇菜。"① 颜氏看到了荇菜的高洁之处,因此在进行名物辨证时,借用荇菜的品行来教育家族成员,为人处世要有清澈之心、清洁之行。因荇菜的高洁习性,古代文人学士对荇菜有许多的歌咏,直到当代,著名诗人徐志摩所写的《再别康桥》还在低吟:"软泥上的青荇,油油的在水底招摇;在康河的柔波里,我甘心做一条水草。"以剑河荇菜为喻,表达了对剑桥永久的恋情。由此可见,荇菜的出现与运用,《诗经·关雎》篇是其滥觞。荇菜的意象,它以表层无法抑制地在水中飘动,带来了追求者无限的惆怅,而深层却是荇菜高洁,象征着淑女的品行,更是让喜爱之人难以忘怀,思念不已。而雎鸠鸟的"关

---

① 王利器:《颜氏家训集解》,上海古籍出版社1980年版,第375页。

关"鸣唱，叠字象声；同时声中见意，示雌雄相应，彼此关照。"关关雎鸠，在河之洲"，情声并茂，它以悠扬、平正之音，为全诗的"中正之美"定下基调。又以雎鸟和鸣起兴，所谓"先言他物以引起所咏之词"，为以下正面抒写爱情创造了和谐的气氛。男子爱情追求过程，起伏变化，曲尽情致，心态景态，历历如绘，"极其哀乐而不过则""独其声气之和，亦有不可得而闻者"，孔子曰"《关雎》乐而不淫，哀而不伤"，符合"发乎情，止于礼"的道德规范。如果从音乐的角度来看，《关雎》的重章叠句，漂流的荇菜，雎鸠鸟的鸣唱，琴瑟钟鼓之声，这里的物动已不是物体本来意义上的动，而是寄寓着诗人对美好情感的渴望、追求，饱含着诗人生命情感的流动，同时也增强了诗歌的动态感，展示了一个充满着生机灵动的世界。

第三节　人物形象与语言艺术

《诗经》是以抒情为主的诗歌艺术，但《诗经》也塑造了一大批生动的人物形象，有农奴，也有封建主；有贵族士大夫，也有君子；有文人，也有武士；有负心的男子，也有痴情的女子；有行役游子，也有闺中思妇。他们组合成了一个栩栩如生的周代社会人物形象画廊，并通过这些人物形象向我们展示了周人的精神风貌。"二南"是《诗经》的重要组成部分，是"国风"中最重要的作品，也和其他《诗经》作品一样，塑造了许多生动的人物形象。这些人物形象按性别分，有男性人物，有女性人物，按阶层分，有贵族平民，按职业、活动分，有士大夫、官吏、武夫、猎人等，展示了汉水流域周代社会的历史风貌。

一　丰富多彩的人物形象
（一）男性形象

"二南"中的男性形象，根据作品的内容和叙述的事件来看，主要有以下四个类型：一是君子形象，即青年男子的形象。二是官吏形象，即士大夫形象。三是贵族形象，即《甘棠》中召公的形象。四是武士形象，即猎手形象。他们在"二南"中虽然所占比例不大，但其形象特点影响深远。

1. 君子形象

在讨论君子形象之前，我们有必要对"君子"之含义加以梳理。对《诗经》作品中的"君子"，学者们有不同的看法和理解。夏传才先生在其主编的《诗经学大辞典》里统计说，《诗经》中出现"君子"一词共183次，意义分别是：第一，对统治者和贵族男子的通称；第二，指道德高尚的人；第三，妻子对丈夫的敬称；第四，诗人自称。① 杨合鸣在《诗经词典》中认为，"君子"之意是：第一，统治者和一般贵族男子的通称；第二，妻子称丈夫；第三，少女称情人；第四，诗人自称。② 迟文浚在《诗经百科辞典》中认为，"君子"的意义是：第一，天子，诸侯，卿大夫的代称；第二，对贵族中男子的称谓；第三，古代女子对丈夫的称谓；第四，有高尚品德的人。③ 上面几部辞典对"君子"含义的解释大部分是一样的，只有个别不同。一些《诗经》的译注、选本对"君子"含义的解释则不一致。还有学者专门撰文，讨论了"君子"问题，如袁宝泉、陈智贤《谈〈诗经〉中之"君子"》一文，详细分析了《诗经》中的"君子"，认为《诗经》中的"君子"包括天子、诸侯、卿大夫、将帅在内的奴隶社会中的上层人物，他们有较高的社会地位并被认为具备崇高的道德风范，全部都是"正面人物"，是诗人不厌其烦地热情讴歌赞美的对象。④ 他们的这种观点有一定的合理性，但不免偏颇。笔者以为，《诗经》中的"君子"，既有社会上层的贵族，也应该有一般品行良好之人，夫妻、情人之间也可指称。对"君子"内涵的把握，要结合具体作品进行分析。在这里引证相关解释，是为了分析"二南"诗中出现的"君子"形象，

---

① 夏传才：《诗经学大辞典》，河北教育出版社2014年版，第853页。
② 杨合鸣：《诗经词典》，崇文书局2012年版，第100页。
③ 迟文浚：《诗经百科辞典》，辽宁人民出版社1998年版，第991—992页。
④ 袁宝泉、陈智贤：《诗经探微》，花城出版社1987年版，第261页。

提供必要的辨析材料。

《周南》中有三首诗出现了"君子",它们是《关雎》《樛木》《汝坟》；《召南》中有两篇：《草虫》《殷其雷》。那么，诗中的"君子"究竟是怎样的形象呢？《关雎》言"窈窕淑女，君子好逑"，对此"君子"，后世的诗注者大多认为是贵族青年，因为诗中出现的琴瑟、钟鼓等，应是地位很高的贵族生活的写照。以此来看，这是贵族青年的恋歌。诗中通过比兴的手法描绘青年男子思念淑女，终成痴想，想象同她相爱，欢乐在一起。"寤寐思服""辗转反侧"的刻画，把一个思慕女子竟至如醉如痴的青年男子形象突显出来，使该诗成为男女爱情的经典篇章。《樛木》言："乐只君子，福履绥之""乐只君子，福履将之""乐只君子，福履成之"。从这三章复沓的形式来看，是在极力歌颂"君子"，赞美"君子"，也有人认为这是一首用比兴的手法祝贺男子新婚的诗，但无确据。就形象而言，诗以葛藟攀缘樛木，比拟君子之获得福禄，应是对官吏或贵族形象的颂扬。《汝坟》言："未见君子，惄如调饥""既见君子，不我遐弃"。这里的"君子"是一个隐匿的形象，而诗中描绘的是女性形象。该诗写女子怀念久别行役的丈夫，希望丈夫能留在身边。《草虫》言："未见君子，忧心忡忡""未见君子，忧心惙惙""未见君子，我心伤悲"。与《汝坟》一样，"君子"是隐匿的形象，诗中刻画的是女子的形象。该诗写一个女子热恋她的情人，并终于和他相爱结合。一说是思妇怀念征夫之作，但"征夫"之意，无从可见。《殷其雷》言："振振君子，归哉归哉"，该诗共三章复沓吟唱。"君子"是隐匿的形象，主要描写女子思念丈夫服役在外长久未归，故反复吟唱，表达了思妇的怨情。

从以上五首涉及"君子"的诗作来看，真正属于君子形象的，只有《周南·关雎》篇。从划分的依据和讨论的重点而言，其他几篇，有的是贵族形象，如《周南·樛木》，有的是隐匿的形象，是为表现女子形象而出现的，如《周南·汝坟》《召南·草虫》《召南·殷其雷》，虽出现"君子"，但不属于君子形象所要讨论的范围，只能留在下面的内容里再作分析。

而与《周南·关雎》篇极为相似的《周南·汉广》篇，也是一首爱情诗。该诗写一个青年男子追求汉水"游女"而不得，他苦闷相思，唱出了这首动人的诗歌，倾吐了满怀惆怅的愁绪。该诗中没有出现"君子"，当代学者受清人方玉润《诗经原始》中所谓砍柴之人"樵唱"观点的影响，认为是汉水边樵夫之歌。这种说法缺乏说服力，是把源于生活的艺术作品坐实罢了。但此诗三章叠咏，反复吟唱，既写出汉上游女迷离恍惚的形态，江上浩渺的景色，又抒发了男主人公心中痴迷的思慕之情，一个长歌浩叹、企慕追寻、失落悲情的青年男子的形象跃然纸上。该诗虽未言君子，但实际上诗中的男子是爱情中的真"君子"。

2. 官吏、士大夫形象

所谓官吏的形象，是指诗中所写的人物形象，在阶层上不是普通的百姓，而是有一定社会地位的人，即我们所说的士大夫阶层。"二南"诗里主要有两篇出现了官吏形象：其一是《召南·羔羊》篇，其二是《召南·小星》篇。《羔羊》对官吏（大夫）的描写，既有外在形态的描绘，"羔羊之皮，素丝五紽"，又有神态的刻画，"退食自公，委蛇委蛇"。该诗塑造了一个雍容自得、神态自若的官吏（大夫）形象。但当代学者认为是讽刺素位尸餐的官吏，但该诗中未见讽刺的字句，反倒是歌颂与赞美的意味更浓。这里其实关乎理解本诗的诗旨问题。《毛序》认为，诗颂"在位皆节俭正直，德如羔羊"，《齐诗》《鲁诗》以为美召公，《韩诗》以为美召南大夫，都较为空泛。朱熹《诗集传》曰："南国化文王之政，在位皆节俭正直，故诗人美衣服有常，而从容自得如此也。"[1] 也秉承前说。清人姚际恒在《诗经通论》中说："诗人适见其服羔裘而退食，即其服饰、步履之间以叹美之。而大夫之贤不益一字，自可于言外想见：此风人之妙致也。"[2] 但清人方玉润《诗经原始》对"美大夫"之说加以批驳。清人牟庭在《诗切》中又提出刺诗说，

① （宋）朱熹：《诗集传》，上海古籍出版社1980年版，第11页。
② （清）姚际恒：《诗经通论》，中华书局1958年版，第40页。

影响很大。但细读本诗，笔者以为立"美"说，更符合对官吏（大夫）形象的描绘。

3. 贵族、公侯形象

"二南"中涉及贵族，即公侯的，只有《召南·甘棠》一篇。诗中写道："蔽芾甘棠，勿翦勿伐，召伯所茇。蔽芾甘棠，勿翦勿败，召伯所憩。蔽芾甘棠，勿翦勿拜，召伯所说。"这里所说的召伯，汉代以来学者皆以为是西周初年的燕召公奭。当代学者结合周代金文认为，诗中的召公是周宣王时期的大臣召穆公虎。诗的内容之所以反复告诉人们爱护甘棠之树，是因为召伯巡行时曾在此树下停宿过，表达了人们对召伯的爱戴与怀念。诗中用"茇""憩""说"三个同义词，生动地描绘了一个栖息树下、听讼决狱、勤政廉洁、体恤百姓、不愿扰民的召公形象，连用"勿伐""勿败""勿拜"三个动词，突显了后世人们对召公的思念之情。需要指出的是，对《甘棠》一诗，自古至今都认为是歌颂召公的，唯有当代学者蓝菊荪在《诗经国风今译》一书中，认为该诗是讽刺召伯的，其立论不合诗旨，也缺乏具体论证，在此就不展开论析了。①

4. 武士、猎手形象

为了讨论问题的方便，我们把武士（战争）和猎手（狩猎）归并在一起，能更好地看到周代社会的历史风貌。

西周、春秋时代，武士的职责是"执干戈以卫社稷"和守君护主，但与猎手的行为有紧密的联系。狩猎本来就是习练行军布阵、指挥作战的"武事"之一。《周礼·大司马》曰："中春，教振旅。司马以旗致民，平列陈（阵），如战之陈，辨鼓铎镯铙之用……以教坐作、进退、疾徐、疏数之节，遂以蒐田（打猎）。"郑玄注曰："兵者，守国之备。孔子曰：'以不教民战，是谓弃之。'兵者凶事，不可空设，因蒐狩（打猎）而习之。"②周代社会一年四季都有练兵和狩猎的规定，其他如"中夏""中秋""中冬"，亦各有

---

① 蓝菊荪：《诗经国风今译》，四川人民出版社1980年版，第95页。

② （汉）郑玄、（唐）贾公彦：《周礼注疏》，李学勤：《十三经注疏》，北京大学出版社1999年版，第765—768页。

"教茇舍（野外驻营）""教治兵""教大阅（检阅军队的综合训练）"的练兵活动，都是和打猎结合在一起进行的。

文学是社会生活的形象反映，在周代社会，战争被视为"王事"。《诗经》涉及战争的诗有 30 余首，占《诗经》作品的 10% 左右。周代的战争一方面是抵御外侮，主要是北方和西方的猃狁、戎狄，东南方的徐戎、淮夷和南方的荆蛮；另一方面是对内部叛乱的镇压，如武庚、管叔、蔡叔、霍叔等叛乱，周公东征三年而平定。① 武士就是战争的主要力量。周代以农业为立国之本，人们物质生活来源和生产资料的获取，是以农业为主的。但是，《诗经》里反映农田生活的诗篇只有 9 首，而反映狩猎活动的诗有 14 首，② 可见狩猎活动是周人重要的社会生活内容，与周代社会的祭祀、经济、政治、军事和娱乐有着密切的关系。在"二南"作品中，《周南·兔罝》就是一篇歌颂武士的诗。这首诗用铺陈的手法，前两句写张网捕虎，后两句"赳赳武夫，公侯干城"，赞美武夫。三章复沓，通过狩猎的过程描写，表达对保卫国家公侯的人才的赞美，"肃肃""纠纠"叠词的运用，塑造了一个武士的形象。

《召南·野有死麕》是反映青年男女恋爱生活的诗。诗中的男主人公是一个猎手，他把打猎得来的猎物献给了心爱的姑娘，以此获得了姑娘的芳心。全诗三章，前两章以叙事者的口吻旁白描绘了男女之情，后一章以少女的口吻、私密的话语，活脱生动地从侧面表现了男子的情炽热烈和女子的含羞慎微。转变叙事角度的描写手法使整首诗情景交融，正面侧面相互掩映，含蓄诱人，赞美了男女之间自然、纯真的爱情。诗虽短，但诗中的人物形象却很鲜明，一个是勇猛强壮的猎手，一个是怀春的少女，他们以独特的方式演绎着爱情的甜蜜，给读者留下了朦胧的意境之美。

《召南·驺虞》赞美的是管理囿园的猎手。"驺"，天子的猎场。"虞"，管理苑园动物的官。"驺虞"本为珍贵的野兽，后来用

---

① 褚斌杰：《〈诗经〉与楚辞》，北京大学出版社 2012 年版，第 59—60 页。
② 黄琳斌：《论〈诗经〉中的狩猎诗》，《黔东南民族师专学报》2000 年第 2 期。

作天子苑囿官吏的名称，对其来源和价值，笔者在前一章中已做过探讨。诗中的猎手，有着丰富的打猎经验和高超的射猎本领，他不仅知道野猪的藏身处，而且能准确无误地将其一一射中，所以观者发出了"于嗟乎"的惊叹声。诗中的"豝""豵"都是指一至二岁的野猪。野猪危害庄稼，故有田猎之举。《周礼》中的《天官·冢宰》《夏官·司马》《秋官·司寇》等篇章，记载了田猎仪式的时间、田猎对象、职务名称、组织分工等详细内容。田猎的仪式也被称为"春蒐之礼"，举行的时间以春天为多。当代学者认为，朝廷的礼仪规定在民间的不断演化，形成了不同地区的季节性狩猎民俗活动。"猎野猪有季节性，但在不同地域是有区别的。在江、汉、汝水一带在春夏之季都可猎取。"《召南·驺虞》就表现了这样的内容。"在豳地，则有在冬季猎野猪的习俗"，对之《豳风·七月》中有具体的描写和叙述。① 《驺虞》有两章，每章三句。每章第一句都点出了打猎的背景，春和日丽，草浅兽肥，河水边芦苇丛中、原野里蓬蒿之间，尽管野猪在藏匿，但还是逃脱不了猎人的射杀。第二句写猎手的高超技艺和巨大收获。最后一句是对猎手的赞美。诗中的两个场景，简笔淡墨，勾勒出猎手弯弓搭箭、射中猎物的生动画面，也塑造了一个技艺超群的猎手形象。

（二）女性形象

对于《诗经》中女性的研究，20世纪30年代，谢晋青先生发表了一部研究著作——《诗经之女性的研究》，这是我国第一部研究女性的专著，开启了《诗经》女性研究的先河。由于受时代学风的影响，谢先生在观点上具有反传统性。在研究方法上，他用归纳统计的方法，对《诗经·国风》160篇作品，认为是女性诗歌的有85篇，列表分成14类进行论述，使读者了解《诗经》中女性描写的基本面貌。② 对"二南"中的25篇作品，谢先生从四个方面认为有20篇是女性作品，主要反映其恋爱、婚姻和女性美的内容。③

---

① 王巍：《诗经民俗文化阐释》，商务印书馆2004年版，第41—42页。
② 谢晋青：《诗经之女性的研究》，山西人民出版社2014年版，第85—88页。
③ 同上书，第7—8页。

他认为，女性诗歌有地域性特征，而且地域性的形成有多重因素："我以为一国文艺之发生，不但和其民族性，有直接的关系；其他就如一切历史底长短，文化底高低，疆域底广狭，政俗底良否，生活底难易……也都有极深切的关系。"[①] 这种观点是非常富有见地的，对当代的《诗经》研究及其他领域研究都具有启发意义。

在《诗经》"二南"中，以关注女性生活、描写女性形象为主的诗歌，笔者以为《周南》中的《葛覃》《卷耳》《桃夭》《芣苢》《汝坟》，《召南》中的《鹊巢》《采蘩》《草虫》《采蘋》《殷其雷》《摽有梅》《江有汜》《何彼襛矣》是代表性的作品。为了讨论方便，笔者根据诗歌的内容和描写的侧重点，将其分为三个层次。

1. 少女形象

"二南"诗歌中表现少女的生活，大凡都与爱情相关联，因此，爱情诗中有许多美丽、纯洁、"有女如玉"的青春形象。当然，也不乏按照礼制在婚前学习女工的少女。对《召南·采蘩》《召南·采蘋》两篇作品，笔者在第四章里重点分析其女主人公都是在婚前进行祭祀活动。根据周代礼仪，贵族女子在出嫁前，有专门女师教以妇德、妇言、妇容、妇功。而在对女性的诸多要求中，婚前的祭祀活动是重要内容。《采蘩》对"采蘩"的地点、使用的工具、采摘的过程及祭祀的地点等作了详尽交代和描写，显示了祭祀的谨慎和庄重。从诗歌本身来看，这首诗既是写劳动的，也是写自然的，但更重要的是描写祭祀的全过程，尤其是对女主人公发髻的描写，更突显了女主人公品貌端庄、落落大方的形象。同样，《召南·采蘋》也是一首反映女子出嫁前祭祀祖先的诗。诗中所描述的事物以及主人公的动作"奠之""尸之"都明确地说明这是一首关于祭祀的诗歌。诗中明确说明祭祀者乃"季女"，认为祭祀的主人公是一位未嫁的少女。至于"季女"的身份，学界还有分歧。诗以采蘋藻概括祭祀之事，用衬托的手法展现出劳役妇女的辛劳，问答体的章法运用精妙，五个"于以"不雷同，连绵起伏，摇曳多姿，文末

---

① 谢晋青：《诗经之女性的研究》，山西人民出版社2014年版，第89页。

"谁其尸之，有齐季女"戛然收束，奇绝卓特，烘云托月般地将主祭少女"季女"的美好形象展现给读者。

《召南·摽有梅》是一首爱情诗，"求我庶士"表达了一位少女怜惜青春、渴望爱情的心声。诗中的"其实七兮""其实三兮""顷筐塈之"，就表示树上的梅子越落越少，以此起兴，暗喻少女的青春如同这树上的梅子一样很容易消逝。因此这种递进式的手法就把这个少女急切地盼望意中人快快前来求婚的那种既矜持又着急的心情活灵活现地表现出来。而诗歌本身通过梅子的愈渐稀少，对这种情绪进行了递进式的渲染，使我们伴随着对一幅梅子渐落图的欣赏，领略了少女怀春由微澜而高潮的心理变化过程。《摽有梅》作为春思求爱诗之祖，其原型意义就在于建构了一种抒情模式：以花木盛衰比喻青春流逝，由感慨青春易逝而追求婚恋及时。从后世诗歌如北朝民歌《折杨柳枝歌》、中唐无名氏《金缕曲》《牡丹亭》《红楼梦》以及现当代诗歌等中，都能看到这种原型模式的艺术变奏。因此，《摽有梅》不仅具有了周代婚恋民俗文化的烙印，而且是古代爱情诗的经典。

《召南·野有死麕》也是一首优美的爱情诗。诗中写了两个人物形象：勇猛强壮的"吉士"，"有女如玉"的"怀春"少女。"吉士"猎到了麕和鹿，他用"白茅包之"，送给了心爱的姑娘，并"诱之"，最终获得了爱情。"怀春"的少女美貌纯洁，面对突如其来的爱情，既羞怯又矜持，她说的那些话更增添了她的娇媚，惊喜之态跃然纸上。

2. 新娘形象

"二南"诗里所写的新娘形象，基本上是赞美新婚出嫁的，只是在描写上各有侧重，表现手法各异，新娘的特点也不尽相同。有叙写勤劳智慧的，有描绘美貌的，有烘托新婚场景的，呈现出多姿多彩的画面。《周南·葛覃》是写出嫁女子准备回家探望父母的诗。从诗中所写"师氏"来看，描写对象应是一个有身份地位的贵族女子。诗的首章用葛藤蔓长则需攀缘树木生长来喻女子长成嫁夫，黄鸟飞至喻女子来嫁。新娘的身份和新婚的喜悦已隐含其中。

青藤、黄鸟、叶茂萋萋、鸟鸣喈喈的画面使人赏心悦目。二章里新娘的形象身影展现出来，弯腰"刈"藤的情景，家中"濩"葛、织"绨绤"的场面，透视着新娘辛勤的劳作和快乐自豪。三章写新娘归宁在父母前向"师氏"禀告，自己用心洗濯，一则体现了新娘的知礼、好洁、能干，二则表现了新娘急切、羞涩的情感。新娘熟习女工、勤劳能干的品行及由三幅画面映衬的新娘形象，给人留下了难忘的印象。也有人认为，女主人公为未嫁女子，这首诗描写了从收割葛麻到织成布料，到做成衣服的全过程。其间，自然不乏劳动的乐趣和亲近大自然的愉悦。但学者对此并不认同。

《周南·桃夭》是一首恭贺女子出嫁的赞美诗，用于婚礼仪式上吟唱，内容是祝颂女子出嫁将会给夫家带来吉祥的。在婚礼上，新娘是最重要的角色。诗人由春天娇嫩的桃枝和盛开的桃花联想到新娘的年轻貌美，诗中用桃的果实肥大、树叶茂盛来比喻给家族带来的人丁兴旺、家业隆盛。整首诗正因为有了对桃的花繁、实多、叶绿的意象描写，才给人以丰富的艺术联想，意味着新嫁娘就像那颗美丽、丰产的桃树，给夫家带来欢乐，带来多子多孙的祝福。

《召南·鹊巢》是一首赞美新婚女子出嫁的诗歌。《鹊巢》在《召南》中的位置，相当于《关雎》在《周南》中的位置，主旨在于赞美，而不在于讽喻。三章诗选取了三个典型的场面加以概括，真实地传达出新婚喜庆的热闹气氛。仅使用车辆之多就可以渲染出婚事的隆重，从诗中描写的送迎车辆之盛可以知道，应为贵族的婚礼，而不是一般民间的婚礼。新娘的形象是通过盛大的场景烘托出来的。

《召南·何彼禯矣》是歌颂贵族女子出嫁的诗。诗中对车辆华丽奢华，新娘美丽动人的描述，展现了周王室女子出嫁时宏大而壮观的场面。全诗三章，每章四句，极力铺写王姬出嫁时车服的豪华奢侈和结婚场面的气派、排场。首章以唐棣花起兴，铺陈出嫁车辆的骄奢，"曷不肃雝"二句俨然是路人旁观、交相赞叹称美的生动写照。次章以桃李为比，点出新郎、新娘，刻画出他们光彩照人的形象。"平王之孙，齐侯之子"二句虽然所指难以确定，但无非渲染两位新人身份的高贵。末章以钓具为兴，表现男女双方门当户对、婚姻美满。

3. 妻子形象

"二南"诗中的妻子形象，以思妇居多，以怀人为主，也有被弃的妻子，即弃妇。大多数诗篇对妻子形象的描写和刻画都形象生动，犹擅长对心理的描写，以及情感的抒发。《周南·卷耳》表现的则是丈夫服役在外，妻子对丈夫的强烈思念之情，是一首怀人诗。全诗四章，第一章是以思念征夫的女子口吻来写的："采采卷耳，不盈顷筐。嗟我怀人，置彼周行。"为什么"不盈顷筐"呢？是由于思念丈夫而无心采菜，即一心二用。所以，她后来干脆就不采了，把筐放到了大路上。这时她就不再是一心二用，而是专心思念丈夫了。后三章则是以思家念归、备受旅途辛劳的男子的口吻来写的，让男女主人公"思怀"的内心感受交融合一。此诗之妙，是从对方着笔，本要写自己思念丈夫，却想象着对方如何思念自己，想象中的感情越丰富，就越见感情之真切，想象对方越细致，其情感也越细腻。因而，一个思征人而神思恍惚的思妇形象，一个登高望乡以酒消愁的征夫形象就跃然纸上。

《周南·汝坟》是妻子怀念丈夫的诗。对于丈夫在外远役的妻子来说，精神上最强大的支柱，莫过于盼望丈夫早日平安归来。"未见君子，惄如调饥"。如煎如熬，如饥似渴，如在深渊。"既见君子，不我遐弃"。希望如星火闪现，如镜中影像，想拼命抓住，绝不放手。由于久盼不归，她甚至担心，怕丈夫忘记了自己，抛弃了自己，而从此不再回来了。所以，丈夫的归来令她欣喜若狂，喜的是丈夫并没有忘记自己。可是，高兴的同时她又开始担心了，担心丈夫刚刚回来，不会很快又要走吧？她是多么希望丈夫这次回来就不要再走呀！希望丈夫不要再与自己分离了。这首诗通过生动的场面描写和完整的情节勾连，把妻子思夫的心理刻画得淋漓尽致，跌宕起伏的情感倾诉，犹如梁启超先生所说的"回荡的表情法"，有"一种极厚的情感蟠结在胸中，像春蚕抽丝一般把它抽出来"[1]。可谓精确之论。

---

① 梁启超：《中国韵文里头所表现的情感》，《饮冰室合集》"专集之七十四"，中华书局1989年版，第135—136页。

《召南·草虫》这首诗从诗本身的内容上看，是妻子思念丈夫的诗作。首章以鸣叫的草虫求偶起兴，比兴男女相求；二、三两章以赋的手法，写出了深郁的思恋之情。通过三个不同的层次递进，写出了这位情意绵绵的女主人公在见到丈夫前的忧心忡忡，以及见到丈夫后的喜悦开怀，用对比的手法来展现思妇的情怀。

《召南·殷其雷》是一首妻子盼望丈夫早归的诗歌，全诗三章，每章的开头均以雷声起兴。雷声的变化与演进，既象征着君子的不遑宁居，也象征着女主人公心情的惴惴不安、困惑不定，其惆怅，其迫切，皆令人思之无限。此诗以重章复沓的形式唱出了妻子对丈夫的思念之情，在反复咏唱中加深了情感的表达。诗以简洁而出色的环境描写突出了思妇的形象，表达了思妇哀怨之情。

《召南·江有汜》写妻子被丈夫抛弃的诗。诗以大江分出支流起兴，既喻男子的爱情不专一，又可以给人以联想：也许这位被抛弃的妻子来到江边抒发内心苦闷和哀怨。诗有三章，叠章复唱，"不我以""不我与""不我过"，倾诉对丈夫薄情的怨愤。"其后也悔""其后也处""其啸也歌"，表现了弃妇的刚强、自信和对未来后果的预判，也隐藏着弃妇思想情感的复杂性。诗的风格是一唱三叹，极尽缠绵，又柔中见刚，沉着痛快。诗中塑造的弃妇形象虽然没有《卫风·氓》中女主人公那样突出、特点鲜明，但是很有个性。

二 生动灵活的语言艺术

作为中国第一部诗集，《诗经》的语言艺术历来被学者所称道。对《诗经》语言的研究，也一直是《诗经》研究的重要内容，从古代注疏、诗评、诗论，到现当代的研究著作，都有对《诗经》语言艺术的评论。已故中国诗经学会会长夏传才先生有两部专门研究《诗经》语言艺术的专著：《诗经语言艺术》[①] 和《诗经语言艺术新

---

① 夏传才：《诗经语言艺术》，语文出版社1985年版。

编》①,这两部书从多方面探讨了《诗经》的语言特点,内容丰富,结构完善,分析细致,评价公允,是《诗经》语言研究的重要著作。在汉语发展史上,先秦的两周时代,是汉语词汇由以单音词为主向以双音词为主过渡的重要发展阶段,这些单音词又构成了更多的复合词。《诗经》的语言基本上反映了我国春秋前的语言面貌。

"二南"诗在语言艺术上的特点,可从三个方面来探讨。

(一) 摹声摹形的叠字叠句与重章复沓的叠唱

"二南"诗的语言运用多重言叠字来摹声摹形。重言,也称叠字,是两个发音完全相同的音节重叠,在诗中使用,有增强语言音乐性、描摹事物状态、难以替代的拟声效果等。在"二南"的25篇作品中,有14篇使用了叠字,占了"二南"诗的一半多。譬如《周南·螽斯》:

> 螽斯羽,诜诜兮。
> 宜尔子孙,振振兮。
> 螽斯羽,薨薨兮。
> 宜尔子孙,绳绳兮。
> 螽斯羽,揖揖兮。
> 宜尔子孙,蛰蛰兮。

全诗三章39个字,用了六对叠字,六个整句每句一对叠字。这首诗重章叠唱,章句结构完全相同,叠字用于相同位置,锤炼整齐,隔句联用,音韵铿锵,造成了节短韵长的审美效果,突显了《螽斯》独特的语言魅力。像这样的诗篇,还有《周南·麟之趾》。

叠字在整篇里的运用可以增强诗的音乐效果,在篇中间隔使用,其所达到的效果,有描绘景物状态的,如山水之态、草木之貌,描写人物的心理和神态,有描写人的动作、动物的活动以及物体的运动,还有拟声的,如动物鸣叫之声、车行鼓乐之声、劳动之

---

① 夏传才:《诗经语言艺术新编》,语文出版社1998年版。

声，大自然的风雨雷电之声等，"二南"诗中也出现了诸多这样的情况，如"关关雎鸠，在河之洲"（《关雎》）、"维叶萋萋""维叶莫莫"（《葛覃》）、"采采卷耳，不盈顷筐"（《卷耳》）、"桃之夭夭，灼灼其华""桃之夭夭，其叶蓁蓁"（《桃夭》）、"肃肃兔罝，椓之丁丁""赳赳武夫，公侯干城"（《兔罝》）"采采芣苢，薄言采之"（《芣苢》）、"翘翘错薪，言刈其楚"（《汉广》）、"振振公子""振振公姓""振振公族"（《麟之趾》）、"被之僮僮，夙夜在公""被之祁祁，薄言还归"（《采蘩》）、"喓喓虫鸣，趯趯阜螽"、"未见君子，忧心忡忡""未见君子，忧心惙惙"（《草虫》）"振振君子"（《殷其雷》）、"肃肃宵征，夙夜在公""肃肃宵征，抱衾与裯"（《小星》）、"舒而脱脱兮，无感我帨兮"（《野有死麕》），摹声状形的特点极其突出，其形态、声音、动作、心理等表现得淋漓尽致。后世诗歌中虽然也有个别采用类似手法的，如《古诗十九首》中的《迢迢牵牛星》、李清照《声声慢·寻寻觅觅》曾因为使用这种叠字形容词而广为后人称道，但是这些个别例子既不是他们的独创，也不足以构成一种时代风格。

除了叠字外，还有叠句，就是两个句子重叠。这种句子的重叠使用，对诗篇内容的加强，人物形象的塑造，情感的抒发等都有重要的作用，如《召南·江有汜》中连续用"不我以"重叠，表现了女主人公内心的怨情，使读者很好地理解了本篇的主旨和人物形象。

《诗经》的章法有着浓郁的民歌色彩，其中重章复沓的章法结构，使《诗经》具有了强烈的艺术感染力量。重章复沓就是全篇各章的结构和语言几乎完全相同，中间只换几个字，有时甚至只换一两个字，反复咏唱，是谓叠唱。这一方面是因为《诗经》中的诗歌有一部分出自民间，具有民歌原生态的歌唱形式；另一方面，《诗经》被采集来之后，还要经过乐师（乐工）的编排润色，才能演唱，所以歌词的反复叠唱也就很符合礼乐文化的要求了。钱锺书先生说："'重章'之名本《卷耳》次章《正义》。先秦说理散文中好重章叠节，或易词申意，或循序渐进者，《墨子》是也。"① 这种重章复沓的结构特色和语言艺术，被《诗经》研究者称为"叠咏体"，据统计，这种重章复唱的形式，在《诗经》305 篇中，占了一半以上，并多集中在《国风》《小雅》部分，如《国风》160 篇，叠咏体 131 篇，占 82%，《小雅》74 篇，叠咏体 41 篇，占 55%。② 重章叠唱的章法，在"二南"里以《周南·芣苢》诗最为典型，其诗曰：

> 采采芣苢，薄言采之。
> 采采芣苢，薄言有之。
> 采采芣苢，薄言掇之。
> 采采芣苢，薄言捋之。
> 采采芣苢，薄言袺之。
> 采采芣苢，薄言襭之。

全诗三章十二句，只换了六个动词，反复咏唱，以鲜明的节奏，轻快的情调，通过采摘芣苢时的不同动作，表现了妇女劳动的场景、愉快的心情和满载而归的欢欣。清人方东树说："只换数字，而备成一幅图画，言外又见圣世风俗，太平欢乐之象。"③《芣苢》这种复沓的形式，具有强烈的节奏感和优美的韵律，使诗的意境更加深远。

笔者检索"二南"中的 25 篇作品，有 21 篇作品是重章叠唱的，篇目如下。

《周南》9 篇：

《周南·关雎》第二章、第四章、第五章都是重章叠唱。

《周南·卷耳》第二章、第三章也是重章叠唱。

《周南·樛木》全篇。

---

① 钱锺书：《管锥编》，生活·读书·新知三联书店 2008 年版，第 131 页。
② 褚斌杰：《〈诗经〉与楚辞》，北京大学出版社 2012 年版，第 137 页。
③ （清）方东树：《昭昧詹言》，人民文学出版社 1961 年版，第 107 页。

《周南·螽斯》全篇。

《周南·桃夭》全篇。

《周南·芣苢》全篇。

《周南·汉广》每章的后半部分是重章叠唱。

《周南·汝坟》全篇。

《周南·麟之趾》全篇。

《召南》12 篇：

《召南·鹊巢》全篇。

《召南·采蘩》前两章是重章叠唱。

《召南·草虫》只有前两句不是重章叠唱。

《召南·采蘋》大部分内容是重章叠唱。

《召南·甘棠》全篇。

《召南·行露》后两章是重章叠唱。

《召南·羔羊》全篇。

《召南·殷其雷》全篇。

《召南·摽有梅》全篇。

《召南·小星》全篇。

《召南·江有汜》全篇。

《召南·驺虞》全篇。

这里需要说明的是，上述篇章，有的不是整章的复沓，如《周南·汉广》只是三章末四句一字不换地复沓，同时二、三两章各换两个近义词复沓，这是复沓形式的一种变化，全诗大部分复沓，仍收到重章叠唱的效果，我们将这样的几篇也按照重章叠唱的篇章列入。余下的4篇，《周南·葛覃》《周南·兔罝》《召南·野有死麇》《召南·何彼襛矣》，虽然在有的章节中，个别句子也是有反复的，但从严格的意义上来看，不是重章叠唱，所以未列入其中。

重章叠唱的这种诗歌形式不仅有其音乐的节奏美，而且对表现主题思想和强化感情表达也起了重要的作用，同时形成了《诗经》语言的套语。所谓"套语"，是美国学者帕利（Milman Parry）和劳德（Albprt B. Lord）两位研究《荷马史诗》的学者（一译米尔曼·

帕里、阿伯特·B.洛尔德，学界将他们的理论简称为"帕利—洛尔德理论"），在总结了古代口头诗歌特点及其做法与技巧后形成的理论术语。他们认为，口头诗歌运用大量的"现成词组"和"现成思路"，我们称之为"套语"或"套式"。"套语"是指在许多作品中经常出现的用来表达某一特定意念的词组；"套式"是指在许多作品中反复应用的描写、叙述和联想的结构方式。套语不但是为了方便记忆，也是语言运用的一种技巧和表达主题的手段。美籍华人学者王靖献博士的《钟与鼓》一书，就是采用西方帕利—洛尔德理论来专门研究《诗经》套语的专著。他指出："口述诗人通常都掌握着很多套语与主题。套语用来构成诗行，而且遵循着一个韵律—语法的系统来构成，主题则引导其思绪在快速的创作过程中编织'神话'，即组成一个更大的结构。……借助主题引导与'语法韵律'单位即套语系统的调节，口述诗人运用传统的、固定的短语来创作诗歌。"据《钟与鼓》的统计，《诗经》305 篇计 7584 句诗有整句套语 1531 个，占总句数的 20.2%；加上改动一两字的半句套语，可达 30%。根据对这些套语的研究，对《诗经》的创作方法，特别是语言艺术的运用，有很多的启示意义。[①] 但这种套语理论在套语概率的统计和具体诗篇的分析上，也存在不科学和失误之处，对此，夏传才先生有具体的评析，在此就不复赘述了。[②]

（二）词汇的具象化特色

《诗经》在表现社会生活或展现人物状态时，很多都是以单词形式出现的。据向熹先生的统计，《诗经》里一共出现了 2938 个单字，4000 多个词，其中有复音词 1329 个，占整个《诗经》词汇的 30% 弱。[③] 而这些单词有许多是名词和动词，使用名词和动词最大的特点就是具象化，即使抽象的事物形象具体，比如《诗经》中写

① ［美］王靖献：《钟与鼓——诗经的套语及其创作方式》，谢谦译，四川人民出版社 1980 年版，第 24 页。

② 夏传才：《思无邪斋诗经论稿》，学苑出版社 2000 年版，第 289—291 页；《二十世纪诗经学》，学苑出版社 2005 年版，第 388 页。

③ 向熹：《〈诗经〉语文论集》，四川民族出版社 2002 年版，第 37 页。

到"马",很少用抽象的"马",而是用了很多具象化的单词来描绘,清人陈奂在《诗毛氏传疏·毛诗传义类》"释畜十九"中,列举了三十多个关于"马"的名称,① 非常形象具体,一方面说明周人对马的熟悉程度,另一方面也说明他们驾驭和使用语言的非凡能力。再比如《周南·芣苢》一诗,是写妇人采芣苢(车前子)的劳动之歌。诗人就把采芣苢的整个动作分解为六个不同的词语:"采,始求也;有,既得之也;掇,拾也;捋,取其子也;袺,以衣贮之而执其衽也;襭,以衣贮之而抱其衽于带间也。"② 正因为这六个动词描述了采芣苢的整个劳动过程,所以它才构成鲜明的艺术画面。故吴闿生在《诗义会通》中引用前人评语道:"通篇止六字变换,而招邀俦侣,从事始终,一一如绘。"③ 清人王夫之也评论说:"芣苢,微物也;采之,细事也。采而察其有,掇其茎,捋其实;然后袺之,袺之余,然后襭之。目无旁营,心无遽获,专之至也。"④ 从这里也可以看出诗人观察的细致和动词使用的具象化特征。这一特征是《诗经》四言诗的形式特点,对此,前人已有所体会。如钟嵘在《诗品》中说:"夫四言文约意广,取效风骚,便可多得,每苦文繁而意少,故世罕见焉。"⑤ 可见,对四言诗这种"文约意广"的特征,钟嵘已经认识到了。但也正像他所说的那样,对于后人来说,他们必须向《诗经》学习,掌握《诗经》用语的奥秘,才会有所得。假如他们模仿汉以后的用语习惯,便只会"每苦文繁而意少",甚至有东施效颦之讥了。清人袁枚曾举例说,有人模仿《芣苢》做过这样一首诗:"点点蜡烛,薄言点之,剪剪蜡烛,薄言剪之",令闻者绝倒。⑥ 说明模仿《诗经》用语要认真学习,仔细研究,而不是形式上的套用。

---

① (清)陈奂:《诗毛氏传疏》第 8 册,万有文库"国学基本丛书"本,商务印书馆 1930 年版,第 121—122 页。

② (宋)朱熹:《诗集传》,上海古籍出版社 1980 年版,第 5—6 页。

③ 吴闿生:《诗义会通》,中西书局 2012 年版,第 8 页。

④ (清)王夫之:《诗广传》,中华书局 1964 年版,第 6 页。

⑤ 陈廷杰:《诗品注》,人民文学出版社 1961 年版,第 2 页。

⑥ (清)袁枚:《随园诗话》卷 3,人民文学出版社 1982 年版,第 97 页。

（三）节奏韵律的音乐美

韵律，包括声调、音韵和音节的规律性组合，产生和谐优美的音响。《诗经》的节奏韵律之美，首先是押韵的方式。我们知道，《诗经》是入乐的，是能够演唱的。在周代社会的各种仪礼上，《诗经》都是被配乐演奏的。孔子说："吾自卫返鲁，然后正乐，《雅》《颂》各得其所。"① 司马迁说："三百篇，孔子皆弦歌之，以求合《韶》《武》《雅》《颂》之音。"② 再结合《左传》《国语》等典籍的记载，说明《诗经》在春秋时代就是歌唱的。对《诗经》的用韵，前人已有许多的研究，王力先生《诗经韵读》列出《周颂》中 8 篇全章无韵，其他 297 篇都押韵。③ 《诗经》最常见的押韵方式是隔句押韵，一般是押偶句韵，也有句句押韵的。对此，前人多有评述，清人顾炎武就把《诗经》常见用韵格式归纳为三种基本形式。他说：

> 古诗用韵之法，大约有三：首句次句连用韵，隔第三句而于第四句用韵者，《关雎》之首章是也。凡汉以下诗及唐人律诗之首句用韵者源于此。一起即隔句用韵者，《卷耳》之首章是也。凡汉以下诗及唐人律诗之首句不用韵者源于此。自首至末，句句用韵者，《考槃》《清人》《还》《十亩之间》《月出》《素冠》诸篇，又如《卷耳》之二章、三章、四章，《车攻》之一章、二章、三章、七章，《长发》之一章、二章、三章、四章、五章是也。凡汉以下诗若魏文帝《燕歌行》之类源于此。④

顾氏的分析基本概括了《诗经》用韵的情况。比如说偶句押韵，就是《诗经》最常用的基本韵式，《周南·桃夭》"桃之夭夭，灼灼

---

① 程树德：《论语集释》，中华书局 2014 年版，第 783 页。
② （汉）司马迁：《史记》，中华书局 1959 年版，第 1936 页。
③ 王力：《诗经韵读》，上海古籍出版社 1980 年版，第 79 页。
④ （清）顾炎武著，黄汝成集释：《日知录集释》卷 21 "古诗用韵之法"，栾保群、吕宗力校点，上海古籍出版社 2006 年版，第 1176 页。

其华。之子于归，宜其室家"。"华"和"家"就是偶句押韵。《周南·卷耳》"采采卷耳，不盈顷筐。嗟我怀人，置彼周行"。"筐"与"行"是偶句押韵。首句押韵的，如《周南·关雎》首章："关关雎鸠，在河之洲；窈窕淑女，君子好逑。"第一句"鸠"、第二句"洲"、第四句"逑"都押韵。《召南·草虫》"喓喓草虫，趯趯阜螽；未见君子，忧心忡忡"，也是首句"虫"次句"螽"押韵，隔句"忡"又押韵。这种押韵形式对后世的诗歌用韵产生了很大的影响。

节奏韵律是《诗经》语言艺术的重要体现。韵律，不仅要求押韵，还应该讲究节奏和声调。四言诗的二节拍形式，与后世产生的五言诗有很大的不同。两个字一音节，简练生动，意蕴深厚。而且两个字也契合了叠字、叠句的语言形式特点，是《诗经》中最常见的节奏韵律。关于此，夏传才的《诗经语言艺术新编》有详细的分析，我们参考夏先生的分析，以"二南"作品为例，对其中的句式略作考察，看一下节奏韵律的效果。四言句，每句四个音节，由两个音步组成，每个音步是一个双音节构成的音顿，如《周南·关雎》：

> 关关——雎鸠，在河——之洲。
> 窈窕——淑女，君子——好逑。

《周南·汉广》：

> 南有——乔木，不可——休思。
> 汉有——游女，不可——求思。

四言诗是两个双音顿，就是通常所说的两个节拍，由两个单音词的连读构成一个音步，有时是双音复合词，也有字数不足，用语气词或虚词构成的，这是《诗经》中最主要的音节韵律。

还有三言句，如《周南·江有汜》：

　　江——有汜，之子——归，不——我以。
　　不——我以，其后（也）——悔。

三言句音节构成形式是一个双音节加一个单音顿。《周南·麟之趾》《召南·殷其雷》《召南·摽有梅》中的每章首句也都出现了三言，结构的方式也如《江有汜》，即"麟——之趾""殷——其雷""摽——有梅"。

　　五言句虽不是《诗经》的主要形式，但在诗中也时有出现。《召南·行露》第二章第三章前四句：

　　谁谓——雀——无角？何以——穿——我屋？
　　谁谓——女——无家？何以——速——我狱？
　　谁谓——鼠——无牙？何以——穿——我墉？
　　谁谓——女——无家？何以——速——我讼？

这里是三个音顿，由三个音步构成，两个双音节中间有一个单音词。句子有抑扬顿挫的节奏感，表达的意义也非常突出。《召南·殷其雷》三章，每一章有一个五言句："在南山之阳""在南山之侧""在南山之下"，其构成的音节形式应该是："在——南山——之阳""在——南山——之侧""在——南山——之下"。这里的单音词在前，实际上是四言句前面加了一个字。

　　《召南·野有死麕》最后一章：

　　舒而——脱脱——兮，无感——我帨——兮，无使——尨（也）吠。

这三句是三个音顿，前两句句末的单音词"兮"，是一个语助词。第三句是两个音顿，中间的"也"字，是句子中衬一个语气虚词，一般读轻音，可不占音节。

　　《召南·驺虞》二章，每章最后一句"于嗟乎驺虞"是一个五言句，结构形式与《召南·殷其雷》的五言句一样，"于——嗟乎——驺虞"，单音词在前，是四言句式的变体，即四言句前加了一个字。夏传才先生认为，汉魏以后五言诗成为诗歌的主要形式，就是对《诗经》句式的发展，句尾的单音词多用实词。"关于单音词在句首的音节问题，后世的词通常为四言句前面有个一字领。"①"二南"中没有六言、七言、八言的长句，因而显得音节和谐，节奏分明，回环有序，整齐中又有灵活。日本著名汉学家儿岛献吉郎在研究了《诗经》的押韵问题以后总结说：

　　　　四句诗是中国韵文中的主要形式，这件事不仅从后世绝句之盛行可以看出来；《诗经》总共一千一百四十四章，而四句之诗竟占了三分之一之多，从这里也可以知道。次于四句之诗，以六句八句者为多，这不过是反复四句的绝句型而已。六句之诗与八句之诗，仅有反复四句的半章或全章的差别。所以合计《诗经》中四句六句八句之诗，其数共有八百三十六章，占总数的十分之七以上了。

　　　　再从押韵法来加以观察，四句诗也具备所有押韵上的各种形式，六句诗八句诗及其他诸诗的隔句韵、每句韵、交互韵等，也都无不在四句诗中取其典型。四句诗在隔句韵的场合，它的首句有押韵者及不押韵者二种；后世五言诗的首句多不押韵，七言诗之首句概系押韵，其渊源大概即是发于《诗经》吧？每句韵有一韵到底者与转韵者二种：只有二句三句的诗，每句用韵时虽不得不一韵；但是四句五句六句七句八句十句十一句的诗，每句都用韵时，却是一韵者少，而转韵者多，这也是势所必然的。交互韵欧美诗中用得很多，例如第一、三、五之句押韵，而同时第二、四、六之句押他韵者即是。在中国，

　　① 夏传才：《诗经语言艺术新编》，语文出版社1998年版，第86页。

唐代以后虽为章碣好惯用者，而《诗经》的韵法已开其端了。①

儿岛献吉郎从《诗经》的句型到押韵的类型，都作了详细的分析论证，特别是对四句诗押韵规律的探讨，是符合《诗经》的实际的，对于我们认识和理解《诗经》节奏韵律是有启发意义的。

① ［日］儿岛献吉郎：《毛诗楚辞考》，隋树森译，山西人民出版社 2015 年版，第 76—77 页。

第六章 "二南"与汉水名城——汉中

汉水流域文化研究，离不开汉水上游的历史文化名城——汉中。汉中境内不仅是汉水的发源地，而且是汉代四百年基业的开创地，影响着中国历史文化的发展。因此，这里有必要列出一章，探讨汉中的历史文化流变与《诗经》"二南"研究的意义。

第一节 古汉水流变与《诗经》之关系

前面的几章已经分析了《诗经》与汉水流域的关系，并从"二南"的诗篇进行了论述，也从历史、文化的角度作了探讨。在研究历史文化名城汉中前，我们对相关典籍中关于汉水的源流考释，作一梳理，以研究汉水在历史上的流变，作为《诗经》与汉中及汉水流域关系之外证。

一 古汉水之流变

最早记载汉水出源的是《禹贡》等典籍，后来，秦汉时期的《山海经》等亦多有记载，这些，我们在前文已作过论述。而在东汉许慎的《说文解字》中，对汉水的另一称谓沔水，有明确的记载，《说文解字》："沔水，出武都沮县东狼谷，东南入注。"段注："武都沮县二志同，今陕西汉中府略阳县是其地，有沮水出焉。"又"玉裁谓汉言其盛，沮与河皆言其微。沔者，发源缅然之渭。《尚书》、《周官》、《春秋传》曰：汉，汉时曰沮水、曰沔水，是为古今之异名。"又"今汉水出陕西宁羌州。经沔县、褒城县、汉中府、城固县、洋县、西乡县、石泉县、汉阴县、紫阳县、兴安州、洵阳县、白河县、湖广旧上津县，竹山县、郧西县、郧阳府、均州、兴化县、谷城县、襄阳府、宜城县、安陆府、荆门州、潜丘县、天门县、沔阳州、汉川县、至汉阳府东北、合于大江，今曰：汉口。"①

《华阳国志·汉中志》载："汉有二源：东源出武都氏道漾山，因名漾。《禹贡》：'流漾为汉'是也。西源出陇西县嶓冢山，会白水，经葭萌入汉。始源曰沔，故曰：'汉沔'。"②

《水经注·沔水》云："沔水出武都沮县东狼谷中。沔水，一名沮水。《阚骃》曰：以其初出沮洳然，故曰沮水也。县亦受名焉，导源南流，泉街水注之。水出河池县东南流注于沮县，会于沔。沔水又东南，径沮水戍而东南流，注汉，曰沮口。所谓沔汉者也。《尚书》曰：'嶓冢导漾，东流为汉'。《山海经》所谓汉出鲋嵎山也。东北流得献水口。……汉水又东北，合沮口，同为汉水之源也。……孔安国曰：'漾水东，流为沔，盖与沔合也。'至汉中为汉水，是互相通称矣。"③

郑樵《通志略·地理略》云："汉水名虽多，而实一水。说者纷然，其源出兴元府西县嶓冢山为漾水，东流为沔水，故地曰沔阳。又东至南郑，为汉水，有褒水从武功来入焉。南郑兴元治，兴元故汉中郡也。"④

又《汉中府志》载："水出州北八十里嶓冢山，初名漾水，东流，西受五丁峡水，又东，大安河南流注之，又东濒仓河，一名三泉水，自铁佛铺来，南流注之；又东至金堆铺南，入沔县界。漾水

---

① （汉）许慎撰，（清）段玉裁注：《说文解字注》，上海古籍出版社 1981 年版，第 522—523 页。

② （晋）常璩著，任乃强校注：《华阳国志校补图注》，上海古籍出版社 1987 年版，第 61 页。

③ （北魏）郦道元注，（民国）杨守敬等疏：《水经注疏》，段熙仲点校，陈桥驿复校，江苏古籍出版社 1989 年版，第 2295—2297 页。

④ （宋）郑樵：《通志略》第 3 册，万有文库"国学基本丛书"本，商务印书馆 1933 年版，第 127 页。

又东，至灰场寺，玉带河自州左合泂水，又径州北东北流，左合白崖河，东北流注之；又东蔡坝河，南流注之；又东，沮水出凤县之紫柏山，南流合泉街水；又南至沮口，合漾为沔。"又曰："沔水又东，桑园沟水北流注之，又东白马河……又东龙王沟水，北流注之；沔水又东，经沔城县南；又东，旧州河……又东黄沙河，南流注之。又东至扭项铺，入褒城界，华阳河南流注之。"①

在上述文献记载中，对汉水源头问题，分歧较大，有的认为只有一源，有的认为不止一个源头。归纳起来，关于汉水源头问题，有三种记载：其一，源出沮县东狼谷中（《说文解字》及《水经注》）；其二，源出宁羌县西南嶓冢山中（《段注说文》《通志略》《汉中府志》）；其三，源自武都氐道漾山（《华阳国志》）。这些记载在现在看来，有的基本上还是正确的。在古代交通不便，尤其是陕南偏隅一处较为闭塞的情况下，古人能考察认识得这样清楚，已属不易，为我们研究汉水流变提供了十分珍贵的资料。但是，也应该看到，由于种种原因和条件的局限，古书中难免有与实际不符的错误记载。比如说，《华阳国志》认为汉水有二源，其中之一源于武都氐道漾山，就是明显的臆测。武都位于陇西，与汉水隔着太阳山和嘉陵江。太阳山竖在嘉陵江与汉水上游的沮水、玉带河之间，形成一道堤坝式的南北走向的分水岭（今此地仍有一山镇，名分水岭），使嘉陵江、汉水成为两条河流，嘉陵江在山西侧，由北向南，入今四川省境，汉水在山的东侧，一源（玉带河）由西南而东北，另一源（沮水）由西北而东南入汉水，再向东经今勉县、汉中，滚滚东去。

据我们考察，汉水现在仍有三个源头，分为南源、中源和北原。发源于宁羌西南箭竹岭的玉带河（今仍此名），为汉水的南源；源于宁羌中部嶓冢山的一支（古称漾水，今称沱水）为中源；源于今凤县的紫柏山西部的沮水（今仍此名）为北源。现在一般人认为中部为正源，但按河流的长度来说，南源最长；按水量来看，

---

① （清）严如煜主修，郭鹏校勘：《（嘉庆）汉中府志校勘》卷五"山川下"，三秦出版社 2012 年版，第 149—150 页。

北源最大；中源短小，不足沮水、玉带河的 1/3 长，可能因其在中间与主干流向一致（正西而东），并且在传说中是比较古老的（据《汉中府志》载，传说大禹治水曾在嶓冢山开洞启源，始有汉水，今其地有一石牛洞，人谓其洞为源之所在），所以定为正源，此外，按各源头地理等高线最高者为正源来定，中源的沱水应当为正源。

由此可见，《诗经》中出现的有关汉水的记载，符合客观情况，十分自然。在古老的历史年代，在《诗经》产生时期，汉水流域的人民就在这里劳动、生活，因而产生了"沔彼流水，其流汤汤""汉之广矣，不可泳思"等关于汉水的描写。这有力地说明作为文学作品，它的产生有其客观环境和社会生活作为真实依据。

二 《诗经》中的汉水流域

《诗经》中有明显描写汉水的篇章，主要有下面几篇：《关雎》《汉广》《江有汜》《四月》《沔水》《常武》。《周南》《召南》《大雅》《小雅》中的篇章，十分值得我们注意。

《小雅·沔水》篇云：

> 沔彼流水，朝宗于海。
> 沔彼流水，其流汤汤。

其中的"沔"字，历代注释常有错讹，细追其源，来自《毛诗》。《毛诗》云："沔，水流满也。"《毛诗正义》孔疏曰："沔，然而满者。"《诗集传》亦曰："沔，水流满也。"陈奂《传疏》引曰"《匏有苦叶》传：弥，深水也。沔、弥声义相近，《说文》：'淖，水朝宗于海也。从水，朝声。淖古潮字。《段注》云：'《说文》无涛篆，盖涛即淖之异体'"。陈奂在这里，把《说文》关于淖的解释，段玉裁的注文及其他书、经的记载联系在一起，同异体之演，声义相近为转，把沔释为"盈满"的观点进行了充分的发挥。按，据《说文》："沔水，出武都沮县东狼谷，东南入江。从水丏声，或曰入夏水。"段注追溯其源，对"沔水"的发源、流经地域、别名及其争议问题作了详尽的注释，是有其价值的。但在《说文》"从水丐声"下，段注却承袭了汉儒及清代治《诗经》者的观点，把"沔"水释为"水流满也"，其根本是以"弥"同"沔"，"诗之沔为弥之假借"。我们认为，《段注》在这里的解释是不符合事实的。其一，《尚书·禹贡》云："浮于潜逾于沔"。潜、沔皆水名，二者并称，可见其义。《史记》也有同类记载。其二，《说文》释"沔"，认为是"沔水"，并未有"沔""弥"之假借。其三，《玉篇》云："沔水出武都县东南入江。"也没有水满之意。其四，本诗曰："沔彼流水，朝宗于海"。《尚书·禹贡》云："荆州，江汉朝宗于海。"《史记·夏本纪》云："江汉朝宗于海。"皆指沔水，而非其他。其五，沔水亦即汉水。古代习惯称"水北为阳"，因沔阳县在沔水的北面，故名"沔阳"，此为汉代建置，因水得名。《三国志·诸葛亮传》曰："屯兵于沔阳"。《水经注》二十七至二十九，全以"沔水"为题，代称"汉水"，是其证也。亦曰汉水上游在"沔阳（沔州、沔县）"境内者称沔水。1964 年 9 月 10 日，国务院公布：因"沔"字冷僻改"沔县"为"勉县"，取"勉励"之意。

根据上面五点，可以断言，本诗所写的"沔"即沔水也。而历代注《诗经》者，注重了文字训释和旨意的阐发，而忽视了对一些确指地名的考证。出现这种问题，是否因为汉中沔县不见经传，地处陲隅而没有引起注疏家的注意呢？事实并非完全如此，在许多经传中，"沔""潜"并称者胜数。因为汉水发源于汉中宁羌（时属梁州），故汉水上游诸流，多有称谓，或称漾水，或称泉水，或称泛水，或称沮水，或称沔水。

仅以《沔水》篇来说明《诗经》与汉中存在着一定的关系，还欠充实。在此，我们再对另外几篇作初步的探索。

1.《周南·汉广》：

> 汉有游女，不可求思。
>
> 汉之广矣，不可泳思。
>
> 汉之永矣，不可方思。

2.《召南·江有汜》：

　　江有汜……
　　江有渚……
　　江有沱……

3.《小雅·四月》：

　　滔滔江汉，南国之纪。

4.《大雅·江汉》：

　　江汉浮浮，武夫滔滔。
　　江汉汤汤，武夫洸洸。

5.《大雅·常武》：

　　王旅啴啴，如飞如翰，如江如汉，如山如苞，如川之流。

6.《周南·关雎》：

　　关关雎鸠，在河之洲。

　　释1：《诗大序》说："汉广，德广所及也。文王之道被于南国，美化行乎江汉之域，无思犯礼，求而不可得也。"诗本是江边男女的恋爱故事，以情歌抒发了男子的痴情。这里却仅从诗旨来论述，完全是汉儒为了迎合统治者的需要而歪曲了诗的内容，是不足取的。《郑笺》云："汉广，汉水名也。"第一次确定了本诗所写内容的地理位置，而且郑玄还引《禹贡》云"嶓冢导漾水，东流为汉"，作出说明。朱熹承此说。我们可以看到，诗写的"广"和

261

"永"，反映出汉江当时的浩瀚博大，远非今日所见耳。

释2："汜"，《毛传》云，"江水名"。又，"绝复入为汜"。《郑笺》曰："汉水大，汜水小。然而并流似嫡媵宜俱行。""渚"：《毛诗正义》孔疏云："渚，小洲也。水岐成渚。"《郑笺》云："江水流而渚。"阮元校曰："'小字本'、'相台本'同。案《释文》云，本或无此注。考《关雎》'正义'云，《江有汜》'传'曰，小洲也。是《正义》本有。"又曰"'小字本'、'相台本'同。案'岐'当作'枝'。《释文》枝如字，何音其宜反，又音祇。考此读如字者是也。'枝'谓水之分流，如水之分枝耳。《穆天子传》所谓枝洔读为其宜反，又音祇。义亦无大异，不当遂作岐字。""沱"：《毛诗正义》孔疏："江之别者。"《郑笺》云："岷山道江东别为沱。"

以上所引，郑玄、孔颖达都认为"汜"和"沱"是水名，"渚"是小洲，并且确认了"沱"的地理位置，这是值得注意的。《诗集传》云："水绝复入为汜，今江陵汉阳安复之间，盖多有之。""渚，水洲也，水岐成渚。""沱，江之别者。"可见，大部分是沿循汉儒之见。陈奂《传疏》对"汜"和"渚"的释义亦大同《诗集传》，只是在释"沱"上，他根据《尚书·禹贡》提出梁、荆皆有沱，以梁沱为近的观点，陈疏曰：

> 胡朏明以《诗》沱为荆沱，意以南国在江汉间也。程瑶田《通艺录》，又以《诗》沱谓梁沱。奂窃谓荆梁皆周之南国。梁沱在周之西南，荆沱在周之东南。《诗》系于召南之国，宜以梁沱为近，是盖周于《禹贡》雍州之北，地不渝泾路，而岐周之南同于殷。商以汉水为界，汉东之梁，并入于豫荆。汉西之梁，并入于雍，故汉之西、江之东，皆《禹贡》梁州之域，而为召公西陕之掌，江沱为梁沱。书阙有间，故准之地理，以备参考。①

---

① （清）陈奂：《诗毛氏传疏》第1册，万有文库"国学基本丛书"本，商务印书馆1930年版，第45页。

陈奂的疏解基本细致，对我们讨论有一定的启发意义。"江"，在典籍里，如同"河"一样，被认为是专指，即指长江，同样在这首诗中所涉及的"江"似乎理应是"长江"，其"汜""沱"是它的支流，"渚"是由于江水巨大而形成的水中陆地，类似"洲"。这种解释是否合理呢？对此袁梅先生说得好："汜，乃指江河的支流与本水合流。""渚，水中陆地。""沱，泛指河水的支流，不一定专指沱江。"我们说，这些看法较为中肯，值得我们在研究上引诗篇时加以注意。而另外许多《诗经》注释家还坚持把不同篇章中的"江"，一概释为"长江"，因而就忽视了应该注意的地域性问题。比如高亨先生的《诗经今注》就认为："江，长江的古名。"[①]其实，问题很明显，我们只要时时把握住"二南"诗所产生的地理位置，就不难对此问题作出符合实际的解释。陈子展先生说："江有沱，可能是今四川鱼复县之汜溪口。江有渚，如其不是在今灌县之都江堰，当在沱汜间之一地，今不可考矣。总之，皆当属于梁州境内召南之国。"[②]这里"可能"下的几点为商榷之处，但其中亦指出了确定的地域范围，如认为"沱""汜""渚"属古梁州，即南国之地。我们知道，南国梁州，辖属甚广，今四川巴蜀一带在古时也属梁州，梁州本也因汉中南郑境内梁山而得名。我们难以为远离我们几千年的古地名找出其今天确切所在地，但必须有一个大的范围来说明和确定它的地域性，不致将《诗》的范围说得漫无边际甚至风马牛不相及。

释3、4、5："江汉"，历代的注释家们都确认是南国二水名，即长江和汉水。按，汉水流经今陕西南部湖北西部中部一带。《四月》一诗是写一个小官吏行役到南方，遭遇变乱，久不得归，写出此诗，表达自己痛苦的心情。从这首诗所反映的内容来看，周王朝在巩固自己的政权时，还多次发动战争，其中有镇压南蛮，也有征讨荆蜀，而且历时长久。诗中云："秋日凄凄""冬日烈烈"，可见

---

① 高亨：《诗经今注》，上海古籍出版社1980年版，第30页。
② 陈子展：《诗经直解》，复旦大学出版社1983年版，第61页。

当时情况是极度艰苦的，一些服役的下层官吏亦都发出了哀怨的声音，就像滔滔的长江汉水管束了南国之地的众多河流一样。而《江汉》则更清楚地说明周王朝的战争频繁。周宣王命令召虎领兵征伐淮夷，取得胜利，因而册命召虎、赏赐他土地及圭瓒秬鬯等，酬答他的功劳。召虎乃作簋，铭记其事。这首诗所描写的江汉足以证明，周代的征伐战争经常在江汉流域进行。《常武》篇所叙述的内容，基本上相似。我们根据上面对江汉流水情景的描写，不难得出这样的结论：除了"二南"中的诗篇是产生在汉水一带外，《雅》《颂》中的部分篇章也同样产生于南国之地。这些诗篇共同反映了周代初年的社会政治、民俗风情、农业生产等各个方面的生活状况，为我们研究西周历史提供了可贵的证据。

释6：这里出现了"河"与"洲"两个有关水的名称。《郑笺》云："水中可居者曰洲。"孔颖达《正义》对此又作了补充和引申，但基本上还是以《郑笺》为准绳的。但他们未对"河"作任何解释，似乎是当时人们都明白，不必要作注释，或者认为是确有实指，不言而喻。后来，《诗集传》对"河"注曰："北方流水之通名。"这样一来，后代的注疏家们都找到了依据，对"河""洲"作了大量的解释，归纳起来不外乎有两说：

"河"一指北方流水通名，即河流。二指黄河，或确指某水。

"洲"一指水中可居之地。二确指一地。

这些观点大有可商榷之处，比如陈奂在《诗毛氏传疏》中的解释就是一个典型的例证。他说：

> 洲，当作州。《说文·川部》引《诗》作州。徐铉云："今别作洲非是"。"水中可居曰州"，《尔雅·释水》文。郦道元《水经·河水注》："河水又南，瀵分水入焉。水出汾阴县南四十里，西去河三里，与邰阳瀵水夹河中渚上。"又有一瀵水，皆潜相通，故吕忱曰："《尔雅》异出同流为瀵水。"按洽水即瀵水，故莘国也，在洽水北，而东临大河，其河渚，疑即河洲故处。余友嘉定朱右曾《诗地理徵》云"文王后妃大姒，

郃阳人，故诗人咏之，以河州起兴。"今陕西同州府郃阳县东四十里，大河流经。①

陈奂注疏的立足点是《毛诗序》中的"后妃之德"。他把《毛传》的附会之说，生拉硬扯，当作具体的历史事实来考察，这断难确信。清代另一位注诗者姚际恒在《诗经通论》中，对《毛诗序》的"后妃之德"给予了批驳，他说：

> 《小序》谓"后妃之德"，《大序》曰："乐得淑女以配君子，尤在进贤，不淫其色。哀窈窕，思贤才，而无伤善之心焉。"因"德"字衍为此说，则是以为后妃自咏，以淑女指妾媵，其不可通者四。"雎鸠"，雌雄和鸣，有夫妻之象，故托以起兴。今以妾媵为与君和鸣，不可通一也。"淑女"、"君子"的妙对，今以妾媵与君对，不可通二也。"逑"、"仇"同，反之为"匹"。今以妾媵匹君，不可通三也。《常棣》篇曰，"妻子好合，如鼓瑟琴。"今云"琴瑟友"，正是夫妻之意。若以妾媵为与君琴瑟友，则僭乱；以后妃为与妾媵琴瑟友，未闻后与妾媵可以琴瑟喻者也，不可通四也。②

姚际恒从"雎鸠"雄雌、淑女君子、"逑""仇"同"匹"，合鼓"琴瑟"四个方面，批判了《毛诗序》的"后妃之德"说，这是从本篇内容方面找出的例证，可以说是很有力量的，但同时我们也要看到，姚际恒由于所处时代的局限，把这篇描写青年男女爱情的诗篇，说成是"夫妻之象""夫妻之意"，还是没有摆脱封建士大夫那种封建的伦理思想。但是我们认为，他大胆否定《毛诗序》的附会穿凿，提出了接近原诗内容的合理观点，是深为可取的。从上述分析引论中可以看到：《关雎》篇不存在后妃之说，因

---

① （清）陈奂：《诗毛氏传疏》第1册，万有文库"国学基本丛书"本，商务印书馆1930年版，第3页。
② （清）姚际恒：《诗经通论》，中华书局1958年版，第14页。

而郃阳瀵水是后妃的故地就不驳自倒了。

我们还可以从诗篇所写的地域性去考察，来说明《关雎》篇的"河洲"到底在哪里。前面我们已经论证过，"二南"诗篇是汉水流域广泛流传的。《诗经》中的"二南"比较真实地反映了江汉流域的历史面貌。《周南·关雎》篇中的"河"是指黄河吗？是指瀵水吗？回答应该是否定的。《周南》是在南国汉水流域；诗中的"河"，不指周王室以南的汉水，而是北方的黄河，这就形成了地域上的混乱。或如陈奂所说的那样，是指郃阳瀵水，那就与本诗所写的地域相去甚远了。郃阳，即今合阳，古代属同州府，今陕西渭南大荔县。汉水与瀵水分属南北两大水系，本不相干，南国之诗的首篇《关雎》中写到的水流，却释为北方的某水流，这也是水系上的混乱。关于"洲"的具体地点所在，几乎无从可考，我们且暂从《郑笺》等所言："水中可居之地"，似较为合理。而关于诗中的河流，我们并不仅仅依据"南国之诗"的推论认为是汉水，可以论证这一点的还有其他依据，我们还将在本著的有关部分从"雎鸠"等方面来考察本诗同汉水的关系。

上面我们引录《诗经》中的几首诗，运用从个别到一般的方法，对它们与汉水及汉水流域的关系作了论述。我们知道，在远古时代，由于社会生产力的低下，物质生活水平还处于人类的幼年时代，人们在同大自然做斗争的同时，积累了一些生产和生活方面的经验，开始逐步认识自然，认识人类，逐步改变着自己的生活环境。这个时候他们的思想是简单的，认识事物是肤浅的，语言也处在低级阶段。随着社会生产力的发展，语言在劳动中的广泛作用，人们的思想逐步复杂起来，远古的人们形成了自己的思想意识，他们开始在认识自然、认识人类的同时，有了多方面的要求和观念。原始宗教的产生，私有制国家的出现，阶级对立的形成，社会的文学艺术也就从一个蒙昧的阶段上升到了一定的历史阶段，虽然为一般社会的成员所能运用，但毕竟带上了明显的阶级色彩，产生在民间的集体歌舞，也被一些统治者所利用，成为他们宣传及其享乐的工具。这种状况在《诗经》中就有比较明显的表现，之后，一些豪华的宴乐、庄重的祭祀活动、离别的怅吟，都用《诗经》里的诗句来应酬。可见，《诗经》在脱离了民间，经过了史官的编纂修订，固定了它的文学艺术形式以后，某些部分已失去了原有的淳朴之风。然而，作为文学作品出现的《诗经》，毕竟反映的还是他们那个时代的社会生活。一定时代的文艺是超脱不了它所产生的那个时代的。马克思曾经在论述古代日耳曼民族时说：

> 古代的歌谣是他们的唯一的历史传说和编年史。①

毛泽东同志在论述文学艺术与生活的关系时说：

> 一切种类的文学艺术的源泉究竟是从何而来的呢？作为观念形态的文艺作品，都是一定的社会生活在人类头脑中的反映的产物。②

俄国文学理论家别林斯基也说：

> 艺术是现实的复制；从而，艺术的任务，不是修改，不是美化生活，而是显示生活的实际存在的样子。③

生活于上古时代的人们是从低级的愚昧社会刚刚脱胎而来的，他们的思想意识远非今天人们认识事物那样，可以从抽象的观念出发概括事物的本质；他们则是从每一个具体可感的客观事物出发来认识它们的，从而逐渐形成他们对自然、对人类的较完整的认识。正如我们前面所分析的那样，如果早先的人们没有对像"汉水"之

---

① ［德］马克思：《摩尔根〈古代社会〉一书摘要》，人民出版社 1965 年版，第235 页。
② 毛泽东：《在延安文艺座谈会上的讲话》，人民出版社 1975 年版，第 19 页。
③ ［俄］别林斯基：《孟采里、歌德的批判家》，《别林斯基论文学》，新文艺出版社 1958 年版，第 106 页。

类的个体河流的认识，后来的人们怎么能产生并使用"江河"这个泛指河流的、上升到了一定高度的抽象词汇呢？我们分析了《诗经》中的个体诗篇，从而论断它与汉中及汉水流域的关系，正符合这样的道理。

第二节　古代文明的摇篮

汉中是一个古老的地方，新石器遗址的发现，证明它也是人类文明的发祥地之一。早在几千年以前，汉水流域就有了原始人类的文化。近年来，在汉中梁山发现的石器、陶器等就是属于仰韶文化时期的，距今有五六千年的历史了。在这里，有必要对汉中所处地域内的文化发源地——梁山龙岗仰韶文化作一阐述，以此说明汉中历史的悠久。

一　以龙岗寺为代表的新石器文化

汉中是一个历史悠久的文化发源地，这不仅在《诗经》本身的篇章里得以印证，而且我们追溯到《诗经》以前的几千年，亦能无疑地得以确证：汉水上游是古代文明的摇篮之一。根据对梁山龙岗的实地考查，我们看到了已被开掘、在考古学上被称为新石器时代晚期的古人类文化遗址。它的时代至少在五千年到七千年以上，比《诗经》的时代要早得多。据陕西省考古研究所汉水考古队同志的介绍，龙岗新石器文化虽然雷同于李家村文化、何家湾文化，总的说来还是属于仰韶文化半坡类型，但有其独立性及其突出特点。1983 年以来发掘了大量的墓葬及石器、陶器、骨器等，这里的器物以陶器为主，陶器与半坡村、李家村文化既有相同之处，又有不同特色。如在第五层汉水早期文化中，有相当于关中老关台、河南裴李岗时期的深腹三足罐、犬足碗、石磨盘，其形制大致一样。但李家村的这种陶器，口沿较直，斜度不大，口底稍平，且不带足；而汉中出土的陶器，口底稍大，犬足碗底稍圆，石磨盘不带足。

从梁山龙岗寺发掘的陶器型制、质料中可以看出当时的人们已具备了生存所必需的一些基本的生产技能。各式的陶器、箭头、贝壳和兽骨,显示出人类原始社会的生活方式。而从墓葬的排列中可以看出,当时的社会组织结构是一种群居的氏族部落形式。此外,彩陶上的纹饰也表明了当时的人们已经具备了一些朦胧的审美意识,尽管是原始的,但却说明了当时人们的观念、想象是丰富的。

至于这里文化遗址的源流问题,有的研究者已做过一些探索,是外来传播还是土生土长的,笔者以为本土化的特点要比从关中传播过来的说法更合理和可信,这是由汉水上游特有的地理环境所决定的。龙岗文化是人类的一个起源地,在汉水上游地域形成了一个古代的文化中心。以此为中心,在五千余年前不可能从北面翻越秦岭同中原文化发生大规模的交流,同西部陇东一带的文化则有间断的联系。汉水上游的先民,在生产力很低、交通工具不具备以及在北面秦岭阻隔的情况下,最便当的是沿汉江上下游,绕道与中原文化发生联系和交流,这才符合当时畔水兴利的生产活动方式。那个时代文化的传播和发展是受局限的,一般是在同一个地域中而不向外界扩散,从而形成了相对独立的一个又一个文化发源地。龙岗寺墓葬所凭据的地势,是依梁山,傍汉水,在同一个台阶上,墓葬内遗体均呈头顶梁山,脚蹬汉水的埋葬方向,既显示了当时人们图腾崇拜的民俗风情,也能看出其生活的活动场景。墓葬群证明在新石器时代汉水流域的先民们就在这个范围内生存着,创造了标志一个地区文明的文化。在一些陶器的残片上,原始人刻画了一定数目的、有规律的线条、图形,可以看作一种文化和艺术在启蒙状态下的简单形态。开掘的墓葬中还有石环、石坠锥等装饰品,既是原始而简单的艺术品,又反映着当时人们的宗教思想和审美意识。根据这个遗址发掘出的物品并对它进行的大量分析以及与其他文化的对比,可以说,六七千年以前的汉中,有着发展到了相当程度的新石器时期的文化,它足以证明,这里也是中华民族早期历史上的一个文化摇篮。稍后到了距今二三千年的商周时期,主要是在周代,在这片地域里产生出那样优美的民间诗歌,是有其悠久的历史原因的,因此是不足为怪的。前面曾引述的在这里发现的青铜器铭文的记载，亦能作为这些伟大诗篇产生于此的真实性的旁证。因此，汉中在远古时期就有自身的文化特点。马克思说："即使只是在一个单独的历史实例上发展唯物主义的观点，也是一项要求多年冷静钻研的科学工作，因为很明显，在这里只说空话是无济于事的，只有靠大量的、批判审查过的、充分地掌握了的历史资料，才能解决这样的任务。"① 我们所要进行的，正是这样的工作。

二 古汉中的历史疆域简说

古代汉中的地域一度要比现在汉中地区的范围大得多。在唐虞时代，汉中属梁州。《禹贡》说："华阳黑水惟梁州，自汉川以下诸郡皆封其域。"又曰："华阳黑水以东距华山之南，西距黑水也。"舜置十二牧，梁州其一，以西方金刚其气强梁，故曰梁州。《周礼》曰："以梁州并雍州，梁州当夏殷之间为蛮夷之地，所谓彭濮之人也。"而关于汉中文明史确切可考的年代，至少可以追溯到商周时期。近年来在汉中地区的城固、洋县所发掘出的形制精美的商代青铜器，可以作为明证。关于汉中在商代和西周的大概情况，前面已做考辨，以为她的文明史比一般成说要早，周王伐纣所动员的微方国，其领域大约就在汉中。而如果依照陈说，则汉中的历史开始得也不算晚，据《水经注》引陈寿《益部耆旧传》云："南郑之号，始于郑桓公。桓公死于犬戎，其民南奔，故以南郑称，即古汉中郡治也。"又《华阳国志·蜀中志》云："周赧王三年，分巴蜀，置汉中郡。"由此可知，"汉中"仅就文明史的悠久来说，至少也有三千年以上。如从前312年，秦惠文王伐楚夺汉中，置"汉中郡"算起，② 迄今也有2300年的历史了。按《史记·秦本纪》集解记载，秦历共公"二十六年城南郑"，乃在秦惠王之先。又"躁公二年，南郑反"，是南郑先已属秦，复又去之也。③《史记·楚世家》载：

---

① ［德］恩格斯：《卡尔·马克思〈政治经济学批判〉》，《马克思恩格斯全集》第13卷，人民出版社1972年版，第527页。

② （汉）司马迁：《史记》，中华书局1959年版，第207页。

③ 同上书，第199页。

"楚怀王十七年春（前三一二年），与秦战丹阳（《索隐》曰：此丹阳在汉中），秦大败我军，斩甲士八万，虏大将军屈匄、裨将军逢迎丑等七十余人，遂取汉中之郡。楚怀王大怒，乃悉国兵袭秦，战于蓝田，大败楚军。"① 《史记·樗里子甘茂列传》载："甘茂因张仪樗里子而求见秦惠文王，王见而悦之，使将，而佐魏章略定汉中地。"② 《史记·张仪列传》云："楚尝与秦构难，战于汉中，楚人不胜，列侯执珪死者七十余人，遂亡汉中。"③ 可见，汉中在当时是秦楚争夺的主要地域，这是春秋战国时期汉中的部分状况。当时，古汉中郡治还在今南郑东二里许，是秦厉公所筑。④

宋人郑樵所撰《通志略》云："汉中梁州之域，今汉中、洋州、安康皆是。"需要说明的是，郑樵在这里所谈的汉中的地域范围，还不能包括《诗经》时代的汉中，根据先秦典籍及诗中所描写的地理位置来看，大致可以包括现在的汉中、安康全境，远至四川的广元，湖北的襄樊一带以及现北属关中地区的凤州等地。汉中不仅历史悠久，而且地理环境优越，晋人常璩在《华阳国志》中言，汉中地形险固，东接南郡，南接广汉，西接陇西，北接秦川，厥壤沃美，赋贡所出，有所谓"北瞰关中、南蔽巴蜀，东达襄邓，西控秦陇"之势。这里北有陈仓、骆谷、褒斜、子午等古道据险，南有米仓、金牛、阳平、北关等关隘可守。秦岭屏障于北，巴山绵亘于南，汉水横贯其中。据《三国志》《寰宇记》等记载，汉水上游，梁山东险，控巴岷之道路，作咸镐之藩屏；氐羌接轸，为威衔之镇，秦蜀出入之冲；前瞰三秦，后蔽四川，亘横以为蜀之股肱，扬洪以为蜀之咽喉，而斗山天柱，挟褒斜之险洿，嶓冢之奇，遂擅秦汉以来名胜第一。群山环抱汉水东流，内为平壤，外则险巇，周以崇岩峻岭，倚天插戟，断崖裂岫。南有南栈道，北有北栈道。正如

---

① （汉）司马迁：《史记》，中华书局1959年版，第1724页。

② 同上书，第2310—2311页。

③ 同上书，第2291页。

④ （清）严如熤主修，郭鹏校勘：《（嘉庆）汉中府志校勘》卷2引王象之《舆地纪胜》，三秦出版社2012年版，第68页。

历代诗人所歌吟："栈阁北来连陇蜀，汉川东去控荆吴""万垒云峰趋广汉，千帆秋水下襄樊"。此外，汉中又是一块宝地，有诗云："汉川丹桂花千树，千里江城香似雾，不热不寒剥枣天，万家人在香中住。"这是对美丽、富饶的汉中形象的描绘。因而《诗经》中有不少关于汉中及汉水流域的山川、地域的描写，如《采蘋》《甘棠》《羔羊》《殷其雷》《南山有台》《节南山》等。在这样的历史状况、地理条件下产生了大量的民谣山歌，是不难理解的，因为"文学是一定的社会生活在人类头脑中的历史产物"。

三 汉中地域的环境因素

我们从《诗经》的诗篇中找出了它与汉中的关系，又从众多的文献和地下发掘的实物材料论证了产生这些诗歌的客观环境和条件，从而可以说明古汉中及汉水流域在商周时代的文化发展。在这里，我们还有必要对使汉中及汉水流域产生这些诗歌艺术，使汉中成为一个文化摇篮的其他有关因素，作出简单的分析。

（一）物候条件

一定的气候状况对于远古的先民来说，是尤为重要的，动植物的生息繁衍，人类的生存，社会的生产，与物候环境有着密切的关系。了解一个地域一个时期的物候特点，对于正确分析和判定一个时代的人类生产活动和社会生活形态，有着重要意义。

汉中地处汉水上游地区，在汉中的北面，秦岭把汉中与关中分为南北，这个天然屏障和淮河一起，成为我国南北地理差异，气候变化不同的天然分界线。从考古时期到物候时期（前1400—前1100年），这是一个漫长的阶段，在这个阶段里，汉中的气候是怎样的呢？据竺可桢先生《中国近五千年来气候变化的初步研究》，在考古时期，"五千年前的仰韶到三千年前的殷墟时代是中国的温和气候时代，比现在的平均温度高2℃左右，正月份的平均温度高3°—5°"[①]

[①] 竺可桢：《中国近五千年来气候变迁的初步研究》，见《竺可桢文集》，科学出版社1979年版，第476页。

在古代普遍温度偏高的情况下，汉中的温度又比秦岭以北高，雨量、湿润情况比秦岭以北的关中地区充足，正是由于秦岭阻止了南侵的西伯利亚寒流，使冬季的汉中亦较温和。大致看来，古汉中是亚热带和温带混交气候。明代冯应京《月令广义》说："按天地气候，南北不同也，广东、福建，则冬木不凋而其气常燠；如北之宣大，则九月服纩，而天雪矣……自闽而浙，自浙而淮，则三候每差旬，至于徐鲁之间，则五月萌芽方苗。"元代《农桑辑要》亦曰："洛南千里，其地多暑；洛北千里，其地多寒。……山川高下之不一，原隰广隘之不齐，虽南乎洛，其间山高原旷，景气凄清，与北方同寒者有焉；虽北乎洛，山隈掩抱，风日和煦，与南方同暑者有焉。"这也说明南北气候的差异及其同一地而不同气候的特点。

冬春季节，汉水流域人民开始了农业生产劳动，《芣苢》《采蘩》《采蘋》《卷耳》等反映农桑的诗就应运而生，而《麟之趾》中的麟，《野有死麕》中的麕，《驺虞》中的驺虞，《鹿鸣》中的鹿，以及《山海经》中记载的关于汉中山脉里的犀牛、兕、熊罴等适合于亚热带气候的动物都能生存，成为猎人们的猎物。有的动物尽管现在几乎看不见了或者发生了变异，但我们相信在古时的汉中是有的。物候时期的汉中，同其他地区一样，一直到秦汉时期还是温暖的，全国气候大规模的趋向寒冷，竺可桢先生认为是在东汉以后。在《诗经》时代，其所描写的许多植物，梅树、樛树、桃树、李树、朴树等木本植物，荇菜、卷耳、芣苢、蘩（白蒿）、蕨、萍等草本植物，说明在这片地域中人们的农、林、木、渔生产都有很大的发展。在丰富的物质生活基础上产生了优秀的民歌，这些民歌真切地记载了他们生活的历史。正如高尔基所说："如果不知人民口头创作，那就不可能懂得劳动人民的真正的历史。"而从中产生和发展的文化就是人类整个文化的一个有机组成部分。

（二）自然地理状况

从地质结构来看，远古时代的汉中，南部为扬子台，北部为秦岭，中间是盆地，成为相夹的狭长道槽。地壳变动多在道槽发生，引起了盆地的巨大变化，因而产生了丰富的矿物质，适应多种多样的农业生产。汉水流域多湖泊沼泽，但东西走向的秦岭山脉和陕南的扬子台地形总的来说变化是不大的。在商周时代，自然地理状况已从地质时代的变化达到了较为稳定的形态。这里西北同羌氏相连，正南与巴蜀濒临，东南与荆楚相接壤，地域内有许多山脉，有较大的河流，四面绕山，怀抱平川，地势的险要历来为兵家所重视。这里，由于受交通的阻碍，多与羌氏、巴蜀交往，亦顺汉水与楚地相通，产生间接联系。地处一隅的自然状况，从另一种意义上来说，对产生带有某种区域性特色的上古文化是起了作用的；同时，这里又与外界发生或多或少的联系。这些因素在一定时期具有阻碍作用，而有时又会产生很大的推动作用。"二南"诗的产生，与这些有着密切的关系。

（三）社会政治因素

商周时代的汉中，在社会的政治、经济、思想意识方面具有双重性，既是独立的方国，又是被奴役的附庸国。汉中地域的微国就是这样的情况。作为方国，从某种意义上讲，是隅处的少数民族自己独立的国家，但从整个中华大地的整体性、统一性上看，这种方国的政权组织、军事力量、经济结构、思想意识都是王室的附庸，是不能与王室相悖的。附庸国的低下地位，使其与王室有矛盾。方国内的人民有对方国统治者不满的情绪，也有对周王室奴役的不满情绪。这种复杂的历史状况，对方国人民的心理有极大的影响，寄人篱下的社会地位所产生的思想感情，也从诗歌艺术中表现出来，这就成为促进文学发展的重要因素。《诗经》时代据说是可以用诗歌讽喻的，从这一点来看，产生诗歌的社会政治土壤还是具备的，由此产生了许多优秀的民歌。

以上三个方面说明了在一定历史条件下文学艺术（特别是诗歌）的产生，有其各个方面的因素。先民们自身的发展除需要有物质生产而外，在同生产对象、同大自然做斗争时，也要求有一定的精神生活。而且，那个时代也提供了产生诗歌的可能条件，因此，《诗经》中的民歌就在劳动中产生了。高尔基说："人民不仅是创造一切物质价值的力量，人民也是精神价值的唯一的永不涸竭的源泉，无论就时间，就美还是就创作天才来说，人民总是第一个哲学家和诗人：他们创作了一切伟大的诗歌、大地上一切悲剧和悲剧中最宏伟的悲剧——世界文化的历史。"① 人民创造了诗歌艺术，人民创造了历史，这是颠扑不破的真理。汉中及汉水流域的悠久历史和《诗经》所产生的伟大价值，证明了这个论断性的正确。

第三节　历史探踪与研究反思

历史唯物主义认为，社会的物质生活是不依赖于人们的意志而存在的客观实在，而社会的精神生活是这一客观实在的反映，是存在的反映。任何时代的文学都离不开它生活的土壤。《诗经》是一个时代的产物，研究它，必须对那个时代及其流变进行科学的分析考查。我们对《诗经》中的"二南"及有关诗篇的时代性、地域性问题作了考辨，初步探讨了《诗经》与汉中及汉水流域的一些关系。通过对有关文献和考古发现的分析论证，可以说明，《诗经》与汉中及汉水流域在很多方面有着不可分割的联系。

一　历史踪迹的探寻

我们在对《诗经》进行大量的分析比较研究后，可以说，"二南"的大部分诗篇产生于包括汉中在内的汉江流域，是这个区域上古时期的民歌。它的起源与其他十三国风一样，是那个时代的人们在这里生产劳动和社会活动中的产物。

远古时代的再生产行为和劳动节奏，是产生诗歌的基础和前提，这正如普列汉诺夫在《论艺术》中所讲到的："在原始部落那里，每种劳动有自己的歌，歌的拍子总是十分精确地适应于这种劳动所特有的生产动作的节奏。"② 劳动创造了人类，劳动创造了语言，同时也创造了艺术。作为艺术的珍品和先起者——诗歌，更是

---

① ［俄］高尔基：《个人的毁灭》，《论文学续集》，人民文学出版社1979年版，第54页。

② ［俄］普列汉诺夫：《论艺术》，生活·读书·新知三联书店1964年版，第36页。

与劳动紧密结合的。恩格斯认为，拉斐尔的绘画、托尔瓦德森的雕刻以及帕格尼尼的音乐，都是在劳动日臻复杂化下所产生的优美艺术。①《诗经》同样也是劳动的结晶，是艺术的瑰宝。《周南·芣苢》：

采采芣苢，薄言采之。

采采芣苢，薄言有之。

采采芣苢，薄言掇之。

采采芣苢，薄言捋之。

采采芣苢，薄言袺之。

采采芣苢，薄言襭之。

这是妇女采车前子时唱的歌，每章唱的都是劳动的内容，字句基本相同，只换一两个字，便唱出了采集芣苢的全过程。复沓叠章，递进地加深了内容，增强了感情，造成一种优美的意境。清人方玉润说："读者试平心静气涵泳此诗，恍听田家妇女，三三五五于平原绣野，风和日丽中群歌互答，余音袅袅，若远若近，忽断忽续，不知其情之何以移，而神之何以旷，则此诗可不必细绎而自得其妙焉。"② 虽然，他是从艺术角度讲《芣苢》一诗的美妙的，但我们也由此可以看见，远古人们在集体劳动中对答唱和，便产生了这样优美的集体劳动诗歌。鲁迅先生在《门外文谈》中讲到的"杭育杭育"派，③ 也就是这种情况。在《诗经》中，特别是"二南"的大部分诗篇都体现出原始民歌产生的普遍情况。

西周时代的汉中是周王室的"方国"，微史家族大约就在这个地方，这是从近年来发掘的钟鼎铭文中所获得的最新线索。文献资料的记载及对《二南》中诗篇地域的分析，也正与此吻合。因此，

① ［德］恩格斯：《劳动在从猿到人转变过程中的作用》，《马克思恩格斯选集》第3卷，人民出版社1972年版，第512页。

② （清）方玉润：《诗经原始》，中华书局1986年版，第85页。

③ 鲁迅：《且介亭杂文》，人民文学出版社1973年版，第76页。

周初产生于此地的一部分民间歌谣，其地域范围是可以考察的。虽然，《诗经》时代距今已有3500多年的历史，汉中风貌发生了很大的变化，但是，从《诗经》中一些诗篇所反映的生活里，还能寻觅出历史的痕迹。《关雎》所记载的河洲和鱼鹰雎鸠，《汉广》所说的汉水，《沔水》所写的沔水，《旱麓》所写的汉山，《南有嘉鱼》所载的勉县丙穴嘉鱼，《麟之趾》所载的麒麟，似乎范围广泛，难以断定，但仔细深究，还是可以找到线索的。因此，我们可以说，汉中当时的气候湿润，山岭叠嶂，水系密布，草木繁茂，禽兽成群，物产丰富，这些都提供了《诗经》所产生的物质环境，那个时代的人们就在这样的物质环境下生活，从而为文学作品的产生提供了生活源泉。由于对《诗经》的研究忽视了对有关地方文史的深入探讨，又因为历代注诗的众说纷纭，使得人们对《诗经》与汉中及汉水流域关系的研究重视不够。这里需要说明，汉代的学者在探索《诗经》与历史地理的关系时，是重视《诗经》与汉中的密切关系的，因而，在注疏里保存了这方面的历史资料，为我们今天研究《诗经》与汉中的关系提供了方便。这里，我们暂且不说《毛传》《郑笺》，仅举《说文解字》来看汉代人注重汉中的程度。《说文·言部》有"訇（hōng）"这个字，许慎在释义后又专门指出："汉中西城有訇乡。"① 对"訇乡"这样一个小地名，许慎都认真地加以注释，很能说明汉代学者对汉中的重视程度。这除了汉中在历史地理上所处的重要地位外，还因为这个地方曾经是汉高祖成就帝业的基地，所以，对那个时代体现在史料文献里对汉中的注重，也是不难理解的。

二 《诗经》研究方法反思

当然，对许多问题，特别是《诗经》研究的思想方法问题，前贤亦有过论述，这里还有必要对有关问题进行阐述。

第一，中国古代的《诗经》研究，由于受封建统治阶级思想的

---

① （汉）许慎：《说文解字》，中华书局1963年版，第55页。

影响，许多解《诗经》者，把封建统治阶级的思想，把陈腐的儒家说教贯穿到《诗经》中，有许多封建性的糟粕，需要在今天的研究中注意评判。当奴隶制向封建制过渡的时代，上古时期的《诗经》也逐渐失去了它原来的纯朴的民间歌乐性质。一方面是音乐自身的发展变化，由原来的木、石、钟、鼓等打击乐器，变成了管弦乐器，而且不依附歌词能独显其价值和作用。因而《诗经》原始的和乐歌唱变成了纯文学的形式，其社会作用显然发生了变化。另一方面，统治阶级借用了《诗经》这种来自民间的诗歌，以儒家"温柔敦厚"的"诗教"，来禁锢人民的思想，使其符合统治阶级的需要，与当时的统治阶级利益相吻合，与当时的社会经济结构、统治政权相适应。马克思、恩格斯在《德意志意识形态》中说："统治阶级的思想在每一个时代都是占统治地位的思想。这就是说，一个阶级是社会上占统治地位的物质力量，同时也是社会上占统治地位的精神力量。"① 从孔子所说的《诗经》可以"兴""观""群""怨""迩之事父，远之事君"，到汉代大儒把《诗经》列为"五经"之首，以致整个中国封建社会把它奉为至高无上的经典，《诗经》已从原来的民间诗歌，被彻底地改变了面貌，成了中国封建社会统治阶级宣扬他们统治思想的工具。而每一个时代的治诗者，在阐明诗义时，大多未冲破这个桎梏。因而，我们在研究《诗经》时，一定要剔除这些封建性的糟粕，还其本来的面目。

第二，由于受时代和阶级的局限，封建社会的文人以唯心主义史观，对《诗经》穿凿附会，歪曲了《诗经》的本来面目，使《诗经》蒙上了一层神秘玄妙的色彩，古代的优秀民间歌谣在一定程度上被践踏。他们或者认为《诗经》是颂美"先王""圣贤"的"仁政"与"懿德"的教本，或者又认为《诗经》是刺后世昏君佞臣的惩戒文字。比如《麟之趾》，《诗序》说："《关雎》之应也。《关雎》之化行，则天下无犯非礼，虽衰世之公子，皆信厚麟趾之

---

① ［德］马克思、恩格斯：《德意志意识形态》，《马克思恩格斯选集》第1卷，人民出版社1972年版，第52页。

时也。"根据现今大多数研究者的看法，《麟之趾》是写麒麟的不幸，以贵族打死麒麟喻统治者迫害贤良。而封建注家以《关雎》照应，则显其荒谬。《关雎》是一首青年男女的情歌，已被现今大多数学者所公认，非封建注家所谓"后妃之德"。当然我们亦承认，在封建社会的传诗过程中，一些《诗经》学者尽管站在统治阶级立场上，可他们的有些注诗观点和方法还是可取的，清人陈奂《诗毛氏传疏》竭力尊崇汉学者的观点、方法，不敢越雷池一步。但姚际恒则不同，他在《诗经通论》中针对《毛诗序》的观点，据理批驳，提出自己的看法。如《关雎》一篇，他用四点论证，批判《毛诗序》的"后妃之德"，很有胆识，亦符合事实。像姚际恒这样大胆创新的诗学者，清代还有方玉润、崔述等人。这些我们都应当注意，把他们与其他《毛诗传》研究者区别开来，只有这样，才能拭去许多优秀民歌被蒙上的尘埃而使其焕发光彩，才能拨开那些穿凿附会而认识到《诗经》的真正价值所在。

第三，《诗经》研究要从历史唯物主义出发，全面分析和认识《诗经》的思想内容，作出比较客观的、符合实际的解释。这就需要运用正确的科学方法，在占有大量资料和作出详细分析后才能得出结论，不能望文生义，主观臆想，更不能走汉儒的老路，穿凿附会。马克思主义使我们懂得："研究必须充分地占有材料，分析它的各种发展形式，探寻这些形式的内在联系。只有这项工作完成以后，现实的运动才能适当地叙述出来。这些一旦做到，材料的生命一旦观念地反映出来，呈现在我们面前的就好像是一个先验的结构了。"①《诗经》的研究也正是这样。

第四，开阔研究视野，注意新材料、新方法的运用，扩大《诗经》研究的领域。20 世纪 80 年代以来，由于文化研究热潮，文化批评模式（也有人称为"文化诗学"）的转变，《诗经》研究取得了许多成绩，尤其是对《诗经》的民族文化精神的探讨，使《诗

---

① ［德］马克思：《〈资本论〉第 1 版跋》（1873 年），《马克思恩格斯全集》第 23 卷，人民出版社 1972 年版，第 23 页。

经》的价值意义更为凸显。还有文化人类学研究，在老一代学者闻一多、郑振铎等《诗经》研究的基础上，有了长足的发展，出现了像赵沛霖《兴的源起——历史积淀与诗歌艺术》、叶舒宪《诗经的文化阐释》、王政《〈诗经〉文化人类学》等重要成果。还有出土文献与考古材料的发现，如敦煌经卷、湖北荆门楚简、安徽阜阳汉简、上海博物馆藏战国竹简等，都有《诗经》的内容，使《诗经》研究有了新的发展。已有学者结合地域文化研究进行了尝试，特别是对十五国风的研究，还有更大的空间可以开拓。

第四节　探究《诗经》的意义

《诗经》与汉中及汉水流域关系的研究，有其独特的意义。它不仅可以帮助认识《诗经》的价值，也有利于准确理解《诗经》的文本意义，同时对汉中及汉水流域文化有一个充分的了解和把握。

一　《诗经》研究的意义

（一）全面认识上古汉中及汉水流域的社会风貌

通过探究《诗经》，可以对上古汉中及汉水流域社会的历史状况、生产斗争和阶级斗争等方面有一个大致了解和初步的认识，特别是对认识其社会经济状况和了解其风土民情，具有重要的参考作用。

我们知道，《诗经》所表现的农业生产状况还是十分粗放的。比如《大雅·旱麓》里有"瑟彼柞棫，民所燎矣"，有的学者研究认为，这是西周农业生产中的"撂荒农作制"。[①] 像这样的做法，不仅反映汉中地域的诗篇有之，反映其他地区的诗篇里也有。如《大雅·棫朴》："芃芃棫朴，薪之槱之。"《皇矣》："作之屏之，其菑其翳，修之平之，其灌其栵；启之辟之，其柽其椐；攘之别

---

① 郭文韬：《中国古代的农作制和耕作法》，农业出版社1981年版，第3页。

之，其麇其柘。"《周颂·闵予小子之什·载芟》："载芟载柞，其耕泽泽。"如此等等都是当时除草伐木、开垦荒地的生动写照。在今天的农业生产中，这种做法只是被局部采用，当然这不完全是单纯的开荒种植，而是把除草伐木当作农田用肥来处理。有的地方在水稻收割后，将稻草焚于田中；麦收以后，亦做同样处理；其他农作物生产亦效之，这叫"菑"也叫"燎"。有的丘陵上的荒草亦被焚烧，然后再种植，像山区还有烧山的专门习俗，这可以看作先周时代农业耕作法的遗风。

再比如，我国古代手工业中的丝织业和葛麻纺织业，在周代社会中占有突出的地位。《诗经》许多处都写到了这个方面。在这里，我们只着重论及产生于"二南"地域里的《葛覃》一诗，谈谈它所表现出的周代社会的麻纺织业在社会中的作用及当今的认识价值。1972年，江苏吴县草鞋山的新石器时代遗址中出土了三块珍贵的葛布残片，这些纺织品是五千多年前我们祖先的杰作。以后在河北藁城又出土了商代大麻布残片。这些出土的实物，就是我国四五千年前利用葛麻作为纺织原料的可靠见证。在《诗经》中，提到麻、纻、葛的诗句有几十处之多。西周王室还设有"典枲"的职官，专门掌握麻和纻的纺织生产，又设立了"掌葛"的官职，专门"征缔、绤之材"和"征草贡之材"，也就是征收麻、葛等类纺织原料。[1] 最早记录我国劳动人民进行葛脱胶和纺织加工的是《周南·葛覃》，[2] 即《诗三百》篇的第二篇。诗曰："葛之覃兮，施于中谷，维叶莫莫，是刈是濩，为缔为绤，服之无斁。"这里，不仅描绘了葛的形态，而且说了把葛刈回来用濩（煮）的办法进行脱胶，最后把得到的葛纤维按粗细不同，加工成缔或绤。从这里我们看到几千年前汉水流域的先民们，已经懂得葛麻纺织的技术，并已达到了较高的水平。

---

① （汉）郑玄、（唐）贾公彦：《周礼注疏》，李学勤：《十三经注疏》，北京大学出版社1999年版，第201、421页。
② 脱胶指从韧皮纤维除去植物胶质的过程，有"浸渍法"和"化学法"。参见《辞海》（上海辞书出版社1980年版）第1516页"脱胶"条，以及自然科学史研究所编《中国古代科技成就》（中国青年出版社1978年版），第657页。

随着社会生产的发展和农业经济的繁荣，先民们的思想意识也不断发展着，他们对于客观世界的主观能动力量日趋增长。因而，社会生活的各个方面亦出现了变异。一方面继承了前人的风俗习惯，另一方面根据社会的需要，更新或兴起了许多表现社会生活的习俗，这些通过诗的内容也反映出来。在这方面，祭祀和婚俗是其代表，我们在此只做简单的论述。古人每做一件事，都要到宗庙里祭奠自己的先祖先烈，《采蘋》一诗，就是女子出嫁时到宗庙祭祀祖宗所唱的歌。《摽有梅》则是在仲春欢庆会上所唱的选择爱人的歌。从民俗学来看，这是一种"自愿"婚，即习俗中人们常说的"私奔婚"。男女双方在感情、生活各方面保持了平等与均衡。《诗经·国风》中有许多表现这种婚俗的诗篇。其实，这是周王朝为了增殖人口、发展生产而采取的政策，周王朝设置"媒氏"之官，专管男婚女嫁。据《周礼·地官》记载，凡到了年龄的未婚男女，在每年阴历二月，"媒氏"之官都要促其婚配。"媒氏，掌万民之判……中春之月，令会男女，于是时也，奔者不禁……司男女之无夫家而会之。"《摽有梅》中抛梅求婚的形式，既是民间欢会的风俗，又符合发展人口、促进生产的王室意愿，从而这种婚俗就成了促进人类本身的生产，推动社会发展的一种力量。这种由祭祀和婚俗而产生出来的民间诗歌又有力地反映了时代。同时，这种生活在人们思想上所产生的认识观念，又促使其他一些文学艺术形式的萌芽，比如神话与传说。因为产生神话、史诗的条件，一是人们当时还无法战胜和驾驭自然，于是"用想象和借助想象征服自然力，支配自然力，把自然力加以形象化；因而，随着这些自然力之实际上被支配，神话也就消失了"[1]。二是当时的社会发展条件，并不排斥"一切神话地对待自然的态度和一切把自然神话化的态度"[2]，因而神话式的幻想能获得人们的支持、接受，符合人们的愿望、要求。《周南·汉广》所写到的汉水女神的神话，正是借助神女以表

---

① ［德］马克思：《〈政治经济学批判〉导言》，《马克思恩格斯选集》第2卷，人民出版社1972年版，第113页。

② 同上。

达作者对心爱人的眷恋,以及推而广之对汉水女神的祈祷和保佑,曲折隐晦地反映了当时人们的思想愿望。这些是我们今天在认识《诗经》的思想意义和历史作用时,应该给予高度注意的。

(二)对正确认识《诗经》有深刻的意义

今天的《诗经》研究者,正通过研究以进一步认识《诗经》的价值,并进而认识产生《诗经》的那个时代、那个社会。因为这些社会反映了我们数千代以前的祖先的精神面貌。我们在肉体上和心灵上已经度过了与此相同的一些发展阶段,而我们之所以成为我们今天这个样子,正是因为有过他们的生活、他们的劳动和他们的奋斗。我们的文明奇迹乃是千千万万无名的人们无声无息孜孜努力的结果,就像英格兰的白垩山崖是由无数带石灰质壳的有孔虫合力造成的一样。以历史唯物主义的世界观和科学的研究方法探讨古代文学,剖析它反映的社会现象和揭示其本质,去伪存真,除芜存菁,这是正确继承民族传统文化所应有的态度,也是我们区别于封建士大夫阶级的一个关键。

历代文人对古籍的研究也有他们的贡献,这一点是不容否认的。但是我们也要站在无产阶级的立场上,对传统观念中的是非加以认真思考和分析。比如说,对"二南"的总的解释,就存着唯心与唯物两种观念的对立,朱熹主张的"诗之为教",就是典型的例子。《诗集传·序》云:"凡诗所谓风者,多出于里巷歌谣之作,所谓男女相与咏歌,各言其情者也。惟周南召南亲被文王之化以成德,而人皆有以得其性情之正,故其发于言者,乐而不过于淫,哀而不至于伤,是以二篇独为风诗之正经。"① 对于国风这种民间歌谣的产生,朱熹说得还是有道理的,但他却从统治阶级立场上给"二南"蒙上了一层"被文王之化以成德"的封建儒教思想,用来说明"人皆有以得其性情之正"。所谓"正"者,就是顺从、符合封建统治阶级的思想意识,其根本之点就在于此。封建文人因为他们阶级的、历史的等多方面的局限,阐发他们的理论观点不足为

---

① (宋)朱熹:《诗集传》,上海古籍出版社1980年版,第2页。

怪，问题在于我们今人面对这些时，就需要下一番去伪存真、去粗取精的功夫了。在对"二南"内容的认识上，从文学方面来看，过去的文人虽然不乏精要之见，但也并非回答了所有问题。例如，"二南"产生的社会历史背景究竟是怎样的？它的社会内容和它的历史价值是什么？这些方面的研究就嫌不足，更须提出的是，"二南"的出现对于其他十三国风有没有影响？与其他十三国风的关系如何？"二南"在《诗经》305篇中放在怎样的地位上最为合适？特别是在中国诗歌发展史上有什么重大的意义？这些都有待于我们进一步深入探索。

（三）《诗经》"二南"与汉水流域论题研究的社会意义

前面的论述或许对于人们探讨汉水流域的上古历史和《诗经》的源流有一定的帮助，对一些古籍中所记载的与《诗经》有关的历史情况、地域面貌有了一个较为明确的认识。要认识与"二南"中诗篇有密切关系的汉水流域，人们就要对汉水的源流、主支进行研究，而两千多年来的史书对此的记载，多有差异。《禹贡》《说文》《华阳国志》《水经注》《通志》《汉中府志》等的记载，我们在前文已部分里引证过，诸说不一。为此，我们又翻阅了有关文献和资料，并进行了考察调研，对于汉水的源头有了进一步的认识。按现在的勘查结果，汉水有三个源头：宁强西南箭竹岭的玉带河为南源；宁强中部嶓冢山的一支（古称漾水，今称汉水，有别于今勉县漾家河）为中源；而凤县紫柏山的沮水为北源。现在一般承认中源为汉水的正源。但按流长则南源（玉带河）最大，按水量则北源（沮水）最大，中源既短又小。大概因其是中间主流而被定位为正源。有的书载这条汉水出自甘肃康县一带，则与事实不符。因嶓冢山汉水源头处有分水岭相隔，其西为甘肃武都地区，水入嘉陵江水系，与这条汉水无涉。至此，一个在文献记载上争执不休的问题，通过调查考察，得到了既符合历史事实，又与现实状况相印证的客观回答。

二 研究论题的思考

《诗经》"二南"与汉水流域文化研究，是一个文化经典与地域文化结合的领域，具有文学、文化、历史、地理、语言、民俗等多方面的研究价值。这个带有探索性的研究课题，还有许多方面没有展开，还需要进一步深入。就已经进行的研究看，该课题应具有丰富的内涵。

通过历史研究，可以朦胧地认识商周时期汉中的社会风貌、政治经济状况，这将对我们今天研究古代社会，建设新时代提供丰富的材料和历史的借鉴。

通过地理研究，可以了解当时汉中的地理位置及其重要性，认识自然环境对社会各方面所起的作用，同时，为今天怎样掌握优越的地理条件，开展经济建设提供依据或参考。

通过对动植物矿产的研究，可以认识商周时期汉中的丰富物产、气候、雨量、温度情况，森林、河流、湖泊、沼泽的变化，金、银、铜的贮藏及分布，古代人们对其的开发利用，等等，这些对物候、气象学、地质学、水利学、植物学、动物学等都有一定的认识和参考价值。

通过文物与考古的研究，分析和论证商周时代的汉中及汉水流域的历史，初步提出了汉中是微方国所在地域的观点，虽则浅疏，但对于文献史料缺乏的汉中及汉水流域上古历史的研究，可起到一个补充和提供开拓线索的作用。比如，微史家族的研究，与探讨汉中古代书法艺术的演变有一些关系。因为上古书法大多出自史官手笔。例如，商武丁留传下的字，多数是史官彭、韦、亘、串等人的作品，祖庚、祖甲时代的字，也多是史官出、火、兄、尹、即、喜等人的作品，有名的西周《史籀篇》，即是周宣王史官史籀所作。是否我们可以推断，根据周原出土的金文，可以窥探和了解汉中西周时的书法艺术，这可能是汉中后来辉煌灿烂的"石门"书法艺术的先声。

通过对语言文学的研究，特别是语音的研究，来说明上古自汉中至今的语言演变情况，为民俗学、民间文学、文学史、音韵学和地方方言等多方面的研究提供参考资料。以《周南·关雎》为例。本诗最后四句是："参差荇菜，左右芼之；窈窕淑女，钟鼓乐之。"这里，"芼"在上古韵宵部，"乐"在上古韵药部。根据在元音相同的情况下可以互相对转的通韵原则，这是阴入对转，以求和韵。此二字的声母、韵母及韵母中的韵头、韵腹和韵尾亦有一定的联系，故在诗中押韵。而汉中方音里，"芼""乐"两字的韵母中还有元音［o］。同时，二字的声母基本上保持了上古声母微［m］、来［l］，但仔细分析还是有差别的。以此推断，上古诗章中有关古韵的读法尽管与今天汉中方音所读语音不尽一致，但从声母中遗存的元音来看，还是有密切关系的。对《关雎》中两个字的特殊韵部及通转，与汉中方音作了初步对比分析，不难看出《关雎》与汉中的联系。推而论之，是否可以说，"二南"诗产生于汉水流域，在语音上得到了有力的证明。同时，这对于进一步从音韵学的角度去辨析有些词义、地域问题，都有着重要的价值。

汉中在几千年前，曾是中华民族的文化发祥地之一，是古文明的摇篮之一，对整个中华民族的文化发展作出了特有的贡献。在周代，产生于汉中及汉水流域《诗经》中的"二南"诗篇，证明了这个问题。今天研究《诗经》，研究"二南"中的诗章，有助于我们更全面和深入地研究中华民族的文明史，重视地方文史研究和开发工作，建设社会主义物质文明和精神文明，发展社会主义的文化事业。追溯历史的轨迹，是为了辟斫来路的荆棘；追慕先贤的英灵，是为了激励后辈的才智；认识古人的丰姿，是为了增添今人的风采；了解古往今来的业绩，是为了激发创业的情怀。热爱祖国、热爱中华大地，热爱养育自己的故乡，这是炎黄子孙的优良传统。人们对生养自己的故土了解得愈深，对家乡的山川河流就会钟情得愈深；对生活战斗的地方知道得愈多，为它增添光彩的历史责任感就愈强。

《诗经》是一部伟大的文学作品，同时也是一部内容丰富的自然科学宝库。从它产生一直到今天的三千年时间里，研究者就是围绕着社会科学和自然科学两个方面，来寻求自己需要的东西的。而在《诗经》的研究领域里取得瞩目成就的，基本上体现在社会科学方面。从汉代的《毛诗序》到宋代的《诗集传》，再延续到清代的《诗广传》，封建士大夫文人从义理章句上精琢细雕，穷经皓首，开拓了许多领域。但也因为这样，附会穿凿，望文生义，严重地歪曲了《诗经》的思想价值，把它改造成统治阶级愚弄人民的工具。历史上的《诗经》研究者，从自然科学的角度去探索，去开掘，也作出了一定的成绩，可比之于社会科学，其数量较少，影响微小，这也是不可否认的事实。因此，可以说关于《诗经》的研究，从古到今，人们的着眼点主要放在了对《诗经》的思想内容及其社会意义上。无可否认，这种对于一个历史时代的文学的正面研究是重要的，单纯地研究自然科学，抛开了人类社会历史的研究，是不全面的。马克思说过："我们仅仅知道一门唯一的科学，即历史科学。历史可以从两方面来考察，可以把它划分为自然史和人类史。但这两方面是密切相连的，只要有人存在，自然史和人类史就彼此相互制约。自然史，即所谓自然科学，我们在这里不谈；我们所需要研究的是人类史，因为几乎整个艺术形态不是曲解人类史，就是完全排除人类史。"① 马克思在这里把历史科学分为两个方面来考察，论述了两者的不可分割性，强调从人类社会史的角度研究历史，是十分精辟的。我们对《诗经》这部史诗，从社会科学与自然科学两个方面进行全面研究，是十分必要的。前人偏重在社会历史、政治思想等方面的研究，已有众多的著作，后人在此基础上的研究，应该进一步深化，力争有新的发掘。因此我们认为，结合《诗经》的思想内容，全面考察《诗经》的历史背景，从社会学、民俗学、文学、语言学、历史地理学、地质学、动物学、植物学等各个方面进行综合研究，再融汇地方文史研究，曲径探幽，发前人之所未发，是能有所收益的。

　　从历史唯物主义出发，应该说《诗经》305篇的产生，在当时就

---

　　① ［德］马克思、恩格斯：《德意志意识形态》，《马克思恩格斯选集》第1卷，人民出版社1972年版，第21页。

有其深远的历史原因，在《诗经》采集编成之前，周代前期约500年间的经济基础、社会制度、阶级矛盾、政治斗争、民族矛盾等，构成了整个历史时代有机的社会生活，这样才产生了内容丰富而复杂，几乎包括了当时社会生活各个方面的"诗三百"篇。《诗经》将中国商周及春秋时代的历史画卷呈现在我们面前，使我们看到了数千年前劳动人民的生活状况和真挚的思想感情，看到了由奴隶制社会向封建社会转变前夕的社会历史状况。在某种意义上我们应该说，"诗三百"是我们认识上古社会的极为宝贵的历史教科书。列宁指出：

> 马克思主义便是共产主义从人类知识中产生出来的典范。……应当明确地认识到，只有确切了解人类全部发展过程所创造的文化，只有对这种文化加以改造，才能建设无产阶级的文化——没有这样的认识，我们便不能解决这个任务。……无产阶级文化，应当是人类在资本主义、地主社会、官僚社会压迫下所创造出来的全部知识合乎规律的发展。……只有用人类创造出来的全部知识宝藏来丰富自己头脑时，才能成为共产主义者。①

毛泽东同志说：

> 中国的长期封建社会中，创造了灿烂的古代文化。清理古代文化的发展过程，剔除其封建性的糟粕，吸收其民主性的精华，是发展民族新文化，提高民族自信心的必要条件；但是决不能无批判地兼收并蓄。必须把古代封建阶级的一切腐朽的东西和古代优秀的人民文化即多少带有民主性和革命性的东西区别开来。②

---

① ［俄］列宁：《青年团的任务》，《列宁选集》第4卷，人民出版社1960年版，第347—348页。

② 毛泽东：《新民主主义论》，《毛泽东选集》第2卷，人民出版社1953年版，第679页。

现在，我们研究《诗经》，就应该从这些原则出发，以历史唯物主义的态度和方法，正确理解它的价值及其作用，尽量还其历史的本来面目，"批判地吸收其中一切有用的东西"。同时，坚决剔除一切封建性的糟粕，使《诗经》研究在社会科学和自然科学领域放射出灿烂的光彩！

最后，笔者谨以宋人祝穆《方舆胜览》中"利州东路·兴元府"后的"四六"文对汉中的赞美作为本章的结束。其文曰：

> 出纶天上，趣镇汉中。眷西陲之要地，有南郑之名邦。襄姒所奔之城，诸葛出征之路。昔炎图之肇造，由此而兴；今全蜀之欲安，赖兹以守。青天上蜀道，久严分阃之权；黑水惟梁州，允赖安边之杰。
>
> 宣化成流，分五马、双旌之寄；跻危历险，在孤云、两角之边。张留侯栈道之绝，陈迹可寻；郑子真谷口之耕，清风犹凛。谷好褒、斜，汉功臣之所保；水名廉、逊，宋名士之攸居。出镇梁州，历旌谷骑桥之险；大书褒驿，严匮金囊帛之词。[1]

---

① （宋）祝穆撰，祝洙增订：《方舆胜览》，施和金点校，中华书局2003年版，第1154页。

第七章　"二南"余韵

前面的章节主要围绕《诗经》"二南"的诗篇与汉水流域文化的关系做了深入的分析和探讨，但在《诗经》中，还有许多篇章与汉水流域的历史文化有紧密的联系，对之也需要进行必要的分析，从一个更大的视野里认识《诗经》这部文化典籍的丰富内涵和文化意义。本章正是基于这样的思考，选取《诗经》与汉水流域相关的几个历史人物以及汉水流域的民歌，从《诗经》具体篇章、地方史志、历史传说等方面作一些探究，一方面是对"二南"研究的补充和对《诗经》整体研究的进一步深化，另一方面，通过研究来探讨《诗经》文化在当代的传承、创新与发展，以及对新时代文化的启示价值。

第一节　褒姒故里的历史演绎

晚唐诗人胡曾在《咏史诗》100首里，有一首咏叹《褒城》的诗，其诗曰：

> 恃宠骄多得自由，骊山举火戏诸侯。
> 只知一笑倾人国，不觉胡尘满玉楼。[1]

---

[1]　赵望秦、潘晓玲：《胡曾〈咏史诗〉研究》，中国社会科学出版社2008年版，第273页。

诗题为"褒城",但所吟咏的却是褒姒。褒姒因褒城、古褒国为其出生之地而得名,褒城、古褒国因献褒国之美女褒姒侍周而闻名。所以,胡曾咏叹褒城,其实不在于城,重点在人。对于褒姒其人,胡曾是带有讥讽批判意味的,"恃宠骄多""举火戏诸侯"等言辞,曲折地表现了"女人"是祸水的文化心理,似乎西周的覆灭应归罪于褒姒,反映了晚唐诗人将历史与现实比照而发出的喟叹。

褒姒是汉水流域一个值得关注的历史人物,因为与西周王朝的覆灭联系在一起,所以留下了"千金一笑""烽火戏诸侯"等成语故事,受到了后世的贬斥,而反映周代历史文化的典籍《诗经》,也有褒姒的相关记载和描写。因此,在探讨《诗经》与汉水流域文化时,对褒姒的关注与评价,也是一个无法回避的话题。

一 文献史料中所记的褒姒

在现存的文献资料中,最早记载褒姒的是《国语》中的《郑语》和《晋语》。《郑语》云:"褒人褒姁有狱,而以为(褒姒)入于王,王遂置之,而嬖是女也。"① 《晋语》云:"周幽王伐有褒,褒人以褒姒女焉。"②

这些记载不仅说明了褒姒入周的缘由,也明确了入周的时间,但更重要的是开启了女人祸国思想的先河。《晋语》用夏桀宠妹喜而亡夏,殷纣宠妲己而亡殷,周幽王宠褒姒而亡周作喻,警告晋王,不要走历史的老路,重蹈覆灭的结局。

《史记·周本纪》云:"当厉王之末……褒人有罪,请入童妾所弃女子者于王以赎罪,弃女子出于褒,是为褒姒。当幽王三年,王之后宫,见而爱之,生子伯服,竟废申后及太子。"③

上述史料表明,褒姒是周厉王后宫的童妾,遭龙漦感孕而生女,惧而弃之,被卖器者夫妇拾得。夫妇亡,弃于褒。后褒人被周厉王讨伐,便将此弃女献于周宫中。因女出于褒国,是为褒姒,幽

---

① 徐元诰:《国语集解》,中华书局1998年版,第474页。
② 同上书,第250页。
③ (汉)司马迁:《史记》,中华书局1959年版,第147页。

王见而悦之。褒姒生子伯服，废申后及太子，以褒姒为后，伯服为太子。"褒姒不好笑、幽王欲其笑万方，故不笑"，幽王便在报警的烽火台上点火，招惹诸侯应急，而无敌寇，褒姒"乃大笑"，幽王以此为满足。但真正犬戎来犯京师，王令点火求救时，诸侯却不至，戎逐杀幽王于骊山下，掳去褒姒，周王室被抢劫一空，周衰财尽，迫使新立的平王迁往东都。

司马迁记载这一史实，同《国语》等记载相印证。但我们仔细斟究内容，可以看出司马迁采用了许多的民间传说，其感情色彩似乎对褒姒还是寄寓同情的，特别是用民间歌谣来预示周王朝的灭亡，有极其深刻的社会政治意义。

汉代刘向《列女传》中有"周幽褒姒"之传，其曰：

> 褒姒者，童妾之女，周幽王之后也。初，夏之衰也，褒人之神化为二龙，同于王庭而言曰："余，褒之二君也。"夏后卜杀之与去，莫吉。卜请其漦藏之而吉，乃布币焉。龙忽不见，而藏漦椟中，乃置之郊，至周，莫之敢发也。及周厉王之末，发而观之，漦流于庭，不可除也。王使妇人裸而噪之，化为玄蚖，入后宫。宫之童妾未毁而遭之，既笄而孕，当宣王之时产，无夫而乳，惧而弃之。先是有童谣曰："檿弧箕服，实亡周国。"宣王闻之。后有人夫妻卖檿弧箕服之器者，王使执而戮之。夫妻夜逃，闻童妾遭弃而夜号，哀而取之，遂窜于褒。长而美好，褒人姁有狱，献之以赎，幽王受而婴之，遂释褒姁，故号曰褒姒。

> 既生子伯服，幽王乃废后申侯之女，而立褒姒为后，废太子宜咎而立伯服为太子。幽王惑于褒姒，出入与之同乘，不恤国事，驱驰弋猎不时，以适褒姒之意。饮酒流湎，倡优在前，以夜续昼。褒姒不笑，幽王乃欲其笑万端，故不笑，幽王为烽燧大鼓，有寇至则举，诸侯悉至而无寇，褒姒乃大笑。幽王欲悦之，数为举烽火。其后不信，诸侯不至。忠谏者诛，唯褒姒言是从。上下相谀，百姓乖离，申侯乃与缯、西夷犬戎共攻幽

王，幽王举烽燧征兵，莫至，遂杀幽王于骊山之下，虏褒姒，尽取周赂而去。于是诸侯乃即申侯，而共立故太子宜咎，是为平王。自是之后，周与诸侯无异。《诗》曰："赫赫宗周，褒姒灭之。"此之谓也。

颂曰：褒神龙变，实生褒姒。兴配幽王，废后太子。举烽致兵，笑寇不至。申侯伐周，果灭其祀。[①]

此段大意是说，褒姒是婢女的女儿，其身世很离奇。夏朝末年褒君的神灵化为神龙，夏王祈祷神龙，神龙不见，留下唾沫，夏王收藏于匣子中。在周宣王时，匣子被打开，神龙的唾沫化为黑色蜥蜴，一个婢女遇见后怀孕，生下孩子后弃之，被一对老夫妇收养，因逃避周宣王抓捕，来到褒国。这个小孩长大后，非常美丽。而此时褒国国君姁得罪了周王，为了赎罪，就把这个美女献给了周幽王，幽王很宠爱她，释放了褒国君姁，因此称她为褒姒。褒姒生儿子伯服，废申侯之女的王后之位，而立褒姒为王后，废太子宜咎而立伯服为太子。褒姒不爱笑，幽王为了取悦褒姒，烽火戏诸侯。后来申侯联合缯、西夷犬戎在骊山杀幽王，掠褒姒，西周灭亡。申侯等拥立原太子宜咎为王，是为平王。所以《诗经》说，显赫的西周，因为褒姒而灭亡。

从刘向《列女传》所记褒姒的内容来看，他综合了《国语》《史记》的相关材料，较为详细地对褒姒的生平及西周覆灭作了记载，文后的"颂"辞，也是承袭了前人的观点，视褒姒为西周王朝的祸乱者。刘向之所以有这样的思想观念，一方面是受前代史书告诫的影响，另一方面，刘向生活的汉成帝时代，赵飞燕、赵合德乱于内，王凤、淳于长擅于外，国政纲纪因之大坏。刘向感念皇恩，心忧国事，假校书之便，编纂《列女传》，以讽后宫，以诫天子。正是专列一类"孽嬖传"，即为淫乱无度、骄奢纵欲的妇女列传，

---

① （清）王照圆：《列女传补注》，虞思徵点校，华东师范大学出版社 2012 年版，第 287—288 页。

显示了女性对国家的消极作用。

需要注意的是，刘向《列女传》一书，在很多篇章里也肯定了女子的才能和女性对政治的积极作用，但"孽嬖传"则强调了"礼不可违"，否则会导致"亡国亡家"。《列女传》记载了从夏桀妹喜到赵悼倡后共 15 名女性败政亡国的事例，涉及了女子与家国兴亡的关系，对后世产生了极大的影响。

二 《诗经》及注疏中的褒姒

在《诗经》中，有关褒姒的记载与描写主要集中在《正月》《十月之交》《瞻卬》等几篇之中。《小雅·正月》曰：

> 赫赫宗周，褒姒灭之。

《小雅·十月之交》云：

> 皇父卿士，番维司徒。家伯维宰，仲允膳夫。聚子内史，蹶维趣马。楀维师氏，醠妻煽方处。

《大雅·瞻卬》曰：

> 哲夫成城，哲妇倾城。

《毛诗正义》云："宗周，镐京也。褒，国也。姒，姓也。"又云："诗人见朝无贤者，言我心之忧矣。……"又云："艳妻，褒姒。美色曰艳。煽，炽也。"

又《毛传》曰："哲，知也。"《郑笺》云："哲，谓多谋虑也。城，犹国也。丈夫，阳也。阳动故多谋虑则成国。妇人阴也。阴静故多谋虑乃乱国。"《正义》云："若然阴虑苟当则，妇人亦成国。任姒是也。谋虑理乖虽丈夫亦倾城，宰嚭无极是也，然则成败在于是非，得失不由动静，而云阴阳不同者，于时褒姒用事干预朝政，其意言褒姒有智，唯欲身求代后子图夺宗，非有益国之谋，劝王不使听动非言，妇人有智，皆将乱邦也。"孔疏在具体解释上虽与《郑笺》有异，但他们都站在封建礼法的立场上，认为即使有才智的妇人治国，也会乱邦覆国，这是"红颜祸水"的论调。《诗集传》从根本上则承说了《毛传》《郑笺》《孔疏》的观点，对诸多问题没有新的看法。

清人陈奂《诗毛氏传疏》曰：

> 郦注《水经·沔水》篇，褒水，南经褒县故城东，褒中县也。本褒国矣，南流入于汉，案汉褒中县，属汉中郡，古褒国，在陕西汉中府褒城县。《括地志》云："汉中，在《禹贡》梁州之属，周并梁于雍，则褒国当在职方州雍之南境。"《史记·夏本纪》云，禹为姒姓，其后分封，用国为称，故有褒氏。……褒氏灭周，莫详于史伯告郑桓公语，《国语·郑语》云，褒人褒姁有狱，而以为于王，王遂置之，而嬖有女也，使至于为后，而生伯服，是褒女为后之事也。又云，王欲杀太子以成伯服，必求之申，申人弗畀，必伐之。若伐申，而缯与西戎，会以伐周，周不守矣。幽王八年，而桓公为司徒，九年而王室始骚。十一年而毙。韦注云，骚，谓嫡庶交争，乱虐滋甚，是即灭周之事，考《史记·周本纪》言，幽王三年，王之后宫，见褒姒而爱之，生子伯服，是立后当在四五年间。六年而遭日食之变，大夫作《十月之交》以刺之。至王欲放杀太子，而其傅作《小弁》之诗，自在九年中事，此《传》但云幽王惑于褒姒，立为后，不及放杀太子，则此篇与《十月之交》先后同作，总在史伯告桓公八年之前，据传证史，可以得其发次矣。然而嬖褒灭周，其兆既成，贤者为之忧伤而作是诗，其却伯阳父流亚与？①

① （清）陈奂：《诗毛氏传疏》，万有文库"国学基本丛书"本，第四册，商务印书馆1930年版，第84—85页。

陈奂又疏《瞻卬》曰：

> 哲，知。《释言》文，今字通作智，《郊特牲》云，妇人
> 从人者也。夫也者，以知帅人者也。今妇曰哲妇，妇不从人，
> 夫亦不以知帅人。国家之败，恒必由之，《晏子·谏上篇》，引
> 诗而释之云"今君不思成城之求，而惟倾城之务，国之亡日至
> 矣。"哲妇，厥褒姒也。倾城，喻乱国也。①

陈子展《诗经直解》云：

> 《正月》，《序》云："大夫刺幽王也。"刺幽王何事？
> 《诗》云："赫赫宗周，褒姒灭之。"《毛传》云："有褒国之
> 女，幽王惑焉，而以为后，诗人知其必灭周也。"则知此诗重
> 在刺幽王惑于褒姒，必致亡国而作。"三家无异义"。
> 《十月之交》，《序》说"大夫刺幽王"之诗。刺幽王何
> 事？按，刺幽王宠艳妻，用小人，至有灾异，诗中已自表明。
> "三家义当与毛同"。
> 《瞻卬》，刺幽王宠褒姒，将致大乱亡国而作。《诗序》不
> 为误。"三家无异义。"②

高亨《诗经今注》对这三首诗解释说："褒姒，西周最末一代
君主周幽王的宠妃。幽王因宠她而朝政昏乱，终于导致亡国。"
"艳妻，指幽王的宠妃褒姒。此句指褒姒处于左右，从旁吹风鼓动
幽王干坏事。""哲妇，指幽王的宠妃褒姒。"③
从古代的注疏到今天的《诗经》研究者所秉持的看法，就是褒
姒是周幽王的宠妃，是一个亡国的坏妇人。褒姒也基本上是一个反

---

① （清）陈奂：《诗毛氏传疏》，万有文库"国学基本丛书"本，第六册，商务印
书馆 1930 年版，第 84 页。
② 陈子展：《诗经直解》，复旦大学出版社 1983 年版，第 661、668—669、1050 页。
③ 高亨：《诗经今注》，上海古籍出版社 1980 年版，第 279、283、470 页。

面形象，是被否定的。这其中的缘由，除了封建社会里有极少数的后宫嫔妃由于干政而引发朝廷内乱，带来国家灾难，引发人们的憎恶外，大多数人还是出于传统观念和文化心理的因素，对妇女社会地位、社会价值的认识有偏颇倾向，因而，注《诗经》也罢，评论也好，就很难有公允的立场。褒姒的遭际，其实只是一个典型的个案而已，但也需要我们进行认真的反思。

三 褒姒故里的传说与反思

在今汉中市褒河镇北 20 里处，原有一个小镇，名叫"褒姒铺"（今没于褒河水库中），是为褒姒故里。传说褒姒出生于周宫中，弃于野，人拾之，在褒国长大，后褒国遭难，被献于宫中。据《史记·周本纪》"正义"引《括地志》云："褒国故城在梁州褒城县东二百步，古褒国人也。"《褒城县志》载："褒国故址，县东三里骆驼坪。"今褒水、褒斜道、石门、石门摩崖石刻等遗迹尚存。在汉水流域上游汉中地域里，有许多关于古褒国及褒姒的历史传说。

据《汉中府志》引《集仙录》云：

> 褒女者，汉中人也。居汉沔间，幼好道，既笄，浣纱于泝水上，云雨晦宴，若有所感而孕。父母责之，忧患而终。谓其母曰："死后愿以牛车载送西山之上。"言讫而终。父母置之车中，未及驾牛，其车自行，逾沔、汉二水，直上泝口平元山顶。家人追之，但见五云如盖，天乐骇空，幢节导从，其女升天而去。邑人立祠祭之，水旱祈祷俱验，泝口山顶双辙迹存。①

很显然，这个神话传说与正史中记载的关于褒姒的情况及其表现的思想倾向和感情色彩是不同的。

在这个神话传说中，褒姒是一个贞节的女子，是因为感云雨而

---

① （清）严如熤纂修，郭鹏校勘：《（嘉庆）汉中府志校勘》，三秦出版社 2012 年版，第 1180—1181 页。

孕，乃不得已升天而去，成了上界的圣仙，脱离了尘世。由此看来，褒姒并非历史记载的那样令人作呕，是令人愤慨的宠嬖。我们可以看到，在这个神话传说中，褒姒是一个受人崇敬的形象，很像是一个褒水女神。人们为了求得她的恩赐，立祠祭之。原汉中北约40里的褒姒铺尚有一祠宇，1970年因建成褒河石门水库，方没入水中。过去，每当干旱之时，人们便往祭祀、祈告，祈求褒姒恩赐于这里的人们。我们是否从这个神话传说中得到这样的启示：在历史发展的长河中，人们对每一件事的评价，并不是根据前人已有的历史结论，而是随着历史的发展，愈来愈多地认识到前人还没能正确和深刻认识的事物，可以说，神话的内容可以反映出一定时代的思想倾向，只有我们剔除其迷信的糟粕，才能对研究有所裨益。

在后代文人的咏叹中，有人对她寄予深深的同情。据史载，唐代大诗人元稹为御史大夫，奉使东川，宴饮褒城，曾作诗赠友人褒城县令（即黄明府）：

> 昔年曾痛饮，黄令困飞觥。
> 席上当时走，马前今日迎。
> 迤逦七盘路，坡陀数丈城。
> 花疑褒姒笑，栈息武侯征。
> 一种埋幽石，空闻千载名。[①]

这里把褒姒和诸葛亮相提并论，并为此而发出深长慨叹，这不是没有原因的。首先，可以肯定，褒姒和诸葛亮都是智人，何以为证？《大雅·瞻卬》诗云："哲夫成城，哲妇倾城。"哲，历代注疏都认为通知，即智也。陈子展译文亦说："智慧的丈夫成城，智慧

---

① （清）严如熤纂修，郭鹏校勘：《（嘉庆）汉中府志校勘》，三秦出版社2012年版，第1174页。另，《全唐诗》卷394收此诗，题作《黄明府诗并序》，诗计20句，文字略有差异，较《汉中府志》全，见陈贻焮《增订注释全唐诗》第3册，文化艺术出版社2001年版，第116—117页。

的妇人坏城。"① 在智慧上，古人把褒姒同诸葛亮相比。其次，褒城是褒姒故里，其地有褒斜道，曾是诸葛武侯出征伐魏的栈道。元稹于此寄怀，有感而发。最后，联系到这两个历史人物，元稹表现了较为公正的历史观。褒姒一笑，唾骂千秋，这是历来注《诗经》者的观点。武侯勋业，神州景仰，这是历代民众的意向。但元稹不同，他在这里透示出的是把国亡人劫、沉冤千载的褒姒和功业未就、长眠定军山的诸葛武侯，作为失败者的智臣和有着令人痛心遭遇的智妇，同时加以评价，抒发了作者同情、感伤和为之遗憾的心情。在评价和分析历史人物方面，可以说元稹体现了一种与世俗不同的观点。马克思主义经典作家就个人在历史上的地位及在历史中所起的作用作过精辟的论述：

> 既然从唯物主义意义上来说人是不自由的，就是说，既然人不是由于逃避某种事物的消极力量，而是由于有表现本身的真正个性的积极力量才得到自由，那就不应当惩罚个别人的行为，而应当消灭犯罪行为的反社会的根源，并使每个人都有必要的社会活动场所来显露他的重要生命力。既然人的性格是由环境造成的，那就必须使环境成为合乎人性的环境。既然人天生就是社会的生物，那他就只有在社会中发展自己的真正的天性，而对于他的天性的力量的判断，也不应当以单个个人的力量为准绳，而应当以整个社会的力量为准绳。②

对待褒姒、诸葛亮等的态度和评价，我们都应该是这样的。不应把西周倾覆的历史责任推却给褒姒一人，更不能以历史上的"女祸论"来看待褒姒。

我们知道，在中国古代封建社会中，女子的地位十分低下，受到许多不公平的对待，偶尔有杰出的女性作出了与平常女子不一样

---

① 陈子展：《诗经直解》，复旦大学出版社1983年版，第1046页。
② ［德］马克思、恩格斯：《神圣家族》，《马克思恩格斯全集》第2卷，人民出版社1957年版，第167页。

的举措，或取得了巨大的成绩，甚至登上了九五之尊，就会被迂腐冬烘的文人学士贬斥或咒骂，在历史上形成的一种"最卑鄙、最荒谬、最流行的理论是'女祸论'"。① 当代学者批驳说：

> "女祸论"是一种奇特的理论，它不系统，但却非常丰富；它不科学，但却是人们解释世间一切罪恶、一切灾难、一切不祥之兆的"百科全书"。它能解释战争的起因与结果……它能解释国家的兴盛与灭亡……它能解释一切异常现象。②

我们今天就是要抛弃陈旧腐朽的理论观念，还历史以真实，给历史人物一个公允的评判。

历史上责骂褒姒，归罪褒姒者，一是认为褒姒有"倾城"之貌，即色相；二是有智，即"哲妇"，用智慧弄权，结党营私，这种看法来源于《诗经》文本和汉代以后的注家。对褒姒的这两条罪过，需要我们客观、冷静地分析。

先说褒姒的外在美色。

褒姒的美貌不是她的过错，反而应该是她的优点。汉中在上古时代气候温润，山清水秀，物产丰富，人们生活安逸，汉水滋养了一江两岸的人们，为生活在这里的人们提供了较为理想的自然生存条件。褒姒作为褒水（汉水的支流）边的女子，深受这一方水土的浸濡，生得肌肤白嫩细腻，粉面桃花，秀气中透着水灵，加上天生丽质，是汉水边美丽女子的代表。大自然的恩惠成就了褒姒的美貌，本应是人们喜爱、怜惜的女神，却成了褒国给周王室的贡品，沦为统治者纵欲的对象。命运的捉弄，使褒姒因美貌而招致了悲剧结局，背上了以色乱国亡国的恶名。

褒姒以貌美入周室，是没有自由的，是身不由己的，并不能改变她始终是统治者玩物的屈辱地位。周幽王娇纵她，无非因为她能

---

① 禹燕：《女性人类学》，东方出版社1988年版，第87页。
② 同上书，第88页。

极大地满足他淫逸奢侈腐化生活的需要。当申侯与犬戎讨伐周幽王时，他们也只是杀了周幽王和伯服，而"虏褒姒"，我们完全可以想到褒姒被掳的后果，无非充当了另一个奴隶主的享乐工具而已。因此，作为后妃的褒姒，处于奴役地位的深层悲苦又是何等的深重。

再说褒姒的内在智谋。

褒姒以美貌得宠，并生下了儿子伯服。要在后宫里生存而不受伤害，就必须有心机和智慧在充满危险的权力斗争中周旋。不可否认，褒姒做到了，利用受宠而主动追求，使儿子伯服被立为太子，自己也成为王后。褒姒的这种心机和做法，是出于保全自我，巩固自己在王室的地位。西周的宗法制有嫡庶之分的规定，男权社会提倡"母以子贵"的观念，促使褒姒在后宫的斗争中要保全和稳定自己母子的地位。褒姒由于生子伯服，大大加重了与申后较量的筹码。不难猜测，这种嫡庶之争即使不是褒姒，其他人也会卷进去的。由于统治集团内部变化莫测的权力之争，有时会使人身不由己，这种争夺直接关系到生存前景和生存利益，褒姒争宠，觊觎王后、太子的位置，也就是情理之中的事了。

西周奴隶制王朝的灭亡，是西周内部矛盾激化的结果，是必然的发展趋势，不能说是褒姒导致了西周的灭亡。如果说褒姒在西周灭亡的过程中有促进和激化矛盾的话，那也是偶然性的因素。在西周后期，周天子的地位已经动摇，失去了天下共主的资格，各国诸侯势力强大，常有犯上作乱之事发生。周幽王昏庸残暴，又任用虢石父那样的奸佞之臣，使得政治愈加黑暗，再加上地震等天灾，西周王朝呈现出衰朽的颓势，灭亡已是不可扭转的必然趋势。当然，从西周王朝的统治来看，褒姒的受宠及废太子、废申后等，也加速了周王室的颠覆，也正是在这层意义上，褒姒受到了后世的挞伐。其实，从宏观的历史发展来看，对褒姒的责难，不仅缺乏宽容的胸怀，而且让人对西周王室内部矛盾斗争以牺牲女人为代价而感到深深的悲哀。

我们承认，在西周灭亡的社会历史变革中，褒姒作为一个王妃，在促进君王决策的各种活动中，可能有尽忠或进谗的言行，起了或者推动或者阻碍国家发展的作用。但我们十分怀疑，在周代奴隶制国家初期，后妃涉政，是否有切实的可能。人们知道，从原始社会脱胎进入奴隶社会以后，妇女的地位并没有提高，君主的多妻制和妇女的低贱地位，在《周礼》和《礼记》等典籍中多有记载。况且，一个国家的衰亡，一个社会政治的覆灭，绝非"一笑"而就。屈原在《天问》中曾发问说："周幽谁诛，焉得夫褒姒？"就不相信褒姒能使西周灭亡。国家的兴衰，与其政治、经济、军事乃至社会上层建筑等各种矛盾相联系，是由各种因素促成的，特别是周幽王的昏庸腐败，使国内危机四伏，国外矛盾尖锐，西戎和诸侯国的叛乱是必然的，而褒姒作为王妃，对此是无能为力的。用作笑取乐导致亡国，来渲染褒姒的历史罪恶，是断不能令人信服的。鲁迅先生说过："历史上亡国败家的原因，每每归咎于女子。糊糊涂涂的代担全体的罪恶，已经三千多年了。……我一向不相信昭君出塞会安汉，木兰从军就可以保隋；也不相信妲己亡殷、西施亡吴、杨妃乱唐的那些古老话。我以为在男权社会里，女人是决不会有这种大力量的，兴亡的责任，都应该男的负。但向来的男性的作者，大抵将败亡的大罪，推在女性身上，这真是一钱不值的没出息的男人。"[1]鲁迅先生的评价是十分公允的，值得重视。

在汉中乃至汉水流域人们的心目中，对于这样一个倾城倾国的绝代佳人，却蒙冤遭骂，就是"褒姒故里"的滔滔褒水也洗刷不尽。人们每当在褒斜道凭吊被褒水淹没了的"褒姒铺"，就一定会想到三千多前那戎马烽火的壮阔景象。而此时此地，此景此情，是追溯历史的不公平，还是继续唾骂褒姒的可恶：作为一个历史唯物主义者，有必要对这些问题持清醒的认识。

流传在汉中及汉水流域的这些神话与历史传说，如同与她们相印证相对照的《诗经》中的有关诗篇一样，可以证明汉中及汉水流域历史的古老。赫胥黎先生说过："古老的传说，如用现代的严密

---

① 鲁迅：《鲁迅全集·坟》，人民文学出版社2006年版，第30页。

的科学方法去检验，大都像梦一样平凡地消逝了。就是，奇怪的是这种梦一样的传说，往往是一个半醒半睡的梦，预示着真实。"[①]我们从汉水流域的探察中，难道还没有寻访到《诗经》的踪迹，看到产生那些诗篇的那个时代的历史面貌吗？

第二节 "丙穴嘉鱼"产地丛谈

汉水上游的汉中盆地，自古以来，河谷众多，洞泉奇异，水产资源丰富。一种洞穴与河流相通、群鱼生存其间的现象，被古人誉为"丙穴嘉鱼"。从古代的文献资料来看，在汉中地区的勉县、略阳、褒城、城固等地的河流洞穴里都有嘉鱼的遗迹，是《诗经》"二南"的美好景象。

一 "丙穴嘉鱼"的源地

嘉鱼之称肇始于《诗经》。《诗经·小雅·南有嘉鱼》云："南有嘉鱼，烝然罩罩。君子有酒，嘉宾式燕以乐。南有嘉鱼，烝然汕汕。君子有酒，嘉宾式燕以衎。"这是一首描写当时贵族宴请宾客的诗。嘉，即美、善。嘉鱼泛指美好的鱼。"南有嘉鱼"，则言南方江河中有味道美好的鱼。到了晋代，文学家左思将"嘉鱼"和"丙穴"联系在一起，其《蜀都赋》曰："嘉鱼出于丙穴，良木攒于褒谷。"刘逵在注《蜀都赋》时说："丙穴在汉中沔阳县北，有鱼穴二所，常以三月取之。丙，地名也。"[②]刘逵的注，指明了嘉鱼的产地是在沔阳北。其实，丙穴除了专指一地外，还泛指一种洞口呈特殊形态的洞穴。但需要注意的是，左思在《蜀都赋》里以对仗的形式，将丙穴与褒谷进行了对比。北魏时期，郦道元进一步指出，丙穴是一种洞口形似丙的洞穴，而出于丙穴中的味美之鱼即嘉鱼则称丙穴鱼。《水经注·沔水》曰："褒水又东南得丙水口，水

① 〔英〕赫胥黎：《人类在自然界的位置》，蔡重阳、王鑫、傅强译，陈蓉霞校，北京大学出版社 2010 年版，第 40 页。
② （晋）左思：《蜀都赋》，《文选》卷 4，上海古籍出版社 1986 年版，第 178 页。

上承丙穴，穴出嘉鱼。常以三月出，十月入地，穴口广五六尺，去平地七八尺，有泉悬注，鱼自穴下透入水。穴口向丙，故曰丙穴，下注褒水。"①《后汉书·郡国志》"汉中郡"注引《博物志》曰："沔阳县北有丙穴。"《太平御览》引作"沔阳县北有鱼穴"。② 朱熹和吕祖谦在为《诗经·南有嘉鱼》作注时，也引入了丙穴说。朱熹《诗集传》云："南谓江汉之间……出于沔南之丙穴。"③ 吕祖谦《吕氏家塾读诗记》为毛氏"江汉之间鱼所产也"下注云："孔氏曰南方鱼之善者，莫善于江汉之间……先儒谓丙穴在汉中沔南县北，穴口向丙，故曰丙也。"④ 除了《诗经》的注家对"沔阳丙穴"有诸多的解说外，史志里也有载记。《古鼎录》云："先主章武二年，于汉川铸一鼎，名克汉鼎，置丙穴中，八分书，三足。"蜀汉刘备在建安二十四年，北定汉中，称汉中王。后诸葛亮开丞相府于沔阳（今勉县），为北定中原的前线，置放汉鼎的丙穴应该是在勉县。杜甫有诗"鱼知丙穴由来美"，仇兆鳌注云："丙穴凡六处，一在沔阳，一在顺政，一在万州，一在雅州，一在邛州，一在达州。"⑤ 表明唐代勉县就有一处知名的"丙穴嘉鱼"，但未说明位置。又据民国《续修南郑县志》对清陕西督学张映辰《汉中怀古》中"丙穴嘉鱼绕物产"诗句的注释："陕西勉县南汉江两岸有鱼洞子，清明谷雨前后，有鱼涌出，相传为丙穴嘉鱼。"结合前引"丙穴向南"的特征，认定置放汉鼎的"嘉鱼丙穴"，应在勉县汉水的北岸某处，具有重要的考古意义。

如果说"沔阳丙穴"是从水的角度来认定丙穴的，那么，"丙山丙穴"是从山的角度来认定丙穴的。在汉中地区的略阳（古称兴

---

① （北魏）郦道元著，陈桥驿校证：《水经注校证》卷27，中华书局2007年版，第644页。

② （晋）张华著，范宁校证：《博物志校证·佚文》，中华书局1980年版，第119页。

③ （宋）朱熹：《诗集传》，中华书局1958年版，第110页。

④ （宋）吕祖谦：《吕氏家塾读诗记》卷18《丛书集成初编》，上海商务印书馆1937年版，第320、321页。

⑤ （唐）杜甫著，（清）仇兆鳌注：《杜诗详注》卷13《将赴成都草堂途中有作先寄严郑公五首》其一，中华书局1979年版，第1106页。

州）有"二丙"之山，山穴有嘉鱼。《太平御览》引《周地图记》曰："郡（顺政郡）有丙山，山有穴，即丙穴，其口向丙，因以为名。"①《太平寰宇记》说大丙山、小丙山在兴州顺政县东南七十里。"其山峻崖，南北相对，阔七步，其崖峻峭，高百丈。山衣石发，被于崖际。北有穴，方圆二丈余，其穴有水潜流，土人相传为丙穴。"②宋祁《益部方物略记》赞曰："二丙之穴，厥产嘉鱼。"③此"二丙"是指兴州（今陕西略阳）的大丙山和小丙山。

不仅如此，唐代段成式《酉阳杂俎》还记载了略阳的"雷穴鱼"："兴州（今略阳）有一处名雷穴，水常半穴。每雷声，水塞穴流，鱼随流而出。百姓每候雷声，绕树布网，获鱼无限。非雷声，渔子聚声鼓于穴口，鱼亦辄出，所获半于雷时。"④文中"雷穴鱼"就是指"丙穴嘉鱼"。这段记载，真实有趣，是说在春夏之际，每逢打雷，则"水塞穴流，鱼随流而出"，当地百姓便"绕树布网，获鱼无限"。然而在没有雷声的时候，如何捕捉"丙穴嘉鱼"呢？聪明的古兴州人自有办法，他们"聚声鼓于穴口，鱼亦辄出"，虽然"所获半于雷时"，但用鼓声拟雷的方法，却让我们了解了古人的聪明智慧。

另外，据史志记载，在汉中城固县的秦岭山地，也有"丙穴嘉鱼"的踪迹。明代修纂的《城固县志》载，明代景泰元年宁强举人谢恺发现了位于本县巴山深处的毛坝河鱼洞并品尝了嘉鱼，写下了《丙穴嘉鱼》七绝，题注道："州（宁强古称宁羌州）南一百里，秋冬鱼藏穴中，春夏时出，味美如鲫。"其诗句更是文采飞扬："天开深穴漾清流，一种名鱼自在游。不是桃花春浪暖，鱼人何处下金钩？"

至于丙穴之"丙"，除穴口向南说外还有鱼以丙日出穴和鱼尾像丙二说。《北户录》引陈藏器语辨之曰："丙者向阳穴，多生此

---

① （宋）李昉：《太平御览》卷167，四部丛刊三编本。
② （宋）乐史：《太平寰宇记》卷135，中华书局2007年版，第2644页。
③ （宋）宋祁：《益部方物略记》，《丛书集成初编》第299册，中华书局2010年版，第371页。
④ （唐）段成式：《酉阳杂俎》，中华书局1981年版，第210页。

鱼。鱼复何能择丙日出入耶?"① 陆佃《埤雅》则用《尔雅》"鱼枕谓之丁,鱼肠谓之乙,鱼尾谓之丙"的说法驳斥了因鱼尾像篆文"丙"字而曰丙穴的旧说:"鱼尾像丙,岂特嘉鱼而已?"②

从上面我们的引证和分析来看,晋代左思完成了对《诗经》"嘉鱼"的第一次地理、民俗维度的增殖,极具影响力。"丙穴嘉鱼"不仅是汉水流域文化的名片,而且影响着后世学者对"嘉鱼"的不断考索,"丙穴嘉鱼"的解释空间异常增大,不仅集中在丙穴所在地、得名缘由,还对嘉鱼属性、活动规律及古人对嘉鱼美味的制作等都有多方面的探讨。

二 后代诗文中的"丙穴嘉鱼"

在唐宋文人的诗作及后世的史志里,出现了多个丙穴嘉鱼的地域,人们也偏重于对嘉鱼的美味欣赏。早在郦道元注《水经》时,各地就存在着多个产"嘉鱼"的"丙穴"。《水经注·江水》云:"水发县东南柏枝山,山下有丙穴,穴方数丈,中有嘉鱼,常以春末游渚。冬初入穴,抑亦褒汉丙穴之类也。"③ 又《圣水》云:"其水夏冷冬温,春秋有白鱼出穴,数日而返,人有采捕食者,美珍常味,盖亦丙穴嘉鱼之类也。"④ 则巴郡、燕地皆有丙穴嘉鱼,唐宋以后,四川和广西的丙穴嘉鱼说最常见于文献,但作者们都是以"亦丙穴嘉鱼之类"的态度来叙述的,并非要颠覆原始的沔阳丙穴说。杜甫《将赴成都草堂途中有作先寄严郑公五首》其一有句云:"鱼知丙穴由来美,酒忆郫筒不用酤。"仇兆鳌注曰:"黄鹤曰:丙穴固在汉中,然地志载邛州大邑县有嘉鱼穴,万州梁山县柏枝山有丙穴,方数丈,出嘉鱼。又达州明通县井峡中穴凡十,皆产嘉鱼。

---

① (唐)段公路:《北户录》,中华书局 2010 年版,第 163 页。
② (宋)陆佃:《埤雅》卷 2,浙江大学出版社 2008 年版,第 17 页。
③ (北魏)郦道元著,陈桥驿校证:《水经注校证》卷 33,中华书局 2007 年版,第 776 页。
④ (北魏)郦道元著,陈桥驿校证:《水经注校证》卷 12,中华书局 2007 年版,第 299 页。

此诗公赴成都作，意是指邛州丙穴。盖成都西南至邛州，才百五十里耳。"① 宋祁《益部方物略记》亦云："今雅州亦有之，蜀人甚珍其味。"② 则四川邛、万、达、雅诸州皆有嘉鱼。陆游《梦蜀》曰："自计前生定蜀人，锦官来往九经春。堆盘丙穴鱼腴美，下箸峨嵋梌脯珍。"③ 对丙穴嘉鱼的记载渐渐集中到产地和味美两点上。明代学者注《诗经》时就已发出慨叹："丙穴嘉鱼，所产地不一，大都蜀与南越之境也。"④ 限于我们的论题，对后世品味嘉鱼、制作嘉鱼，就不一一详述了。

综前所述，梳理"丙穴嘉鱼"在古代文献中的流传，很清楚地发现，嘉鱼的产地最早出现在汉水流域的汉中地区，是与汉中地区较早的经济开发和文化传统有密不可分的联系的。而汉水上游的汉中地区，是"二南"诗的所在地，地域环境的优势和深厚的文化积淀，较之后来巴蜀、燕京、中原、湘岳、两广等地嘉鱼的记载，有极其重要的文化意义。

第三节　尹吉甫与《诗经》遗踪

在汉水中上游交汇的湖北十堰市房县，产生了中国第一位大诗人，周宣王的辅臣尹吉甫。据现代的学者们考证，《诗经》的产地就在房县，尹吉甫还被称为"中华诗祖"。

历史上尹吉甫是怎样一个人？他与《诗经》是怎样的关系？当代房县的《诗经》文化状况是怎样的呢？对这些问题我们将作一些探讨。

---

① （唐）杜甫著，（清）仇兆鳌注：《杜诗详注》卷13《将赴成都草堂途中有作先寄严郑公五首》，中华书局1979年版，第1106页。

② （宋）宋祁：《益部方物略记》，《丛书集成初编》第299册，第371页。

③ （宋）陆游著，钱仲联校注：《剑南诗稿校注》卷76，上海古籍出版社1985年版，第4156页。

④ （明）冯复京撰：《六家诗名物疏》卷34，文渊阁《四库全书》本，第80册，上海古籍出版社2012年版，第371页。

一 历史上的尹吉甫

尹吉甫，生卒年不详。一说前852—前781年。一说为前853—前775年，西周宣王时人。曾居镐京（陕西长安）、洛邑（河南洛阳）等地，受封地为房陵（湖北房县）。一说在幽王时被流放于房陵。尹吉甫系上古少昊金天氏之后裔，其先祖始居河南（淮阳）、河北（涿鹿），后迁山东（曲阜）、山西（汾州），于西周中叶时再迁荆楚，到尹吉甫时家居楚地房陵，从楚风以"兮"为氏。他曾辅佐周宣王，被赞颂为"文武吉甫，万邦为宪""吉甫作诵，穆如清风"，在周宣王时任职"尹"，为"内史"，属于史官。

《辞源》载："尹吉甫，周宣王时重臣。姓兮，名甲，也称兮伯吉父。甫，本作'父'；尹为官名。宣王中兴时曾率师北伐猃狁至太原。《诗·小雅·六月》及他的遗物兮甲盘都纪述其事。相传吉甫作有《诗·大雅·崧高》《烝民》《韩奕》《江汉》等篇，以赞美宣王。"①

尹吉甫是西周后期宣王时代的重臣，古代的典籍对他的记载很少。最早记载尹吉甫的是《诗经·小雅·六月》中的诗句："文武吉甫，万邦为宪。吉甫燕喜，既多受祉。来归自镐，我行永久。"②《毛传》云："《六月》，宣王北伐也。"朱熹《诗集传》曰："成康既没，周室寝衰，八世而厉王胡暴虐，周人逐之，出居于彘。猃狁内侵，逼近京邑。王崩，子宣王靖即位，命尹吉甫帅师伐之，有功而归。诗人作歌以叙其事如此。"③清代方玉润《诗经原始》也说："美吉甫佐命北伐有功，归宴私第也。"④这首诗写的是尹吉甫征伐猃狁得胜回京之后，设宴招待诸友的盛况。诗中歌颂他才兼文武，为万邦之宪，这里"武"，实际上是指尹吉甫在征伐猃狁中所显示出的军事才能。而尹吉甫的文化修为，他的官名"尹"则对此昭示

① 《辞源》（修订本），商务印书馆1980年版，第901页。
② 程俊英、蒋见元：《诗经注析》，中华书局1991年版，第503页。
③ （宋）朱熹：《诗集传》，上海古籍出版社1980年版，第114页。
④ （清）方玉润：《诗经原始》，中华书局1986年版，第360页。

无遗。《说文》云："尹，治也。从又ノ，握事者也。"①康殷《文字源流浅说》用金文释"尹"，谓"像手执针之，示以针刺疗治疾病，或是执针时特定手式。……以示针刺，引申而为治理，又由针刺医人，转为治理者——官员"②。这种解释似不确切。王国维从释"史"论及"尹"字，认为"尹"为"持笔为尹"，③其说应符合实际。在西周，"尹"是《周礼·春官》所言的"内史"之官，王国维说："自《诗》、《书》、彝器观之，内史实执政之人……盖枢要之任也。此官周初谓之作册，其长谓之尹氏"，并引孙诒让《周礼正义》证之。④由此可见，尹氏是掌管文化的最高官吏，朝廷的一些重大祭祀、重要的法律文书，都要由他起草和承办，这在文献证据中是很多的。所以这种职务必须是最有文化的人才能胜任，尹吉甫就是这样一位最有文化的人。同时，从他的名称来看，他必定是一个长期从事太史工作的人，才有可能将其真实姓氏失传，遂使人误其为尹姓。自从《兮甲盘铭》发现以后，经王国维、容庚、于省吾、陈梦家、郭沫若、李学勤等学者的考证，才得知他姓兮，名甲，字吉甫。因甫、父古音相同，故文献中又写作吉甫，尹是他的官职。《兮甲盘铭》共 133 字，记载了周宣王时期兮甲（尹吉甫）随周宣王出征玁狁，受到赏赐，被周宣王任命管理淮夷货物一事，具有重要的历史价值，历来受到学者的重视，相关的研究成果很多。⑤从铜器的年代以及铭文所记的内容来看，与《诗经·小雅·六月》关于宣王北伐玁狁的记载是一致的。

关于尹吉甫的籍贯，现在有四种说法：一是西周房州青峰（今湖北十堰青峰）人；二是西周封钜（今河北沧州南皮）人；三是西周中都邑（今山西平遥）人；四是古蜀国江阳（今四川泸州石洞）人。

---

① （汉）许慎：《说文解字》，中华书局 1963 年版，第 65 页。
② 康殷：《文字源流浅说》，荣宝斋 1979 年版，第 561 页。
③ 王国维：《观堂集林·释史》，中华书局 1959 年版，第 272 页。
④ 同上。
⑤ 陈连庆：《兮甲盘考释》，《吉林师范大学学报》1978 年第 4 期；尚秀妍：《兮甲盘铭汇释》，《殷都学刊》2001 年第 4 期；李义海：《〈兮甲盘〉续考》，《殷都学刊》2003 年第 4 期；刘又莘：《兮甲盘的价值》，《文物天地》2017 年第 11 期。

据潘世东先生的研究，认为房县是尹吉甫的籍贯有 10 条根据：第一，宋代在房县青峰出土了尹吉甫珍贵遗物"兮甲盘"，也叫"兮伯吉父盘"（西周晚期青铜器）。上有铭文 133 字，亦记述了吉甫征伐猃狁和征收南淮夷贡赋的事迹。第二，尹吉甫死后，葬于十堰青峰山，今碑文尚存。明嘉靖间，知县夏维宁为其专修一坊，曰："忠孝故里"。第三，明成化二十三年（1487）重修十堰房州县城，曾石刻"忠孝名邦"四字镶嵌于东门城楼。第四，据清同治《房县志》载："房县，古称房陵""尹公庙，城西南六里，祀周尹吉甫……" "宝堂寺，城东百一十里，在青峰东北。因石岩凿成……尹吉甫像倒坐于石庭。"有碑志，"《广舆记》所谓吉甫为房陵人，是也。及闻城东有祠墓"。第五，清代贡生张开隐也咏房州青峰佳景云："记得房陵古号州，青峰更见景多幽。山为文峰峦环绕，寺有清泉水长流。同治年间仙佛在，尹公墓侧断碑留。"第六，舒新城主编《辞海》（中华书局 1947 年版）载："尹吉甫：周房陵人，宣王修文武大业，进迫京邑，奉命北伐，逐之太原而归。"第七，据房县文化部门有关文物普查，房县文物馆现存"周太师尹吉甫之墓"石碑。第八，房县榔口乡白渔村（现合并为七星村）尚有宝堂寺岩庙遗迹，在"万峰山宝堂寺立碑记"的大型石雕龟驮碑上记载有"……乃古周朝名宦尹吉甫……此地灵人杰……"第九，21 世纪还有《诗经》诗句在闭塞险峻的大山腹地、尹吉甫的葬地青峰山盛传。第十，青峰山曾是贺龙元帅率领红三军到达的地方，民间传说贺龙亲自叩访过青峰尹吉甫的祠墓。[①] 当然，其他地方也有其依据。今河北沧州南皮认为，尹吉甫是西周封钜人，其依据是沧州南皮今尚存尹吉甫碑文。尹吉甫墓位于河北沧州南皮县城东 3公里处，墓封土很小，墓碑现存于县文保所。尹吉甫文武兼备，是周朝有名的"文以附众，武以威敌"的贤臣，死后葬于此地。1982 年由河北省人民政府公布为河北省重点文物保护单位。今山

---

① 潘世东：《论〈诗经〉时代汉水流域的诗歌和诗人——兼论中国最早的诗歌部落和诗人》，《郧阳师范高等专科学校学报》2007 年第 1 期。

西平遥认为尹吉甫是西周中都邑人,其依据是山西平遥古城有尹吉甫点将台、墓和墓碑遗址。尹吉甫谢世后,就埋葬在这里。他的墓冢坐北朝南,至今犹存。明万历二十五年(1597),知县周之度于墓前竖了通碑,上书《周卿士尹吉甫神道碑》。此碑曾一度埋没,1983年在墓南100米处出土后,又重新竖立于原位。而今四川泸州石洞认为尹吉甫是古蜀国江阳人,其依据是四川泸州有尹吉甫抚琴台遗址。

综上所述,湖北房县是尹吉甫的籍贯,其依据较为充实,而且也被学界所认可,房县对尹吉甫的遗物、遗址的保护以及《诗经》民歌的传唱,更是其他地域无法相比的。作为周宣王时期一个重要的军事家、诗人,中国文化史上的杰出人物,他对周宣王时期的王朝稳定,对中国文化事业的贡献,应该给予充分的肯定。

二 《诗经》中的尹吉甫

尹吉甫在历史上留下英名,是与《诗经》密不可分的。《诗经》里不仅有他的作品,而且还有歌颂他的诗篇,在《诗经》研究史上,应该加以重视。

在《诗经》中,有四首诗留有作者的身份或姓名,它们是

1. 《小雅·节南山》:"家父作诵,以究王讻。"

2. 《小雅·巷伯》:"寺人孟子,作为此诗。凡百君子,敬而听之。"

3. 《大雅·崧高》:"吉甫作诵,其诗孔硕。其风肆好,以赠申伯。"

4. 《大雅·烝民》:"吉甫作诵,穆如清风。"

这其中有两首诗的作者是尹吉甫。另外,学者们认为《大雅·江汉》《大雅·韩奕》等诗篇,也是尹吉甫所作。因为尹吉甫是唯一可查考的《诗经》多篇作品的作者,因而被誉为"中华诗祖"。

在《诗经》里,"吉甫"一词出现三次,除上面列出的《崧高》《烝民》外,还有《小雅·六月》:"文武吉甫,万邦为宪。"《毛传》谓:"尹吉甫也,有文有武。"还有"尹"出现了三次,

"尹氏"出现了两次,《毛传》、朱熹《诗集传》都认为是尹吉甫,如《小雅·节南山》《大雅·常武》等。值得注意的是,《小雅·都人士》中有"彼都人士,充耳琇实。彼君子女,谓之尹吉"之句,《郑笺》云:"吉,读为姞。尹氏、姞氏,周室婚姻之旧姓也。"可知,在周代时,尹、姞氏是周王室的姻亲。甚至有的研究者也认为《都人士》也是尹吉甫所作,其中的"谓之尹吉"句实乃吉甫公对自家后代姓氏的表述。这就是说,吉甫公的后代已不再是"兮氏",而是谓之"尹氏和吉氏"了。这种说法还有待进一步论证。

结合周宣王时期的社会历史状况及上述几首诗的内容,可以肯定的是,《大雅·崧高》和《大雅·烝民》是尹吉甫的作品应该问题不大。从《毛传》以来,历代治《诗经》者,对之均无异义,这是因为《崧高》所描写的是申伯,宣王之舅,王室的姻亲,《烝民》所描写的是仲山甫,与尹吉甫一样,都是周宣王的重臣,所写的内容与宣王朝有紧密的关系。尹吉甫的诗虽然是歌颂和赞美周宣王的功绩,但也真实地反映了宣王的"功"和"过",对其作了正确的评价。如《大雅·烝民》云"衮职有阙,维仲山甫补之",意思是"宣王居德有失也,仲山甫则能补之",讽喻之意明显,对后代进步诗人有一定的影响。

关于《大雅·崧高》,《毛传》云:"《崧高》,尹吉甫美宣王也。天下复平,能建国亲诸侯,褒赏申伯焉。"[1] 王先谦《集疏》曰:"此诗及下章(指《烝民》)皆有诗人自名。三家诗无异义。"[2] 但从诗歌看,诗人本意是"以赠申伯"。朱熹《诗集传》云:"宣王之舅申伯出封于谢,而尹吉甫作诗以送之。"[3] 诗的意旨较为明确。申伯姜姓,世代与周为婚姻关系。申姜又称"西戎"(见《国语·郑语》),其世居之地当宗周以西地区。《国语·周语》

---

① (汉)毛亨、(汉)郑玄、(唐)孔颖达:《毛诗正义》,李学勤:《十三经注·疏》,北京大学出版社1999年版,第1206页。

② (清)王先谦:《诗三家义集疏》,中华书局1987年版,第959页。

③ (宋)朱熹:《诗集传》,上海古籍出版社1980年版,第212页。

载，宣王三十九年"王师败绩于姜氏之戎"，古本《竹书纪年》记同年宣王有"伐申戎"之事，可见申姜与周人之间既有战争关系，又有婚姻关系。宣王朝是一个"四夷交侵"的时代，申伯受封的谢地是周王朝防御楚国北犯的门户。封申伯于南疆既可以抵御楚人，又可以分化西申势力，消除西戎对宗周的潜在威胁，实有一箭双雕的功效。宣王中兴主要表现在团结内部力量，抗击外来侵犯上。从《崧高》也可以明显看出宣王朝御外有方。诗中"申伯信迈"及"谢于诚归"，《郑笺》云："申伯之意不欲离王室，王告语之复重，于是意解而信行。"[①] 看来申伯本不愿离开自己的旧地，但最终服从王命。于此又可见宣王朝对诸侯方国的权威。

关于《大雅·烝民》，《毛传》曰："尹吉甫美宣王也。任贤使能。周室中兴焉。"朱子《诗集传》云："宣王命樊侯仲山甫筑城于齐，而尹吉甫作诗以送之。"[②] 可见汉、宋诸儒对作者、时代等没有太大的歧义。此诗争议较大的是仲山甫的族姓、樊地的地望，及其"徂齐"是就封于齐还是前往齐国执筑城任务等。仲山甫在《国语》中由于有樊仲山父、樊穆仲、樊仲等不同称谓，于是后代有樊地地望的不同说法，有修武阳樊（今河南济源）、兖州瑕丘（今山东济宁附近）、南阳樊城（今湖北襄樊市境内）等说。关于其族姓，有虞仲后代与周王同姓、齐太公姜尚之后、鲁献公之子，以及殷商旧族等说，因史料缺乏而难以定论。但从诗中"王躬是保""出纳王命"看，如此重大的职责，当以同姓兼任最有可能。"徂齐"是就封还是执行任务，今文学家主前者，古文学家主后者。但诗一则云"出纳王命"，再则云"式遄其归"，可以古文家言而有据。今本《竹书纪年》记宣王七年王命仲山甫城齐，或与此诗所述为同一史实。《毛传》言"徂齐"是为齐君迁邑定居。王质《诗总闻》则曰："《史记》齐本封营邱，至胡公始徙薄姑。献公杀胡公而徙临淄，则夷王之时也。再世而厉公暴虐，胡公子入齐，与

---

① （汉）毛亨、（汉）郑玄、（唐）孔颖达：《毛诗正义》，李学勤：《十三经注疏》，北京大学出版社1999年版，第1215页。

② （宋）朱熹：《诗集传》，上海古籍出版社1980年版，第214页。

齐人攻杀厉公，胡公子亦死。齐乃立厉公子子赤，是为文公，诛杀厉公者七十人，事在宣王之世。筑城之命疑在斯世，盖出定齐乱也。置君戮叛之事疑出山甫方略，史失记耳。"① 王质对本诗的史实作了补充，可供参考。

从艺术上看，《诗经》中的"二雅"诗，多为对事件、世道、典仪的表现与吟唱，而《崧高》和《烝民》虽有一定的仪式目的，但它们的特色是重在咏唱同时代的人。诗中以浓郁的笔墨从德行、精神气质诸方面赞美了申伯、仲山甫，这与"雅"诗对祖先、神灵的歌唱是完全不同的。以"雅"诗而论，"将爱戴、仰慕之情献给生活在同时代者，三百篇中当以《烝民》为开山。从中国文学发展史着眼，这一点是应当充分认识的"②。不仅如此，《烝民》末章中的诗句："吉甫作诵，穆如清风。仲山甫永怀，以慰其心。"其中"穆如清风"这句诗，意思是说诗的和美风格犹如那化育万物的清风，被认为是中国诗歌评论风格的最早论述。③

这里特别需要指出的是，台湾师范大学教授李辰冬先生（1907—1983）是一位古典文学研究的学者。关于《诗经》研究，据相关资料介绍有《诗经研究》《诗经通释》《诗经研究方法论》《尹吉甫生平事迹考》等著作。他的研究一反前人关于《诗经》是"诗歌总集""民歌总集"等看法，认为《诗经》是周宣工二年到周幽王七年50年间南燕人尹吉甫一人所作。他认为："三百篇的形式有点像民歌，实际上，并不是真正的民歌。民歌无个性，而三百篇篇篇有个性。所谓个性，就是每篇都有固定的地点、固定的时间、固定的人物、固定的事件。"④ 如果李先生的说法成立，尹吉甫可不是率尔操觚，而是西周时期的伟大诗人，中国文学史应有他的重要位置。但李先生的说法仅是一家之言，学界也不认可，与传

---

① （宋）王质：《诗总闻》，文渊阁《四库全书》本，第 72 册，上海古籍出版社 2012 年版，第 702 页。

② 雒三桂、李山：《诗经新注》，齐鲁书社 2009 年版，第 529 页。

③ 刘溶：《刘勰的文章风格》，《北京师范学院学报》1989 年第 4 期。

④ 来德：《诗经乃是个人专集》，《长沙水电师范学院学报》1994 年第 1 期。

统的《诗经》是诗歌总集的说法相比，其论证缺乏合理性，内容不够充实，令人难以置信。

三 尹吉甫故里的《诗经》文化

在尹吉甫的故里房县，对尹吉甫的关注、宣传、研究以及《诗经》民歌的传唱，如火如荼，影响盛大。据十堰市《诗经》尹吉甫文化研究会会长、十堰市民俗学会会长袁正洪介绍，20世纪80年代初，该地区就开始关注尹吉甫与《诗经》文化。在中国《诗经》学会名誉会长夏传才教授、湖北省民间文艺家协会主席傅广典先生、中国音乐学院李月红教授、华中师范大学王玉德教授等专家和省、市、县领导的高度重视和大力支持下，先后收集整理《诗经》尹吉甫有关文化资料100多万字、录音带20多盘、数码录音200多MB及录像带30多盘，拍摄照片资料3万多张，搜集整理尹吉甫在房县的传说故事50多个，收集与《诗经》相关的民歌30多首。西周太师尹吉甫是房陵人，他是中国历史上卓越的政治家、军事家、著名大诗人，亦是《诗经》的采风者、创作者、编纂者，还是被歌颂者，《诗经》中《崧高》《烝民》《韩奕》《江汉》《都人士》《六月》等名篇为尹吉甫所作。《诗经》中高度称赞"文武吉甫，万邦为宪""吉甫作诵，穆如清风"。尹吉甫食邑于房，卒葬于房，房县尹吉甫镇等地有尹吉甫宗庙、石碑、古代雕像、坟墓、宅基地等文物遗迹和民间故事，与《诗经》相关的民歌至今仍在千里房县深山传唱。尹吉甫比老子早281年，比孔子早301年，比屈原早512年，比李白早1553年，比杜甫早1563年，比白居易早1654年，尹吉甫被尊称为中华诗祖。

据十堰市《诗经》尹吉甫文化研究会顾问胡继南介绍，房县《诗经》民歌蕴藏丰富，博大精深。在省、市、县领导重视和专家的指导下，房县《诗经》相关民歌唱响全国。2011年房县民间《诗经》民歌表演上了《湖北卫视春晚》，受到人们的青睐。2011年11月28日晚，房县民间《诗经》民歌表演被央视新闻联播节目播出。2012年1月2日央视CCTV—10频道《探索·发现》摄制的房县《诗经溯源》节目播出。2012年4月8日，在武汉琴台大剧院举行的中国广播影视大奖——第22届"星光奖"颁奖晚会上，33人表演的房县传唱千古《诗经》民歌节目《山风》应邀第一个登台演出，博得了一些明星、文艺家和观众的好评。2012年6月3日晚，房县的《诗经》民歌《山风》在央视三台举办的《我要上春晚》节目中获得第三名。房县《诗经》民歌充满着原生态舞蹈美，唱出了山风的清爽，展示出山民的淳朴，唱出了山乡的韵味，在全国引起了热烈的反响。

2012年12月7日，房县民间《诗经》民歌表演队，应邀参加《乡土盛典》，由67岁的民间歌王邓发鼎，民间歌师吴高星、吴高月、康桂春等带领歌手演出的《诗经》民歌《山风》，通过原生态的舞蹈和歌谣在舞台上的完美融合，表现了农民的日常劳作，反映出诗祖故里的《诗经》文化，具有浓厚的地域文化特色和丰厚的文化底蕴。

2012年12月12日，湖北卫视《我爱我的祖国》栏目组在北京中国传媒大学开展录制工作，房县民间《诗经》民歌表演队12人以特约嘉宾身份应邀参加了节目录制。他们表演的《诗经·卫风·竹竿》《诗经·周南·汉广》受到现场嘉宾和观众的高度称赞。著名小品相声表演艺术家潘长江称赞说，房县演唱的《诗经》民歌古老而动听，是对中华传统优秀文化极好的传承与弘扬。民间歌师吴高星、吴高月是一对双胞胎兄弟，节目结束后接受采访时说："我们作为鄂西北房县大山区的农民，有幸能在北京表演家乡的《诗经》民歌给全国观众欣赏，感到家住诗祖尹吉甫故里而无比自豪"。民歌王邓发鼎在采访时激动地说："房县《诗经》民歌蕴藏丰富，房县民间习俗以歌为乐，代代传唱。我决心更好地弘扬《诗经》文化，为文化兴乡村、生态文化旅游做出积极贡献。"①

多年来，十堰市《诗经》尹吉甫文化研究会的专家学者，多次

---

① 《中华诗祖尹吉甫与诗经传说和故事轰动中日"非遗"保护郧州论坛》，《民俗文化网》，http：//www.mswhw.cn/whyc/20080942258.html，发布时间：2008－9－8 11：40：17。

深入房县考察，还专程到四川泸州、河北沧州南皮县、山西平遥进行实地考察，先后走访 200 余人次，收集有关资料百余万字、照片万余张，以及录音、录像资料、史书及地方志记载等。房县有尹吉甫祀庙、祠、墓等文物遗迹，尹吉甫宗庙石窟及宝堂寺等古建筑已被列为陕西省、市、县文物重点保护单位；《诗经》中的相关民歌仍在千里房县传唱，房县历代不少官员文人赋诗赞颂周太师尹吉甫，尹吉甫的许多故事一直在房县传颂，尹吉甫在其尹姓家族中被传为佳话，专家学者确认无疑，并高度评价尹吉甫的历史地位。经研究表明，《诗经》中的作者、西周太师尹吉甫，即兮伯吉父，仕于西周，征战于山西平遥、河北沧州南皮县，传说于四川泸州，故里在湖北房县，卒葬于房县。十堰市民俗学会和房县榔口乡申报的"尹吉甫传说"于 2007 年 6 月被列为湖北省非物质文化遗产。

中国诗经学会会长、河北师大教授夏传才先生 2009 年 11 月在看了十堰市民俗学会会长袁正洪的汇报资料后说："尹吉甫是西周宣王时代的重臣，于武功文治都建有重大的功业，是对华夏民族发展有突出贡献的历史人物。他又是确凿可信可考的西周大诗人，他的多篇政治抒情诗保存至今，或美或刺，在思想和艺术上已相当成熟，比战国时代楚国的屈原要早 512 年。论先后，中国诗史应把他列在前面。尹吉甫采邑在房县，其后裔世居于此，以湖北省房县为籍里，可考可信。《诗经》是中华文化的元典，诗经学是世界性的学术，尹吉甫是房陵人而不是古蜀国江阳人，河北南皮县、山西平遥县的吉甫墓都是纪念墓，四川泸州之说系误传。湖北省房县发掘出当地民歌与《诗经》乐歌的结合，以及与尹吉甫相关的民间传说，很有价值。"①

2010 年 8 月 6—8 日，"中国（房县）诗经文化节"在湖北十堰房县成功举行，来自全国的 100 多位专家学者及湖北省十堰市房县的党政机关与民间民俗文化人士参加了盛会，中央和地方各大媒

---

① 袁源、张炳华、李胜男、李治陵：《吉甫故里诗经热 千里房陵动地诗——鄂西北房县诗经文化走笔》，《世纪行》2018 年第 8 期。

体也作了报道。文化节为尹吉甫雕像揭幕，12000 多人咏诵《诗经》精彩篇章，气势恢弘，盛况空前，创吉尼斯世界纪录，开中国诗经文化旅游节之先河。

房县地处周公、召公所分"陕塬"之正南方，其毗邻地域以东属"周南"，以西属"召南"，是《诗经》"二南"的承东启西之地，介于"二南"交汇地。傅斯年在《诗经讲义稿》中讲道："二南中之地名，有河、汝、江、汉，南不逾江，北不逾河，西不涉岐周任何地名，当是黄河南，长江北，今河南中部至湖北中部一带。"①傅斯年所说的"湖北中部一带"是汉水流域，那正是将"二南"沟通连接起来的区域。而房县地处汉水第一大支流堵河的发源地，且马兰河、南河皆为汉江支流。此外，房县古为彭国，毗邻庸、蜀、微、卢、濮，是参与武王伐纣的八国有功之国。这些都可证明房县是《诗经》"二南"的重要交汇地，为房县《诗经》民歌的采集和后世的传唱都提供了便利条件，奠定了地理基础。而且房县地处鄂西北山区，地理环境相对封闭，老百姓的娱乐活动较少，无以为乐，人们便以歌为乐，以歌为力。老百姓在日常生活中，群体创作或个人创作了很多具有特色的民歌，比如反映劳动生活的，反映爱情生活的等。据调查了解，现阶段，在房县的 20 多个乡镇 300 多个村庄，尤其是在门古寺镇、桥上乡、上龛乡、儿道乡、尹吉甫镇等地区，很多老百姓都会唱由《诗经》里诗词改编后的民歌。房县民歌的传唱，除了由传统的歌师演唱、口耳相传之外，广播、电视、新媒体等多种方式，也加快了《诗经》民歌的传唱。房县《诗经》民歌在继承和创新上已经取得了很多的成绩，彰显了《诗经》文化的巨大魅力。对于房县《诗经》民歌的内容、特点及其作用，我们将在后面的第五节里作重点探讨。

---

① 傅斯年：《诗经讲义稿》，中国人民大学出版社 2004 年版，第 28 页。

第四节　仲山甫与召伯虎的功业探析

西周宣王时期，政治上任用召穆公、尹吉甫、仲山甫、程伯休父、虢文公、申伯、韩侯、显父、仍叔、张仲一帮贤臣辅佐朝政。军事上借助诸侯之力，任用南仲、召穆公、尹吉甫、方叔陆续讨伐猃狁、西戎、淮夷、徐国和楚国，使西周的国力得到短暂恢复，史称"宣王中兴"。

一　仲山甫：才能卓著，品德高尚

仲山甫，一为仲山父，又称樊穆仲，樊仲。因他食采邑于樊，又称樊侯，是樊国的国君。谥号穆，故后人称樊穆仲，是周宣王时大臣，曾经辅佐周宣王中兴。他的事迹在《国语》《史记》等中都有记载。

在《国语》中有三则记载仲山甫的事迹，《周语》卷1有仲山父谏周宣王废长立幼一事：

> 鲁武公以括与戏见王，王立戏，樊仲山父谏曰："不可立也！不顺必犯，犯王命必诛，故出令不可不顺也。令之不行，政之不立，行而不顺，民将弃上。夫下事上，少事长，所以为顺也。今天子立诸侯而建其少，是教逆也。若鲁从之，而诸侯效之，王命将有所壅。若不从而诛之，是自诛王命也。是事也，诛亦失，不诛亦失，天子其图之。"王卒立之。鲁侯归而卒，及鲁人杀懿公而立伯御。①

鲁武公名伯禽，是周公之子。武王灭纣，分封诸侯，周公封于鲁国，因成王年幼，武王临死时叫他留下来辅佐成王，所以由伯禽去鲁国做国君。鲁武公长子是括，即伯御，戏是括的弟。仲山甫认

---

① 徐元诰：《国语集解》，中华书局2002年版，第22页。

为宣王废长立幼，于理不顺，必将引起鲁国内乱。况且废长立幼，王命将壅塞不行，如果诛杀抗王命的人，也是自诛王命。因为按照先王制度，是嫡长子继承制，诛杀他们，等于自废先王制度。果然，武公回去后，立戏（鲁懿公），武公一死，国人杀了懿公，立伯御做国君。这件事对后来的影响是很大的，《春秋》中有弑君事件数十起，不能不说与周宣王开这个废长立幼的头有关。仲山甫的意见，反映出他坚持原则并具有政治远见。

司马迁《史记·周本纪》曰："宣王即位，二相辅之，修政，法文、武、成、康之遗风，诸侯复宗周。十二年，鲁武公来朝。宣王不修籍于千亩，虢文公谏曰不可，王弗听。三十九年，战于千亩，王师败绩于姜氏之戎。宣王既亡南国之师，乃料民于太原。仲山甫谏曰：'民不可料也。'宣王不听，卒料民。四十六年，宣王崩，子幽王宫涅立。"① 司马迁叙述的宣王朝事，记载了虢文公和仲山甫对宣王的劝谏。周宣王丧南国之师后，想在太原普查人口来补充兵员、征调物资。仲山甫认为自古以来，人口不用普查就能知道数量，因为司民负责登记生死，司商负责赐族受姓，司徒负责人口来往，司寇负责处决罪犯，司牧知晓职员数量，司工知晓工匠数量，司场负责人口迁入，司廪负责人口迁出，天子只要通过询问百官就可以知晓人口数量，还可以通过管理农事来调查，没有必要劳民伤财去刻意普查。周宣王不听劝阻，最终还是在太原普查了人口。

通过史料记载可知，仲山甫的突出政绩是进行经济体制改革，即废除"公田制"和"力役地租"，全面推行"私田制"和"什一而税"，鼓励农民开垦荒地，大力发展商业等。这些改革的成功，促成了周宣王时期的繁荣景象，所以称为"宣王中兴"。但周宣王晚年对外用兵接连遭受失败，尤其是千亩之战大败于姜戎，南国（今长江与汉江之间的地区）之师全军覆没，加之独断专行、不纳忠言、滥杀大臣，宣王中兴遂成昙花一现，也为西周在周幽王时期

---

① （汉）司马迁：《史记》，中华书局1959年版，第144—145页。

的灭亡埋下伏笔。

在《诗经》中，仲山甫之名出现了 12 次，尤以《诗经·大雅·烝民》最为著名。《烝民》是专门颂扬仲山甫的诗歌，说他品德高尚，为人师表，不侮鳏寡，不畏强暴，总揽王命，颁布政令，天子有过，他来纠正，等等。这篇作品是尹吉甫所作，意义更为深远。诗曰：

> 天生烝民，有物有则。民之秉彝，好是懿德。天监有周，昭假天下。保兹天子，生仲山甫。
>
> 仲山甫之德，柔嘉维则。令仪令色，小心翼翼。古训是式，威仪是力。天子是若，明命使赋。
>
> 王命仲山甫，式是百辟。缵戎祖考，王躬是保。出纳王命，王之喉舌。赋政于外，四方爰发。
>
> 肃肃王命，仲山甫将之。邦国若否，仲山甫明之。既明且哲，以保其身，夙夜匪解，以事一人。
>
> 人亦有言："柔则茹之，刚则吐之。"维仲山甫，柔亦不茹，刚亦不吐。不侮矜寡，不畏强御。
>
> 人亦有言："德輶如毛，民鲜克举之。"我仪图之，维仲山甫举之，爱莫助之。衮职有阙，维仲山甫补之。
>
> 仲山甫出祖，四牡业业。征夫捷捷，每怀靡及。四牡彭彭，八鸾锵锵。王命仲山甫，城彼东方。
>
> 四牡骙骙，八鸾喈喈。仲山甫徂齐，式遄其归。吉甫作诵，穆如清风。仲山甫永怀，以慰其心。①

关于诗的背景和主旨，在前面已做过分析，这里只来看一下该诗的内容和写作特色。诗的第一章颂扬仲山甫应天运而生，非一般人物可比，总领全诗。第二章至第六章不遗余力地赞美仲山甫的德才与政绩：首先说他有德，遵循古训，深得天子的信赖；其次说他能继

---

① 程俊英、蒋见元：《诗经注析》，中华书局 1991 年版，第 895—901 页。

承祖先事业，成为诸侯典范，是天子的忠实代言人；再次说他洞悉国事，明哲忠贞，勤政报效周王；继而说他个性刚直，不畏强暴，不欺弱者；进而回应前几章，说他德高望重，关键靠自己修养，不断积累，因而成了朝廷补衮之臣。诗人对仲山甫推崇备至，赞美有嘉，塑造了一位德才兼备、身负重任、忠于职守、攸关国运的名臣形象。第七、八两章才转到正题，写仲山甫奉王命赴东方督修齐城，尹吉甫临别作诗相赠，安慰行者，祝愿其成功早归。全诗基调虽是对仲山甫个人的颂扬与惜别，但透过诗中关于仲山甫行事与心理的叙述，大体能体察出处于西周衰势中的贵族，对中兴事业艰难的认识与隐忧，以及对力挽狂澜的辅弼大臣的崇敬与呼唤。不难理解，本诗对仲山甫的种种赞美是真实的、现实的，然而也不排除其中有些理想化的成分，包含着诗人所代表的这一阶层的期盼。

本诗主要以赋叙事，开篇以说理起领，中间夹叙夹议，其章法整饬，表达灵活，为后世送别诗之祖。又因诗中说理成分较重，后世认为"以理为诗"源于此。诗中的语言形象生动，富有哲理，有的经后人使用提炼，至今还被人们活用，如"小心翼翼""明哲保身""爱莫能助""穆如清风"等。叠字的运用也很有特色，如"翼翼""业业""捷捷""彭彭""锵锵""骙骙""喈喈"等，谨慎的心理、渲染的场面、迅捷的动作，都描写得绘声绘色，增强了诗的形象性与节奏感。

最后需要说的是，《烝民》还因为一位才女而更加有名。《晋书·列女传》记谢氏家族才女谢道蕴的故事："（道蕴）聪识有才辩，叔父安尝问：'《毛诗》何句最佳？'道蕴称：'吉甫作诵，穆如清风。仲山甫永怀，以慰其心。'安谓有雅人深致。"[1] 在《世说新语·文学》中记载了同样的故事，可以稍加对比。"谢公因子弟集聚，问：'《毛诗》何句最佳？'遏（谢玄小字）曰：'昔我往矣，杨柳依依。今我来思，雨雪霏霏。'"[2] 此处未提及谢道蕴。但

---

[1]　（唐）房玄龄等：《晋书》，中华书局1974年版，第2516页。

[2]　余嘉锡：《世说新语笺疏》，上海古籍出版社1993年版，第235页。

《世说新语》除《文学》篇外,在《言语》《贤媛》等篇也记载了谢安聚集族侄讨论的问题,所以我们不妨把这两个故事联系在一起设想当时的情景。谢安先问了谢玄,再听了谢道蕴的回答,对于道蕴极其赞许。我们不妨想一想,谢道蕴为什么要选这句诗?是否可以这样理解,因为问的人是谢安,谢安如同仲山甫一样,都担负着国家的重任,谢道蕴回答问题的同时,其实也是表达对叔父的深切期望,期望叔父就像尹吉甫心中的仲山甫。谢安是何等聪慧的人物,一听就立即明白了侄女的心意,却也着实吃了一惊,所以说了一句漂亮的话:"雅人深致。"比较起来,谢玄的回答,可能主要从《诗经》的艺术角度考虑,而没有从思想内容上领悟叔父的深意。从另一方面看,谢道蕴随即吟诵《烝民》中这句诗,一定是仲山甫的形象,尹吉甫对他的称颂,给她留下了深刻的印象,长久在其心中,叔父一问,就脱口而出,其机智和聪慧,溢于言表。

二 召伯虎:嘉靖安邦,甘棠遗泽

召伯,亦称邵公,邵,一作召。名虎,周厉王时卿士、周宣王时辅佐大臣,谥穆公。《国语·周语》中记载他劝谏厉王的事迹最为后世所称道:

> 厉王虐,国人谤王。邵公告曰:"民不堪命矣!"王怒,得卫巫,使监谤者。以告,则杀之。国人莫敢言,道路以目。王喜,告邵公曰:"吾能弭谤矣,乃不敢言。"邵公曰:"是障之也。防民之口,甚于防川。川壅而溃,伤人必多,民亦如之。是故为川者决之使导,为民者宣之使言。故天子听政,使公卿至于列士献诗,瞽献曲,史献书,师箴,瞍赋,蒙诵,百工谏,庶人传语,近臣尽规,亲戚补察,瞽、史教诲,耆、艾修之,而后王斟酌焉,是以事行而不悖。民之有口也,犹土之有山川也,财用于是乎出。犹其原隰之有衍沃也,衣食于是乎生。口之宣言也,善败于是乎兴。行善而备败,其所以阜财用衣食者也。夫民虑之于心而宣之于口,成而行之,胡可壅也!

若壅其口，其与能几何？"王不听。于是国人莫敢出言，三年，乃流王于彘。①

周厉王，姬姓，名胡，是西周倒数第三个君王。他继位后，贪图财利，亲近荣夷公，大夫芮良夫劝谏不听。他的暴政引起了国人的不满，他不听邵公之言，杀掉议论朝政的人，终于在周厉王三十七年（前843年），国人起来反抗，袭击周厉王，周厉王于是逃到彘地（今山西霍县东北）。当时周厉王的太子姬靖躲藏在召公家里，国人知道后，就把召公家包围起来，召公说："先前，我多次劝谏君王，但君王不听，所以才造成这次的灾难。如果现在杀害太子，君王不会认为我把他当作仇人而发泄怨恨吗？侍奉君主的人，即使处在危险之中，也不能仇恨怨怼，即使有责怪，也不能发怒，更何况是事奉天子呢！"② 于是就用自己的儿子代替姬靖，姬靖最终免遭杀害。召公、周公二位相国共理朝政，号称"共和"，史称共和行政。共和十四年（前829年），周厉王在彘地去世。姬靖继位，是为周宣王。宣王六年，召伯虎受命南征淮夷，取得了胜利，回归后受到周王的册封赏赐，《诗经·大雅·江汉》与传世的青铜器召伯虎簋铭文都记有此事。

正是因为召公的全力护主，厉王的太子靖得以保全。太子靖即位后，形成西周后期一度繁盛的"宣王中兴"局面，召公安邦护国的行为成为后世的楷模。召伯虎的事迹，近年来出土的青铜器也有展示。据段伟朵、胡寅所写的报刊通讯稿《两件与召伯虎有关的青铜器近3000年后"相聚"洛阳》：

《朏朏周原——宝鸡周原青铜器瑰宝展》（2015年）4月12日正式在洛阳博物馆开展，展出来自"青铜器之乡"陕西宝鸡的79件（组）精美青铜器。近日，一件名叫五年琱生尊

---

① 徐元诰：《国语集解》，中华书局2002年版，第10—13页。
② 同上书，第14—15页。

的青铜器引来众人关注，上面的铭文记录了与西周重臣召伯虎有关的事迹，有趣的是，洛阳博物馆馆藏的一件青铜器是以"召伯虎"命名的，两件与同一人物有关的青铜器，近3000年后洛阳"相聚"。

五年琱生尊，2006年出土于宝鸡市扶风县，腹内壁有铭文114字，记载了公元前873年发生的一件事。当时一位名叫琱生的贵族，因非法侵占土地和奴隶而面临诉讼，他找到召伯虎为他说情，最后得偿所愿，于是在周厉王五年、六年连续做青铜器纪念此事，五年琱生尊就是其中一件。

作为夏、商、周三代的都城，洛阳出土了大量青铜器，其中一件也与召伯虎有关，名叫召伯虎盨，1993年发现于洛阳北窑西周晚期贵族墓，是召伯虎祭祀亡父所用器物，遂被命名为"召伯虎盨"。①

有关召伯虎的史迹，除了典籍和青铜铭文之外，《诗经》对召伯虎的记载值得关注。《召南·甘棠》云：

> 蔽芾甘棠，勿翦勿伐，召伯所茇。
> 蔽芾甘棠，勿翦勿败，召伯所憩。
> 蔽芾甘棠，勿翦勿拜，召伯所说。②

这首诗是周人纪念召伯的诗，古今对之并无异议。只是对这"召伯"是哪一位，争议却很大。汉代以来，很多学者以为诗中的"召伯"是周初成王时的燕召公姬奭。《毛传》曰："《甘棠》，美召公也。召伯之教，明于南国。"《郑笺》云："召伯，姬姓，名奭，食采于召，作上公，为二伯，后封于燕。此美其为伯之功，故

---

① 段伟朵、胡寅：《两件与召伯虎有关的青铜器近3000年后"相聚"洛阳》，《大河报》2015年4月18日。

② 程俊英、蒋见元：《诗经注析》，中华书局1991年版，第39—40页。

言'伯'云。"① 《史记·燕召公世家》云:"召公之治西方,甚得
兆民和。召公巡行乡邑,有棠树,决狱政事其下。自侯伯至庶人各
得其所,无失职者。召公卒,而民人思召公之政,怀棠树不敢伐,
歌咏之,作《甘棠》之诗。"② 但是,在汉代也有学者认为诗中的
"召伯",应是宣王时的召伯虎。王充《论衡·须颂》云:"宣王惠
周,《诗》颂其行;召伯述职,周歌棠树。"③ 相似的论述在《法
言》《说苑》《白虎通》《汉书》等文献中都有出现,只是有的用
"召伯",有的是"召公",后代论《诗经》者未加深察,以为是西
周的召公奭。对此,清代牟庭进行了辨析:

> 召伯,召穆公虎也。穆公以世职为王官伯,事厉王、宣
> 王、幽王,既老而从平王东迁,纠合宗族,作《常棣》之诗,
> 于时国家新造,穆公劳来安定,劬劳于野,尝宿甘棠树下,其
> 后穆公薨,而人思之,封殖其棠,以为遗爱。此诗所为作
> 也……《召南》言"平王之孙",则是东周诗明矣!东周之
> 诗,不应有康公之棠,一也;周公大圣,遗爱之长,不后于召
> 公。若《召南》诗为美召康公,而《周南》诗何为不美周文
> 公也?二也;《风》、《雅》中多穆公诗,如《黍苗》云"召伯
> 劳之"、《崧高》云"王命召伯",及此诗云"召伯所茇",称
> 号皆同,明一人也。至诗中言及召康公,则如《江汉》云
> "召公维翰"、《召旻》云"有如召公之臣",皆曰召公,不曰
> 召伯,三也。④

牟庭提出的三个论点,具有一定的说服力,尤其是第三点称谓
问题,在《诗经》中体现得十分明显。因此梁启超在《古书真伪

---

① (汉)毛亨、(汉)郑玄、(唐)孔颖达:《毛诗正义》,李学勤:《十三经注
疏》,北京大学出版社 1999 年版,第 77 页。
② (汉)司马迁:《史记》,中华书局 1959 年版,第 1550 页。
③ 马宗祥:《论衡校注》,上海古籍出版社 2013 年版,第 404 页。
④ (清)牟庭:《诗切》,齐鲁书社 1983 年版,第 147—150 页。

及其年代》中说："如《甘棠》，因有'召伯所茇'，毛郑硬认作召公奭，说是周初的诗。但公、伯显然有别，伯是五伯的伯，《诗》有郇伯、申伯都是西周末年的人，《诗·大雅·召旻》称召公奭为召公，不称召伯，可见《甘棠》最早不过西周末年的诗。"① 其论证仍是从"召伯"之称谓入手，且已涉及公、伯等级的不同。陆侃如、冯沅君的《中国诗史》论述道：

> 召伯之名在三百篇中凡三见。一见于《召南》之《甘棠》，再见于《小雅》之《黍苗》……三见于《大雅》之《崧高》……这里都是指江汉征淮夷之召穆公虎，是宣王时人。召公之名凡二见。一见于《大雅》之《江汉》……再见于《大雅》之《召旻》……这个召公方是周初的召公奭。我们看了这几个例证，便知《甘棠》之召伯当然是召虎了。他曾到过南方，产生《甘棠》之诗是很可能的。②

这里除了对前人观点的阐发外，还提到了召伯虎与周朝南方的关系。从《诗经·大雅·江汉》"江汉之浒，王命召虎：'式辟四方，彻我疆土'""王命召虎，来旬来宣"来看，召伯虎受命南征淮夷，宣布政令，厘定疆土，来到汉水流域是极其可能的。有学者根据铭文记载，认为召伯来过汉水流域的上游汉中。③ 屈万里解释《甘棠》诗曰："南国之人，爱召穆公虎而及其所曾憩息之树，因作是诗……早期经籍，于召伯虎或称公，而绝无称召公奭为伯者。召伯之称……皆谓召虎。而《大雅·江汉》之篇，于虎则曰召虎，于奭则曰召公，区别甚明。"④

---

① 梁启超：《国学要籍研读法四种》，吉林出版集团股份有限公司 2017 年版，第 92 页。
② 陆侃如、冯沅君：《中国诗史》，人民文学出版社 1956 年版，第 80—81 页。
③ 唐兰：《略论西周微史家族窖藏铜器群的重要意义》，《文物》1978 年第 3 期。朱绍侯主编：《中国古代史》上册，福建人民出版社 1982 年版，第 118—119 页。
④ 屈万里：《诗经诠释》，上海辞书出版社 2016 年版，第 19 页。

傅斯年先生说:

> 周公称王灭殷,在武王成王间,其时之召公奭只是一个大臣,虽《君奭》篇中亦不见他和南国有何相干。开辟南国是后起事,那时召伯虎为南国方伯,去召公奭不知有几世了。周室既乱,南国既亡,召伯之遗爱犹在,南国之衰历历在《周南》、《召南》、大、小《雅》中见之……儒者忘了历史,遂把召公奭、召伯虎混为一人,以至于东征之周公,平南之召伯,作为同时,更从秦人关内关外之观念,以陕分二伯。①

又说:"南国称召,以召伯虎之故。召伯虎是厉王时方伯,共和行政时大臣,庇护宣王而立之人,曾有一番轰轰烈烈的功业,'日辟国百里'。"② 傅斯年从历史的角度和《诗经》的内容方面厘清了召公奭和召伯虎的时代及其功业,其说甚确。后来,高亨《诗经今注》,程俊英、蒋见元《诗经注析》等都秉续其观点,又作了引申展开,在此不一一列举了。

由于典籍所载召公奭与南国的联系,直接材料缺乏,一直无法得到学界的认可。20 世纪 80 年代,学界根据光绪年间出土于陕西、现藏美国的《太保玉戈》,通过研究认为召公奭与南国有关系,因为此戈年代被确定在成王前期,铭文主要意指成王命召公巡省南国,沿汉而下,安抚南方诸侯,召集诸侯来朝之事。③ 这个结论具有一定的说服力。但仅从这一个证据也不能说明"召伯虎说"理据不充足。这只能说,在周初召公奭与南方地区也有一定的关系,但后世的周王继续经营南方,至厉王、宣王时代,召伯虎与南方有密切的关系,于史于《诗经》都有充分的证据。

在前面我们辨析了《甘棠》诗中的"召伯"是宣王时的召伯

---

① 傅斯年:《诗经讲义稿》,中国人民大学出版社 2004 年版,第 30 页。
② 同上书,第 58 页。
③ 李学勤:《太保玉戈与江汉的开发》,载《走出疑古时代》,辽宁大学出版社 1997 年版,第 138 页。

虎，是与南征有一定的联系，当与《小雅·常棣》《大雅·江汉》等诗一起分析，才能较准确地理解该诗的时代和内容。

但是，有的学者又从地域角度认为《甘棠》写的是陕西岐山和河南陕州、湖南邵阳，并用民间传说来印证。其说曰：

> 《召南》之诗十四，多美召公；《甘棠》美召公听讼，诗义尤明。即令《周礼》、《左传》、《史记》皆可有妄，而《召南》之诗未可必其全妄，民间传说未可必其全无历史影子也。今陕西岐山县西南八里刘家原，有召公祠，西偏存古甘棠一株，高约三丈，闻其上部枝叶犹活。又河南陕州城北大街尚有相传之甘棠树，枯干仅存三尺许，本里坚致，香气悠然。有碑题曰：召公遗爱。近人傅增湘《秦游日录》云："陕州城距车站里许南为橐水，北为黄河。城中见高台，云是召公分陕治所。甘棠尚存，但已久枯。"齐周华《陕游随笔》云："城东北隅有召公堂，貌召公像。西（山半）枯木一株树，碣曰：古甘棠。棠有剪伐痕。"又光绪《湖南通志·纪闻》云："甘棠渡在邵阳县东南，相传为召伯所政之地。万历间，杨给事庭兰，谓甘棠之树明初犹存，下可坐数十人。居人病游者之扰，窃私伐去。郡伯郭公闻于上，置之重法。"召公听讼何从，甘棠古迹焉在？召公不复生，谁能听此讼乎？要之，诗人所美，史公所书，方志所载，民间所传，足以见召公甘棠树下听讼之传说故事垂之久而已广也。[1]

虽然此论在这里承认了流传很广的召伯事迹，难以确定具体何指，可观其博引旁征，不外三处实地，存石碑、有祠堂、有画像、有枯树，但可疑处尚有不少。第一，文中未将《甘棠》一诗的人物召伯（宣王时召伯虎）、召公（周初召公奭）区分开来，虽则他们与南方有关系，但实际上是召伯虎为确实，此论前已有明证。第

---

[1] 陈子展：《诗经直解》，复旦大学出版社1983年版，第45—46页。

二，召伯虎南征，是指江汉一带，绝非到今陕西岐山，河南陕州以及湖南邵阳，地域相违背也，说见前论。

此外，孙作云先生以《水经注·江水篇》引《韩诗》《周南序》曰："其地在南郡、南阳之间。周公主之；自陕以西，召公主之。召公述职舍于甘棠，陕间之人皆知其所。"①认为"甘棠"之树在陕州，即召伯虎当年所憩之地。细想其观点是立足于分陕而治说的，对分陕而治之说，我们在前面已作考辨，非也。而郦道元也未将召公奭和召伯虎加以区分，将其混为一人，认为召伯即召公奭，当年统治于陕以西，"述职舍于甘棠"。前面我们已分析了召公是周初的召公奭，而召伯则是他的后代，名虎。《诗经》中记载召伯虎几次奉命南征，并确实进军汉中境内，甘棠之树岂能存于陕州并为当地人所皆知乎？

通过我们前面的论辩，是否可以这样说，通过《诗经》这部文学作品所反映的西周社会的历史事件及历史人物，并以其他的文史资料相印证，来探讨《诗经》与汉中及汉水流域的关系，是我们在研究上古历史时不可忽视的重要方面。同时我们亦认为，尊重已有的历史事实，发现新的史料，分析一些具体的历史事件和历史人物，这对于文学史和地方文化史的研究无疑具有重要的参考价值。

第五节　汉水流域民歌的余韵

汉水流域的民歌，一方面是原生态的山野江畔之歌，另一方面是继承前代民歌传统不断创新发展而来的。无论哪一种形态，都体现了汉水流域人们的生活状况和精神面貌，是一份珍贵的民族文化遗产和精神文化食粮。只有认真的学习、领会和研究，才能了解汉水流域人民的文化精神。

---

①　孙作云：《论〈诗经〉的时代和地域性》，《孙作云文集》第 2 卷，河南大学出版社 2002 年版，第 83 页。

一 房县《诗经》民歌的思考

北京大学中文系陈连山教授在 2009 年 7 月对汉水上游房县进行的民俗调查和民歌考察中，发现该地老歌手邓发鼎和中年歌手吴高月、吴高星演唱的《诗经》民歌，并对此作了比较，发表了《现代民歌中蕴涵的古代文化———对湖北房县民歌与古代典籍之间关系的考察》一文，[①] 文中这样记述道：

> 房县，古称房陵，根据明清地方志记载，这里是周宣王时代的太师尹吉甫的故里，至今仍有其墓碑和庙宇。尹吉甫曾经率军驱逐猃狁至太原，也创作了《崧高》、《烝民》赠送同僚，后来收入《诗经》，是目前已知为数不多的《诗经》作者之一。时间跨越了 2800 年之后，现代普通人已经很难读懂《诗经》了。但是，现在房县的农民歌师仍然在演唱《诗经》的歌词。这些民歌和《诗经》之间的确存在渊源关系，但是二者之间究竟是怎样的关系？是当年的《诗经》民歌一直口头流传至今，还是后代歌师改编了《诗经》民歌？这是我要考察的问题。
>
> 目前已知房县民歌涉及的《诗经》作品主要是《周南·关雎》、《召南·野有死麕》、《王风·君子于役》、《齐风·东方未明》、《魏风·伐檀》和《小雅·蓼莪》六篇。
>
> 《关雎》作为《诗经》第一篇，是世人最熟悉的作品。房县民歌与此相关的有七首之多。草池村村民邓发鼎用"五句子山歌"调演唱的《关关雎鸠》云：
>
> "关关雎鸠往前走，
>
> 在河之洲求配偶，
>
> 窈窕淑女洗衣服。

---

① 陈连山：《现代民歌中蕴涵的古代文化———对湖北房县民歌与古代典籍之间关系的考察》，《广西师范学院学报》2010 年第 1 期。

君子好道（逑）往拢绣，

姐儿羞得低下头。

参差荇菜水中摆，

左右流之想裙衩。

窈窕淑女我爱你，

寤寐求之姐儿来，

琴瑟钟鼓度情怀。"［谢祥麟总编《望佛山民歌集（一）》，第55页。但这里的歌师名字误为"邓发顶"。张兴成《门古寺民歌》手稿无错字。］

这首民歌和《关雎》一致的句子是最多的。不过，邓先生都把《关雎》的四字句增加为七字句。结果，有时候前后不搭界。"关关雎鸠"原意是关雎在鸣叫，现在成了"往前走"。"左右流之"原来是指采摘荇菜，加上"想裙衩"三个字以后，意思就成了边采摘边想姑娘。"寤寐求之"原来是日夜追求的意思，跟下文"求之不得，辗转反侧"相连，表现追求不到的痛苦。现在加了"姐儿来"，意思完全变了。看来，歌手似乎不甚关注《关雎》的原意，而是根据自己的需要进行了重新创作。

望佛山的胡元炳演唱的另外一首相关民歌为：

"我和情姐去采茶，

二人同路把话答。

参差荇菜左右流之，

窈窕淑女梦寐求之，

天知地知你知我知。"（根据张兴成《门古寺民歌》手稿）

为免烦琐，这里就不再征引《关雎》的民歌和其他几首《诗经》的民歌了。陈连山先生在分析了这些民歌的表现形态后，作了这样的评述：

这些民歌作品没有一首是完全同于《诗经》原作的。大多数只是把《诗经》的一些句子自由地引用到自己歌曲里，为我所用。因此，这些《诗经》民歌不太可能是两千年前的民歌，而是在传世《诗经》影响下产生的民歌。这样，也就不存在两千年前的《诗经》搜集者从这些民歌祖本中选编《诗经》的可能了。

他的这个评价是中肯的。他认为房县大量引用《诗经》民歌，并非依靠口头传播方式直接从远古时代流传下来的，它们是后代乡村知识分子在民歌演唱中借用典籍知识的结果。房县民歌的独特价值在于：它们和古代典籍之间的紧密关系可以说明中国古代文化中口头知识和文字知识之间、上层文化和民间文化之间的互动关系。房县民歌是一份融会了口头和文字两种知识传统的宝贵文化遗产。在全国，像这样的民歌还是十分罕见的。

我们知道，房县及鄂西北是汉族民歌相当流行的地区，有多种民歌项目成为省级和国家级非物质文化遗产。当地的文化学者也热衷于搜集流传于此地的民歌。据相关资料表明，在房县地区流传的民歌，数量巨大，有上万首之多，当代的文化学者编有专门的民歌集，资料很丰富。同时，值得注意的是，民歌的传唱者，也叫歌师，有师傅传授，有的还有抄本，不是纯粹的"口头文学"，说明传唱的历史很长，并不一定是由目前的演唱者自己刚刚完成改编的。仅从现已掌握的资料来看，根据《周南·关雎》改编的民歌有22首之多，而其他的根据一首《诗经》原诗改编的民歌远远没能达到这个数量，这是因为《周南·关雎》居《诗经》之首，后世对它的关注更多，这也从侧面佐证了《诗经》民歌产生于《诗经》之后，现存的房县《诗经》民歌深受《诗经》的影响，它是在《诗经》原诗的基础上进行传承的，并且在形式上不断创新，使其能适应社会发展的需要。

据研究，现存的有关《诗经》的房县民歌体裁比较广泛，基本涉及了原来305篇诗歌所包含的所有种类。如果按内容划分的话，房县的《诗经》民歌可分为以下几类：

1. 周民族史诗民歌：《生民》《大明》《皇矣》。《诗经》中原有的《公刘》《绵》这两篇周民族史诗并没有流传下来。而这三篇史诗民歌都只是选取原诗中的一部分，并不是全篇都流传下来了。例如《皇矣》：

> 光焰万丈在天上，你俯视人间多光亮。
> 了解民间的疾苦，商朝暴虐把国亡。
> 四方诸侯来商量，国君重任谁来当。
> 上天回头望四方，降到岐山佑周王。
> 上天命示周文王，休要暴虐休狂妄。
> 叫他为人要自强，安定民心守四方。
> 整顿军队去讨伐，天下人民全归向。
> 上天昭示周文王，你的品德我欣赏。
> 祖训旧章你依傍，周邦士气名远扬，
> 配合天意把国享。

这首民歌主要记叙了周文王听取上天的告诫讨伐纣王，使天下太平、民心安定的故事。和原诗相比，上天到民间视察民生疾苦的细节以及太王、王季怎样治理百姓都被省略，只突出了周文王这一个形象。一方面，和周文王的先祖比起来，周文王在民间有更多的传说，更富传奇色彩，因此更能引起普通民众的兴趣；另一方面，原诗作为一首史诗，篇幅很长，不便于它的历史传承，而只选取周文王的部分就能使歌谣短小，便于传唱。

而在另一首民歌《生民》中，民间歌师们更是把这种简洁化发挥到极致，只选取了后稷种庄稼的细节：

> 后稷他会种庄稼，独创确实有方法。
> 拔除杂草一把把，种下一片好庄稼。

在普通民众的心中，无论后稷的出生有着怎样的传奇色彩，都与他们的日常生活关系不大，而后稷怎样种庄稼则与他们的劳动紧密相关，这样也就不难理解为什么《生民》只选取这样一个细节了。

2. 农事民歌：《楚茨》《信南山》《大田》《丰年》《载芟》《良耜》等。农事民歌中又可分为两种：一种是农业祭祀民歌，如《信南山》：

> 大禹治过水的地方，五谷盛密都苗壮。
> 每年都是丰收年，赐你万寿永无疆。

在周代，农业和祭祀活动密不可分，所以即使在秋收之后也要举行大规模的祭祀来感谢神灵的恩赐，这样的歌谣是"秋冬报赛"的祭歌。这首歌谣中，既有对神灵的感激，也有希望来年丰收的美好愿望，这是典型的祭歌特点。

另一种是农业生活民歌，和第一种不同，这种主要反映了普通的农业生活的细节，如农民怎样耕种，使用什么样的农具等。如《大田》：

> 田里庄稼多又多，修好农具去耕作。
> 选好种子田里种，秋后粮食多又多，
> 农夫过着好生活。

房县地处鄂西北山区，经济不发达，农业仍然是维持民众生活的重要来源。在日常的农事活动中，民众自然会演唱与农业息息相关的歌谣，这样也就不难解释《诗经》中的农事诗能在此地区广泛流传的原因了。

3. 战争民歌和徭役民歌：《出车》《四牡》《何草不黄》《渐渐之石》《击鼓》《小星》《雄雉》《鸿雁》《殷其雷》《卷耳》等。之所以把这两种民歌放在一起，是因为无论兵役或是徭役，都给老百姓的生产生活造成了巨大的消极影响。为了符合"美刺"的传统，《诗经》中的诗歌往往温柔敦厚，但是在民间创作过程中，老百姓则将这种不满和控诉表现得淋漓尽致。如《出车》：

> 驾起战车套上马，众多战车齐出发。
> 鲜明军旗迎风展，抵抗入侵把兵发，
> 难道不思念家乡吗。

和原诗相比，这首歌谣里歌颂建功立业的情感减弱，重点表达出征将士的思乡之情。而在民间流传过程中，表现民众普遍情感的歌谣更容易打动人心，因而具有更强大的生命力。

4. 政治民歌：在政治民歌中有政治赞美民歌和政治讽喻民歌；政治赞美民歌主要有《青青者莪》《烝民》《黍苗》《六月》；政治讽喻民歌有《伐檀》《巷伯》《板》《荡》《抑》《桑柔》《北风》《小旻》《巧言》等。《诗经》里一般都是纯粹的政治赞美诗，基本不包含讽刺的成分，但是在民间歌谣的流传过程中，更多地传达的是一种民间立场。如《烝民》中节选的部分：

> 天监有周（哟呵呵哦），
> 官难做（啰呵咳），
> 昭假（哦）天子昏君主。

这本是一首赞美王室重臣尹吉甫的民歌，塑造了一位德行完美、勤于政事的政治家形象。与《大雅·烝民》原诗纯粹的政治赞美不同，改编后的民歌除了对尹吉甫的赞美之外，还有对统治阶级昏庸无道的讽刺，从而更加突出了尹吉甫的形象。

5. 爱情民歌：这是现存《诗经》民歌中数量最多的类别。主要有《关雎》《汉广》《匏有苦叶》《桑中》《柏舟》《干旄》《有狐》《木瓜》《君子阳阳》《叔于田》《丘中有麻》《女曰鸡鸣》《子衿》《出其东门》《泽陂》《月出》《静女》等。在这些爱情民歌中，很多与《诗经》原诗的意义有了很大不同，其中尤以《关雎》

最为典型。如《参差荇菜鲜荇菜》：

> 参差荇菜鲜荇菜，钟鼓乐之顺流采。
> 君子哥哥好人才，淑女对你真心爱，
> 琴瑟友之等你来。

原诗中男子对窈窕淑女的单方面爱慕在这里已经转化成淑女对君子的相思之情，期盼哥哥早日到来。而在另一首由《关雎》改编的民歌中，这种单方面的相思转变为男女双方的相互爱慕，如《求之不得姐到来》：

> 求之不得姐到来，寤寐思服喜开怀。
> 优哉游哉成婚配，辗转反侧心欢喜，
> 君子淑女天地拜。

还有的民歌直接将《关雎》改成了婚嫁歌，歌词中原诗句的引用更加凸显出了淑女盼望情郎，希望早日找到好归宿的美好愿望，使之意味悠长。如《窈窕淑女要出嫁》：

> 太阳落土洼地黄，犀牛望月姐望郎，
> 犀牛望月归大海，姐儿望郎进绣房。
> 参差荇菜水中荡，左右流之寻情郎，
> 窈窕淑女要出嫁，寤寐求之结成双。

从以上这些改编中，我们可以看到底层妇女的女性意识也在逐步觉醒，以前追求爱情、婚姻自由的更多的是男性，而在这些民歌中，妇女也勇敢追求个人的幸福，甚至比男性更为主动、热烈，这种进步的意识也是《诗经》民歌能在房县广为传唱的原因之一。

6. 宴飨民歌：因为房县靠近西周王畿之地，所以关于周王室的宴飨之歌也有大量流传至今，主要有《湛露》《頍弁》《棠棣》《鹿鸣》

等。和《诗经》中的宴飨诗不同，民间流传的宴飨民歌更多地贴近普通百姓的生活，而其中歌颂王侯贵族的成分减少。如《頍弁》：

> 白鹿皮帽他戴上，不知他要去何方。
> 因为你那有美酒，莴草女萝枝蔓长。
> 未见君子面，心中好忧伤。
> 见到君子面，我心好忧伤。

原诗贵族宴请兄弟甥舅等亲戚，表示对主人的依赖和爱戴，并流露了人生短暂、及时行乐的心情。这里侧重于亲人或者朋友长期未见面的感伤。

7. 弃妇民歌：古往今来，弃妇诗一直是中国诗歌中永恒的主题，所以无论是《诗经》还是民歌，"弃妇"都是重要的题材。房县《诗经》民歌中，现存的弃妇诗主要有《我行其野》《谷风》《日月》等。由于弃妇诗的主题比较固定，在民歌中也没有特别创新之处，所以这里就不举例赘述了。

现在房县地区流传的《诗经》民歌主要有以上 7 种，当然还有其他的种类，如《竹竿》是表现女子思念家乡的诗歌；《葛藟》则是关于流浪者的歌谣等。从上面的论述可以看出，现行的房县《诗经》民歌不仅数量较多，而且题材广泛，同时在传承的基础上又有创新。房县《诗经》民歌最突出的特点是内容上逐渐向底层民间靠拢，反映的越来越多的是人类社会的普遍情感，即对爱情、亲情、友情的歌颂，而不仅仅是对宴会、风光的描绘，正是这样的转变才能使它们在底层民间迸发出勃勃生机，并且继续被人们传唱。[1]

房县《诗经》民歌通过传唱形式流传下来，民歌的内容不仅仅表现了人们对农事的关心、对农神的崇拜，还体现了对故土的眷恋之情。这些流传下来的民歌表现了人们在特定历史条件下形成的内

---

[1] 徐瑞娟、梁莹莹、李嫣妮：《房县〈诗经〉民歌传承探析》，《文学教育》2014年第 6 期。

心世界——他们的个性与思想感情，他们的欢乐与苦恼，他们与外在环境的和谐、矛盾与冲突。除此之外，房县《诗经》民歌具有丰富的文化内容：爱国情感、忧患意识、审美意识、人文精神等，这些都是房县《诗经》民歌文化价值之所在。所以，房县"诗经文化"是研究房县地区民间文化的重要资源，是珍贵的文化遗产。

房县民歌中出现的《诗经》歌词以及一些神话内容引发了我们的思考。它们是搜集者新编的，还是民间口头流传的？如果是后者，那么，它是周代的民歌和远古时代的神话在民众口头的流传，还是后代引用《诗经》和古代神话典籍进行的口头再创作呢？这是一个很大的问题，也不太容易解决。因为相关的古代典籍和现代民歌之间的时间跨度达到两千年以上，其间的史料链条存在太多的缺环。要断定它们之间存在联系，或者否定它们之间存在联系，都有相当大的难度。因此，对房县《诗经》民歌还需要作进一步的深入研究，以期有一个全面的认识。

二 紫阳民歌的文化价值

如果说房县的民歌主要是以传承《诗经》民歌的部分内容加以改编而传唱的，那么汉水流域上游的紫阳民歌作为移民源流区民歌歌词与紫阳民歌相融合而产生的民间艺术，仍然具有重要的价值。

历史上紫阳就有"民歌之乡"一说，新中国成立后，民歌在这片土地上愈显活跃。20世纪末期，民歌活动更是蓬勃兴旺，现代传媒手段使紫阳民歌声名愈显。21世纪初，国家文化部和陕西省文化厅分别授予紫阳县"中国民间艺术（民歌）之乡"（2004年）和"民歌之乡"称号。在国务院公布的首批国家级非物质文化遗产保护名录中（2006年），紫阳民歌名列其中。这一切已经说明紫阳民歌植根土壤之深厚，外界影响之广泛，同时说明紫阳民歌之珍贵。

紫阳县位于陕西南部，大巴山北麓，汉水之滨，南临四川，北依秦岭，因道教南派创始人"紫阳真人"张平叔在此面壁悟道而得名。《诗经》中的"二南"部分歌谣的流传地主要就在包括紫阳在内的汉水上游，紫阳民歌在朝代更迭的过程中，伴随着人们种种生活习俗的形成发展而逐渐成熟，于明清达到鼎盛。

明清两代，战乱和灾荒造成陕南（包括今汉中、安康、商州三市）人口大量死亡和迁徙，以至大批田地荒芜，经济衰落。大批外地流民或因受灾逃生，或因躲避过重的赋税，或因人多地窄，无地可种，或因被朝廷夺去土地，自发流入拥有大量无主荒地的陕南山区。此外，也有一些外地人因经商先客居后入籍，或为官任满定居，或从军退伍落户，而移民陕南。同时，朝廷采取有组织的移民垦荒屯田的政策，强制人稠地窄地区和南方富庶地区的大批农民迁入陕南垦荒，即历史上著名的"湖广填陕西"事件。人口的大迁徙不仅促进了陕南的开发和经济的发展，也造成了不同文化的相互融合，使陕南的民俗风情、民间文艺、方言土语等都打上了客民原籍的浓重印记。

紫阳在明清两代移入的客民"以鄂、川、湘、皖人居多，赣、豫、闽、粤人次之"。考察今天的紫阳民歌，在与四川山水相连，四川移民比较集中的南部高山区，高亢明亮、拖腔悠长、尾音下滑，具有浓郁的四川民歌特色的紫阳山歌号子、山歌调子随处可闻，而擅唱小调的民间歌手却多集中在汉江流域的汉城、焕古滩、城关镇、洞河镇一线。这里交通便利，农业灌溉条件较好，商业繁荣，是两湖、江西、安徽、福建、广东移民的聚居地。特别是在汉江沿岸的各个集镇，聚居着大批来此经商的两湖及江南商贾的后裔，这里所传唱的小调歌词，相当一部分反映了市民生活情调。这里的小调音乐，具有音调平和、旋律优美、柔丽婉转的南方音乐特点，与用假嗓演唱的高亢明亮、音域宽广的山歌号子、山歌调子形成鲜明对比。以紫阳民歌为典型代表的陕南民歌这种"北地南腔""南北融汇"特点的形成，应当说与历史上的移民活动有着直接的关系。①

紫阳民歌藏量极为丰富，所发现曲目总数已达5028首，编印成册的有828首，体裁包括号子、山歌和小调几大类，其中又包含了社火歌曲、风俗歌曲、宗教歌曲、曲子等不同歌种。紫阳民歌的

---

① 余海章、戴承元：《紫阳民歌文化研究》，西北大学出版社2008年版，第2页。

代表性曲目有《郎在对门唱山歌》《唱山歌》《洗衣裳》《南山竹子》等。紫阳民歌因明末清初移民因素而具有明显的南方印记，其中有相当一部分直接来源于南方的唱本，如《桑木扁担》《十绣》《倒采茶》等。文化学者陈非在陕南民歌的采访考察中也询问了紫阳民歌研究专家张宣强先生，了解到紫阳民歌的丰富多彩和历史渊源。[①]

余海章、戴承元两位紫阳民歌研究学者，将四川山歌《山歌不唱不开怀》、湖南民歌《你要去，我要缠》、安徽民歌《莲蓬结子在心里》、江苏民歌《娘问女儿》等外省移民源流区民歌与紫阳民歌进行了比较，认为是移民入紫阳后带来该地的民歌，对紫阳民歌产生了重要的影响，但紫阳民歌在内容、唱腔、用词，特别是本地方言的使用上，使这些民歌具有了地方特色。

紫阳民歌表现了紫阳浓郁的民俗风情，在物质文化和精神文化方面留下了突出的印记。在服饰、饮食、人生仪礼、岁时民俗、道德观念等方面都有表现，具有重要的认识价值，是紫阳地方文化的集中体现。如小调《双十爱》（节录）：

> 七爱姐，我姐多灵醒，做茶饭，实在胜过人。
> 调货放得匀，小拼盘，大蒸盆，摆得多齐整。

这里提到了紫阳特色的宴席大菜——蒸盆子。对于这道具有悠久历史的紫阳名菜，其用料、制作工艺及相关问题，余海章和戴承元在其书中有详细的介绍，兹录如下：

> 蒸盆子的主料就是猪蹄和鸡块。正宗的蒸盆子烹饪方法全在一个"蒸"字上，它的汤全是蒸出来的，不是"炖"出来的。在选购主料时必须注意猪肉和鸡肉的鲜嫩程度要一致，如

---

① 陈非：《我有南山君未识：陕南民歌之旅》，陕西师范大学出版社2015年版，第163—164页。

果一个老，一个嫩，在烹调中就会出现一个已熟另一个还是硬的这种情况，那就会造成很大的麻烦。把两个猪蹄半只鸡都剁成小孩拳头大的块；把100克左右的墨鱼（乌贼）提前发好，切片或切丝，与猪蹄、鸡肉一同装入小脸盆大小的陶瓷盆；加入适量食盐、酱油、料酒、甜酒酿子（即糯米酒的原汁）搅拌均匀；整块生姜用刀拍烂（不要用刀切），大葱葱白切成手指长的小段，把姜、葱放于肉块上面，隔水蒸，至猪皮可用筷子头戳穿时即熄火。这样加工出来的是蒸盆子原菜，冷却后汤呈肉冻状。食用时还要对原菜做再次加工。一盆原菜可分数次加工、食用。每次取一部分原菜（连肉带汤）盛于另一大盆中，加适量水再次隔水蒸，待汤蒸至沸腾后放入鸡蛋皮饺子（做法另述），再蒸一小会儿，待鸡蛋皮饺子熟后，放入洗净不切保持根、茎、叶完整形态的嫩菠菜数根，几秒钟后即熄火，整盆端上餐桌。蛋饺的做法是：将鸡蛋打碎放入碗内搅拌待用；用小汤瓢放香油在小火上烧热，每次舀一小勺鸡蛋液倒入瓢内煎成薄皮，再放入少量瘦猪肉馅，用筷子头揭起蛋皮包住肉馅，挤压成小鸟状，即成一个蛋饺。蛋饺数量视蒸盆的大小和汤的多少而定，要使蛋饺在汤面能够呈漂浮状，不可太多。

蒸盆子因其两次加工皆为隔水蒸熟，没有直接用水煮，因此保持了原料的真味，特别是因墨鱼的缘故有海鲜味。从外形上看，汤清、饺黄、菜绿，似一群鸭子（蛋饺）游弋于浮萍（菠菜）飘动、礁石（猪蹄、鸡肉）林立的水中。盛菜的盆子硕大无朋，内容丰富多彩，一盆足够一席食客享用，显得皇皇大气。确是色、香、味、形、器五美俱备。①

从上面介绍的原料和制作工艺看，原料讲究，工序复杂，制作精细，是紫阳餐饮文化里的精品。从一首民歌里可以窥见紫阳的民风民俗。除此之外，像民歌中反映勤俭持家、家庭和睦、反对赌

---

① 余海章、戴承元：《紫阳民歌文化研究》，西北大学出版社 2008 年版，第35—36 页。

博、反对酗酒等正面的道德观念，对于今天新时代的文化建设依然有着借鉴作用。

紫阳民歌既有内容上的价值，在艺术特色上，也有"南北兼容"的音乐特征。从总体上看，陕南地区处于中国南北交汇地带，即所谓位于"北方的最南方，南方的最北方"，加之移民的影响，使紫阳民歌在音乐上具有南北兼容的特征：既有北方的粗犷豪放，又有南方的柔美秀丽。具体来看，山歌、小调、风俗歌曲、花鼓八岔、号子孝歌等十几个曲种，在音乐风格上大多有着较强的抒情性、叙事性和舞蹈性，适于表演动作、表达情节和反映人物的复杂感情。劳动号子是紫阳民歌的基础，而船工号子是劳动号子的内核，在紫阳民歌中占有重要位置，风格粗犷豪迈，音调、节奏复杂多变，具有较强的生活气息；山歌指劳动号子以外的各种山野歌曲，是最能代表山区特点的民歌，山歌歌词有很多是在劳动中即兴创作的，见景生情，随编随唱，大多是表现爱情的；小调和山歌一样量大面广，歌词较为固定，其风格特点是曲调细腻流畅，旋律优美动听，节奏平稳细碎，音域较窄，具有较强的叙事性和个人感情色彩；风俗歌曲是流传较广的民间口头文艺形式，是一种即兴创作歌曲，见啥唱啥，想啥唱啥，是反映紫阳人民生活习俗的歌曲，是紫阳民间在举行婚丧嫁娶等各种仪式时所唱的歌曲；新民歌是新时代和新生活的产物，是中华人民共和国成立后编创的具有鲜明时代特征和较浓政治气息的新创紫阳民歌。在这些种类里，山歌号子具有北方的风格特征，小调与风俗曲具有南方的风格特征。但在紫阳民歌的传唱实践中，节拍、旋律、调式、方言词的赋予，都使民歌具有了地方特色。

紫阳县的青年人在谈情说爱时，要唱缠绵热情的"情歌""盘歌"；为老年人办丧事时，要唱凄凉、悲哀的"孝歌""送葬歌"；在地里干活时，要唱高亢、激越的"号子""锣鼓草"；采茶时，要有悠扬、宛转的"花山姑娘""牧羊恋歌"；婚嫁时，要唱"哭嫁歌""迎亲歌"；行路时有"报路歌"；上山时有"樵歌"，等等。这些民歌是紫阳人民在长期的生产、生活、劳动中创造的，是他们生活的形象再现，当然也有一些历史故事、民间传说，无论是词或曲都能体现出当地的风俗，明白晓畅，通俗易懂。而且语言简洁，借喻巧成，风趣幽默，集抒情性、叙事性、舞蹈性于一体。

紫阳民歌流传久远，体现了民歌"乡土性"的本质和"变异性"的特点，有较高的文学价值；所用方言与四川、湖北临近地区有相似的地方，其旋律优美婉转，高腔唱法中游移于调式音级间的色彩性颤音唱法具有独特的价值。紫阳民歌的传承，既有历史的基因，又有外来移民区的侵染，更多的还是依托于紫阳本地各种民俗活动，反映出丰富的民俗文化内容，具有较好的认识价值。紫阳民歌鲜活的语言和独特的表现形式，也具有较强的审美价值。总之，紫阳民歌对于丰富中华民族音乐宝库，弘扬中华民族音乐文化有不可低估的作用。

三 镇巴民歌的历史回响

镇巴县地处巴山腹地，历史悠久，民风古朴，自古以来民间就有自娱自乐的文化活动，与"民歌之乡"紫阳县毗邻，也有陕南民歌之乡的美誉。在这片土地上，活跃着几代民歌手，有陕南民歌王、音乐家刘光朗，民歌音乐家胡远清，还有登上中央电视台"星光大道"舞台的青年民歌手，"尤其甚者，是民歌之风。虽无歌圩歌节，但无论男女老少，开口都能唱。田间地头，山林沟壑，或放牛，或砍柴，一声山歌，忧愁尽忘；深山寮棚，打猎守号，点燃篝火，依着猎枪，一阵梆声，几声号子，孤独一扫；插秧薅草，晒谷扬场，一排排，一对对，你挑我应，歌声搅着笑声，山陶陶，水也陶陶；隆冬时节，围着火炉，夫唱妇随，火融融，人也融融，其乐无穷！也有忙时务农、闲时以歌为业的民间艺人，乡邻有红白喜事，应邀而往，唱和应答，代主人持事；丧鼓孝歌，代主人致哀。这些艺人肚内山歌、小调、嫁歌、孝歌、渔歌、花鼓等，成本成章，每临其事，翻肠倒肚，如江河倒悬，洋洋洒洒，通宵达旦。"① 这里的人们以歌声表达他们对美好生活的追求与向往，歌声也反映了一代代人们的心声，展示着汉水流域的民俗风情。2008 年 6 月，

---

① 镇巴县文化馆编：《镇巴民歌总汇》"前言"，陕西人民出版社 2007 年版，第 1 页。

陕西省镇巴县申报的"镇巴民歌"经国务院批准被列入第二批国家级非物质文化遗产名录。

荟萃镇巴民歌的是厚厚两卷本的《镇巴民歌总汇》，已于2007年正式出版。书中收集了4000余首民歌，是镇巴民歌的集大成者。著名音乐家赵季平先生为该书作序，他说："这本'民歌总汇'是我省目前所展示的一部最集中、最原始、最完整地搜集一个区域内原生态民歌的大书、奇书和经典之作……众所周知，《诗经》的采集和流传到底经过了多少岁月和沧桑，我们无法想象，但它集举国之力而建立庞大采集机制是有史可考的……从艺术手法看，《诗经》有赋、比、兴，这里也有；从内容上看，《诗经》有风、雅、颂，这里不缺。"① 显然，赵季平先生在《镇巴民歌总汇》中读出了《诗经》的味道，体悟出这二者之间的历时性隐含与文化基因的传承。陕西的文化学者陈非先生花费五年时间，走遍了陕南各乡村，采访和考察陕南的民歌状况，他在《我有南山君未识：陕南民歌之旅》中勾勒了陕南民歌与《诗经》的直接联系与文化渊源："在陕西省文化厅组织编写的一套《第一批陕西非物质文化遗产图录》的目录上，我欣喜地看到有这样的记录：我国古代最早的诗歌总集《诗经》中的《周南》和《召南》部分，其中二十五首歌谣的流传地在汉水上游安康、商洛、汉中一带，其语言形象生动，曲调优美动听，现在依然被当地人传唱。"② 陈非先生在此的表述是不完整的，汉水上游的安康、商洛、汉中一带不仅仅是《周南》和《召南》部分篇章的流传地，更是其创作产生的重要原生地之一，"汉南，三秦盛郡也。昔周召之化，先及江汉，删诗者，以二南为十五国风之首，明乎风物之醇美，莫盛于此也。"③ 从这些论述和记载中可知镇巴民歌有深厚的文化积淀和历史渊源。

笔者在拜读了《镇巴民歌总汇》后，真切体味出镇巴民歌的独

---

① 镇巴县文化馆编：《镇巴民歌总汇》"序"，陕西人民出版社2007年版，第1—2页。

② 陈非：《我有南山君未识：陕南民歌之旅》，陕西师范大学出版社2015年版，第6页。

③ （清）史左：《西乡县志》卷首"叙"，清康熙二十二年刻本。

特地域文化品格，这就是编者在"前言"中总结的"真、直、深、新"，这些品格与古代的《诗经》"二南"相较，也不逊色。从两卷九个大类中，"情爱"类的民歌占全部民歌的1/3，这也和《诗经》"二南"作品一样，爱情诗是其主要内容。镇巴的情歌，不仅继承了从《诗经》到"乐府"，从《关雎》到《孔雀东南飞》，从《孟姜女》到《梁山伯与祝英台》等历朝历代优秀情歌的传统文化品格，且充满着一股独特而浓郁的乡土气息，无论是咏思慕之情，叙幽会之乐，或道离别之痛，或抒思念之苦，无不洋溢着一股山林间的野气和豪气，把爱情这个古今中外世世代代歌咏传唱的内容表现得既情态万千又清新自然，既豪放不羁又深沉凝重，别有一番滋味，感人至深。如水边的爱情《水深总有船儿过》：

> 妹儿跟我隔条河，自古好事都多磨。
> 山高总有羊肠道，水深总有船儿过。①

歌中唱到"妹儿跟我隔条河"，表明了男子与所追求的女子有河的阻隔，实际上就是有困难，但他并没有放弃，而是安慰自己："自古好事都多磨"，进而又充满信心："山高总有羊肠道，水深总有船儿过"，自然而然，妹妹要求再高，跟妹妹的距离再大，也总有办法缩短距离，达到要求，最终成就美好姻缘。这一首民歌，让我们想到了《诗经·汉广》中的诗句："汉有游女，不可求思。汉之广矣，不可泳思。"诗中也有汉水的阻隔，使青年男子的爱情受挫。但他既有智慧的思考，也幻想着爱情的成功："翘翘错薪，言刈其楚。之子于归，言秣其马。"其景可陈，其情可嘉，爱情的力量会战胜一切阻力，使有情人终成眷属。是否可以这样理解，今天镇巴民歌中的情歌，应该是《诗经》情歌的历史回响。

除了刚才分析的《水深总有船儿过》之外，在《镇巴民歌总汇》里，还有许多爱情民歌，如《我和贤妹隔条河》《贤妹当门一

---

① 镇巴县文化馆编：《镇巴民歌总汇》第1卷，陕西人民出版社2007年版，第130页。

树桃》《往年与姐隔条河》《要学蜡烛一条心》《唱个山歌试姐心》
《葛藤上树慢慢缠》《三月麦子四月黄》《手摸棕树望老公》《送郎
送到转墙角》《清早露水打湿鞋》《晒花鞋》《郎在山上唱山歌》
《十许》《十送》《哥爱情妹爱几年》等，似乎让人看到了《诗经》
"二南"中《葛覃》《卷耳》《桃夭》《摽有梅》《江有汜》《野有
死麕》及《诗经》中其他爱情作品的影子，当然，镇巴民歌的乡
土情味还是浓郁的。

　　在情感的表达及艺术手法上，与陕北民歌那样多用兴起诗不同，
汉水流域的镇巴民歌在抒情时大多率真直露，用兴的部分相对来说少
一些，并且在用兴之后便是大篇幅的直抒胸臆。我们知道，在"二
南"诗歌中，这种质朴率真的情感在占绝大多数的婚恋诗中有最为明
显反映，汉水流域的小伙子爱上姑娘可以"寤寐求之"，可以"辗转
反侧"，汉水流域的姑娘抒发盼嫁的渴望时直言"求我庶士，迨其谓
之"，汉水流域的妇女抒发对丈夫的思念时有"未见君子，惄如调
饥"的大胆表露，也有"振振君子，归哉归哉"的殷切呼告。

　　这种源自于南方文化的热情质朴千百年来沉淀在汉水流域人们
的灵魂深处，随着血缘的传递被一代代南方人继承到现在。现今流
传于汉水流域民间的歌谣中，还随处可见与"二南"先民们极为相
似的率真情感。试以几首现代汉水流域民歌为例：

望郎来

　　正（哪）月里来正（哪）月正（喏），（咿哟噢咿哟嗬嗨）
姐问（的）情哥几时来（哟咿哟噢嗬哟嗬嗬），郎说（的）过，
正月十五元宵来（嗬咿哟噢嗬）元宵来（喏咿哟噢哟哟嗬嗨）。

　　二（哪）月里来百（哪）花开（喏）（咿哟噢咿哟嗬嗨），
手扶（的）栏杆望郎来（哟咿哟噢嗬哟嗬嗬），望我（的）
郎，他今不来好奇怪（喏咿哟噢嗬哟咿哟）。①

---

　　① 《中国民间歌曲集成·陕西卷》编辑委员会：《中国民间歌曲集成·陕西卷》下
卷，中国 ISBN 中心 1994 年版，第 1173 页。

这首民歌就是汉水流域女子相思情感的直接表达，歌词通过问情郎、望情郎来体现女子对心上人的等待和盼望，言语直接，语气通俗，带着清新质朴的情歌风味。再如镇巴县民间小调《望郎调》：

> 正（哪）月（的）望（噢）郎园门（格）开（耶），园门（格）开（耶），怀（耶）抱（的）篮儿（咿哈）望（是我）郎来（耶），小情哥（哎）奴为你（哟）曾把（那个）相思害（耶，哟哟噢哎哟噢），空做了两双鞋（哎）。①

同样是女子思念情郎，与上一首一样的是"望郎来"的焦急心情，而且直言"奴为你曾把相思害"，最后用看似不经意提起的"空做了两双鞋"来表达自己心里一直以来对情郎的牵挂，盼郎心情更为强烈。

如同在"二南"中婚恋诗的数量占绝大多数一样，在汉水流域民歌中，这种表达爱情和思慕的歌曲有很多，所占比例也很大。这样的民歌如"想姐想的莫奈何，站在山上喊山歌，山歌喊了几大本，眼泪流了几道河，姐儿装着没听见"。又如"昨夜约郎郎未来，一夜烧了九笼柴，铜壶煨酒酒成醋，一个鲤鱼炸落腮。"② 这些民歌在表达方式上都非常直接，满含着汉水流域人们率性的浪漫气质和对爱情饱满的体验，与汉水流域先民们在"二南"中所表现出的率真质朴的情感一脉相承。试将这些民歌中的主人公与"二南"婚恋诗中的抒情主人公作一对比，那"手扶栏杆望郎来"的姑娘似乎就是《摽有梅》中睹物伤情的盼嫁女子，那"站在山上喊山歌"的小伙子就如同《汉广》中不断吟唱，不断"汉之广矣，不可泳思"的痴情男子。从"二南"到汉水流域镇巴山歌，虽然跨越了两千多年，诗歌中所包含的精神内核依旧亘古不变。这个历经千年时光淘洗依旧动人的精神内核就是根植于汉水流域人们精神

---

① 《中国民间歌曲集成·陕西卷》编辑委员会：《中国民间歌曲集成·陕西卷》下卷，中国 ISBN 中心 1994 年版，第 1257—1258 页。
② 同上书，第 1051 页。

中的纯真质朴，是一种人性未脱离自然淳朴状态时所具有的情感力量。

总之，镇巴民歌中的山歌、小调、民俗歌等，题材以爱情居多。山歌以七言四句为主，修辞多夸张，曲调以四句乐段为多。其次为二句和多句滚板式。一般是在劳动中唱，有独唱、齐唱、对唱等形式。男多用高腔演唱，高亢嘹亮，也有平腔演唱，豪放、雄壮，节奏自由，女皆以平腔演唱，拖腔缠绵，委婉细腻。其歌有即兴创作的，也有世代传下来的，如《打仙桃》《小小脚儿红绣鞋》《太阳落坡四山阴》《郎在对门薅黄秧》《清草起来去放牛》等。小调歌词以五言四句和七言四句六句为多见，一般为多段叙述形式，音乐多为单乐段结构，五声徵调式或羽调式或徵、羽交替式较常见。有本有章的如《梁山伯与祝英台》《十里亭》《十想》《十劝》《上茶山》《吴幺姑》等。民俗歌以婚嫁较多，歌词多为依恋的内容，以七言两句结构为多，如《哭嫁歌》《娘训女》《离娘床》等。这些特点反映了镇巴人民的生产劳动、生存状态、审美情趣等，是镇巴人民精神生活的体现，承载了镇巴的人文历史变迁、时代生活情状、风土人情礼仪；镇巴民歌也具有社会历史变化、风俗礼仪、道德规范以及劳动技能等代代传承的功能，其教化的作用、文学审美的价值以及艺术的借鉴意义都十分突出，是汉水流域文化的珍贵遗产。

附录 《诗经》"二南"研究资料辑录

　　说明：本资料分为两个部分：一是集释，二是诗旨。资料选取影响较大的《诗经》注家。在"集释"中一般用简称，如毛亨《毛诗诂训传》，简称《毛传》；郑玄《毛诗传笺》，简称《郑笺》；孔颖达《毛诗正义》，简称《正义》；朱熹《诗集传》，简称《集传》；马瑞辰《毛诗传笺通释》，简称《通释》；陈奂《诗毛氏传疏》，简称《传疏》。王先谦《诗三家义集疏》，简称《集疏》。在"诗旨"中用著作全称，所引资料版本等，在本书"参考文献"中列出。

《周南》

《关雎》

一　集释

关关雎鸠，在河之洲。

　　《毛传》："关关，和声也。雎鸠，王雎也，鸟挚而有别。水中可居者曰洲。"《郑笺》和《正义》解释"雎鸠"为"王雎"也。《集疏》："鲁说曰：'关关，音声和也'……"《玉篇》："关关，和鸣也。"又曰："'关关'谓鸟声之两相和悦也。三家'洲'作'州'者，'洲'俗字。"《集传》："雎鸠，水鸟。一名王雎，状类凫鹥，今江、淮间有之。生有定偶而不相乱，偶常并游而不相狎，故《毛传》以为挚而有别。"

　　窈窕淑女，君子好逑。

　　《毛传》："窈窕，幽闲也。淑，善。逑，匹也。"《集疏》："鲁说曰：'窈窕'，好貌。韩说曰：'窈窕'，贞专貌。"《通释》："按《广雅》'窈窕'，好也，窈窕二字叠韵。《方言》：'秦晋之间，美心为窈，美状为窕。'盖对言则异，散言则通尔。"

　　参差荇菜，左右流之。

　　《毛传》："荇，接余也。流，求也。"《郑笺》《正义》言："左右，助也。"《集传》："参差，长短不齐之貌。荇，接余也。根生水底，茎如钗股，上青下白，叶紫赤，园茎寸余，浮在水面。"又言："流，顺水之流而取之也。"

　　窈窕淑女，寤寐求之。

　　《毛传》："寤，觉。寐，寝也。"《通释》："寤寐，犹梦寐也。"《集疏》："寤寐犹言不寐，谓求此淑女，至于不寐也。"

　　求之不得，寤寐思服。

　　《毛传》："服，思之也。"《郑笺》云："服，事也。"《传疏》："《传》以'思之'释经之'服'。……则经中'思'字为助词，无实义。"

　　悠哉悠哉，辗转反侧。

　　《毛传》："悠，思也。"《郑笺》："思之哉！思之哉！言己诚思之。卧而不周曰辗。"《集疏》："三家'辗'作'展'。韩说曰：'展转，反侧也。'鲁说曰：展转，不寐貌。"

　　参差荇菜，左右采之。窈窕淑女，琴瑟友之。

　　《毛传》："宜以琴瑟友乐之。"《郑笺》："同志为友。"《正义》："人之朋友，执志协同。今淑女来之，雍穆如琴瑟之声和，二者志同，似于人友，故曰'同志为友'。"《集疏》："鲁韩说曰：'友，亲也'。"《传疏》："友之友，读得相亲有之有。乐之乐，读如喜乐之乐。"

参差荇菜，左右芼之。

《毛传》："芼，择也。"《正义》："《释言》云：'芼，搴也'。孙炎曰：'皆择菜也。'某氏曰：'搴犹拔也。'郭璞曰：'拔取菜也。'以搴是拔之义。"

窈窕淑女，钟鼓乐之。

《郑笺》："琴瑟在堂，钟鼓在庭，言共荇菜之时！上下之乐皆作，盛其礼也。"《集疏》："韩说：'钟鼓'亦作'鼓钟'。"

二　诗旨

汉《诗序》："是以《关雎》乐得淑女以配君子，忧在进贤，不淫其色。哀窈窕，思贤才，而无伤善之心焉，是《关雎》之义也。"

汉《毛传》："后妃说乐君子之德，无不和谐，又不淫其色，慎固幽深，若关雎之有别焉，然后可以风化天下。夫妇有别则父子亲，父子亲则君臣敬，君臣敬则朝廷正，朝廷正则王化成。"

唐孔颖达《毛诗正义》："《关雎》之篇，说后妃心之所乐，乐得此贤善之女，以配己之君子。心之所忧，忧在进举贤女，不自淫恣其色。又哀伤处窈窕幽闲之女，未得升进，思得贤才之人与之共事君子。劳神苦思而无伤害善道之心。郑以哀为衷，言后妃衷心念恕在窈窕幽闲之善女，思使此女有贤才之行，欲令宫内和协而无伤害善人之心。余与毛同。男过爱女谓淫女色，女过求宠是自淫其色。此言不淫其色者，谓后妃不淫恣己身之色。此是《关雎》诗篇之义也。"

宋欧阳修《诗本义》："《关雎》，周衰之作也。太史公曰'周道缺而《关雎》作'，盖思古以刺今之说也。谓此淑女配于君子，不淫其色，而能与其左右勤其职事，则可以琴瑟钟鼓乐之耳，皆所以刺时之不然。"

宋范处义《诗补传》："然则《关雎》虽作于康王之时，乃毕公追咏文王大姒之，以为规谏，故孔子定为一经之首。"

宋朱熹《诗集传》："周文王生有圣德，又得圣女姒氏以为之配。宫中之人，于其始至，见其有幽闲贞静之德，故作此诗。"

元许谦《诗集传名物钞》："《关雎》之诗，兼美文王后妃之德，而尤归重于文王。……非文王之圣德，则不能择后妃之淑女；非后妃之圣德，则不足以配文王之君子。今窈窕之淑女，始可为君子之好逑。观此两词，则主于文王而言尤可见矣。于其未得之也，寤寐思之至于不遑寝处。夫以宫中之妾御，欲为君子得配，以为我之内主，而思之如此其切，是绝无妒忌之萌。是时宫中未被后妃之化，非文王之德有以化之，能如是乎？"

明何楷《诗经世本古义》："《关雎》，太姒之德也。太姒将归文王，思得淑女为媵，故作此诗。"

清李光地《诗所》："文王后妃所自作业。古者朝有外职，宫有内职，外职旷而天工不举矣，内职缺而阴教不修矣。……王则齐家以治国，而后妃主焉，嫔御以下皆所以佐内理者，如星之助月光也。……故《关雎》者，后妃求贤于内也。"

清庄有可《毛诗说》："《关雎》，文王嗣位求贤妃也。古者世子未成君，止具妾御而已，必即位而后正昏礼，以亲迎重夫妇之伦，严嫡庶之辨也。文王念妃匹之际，生民之本，政治之原，故求之勤而形之咏歌也。君子之道，造端乎夫妇，文王太姒之德，又周有天下么基，故删诗断始《关雎》。"

清马瑞辰《毛诗传笺通释》："诗所称淑女为后妃，非谓后妃求贤也。首章毛《传》云，后妃说乐君子之德，无不和谐，又不淫色，慎固幽深，若关雎之有别焉。又言后妃有关雎之德，是幽间贞静之善女，宜为君子么好匹。皆以淑女指后妃……未尝有后妃求贤之说也。后妃求贤之说，始于郑《笺》误会诗《序》'忧在进贤'一语为后妃求贤，不知《序》所谓进贤者，亦进后妃之贤耳。"

清郝懿行《诗问》："《关雎》，成妇德也。古者，先嫁三月，教于公宫，教以妇德、妇言、妇容、妇功。既成，祭之，以成妇顺。一章言其教也，二章言其学也，三章言其成而祭也。"

清魏源《诗古微》："二《南》及《小雅》皆当殷之末季，文王与纣之时。谓谊兼讽刺则可，谓刺康王则不可，并诬三家以正风雅为康王时诗，尤大不可！……三家既以《关雎》、《鹿鸣》与《文王》、《清庙》同为正始，必非衰周之诗。韩《序》只云'《关雎》刺时也'，未会言刺康王，则是思贤妃以佐君子，即为讽时之义。但在文王国中为正风正雅者，在商纣国中视之则为变风变雅，此《关雎》、《鹿鸣》刺时之本谊也。"

清王先谦《诗三家义集疏》："鲁说曰：周道缺，诗人本之衽席，《关雎》作。又曰：后妃之制，夭寿治乱存亡之端也。是以佩玉晏鸣，《关雎》叹之，知好色之伐性短年，离制度之生无厌，天下将蒙化，陵夷而成俗也。故咏淑女，几以配上，忠孝之笃、仁厚之作也。又曰：周之康王夫人晏出朝，《关雎》豫见，思得淑女以配君子。又曰：周衰而《诗》作，盖康王时也。康王德缺于房，大臣刺晏，故诗作。又曰：周渐将衰，康王晏起，毕公喟然，深思古道，感彼关雎，性不双侣，愿得周公，配以窈窕，防微消渐，讽谕君父。孔氏大之，列冠篇首。……《韩叙》曰：《关雎》，刺时也。韩说曰：诗人言雎鸠贞洁慎匹，以声相求，隐蔽于无人之处，故人君退朝入于私宫，后妃御见有度，应门击柝，鼓人上堂，退反宴处，体安志明。今时大人内倾于色，贤人见其萌，故咏《关雎》，说淑女正容仪，以刺时。"

清方玉润《诗经原始》："乐得淑女以配君子也。诗中亦无一语及宫闱，况文王太姒耶？窃谓风者，皆采自民间者也。若君妃则以颂体为宜。此诗盖周邑之咏初昏者。故以为房中乐，用之乡人，用之邦国而无不宜焉。"

清崔述《读风偶识》："细玩此篇，乃君子自求良配，而他人代写其哀乐之情耳。盖先儒误为夫妇之情为私，是以曲为之解：不知情之所发，五伦为最，五伦始于夫妇，故十五国风中，男女夫妇之言尤多。……《关雎》，《三百篇》之首，故先取一好德思贤笃于伉俪者冠之，为天下后世夫妇用情者之准。不可谓夫之于妇，不当为之忧为之乐也。"

蓝菊荪《诗经国风今译》："这是歌颂农村青年男女自由恋爱结合的贺婚歌。"

高亨《诗经今注》:"这首诗歌唱一个贵族爱上一个美丽的姑娘,最后和她结婚了。"

袁梅《诗经译注》:"这是古代的一首恋歌。一个青年爱上了那位温柔美丽的姑娘,他时刻思慕她,渴望和她结为情侣。"

蒋立甫《诗经选注》:"这是一首相思恋歌,写一个男子爱上了一位美丽的姑娘,醒时梦中不能忘怀,而又无法追求到。"

《葛覃》

一 集释

葛之覃兮,施于中谷,维叶萋萋。

《毛传》:"覃,延也。葛所以为绪绤,女功之事烦辱者。施,移也。中谷,谷中也。萋萋,茂盛貌。"《集疏》:"韩说曰:'维'作'惟',辞也。"

黄鸟于飞,集于灌木,其鸣喈喈。

《毛传》:"黄鸟,抟黍也。灌木,藂木也。喈喈,和声之远闻也。"《郑笺》:"葛延蔓之时,则抟黍飞鸣,亦因以兴焉。飞集藂木,兴女有嫁于君子之道。和声之远闻,兴女有才美之称达于远方。"《正义》:"《释鸟》云:'皇,黄鸟。'舍人曰:'皇名黄鸟。'郭璞曰:'俗呼黄离留,亦名抟黍。'"《集传》:"灌木,丛木也。"

葛之覃兮,施于中谷,维叶莫莫。

《毛传》:"莫莫,成就之貌。"《郑笺》:"成就者,其可采用之时。"《集疏》:"韩说曰:莫莫,茂也。"

是刈是濩,为绪为绤,服之无斁。

《毛传》:"濩,煮之也,精曰绪,粗曰绤。斁,厌也。"《郑笺》:"服,整也。"《集传》:"此言盛夏之时,葛既成矣,于是治以为布,而服之无厌。"

言告师氏,言告言归。

《毛传》:"言,我也。师,女师也。"《集传》:"言,辞也。师,女师也。"

薄污我私，薄浣我衣。

《毛传》："污，烦也。私，燕服也。"《郑笺》："烦，烦撋之，用功深。浣，谓灌之耳。衣，谓袆衣以下至褖衣。"《集传》："薄，犹少也。污，烦撋之以取其污。犹治乱而乱也。瀚，则濯之而已，私，燕服也。衣，礼服也。"

害浣害否，归宁父母。

《毛传》："害，何也。私服宜浣，公服宜否。宁，安也。"《集疏》："鲁说曰：'自大夫妻，虽无事，岁一归宁。'"

二 诗旨

汉《诗序》："《葛覃》，后妃之本也。后妃在父母家，则志在于女功之事，躬俭节用，服浣濯之衣，尊敬师傅，则可以归安父母，化天下以妇道也。"

唐孔颖达《毛诗正义》："作《葛覃》诗者，言后妃之本性也。谓贞专节俭，自有性也。"

宋朱熹《诗集传》："此诗后妃所作，故无赞美之词。然于此可以见其已贵而能勤，已富而能俭，已长而敬不弛于师傅，已嫁而孝不衰于父母，是皆德之厚而人所难也。小序以为后妃之本，庶几近之。"

宋刘克《诗说》："明后妃自宫室风化天下也。而后妃之所服行者，皆切近之实事，刘濩绨绤瀚濯节俭之烦辱尔此。与文王卑服同德。"

宋严粲《诗辑》："殊不知，是诗皆述既为后妃之事，贵而勤俭，乃为可称。"

元许谦《诗集传名物钞》："此诗盖后妃已成绨绤之服，将归宁而追赋之也。"

元刘玉汝《诗缵绪》："今诗所言为绨为绤者，妇功也；服绨绤瀚濯者，妇容也；言告，妇言也；勤俭孝敬，妇德也；四德咸备，故曰后妃之本。"

明何楷《诗经世本古义》："《葛覃》，太姒自叙治葛毕而欲归省其亲,见其勤俭孝敬也。"

明姚舜牧《诗经疑问》:"此诗本为归宁而作,乃赋葛覃而追叙于初夏之时,爰及于盛夏之隙,葛已成而服无斁,始告师氏以言归。盖必敬必戒,无违夫子礼之正也。"

清庄有可《毛诗说》:"《葛覃》,太姒即事赋诗也。……此叙归宁之事,告归不自专也。"

清王先谦《诗三家义集疏》:"鲁说曰:《葛覃》,恐其失时。"

清方玉润《诗经原始》:"盖此亦采自民间,与《关雎》同为房中乐,前咏初婚,此赋归宁耳。"

屈万里《诗经诠释》:"此妇人自咏归宁之诗。由'言告师氏'之语证之,此妇似非平民。"

高亨《诗经今注》:"这首诗反映了贵族家中的女奴们给贵族割葛、煮葛、织布及告假洗衣回家等一段生活情况。"

褚斌杰《诗经全注》:"这诗写已婚女子归宁省亲前劳作、做准备的情景,充满着急切、快乐之情。"

袁愈荌、唐莫尧《诗经全译》:"女仆工作完毕,告假回家探望父母。"

《卷耳》

一 集释

采采卷耳,不盈顷筐。

《毛传》:"采采,事采之也。卷耳,苓耳也。顷筐,畚属,易盈之器也。"《郑笺》:"器之易盈而不盈者,志在辅佐君子,忧思深也。"《正义》:"言有人事采此卷耳之菜,不能满此顷筐。顷筐,易盈之器,而不能满者,由此人志有所念,忧思不在于此故也。"《集传》:"采采,非一采也。卷耳,苓耳,叶如鼠耳,丛生如盘。顷,欹也。筐,竹器。"

嗟我怀人,寘彼周行。

《毛传》:"怀,思。寘,置。行,列也。"《郑笺》:"周之列

357

位，谓朝廷臣也。"《集传》："寘，舍也。周行，大道也。"

  陟彼崔嵬，我马虺隤。

  《毛传》："陟，升也。崔嵬，土山之戴石者。虺隤，病也。"《郑笺》："我，我使臣也。"《集传》："虺隤，马罢不能升高之病。"

  我姑酌彼金罍，维以不永怀。

  《毛传》："姑，且也。永，长也。"《郑笺》："我，我君也。"《集传》："罍，酒器，刻为云雷之象，以黄金饰之。"《传疏》："维，辞也。维与惟通，凡全诗多用维字为发声音者，仿此。"

  陟彼高冈，我马玄黄。我姑酌彼兕觥，维以不永伤。

  《毛传》："山脊曰冈。玄，马病则黄。兕觥，角爵也。伤，思也。"《郑笺》："此章为意不尽，申殷勤也。觥，罚爵也。"《集传》："兕，野牛。一角青色，重千斤。觥，爵也。以兕角为爵也。"

  陟彼砠矣，我马瘏矣。我仆痡矣，云何吁矣。

  《毛传》："石山戴土曰砠。瘏，病也。痡，亦病也。吁，忧也。"《郑笺》："此章言臣既勤劳于外，仆马皆病，而今云何乎其亦忧矣，深闵之辞。"《集传》："瘏，马病不能进也。痡，人病不能行也。"《传疏》："吁当为盱。"

二　诗旨

  汉《诗序》："《卷耳》，后妃之志也，又当辅佐君子，求贤审官，知臣下之勤劳。内有进贤之志，而无险诐私谒之心，朝夕思念，至于忧勤也。"

  唐孔颖达《毛诗正义》："作《卷耳》诗者，言后妃之志也。后妃非直忧在进贤躬率妇道，又当辅佐君子。其志欲令君子求贤德之人，审置于官位。复知臣下出使之勤劳，欲令君子赏劳之。内有进贤人之志，唯有德是用，而无险诐不正私请用其亲戚之心。又朝夕思此，欲此君子官贤人，乃至于忧思而成勤，此是后妃之志也。"

  宋欧阳修《诗本义》："《卷耳》之义失之久矣。……卷耳易得，顷筐小器也。然采采而不能顷盈，后妃以采卷耳之不盈而知求贤之难得。因物托意讽其君子以谓贤才难得，宜爱惜之。因其勤劳而宴犒之，酌以金罍不为过礼，但不可以长怀于饮乐尔，故曰：'维以不永怀。'养爱臣下，慰其劳苦而接以思意，酒欢礼失，觥罚以为乐亦不为过，而于义未伤，故曰：'维以不永伤'也。所以宜然者，由贤者，臣勤国事劳苦之甚，如卒章之所陈也。诗人述后妃此意以为言，见周南君后皆贤，其宫中相语者如是而已，非有私诐之言也。盖疾时之不然。"

宋朱熹《诗集传》："此亦后妃所自作，可见其贞静专一之至也，岂当文王朝会征伐之时，羑里拘幽之日而作欤？然不可考矣。"

宋朱熹《诗序辨说》："此诗之《序》，首句得之，余皆附会之凿说。"

明何楷《诗经世本古义》："《卷耳》，太姒欲文王求贤审官也。"

清朱鹤龄《诗经通义》："杨慎曰：原诗人之意，以后妃思文王之行役而作也。陟冈者，文王陟之。玄黄，文王之马，痡者，文王之仆。金罍兕觥，冀文王之酌以消忧也。盖身在宫闱而思在远道。"

清王先谦《诗三家义集疏》："鲁说曰：思古君子官贤人，置之列位也。……此诗为慕古怀贤，欲得遍置列位，思念深长。"

清牛运震《诗志》："'我怀人'，隐约其词，不能质言，妙。闺思妙旨。……一篇寥冷无聊之况中有一段说不出的光景而意思含蓄。缠绵无尽。"

清牟庭《诗切》："《卷耳》，思妇吟也。"

清方玉润《诗经原始》："愚谓此诗当是妇人念夫行役而闵其劳苦之作。"

吴闿生《诗义会通》："千载以来，为此等曲说所蔽，纷纷臆撰，益不可通。惟朱《传》一扫空之，最得其正。"

林义光《诗经通解》："此以崔嵬高冈喻人生艰阻，思慕远世之周人，以谓不可跂及，说颇可通。"

高亨《诗经今注》："作者似乎是个在外服役的小官吏，叙写他坐着车子，走着艰难的山路，怀念着家中的妻子。"

余冠英《诗经选》："这是女子怀念征夫的诗。她在采卷耳的时候想起了远行的丈夫，幻想他在上山了，过冈了，马病了，人疲了，又幻想他在饮酒自宽。"

蒋立甫《诗经选注》："这是一首贵族妇女怀念远行丈夫的诗。"

《樛木》

一 集释

南有樛木，葛藟累之。

《毛传》："南，南土也。木下曲曰樛。南土之葛慕茂盛。"《郑笺》："木枝以下垂之故，故葛也藟也得累而蔓之，而上下俱盛。"《集疏》："韩诗'樛'作'朻'。鲁说曰：藟，巨荒也。"《通释》："葛藟为藟之别名，以其似葛，故称葛藟。"

乐只君子，福履绥之。

《毛传》："履，禄。绥，安也。"《传疏》："只，词也。……凡'只'，或在句中，或在句末，皆为语词。"

南有樛木，葛藟荒之。乐只君子，福履将之。

《毛传》："荒，奄。将，大也。"《传疏》："奄与掩通。"

南有樛木，葛藟萦之。乐只君子，福履成之。

《毛传》："萦，旋也。成，就也。"

二 诗旨

汉《诗序》："《樛木》，后妃逮下也。言能逮下，而无嫉妒之心焉。"

汉《郑笺》："后妃能和谐众妾，不嫉妒其容貌，恒以善言逮下而安之。木枝以下垂之故，故葛也、藟也得累而蔓之而上下俱盛兴者，喻后妃能以意下逮众妾使得其次序，则众妾上附事之而礼仪亦俱盛。"

唐孔颖达《毛诗正义》:"作《樛木》诗者,言后妃能恩义接及其下众妾,使俱以进御于王也。"

宋欧阳修《诗本义》:"诗人以樛木下其枝使葛藟得托而并茂,如后妃不嫉妒下其意以和众妾,众妾得附之而并进于君子。后不嫉妒而妾无怨旷,云'乐只君子,福履绥之'者,众妾爱乐其君子之辞也。"

宋朱熹《诗集传》:"后妃能逮下而无嫉妒之心,故众妾乐其德而称愿之曰,南有樛木,则葛藟累之矣。乐只君子,则福履绥之矣。"

明何楷《诗经世本古义》:"《樛木》,南国诸侯归心文王也。"

明丰坊《子贡诗传》:"南国诸侯慕文王之德,而归心于周,赋《樛木》。"

清姚际恒《诗经通论》:"今按伪《传》云,'南国诸侯慕文王之化,而归心于周',然则以妾附后,臣附君,义可并通矣。且伪《传》之说亦有可证者。《南有嘉鱼》曰,'南有樛木,甘瓠累之。君子有酒,嘉宾式燕绥之。'《旱麓》曰,'莫莫葛藟,施于条枚。岂弟君子,求福不回。'语意皆相近,惟此迭咏,故为风体。此说可存,不必以伪《传》而弃之也。"

清方玉润《诗经原始》:"君臣夫妇,义本相通,诗人亦不过借夫妇情以喻君臣义。其词愈婉,其情愈深。即谓之实指文王,亦奚不可?而必归诸众妾作,则固矣!"

清崔述《读风偶识》:"余按《螽斯》之旨,当如《序》,《传》所云。若《樛木》则未有以见其必为女子而非男子也。玩其词意,颇与《南有嘉鱼》、《南山有台》之诗相类,或为群臣颂祷其君,亦未可知。要之此二诗者,皆上惠恤其下,而下爱敬其上之诗。"

清魏源《诗古微》:"美后妃也。后妃得配君子以成其德,犹葛藟得托樛木以升其上。《文选·寡妇赋》注言,二草之托樛木喻妇人之托夫家也。不以众妾下逮不妒为谊。"

清王先谦《诗三家义集疏》:"美文王得圣后多受福也。……

不以樛木喻后妃，葛藟喻众妾也。且《诗》明以'樛木'、'君子'相对为文，无后妃逮下不妒忌众妾意。"

清牟庭《诗切》："刺周南夫人专妒也。"

高亨《诗经今注》："作者攀附一个贵族，得到好处，因作这首诗为贵族祝福。"

程俊英、蒋见元《诗经注析》："这是一首祝贺新郎的诗。"

赵浩如《诗经选译》："这是一首祝贺新婚的民歌。"

《螽斯》

一 集释

螽斯羽，诜诜兮。

《毛传》："螽斯，蜙蝑也。诜诜，众多也。"《郑笺》："凡物有阴阳情欲者无不妒忌，维蜙蝑不耳，各得受气而生子，故能诜诜然众多。"《集疏》："三家'斯'作'蜇'。"《集传》："螽斯，蝗属，长而青，长角长股，能以股相切作声，一生九十九子。诜诜，和集貌。"

宜尔子孙，振振兮。

《毛传》："振振，仁厚也。"《集传》："尔，指螽斯也。振振，盛貌。"《通释》："振振，谓众盛也。振振与下章绳绳、蛰蛰，皆为众盛。"

螽斯羽，薨薨兮。宜尔子孙，绳绳兮。

《毛传》："薨薨，众多也。绳绳，戒慎也。"《集疏》："韩说曰：绳绳，敬貌。"《集传》："薨薨，群飞声。"

螽斯羽，揖揖兮。宜尔子孙，蛰蛰兮。

《毛传》："揖揖，会聚也。蛰蛰，和集也。"《集疏》："鲁说曰：蛰，静也。"

二 诗旨

汉《诗序》："《螽斯》，后妃子孙众多也。言若螽斯不妒忌，则子孙众多也。"

唐孔颖达《毛诗正义》："此不妒忌得子孙众多者，以其不妒忌，则姨妾俱进，所生亦后妃之子孙，故得众多也。……三章皆言后妃不妒忌，子孙众多。既言其多，因说其美，言仁厚戒慎和集耳。"

宋欧阳修《诗本义》："《螽斯》大义甚明而易得，惟其序文颠倒，遂使毛、郑从而解之失也。螽斯，类微虫尔，诗人安能知其也'不妒忌'！此尤不近人情者。螽斯，多子之虫也。大率螽子皆多，诗人偶取其一以为此尔。所比者但取其多子似螽斯也。振振，群行貌。绳绳，齐一貌。蛰蛰，众聚貌。皆谓子孙之多，而毛训'仁厚'、'戒慎'、'和集'皆非诗意。其大义则不远，故不复云。"

宋朱熹《诗集传》："后妃不妒忌而子孙众多，故众妾以螽斯之群处和集而子孙众多比之。言其有是德而宜有是福也。"

宋朱熹《诗序辨说》："螽斯聚处和一，而卵育蕃多，故以为不妒忌则子孙众多之比。《序》者不达此诗之体，故遂以不妒忌者归之螽斯，其亦误矣。"

明何楷《诗经世本古义》："《螽斯》，祝太姒子孙众多也。"

清李光地《诗所》："宫人美后妃之盛德而子孙众多，故周公作颂，亦以则百斯男之庆归之。"

清陈启源《毛诗稽古编》："此诗每上二句言螽斯，二下句言后妃。尔者，尔后妃也。振振、绳绳、蛰蛰，正谓子孙之贤。毛诗释三义甚优，《韩诗外传》引此亦云'母使子贤也'，意与毛同矣。今以为螽斯多子。殊少义趣。"

清牟庭《诗切》："言螽子微细而有羽翼以众聚，以兴公子幼小，而盛衣服以群处也。宜，谓业之使得其宜适。尔，谓周南君也。刺周南公子美衣服也。"

清魏源《诗古微》："续《序》不得经义。吕《记》、严《辑》徒以子孙绳绳为不绝，桐城马氏瑞辰以振振、绳绳、蛰蛰皆为众盛，更不得毛《传》之义。考《韩诗外传》引'螽斯羽，薨薨兮。宜尔子孙，绳绳兮'，言'贤母能使子贤也'，则是颂后妃所生皆贤，非滕妾多子之谓。"

高亨《诗经今注》："这是劳动人民讽刺统治者的短歌。诗以蝗虫纷纷飞翔，吃尽庄稼，比喻剥削者子孙众多，夺尽劳动人民的粮谷，反映了阶级社会的阶级本质，表达了劳动人民的阶级仇恨。"

陈子展《诗经直解》："《螽斯》主题义与《樛木》同。所不同者，一颂多福禄，一颂多子孙，樛木曲木，螽斯害虫，以为比兴，实含刺意，不可被民间歌手瞒过。"

裴溥言《先民的歌唱——诗经》："《螽斯》是一篇祝福人家多子多孙的诗。螽斯多子，相传一产九十九子，所以诗人拿来和人的多子相比，祝颂他人丁的兴旺。……《庄子·天地》篇有'华封人三祝'的记载，那三祝形成我国'多福、多寿、多子孙'的'三多'观念。这《螽斯》篇，就是多子多孙观念表现于《诗经》中的作品。"

《桃夭》

一 集释

桃之夭夭，灼灼其华。

《毛传》："桃有华之盛者。夭夭，其少壮也。灼灼，华之盛也。"《集传》："夭夭，少好之貌。"《传疏》："《广雅》：'灼灼，明也。'《玉篇》：'灼灼，华盛貌。'盛与明同义。"

之子于归，宜其室家。

《毛传》："之子，嫁子也。于，往也。宜，以有室家无逾时者。"《郑笺》："宜者，谓男女年时俱当。"《集传》："之子，是子也。此指嫁者而言也。妇人谓嫁曰归。"

桃之夭夭，有蕡其实。

《毛传》："蕡，实貌。"

之子于归，宜其家室。

《毛传》："家室，犹室家也。"《通释》："宜与仪通。《尔雅》：'仪，善也。'"

桃之夭夭，其叶蓁蓁。之子于归，宜其家人。

《毛传》："蓁蓁，至盛貌。"《集疏》："齐说曰：夭夭、蓁蓁，
美盛貌。鲁说曰：蓁蓁，茂也。"

二　诗旨

汉《诗序》："《桃夭》，后妃之所致也。不妒忌，则男女以正，
婚姻以时，国无鳏民也。"

唐孔颖达《毛诗正义》："作《桃夭》诗者，后妃之所致也。
后妃内修其化，赞助君子，致使天下有礼，昏取不失其时，故曰
'致'也。"

宋范处义《诗补传》："《桃夭》，言后妃不妒忌之效，致天下
化之，男女得以正，婚姻得以时，有和协之风，无乖离之患，宜乎
举国无寡民也。"

宋朱熹《诗序辨说》："《序》首句非是，其所谓男女以正，婚
姻以时，国无鳏民者，得之。盖此以下诸诗，皆言文王风化之盛，
由家及国之事，而《序》者失之，皆以为后妃之所致。既非所正男
女之位，而于此诗又专以为不妒忌之功，则其意愈狭而说愈疏矣。"

宋朱熹《诗集传》："文王之化，自家而国，男女以正，婚姻
以时。故诗人因所见以起兴，而叹其女子之贤，知其必有以宜其室
家也。《周礼》：'仲春令会男女。'然则桃之有华，正婚姻之
时也。"

元许谦《诗集传名物钞》："一章言华，二章言实，三章言叶。
自华而有实，又见其叶之盛，盖自仲春至于春莫，非一时也；而皆
曰'之子于归'，所见非一女矣，宜其家之德则同也。可见文王之
化，行于近远，女子皆有德之人，则于其室家又胥教训，风俗安得
不厚乎？"

清李光地《诗所》："文王太姒之化，行乎国中，故有贤女，
而诗人美之。"

清陈奂《诗毛氏传疏》："《序》言男女婚姻必以正时。上句言
正，下句言时，互词耳。男子自二十至三十，女子自十五至二十，

皆为昏娶之正时；至三十、二十谓之及时；逾三十、二十谓之失时。失时谓之鳏民，不失正时，国无鳏民。"

清庄有可《毛诗说》："《桃夭》，美之子也。……文王大姒之德盛，而女公子之嫁也，亦宜其家，则德化自家而国矣。"

清王先谦《诗三家义集疏》："案，张说无征。然《易林》云'男为邦君'，是齐《诗》说不以为民间嫁娶之诗甚明。参之《大学》'宜家教国'之义，非国君不足当之。不知周南何国之诗也。鲁、韩未闻。"

清方玉润《诗经原始》："喜之子能宜室家。桃夭不过取其色喻之子，且春华初，即芳龄正盛时耳。故为比，非必谓桃夭之时，之子可尽于归也。伪《传》又以为美后妃而作。《关雎》美后妃矣，而此又美后妃乎？且呼后妃为之子，恐诗人轻薄，亦不至猥亵如此之甚耳。盖此亦咏新昏诗，与《关雎》同为房中乐，如后世催妆坐筵等词。特《关雎》从男求女一面说，此从女归男一面说，互相掩映，同为美俗。"

张西堂《诗经六论》："送嫁和亲迎的婚姻仪式诗。"

程俊英、蒋见元《诗经注析》："这是一首贺新娘的诗。"

蒋立甫《诗经选注》："这首诗是对女子出嫁的祝词。"

赵浩如《诗经选译》："这是一首祝贺女子出嫁的民歌。"

《兔罝》

一　集释

肃肃兔罝，椓之丁丁。

《毛传》："肃肃，敬也。兔罝，兔罟也。丁丁，椓杙声也。"《郑笺》："罝兔之人，鄙贱之事，犹能恭敬，则是贤者众多也。"《正义》："罟音古，网也。"《集传》："肃肃，整饬貌。"《传疏》："《说文》：椓，击也。"

赳赳武夫，公侯干城。

《毛传》："赳赳，武貌。干，扞也。"《郑笺》："干也，城也，皆以御难也。"

肃肃兔罝，施于中逵。

《毛传》："逵，九达之道。"

赳赳武夫，公侯好仇。

《郑笺》："怨耦曰仇。"《集传》："仇，与逑同。"《传疏》："仇，匹也。"

肃肃兔罝，施于中林。赳赳武夫，公侯腹心。

《毛传》："中林，林中。"《郑笺》："此罝兔之人，于行攻伐，可用为策谋之臣，使之虑无，亦言贤也。"《正义》："解武夫可为腹心之意。由能制断，公侯之腹心；以能制治，己之腹心；臣之倚用，如己腹心。"《集传》："腹心，同心同德之谓。"

二　诗旨

汉《诗序》："《兔罝》，后妃之化也。《关雎》之化行，则莫不好德，贤人众多也。"

唐孔颖达《毛诗正义》："作《兔罝》诗者，言后妃之化也。言由后妃《关雎》之化行，则天下之人莫不好德，是故贤人众多。由贤人多，故兔罝之人犹能恭敬，是后妃之化行也。经三章皆言贤人众多之事也。"

宋欧阳修《诗本义》："捕兔之人，布其网罝于道路林木之下，肃肃然严整，使兔不能越逸。以兴周南之君，列其武夫，为国守御，赳赳然勇力，使奸民不得窃发尔。此武夫者，外可以捍城其民，内可以为公侯好匹，其忠信又可倚为腹心，以见周南之君，好德乐善，得贤众多，所任守御之夫犹如此也。"

宋王质《诗总闻》："言武夫能捍外护内也。……东南自商至周，常为中国之患。当文王之时，江汉虽定，然淮夷未甚尽服。当是此地有睹物兴感者，寻诗可见。"

宋苏辙《诗集传》："世未尝患无武夫，独患其不知敬而不可近。今武而知敬，故可为公侯干城也。《桃夭》言后妃能使妇人不以色骄其夫，而《兔罝》言其能使妇人以礼克君子之慢，故《桃夭》曰致,而《兔罝》曰化。夫致者可以直致,而化者其功远矣。"

宋朱熹《诗集传》:"化行俗美,贤才众多,遂罝兔之野人,而其才之可用犹如此。故诗人因其所事以起兴而美之,而文王德化之盛,因可见矣。"

宋严粲《诗辑》:"诗人因见兔罝之人处贱事而能敬,便知其材之可用。《序》者因诗人美兔罝之贤,便知当时多好德之贤,又便知其为《关雎》之化。非知类通达者,未可与言《诗》也。能敬即是好德。"

元许谦《诗集传名物钞》引金履祥《通鉴前编》语曰:"案《墨子》书:文王举闳夭、泰颠于罝罔之中,授之政,西王服。此事于《兔罝》之诗辞意最为吻合,计此诗必为此事而作也。"

明丰坊《申培诗说》:"文王闻大颠、闳夭、散宜生皆贤人而举之,国史咏其事而美之。"

明何楷《诗经世本古义》:"《兔罝》,美周才多也。"

明朱谋㙔《诗故》:"《兔罝》,后妃之化也,非也。文王之化也。文治于岐,四方无侮,寝甲止戈,武夫无所效其用,相与优游田野,从事罝网,以销磨其壮心焉。曰干城,曰好仇,曰腹心,计其才也。以此才而野处,若深惜之,实为国家治平喜矣。"

清李光地《诗所》:"文王作人之化,下逮微贱,皆有可用之材焉。此诗之作,必也其登用之后,而追述其初,不特见人材之盛,盖以美文王立贤之无方也。"

清庄有可《毛诗说》:"《兔罝》,志切求贤也。……此诗疑亦文王所作,称武夫,以才言也。其曰干城、好仇、腹心,皆想慕之辞,与'窈窕淑女,君子好逑'同意,此其所以有疏附先后奔走御侮,而成多士之宁乎。"

清陈寿祺、清陈乔枞《三家诗遗说考》:"此《兔罝》为刺诗者,考《左传》郤至说《兔罝》诗,云:'及其乱也,诸侯贪冒,侵欲不忌,争寻常以尽其民,略其武夫,以为己腹心、股肱、爪牙、故《诗》曰:'赳赳武夫,公侯腹心'。天下有道,则公侯能为民捍城，而制其腹心，乱则反之。'是亦《兔罝》为刺，即《齐》诗之说所本也。"

清王先谦《诗三家义集疏》："人性之所简也，存乎幽微；人情之所忽也，存乎孤独。夫幽微者，显之原也；孤独者，见之端也。胡可简也？胡可忽也？是故君子敬孤独而慎幽微，虽在隐蔽，鬼神不得窥其隙也。《诗》曰：'肃肃兔罝，施于中林。'处独之谓也。"

清胡承珙《毛诗后笺》："承珙案，《序》云'莫不好德，贤人众多'者，亦不过极言其盛耳。原非谓举国皆贤。……承珙案，《盐铁论》贤良曰：'匈奴处沙漠之中，生不食之地，如中国之麋鹿耳。好事之臣，求其义，责之礼，使中国干戈至今未息，万里设备，此《兔罝》之所刺，故小人非公侯腹心干城也。'此言当时之臣，异于周南之贤人，不能折冲御难，为国干城，将不免为《兔罝》诗人之所刺。非以《兔罝》为刺诗也。"

清方玉润《诗经原始》："美猎士为王气所特钟也。……窃意此必羽林卫士，扈跸游猎，英姿伟抱，奇杰魁梧，遥而望之，无非公侯妙选，识者于此有以知西伯异世之必昌，如后世刘基赴临淮，见人人皆英雄，屠贩者气守亦异，知为天子所在而叹其从龙者之众也。诗人咏之，亦以为王气钟灵，特盛乎此耳。不然周纵多才，何至于罝兔野人为'干城'、'好仇'、'腹心'之寄哉？"

吴闿生《诗义会通》："吾友李右周云：此诗之义，当《左传》郤至所解为当。世之治也，以礼息民，则武夫为民捍城。及其乱也，诸侯贪冒，侵欲不忌，略其武夫以为腹心爪牙，而天下多事矣。是故以武夫为好仇腹者，衰季之事，非盛世所宜有也。《诗》云'肃肃兔罝，椓之丁丁'者，椓杙有声，意在惊之而已，此干城之道。施于中逵，则欲取之矣。施于中林，则欲尽之矣。犹诸侯之略武夫为腹心爪牙者也。此说最得诗人之指。亦见诗意固以讽刺为多，不皆颂美也。"

高亨《诗经今注》："这首诗咏唱国君的武士在野外打猎。"

陈子展《诗经直解》："《兔罝》民谣，借兔者之歌。老者歌其事，当为猎兔武士自赞，否则为民间歌手刺时，盖奴隶制社会已有武士一阶层为奴隶主之爪牙矣。"

蓝菊荪《诗经国风今译》："这是赞美猎人的诗。"

裴溥言《先民的歌唱——诗经》："捕捉兔子，要有严密的兔网，且须把兔网钉牢，才能奏功。保卫国家，要有体格健壮，魁梧有力的武夫，才能卫国杀敌。《兔罝》就是一篇赞美武夫忠勇的好诗。"

《芣苢》

一 集释

采采芣苢，薄言采之。

《毛传》："采采，非一辞也，芣苢，马舄。马舄，车前也，宜怀任焉。薄，辞也。采，取也。"《郑笺》："薄言，我薄也。"

采采芣苢，薄言有之。

《毛传》："有，藏之也。"

采采芣苢，薄言掇之。

《毛传》："掇，拾也。"

采采芣苢，薄言捋之。

《毛传》："捋，取也。"

采采芣苢，薄言袺之。

《毛传》："袺，执衽也。"《集传》："袺，以衣贮之而执其衽。"

采采芣苢，薄言襭之。

《毛传》："扱衽曰襭。"《集传》："襭，以衣贮之而执其衽于带间也。"

二 诗旨

汉《诗序》："《芣苢》，后妃之美也。和平则妇人乐有子矣。"

汉《郑笺》："天下和，政教平也。"

唐孔颖达《毛诗正义》："若天下乱离，兵役不息，则我躬不阅。于此之时，岂思子也？今天下和平，于是妇人始乐有子矣。经三章皆乐有子之事也。"

宋严粲《诗辑》："天下和平为后妃之美。家齐则国治，国治而天下平矣。"

宋范处义《诗补传》："《芣苢》之诗，所以为后妃之美者，盖不妒忌之效，能使一家之和平，为天下之和平，妇人皆以有子为乐。此岂一朝夕所致哉？其化之所被者深矣。"

宋朱熹《诗集传》："化行俗美，家室和平，妇人无诗，相与采此芣苢，而赋其事以相乐也。采之未详何用。"

明何楷《诗经世本古义》："《芣苢》，蔡人之妻伤夫也。"

清牛运震《诗志》："此诗为妇人乐有子也。只以芣苢一点已足，不必深求意义，亦不必定以为妇人之诗。"

清陈寿祺、陈乔枞《三家诗遗说考》："《列女传》四：蔡人之妻，宋人之女也。既嫁于蔡而夫有恶疾，其母将改嫁之。女曰：'夫不幸乃妾之不幸也，奈何去之？适人之道，一与之醮，终身不改。不幸遇恶疾，不改其意。且夫采采芣苢之草，虽其臭恶，犹将始于掇采之，终于怀襭之，浸以益亲，况于夫妇之道乎？彼无大故，又不遣妾，何以得去？'终不听其母，乃作《芣苢》之诗。君子曰：'宋女之意甚贞而壹也'。"

清陈奂《诗毛氏传疏》："三家与毛异，然亦被文王后妃之化，故妇人能守一不去，尽其情，一心乎君子者也。"

清牟庭《诗切》："鲁、韩《诗》皆言夫有恶疾，盖古义相传，师承有自，而其言芣苢恶臭之草则臆说，非也。……余按芣苢字从艸，不、以为声，诗人取其声也，以兴夫有恶疾，人道不通，己虽名为之妇，而实不以也。……贞妇遇夫有恶疾，而自誓不肯绝去也。"

清方玉润《诗经原始》："盖此诗即当时《竹枝词》，诗人自咏其国风俗如此，或作此以畀妇女辈俾自歌之，互相娱乐，亦未可知。今世南方妇女登山采茶结伴讴歌，犹有此遗风云。"

高亨《诗经今注》:"这是劳动妇女在采车轮菜的劳动中唱出的短歌。"

陈子展《诗经直解》:"《芣苢》,妇女采车前草之歌。"

蒋立甫《诗经选注》:"这是古代妇女集体采摘野生植物时合唱的歌,再现了她们采集劳作的过程。"

《汉广》

一 集释

南有乔木,不可休息。汉有游女,不可求思。

《毛传》:"兴也。南方之木,美乔上竦也。思,辞也。汉上游女,无求思者。"《郑笺》:"不可者,本有可道也。木以高其枝叶之故,故人不得就而止息也。"《集疏》:"鲁说曰:乔木上竦,少阴之木。"

汉之广矣,不可泳思。江之永矣,不可方思。

《毛传》:"永,长。方,泭也。"《郑笺》:"汉也,江也,其欲渡之者,必有潜行乘泭之道。"《集疏》:"鲁'方'作'舫。'"

《集传》:"永,长也。"

翘翘错薪,言刈其楚。之子于归,言秣其马。

《毛传》:"翘翘,薪貌。错,杂也。"《郑笺》:"楚,杂薪之中尤翘翘者。"《集疏》:"鲁韩说曰:翘翘,众也。"《集传》:"翘翘,秀起之貌。错,杂也。楚,木名,荆属。"

翘翘错薪,言刈其蒌。

《毛传》:"蒌,草中之翘翘然。"《正义》:"此蒌是草,故言草中之翘翘然。"《集疏》:"鲁'刈'作'采'。"《集传》:"蒌,蒌蒿也。"

之子于归,言秣其驹。

《毛传》:"五尺以上曰驹。"《集传》:"驹,马之小者。"

二 诗旨

汉《诗序》:"《汉广》,德广所及也。文王之道被于南国,美化行乎江汉之域，无思犯礼，求而不可得也。"

汉《郑笺》："纣时，淫风遍于天下，维江汉之域先受文王之教化。"

唐孔颖达《毛诗正义》："作《汉广》诗者，言德广所及也。言文王之道初致，《桃夭》、《芣苢》之化，今被于南国，美化行于江、汉之域，故男无思犯礼，女求而不可得，此由德广所及然也。此与《桃夭》皆文王之化，后妃所赞，于此言文王者，因经陈江、汉，指言其处为远，辞遂变后妃而言文王，为远近积渐之义。叙于此，既言德广，《汝坟》亦广可知，故直云'道化行'耳。此既言美化，下篇不嫌不美，故直言'文王之化'，不言美也。"

宋欧阳修《诗本义》："盖当纣时，淫风大行，男女相奔犯者多。而江汉之国被文王之化，男女不相侵，如诗所陈尔。夫政化之行，可使人顾礼仪而不敢肆其欲，不能使人尽无情欲心也。纣时风俗，男女恣其情欲而相奔犯，今被文王之化，男子虽悦慕游女而自顾礼法，不可得而止也。"

宋朱熹《诗集传》："文王之化自近及远，先及于江汉之间，而有以变其淫乱之俗，故其出游之女，人望见之，而知其端庄静一，非复前日之可求矣。因以乔木起兴，江汉为比，而反复咏叹之也。"

明何楷《诗经世本古义》："《汉广》，文王化行南国，男女知礼，诗人美之。"

清王先谦《诗三家义集疏》："江汉之间被文王之化，女有贞系之德，诗人美之，以乔木、神女、江汉为比。三家义同。"

清牛运震《诗志》："乔木托兴，极为游女占品格。偏是游女不可求，更有身份，有意趣。若深闺闭处，则不可求不必言矣。……汉广不可泳，江永不可方，言游女有江汉之隔，亭亭独立，可望而不可及也。正与古诗'盈盈一水间，脉脉不得语'相似。《小序》之意，以江汉指文王，旧解皆谓江汉比游女，俱失之。"

清方玉润《诗经原始》："此诗即为刈楚刈蒌而作，所谓樵唱是也。"

陈子展《诗经直解》:"《汉广》,当为江汉流域民间流传男女相悦之诗。"

屈万里《诗经诠释》:"此诗当是爱慕游女而不能得者所作。"

蒋立甫《诗经选注》:"这首是江边人民的情歌,抒发男子单恋的痴情。"

《汝坟》

一 集释

遵彼汝坟,伐其条枚。

《毛传》:"遵,循也。汝,水名也。坟,大防也。枝曰条,榦曰枚。"《集疏》:"鲁韩说曰:遵,行也。"

未见君子,惄如调饥。

《毛传》:"惄,饥意也。调,朝也。"《郑笺》:"惄,思也。"《集疏》:"韩'惄'作'愵'。"

遵彼汝坟,伐其条肄。

《毛传》:"肄,馀也。斩而复生曰肄。"

既见君子,不我遐弃。

《毛传》:"既,已。遐,远也。"《郑笺》:"己见君子,君子反也,于己反得见之,知其不远弃我而死亡,于思则愈,故下章而勉之。"

鲂鱼赪尾,王室如燬。虽则如燬,父母孔迩。

《毛传》:"赪,赤也,鱼劳则尾赤。燬,火也。孔,甚。迩,近也。"

二 诗旨

汉《诗序》:"《汝坟》,道化行也。文王之化行乎汝坟之国,妇人能闵其君子,犹勉之以正也。"

汉《郑笺》:"言此妇人被文王之化,厚事其君子。"

唐孔颖达《毛诗正义》："作《汝坟》诗者，言道化行也。文王之化行于汝坟之国，妇人能闵念其君子，犹复劝勉之以正义，不可逃亡，为文王道德之化行也。"

宋范处义《诗补传》："《汝坟》之诗，美思夫之妇人。当纣之虐政，乃能勉其夫以正，自非文王之道化渐被人心者深，何以得此曰汝坟之国云者，盖举国皆如之，虽妇人亦然，尤足以见其难也。"

宋朱熹《诗集传》："此序所谓妇人能闵其君子，犹勉之以正者。盖曰，虽其别离之久，思念之深，而其所以相告语者，犹有尊君亲上之意，而无情爱狎昵之私，则其德泽之深，风化之美，皆可见矣。"

清李光地《诗所》："文王率殷之叛国以事纣，民之役于王事者，不敢避其劳苦，惟能修方伯之职，尽抚慰之道。故其民既知尊王之义，而又念父母之恩也。"

清钱澄之《田间诗学》："此汝旁之民，闻文王之德化而思得一见也。汝去纣都近，去岐周远，坟厓最高，又有树以蔽之，思文王而不见，故欲伐去条枚、条肄，以望西土耳。"

清崔述《读风偶识》："盖畿内之大夫有惠于其民者，其民爱而慕之，以其仕于王朝，故未得见；周室既东，大夫避乱而归其邑，而后民得见之，故伤王室之如燬，而转幸父母之孔迩也。"

清方玉润《诗经原始》："《汝坟》，南国归心也。"

屈万里《诗经诠释》："此盖妇人喜其夫于役归来之作。"

高亨《诗经今注》："西周末年，周幽王无道，犬戎入寇，攻破镐京。周南地区一个在王朝做小官的人逃难回到家中，他的妻子很喜欢，作此安慰他。"

程俊英、蒋见元《诗经注析》："这是一首思妇的诗。"

《麟之趾》

一 集释

麟之趾，振振公子，于嗟麟兮。

《毛传》："兴也。趾，足也。麟信而应礼，以足至者也。振振，信厚也。"《郑笺》："兴者，喻今公子亦信厚，与礼相应，有似赞麟。"《集疏》："韩'于'作'吁'。韩说曰吁嗟，叹词也。"

麟之定，振振公姓，于嗟麟兮。

《毛传》："定，题也。公姓，公同姓。"《正义》："言同姓，疏于同祖。"《集传》："定，额也。"

麟之角，振振公族，于嗟麟兮。

《毛传》："麟角，所以表其德也。公族，公同祖也。"《郑笺》："麟角之末有肉，示有武而不用。"《集疏》："鲁说曰：麟似麇，一角而戴肉，设武备而不害，所以为仁也。齐说曰：麟，木之精。"

二 诗旨

汉《诗序》："《麟之趾》，《关雎》之应也。《关雎》之化行，则天下无犯非礼，虽衰世之公子，皆信厚如麟趾之时也。"

汉《郑笺》："《关雎》之时以麟为应。后世遂衰，犹存《关雎》之化者，君之宗族犹尚振振然，有似麟应之时，无以过也。"

唐孔颖达《毛诗正义》："此《麟趾》处末者，有《关雎》之应也。由后妃《关雎》之化行，则令天下无犯非礼。天下既不犯礼，故今遂衰世之公子，皆能信厚如古致麟之时，信厚无以过也。"

宋欧阳修《诗本义》："周南风人，美其国君之德，化及宗族同姓之亲，皆有信厚之行，以辅卫其公室，如麟有足、有额、有角辅卫其身尔。其义止于此也。"

宋朱熹《诗集传》："文王后妃德修于身，而子孙宗族皆化于善，故诗人以麟之趾兴公之子。言麟性仁厚，故其趾亦仁厚。文王后妃仁厚，故其子亦仁厚。然言之不足，故又嗟叹之。言是乃麟也，何必麇身牛尾而马蹄，然后为王者之瑞哉！"

明何楷《诗经世本古义》："《麟之趾》，美文王子孙多贤也。周家世有圣母，故其子孙之盛且贤如此。"

清钱澄之《田间诗学》："此诗美文王之子孙。称公子，知文王未称王也。文王以后妃不妒，故子孙众多。诗人以多固可羡，多而贤尤可羡也。有《关雎》之德，以衍《螽斯》之庆，而后有《麟趾》之样。"

清姚际恒《诗经通论》："此诗只以麟比王之子孙族人。盖麟为神兽，世不常出，王之子孙亦各非常人，所以兴比而叹美之耳。"

清王先谦《诗三家义集疏》："韩说曰：《麟趾》，美公族之盛也。"

清崔述《读风偶识》："《麟趾》一篇，《序》说略得大意。而以公子属之衰世，则非是。此篇极言仁厚之德，浃于子姓，非极盛之世不能，安得反谓之衰？其所云'无犯非礼'者，语亦殊浅。惟朱《传》称'麟性仁厚，故其所云趾亦仁厚'，其言深得诗人之旨，但未必在文王时耳。"

清方玉润《诗经原始》："至诗中大旨，则姚氏际恒：'盖麟为神兽，世不常出，王之子孙亦各非常人，所以兴比而叹美之耳。'杜诗云：'高帝子孙尽隆准，龙种自与常人殊。'可为此诗下一脚注。"

高亨《诗经今注》："鲁哀公十四年，鲁人去西郊打猎，猎获一只麒麟，而不识为何兽。孔子见了，说道：'这是麒麟呀！'获麟一事对于孔子刺激很大，他记在他所作的《春秋》上，而且停笔不再往下写了。并又做了一首《获麟歌》。诗三章，其首句描写麒麟，次句描写贵族，末句慨叹不幸的麒麟。意在以贵族打死麒麟比喻统治者迫害贤人（包括孔子自己）。"

《召南》

《鹊巢》

一 集释

维鹊有巢，维鸠居之。

《毛传》："鸠，鸤鸠，秸鞠也。鸤鸠不自为巢，居鹊之成巢。"《郑笺》："鹊之作巢，冬至架之，至春乃成，犹国君积行累功，故以兴焉。"《集疏》："齐说曰：鹊以复至之月始作家室，鸤鸠因成事，天性如此也。"

之子于归，百两御之。

《毛传》："百两，百乘也。诸侯之子嫁于诸侯，送御皆百乘。"《郑笺》："之子，是子也。御，迎也。是如鸤鸠之子，其往嫁也，家人送之，良人迎之，车皆百乘，象有百官之盛。"《集传》："两，一车也，一车两轮，故谓之两。"

维鹊有巢，维鸠方之。

《毛传》："方，有之也。"

之子于归，百两将之。

《毛传》："将，送也。"

维鹊有巢，维鸠盈之。

《毛传》："盈，满也。"《笺》："满者，言众媵侄娣之多。"

之子于归，百两成之。

《毛传》："能成百两之礼也。"《笺》："是子有鸤鸠之德，宜配国君，故以百两之礼送迎成之。"

二 诗旨

汉《诗序》："《鹊巢》，夫人之德也。国君积行累功以致爵位，夫人起家而居有之，德如鸤鸠，乃可以配焉。"

汉《郑笺》："'起家而居有之'，谓嫁于诸侯也。夫人有均壹之德，如鸤鸠然，而后可配国君。"

唐孔颖达《毛诗正义》："作《鹊巢》诗者，言夫人之德也。言国君积修其行累其功德，以致此诸侯之爵位。今夫人起自父母之家而来居处共有之，由其德如鸤鸠，乃可以配国君焉，是夫人之德也。经三章皆言起家而来居。文王之迎太姒未为诸侯而言国君者，《召南》诸侯之风，故以夫人国君言之。"

宋朱熹《诗集传》："南国诸侯被文王之化，能正心修身以齐家，其女子亦被后妃之化，而有专静纯一之德，故嫁于诸侯，而其家人美之曰，维鹊有巢，则鸠来居之，是以之子于归，而百两迎之也。此诗之意，犹《周南》之有《关雎》也。"

明何楷《诗经世本古义》："《鹊巢》，太姒之德也。太姒来嫁于周，与媵俱来，诗人美之。"

明季本《诗说解颐》："此以媵妾之从至备百两，美诸侯妻之无嫉妒也。……诸侯一娶九女，二国来媵，皆以侄娣从，故车有百两之多，百两者诸侯之礼也。……此诗本为诸侯夫人不嫉妒而作。"

清陈奂《诗毛氏传疏》："《关雎》、《麟趾》，王者之风，故曰后妃；《鹊巢》、《驺虞》，诸侯之风，故曰夫人。后妃、夫人皆谓大姒也。"

清李光地《诗所》："文王太姒之化，南国效之，其夫人皆能广德仁下，比于《关雎》之志，故诗人美之。"

清庄有可《毛诗说》："《鹊巢》，莘国归大姒，美文王亲迎也。"

清钱澄之《田间诗学》："文王亲迎之礼，见于《大雅·大明》篇。此南国诸侯被文王之化，亦以亲迎为重，而盛其礼有如此。"

清崔述《读风偶识》："《鹊巢》何以居《召南》之首也？所以教女子使不自私也。巢，鹊之巢，而鸠居之，言此国此家，皆夫之所有，非己所得私也。大凡女子之情，多私夫所有为己物，不体其夫之心，而惟己情是徇，故其视其前子庶子远不如己子者，有疏其夫之兄弟而亲己之兄弟者。不知此家乃夫之家，此国乃夫之国，当视夫之亲疏以为厚薄。鸠但居鹊之巢而已，不得遂以为鸠巢也。必如是，然后可以配其夫。"

清方玉润《诗经原始》："《鹊巢》，婚礼告庙词也。……细咏诗词，与《关雎》虽同赋初昏，而义旨迥别。《关雎》似后世催妆花烛等诗，此则语近祝词。"

张西堂《诗经六论》："送嫁和亲迎的婚姻仪式诗。"

高亨《诗经今注》："召南的一个国君废了原配夫人，另娶一个新夫人。作者写这首诗叙其事，有讽刺的意味。……鸠不会作巢，常侵占鹊巢而居之。诗以鸠侵占鹊巢比喻新夫人夺取了原配夫人的宫室。"

袁梅《诗经译注》："这是古代嫁女之乐歌，表现了古代的奴隶主贵族婚礼之奢华。从中看出他们搜刮民脂民膏，穷奢极欲的淫乐生活。"

裴溥言《先民的歌唱——诗经》：“周代各个不同姓的诸侯，常互相婚配。男家有备车百辆前往迎娶，女家也有出车百辆来送亲的。这篇就是歌咏贵族婚礼中迎送行列车队盛大，来表示祝贺的诗。”

《采蘩》

一　集释

于以采蘩，于沼于沚。

《毛传》：“蘩，皤蒿也。于，於。沼，池。沚，渚也。”《郑笺》：“于以，犹言‘往以’也。‘执蘩菜’者，以豆荐蘩菹。”《传疏》：“蘩，今白蒿。”

于以用之，公侯之事。

《毛传》：“之事，祭事也。”《郑笺》：“言夫人于君祭祀而荐此豆也。”

于以采蘩，于涧之中。

《毛传》：“山夹水曰涧。”

于以用之，公侯之宫。

《毛传》：“宫，庙也。”《集疏》：“鲁说曰：庙寝总谓之宫。”

被之僮僮，夙夜在公。

《毛传》：“被，首饰也。僮僮，竦敬也。夙，早也。”《郑笺》：“公，事也。”《集疏》：“三家‘僮僮’，作‘童童’。鲁韩说曰：童童，盛也。齐说曰：夙夜在公，不离房中。”

被之祁祁，薄言还归。

《毛传》：“祁祁，舒迟也，去事有仪也。”《郑笺》：“言，我也。”

二　诗旨

汉《诗序》：“《采蘩》，夫人不失职也。夫人可以奉祭祀，则不失职矣。”

汉《毛传》：“公侯夫人执蘩草以助祭，神飨德与信，不求备焉。沼沚谿间之草，犹可以荐。王后则荇菜也。”

汉《郑笺》："奉祭祀者，采蘩之事也。不失职者，夙夜在公也。"

宋朱熹《诗集传》："南国被文王之化，诸侯夫人能诚敬以奉祭祀，而其家人叙其事以美之也。或曰：蘩所以生蚕。盖古者有后夫人有亲蚕之礼，此诗亦犹《周南》之有《葛覃》。"

明何楷《诗经世本古义》："《采蘩》，美大姒亲蚕也。"

清李光地《诗所》："夫人采蘩以体蚕事，犹之《葛覃》之志。"

清崔述《读风偶识》："《采蘩》《采蘋》，何以次于《鹊巢》后也？所以教女子使重宗庙也。人所以娶妻者，非徒共其安乐也，必将有所重责之也；妇所以事夫者，非徒饰其仪容也，必将有以重报之也。重盖莫重于宗庙矣，故举祭祀而言之也。"

蓝菊荪《诗经国风今译》："诗《序》说：'《采蘩》，夫人不失其职也。夫人可以奉祭祀，则不失其职也。'不从。奉倒是奉祭祀，但不是什么'不失其职'的'夫人'，而正是那位'被之僮僮'、'被之祁祁'的乡下姑娘。不是她本意，而正是公侯的驱使。也可作一篇两千年前农村姑娘被逼迫为她的主人如何采摘白蒿以奉祭祀的诗歌读。"

高亨《诗经今注》："这首诗的作者是诸侯的宫女，叙写她们为诸侯采蘩，以供祭祀之用。"

蒋立甫《诗经选注》："这是女奴集体采蘩时唱的歌。……没有像《七月》第二、三章那样写出女奴养蚕、纺织劳动的完整过程，但对女奴的劳动成果全为奴隶主占有的意思，还是表达得很清楚的。我们从女奴平淡、含蓄的歌词中，可以见出她们心中的不平。"

《草虫》

一 集释

喓喓草虫，趯趯阜螽。

《毛传》："喓喓，声也。草虫，常羊也。趯趯，跃也。阜螽，蠜也。卿大夫之妻，待礼而行，随从君子。"《郑笺》："草虫鸣，阜螽跃而从之，异种同类，犹男女嘉时以礼相求呼。"《集疏》：

"鲁韩说曰：喓喓，鸣也。趯趯，跳也。"《集传》："草虫，蝗属，奇音青色。"

未见君子，忧心忡忡。

《毛传》："忡忡，犹冲冲也。"

亦既见止，亦既觏止，我心则降。

《毛传》："止，辞也。觏，遇。降，下也。"《郑笺》："既见，谓己同牢而食也。既觏，谓己昏也。"

陟彼南山，言采其蕨。

《毛传》："南山，周南山也。蕨，鳖也。"《郑笺》："言，我也。"

未见君子，忧心惙惙。

《集传》："惙，忧貌。"

亦既见止，亦既觏止，我心则说。

《毛传》："说，服也。"

陟彼南山，言采其薇。

《毛传》："薇，菜也。"《集传》："薇，似蕨而差大，有芒而味苦，山间人食之谓之迷蕨。"

未见君子，我心伤悲。

《毛传》："嫁女之家，不息火三日，思相离也。"《郑笺》："维父母思己，故己亦伤悲。"《正义》曰："解所以伤悲之意，由父母思己，故己悲耳。"

亦既见止，亦既觏止，我心则夷。

《毛传》："夷，平也。"《通释》："心平则喜，义亦相成。而未若训悦训喜，义犹直捷。"

二　诗旨

汉《诗序》："《草虫》，大夫妻能以礼自防也。"

汉《郑笺》："未见君子者，谓在涂时也。在涂而忧，忧不当君子，无以宁父母，故心冲冲然，是其不自绝于其族之情。……既见谓己同牢而食也。既觏谓己昏也。始者忧于不当，今君子待己以礼，庶自此可以宁父母，故心下也。"

唐孔颖达《毛诗正义》："作《草虫》诗者，言大夫妻能以礼自防也。经言在室则夫唱妇随，既嫁则忧不当其礼，皆是以礼自防之诗。"

宋欧阳修《诗本义》："召南之大夫出而行役，妻留在家。当纣之末世，淫风大行，强暴之男，侵陵贞女，淫泆之女，犯礼求男。此大夫之妻，能以礼自防，不为淫风所化，见彼草虫喓喓然而鸣呼，阜螽趯趯然而从之，有如男女非匹偶而相呼诱以淫奔者，故指以为戒而守礼以自防闲，以待君子之归。故未见君子时常忧不能自守，既见君子然后心降也。"

宋朱熹《诗集传》"南国被文王之化，诸侯大夫行役在外，其妻独居，感时物之变，而思其君子如此，亦若《周南》之《卷耳》也。"

清方玉润《诗经原始》："《草虫》，盖诗人托男女情以写君臣念耳。……臣子思君，未可显言，故每假思妇情以寓其忠君爱国意，使读者自得其意于言外，则情以愈曲而愈深，词以益隐而益显。然后世之人从而歌咏之，亦不觉其忠君爱国之心油然自生，乃所以为诗之至也。"

陈子展《诗经直解》："《草虫》诗今古文、汉末学间，大有争论。愚见不若以诗解诗，认定此为大夫行役、其室家感念之之诗。"

高亨《诗经今注》："这首诗是妇人所作，抒写她在丈夫远出的时候，怀着深切的忧念。当丈夫归来的时候，为之无限喜悦。"

蓝菊荪《诗经国风今译》："本篇女主人公的男人是倒是行役，但不一定就是朝廷的大夫，而恰恰是田间的农夫呢！也即农村女人思念征夫之作。"

《采蘋》

一　集释

于以采蘋？南涧之滨。于以采藻？于彼行潦。

《毛传》："蘋，大萍也。滨，涯也。藻，聚藻也。行潦，流潦也。"《集疏》："韩说曰：沈者曰蘋，浮者曰藻。"《集传》："蘋，水上浮萍也。"

于以盛之？维筐及筥。于以湘之？维锜及釜。

《毛传》："方曰筐。圆曰筥。湘，亨也。锜，釜属，有足曰锜，无足曰釜。"《传疏》："《甫田》传云，在器曰盛。"

于以奠之？宗室牖下。

《毛传》："奠，置也。宗室，大宗之庙也。"《郑笺》："牖下，户牖间之前。"

谁其尸之？有齐季女。

《毛传》："尸，主。齐，敬。季，少也。蘋藻，薄物也。涧潦，至质也。筐筥锜釜，陋器也。少女，微主也。"

二 诗旨

汉《诗序》："《采蘋》，大夫妻能循法度也。能循法度，则可以承先祖，共祭祀矣。"

汉《毛传》："古之将嫁女者，必先礼之于宗室，牲用鱼、芼之以蘋藻。"

汉《郑笺》："此言能循法度者，今既嫁为大夫妻，能循其为女之时所学所观之事，以为法度。"

唐孔颖达《毛诗正义》："作《采蘋》诗者，言大夫妻能循法度也。谓为女之时所学所观之法度，今既嫁为大夫妻能循之以为法度也。言既能循法度即可承事夫之先祖，供奉夫家祭祀矣。"

宋王安石《诗义》："所荐之物，所采之处，所用之器，所奠之地，皆有常而不敢变，所谓'能循法度'。"

宋朱熹《诗集传》："南国被文王之化，大夫妻能奉祀祭，而其家人叙其事以美之也。"

明何楷《诗经世本古义》："《采蘋》，美邑姜也。古者妇人将嫁，教于宗庙，教成有蘋藻之祭。武王元妃邑姜教成，能修此礼，诗人美之。"

清方玉润《诗经原始》："《采蘋》，女将嫁而教之以告于其先也。……此诗非咏祀事，乃教女者告庙之词。观其历叙祭品、祭器、祭地、祭人，循序有法，质实无文，与《鹊巢》异曲同工。盖《鹊巢》为婿家告庙词，此特女家祭先文耳。"

清庄有可《毛诗说》："《采蘋》，大夫女教成于宗室也。……大夫女将嫁，必先教于宫室，教而有齐，则大夫能正其家矣。"

清魏源《诗古微》："称季女为季兰，犹季姬、季姜、季芊、季隗之例，则是兰姓诸侯之女，非姬姓之女。"

清王先谦《诗三家义集疏》："《左传》：'齐泽之阿，行疗之蘋藻，置诸宗室，季兰尸之，敬也。'正释此诗。济阿盖季女所居，兰或季女之姓，惜古义就湮，莫可寻究矣。"

高亨《诗经今注》："这首诗是贵族家里的女奴所作。……这首诗正是叙写女奴们办置祭品的劳动。"

袁愈荽、唐莫尧《诗经全译》："女子为贵族采蘋祭祀，一问一答的劳动歌。"

裴溥言《先民的歌唱——诗经》："这是一首歌咏南国大夫祭于宗庙的过程的诗。这种祭典，先派人在活水的涧滨，采集蘋藻等植物放在箩筐中携回，用一种大的锅子烹煮成菜，用三脚锅煮成羹汤。于是到祖庙里给祖宗供祭。主妇坐在被祭的座位上扮尸（用活人代表祖先）来接受大家的拜祭。"

《甘棠》

一 集释

蔽芾甘棠，勿翦勿伐，召伯所茇。

《毛传》："蔽芾，小貌。甘棠，杜也。翦，去。伐，击也。"《郑笺》："茇，草舍也。"《集传》："蔽芾，盛貌。甘棠，杜梨也。白者为棠，赤者为杜。翦，翦其枝叶也。伐，伐其条干也。"

蔽芾甘棠，勿翦勿败，召伯所憩。

《毛传》："憩，息也。"《集传》："败，折也。"

蔽芾甘棠，勿翦勿拜，召伯所说。

《毛传》："说，舍也。"《郑笺》："拜之言拔也。"《集传》：

"拜，屈。说，舍也。勿拜，则非特勿败而已。"

二 诗旨

汉《诗序》："《甘棠》，美召伯也。召伯之教，明于南国。"

汉《郑笺》："召伯，姬姓，名奭，食采于召，作上公为二伯，后封于燕，此美其为伯之功，故言伯云。……召伯听男女之讼，不重烦劳百姓，止舍小棠之下而听断焉，国人被其德，说其化，思其人，敬其树。"

唐孔颖达《毛诗正义》："谓武王之时，召公为西伯行政于南土，决讼于小棠之下，其教著明于南国，爱结于民也，故作是诗以美之。经三章皆言国人爱召伯而敬其树，是为美之也。"

宋王安石《诗义》："爱之笃，思之主，以其教明也。"

宋朱熹《诗集传》："召伯循行南国，以布文王之政，或舍甘棠之下。其后人思其德，故爱其树下不忍伤也。"

宋严粲《诗辑》："召公所历不止一处，所憩亦不专在棠下。诗人偶因其尝憩之木而起兴耳。郑氏谓不重烦百姓，止舍小棠之下而听断者，衍文也。"

清陈奂《诗毛氏传疏》："《汉书·王吉传》、《说苑·贵德》篇、《法言·先知》篇、《白虎通义·封公侯》篇及《巡守》篇并引此诗，为召公作二伯分陕述职，听断狱讼，后世思而歌咏之，则《甘棠》谓作于武王世矣。"

清崔述《读风偶识》："至《笺》称'召伯听男女之余，不重烦劳百姓，止舍小棠之下而听断焉'，亦非是。甘棠之阴，能庇几人，而于此听断乎？朱《传》以为或舍甘棠之下，得之。"

清方玉润《诗经原始》："思召伯也。愚谓召伯之政，其浃洽人也，深入肌髓者，固非一时一事。而人之所以珍重爱惜，而独不忍伤此甘棠树者，必其当日劝农教稼，或尽力沟洫时，尝出而憩止其下。……夫民之不忍忘召伯者，一树尚且如是，则其他更可知已。诗人咏之，亦即小见大耳。"

清庄有可《毛诗说》："《甘棠》，南国美召伯也。召伯布政南国，偶舍甘棠之下，南国之人思其德，故爱其树不忍伤也。"

高亨《诗经今注》："周宣王封他的母舅于召南域内，命召伯虎到召南给申伯筑城盖房，划定土田，规定租税。召伯做这件事很卖力气。他当时的住处有一棵甘棠树，他离去后，申伯或申伯的子孙或其他有关的人，追思他的劳绩，保护这棵甘棠树以资纪念，因作这首诗。"

裴溥言《先民的歌唱——诗经》："在周宣王时代，有一位很好的大臣召穆公名虎，人们称他为召伯的。他在南国治理人民，有很好的政绩。……人民为感念他的恩德，所以就连他曾经舍息过的甘棠树也爱护备至，不忍攀折剪伐，因此流传了这一篇有名的《甘棠》诗。"

蓝菊荪《诗经国风今译》："这篇与其说是美召伯，不如说是刺召伯，当年召伯统治的余威恐怕还不曾熄灭吧。"

《行露》

一 集释

厌浥行露，岂不夙夜？谓行多露。

《毛传》："厌浥，湿意也。行，道也。岂不，言有是也。"《郑笺》："夙，早。夜，莫也。"《集疏》："鲁韩'厌'作'湇'。鲁韩说曰：湇湇，湿也。"《通释》："谓，疑畏之假借。"

谁谓雀无角？何以穿我屋？谁谓女无家？何以速我狱？

《毛传》："速，召。狱，确也。"《郑笺》："女，汝。"《集疏》："韩'女'作'尔'。"

虽速我狱，室家不足！

《毛传》："昏礼纯帛不过五两。"《郑笺》："币可备也。室家不足，谓媒妁之言不和，六礼之来，强委之。"

谁谓鼠无牙？何以穿我墉？谁谓女无家？何以速我讼？

《毛传》："墉，墙也。"《集传》："牙，牡齿也。"

虽速我讼，亦不女从！

二 诗旨

汉《诗序》："《行露》，召伯听讼也。衰乱之俗微，贞信之教兴，强暴之男不能侵陵贞女也。"

汉《毛传》："不从，终不弃礼而随此强暴之男。"

汉《郑笺》："'室家不足'谓媒妁之言不和，六礼之来，强委之。"

唐孔颖达《毛诗正义》："作《行露》诗者，言召伯听断男女室家之讼也。由文王之时被化日久，衰乱之俗已微，贞信之教乃兴，是故强暴之男不能侵陵贞女也。男虽侵陵，贞女不从，是贞女被讼而召伯听断之。"

宋朱熹《诗集传》："南国之人遵召伯之教，服文王之化，有以革其前日淫乱之俗。故女子有能以礼自守，而不为强暴所污者，自述己志，作此诗以绝其人。"

清钱澄之《田间诗学》："强暴之男致贞女于狱讼，而终不之从，召公听讼之明也。"

清姚际恒《诗经通论》："此篇玩'室家不足'一语，当是女既许嫁，而见一物不具，一礼不备，因不肯往以致争讼。盖亦适有此事而传其诗，以见此女子之贤，不必执泥谓被文王之化也。"

清王先谦《诗三家义集疏》："鲁说曰：召南申女者，申人之女也，既嫁于酆，夫家礼不备而欲迎之。女与其人言，为夫妇者人伦之始也，不可不正。……夫家轻礼违制，不可以行。遂不肯往。夫家讼之于礼，致之于狱。女终物不具，一礼不备，守节持义，必死不往，而作诗曰：'虽速我狱，室家不足。'言夫家之礼不备足也。君子以为得妇道之宜，故举而扬之，传而法之，以绝无礼之求，防淫泆之行。又曰：'虽速我狱，亦不女从。'此之谓也。"

清胡承珙《毛诗后笺》："承珙案，毛《传》云'不从，终不弃礼而随此强暴之男'，当时必有女氏未许而男子强求之事，观经文'亦不女从'，词旨决绝，必非已许嫁者可知。《笺》云'室家不足谓媒妁之言不和，六礼之来强委之'，此说最为近理。"

清方玉润《诗经原始》："《行露》，贫士却昏以远嫌也。……大抵三代圣时，贤人君子守正不阿，而食贫自甘，不敢妄冀非礼。当时必有势家巨族以女强妻贫士，或前已许字于人，中复自悔另图别嫁者，士既以礼自守，岂肯违制相从，则不免有诉讼相迫之事，故作此诗以见志。"

高亨《诗经今注》："一个妇女因为她的丈夫家境贫苦，回到娘家就不回夫家了。她的丈夫以自己有家为理由，要求她回家同居而被拒绝，就在官衙告她一状。夫妇同去听审，她唱出这首歌，责骂她的丈夫，表示决不回夫家。"

陈子展《诗经直解》："《行露》，为一女子拒绝与一有家室的男子重婚而作。"

蒋立甫《诗经选注》："这首诗写一个女子抗议强暴者要强娶她做妾。她坚定地表示：尽管你用打官司来要挟，但我决不屈从！表现出一股凛然不可犯的气概。"

《羔羊》

一　集释

羔羊之皮，素丝五紽。

《毛传》："小曰羔，大曰羊。素，白也。紽，数也。古者素丝以英裘，不失其制，大夫羔裘以居。"《集疏》："韩说曰：小者曰羔，大者曰羊。素喻洁白，丝喻屈柔。紽，数名也。"

退食自公，委蛇委蛇。

《毛传》："公，公门也。委蛇，行可从迹也。"《郑笺》："退食，谓减膳也。自，从也。从于公，谓正直顺于事也。委蛇，委曲自得之貌，节俭而顺，心志定，故可自得也。"

羔羊之革，素丝五緎。

《毛传》："革犹皮也。緎，缝也。"《正义》："对文则皮革异，故《掌皮》云：'秋敛皮，冬敛革。'异时敛之，明其别也。许氏《说文》曰：'兽皮治去其毛曰革。'革，更也。对文言之异，散文则皮、革通。"

委蛇委蛇，自公退食。

《郑笺》："自公退食，犹退食自公。"

羔羊之缝，素丝五总。

《毛传》："缝，言缝杀之，大小得其制。"《集传》："缝，缝皮合之以为裘也。"

委蛇委蛇，退食自公。

二　诗旨

汉《诗序》："《羔羊》，《鹊巢》之功致也。召南之国，化文王之政，在位皆节俭正直，德如羔羊也。"

汉《郑笺》："《鹊巢》之君，积行累功以致此《羔羊》之化，在位卿大夫竞相切化，皆如此《羔羊》之人。"

唐孔颖达《毛诗正义》："作《羔羊》诗者，言《鹊巢》之功所致也，召南之国化文王之政，故在位之卿大夫皆居身节俭，为行正直，德如《羔羊》然。大夫有德，由君之功，是《鹊巢》之功所致也。"

宋朱熹《诗集传》："南国化文王之政，在位皆节俭正直，故诗人美其衣服有常，而从容自得如此也。"

元许谦《诗集传名物钞》："节俭，谓有节制而俭约，皆不自放之意，非为用财也。谨身以节俭，处世以正直，则政教行而风俗美。国家闲暇，故大夫退食自公，而优游如此，此诗乐道其效也。"

明何楷《诗经世本古义》："《羔羊》，南国化文王之政，在位皆节俭正直。故诗人美其衣服有常，而从容自得如此。"

清李光地《诗所》："美在位之能贤，如《周南》之有《兔罝》也。"

清庄有可《毛诗说》："《羔羊》，南国美文王朝商有威仪也。……《行露》噩殷人之牙角，《羔羊》美文王之委蛇，诸侯虽欲不叛商而归周，不能也。"

清王先谦《诗三家义集疏》："齐说曰：羔羊皮革，君子朝服。辅政扶德，以合万国。……'羔羊'至'万国'，《易林·离之复》文，《谦之离》同。云'羔羊皮革，君子朝服'，足证退食非居私家。云'辅政扶德，以合万国'，非任方伯之职者不足以当之，盖

《齐诗》以此美召公作也。……永学鲁《诗》,疏举《羔羊》大义,以周召、《羔羊》对言,是《羔羊》美召,鲁说亦如此。"

清方玉润《诗经原始》:"《羔羊》,美召伯俭而能久也。"

高亨《诗经今注》:"衙门中的官吏都是剥削压迫、凌践残害人民,蟠在人民身上,吸食人民血液以自肥的毒蛇。人民看到他们穿着羔羊皮袄从衙门里出来,就唱出这首歌咒骂他们,揭出他们是害人毒蛇的本质。"

袁梅《诗经译注》:"古代社会中,出入公府的奴隶主官吏们,轻裘肥马,不劳而食,素餐尸位,作威作福。劳动人民无比痛恨这些敲骨吸髓的吸血鬼,于是便尖锐地讽刺他们。"

蒋立甫《诗经选注》:"这首诗是讽刺卿大夫的,说他们穿着十分考究的羔羊皮袄,每天从衙门吃得酒醉肉饱,摇摇摆摆地回到家里,无所事事。"

裴溥言《先民的歌唱——诗经》:"赞美文职官员退朝家居时的服饰打扮和他从容安适的生活情况。"

袁愈荽、唐莫尧《诗经全译》:"这是描写统治阶级士大夫的安闲'素餐'生活。"

《殷其雷》

一 集释

殷其雷,在南山之阳。

《毛传》:"殷,雷声也。山南曰阳。雷出地奋,震惊百里。山出云雨,以润天下。"《郑笺》:"雷以喻号令于南山之阳,又喻其在外也。"

何斯违斯,莫敢或遑?

《毛传》:"何此君子也。斯,此。违,去。遑,暇也。"《郑笺》:"何乎此君子,适居此,复去此,转行远,从事于王所命之方,无敢或闲暇时。闵其勤劳。"

振振君子,归哉归哉!

《毛传》:"振振,信厚也。"

殷其雷,在南山之侧。何斯违斯,莫敢遑息?

《毛传》:"息,止也。"

振振君子,归哉归哉!殷其雷,在南山之下。

《笺》:"下谓山足。"

何斯违斯,莫敢遑处?

《毛传》:"处,居也。"

振振君子,归哉归哉!

二 诗旨

汉《诗序》:"《殷其雷》,劝以义也。召南之大夫远行从政,不遑宁处。其室家能闵其勤劳,劝以义也。"

唐孔颖达《毛诗正义》:"作《殷其雷》诗者,言大夫之妻劝夫以为臣之义。召南之大夫,远行从政,施王命于天下,不得遑暇而安处。其室家见其如此,能闵念其夫之勤劳,而劝以为臣之义。言虽劳而未可得归,是劝以义之事也。"

宋严粲《诗辑》:"召南大夫之妻,感风雨将作而念其君子,言殷然之雷声在彼南山之南,何为此时违去此所乎?盖以公家之事而不敢遑暇也,所谓劝以义也。遂称振振信厚之君子归哉归哉,冀其毕事来归而不敢为决辞,知其未可以归也。从事独贤而无怨,唯信厚者能之。"

宋朱熹《诗集传》:"南国被文王之化,妇人以其君子从役在外而思念之,故作此诗。"

明何楷《诗经世本古义》:"《殷其雷》,忧文王也。文王囚于羑里,其臣相与救之。室家明于大义,从而思之。"

清李光地《诗所》:"念夫行役也。雷声殷然,自远而近,阴阳将和也,而君子不归,是以思之。"

清牟庭《诗切》:"雷闻百里,喻国君也。隐藏其声,喻微行也。……《殷雷》,刺召南君好微行也。"

清庄有可《毛诗说》:《殷其雷》,南国闵文王遭羑里之难,而望其归也。"

清方玉润《诗经原始》:"盖雷霆所以喻号令也。文王发政施仁,其号令由近而远,犹雷霆发声自高而下。所谓南山者,岐周地近终南,故每以为咏耳。"

高亨《诗经今注》:"妇人思念在外的丈夫,因作这首诗。"

程俊英、蒋见元《诗经注析》:"这是一位妇女思夫的诗。"

《摽有梅》

一 集释

摽有梅,其实七兮。

《毛传》:"兴也。摽,落也。盛极则隋落者,梅也。尚在树者七。"《郑笺》:"兴者,梅实尚馀七未落,喻始衰也。谓女二十,春盛而不嫁,至夏则衰。"

求我庶士,迨其吉兮!

《毛传》:"吉,善也。"《郑笺》:"我,当嫁者。庶,众。迨,及也。"

摽有梅,其实三兮。

《郑笺》:"此夏乡晚,梅之隋落差多,在者徐三耳。"

求我庶士,迨其今兮!

《毛传》:"今,急辞也。"

摽有梅,顷筐塈之。求我庶士,迨其谓之!

《毛传》:"塈,取也。"《郑笺》:"顷筐取之,谓夏已晚,顷筐取之于地。"《集传》:"谓之,则但相告语,而约可定矣。"

二 诗旨

汉《诗序》:"《摽有梅》,男女及时也。召南之国,被文王之化,男女得以及时也。"

唐孔颖达《毛诗正义》:"作《摽有梅》诗者,言男女及时也。

召南之国，被文王之化，故男女皆得以及时。谓纣时俗衰政乱，男女丧其配偶，嫁娶多不以时。今被文王之化，故男女皆得以及时。"

宋欧阳修《诗本义》："古者婚礼不自为主人。'求我庶士'，非男女自相求。"

宋王安石《诗义》："梅实于仲春之时，则宜嫁娶。今梅实摽落，已失婚姻之时也。"

宋朱熹《诗集传》："南国被文王之化，女子知以贞信自守，惧其嫁不及时，而有强暴之辱也。故言梅落而在树者少，以见时过而太晚矣，求我之众士。其必有及此吉日而来者乎！"

元许谦《诗集传名物钞》："《摽有梅》之诗，女子守正也。……落于地之梅既以顷筐塈之，是则实之存者绝无而时逾矣。时虽逾而礼义不可废，其庶士之求我者，必其命媒妁通辞意以尽礼仪，然后从之可也。岂因过时之小失，而不全昏姻之大礼乎！"

明何楷《诗经世本古义》："《摽有梅》，及时择婿也。"

清钱澄之《田间诗学》："女十三而笄，将以适人，而父母之心急矣。此诗急欲得婿，然必曰'求我庶士'，不肯适非类也。曰'迨其谓之'，必待媒妁通言也，慎重如此。虽于情已急，而于礼不欲苟且迁就。"

清姚际恒《诗经通论》："此篇乃卿、大夫为君求庶士之诗。《书·大诰》曰，'肆予宵我友邦君越尹氏、庶士、御事'。《酒诰》曰，'厥诰毖庶邦、庶士'。《立政》曰，'庶常吉士'。是'庶士'为周家众职之通称，则庶士者乃国家之所宜亟求者也。"

清庄有可《毛诗说》："诸侯急于求士，天下无遗贤矣。"

吴闿生《诗义会通》："欧阳公曰：古者婚礼不自为主人，非男女自相求。故说者谓诗人设为女氏之辞。父母汲汲为女择嫁，人之同心也。"

张西堂《诗经六论》：《摽有梅》是和现在民歌《拾棉花》一样的诗，是一群少女在打梅子的劳动中盼着早得对象的歌唱。"

蒋立甫《诗经选注》："这首是女子采集梅子时唱的情歌。"

高亨《诗经今注》："周代有的地区，民间每年开一次舞会，会中由男女自由订婚或结婚。这首诗就是舞会中女子们共同唱出的歌。"

裴溥言《先民的歌唱——诗经》："我国古代礼制,男子最迟三十当娶,女子最迟二十当嫁。婚姻大事,必须择吉备礼来办理,以示郑重。但逾龄未婚男女,就应放宽条件,通融办理,以促成其婚姻。所《周礼》又规定,仲春之乐令未婚男女相会,大家自由交往,可不必备礼而就成婚。即使没征得父母的同意,私奔也不禁止。这是《周礼》的变通办法以方便人处,《摽有梅》诗就是描写这种礼俗的。"

赵浩如《诗经选译》："这是一首少女怀春的情歌。……她渴望及时成婚,已经到了不要求对方准备婚礼,跟上就走的地步。"

《小星》

一 集释

嘒彼小星,三五在东。

《毛传》:"嘒,微貌。小星,众无名者。三,心。五,噣。四时更见。"《通释》:"嘒之言慧也。《方言》:'慧,憭意,精明也。'嘒,盖状星之明貌。"

肃肃宵征,夙夜在公。寔命不同!

《毛传》:"肃肃,疾貌。宵,夜。征,行。寔,是也。命不得同于列位也。"《郑笺》:"夙,早也。"《集传》:"寔与实同。"

嘒彼小星,维参与昴。

《毛传》:"参,伐也。昴,留也。"《集传》:"参、昴西方之二宿之名。"

肃肃宵征,抱衾与裯。寔命不犹!

《毛传》:"衾,被也。裯,禅被也。犹,若也。"《郑笺》:"裯,床帐也。"《集传》:"犹亦同也。"

二 诗旨

汉《诗序》:"《小星》,惠及下也。夫人无妒忌之行,惠及贱妾，进御于君，知其命有贵贱，能尽其心矣。”

汉《郑笺》：“众无名之星随心噣在天，犹众妾随夫人以次序进御于君也。”

唐孔颖达《毛诗正义》：“作《小星》诗者，言夫人以恩惠及其下贱妾也。由夫人无妒忌之行，能以恩惠及贱妾，令得进御于君，故贱妾亦自知其礼命与夫人贵贱不同，能尽其心，以事夫人焉。言夫人惠及贱妾，使进御于君，经二章上二句是也。众妾自知卑贱，故抱衾而往，御不当夕，下三句是也。”

宋朱熹《诗集传》：“南国夫人承后妃之化，能不妒忌以惠其下，故其众妾美之如此。盖众妾进御于君，不敢当夕，见星而往，见星而还，故因所见起兴，其于义无所取，特取在东在公两字之相应耳。遂言其所以如此者，由其所赋之分不同于贵者，是以深以得御于君为夫人之惠，而不敢致怨于来往之勤也。”

宋王质《诗总闻》：“‘宵征’言夜行，‘在公’言公事，非贱妾进御之辞。当是妇人送君子夜而行。事急则人劳称命，言不若安处者各有分也。大率昔人至无可奈何不得已者，归之于命，孔子所谓不知命无以为君子也。”

明何楷《诗经世本古义》：“《小星》，南国夫人承后妃之化，能不妒忌，惠其下，故其众妾美之如此。”

清李光地《诗所》：“文王太姒之化行，列国夫人皆能惠下也。”

清庄有可《毛诗说》：“《小星》，媵妾安命也。”

清方玉润《诗经原始》：“《小星》，小臣行役自甘也。”

余冠英《诗经选》：“小臣出差，连夜赶路，想到尊卑之间劳逸不均，不觉发出怨言。”

陈子展《诗经直解》：“《小星》，当时小臣行役自伤劳苦之诗。”

袁梅《诗经译注》：“在奴隶制社会，一个依人篱下仰人鼻息的小官吏，在日夜奔波、操劳不堪的境况下，发出了如此怨愤之声，自叹命运不济。这首诗暴露了奴隶主阶级内部矛盾和等级制度下，小官吏与达官显贵之间的贵贱之别。"

蒋立甫《诗经选注》："这首诗是表现小官吏连夜出差的牢骚的。"

裴溥言《先民的歌唱——诗经》："旧的说法，认为这是一篇描述姨太太的诗，直到现在一般人还用'小星'作为'姨太太'的代名词。但是我们看诗的内容，实在看不出哪一点是描写姨太太。而且由'夙夜在公'一句，可知是写的劳碌奔波的小公务员自甘认命的诗确切无疑。"

《江有汜》

一 集释

江有汜。

《毛传》："兴也。决复入为汜。"《郑笺》："兴者，喻江水大，汜水小。"

之子归，不我以！不我以，其后也悔。

《郑笺》："之子，是子也。是子，谓嫡也。妇人谓嫁曰归。以犹与也。"《正义》："江水大，似嫡，汜水小，似媵。言江之有汜，得并流，以兴嫡之有，宜俱行。"《通释》："《载芟》《传》：以，用也。不我以，不用我。不我与，不与我也。以、与二字，浑言义同，析言则义别。"

江有渚。

《毛传》："渚，小洲也，水岐成渚。"《郑笺》："江水流而渚留，是嫡与己异心，使己独留不行。"《集疏》："韩说曰：水一溢一否为渚。又曰：水一溢而为渚。"

之子归，不我与！不我与，其后也处。

《毛传》："处，止也。"

江有沱。

《毛传》："沱，江之别者。"《郑笺》："岷山道江，东别为沱。"

之子归，不我过！不我过，其啸也歌。

《郑笺》："啸，蹙口而出声。"《集传》："过，谓过我而与俱也。"

二 诗旨

汉《诗序》："《江有汜》，美媵也。勤而无怨，嫡能悔过也。文王之时，江沱之间，有嫡不以其媵备数，媵遇劳而无怨，嫡亦自悔也。"

唐孔颖达《毛诗正义》："作《江有汜》诗者，言美媵也。美其勤而不怨，谓直为媵而不得行，心虽勤劳而不怨于嫡，故嫡亦能自悔过，谓悔其不与俱行也。当文王之时，江沱之间，有嫡不以其媵备妾御之数，媵遇忧思之劳而无所怨，而嫡有所思，亦能自悔过也。此本为美媵之不怨，因言嫡之能自悔，故美媵而后兼嫡也。"

宋朱熹《诗集传》："是时汜水之旁，媵有待年于国，而嫡不与之偕行者，其后嫡被后妃夫人之化，乃能自悔而迎之。故媵见江水之有汜而因以起兴，言江犹有汜，而之子之归，乃不我以，虽不我以，然其后也亦悔矣。"

宋范处义《诗补传》："《江有汜》之诗，亦作于当时，与《行露》之意同。盖江沱之间，其初尚未被不妒忌之化，故嫡专姿废礼，既不以媵备进御之数，又役之以劳苦之事。至是风化始行，为媵者虽勤苦而无怨，嫡亦感悟悔其初也，待媵有礼矣。序《诗》者专以美媵为言，盖谓媵能无怨于先，嫡能悔过于后，由无怨而致悔过，此其所以美媵与！"

清陈奂《诗毛氏传疏》："江沱之媵妾也，其适女君也。媵有贤行能绝适嫉妒之原，故美之。诗录《江有汜》，其犹《春秋》美纪叔姬与适，今俗作嫡。"

清崔述《读风偶识》："细玩二诗词意，皆在上者不能惠恤其下，而在下者能以义命自安之诗。或果媵妾之所自作，或士不遇时者托之媵妾以喻其意，均不可知。要之皆足以见先王之化，入人之深，上虽不能厚施于下，而下犹不敢致怨于上，安于命而望其改，依然忠厚之遗也。"

清方玉润《诗经原始》："《江有汜》，商妇为夫所弃而无
怼也。"

高亨《诗经今注》："一个官吏或商人在他做客的地方娶了一
个妻子。他回本乡时，把她抛弃了。她唱出这首歌以自慰。"

程俊英《诗经译注》："这是一位弃妇哀怨自慰的诗。在一夫
多妻的制度下，她用长江尚有支流原谅丈夫另有新欢，幻想将来他
会回心转意。"

《野有死麕》

一集释

野有死麕，白茅包之。

《毛传》："郊外曰野。包，裹也。凶荒则杀礼，犹有以将之。
野有死麕，群田之获而分其肉。白茅，取絜清也。"《集传》："麕，
獐也。鹿属。"

有女怀春，吉士诱之。

《毛传》："怀，思也。春，不暇待秋也。诱，道也。"《郑笺》：
"有贞女思仲春以礼与男会，吉士使媒人道成之。疾时无礼而言
然。"《集传》："怀春，当春而有怀也。"

林有朴樕，野有死鹿。白茅纯束，有女如玉。

《毛传》："朴樕，小木也。野有死鹿，广物也。纯束，犹包
之也。"

舒而脱脱兮。

《毛传》："舒，徐也。脱脱，舒迟也。"

无感我帨兮。

《毛传》："感，动也。帨，佩巾也。"

无使尨也吠！

《毛传》："尨，狗也。非礼相陵则狗吠。"

二 诗旨

汉《诗序》："《野有死麕》，恶无礼也。天下大乱，强暴相陵，遂成淫风。被文王之化，虽当乱世，犹恶无礼也。"

汉《毛传》："凶荒则杀礼，犹有以将之。野有死麕，群田之，获而分其肉。白茅，取洁清也。"

汉《郑笺》："乱世之民贫，而强暴之男多行无礼。故贞女之情，欲令人以白茅裹束野中田者所分麕肉，为礼而来。"

唐孔颖达《毛诗正义》："作《野有死麕》诗者，言恶无礼。谓当纣之世，天下大乱，强暴相陵，遂成淫风之俗。被文王之化，虽当乱世，其贞女犹恶其无礼。经三章皆恶无礼之辞也。"

宋欧阳修《诗本义》："纣时男女淫奔以成风俗，惟周人被文王之化者，能知廉耻而恶其无礼，故见其男女相诱而淫乱者恶之曰：彼野有死麕之肉，汝尚可以食之，故爱惜而包以白茅之洁，不使为物所污，奈何彼女怀春，吉士遂诱而污以非礼？吉士犹然，强暴之男可知矣。其卒章遂道其淫奔之状曰：汝无疾走，无动我佩，无惊我狗吠。彼奔未必能动我佩，盖恶而远却之之辞。"

宋朱熹《诗集传》："南国被文王之化，女子有贞洁自守，不为强暴所污者。故诗人因所见以兴其事而美之。"

宋王质《诗总闻》："当是在野而又贫者，无羊雁币帛以将意。取兽于野，包物以茅，护门有犬，皆乡落气象也。……寻诗时亦正，礼亦正，男女俱无讥者。旧说以为不由媒妁。诱，道也，所谓道即媒妁也。以为不以雁币。虽定礼有成式，亦当随家丰俭，夫礼惟其称而已，此即礼也。"

元许谦《诗集传名物钞》："此淫奔之诗也。错简在此，气象与二《南》诸诗不同，虽欲曲说归之于正，终恐有碍。"

明季本《诗说解颐》："此淫风也。女子有为吉士所诱者，而不忍绝以峻辞，谕使徐徐过从，故诗人乐道之也。"

明何楷《诗经世本古义》："《野有死麕》，南国被文王之化，女子有贞洁自守，不为强暴所污者，诗人因所见而美之。"

清钱澄之《田间诗学》："女子及笄之年，而有怀春之心，以来吉士之诱，亦情所宜有者，而卒能守身如玉，不为所诱，所谓发乎情止乎礼义也。与江汉之思游女者同归于正，非得王者教化之深不能有此。"

清李光地《诗所》："美贞女之无玷污也。"

清王先谦《诗三家义集疏》："韩说曰：平王东迁，诸侯侮法，男女失冠昏之节，《野麕》之刺兴焉。"

清庄有可《毛诗说》："《野有死麕》，刺士无礼也。"

清姚际恒《诗经通论》："此篇是山野之民，相与及时为昏姻之诗。昏礼，赘用雁，不以死；皮、帛必以制。皮、帛、俪皮，束帛也。今死麕、死鹿乃其山中射猎所有，故曰'野有'，以当俪皮；'白茅'，洁白之物，以当束帛。……总而论之：女怀，士诱，言及时也；吉士，玉女，言相当也。定情之夕，女属其舒徐而无使悦感、犬吠，亦情欲之感所不讳也歟？"

清方玉润《诗经原始》："唯章氏潢云'《野有死麕》，亦比体也。诗人不过托言怀春之女，以讽士之炫才求用而又欲人勿迫于己'者，差为得之。……愚意此必高人逸士，抱朴怀贞，不肯出而用世，被托言以谢当世求才之贤也。"

陈子展《诗经直解》："宋儒解此诗者，当以王质《诗总闻》一说为尤合。……此当为姚际恒《诗经通论》'此篇是山野之民相与及时为昏姻之诗'一说所自出。"

余冠英《诗经选》："丛林里一个猎人，获得了獐和鹿，也获得了爱情。"

高亨《诗经今注》："这首诗写一个打猎的男人引诱一个漂亮的姑娘。她也爱上了他，引她到家中相会。"

蒋立甫《诗经选注》："这首诗写一个猎人在森林里打死了一只野鹿，又碰到了一位多情而美丽的姑娘。"

《何彼襛矣》

一 集释

何彼襛矣，唐棣之华！

《毛传》："兴也。襛，犹戎戎也。唐棣，栘也。"《郑笺》："何乎彼戎戎者乃栘之华。兴者，喻王姬颜色之美盛。"《集传》："襛，盛也，犹曰戎戎也。"

曷不肃雝？王姬之车。

《毛传》："肃，敬。雝，和。"《郑笺》："曷，何。之，往也。"《正义》曰："以戎戎者华形貌，故重言之，犹《柏舟》以汎为汎汎之义。言戎戎者，毛以华状物色，言之不必有文。"

何彼襛矣，华如桃李！平王之孙，齐侯之子。

《毛传》："平，正也。武王女，文王孙，适齐侯之子。"《郑笺》："'华如桃李'者，兴王姬与齐侯之子颜色俱盛。正王者，德能正天下之王。"《集传》："或曰，平王即平王宜臼。齐侯，即襄公诸儿。"

其钓维何？维丝伊缗。齐侯之子，平王之孙。

《毛传》："伊，维。缗，纶也。"《郑笺》："钓者以此有求于彼。何以为之乎？以丝之为纶，则是善钓也。以言王姬与齐侯之子以善道相求。"《集传》："伊，亦维也。缗，纶也。丝之合而为纶，犹男女合而为婚也。"《传疏》："维，语词，维何，何也。"

二 诗旨

汉《诗序》："《何彼襛矣》，美王姬也。虽则王姬亦下嫁于诸侯，车服不系其夫，下王后一等，犹执妇道，以成肃雝之德也。"

唐孔颖达《毛诗正义》："作《何彼襛矣》诗者，美王姬也。以其虽则王姬，天子之女，亦下嫁于诸侯，其所乘之车，所衣之服，皆不系其夫为尊卑，下王后一等而已。其尊如是，犹能执持妇道，以成肃敬雝和之德，不以己尊而慢人，此王姬之美，即经云

'曷不肃雝，王姬之车。'是也。"

宋朱熹《诗集传》："王姬下嫁于诸侯，车服之盛如此，而不敢挟贵以骄其夫家。故见其车者，知其能敬且和以执妇道，于是作诗美之。"

清陈启源《毛诗稽古编》引宋人章俊卿《山堂考索》："言王姬有容色之盛，而无肃雝之德。"

清魏源《诗古微》："考《仪礼》疏引郑《箴膏肓》，言齐侯嫁女于诸侯，以其母王姬始嫁之车远送之，则是谓齐侯之女子，而平王之外孙女，同指此女一人，正符《硕人》、《韩奕》之例。"

清王先谦《诗三家义集疏》："三家说曰：言齐侯嫁女，以其母王姬始嫁之车远送之。……如三家说，是齐侯之子，为齐侯所嫁之女，平王之孙，周平王之外孙女也。平王女王姬先嫁于齐，留车反马。今所生之女，嫁西都畿内诸侯之国，荣其所自出，故以其母王姬始嫁之车送之。诗人见此车而贵之，知其必有肃雝之德，故深美之也。"

清方玉润《诗经原始》："讽王姬车服渐奢也。"

高亨《诗经今注》："周平王的孙女嫁于齐襄公或齐桓公，求在召南域内诸侯之女作陪嫁的媵妾，而其父不肯，召南人因作此诗。"

袁梅《诗经译注》："这是男女求爱的情歌。从诗中口吻来看，应是男子所唱。他把心爱的姑娘比作当时最尊贵的女子（平王之孙），这不过是古代士大夫阶层对女子的衡量尺度而已。本篇内容空泛无为，并且美化了奴隶主阶级。"

《驺虞》

一 集释

彼茁者葭。

《毛传》："茁，出也。葭，芦也。"《郑笺》："记芦始出者，著春田之早晚。"《集传》："茁，生出状盛之貌。"

壹发五豝。

《毛传》:"豕牝曰豝。"《集传》:"发,发矢。"《通释》:"壹发五豝,壹发五豵,二壹字,皆发语词。"

于嗟乎驺虞。

《毛传》:"驺虞,义兽也。白虎黑文,不食生物,有至信之德则应之。"《郑笺》:"于嗟者,美之也。"

彼茁者蓬。

《毛传》:"蓬,草名也。"

壹发五豵。

《毛传》:"一岁曰豵。"《郑笺》:"豕生三曰豵。"《集传》:"一岁曰豵,亦小豕。"

于嗟乎驺虞。

二 诗旨

汉《诗序》:"《驺虞》,《鹊巢》之应也。《鹊巢》之化行,人伦既正,朝廷既治,天下纯被文王之化,则庶类繁殖,蒐田以时,仁如驺虞,则王道成也。"

汉《毛传》:"驺虞,义兽也。白虎黑文,不食生物,有至信之德则应之。"

汉《郑笺》:"应者,应德,自远而至。"

唐孔颖达《毛诗正义》:"《驺虞》处末者,见《鹊巢》之应也。言《鹊巢》之化行,则人伦夫妇既已得正,朝廷既治,天下纯被文王之化,则庶类皆蕃息而殖长。故国君蒐田以时。其仁恩之也不忍尽杀,如驺虞然,则王道成矣。"

宋朱熹《诗集传》:"南国诸侯承文王之化,修身齐家以治其国,而其仁民之余恩,又有以及于庶类。故其春田之际,草木之茂,禽兽之多,至于如此。而诗人述其事以美之,且叹之曰,此其仁心自然,不由勉强,是即真所谓驺虞矣。"

宋王质《诗总闻》:"此为春田者也,一行止五兽,言甚不多也。草始苗,兽未有深庇,所取如此。其心虽慈,然其礼不可缺也。供国祭祀，充君膳羞，有不得已者。每有所获，必举驺虞称叹，言安得今人如此兽，不践生草，不食生肉者也，其心甚不欲也。"

明何楷《诗经世本古义》："《驺虞》，美文王蒐田也。"

清陈奂《诗毛氏传疏》："《序》言'仁如驺虞'，《传》则云'驺虞，义兽'，不食生物，仁义相兼也。云有至信之德则应之者，言文王有信德，而驺虞以应。故诗人'于嗟乎'，美叹之也。"

清李光地《诗所》："周道之行，恩及禽兽。"

清王先谦《诗三家义集疏》："鲁、韩说曰：驺虞，天子掌鸟兽官。"

清姚际恒《诗经通论》："此为诗人美驺虞之官克称其职也。"

清方玉润《诗经原始》："《驺虞》，猎不尽杀也。……故曰泽及昆虫草木，而以见化育之广，为王道之成也。"

清牛运震《诗志》："'一发五豝'谐五豝而取其一也，此即杀不尽物之义。"

高亨《诗经今注》："贵族强迫奴隶中的儿童给他做牧猪，并派小官监视牧童的劳动，对牧童常常打骂。牧童唱出这首歌。"

陈子展《诗经直解》："《驺虞》，为有关春日田猎驱除害兽举行的一种仪式之诗。戴震云：'《驺虞》，言春蒐之礼，除田豕也。……春蒐以除田豕，为其害稼也。'"

雒三桂、李山《诗经新注》："《驺虞》是赞美驺虞打猎的诗。'驺虞'，古代管理山泽的官名虞人。"

裴溥言《先民的歌唱——诗经》："古时国君在城外有划定的林野专作猎之用，这是老百姓不能进去的地方。又设有专门管理里面的鸟兽的官叫驺虞。这诗就是歌咏国君春天去打猎，驺虞官负责尽职，很会驱赶鸟兽供国君射猎，诗人对他称赞的诗。"

参考文献

一　古籍文献、原著

（汉）郑玄注，（唐）贾公彦疏：《周礼注疏》，李学勤：《十三经注疏》（标点本），北京大学出版社 1999 年版。

（汉）郑玄注，（唐）贾公彦疏：《仪礼注疏》，李学勤：《十三经注疏》（标点本），北京大学出版社 1999 年版。

（汉）郑玄注，（唐）孔颖达疏：《礼记正义》，李学勤：《十三经注疏》（标点本），北京大学出版社 1999 年版。

王文锦：《礼记译解》，中华书局 2001 年版。

杨伯峻：《春秋左传注》，中华书局 2009 年版。

（清）高士奇：《左传纪事本末》，杨伯峻点校，中华书局 2015 年版。

徐元诰：《国语集解》，王树民、沈长云点校，中华书局 2002 年版。

（汉）刘向集录：《战国策》，上海古籍出版社 1985 年版。

（汉）司马迁：《史记》，中华书局 1959 年版。

（汉）班固：《汉书》，中华书局 1962 年版。

（南朝宋）范晔：《后汉书》，中华书局 1965 年版。

（西晋）陈寿：《三国志》，中华书局 1982 年版。

（唐）房玄龄：《晋书》，中华书局 1996 年版。

（宋）程大昌：《考古编·续考古编》，刘尚荣校证，中华书局 2008 年版。

（宋）王应麟：《困学纪闻》，（清）翁元圻等注，栾保群、田松青、吕宗力校点，上海古籍出版社 2008 年版。

（宋）李昉：《太平广记》，中华书局 1961 年版。

（宋）李昉：《太平御览》，夏剑钦校点，河北教育出版社 1994 年版。

（明）胡应麟：《少室山房笔丛》，上海书店 2009 年版。

（明）胡应麟：《诗薮》，上海古籍出版社 1979 年版。

（清）顾炎武著，黄汝成集释：《日知录集释》，栾保群、吕宗力校点，上海古籍出版社 2006 年版。

朱谦之：《老子校释》，中华书局 1984 年版。

程树德：《论语集释》，程俊英、蒋见元点校，中华书局 2014 年版。

（清）郭庆藩：《庄子集释》，王孝鱼点校，中华书局 2012 年版。

（清）王先谦：《荀子集解》，沈啸寰点校，中华书局 2013 年版。

胡平生：《孝经译注》，中华书局 1996 年版。

许维遹：《吕氏春秋集释》，梁运华整理，中华书局 2009 年版。

何宁：《淮南子集释》，中华书局 1998 年版。

袁珂：《山海经校注》，上海古籍出版社 1980 年版。

向宗鲁：《说苑校证》，中华书局 1987 年版。

（清）王照圆：《列女传补注》，虞思徵点校，华东师范大学出版社 2012 年版。

（清）陈立：《白虎通疏证》，吴则虞点校，中华书局 1994 年版。

王利器：《风俗通义校注》，中华书局 1981 年版。

张宗祥：《论衡校注》，郑绍昌标点，上海古籍出版社 2013 年版。

（宋）黎靖德：《朱子语类》，王星贤点校，中华书局 1986 年版。

（南朝梁）萧统：《文选》，李善注，中华书局 1977 年版。

余嘉锡：《世说新语笺疏》，周祖谟、余淑宜、周士奇整理，上海古籍出版社 1993 年版。

周振甫：《文心雕龙今译》，中华书局 1986 年版。

陈延杰：《诗品注》，人民文学出版社 1961 年版。

郭绍虞：《诗品集解·续诗品注》，人民文学出版社 1963 年版。

（宋）郭茂倩：《乐府诗集》，中华书局 1979 年版。

（清）杜文澜：《古谣谚》，周绍良校点，中华书局 1958 年版。

（清）沈德潜：《古诗源》，中华书局 1963 年版。

二 《诗经》原著及研究著作

（汉）毛亨传，（汉）郑玄笺，（唐）孔颖达疏：《毛诗正义》，李
　　学勤：《十三经注疏》（标点本），北京大学出版社 1999 年版。

（宋）欧阳修：《诗本义》，文渊阁《四库全书》本。

（宋）王安石：《诗义钩沉》，邱汉生辑校，中华书局 1982 年版。

（宋）王质：《诗总闻》，文渊阁《四库全书》本。

（宋）苏辙：《诗集传》，文渊阁《四库全书》本。

（宋）朱熹：《诗集传》，上海古籍出版社 1980 年版。

（宋）刘克：《诗说》，《续修四库全书》本。

（宋）王柏：《诗疑》，《续修四库全书》本。

（宋）蔡卞：《毛诗名物解》，文渊阁《四库全书》本。

（宋）范处义：《诗补传》，文渊阁《四库全书》本。

（宋）杨简：《慈湖诗传》，文渊阁《四库全书》本。

（宋）严粲：《诗辑》，文渊阁《四库全书》本。

（宋）郑樵：《六经奥论》，文渊阁《四库全书》本。

（宋）黄震：《黄氏日抄》，文渊阁《四库全书》本。

（宋）王应麟：《诗考·诗地理考》，王京州、江合友点校，中华书
　　局 2011 年版。

（宋）辅广：《诗童子问》，文渊阁《四库全书》本。

（元）许谦：《诗集传名物钞》，文渊阁《四库全书》本。

（元）刘瑾：《诗传通释》，文渊阁《四库全书》本。

（元）朱倬：《诗疑问》，文渊阁《四库全书》本。

（元）刘玉汝：《诗缵绪》，文渊阁《四库全书》本。

（明）朱善：《诗解颐》，文渊阁《四库全书》本。

（明）季本：《诗说解颐》，文渊阁《四库全书》本。

（明）李先芳：《读诗私记》，文渊阁《四库全书》本。

（明）朱睦㮮：《五经稽疑》，文渊阁《四库全书》本。

（明）姚舜牧：《诗经疑问》，文渊阁《四库全书》本。

（明）何楷：《诗经世本古义》，文渊阁《四库全书》本。

（明）郝敬：《毛诗原解》，《四库全书存目丛书》本。

（明）戴君恩：《读风臆评》，（清）陈继揆：《读风臆补》，《续修四库全书》本。

（明）陆化熙：《诗通》，《续修四库全书》本。

（明）万时华：《诗经偶笺》，《续修四库全书》本。

（清）陈启源：《毛诗稽古编》，文渊阁《四库全书》本。

（清）李光地：《诗所》，文渊阁《四库全书》本。

（清）惠周惕：《诗说》，文渊阁《四库全书》本。

（清）严虞惇：《读诗质疑》，文渊阁《四库全书》本。

（清）王夫之：《诗经稗疏》，文渊阁《四库全书》本。

（清）王夫之：《诗广传》，中华书局1964年版。

（清）陈奂：《诗毛氏传疏》，万有文库"国学基本丛书"本。

（清）胡承珙：《毛诗后笺》，《皇清经解续编》本。

（清）朱右曾：《诗地理徵》，《皇清经解续编》本。

（清）马瑞辰：《毛诗传笺通释》，陈金生点校，中华书局1989年版。

（清）钱澄之：《田间诗学》，朱一清校点，黄山书社2005年版。

（清）尹继美：《诗管见》，《续修四库全书》本。

（清）陈仅：《诗诵》，《续修四库全书》本。

（清）牟应震：《诗问》，《续修四库全书》本。

（清）牟庭：《诗切》，齐鲁书社1986年版。

（清）崔述：《读风偶识》，载《崔东壁遗书》，顾颉刚编订，上海古籍出版社2013年版。

（清）姚际恒：《诗经通论》，顾颉刚标点，中华书局1958年版。

（清）陈乔枞：《三家诗遗说考》，《皇清经解续编》本。

（清）王先谦：《诗三家义集疏》，吴格点校，中华书局1987年版。

（清）魏源：《诗古微》，《皇清经解续编》本。

（清）方玉润：《诗经原始》，李先耕点校，中华书局1986年版。

（清）皮锡瑞：《经学通论》，中华书局1954年版。

（清）皮锡瑞：《经学历史》，周予同注释，中华书局 2011 年版。

谢无量：《诗经研究》，商务印书馆"国学小丛书"本 1933 年版。

胡朴安：《诗经学》，雪克：《胡朴安学术论著》，浙江人民出版社 1998 年版。

吴闿生：《诗义会通》，蒋天枢、章培恒校点，中西书局 2012 年版。

林义光：《诗经通解》，中西书局 2012 年版。

谢晋青：《诗经之女性的研究》，山西人民出版社 2014 年版。

闻一多：《诗经研究》，巴蜀书社 2002 年版。

张西堂：《诗经六论》，商务印书馆 1957 年版。

许维遹：《韩诗外传集释》，中华书局 1980 年版。

杜泽逊　庄大钧：《韩诗外传选注》，凤凰出版社 2011 年版。

于省吾：《泽螺居诗经新证》，中华书局 1982 年版。

王力：《诗经韵读》，上海古籍出版社 1980 年版。

陈子展：《诗经直解》，复旦大学出版社 1983 年版。

陈子展：《国风选译》，上海古籍出版社 1983 年版。

陈子展：《诗三百解题》，复旦大学出版社 2001 年版。

高亨：《诗经今注》，上海古籍出版社 1980 年版。

程俊英、蒋见元：《诗经注析》，中华书局 1991 年版。

程俊英：《诗经译注》，上海古籍出版社 1985 年版。

袁梅：《诗经译注》，齐鲁书社 1985 年版。

蓝菊荪：《诗经国风今译》，四川人民出版社 1982 年版。

褚斌杰：《诗经全注》，人民文学出版社 1999 年版。

周振甫：《诗经译注》（修订本），中华书局 2016 年版。

王秀梅：《诗经》，中华书局 2015 年版。

余冠英：《诗经选》，人民文学出版社 1979 年版。

赵浩如：《诗经选译》，上海古籍出版社 1980 年版。

蒋立甫：《诗经选注》，北京出版社 1981 年版。

王延海：《诗经释论》，辽宁大学出版社 2001 年版。

陈元胜：《诗经辨读》，安徽大学出版社 1998 年版。

杨仲义：《诗骚新识》，学苑出版社 1999 年版。

许志刚：《诗经论略》，辽宁大学出版社 2000 年版。

杨任之：《诗经探源》，青岛出版社 2001 年版。

扬之水：《诗经别裁》，中华书局 2007 年版。

袁愈荽、唐莫尧：《诗经全译》，贵州人民出版社 1981 年版。

李家声：《诗经全译全评》，华文出版社 2002 年版。

樊树云：《诗经全译注》，黑龙江人民出版社 1986 年版。

聂石樵、雒三桂、李山：《诗经新注》，齐鲁书社 2000 年版。

李山：《诗经析读》，南海出版社 2003 年版。

李山、华一欣：《对话〈诗经〉》，中华书局 2013 年版。

翟相君：《诗经新解》，中州古籍出版社 1993 年版。

沈泽宜：《诗经新解》，学林出版社 2000 年版。

刘文秀、孙燕、孙兰：《诗经新解》，世界图书出版公司广东有限
    公司 2012 年版。

雒启坤：《诗经散论》，商务印书馆 2002 年版。

雒江山：《诗经通诂》，三秦出版社 1998 年版。

金性尧：《闲坐说诗经》，中华书局 2004 年版。

流沙河：《诗经现场》，新星出版社 2013 年版。

刘立志：《〈诗经〉研究》，中华书局 2011 年版。

张洪海：《诗经汇评》，凤凰出版社 2016 年版。

刘毓庆、贾培俊、张儒：《〈诗经〉百家别解考》（国风），山西古
    籍出版社 2002 年版。

朱东润：《诗三百篇探故》，上海古籍出版社 1981 年版。

傅斯年：《诗经讲义稿》，中国人民大学出版社 2004 年版。

孙作云：《诗经与周代社会研究》，中华书局 1966 年版。

刘操南：《诗经探索》，浙江大学出版社 2003 年版。

郭晋稀：《诗经蠡测》，巴蜀书社 2006 年版。

陈铁镔：《诗经解说》，书目文献出版社 1985 年版。

袁宝泉、陈智贤：《诗经探微》，花城出版社 1987 年版。

刘运兴：《诗义新知》，山东教育出版社 1998 年版。

陈节：《诗经开讲》，华东师范大学出版社 2013 年版。

郝志达：《国风诗旨纂解》，南开大学出版社1990年版。

杨合鸣、李中华：《诗经主题辨析》，广西教育出版社1989年版。

张树波：《国风集说》，河北人民出版社1993年版。

滕志贤：《〈诗经〉与训诂散论》，上海人民出版社2008年版。

洪东流：《诗经疑难新解》，上海人民出版社2001年版。

杨合鸣：《诗经疑难词语辨析》，湖北辞书出版社2002年版。

向熹：《诗经语文论集》，四川民族出版社2002年版。

金启华、朱一清、程自信：《诗经鉴赏辞典》，安徽文艺出版社1990年版。

任自斌、和近健：《诗经鉴赏辞典》，河海大学出版社1989年版。

赵逵夫：《诗经三百篇鉴赏辞典》，上海辞书出版社2007年版。

董治安：《诗经词典》，山东教育出版社1989年版。

迟文浚：《诗经百科辞典》，辽宁人民出版社1998年版。

庄穆：《诗经综合辞典》，远方出版社1999年版。

杨合鸣：《诗经词典》，崇文书局2012年版。

向熹：《诗经词典》（修订本），商务印书馆2014年版。

夏传才：《诗经学大词典》，河北教育出版社2014年版。

夏传才：《思无邪斋诗经论稿》，学苑出版社2000年版。

夏传才：《诗经语言艺术》，语文出版社1985年版。

夏传才：《诗经语言艺术新编》，语文出版社1998年版。

夏传才：《诗经研究史概要》（增注本），清华大学出版社2007年版。

夏传才：《20世纪诗经学》，学苑出版社2005年版。

夏传才：《诗经讲座》，广西师范大学出版社2007年版。

夏传才、董治安：《诗经要籍提要》，学苑出版社2003年版。

蒋见元、朱杰人：《诗经要籍解题》，上海古籍出版社1996年版。

洪湛侯：《诗经学史》，中华书局2002年版。

戴维：《诗经研究史》，湖南教育出版社2001年版。

张启成：《诗经研究史论稿》，贵州人民出版社2003年版。

张启成：《诗经风雅颂研究论稿》，学苑出版社2003年版。

冯浩菲：《历代诗经论说述评》，中华书局 2003 年版。

寇淑慧：《二十世纪诗经研究文献目录》，学苑出版社 2001 年版。

赵沛霖：《现代学术文化思潮与诗经研究——二十世纪诗经研究史》，学苑出版社 2006 年版。

赵沛霖：《诗经研究反思》，天津教育出版社 1989 年版。

郑志强：《当代诗经研究新视野》，中国长安出版社 2014 年版。

向熹：《诗经》，高等教育出版社 2009 年版。

周满江：《诗经》，上海古籍出版社 1980 年版。

金开诚：《诗经》，中华书局 1963 年版。

程俊英：《诗经漫话》，上海古籍出版社 1983 年版。

褚斌杰：《〈诗经〉与楚辞》，北京大学出版社 2002 年版。

陈子展、杜月村：《诗经导读》，中国国际广播出版社 2008 年版。

胡先媛：《先民的歌唱——〈诗经〉》，云南人民出版社 1999 年版。

于新：《〈诗经〉研究概论》，中国社会出版社 2010 年版。

屈小强：《诗经之谜》，四川人民出版社 2001 年版。

钱发平：《诗经的历史》，重庆出版社 2006 年版。

马银琴：《两周诗史》，社会科学文献出版社 2006 年版。

马银琴：《周秦时代诗的传播史》，社会科学文献出版社 2011 年版。

宁宇：《古代〈诗经〉接受史》，齐鲁书社 2014 年版。

犹家仲：《诗经的解释学研究》，广西师范大学出版社 2005 年版。

王妍：《经学以前的〈诗经〉》，东方出版社 2007 年版。

朱金发：《先秦诗经学》，学苑出版社 2007 年版。

董运庭：《论〈三百篇〉与春秋诗学》，中国社会科学出版社 2013 年版。

张丰乾：《〈诗经〉与先秦哲学》，北京大学出版社 2009 年版。

周延良：《诗经学案与儒家伦理思想研究》，学苑出版社 2005 年版。

刘美红：《先秦儒学对“怨”的诊断与治疗》，中山大学出版社 2010 年版。

傅道彬：《诗可以观：礼乐文化与周代诗学精神》，中华书局 2010 年版。

彭锋：《诗可以兴：古代宗教、伦理、哲学与艺术的美学阐释》，安徽教育出版社 2003 版。

孙世洋：《先秦礼乐与〈诗经〉研究初探》，吉林大学出版社 2012 年版。

姚小鸥：《诗经三颂与先秦礼乐文化》，北京广播学院出版社 2000 年版。

战学成：《五礼制度与〈诗经〉时代社会生活》，中国社会科学出版社 2014 年版。

张建军：《诗经与周文化考论》，齐鲁书社 2004 年版。

江林：《〈诗经〉与宗周礼乐文明》，上海古籍出版社 2010 年版。

袁长江：《先秦两汉诗经研究论稿》，学苑出版社 1999 年版。

魏家川：《先秦两汉的诗学嬗变》，学苑出版社 2007 年版。

刘立志：《汉代〈诗经〉学史论》，中华书局 2007 年版。

赵茂林：《两汉三家〈诗〉研究》，巴蜀书社 2006 年版。

汪祚民：《诗经文学阐释史（先秦—隋唐）》，人民出版社 2005 年版。

谭德兴：《宋代诗经学研究》，贵州人民出版社 2005 年版。

崔志博：《元代〈诗经〉学研究》，人民出版社 2016 年版。

刘毓庆：《历代诗经著作考（先秦—元代）》，中华书局 2002 年版。

刘毓庆：《从经学到文学——明代〈诗经〉学史论》，商务印书馆 2001 年版。

何海燕：《清代〈诗经〉学研究》，人民出版社 2011 年版。

郭全芝：《清代〈诗经〉新疏研究》，安徽大学出版社 2010 年版。

蔺文龙：《清人诗经跋精菁》，中国书籍出版社 2015 年版。

黄焯：《诗疏评议》，上海古籍出版社 1985 年版。

黄焯：《毛诗郑笺评议》，上海古籍出版社 1985 年版。

史应勇：《〈毛诗〉郑王比义发微》，华夏出版社 2016 年版。

冯浩菲：《郑氏诗谱订考》，上海古籍出版社 2008 年版。

李世萍：《郑玄〈毛诗笺〉研究》，知识产权出版社 2010 年版。

谢建忠：《〈毛诗〉及其经学阐释对唐诗的影响研究》，巴蜀书社

2007 年版。

郑伟：《〈毛诗大序〉接受史：儒学文论进程与士大夫心灵变迁》，人民出版社 2015 年版。

刘冬颖：《诗经"变风变雅"考》，中国社会科学出版社 2005 年版。

胡辉：《刘毓诗经观研究》，云南大学出版社 2015 年版。

李冬梅：《苏辙〈诗集传〉新探》，四川大学出版社 2006 年版。

檀作文：《朱熹诗经学研究》，学苑出版社 2003 年版。

邹其昌：《朱熹诗经诠释学美学研究》，商务印书馆 2004 年版。

周兴陆：《吴敬梓〈诗说〉研究》，上海古籍出版社 2003 年版。

纳秀艳：《王夫之〈诗经〉学研究》，中国社会科学出版社 2016 年版。

陈丽红：《赋比兴的现代阐释》，中国美术学院出版社 2002 年版。

刘怀荣：《赋比兴与中国诗学研究》，人民出版社 2007 年版。

张立新：《诗经的寓意——〈诗经〉与〈圣经〉比较研究》，云南大学出版社 1999 年版。

潘啸龙、蒋靖：《诗骚诗学与艺术》，上海古籍出版社 2004 年版。

叶舒宪：《诗经的文化阐释》，湖北人民出版社 1994 年版。

李山：《诗经的文化精神》，东方出版社 1997 年版。

王政：《〈诗经〉文化人类学》，黄山书社 2010 年版。

王长华：《诗论与子论》，学苑出版社 2001 年版。

王长华：《毛诗与中国文化精神》，人民出版社 2014 年版。

柯小刚：《诗经、诗教与中西古典诗学》，同济大学出版社 2016 年版。

郭持华：《经典与阐释：从"诗"到"诗经"的解释学考察》，浙江大学出版社 2017 年版。

赵雨：《上古歌诗的文化视野》，社会科学文献出版社 2005 年版。

陈致：《从礼仪化到世俗化：〈诗经〉的形成》，上海古籍出版社 2009 年版。

陈致：《跨学科视野下的诗经研究》，上海古籍出版社 2010 年版。

陈桐生：《史记与诗经》，人民文学出版社 2000 年版。

侯大冉、杨延：《诗经文献研读》，广西师范大学出版社 2010 年版。

郝桂敏：《中古〈诗经〉文献研究》，中国社会科学出版社 2012 年版。

韩高年：《〈诗经〉分类变体》，上海古籍出版社 2011 年版。

张岩：《诗经国风祭词研究》，人民出版社 2014 年版。

樊树云：《诗经宗教文化探微》，南开大学出版社 2001 年版。

王巍：《诗经民俗文化阐释》，商务印书馆 2004 年版。

王其全：《诗经工艺文化阐释》，中国美术学院出版社 2006 年版。

林琳、张蛰鸣：《诗经弦歌——音乐文化遗产研究》，山东人民出版社 2016 年版。

骆宾基：《诗经新解与古史新论》，山西人民出版社 1985 年版。

王志芳：《〈诗经〉中生活习俗的考古学观察》，齐鲁书社 2015 年版。

胡平生、韩自强：《阜阳汉简诗经研究》，上海古籍出版社 1988 年版。

于茀：《金石简帛诗经研究》，北京大学出版社 2004 年版。

黄怀信：《战国楚竹书诗论解义》，社会科学文献出版社 2004 年版。

刘信芳：《孔子诗论述学》，安徽大学出版社 2003 年版。

陈桐生：《孔子诗论研究》，中华书局 2004 年版。

萧兵：《孔子诗论的文化推绎》，湖北人民出版社 2006 年版。

曹建国：《楚简与先秦〈诗〉学研究》，武汉大学出版社 2010 年版。

陆锡兴：《〈诗经〉异文研究》，中国社会科学出版社 2001 年版。

刘冬颖：《出土文献与先秦儒家〈诗〉学研究》，知识产权出版社 2010 年版。

张保见：《诗地理考校注》，四川大学出版社 2009 年版。

兰丁：《诗心雕龙：十五国风论笺》，人民出版社 2011 年版。

郭予：《〈诗经〉二南》，九州出版社 2016 年版。

刘玉娥：《溱洧之歌——〈郑风〉与〈桧风〉》，河南人民出版社

2008 年版。

李兆禄：《〈诗经·齐风〉研究》，齐鲁书社 2008 年版。

黄松毅：《仪式与诗歌——〈诗经·大雅〉研究》，中国传媒大学出版社 2010 年版。

中国诗经学会：《第五届诗经国际学术研讨会论文集》，学苑出版社 2002 年版。

中国诗经学会：《诗经研究丛刊》（第 2、3、4 辑），学苑出版社 2001、2002、2003 年版。

扬之水：《诗经名物新证》，北京古籍出版社 2000 年版。

胡淼：《〈诗经〉的科学解读》，上海人民出版社 2007 年版。

陆文郁：《诗草木今释》，天津人民出版社 1957 年版。

李儒泉：《诗经名物新解》，岳麓书社 2000 年版。

韩育生：《诗经里的植物》，清华大学出版社 2014 年版。

高明乾：《诗经动物释诂》，中华书局 2005 年版。

林赶秋：《诗经里的那些动物》，重庆大学出版社 2010 年版。

吕华亮：《〈诗经〉名物的文学价值研究》，安徽大学出版社 2010 年版。

潘富俊：《诗经植物图鉴》，上海书店 2003 年版。

季旭升：《诗经古义新证》，学苑出版社 2001 年版。

李辰冬：《诗经通释》，水牛出版社 1976 年版。

屈万里：《诗经诠释》，上海辞书出版社 2016 年版。

林庆彰：《诗经研究论集》，台湾学生书局 1983 年版。

裴普贤：《诗经比较研究与欣赏》，台湾学生书局 1983 年版。

裴溥言：《先民的歌唱——诗经》，中国友谊出版公司 2013 年版。

王晓平：《日本诗经学史》，学苑出版社 2009 年版。

王晓平：《日本诗经学文献考释》，中华书局 2014 年版。

［日］竹添光鸿：《毛诗会笺》，凤凰出版社 2012 年版。

［日］家井真：《诗经原意研究》，江苏人民出版社 2011 年版。

［日］田中和夫：《汉唐诗经学研究》，李寅生译，凤凰出版社 2013 年版。

［日］冈元风篹辑：《毛诗品物图考》，王承略点校，山东画报出版
　　社 2002 年版。

［日］渊在宽：《古绘诗经名物》，武汉大学出版社 2011 年版。

［日］细井徇：《诗经名物图》，浙江人民美术出版社 2015 年版。

［韩］李瀷：《诗经疾书校注》，白承锡校注，江苏教育出版社 1999
　　年版。

［法］葛兰言：《古代中国的节庆与歌谣》，赵丙祥、张宏明译，赵
　　丙祥校，广西师范大学出版社 2005 年版。

［瑞典］高本汉：《高本汉诗经注释》，董同龢译，中西书局 2012
　　年版。

［美］周策纵：《古巫医与"六诗"考》，上海古籍出版社 2009
　　年版。

［美］王靖献：《钟与鼓——〈诗经〉的套语及其创作方式》，谢谦
　　译，四川人民出版社 1990 年版。

三　学术论著

王国维：《观堂集林》，中华书局 1959 年版。

顾颉刚：《古史辨》第 3 册，上海古籍出版社 1982 年版。

顾颉刚：《史林杂识初编》，中华书局 1963 年版。

钱锺书：《管锥编》，生活·读书·新知三联书店 2007 年版。

闻一多：《闻一多全集》（第 3 卷，神话编、诗经编上），湖北人民
　　出版社 1993 年版。

郭沫若：《郭沫若全集》历史编第 1 卷《中国古代社会研究·青铜
　　时代》，人民出版社 1982 年版。

孙作云：《孙作云文集》第 2 卷《〈诗经〉研究》，河南大学出版社
　　2002 年版。

竺可桢：《竺可桢文集》，科学出版社 1979 年版。

钱穆：《中国近三百年学术史》，商务印书馆 1997 年版。

梁启超：《中国近三百年学术史》，夏晓虹、陆胤校，商务印书馆
　　2011 年版。

梁启超：《中国历史研究法·中国历史研究法补编》，北京联合出版公司 2014 年版。

梁启超：《国学要籍研读法四种》，吉林出版集团股份有限公司 2017 年版。

杨树达：《积微居小学述林》，中华书局 1983 年版。

杨树达：《积微居小学金石论丛》，中华书局 1983 年版。

黄公渚：《周秦金石文选评注》，商务印书馆 1935 年版。

朱渊清、廖名春：《上博馆藏战国竹书研究》，上海书店 2002 年版。

马承源：《上海博物馆藏战国楚竹书》（一），上海古籍出版社 2001 年版。

童书业：《中国古代地理考证论文集》，中华书局 1962 年版。

童书业：《春秋左传研究》，上海人民出版社 1980 年版。

董治安：《先秦文献与先秦文学》，齐鲁书社 1994 年版。

董治安：《两汉文献与两汉文学》，上海古籍出版社 2005 年版。

陆侃如、冯沅君：《中国诗史》，人民文学出版社 1956 年版。

朱自清：《古诗歌笺释三种》，上海古籍出版社 1981 年版。

朱自清：《诗言志辨·经典常谈》，商务印书馆 2011 年版。

胡念贻：《先秦文学论集》，中国社会科学出版社 1981 年版。

郭杰、李炳海、张庆利：《先秦诗歌史论》，吉林教育出版社 1995 年版。

扬之水：《先秦诗文史》，中华书局 2009 年版。

顾祖钊：《华夏原始文化与三元文学观念》，北京大学出版社 2005 年版。

沈立岩：《先秦语言活动之形态观念及其文学意义》，人民出版社 2005 年版。

李立：《神话视阈下的文学解读：以汉唐文学类型化演变为中心》，中国社会科学出版社 2008 年版。

傅道彬：《晚唐钟声——中国文学的原型批评》（修订本），北京大学出版社 2007 年版。

韦东超、王瑞莲：《中国民族流变史》，湖北人民出版社 2000 年版。

晏昌贵：《中国古代地域文明纵横谈》，湖北人民出版社 2000 年版。

梅新林：《中国文学地理形态与演变》，上海人民出版社 2014 年版。

曾大兴：《文学地理学研究》，商务印书馆 2012 年版。

曾大兴、夏汉宁：《文学地理学》，人民出版社 2012 年版。

周晓琳、刘玉平：《空间与审美——文化地理视域中的中国古代文学》，人民出版社 2009 年版。

谢纳：《空间生产与文化表征——空间转向视域中的文学研究》，中国人民大学出版社 2010 年版。

齐思和：《中国史探研》，中华书局 1981 年版。

杨宽：《古史新探》，中华书局 1965 年版。

郭沫若：《奴隶制时代》，人民出版社 1962 年版。

许倬云：《中国古代社会史论——春秋战国时期的社会流动》，广西师范大学出版社 2006 年版。

苏秉琦：《中国文明起源新探》，辽宁人民出版社 2009 年版。

唐嘉弘：《先秦史新探》，河南大学出版社 1988 年版。

李学勤：《东周与秦代文明》，上海人民出版社 2007 年版。

李学勤：《走出疑古时代》，辽宁大学出版社 1997 年版。

李学勤：《失落的文明》，上海文艺出版社 1997 年版。

李学勤：《中国古代文明研究》，华东师范大学出版社 2005 年版。

王健：《西周政治地理结构研究》，中州古籍出版社 2004 年版。

王子今：《秦汉社会史论考》，商务印书馆 2006 年版。

王晖：《商周文化比较研究》，人民出版社 2000 年版。

王晖：《古文字与商周史新证》，中华书局 2003 年版。

刘源：《商周祭祖礼研究》，商务印书馆 2004 年版。

张富祥：《〈竹书纪年〉与夏商周年代研究》，中华书局 2013 年版。

朱渊清：《中国出土文献与传统学术》，华东师范大学出版社 2001 年版。

姚小鸥：《出土文献与中国文学研究》，北京广播学院出版社 2000 年版。

王震中：《中国古代文明的探索》，云南人民出版社 2005 年版。

徐良高：《中国民族文化源新探》，社会科学文献出版社 1999 年版。

王增永：《华夏文化源流考》，中国社会科学出版社 2005 年版。

陈剩勇：《中国第一王朝的崛起——中华文明和国家起源之谜破译》，湖南人民出版社 1994 年版。

王昆吾：《中国早期艺术与宗教》，东方出版中心 1998 年版。

詹鄞鑫：《神灵与祭祀——中国传统宗教综论》，江苏古籍出版社 1992 年版。

何星亮：《图腾与中国文化》，江苏人民出版社 2008 年版。

刘毓庆：《图腾神话与中国传统人生》，人民出版社 2002 年版。

晁福林：《先秦民俗史》，上海人民出版社 2001 年版。

王文宝：《中国民俗研究史》，黑龙江人民出版社 2003 年版。

武文：《中国民俗学古典文献辑论》，民族出版社 2006 年版。

秦永洲：《中国社会风俗史》，山东人民出版社 2000 年版。

吕肖奂：《中国古代民谣研究》，巴蜀书社 2006 年版。

顾颉刚：《史迹俗辨》，上海文艺出版社 1997 年版。

顾希佳：《祭坛古歌与中国文化》，人民出版社 2000 年版。

张树国：《宗教伦理与中国上古祭歌形态研究》，人民出版社 2007 年版。

傅亚庶：《中国上古祭祀文化》，高等教育出版社 2005 年版。

彭林：《中国古代礼仪文明》，中华书局 2004 年版。

朱狄：《艺术的起源》，中国青年出版社 1999 年版。

朱狄：《原始文化研究》，三联书店 1988 年版。

张岩：《图腾制与原始文明》，上海文艺出版社 1995 年版。

张岩：《从部落文明到礼乐制度》，上海三联书店 2004 年版。

龚维英：《原始崇拜纲要》，中国民间文艺出版社 1989 年版。

苗启明：《原始思维》，上海人民出版社 1993 年版。

林耀华：《原始社会史》，中华书局 1984 年版。

［美］艾兰：《水之道与德之端——中国早期哲学思想的本喻》，张海宴译，商务印书馆 2010 年版。

［美］孙康宜、宇文所安：《剑桥中国文学史》，刘倩等译，三联书

店 2013 年版。

［美］宇文所安：《他山的石头——宇文所安自选集》，田晓菲译，
江苏人民出版社 2006 年版。

［美］宇文所安：《中国早期古典诗歌的生成》，胡秋蕾、王宇根、
田晓菲译，田晓菲校，三联书店 2012 年版。

［美］宇文所安：《中国传统诗歌与诗学：世界是征象》，陈小亮
译，中国社会科学出版社 2013 年版。

［美］薛爱华：《神女：唐代文学中的龙女与雨女》，程章灿译，叶
蕾蕾校，三联书店 2014 年版。

［日］青木正儿：《中国文学概论》，隋树森译，重庆出版社 1982
年版。

［英］弗雷泽：《金枝》，徐育新、汪培基、张泽石译，中国民间文
艺出版社 1987 年版。

［英］泰勒：《原始文化》，连树声译，上海文艺出版社 1992 年版。

［意］维柯：《新科学》，朱光潜译，人民文学出版社 1986 年版。

［法］列维—布留尔：《原始思维》，丁由译，商务印书馆 1981
年版。

［法］丹纳：《艺术哲学》，傅雷译，人民文学出版社 1963 年版。

［德］格罗塞：《艺术的起源》，蔡慕晖译，商务印书馆 1984 年版。

［苏联］柯斯文：《原始文化史纲》，张锡彤译，人民出版社 1955
年版。

［英］柴尔德：《远古文化史》，周进楷译，上海文艺出版社 1954
年影印本。

四　地方文史、历史地理著作及工具书

（明）赵廷瑞修，（明）马理等纂，董健桥等校注：《陕西通志》，
三秦出版社 2006 年版。

（清）严如熤主修，郭鹏校勘：《（嘉庆）汉中府志校勘》，三秦出
版社 2012 年版。

（清）光朝魁纂修：《褒城县志》（道光十一年抄本），成文出版社

有限公司 1969 年影印本。

（清）马毓华修，（清）郑书香等纂：《宁羌州志》（光绪十四年刊本），成文出版社有限公司 1969 年影印本。

（清）孙铭钟修，（清）彭龄纂：《沔县志》（光绪九年刊本），成文出版社有限公司 1969 年影印本。

（清）谭瑀等纂修：《略阳县志》（光绪三十年重刊本），成文出版社有限公司 1969 年影印本。

薛祥绥：《西乡县志》（手抄道光本），成文出版社有限公司 1969 年影印本。

（清）贺仲瑊等纂修：《留坝厅志》（道光二十二年刊本），成文出版社有限公司 1969 年影印本。

（清）余修凤等纂修：《定远厅志》（光绪五年刊本），成文出版社有限公司 1969 年影印本。

张鹏翼总纂：《洋县志》（民国二十六年重修石印本），成文出版社有限公司 1976 年影印本。

陈步武、江三乘纂，郑国翰、江瀛藻修：《大竹县志》（民国十七年铅印本），成文出版社有限公司 1976 年影印本。

（清）王穆纂修：《康熙城固县志》，《中国地方志集成》（陕西），凤凰出版社 2011 年版。

（清）胡升猷、张殿元修纂：《光绪岐山县志》，《中国地方志集成》（陕西），凤凰出版社 2011 年版。

（清）宋世犖、吴鹏翱、王树棠纂：《嘉庆扶风县志》，《中国地方志集成》（陕西），凤凰出版社 2011 年版。

（清）李国麒纂修：《乾隆兴安府志》，《中国地方志集成》（陕西），凤凰出版社 2011 年版。

刘琳：《华阳国志校注》，巴蜀书社 1984 年版。

任乃强：《华阳国志校补图志》，上海古籍出版社 1987 年版。

（北魏）郦道元：《水经注》，陈桥驿点校，上海古籍出版社 1990 年版。

（北魏）郦道元注，（民国）杨守敬等疏：《水经注疏》，段熙仲点校，陈桥驿复校，江苏古籍出版社 1989 年版。

（唐）李泰：《括地志辑校》，贺次君辑校，中华书局 1980 年版。

（唐）李吉甫：《元和郡县图志》，贺次君点校，中华书局 1983 年版。

（宋）祝穆：《方舆胜览》，中华书局 2003 年版。

（宋）王象之：《舆地纪胜》，中华书局 1992 年版。

（元）刘应李：《大元混一方舆胜览》，四川大学出版社 2003 年版。

（南朝梁）宗懔：《荆楚岁时记》，宋金龙校注，山西人民出版社 1987 年版。

（明）王士性：《广志绎》，吕景琳点校，中华书局 1981 年版。

（清）顾祖禹：《读史方舆纪要》，中华书局 1955 年版。

（清）李兆洛：《历代地理志韵编今释》，万有文库"国学基本丛书"本。

陕西省考古研究所：《龙岗寺——新石器时代遗址发掘报告》，文物出版社 1990 年版。

陕西省考古研究所：《陕南考古报告集》，三秦出版社 1994 年版。

赵丛苍：《城洋青铜器》，科学出版社 2006 年版。

钱穆：《古史地理论丛》，生活·读书·新知三联书店 2004 年版。

萧樾：《中国历代的地理学和要籍》，广西师范大学出版社 2002 年版。

左鹏：《汉水》，江苏教育出版社 2006 年版。

刘清河：《汉水文化史》，陕西人民出版社 2013 年版。

潘世东：《汉水文化论纲》，湖北人民出版社 2008 年版。

冯天瑜：《汉水文化研究》，中国国际广播音像出版社 2006 年版。

王雄：《汉水文化探源》，中国青年出版社 2007 年版。

叶孟理：《汉水文化研究集刊》（一），西北大学出版社 2006 年版。

王立新：《汉水文化研究集刊》（二），西北大学出版社 2009 年版。

张社民：《汉水文化研究集刊》（三），西北大学出版社 2011 年版。

张义明：《汉水文化研究集刊》（四），西北大学出版社 2013 年版。

刘保民：《汉水文化研究集刊》（五），西北大学出版社 2015 年版。

程琳杰：《汉水文化研究集刊》（六），西北大学出版社 2017 年版。

潘世东、饶咬成、聂在垠：《汉水文化研究论文集》，世界图书出版上海有限公司 2012 年版。

马强：《汉水上游与蜀道历史地理研究》，四川人民出版社 2004 年版。

张沁文、刘昌安、吴金涛：《汉水上游神话传说研究》，世界图书出版西安有限公司 2014 年版。

付兴林、马玉霞、胡金佳：《唐宋时期汉水上游作家作品研究》，中国社会科学出版社 2013 年版。

鲁西奇：《区域历史地理研究：对象与方法——汉水流域的个案考察》，广西人民出版社 2000 年版。

鲁西奇：《城墙内外：古代汉水流域城市的形态与空间结构》，中华书局 2011 年版。

殷淑燕：《历史时期以来汉江上游极端性气候水文事件及其社会影响研究》，科学出版社 2015 年版。

王德基、陈恩凤、薛贻源、刘培桐：《汉中盆地地理考察报告》，三秦出版社 2016 年版。

孙启祥：《文化汉中》，三秦出版社 2014 年版。

黄宝生：《陕南文化概览》，太白文艺出版社 1998 年版。

《中国民间歌曲集成》编委会编：《中国民间歌曲集成》（陕西卷），中国 ISBN 中心出版 1994 年版。

陈非：《我有南山君未识：陕南民歌之旅》，陕西师范大学出版社 2015 年版。

黄公亮：《汉中民歌选集》，中国文化出版社 2007 年版。

杨春清：《安康民间文学选辑》，三秦出版社 2012 年版。

吕农：《安康民俗文化研究》，陕西师范大学出版社 2011 年版。

余海章、戴承元：《紫阳民歌文化研究》，西北大学出版社 2008 年版。

镇巴县文化馆编：《镇巴民歌总汇》，陕西人民出版社 2007 年版。

陕西汉中地区群众艺术馆编印：《汉中风物传说》（汉中地区民间

文学选集之一），1984 年 12 月内部印刷。

陕西汉中地区群众艺术馆编印：《陕南情歌》（汉中地区民间文学
　　选集之三），1984 年 9 月内部印刷。

勉县民间文学集成编辑委员会编：《勉县歌谣集成》，陕西省内部
　　图书登记证（陕出批），字第 04401－04402 号，1987—1988 年。

柳菁：《汉中民间歌谣集成》，陕西省内部图书准印证字 04941 号，
　　1990 年。

周竞：《汉中民间故事集成》，陕西省内部图书准印证字 04941 号，
　　1990 年。

王启云、肖鸿：《房县民间歌曲集》，长江出版社 2007 年版。

李绍六：《流动的文明》，人民文学出版社 1998 年版。

刘长源：《汉中古史考论》，三秦出版社 2001 年版。

郭荣章：《石门摩崖刻石研究》，陕西人民美术出版社 1985 年版。

童恩正：《古代的巴蜀》，四川人民出版社 1979 年版。

李诚：《巴蜀文化研究》第 1 集，巴蜀书社 2004 年版。

黄尚明：《巴蜀文化研究》，华中师范大学出版社 2007 年版。

张良皋：《巴史别观》，中国建筑工业出版社 2006 年版。

张正明：《楚文化史》，上海人民出版社 1987 年版。

张正明：《楚史》，中国人民大学出版社 2010 年版。

石泉：《古代荆楚地理新探》，武汉大学出版社 1988 年版。

楚文化研究会：《楚文化考古大事记》，文物出版社 1984 年版。

李玉洁：《楚史稿》，河南大学出版社 1988 年版。

黄德馨：《楚国史话》，华中工学院出版社 1983 年版。

张锦高、袁朝：《荆楚文化的现代价值》，崇文书局 2005 年版。

陈江风：《汉文化研究》，河南大学出版社 2004 年版。

谭其骧：《求索时空》，百花文艺出版社 2000 年版。

史念海：《河山集》（一集），三联书店 1963 年版。

史念海：《河山集》（二集），三联书店 1981 年版。

史念海：《河山集》（三集），人民出版社 1988 年版。

史念海：《河山集》（四集），陕西师范大学出版社 1991 年版。

史念海：《河山集》（六集），山西人民出版社 1997 年版。

史念海：《河山集》（七集），陕西师范大学出版社 1999 年版。

谭其骧：《中国历史地图集》第 1 册，地图出版社 1982 年版。

谭其骧：《中国历史地图集》第 2 册，地图出版社 1982 年版。

辞海编委会编：《辞海·地理分册》（历史地理），上海辞书出版社
　　1982 年版。

康殷：《文字源流浅说》，荣宝斋 1979 年版。

（汉）许慎：《说文解字》，中华书局 1963 年版。

（汉）刘熙：《释名》，商务印书馆，丛书集成初编本。

（晋）郭璞注，（宋）邢昺疏：《尔雅注疏》，李学勤：《十三经注
　　疏》，北京大学出版社 1999 年版。

（宋）罗愿：《尔雅翼》，石云孙校点，黄山书社 2013 年版。

（宋）陆佃：《埤雅》，王敏红校点，浙江大学出版社 2008 年版。

（清）段玉裁：《说文解字注》，上海古籍出版社 1981 年版。

（清）郝懿行：《尔雅义疏》，万有文库"国学基本丛书"本。

（清）胡承珙：《小尔雅义证》，石云孙校点，黄山书社 2011 年版。

（清）王念孙：《广雅疏证》，中华书局 1983 年版。

（清）钱绎：《方言笺疏》，上海古籍出版社 1984 年版。

五　期刊、学位论文

胡念贻：《论汉代和宋代的"诗经"研究及其在清代的继承和发
　　展》，《文学评论》1981 年第 6 期。

刘毓庆：《闻一多〈诗经〉研究检讨》，《文学评论》2012 年第
　　6 期。

刘烨：《论顾颉刚〈诗经〉地理研究》，《哈尔滨师范大学社会科学
　　学报》2015 年第 2 期。

刘生良：《〈诗经〉中的周代陕西诗歌考论》，《陕西师范大学学报》
　　2012 年第 6 期。

杨建超：《〈诗经〉婚恋诗中"水恋情节"的文学内蕴》，《语文学
　　刊》2003 年第 3 期。

徐炼：《〈诗经〉合法解读的多样性》，《求索》2002 年第 6 期。

李学勤：《〈诗论〉说〈关雎〉七篇释义》，《齐鲁学刊》2002 年第 2 期。

刘昌安：《诗论〈芣苢〉诗的原始文化意义》，《汉中师范学院学报》1990 年第 2 期。

刘昌安：《诗经的文化价值及现代意义论析》，《理论导刊》2006 年第 9 期。

刘昌安：《"麟"之别证——兼谈"二南"诗的地域》，《唐都学刊》2004 年第 1 期。

刘昌安：《〈诗经〉所记周代车制述考》，《陕西理工学院学报》2006 年第 4 期。

刘昌安：《从多维视角看〈诗经〉植物的药用价值及文学功能》，《陕西理工大学学报》2017 年第 4 期。

刘昌安：《论〈诗经〉植物的药用价值及文化内涵》，《东亚汉学》2017 年第 1 期。

梁中效：《〈诗经〉与汉水流域文化》，《湖北大学学报》2006 年第 6 期。

朱全国：《浅议〈诗经〉与汉水的关系》，《理论月刊》2010 年第 4 期。

桂珍明、刘勇：《从〈诗经〉看先秦时期汉水流域文化特征》，《剑南文学》2012 年第 12 期。

邓亢武、凌芸：《论汉水流域民歌与〈诗经〉的文化传承关系》，《沈阳农业大学学报》（社会科学版）2013 年第 3 期。

桂珍明、杨名、张丽娜：《从〈诗经〉"二南"看汉水上游与秦楚、巴蜀文化的关系》，《鄂州大学学报》2014 年第 6 期。

赵阳：《〈诗经〉与汉水文明关系浅谈》，《北方文学》2016 年第 5 期。

徐正英：《〈诗经〉"二南"对西周礼乐精神的传达——以出土文献为参照》，《中国人民大学学报》2015 年第 3 期。

蔡靖泉：《〈诗经〉"二南"中的楚歌》，《上海大学学报》（社会科学版）1994 年第 3 期。

欧雪松：《〈诗经·国风〉中为何没有"楚风"》，《文史杂志》1997 年第 5 期。

龙文玲：《论〈诗经〉"二南"与楚歌》，《广西师范大学学报》（哲学社会科学版）1999 年第 4 期。

周秋良：《〈诗经〉中〈周南〉〈召南〉的地域性特征》，《衡阳师范学院学报》（社会科学版）2000 年第 1 期。

黄震云：《〈周南〉、〈召南〉的写作时地和〈诗经〉的构成》，《苏州大学学报》2002 年第 2 期。

张强：《〈诗〉"二南"考论》，《社会科学战线》2004 年第 2 期。

吴晓峰：《〈周南〉、〈召南〉产生时代考》，《中州学刊》2008 年第 6 期。

鲁峰：《〈诗经〉"二南"地理考》，《枣庄师专学报》2000 年第 4 期。

唐世贵：《从〈诗经〉"周南"、"召南"看楚风与巴蜀文化之关系》，《攀枝花学院学报》2003 年第 6 期。

郑志强、周颖：《〈周南〉、〈召南〉之"南"正义——兼论二〈南〉与"楚风"的关系》，《中州学刊》2004 年第 6 期。

王剑锋：《〈国风〉与"楚风"和楚文化关系综论》，《湖南省社会主义学院学报》2007 年第 3 期。

王泽强：《〈诗经〉中楚国歌谣缺失的原因》，《文学遗产》2007 年第 4 期。

雷莎：《〈诗经〉中"二南"即楚风论辩》，《理论月刊》2010 年第 4 期。

刘娟：《〈诗〉二南再考论》，《中国文化研究》2013 年秋之卷。

陈国志：《〈诗经·二南〉中的巴地民歌文化考论》，《四川戏剧》2015 年第 12 期。

何易展：《〈诗经〉"二南"与巴楚文学传统》，《重庆师范大学学报》2016 年第 6 期。

何海燕：《清代〈诗经〉的文学阐释及其文学史意义》，《文学遗产》2016 年第 5 期。

刘立志：《出土文献与〈诗经〉学研究二题》，《北方论丛》2005年第 3 期。

刘立志：《二十世纪考古发现与〈诗经〉研究》，《南京师范大学文学院学报》2004 年第 2 期。

赵沛霖：《20 世纪考古发现与〈诗经〉研究》，《上海师范大学学报》2006 年第 4 期。

杨延：《20 世纪以来〈诗经〉"二南"研究述评》，《邯郸学院学报》2010 年第 1 期。

张敏、申荷永：《当今〈诗经〉研究之困境与心理学的思考》，《广东社会科学》2010 年第 1 期。

陈连山：《现代民歌中蕴涵的古代文化——对湖北房县民歌与古代典籍之间关系的考察》，《广西师范学院学报》2010 年第 1 期。

刘毓庆、郭万金：《〈诗经〉结集历程之研究》，《文艺研究》2005年第 5 期。

张宝三：《〈诗经〉研究中之文献解读问题》，《台大中文学报》第32 期。

〔美〕张光直：《商周青铜器上的动物纹样》，《考古与文物》1981年第 2 期。

唐兰：《用青铜器铭文来研究西周史》，《文物》1976 年第 6 期。

唐兰：《略论西周微史家族窖藏铜器群的重要意义——陕西扶风新出墙盘铭文解释》，《文物》1978 年第 3 期。

唐兰：《西周时代最早的一件铜器利簋铭文解释》，《文物》1977 年第 8 期。

于省吾：《利簋铭文考释》，《文物》1977 年第 8 期。

裘锡圭：《史墙盘铭解释》，《文物》1978 年第 3 期。

李仲操：《史墙铭文试释》，《文物》1978 年第 3 期。

徐锡台：《早周文化的特点及其渊源的探索》，《文物》1979 年第10 期。

徐锡台：《论周都镐京的位置》，《陕西师范大学学报》1982 年第

3 期。

陈士强：《殷周时期的神权及其特点》，《复旦学报》1980 年第
　　5 期。

陈全方：《周原出土文物丛谈》，《人文杂志》1980 年第 6 期。

李学勤：《论汉淮间的春秋青铜器》，《文物》1980 年第 1 期。

唐金裕、王寿芝、郭长江：《陕西省城固县出土殷周铜器整理简
　　报》，《考古》1980 年第 3 期。

唐金裕：《汉中地区新石器时代遗址调查简报》，《考古与文物》
　　1981 年第 1 期。

阎嘉祺：《陕西汉中地区梁山旧石器的再调查》，《考古与文物》
　　1981 年第 2 期。

陕西省汉水考古队：《陕西西乡何家湾新石器时代遗址首次发掘》，
　　《考古与文物》1981 年第 4 期。

吴晓峰：《〈诗经〉"二南"篇所载礼俗研究》，吉林大学 2005 年博
　　士学位论文。

李勇五：《〈诗经〉"周南""召南"名义、地域及时代考》，山西
　　大学 2004 年硕士学位论文。

华敏：《〈诗经〉毛传、郑笺比较研究》，南京师范大学 2005 年硕
　　士学位论文。

张春珍：《二南诗论》，山东大学 2006 年硕士学位论文。

郑丽娟：《〈诗经〉"二南"与周代礼乐文化》，河南大学 2007 年硕
　　士学位论文。

李昌礼：《〈诗经·二南〉研究》，贵州大学 2008 年硕士学位论文。

刘挺颂：《〈毛诗正义〉研究》，贵州大学 2008 年硕士学位论文。

辛娜娜：《〈诗经·二南〉研究》，沈阳师范大学 2011 年硕士学位
　　论文。

戚小漫：《〈诗经·二南〉婚恋诗研究》，湖北大学 2011 年硕士学
　　位论文。

刘茜茜：《〈诗经〉"二南"若干问题研究》，辽宁师范大学 2015 年
　　硕士学位论文。

后　记

　　时迈不居，岁月荏苒，书稿终于杀青。呈现在读者面前的这部书，是笔者在教学和科研过程中的一些积淀。相对于蔚为大观、"明星煌煌"（《诗经·陈风·东门之杨》）的《诗经》研究著作而言，它可以说是沧海一粟了。但对《诗经》的爱恋与敬畏，却使我常常不能轻言放弃。首先，《诗经》是文学的经典，也是中国文化的元典。中国文学的"风雅"传统和"比兴"手法，对中国古代文人和诗歌创作有很深的影响。而《诗经》的文化精神有许多是中国传统文化中的宝贵遗产。作为一个新时代知识分子，有责任、有义务学习和传承中国优秀文化，并将其发扬光大。其次，作为一个高校古代文学专业教师，结合专业方向予以深度研究是职业赋予的使命。职业和事业的有机融合，使我在教学之中自觉地学习和思考，不断地研究和提升，《〈诗经〉"二南"研究》就是这样一个学习、思考、研究的成果。

　　《诗经》研究已有两千多年的历史，方方面面的问题几乎都有人研究过。在传统的经学、文学、历史研究上，其著作汗牛充栋，不胜枚举。而当代学人跨学科的研究，又成果丰硕。出于教学的缘故，以及陕西理工大学所处汉水流域的区域原因，本书选择从文学经典与地域文化文学交汇的视角切入，有一些契合当代学界所重视的文学地理学研究的意味。其实，《诗经》十五国风的编排，就是最早的文学地理划分，有明显的文学地理因素。笔者在数十年教学中坚持思考、探索，取得了一些研究成果，近年又申报了有关《诗经》与汉水流域诗歌研究的陕西省社会科学基金项目，发表了相关

432

论文，在学界产生了一定的反响，遂萌发了对《诗经》与汉水流域文化的关系进行系统研究的念头，同时也是笔者意欲为我校所处地域的地方文化研究尽绵薄之力的夙愿，支撑着我不断积累与前行。为了实现自己的这一初衷，我在教学和科研中，不断思考《诗经》"二南"与汉水流域文化的关系问题，亦步亦趋，点滴拾慧。但真正进行研究时所遇到的问题和困难是很多的。《诗经》学术史上对"二南"的研究最纷纭复杂，首先是对"二南"研究史的梳理。"二南"名称、地域、时代的不同解说，怎样理解孔子的评诗论诗，先秦典籍对《诗经》的引用与评价，"三家诗"与"毛诗"对"二南"的解说，孔颖达《毛诗正义》对"二南"的解读，朱熹《诗集传》对"二南"地域的认定和论诗的理学思想，明清学者对汉学"经学"、宋学"义理"的研究和对朱子的尊崇与批评，现当代学者新材料、新方法、新视野对"二南"的研究，等等，这些都是需要加以认真辨析和思考的。其次，对具体篇章、具体内容的探讨，也显现出诸多的问题，有时每篇诗旨的解读，见仁见智，莫衷一是；有时对文本的阐释，差异巨大；有时对诗歌与史实的解释，往往是各执一词，莫辨真相；有时对人物、地名的考证，也有不同的解说，等等。再次，新材料的出现，如考古发现的帛书、竹简、铭文等，也关乎着对诗篇的理解，新视野、新方法的介入，同样也对原来的解说产生了不一致的观点。最后要解决的问题是，如何立足于一个制高点，对所有涉及的内容做结构的安排、材料的检索和细致的考证辨析。面对前贤已经取得的众多研究成果，只有合理地借鉴与吸纳，才能使学术研究不断深化、不断发展、不断进步。有时，我常常感到学力不逮，有一种"战战兢兢，如临深渊，如履薄冰"（《诗经·小雅·小旻》）的感觉。但既已选择，就需要"桧楫松舟"（《诗经·卫风·竹竿》），"一苇杭之"（《诗经·卫风·河广》），而抵达彼岸。渐学渐得，其中艰辛，唯己独知。断续经年，起伏跌宕，费力耗时，总期盼能有好的结果。可我深知自己资质愚钝，才疏学浅，孔见陋识，自感羞于示人；平素也奉行"述而不作"之古训，常以清人方东树之言自我宽慰，方氏曰："历考古人

433

著书，类以少而见珍，多而不传。盖多则伤易，速以岁月，必不能精。是以有识之士莫不慨叹于著书之多及为文之易也。"（《书林扬觯》卷上"著书不贵多"）此言之谓我，可视为懒惰之人的托词了。

《诗》曰："人之好我，示我周行。"（《诗经·小雅·鹿鸣》）作为一部探索性的著作，在尽力吸纳学界研究成果的同时，也致力于某些学术问题的创新探讨。受水平和时间所限，或有失当、疏误之处，尚祈专家和读者批评指正。

在这里，我要感谢陕西理工大学"中国语言文学省级优势学科""中国古代文学科技创新团队"建设项目对本书出版的资助。

感谢陕西理工大学学科建设办公室主任付兴林教授（原任文学院院长），《陕西理工大学学报》主编、学报编辑部主任王建科教授（曾任文学院院长），陕西理工大学研究生处处长雷勇教授对本书出版的关心与支持。感谢陕西理工大学图书馆古籍库宋文军老师、陕西理工大学图书馆地方文献资料库张显锋老师以及文学院资料室的同仁，他们在文献资料方面给予了很多的帮助。同时，感谢夫人温勤能和女儿刘亦菲的大力支持，也感谢亲人和朋友的关心帮助。

刘昌安

2017 年 11 月 20 日